Alexey Pehov
Der Gebannte

ALEXEY PEHOV

# Der Gebannte

DAS REICH DER BLAUEN FLAMME 1

Aus dem Russischen
von Christiane Pöhlmann

**PIPER**

Entdecke die Welt der Piper Fantasy:

# Piper Fantasy.de

*Von Alexey Pehov liegen im Piper Verlag vor:*
Die Beschwörer (Serie)
Die Chroniken von Siala (Serie)
Die Chroniken von Hara (Serie)
Chroniken der Seelenfänger (Serie)
Dunkeljäger
Schattendieb
Das Siegel von Rapgar
Der Gebannte. Das Reich der blauen Flamme 1

Die Gedichte stammen von Andrej Schirjajew.

Deutsche Erstausgabe
ISBN 978-3-492-70551-6
© Alexey Pehov 2014
Titel der russischen Originalausgabe:
»Letos« bei AL'FA-KNIGA, Moskau 2014
© Piper Verlag GmbH, München 2021
Karte: Alexey Pehov
Satz: Kösel Media GmbH, Krugzell
Gesetzt aus der Minion
Druck und Bindung: CPI books GmbH, Leck
Printed in the EU

*Dem Angedenken Andrej Schirjajews*

## PROLOG

Peinigende Stille breitete sich im noch unversehrten Kern der Stadt aus wie Milch, die jemand aus einer gigantischen Kanne auf den Boden goss.

Langsam, aber unerbittlich schwappte sie in jedes Haus, flutete jede Straße, jedes Viertel. Niemand entkam ihr. Die prachtvollen, in ihrem Gold funkelnden Paläste samt ihrer Türme aus blauem Marmor kapitulierten vor ihr ebenso wie die Kirschgärten mit ihrem weißen Blütenmeer, die elfenbeinernen Brücken, die breiten, sonnengetränkten Terrassen aus warmem Sandstein, die herrlichen Springbrunnen, die imposanten Statuen der Helden aus der Vergangenheit oder die Obelisken mit den Darstellungen von Albatrossen.

Die Albatrosse mit ihren gespreizten Flügeln ...

Über sie fiel die Stille zuallerletzt her. Dann aber vermochten nicht einmal mehr diese magischen Geschöpfe, die dem Land vor Hunderten von Jahren ihren ewigen Schutz zugesichert hatten, dieser Kraft etwas entgegenzusetzen. Waren gefallen. Ihre Augen brachen, das von ihrem Gefieder ausgehende Licht erlosch.

Nunmehr für immer.

Vom Hafenviertel angefangen bis hin zur Festung hoch oben am Hang auf den steilen Klippen hatte sich in der gesamten Stadt eisiges Schweigen ausgebreitet.

Kein Vogel sang, denn Vögel gab es nicht mehr. Kein Hund bellte, denn der letzte Vierbeiner war noch vor Anbruch der allmächtigen Lautlosigkeit gestorben. Zusammen mit seinem Herrn. Kein Kind lachte, kein Kind spielte vergnügt. Vom Hafen drang kein Gelärm mehr heran ...

Die Springbrunnen versiegten, das türkisfarbene Wasser ergoss sich nicht länger in die prachtvollen Becken aus rosafarbenem Perlmutt. Der Wind verstummte, müde des vergeblichen Brüllens, das nie das Ohr der Erhabenen Sechs erreichte. Sogar das Meer schwieg, eingeschüchtert vom eigenen Wüten. Als schämte es sich dieses Rasens, zu dem es sich hatte hinreißen lassen, hatte es sich zurückgezogen. Im graubraunen Schlamm zappelten Fische, umschlungen von Algen, im Todeskampf, den Mund zu einem lautlosen Schrei der Agonie geöffnet, während glutrote Krabben auf die Spalten in den Meeresklippen zuflitzten, der kochend heiße Schlick indes obsiegte.

Die Steine barsten nicht mehr, rangen nicht mehr wie Lebewesen nach Atem. Auf ihnen gerannen Basaltströme zu großen Tränen.

Die Stille eroberte die Stadt und richtete sich in ihr ein, als wollte sie nie wieder weichen.

Doch dann wurde sie aufgestört.

In einem Gang mit rosafarbenen Säulen, der zu dem Tempel der Erhabenen Sechs am Fuße eines Hügels führte, waren Schritte zu vernehmen. Sie begleitete ein leises melodisches Pfeifen.

Im dichten Schatten bewegte sich ein Mann. Sobald er ins Sonnenlicht hinaustrat, musste er blinzeln. Einige Sekunden verharrte er reglos, damit sich seine Augen an die Helligkeit gewöhnten.

Er atmete die heiße, würzige Luft ein. Dann wandte er sich nach Westen um. In weiter Ferne, unmittelbar am Horizont, hinter dem sich das Meer versteckt hatte, waren als stahlgraue Legion Wolken aufgezogen, die der ohnehin dem Untergang geweihten Stadt einen weiteren verhängnisvollen Schlag versetzen wollten.

Eine tiefe Falte durchfurchte die Stirn des Mannes. Was sich hier zusammenbraute, missfiel ihm. Das schienen die Wolken zu spüren, denn sie rückten nicht weiter gegen die Stadt vor. Blitze zuckten. Vermutlich donnerte es auch, doch das vermochte der Mann nicht wahrzunehmen, dazu war das Gewitter viel zu weit weg.

Und näher kam es nun nicht mehr ...

Mit einem zufriedenen Lächeln auf den Lippen und mit Neugier im Blick setzte der Mann seinen Weg fort.

Von dem runden Bau der Bibliothek führte ein schmaler Weg aus schwarzen und weißen Steinplatten um wenige Bäume herum zu einer breiten Treppe. Links und rechts davon standen Löwen aus schneeweißem Stein, die sich auf die Hinterbeine aufgerichtet hatten. Leichten Schrittes erklomm der Mann die Stufen. Erneut pfiff er sein Liedchen vor sich hin. Trotz des langen Anstiegs geriet er nicht außer Atem.

Dann erreichte er die Säule aus dem seltenen dunkelblauen Marmor. Ihre Spitze krönte ein weiterer gigantischer Albatros.

Der Blick des Mannes suchte die Augen des Vogels. Er zog sein stutzerhaftes Barett von kornblumenblauer Farbe vom Kopf und vollführte vor dem Denkmal eine fast spöttische Verbeugung.

Heute konnte er über diese Statue lachen. Das war jedoch nicht immer so gewesen. Noch vor Kurzem hatten diese Vögel, die Hüter der Stadt, ihm unsagbare Angst eingeflößt, hatten ihm jeden Mut genommen und ihn verzagt sein lassen. Hatten seinem Feind geholfen ...

»Aber das ist jetzt vorbei.«

Natürlich antwortete der Vogel ihm nicht.

Nun richtete der Mann seine Aufmerksamkeit auf den Springbrunnen mit den marmornen Delfinen, auf deren Rücken barbusige junge Frauen mit goldenem Haar ritten. Am Rand des Brunnens lag ein toter Star. Seine Flügel waren verbrannt. Aus einer Laune heraus beugte sich der Mann über den Vogel, nahm ihn behutsam auf und pustete sanft auf den bereits starren Körper. Anschließend warf er die kleine Leiche wie einen Stein hoch in die Luft, woraufhin der Star mit den Flügeln zu flattern begann und im Nu davonflog.

»So gefällst du mir schon besser«, murmelte der Mann lächelnd.

Als er weiterging, stellte er fest, dass die Kuppel der prachtvollen Kaserne für die herzogliche Garde eingestürzt war und alle Männer, die sich darin befunden hatten, unter sich begraben hatte.

Die Ruinen zwangen ihn zu einem Umweg, was es ihm jedoch erlaubte, mehr von der Stadt zu sehen, die einstmals sein Zuhause gewesen war.

In der Straße der Tränenperlen, die im ganzen Norden für ihre Goldschmiede bekannt war, herrschte gähnende Leere. Man hatte hier furchtbar gewütet. Die Geschmeide lagen auf dem Pflaster, darunter auch die legendären Goldperlen aus Lethos. Das allerdings beeindruckte den Mann kaum. Diese Kostbarkeiten würdigte er keines Blickes. Er lief an ihnen vorbei, als handelte es sich um Kieselsteine.

Schließlich erreichte er die Apfelgärten, die den Palast säumten. Dieser schien aus Sonnenlicht geschaffen, aus Meeresgischt und aus Türkisen. Er galt als der schönste Bau, der je erbaut worden war. Das behaupteten sogar die Eywen, die schon mancherlei gesehen hatten, von dem die Menschen nicht einmal etwas ahnten. Selbst sie waren aus ihren Wäldern gekommen und Tausende von Leagues gewandert, um dieses Wunder der Astoré in Augenschein zu nehmen.

Der Mann jedoch hatte nicht einmal für dieses Meisterwerk einen Blick übrig, denn es verkörperte alles, was er zu hassen gelernt hatte.

Die Bäume trieben dieser Tage die ersten Knospen. Der Mann berührte einen Ast. Die Zeit, die durch diesen floss, raste nun dahin, und kurz darauf hing am Zweig eine saftige Frucht mit leuchtend roter, leicht wächserner Schale.

Er pflückte den Apfel, rieb ihn am Ärmel seiner Wildlederjacke ab und biss hinein. Kauend lief er den schattigen Weg hinunter, der zum Palast führte. Das Halbrund davor säumten Statuen. Die Figuren waren allerdings von ihren Sockeln gestürzt und lagen zersplittert am Boden. Der Kopf eines wunderschönen jungen Bogenschützen fand sich weit vom Hals entfernt. Die steinernen Augen betrachteten den Mann mit einem gewissen Vorwurf, fast als hielte er ihn für schuldig an dem, was hier geschehen war.

Das Palasttor steckte zwar nicht mehr in den Angeln, doch der Zutritt war durch eine Ranke umwunden, die dick wie der

Arm eines erwachsenen Mannes war. Als der ungebetene Gast sich näherte, spannte sie sich, dehnte sich und stellte die giftigen, gleichsam stählernen Dornen auf.

»Du kämpfst für jemanden«, sagte der Mann, »der die Schlacht verloren hat.«

Die Ranke erzitterte, schwankte von einer Seite zur anderen, als wöge sie die richtige Entscheidung ab: Sollte sie den Zugang zu den legendären Sälen, die mit ihrem zarten Rosa an Meeresmuscheln erinnerten, freigeben oder nicht?

Schließlich wich sie knackend und knisternd zur Seite.

Eine leichte Brise strich durch die eingeschlagenen Fenster und trug den süßen Duft von Pfirsichen in die Räume. Nur gelegentlich zog dieser Wind den beißenden Geruch von Feuer, Blut und Magie hinter sich her, der von den Geschehnissen kündete, die sich hier zugetragen hatten.

Mühelos fand der Mann seinen Weg durch die Säle, Gänge und Hallen, doch das war kein Wunder, schließlich kannte er ihn auswendig. Unzählige Male hatte er inzwischen davon geträumt, wie er seine Schritte durch das leere Gebäude lenken würde. Nun genoss er jede Sekunde seines bitteren Triumphs, den niemand sonst zu würdigen vermochte.

Irgendwann erreichte er das oberste Stockwerk und betrat einen großen Raum. Im Krieg war der Fußboden aufgerissen worden, während die prachtvolle Deckenbemalung sich in einen gewaltigen, buntscheckigen Fleck verwandelt hatte, der aussah, als hätte jemand allerlei Farben in einen Eimer gegeben und diese dann kräftig verrührt.

Auch hier fehlte in den hohen Fenstern das bunte Glas. Seine spitzen Splitter bedeckten den Boden und erinnerten an mit Blut gesprenkelte Eiskristalle. Die Vorhänge waren verkohlt, die Statuen zerstört. Die Wand gegenüber der Tür dräute in Rußschwarz, an einer Stelle klaffte sogar ein Loch in ihr. Durch dieses fiel ein lanzenscharfer Sonnenstrahl in den Raum. In seinem Licht wirbelten in ungestümem Tanz Schneeflocken.

Sie kamen aus dem Nichts, sie verschwanden im Nichts. Sie verwandelten die Luft in ein eisiges, gut geschärftes Messer.

Einzig der Thron, geschnitzt aus einem Kristallblock von wundersamer Form, war noch unversehrt und protzte mit seinem aufwendigen Ornament. Ein Mann saß darin, die Unterarme auf den hohen Armlehnen. Seine linke Hand war völlig mit dem Sitzmöbel verschmolzen, sodass er keinen Zauber mehr wirken konnte. Noch längst kein Greis, hatte der Mann flachsblondes Haar, blaue Augen und einen gepflegten Bart, der an der Spitze in zwei gleich große Hälften geteilt war. Und trotz der Müdigkeit, die sich in seinem Gesicht spiegelte, trug er einen entschlossenen Ausdruck zur Schau.

Mit einem langen Blick maß er den Eindringling.

»Meinen Glückwunsch«, stieß er nach einer Weile voller Wut aus.

Sein ungebetener Gast rammte die weißen Zähne in den Apfel. Ein finsterer Schatten legte sich über seine bisher freundliche Miene, das Lächeln kroch von seinen Lippen, in seinen Augen blitzte es böse auf.

»Da bin ich also«, sagte er. »Genau wie ich es versprochen habe.«

»Du hast dir mit deinem Erscheinen reichlich Zeit gelassen«, erwiderte der Mann, der an den Thron gebannt war. »Aber immerhin hast du es geschafft, ganz im Gegensatz zu deinen einstigen Weggefährten. Wir sind nämlich die beiden Einzigen, die übrig geblieben sind.«

Der junge Mann schnaubte bloß und durchquerte den Saal. Die Glasscherben knirschten unter seinen Füßen.

»Die Schahuter sind geschlagen und in alle Himmelsrichtungen davongestoben. Jetzt sollen sie sich in Ödien verschanzt haben«, hielt er dann fest. »Sie werden dir nicht mehr dienen. Doch ohne diese Geschöpfe ... Ich habe dich wirklich für stärker gehalten.«

»Das habe ich auch«, brachte der Mann auf dem Thron hervor. Allein der Gedanke, dass er den Kampf verloren hatte, bereitete ihm geradezu körperliche Schmerzen. »Die Astoré haben dich gut dressiert.«

»Hättest du auf diesen einen Mord verzichtet, hätte ich mich niemals auf das Bündnis mit ihnen eingelassen. All das hast du dir also selbst zuzuschreiben.«

»Sie war unsere Feindin. Eine Astoré. Für dieses Volk ist in unserer Welt kein Platz. Und erst recht nicht in meiner Schule! Nur Menschen dürfen in Magie unterwiesen werden!«

»Einige von ihnen hatten ein größeres Recht, sich Mensch zu nennen als du und ich.«

»Ihre Worte sind Gift«, erwiderte der andere unter schallendem Gelächter. »Und dieses Gift ist in dich eingedrungen. Die Astoré sind verlogene Geschöpfe und tun alles, um erneut über echte Magie gebieten zu können. Ja, sie zögern nicht einmal, einem meiner Schüler eine ihrer Dirnen unterzuschieben, um endlich ans Ziel zu gelangen.«

Ein weiterer lanzenscharfer Sonnenstrahl drang durch einen Spalt im Gemäuer ein, erlosch aber sofort. Bedrohliche Schatten ballten sich in den Ecken. Tiefschwarze Rauchwolken, in denen sich die Umrisse von knienden Menschen erkennen ließen. Kaum dass sie sich erhoben, lösten sie sich freilich auf. Da verschwand auch der Zorn wieder aus dem Gesicht des jungen Mannes.

»Du solltest nicht in dieser Weise von ihr sprechen ... Lehrer.«

»Ich bin nicht mehr dein Lehrer, denn du bist längst mein Feind«, erwiderte der Mann auf dem Thron. »Du hast mich und meine Kunst verkauft. Um ein Paar schöner Augen willen hast du einen Krieg gegen mich angefangen. Eine Frage gestatte mir aber: Wie soll ich denn deiner Meinung nach von ihr reden?«

»Wie von deiner Schülerin, das war sie schließlich.«

»Das war sie nur so lange, bis ich die Wahrheit erfahren habe! Durch ihre Adern fließt das Blut dieser widerwärtigen Kreaturen! Denen ist es verboten, sich unser Wissen anzueignen! Die Erhabenen Sechs ...!«

»... sind ausgemachte Dummköpfe!«, spie der junge Mann aus. »Allein ihre Verbote haben zu diesem Krieg geführt! Bedenke doch bloß, wie viele Leben ihre Fehler uns alle gekostet haben!«

»Es steht dir nicht zu, über diese Dinge zu urteilen! Sie hat mich getäuscht! Sie hat mein Brot gegessen, unter meinem Dach gelebt und meine Gastfreundschaft genossen! Vor allem aber hat sie sich von mir in Dingen unterweisen lassen, deren Kenntnis ihr eigentlich verboten ist. Deshalb habe ich getan, was deine Aufgabe gewesen wäre! Arila und Neysi durften mein Können nicht an ihresgleichen weitergeben!«

»Du hast eine derart abgrundtiefe Angst vor dem Dunkel, das alten Legenden und Sagen zufolge auf Geheiß der Astoré eintreten kann, dass du es schließlich selbst in unsere Welt gelassen hast.«

Er hob einen schwarzen Eisenhandschuh vom Boden auf. Der Rand war scharfkantig, darunter quoll dunkler Rauch auf. Einen ausgedehnten Moment lang betrachteten beide Männer das Stück, dann steckte der Jüngere es in die Tasche über seiner Schulter.

»Du hast gehandelt wie ein dummer Junge«, fuhr er fort. »Und damit schlimmes Unheil angerichtet. Indem du dich auf einen Handel mit den Schahutern eingelassen hast, hast du mich förmlich in die Arme der Astoré getrieben. Doch nur ein Narr lässt in seiner Angst vor dem Fuchs einen Leoparden in den Hühnerstall. Schahuter kennen nur sich, aber keine Verbündeten. Am Ende bist du dem Dunkel weit näher als ich.«

»Was hast du mit dem Handschuh vor?«, fragte der Mann auf dem Thron.

»Ich werde ihn in etwas Schönes verwandeln und anschließend so gut verstecken, dass niemand ihn je wiederfindet. Wie hast du Neysi davon überzeugen können, von ihm Gebrauch zu machen?«

»Schmerz ist ein gewichtiges Argument.«

Sein einstiger Schüler nickte bloß, während sein Blick den Schneeflocken folgte, die erneut durch den Raum wirbelten.

»Die Astoré ...«, brachte der Mann auf dem Thron dann endlich heraus. »Sie haben dich nur benutzt.«

»Ich bin mit Sicherheit nicht ihre Marionette.«

»Mach dir doch nichts vor!« Der Mann auf dem Thron ballte

in hilfloser Wut die rechte Hand zur Faust. »Sie haben dich auf die Idee gebracht hierherzukommen.«

»Und wer hat dich auf die Idee gebracht, die Schahuter von der anderen Seite herbeizurufen? In deiner Angst vor den Astoré hast du schier den Verstand verloren und das Dunkel am Ende selbst geweckt. Die Schahuter hatten ihre Macht nach der Schlacht der Schatten eingebüßt! Sie sind damals in den lichtlosen Niederungen von Daul genauso bezwungen worden wie der Dunkle Reiter. Nun hast du ihnen erneut Macht gegeben! Diese Wesen sind wieder bei uns eingefallen! Die Städte im Süden ertrinken bereits in Blut! Wie konntest du nur so dumm sein und einen Vertrag mit diesen Kreaturen schließen?! Dämonen halten sich nie an Absprachen! Du hast diese Welt zerstört! Du hast gemordet! Neysi, Quint, Cam, Voyez und Lavenda sind tot! Und all das nur wegen deiner Ängste!«

Der junge Mann trat einen Schritt vor und grinste unschön. Sein Gesicht nahm sich nun regelrecht abstoßend aus.

»Was bildest du dir ein?!«, zischte der Mann auf dem Thron. »Die Magie der anderen Seite brodelt auch in deinem Blut! Du bist also keinen Deut besser als ich! Bleibt die Frage, wie du dich verhältst, wenn die dunkle Magie alle Kraft aus dir herausgesaugt hat und Tribut von dir verlangt! Wir wollen doch mal sehen, ob am Ende nicht du unserer Welt den Todesstoß versetzt!«

»Du hast recht, auch mich verzehrt das Dunkel ...«

»Wenigstens etwas ...«

»Dass dich das freut, glaube ich unbesehen.«

»O ja! Deshalb werden wir beide nicht mehr lange leben!«

»Da irrst du, Lehrer. Wenn wir beide miteinander fertig sind, werde ich jeder Magie abschwören.«

»Du ...?« Der Mann auf dem Thron starrte seinen einstigen Schüler ungläubig an. »Du willst dich von dir selbst lossagen?«

»Damit folge ich nur dem Beispiel der Erhabenen Sechs«, erwiderte sein einstiger Schüler lachend. »Sie kannten nur ein Ziel, und das bestand darin, die Astoré auszulöschen. Dafür haben sie mit eigenen Händen die Schahuter geschaffen. Als ihnen die Tragweite dieses Schrittes bewusst geworden ist, haben sie sich immerhin dazu durchgerungen, sich von jeder Magie loszusagen. Das werde ich auch tun. Weder ein Schahuter noch ein Astoré soll Macht über mich erlangen. Magier vermögen die Welt nämlich weit schneller zu vernichten als Dämonen. Ich aber liebe die Welt ... jedenfalls das, was von ihr geblieben ist. Verschließe daher nicht länger die Augen vor der Wahrheit! Die Magie ...« Er fuhr mit der Hand durch die Luft, die daraufhin zu vibrieren anfing. »Sie ist längst nicht so viel wert wie das Leben einer einzigen Frau. Deshalb sei diese Kraft ebenso verflucht wie du, denn sie hat uns Tod und Leid gebracht. Meine Freunde, meine Familie, mein Glauben – all das ist wegen deiner Angst ausgelöscht worden.«

Der Mann auf dem Thron ließ sich die Worte durch den Kopf gehen.

»Damit ist mein Lebenswerk hinfällig«, sagte er nach einer Weile. »Du bist mein letzter Schüler gewesen. Wenn ich diese Welt verlasse und du der Magie abschwörst, wird auch die Gabe verkümmern, die uns die Erhabenen Sechs hinterlassen haben.«

»Diese Sechs haben die Magie den Astoré gestohlen, nun nehme ich sie den Menschen wieder weg. Allen, die wie du und ich sind. Wir werden keine Rolle mehr spielen, sondern zu einer Legende werden. Zu einem Mythos, womöglich aber auch zu einem Schauermärchen.«

»Wag das ja nicht!«

»Du hast mir nichts mehr zu sagen«, erwiderte der junge Mann mit bitterem Lachen. »Wer noch über die Gabe verfügt, wird sterben. Nur dann kann die Welt leben!«

»Wer aber wird dann die Geschöpfe aufhalten, die von der anderen Seite her bei uns einfallen? Die Astoré? Zwischen ihnen und den Schahutern besteht schon seit Langem kein Unterschied mehr. Wenn du die Magie vernichtest, wird niemand mehr diese Kreaturen aufhalten können! Besinne dich also eines Besseren! Nichts wird mehr so werden, wie es einst war!«

»Sieh einmal zum Fenster hinaus, Lehrer. Die Welt ist längst eine andere, und das nur deinetwegen! Das Geeinte Königreich ist zerschlagen. Das Zeitalter der Blüte ist vorüber, nun beginnt das Zeitalter des Vergessens. Die Welt indes muss leben, sie muss frei atmen. Deshalb habe ich getan, was du nicht vermochtest. Ich habe ihr diese Freiheit gegeben.«

»Freiheit!«, spie der Mann auf dem Thron aus. »Du hast ihr lediglich Schmerz, Leid und Angst vor der Zukunft gegeben.«

»All dies ist Teil des Lebens. Das habe ich verstanden, als du sie getötet hast. Doch heute klopft dein Tod an die Tür. Hörst du ihn?«

Nach diesen Worten ging er fort. Seine Schritte verhallten in der Stille, die sich wieder ausbreitete. Vielleicht würde sie eine Minute währen, vielleicht aber auch eine Stunde. In jedem Fall aber würde sie weichen, sobald das Meer abermals durch die Stadt branden würde.

Das Wasser würde das Ende der alten Welt mit sich bringen. Und den Beginn einer neuen Zeit.

**KAPITEL 1**

# Der Hochseilartist

*Eins nur will der Menge Liebling, der Akrobat:*
*Auf dem Hochseil vollführ'n Schritt, Sprung und Spagat,*
*In Stadt und Land, in den Lüften hoch droben*
*Will vor verzückter Schar er sich austoben.*

Lied der Zirkusleute im Herzogtum Solanka

»Geh mir aus dem Weg!«, knurrte Kyn, der so meisterlich mit schweren Gewichten zu jonglieren verstand, als Theo sich vor ihm aufbaute.

»Das werde ich nicht«, erwiderte der schwarzhaarige Hochseilartist mit freundlichem Lächeln. »Und dafür solltest du mir dankbar sein.«

»Ach ja?«, entgegnete Kyn und ballte seine Pranken zu Fäusten. »Glaubst du allen Ernstes, du könntest mich aufhalten?«

Theo war ein großer, drahtiger Bursche, kaum zu vergleichen mit den meisten anderen, eher gedrungenen Akrobaten des Wanderzirkus. Allerdings war er nicht nur geschmeidig, sondern auch kräftig, sodass er seinen Worten jederzeit den nötigen Nachdruck verleihen konnte. Kyn schüchterte er indes nicht ein. Dieses Kraftpaket hatte schon oft kranke Kämpfer ersetzt und es dabei allein gegen drei Zuschauer aufgenommen.

»Was ich allen Ernstes glaube«, erwiderte Theo gelassen, »ist, dass Suvy uns beobachtet.«

»Der Gebannte soll dich holen!«

Wenn Suvy, seine Frau, von diesem Streit erführe, würde sie ihm das Leben zur Hölle machen.

»Mit Fäusten wirst du nichts lösen«, redete Theo auf ihn ein.

»Das heißt nicht, dass er kein Schweinehund ist. Das bestreitet nun wirklich niemand.«

»Da hat er völlig recht«, mischte sich Henryn ein. Theos Freund, der drahtige schwarzhaarige Zauberer mit dem feinen Schnauzbart, trat an die beiden heran und fuhr nun mit dem Akzent der Menschen aus dem Süden Darjens fort. »Es wäre überaus dumm, ihm die Fresse zu polieren.«

»Was glaubst du denn, warum unser Direktor zu seinem Schutz nicht irgendwen, sondern ehemalige Sträflinge gedungen hat?«, ergriff Theo wieder das Wort. Sein sonst so offenes, stets lächelndes Gesicht verfinsterte sich. »Diese Kerle sind zu allem fähig. Die würden sogar ihre eigene Mutter ohne viel Federlesens umbringen. Oder hast du schon vergessen, was mit dem Puppenspieler geschehen ist, als er versucht hat, aus Mallos Wagen einen silbernen Kerzenhalter zu stibitzen?«

Das hatte Kyn natürlich nicht vergessen. Dem armen Jungen waren mit diesem Kerzenhalter beide Hände zertrümmert worden, anschließend hatten die Schläger ihn davongejagt, hinaus in einen furchtbaren Schneesturm, während ihre Wagen weitergezogen waren.

»Aber ich bin nicht der Puppenspieler«, hielt Kyn dagegen, schielte dabei aber aufmerksam zu seinem Wagen hinüber. »Der bestand ja auch bloß aus Haut und Knochen. Wenn mir einer von diesen Dreckskerlen querkommt, hau ich ihm den Schädel ein.«

»Du willst sie töten?«, hakte Theo nach.

»Wenn's sein muss.«

»Aber dir ist schon klar, dass wir in einer Stadt sind? Hier kommst du nicht ungeschoren davon, sondern landest in irgendeinem feuchten Loch. Dort hockst du, bis man dich am Ende aufhängt. Deine Frau wäre darüber bestimmt ausgesprochen glücklich ...«

Dieser Einwand war nicht von der Hand zu weisen.

»Hol euch doch der Gebannte!«, strich Kyn die Segel und ließ die mächtigen Schultern sacken. »Verflucht sei der Tag, an dem ich mich auf diesen elenden Schweinehund eingelassen habe! Ich habe eine Familie zu ernähren! Und er ... Aber bitte, da ist er! Hören wir uns also in aller Ruhe an, was er zu sagen hat!«

Daraufhin stapfte Kyn an Theo vorbei, der sich ihm aber zusammen mit Henryn sofort an die Fersen heftete.

Vor einem großen, flammend roten Wagen – dem prachtvollsten im ganzen Zirkus – hatten sich im Licht von Laternen etliche Artisten versammelt. Gerade kam Direktor Mallo auf sie zu. Er war noch nicht sehr alt und hatte einen gewaltigen Bauch, doch an seinen Schläfen schimmerte das goldene Haar nur noch spärlich.

»Ihr bekommt heute kein Geld!«, teilte er seinen Leuten mit. »Deshalb braucht ihr hier auch gar nicht rumzulungern!«

»Was soll das heißen?!«, fuhr ihn die Hochseilartistin Tilla an, eine bereits ältere Frau, mit der Theo vor drei Jahren häufig zusammen aufgetreten war. Damals, als sie im Sommer durch die Städte im nördlichen Solanka gezogen waren ... »Das Publikum war von unserer Vorstellung begeistert. Was ist denn aus dem Eintrittsgeld geworden, das es bezahlt hat?«

»Du solltest weniger die Zuschauer zählen als vielmehr die Münzen, die sie in die Manege geworfen haben. Und das waren sehr wenige!«

»Der Bürgermeister von Taver hat die Vorstellung persönlich bezahlt!«, erklärte Caleb, der neue Puppenspieler. »Aus Anlass des heutigen Festtages!«

»Und was ist mit den Steuern?!«, blaffte Mallo ihn an. »Dafür, dass wir überhaupt in die Stadt eingelassen wurden?! Dafür, dass wir einen guten Platz erhalten haben?! An die denkt ihr wohl gar nicht, oder?! Dann verlangt die Gilde der Straßenkehrer ihren Anteil, damit sie hinter uns aufräumen. Die hiesigen Ganoven müssen bestochen werden, damit sie uns in Ruhe lassen! Das Futter für die Löwen und Pferde ...«

»Das reicht, Mallo!«, unterbrach Theo den Direktor und trat unter zustimmendem Gemurmel einen Schritt vor. »Wir wissen genau, wer und was alles bezahlt werden muss. Eingenommen hast du aber viel mehr. Wir hätten ja nicht einmal etwas gesagt, wenn du uns zum ersten Mal geprellt hättest. Aber hinter uns liegen bereits fünf Vorstellungen, ohne dass du uns ein einziges Mal bezahlt hast. Wir wollen nichts mehr davon hören, dass die Löwen und Pferde ihr Futter brauchen, wir wollen endlich auch selbst einmal etwas essen!«

»Bist du der Direktor oder ich?«, fuhr Mallo ihn an. »Muss ich mich vor dir etwa rechtfertigen?«

»Das musst du vor uns allen!«, erklärte Henryn. »Es wäre nicht schlecht, wenn du deine Truppe zur Abwechslung mal beglückst und ihre Taschen füllst.«

»Das ist ein Zirkus der Monster! Die Menschen kommen in erster Linie zu uns, um diese Kreaturen zu sehen. Dann wegen der Tiere. Ihr mit euren Kunststückchen folgt erst an dritter Stelle.«

»Deine Monster schwimmen in Fässern mit Alkohol und kennen keinen Hunger!«, brüllte Kyn, in dem die Wut schon wieder hochkochte. »Meine Frau und meine Kinder aber schon. Was schlägst du denn vor, womit ich sie füttern soll?! Mit deinen Homunkuli, Mumien und Puppen?!«

In Mallos Rücken tauchten nun seine drei Leibwächter auf.

»Wenn deine Monster das Wichtigste in diesem Zirkus sind, dann sollen sie halt die Menge zum Lachen bringen, Lieder singen, Messer werfen oder jonglieren«, schlug Theo vor. »An unserer Stelle, denn wir sind ja offenbar überflüssig.«

Seine Worte wurden mit lautem Gejohle aufgenommen.

»Ihr alle habt einen Vertrag unterschrieben!«, giftete Mallo.

»In dem auch steht, dass wir nach jeder Vorstellung unser Geld kriegen«, rief ihm Tilla in Erinnerung. »Theo hat recht! Wenn du uns nicht gibst, was uns zusteht, sollen sich eben deine Monster ins Zeug legen!«

»Und ich habe immer gedacht, dass wir alle eine Familie sind«, mimte Mallo die beleidigte Leberwurst. »Ich habe wirklich angenommen, dass es euch etwas bedeutet, wenn ihr mit euren Auftritten das Publikum unterhaltet.«

Er erntete nur abfälliges Gelächter.

»Du hast uns erst am Ende des Winters angeheuert. In derart kurzer Zeit wächst man nicht zu einer Familie zusammen. Schon gar nicht, wenn einige Verwandte dich immer wieder über den Löffel barbieren«, erklärte Theo und verschränkte die Arme vor der Brust. »Du hast recht, unser Auftritt bedeutet uns etwas. Wir haben Freude daran, unsere Zuschauer zu unterhalten. Aber unsere Arbeit unterscheidet sich durch nichts von jeder anderen. Man muss für sie bezahlen, Mallo. Vielleicht haben dir deine Biester in Alkohol das noch nicht mitgeteilt, deshalb will ich das tun. Niemand wird sich allein um des Vergnügens willen abrackern oder sein Leben aufs Spiel setzen. Inzwischen dürfte dir aber wohl klar sein, dass wir unser Geld wert sind, oder? Entweder bezahlst du uns also, oder du stiehlst dich zum Gebannten! Wir werden jedoch auf gar keinen Fall noch einmal für dich auftreten, wenn wir nicht vorher unser Geld erhalten haben.«

»Ganz genau!«, schrie eine Frau aus der Menge. »Zahlst du nicht, verlasse ich deinen Zirkus. Dann kannst du deine verfluchten Löwen selbst füttern!«

»Für uns gilt das auch!«, ließen sich weitere Stimmen vernehmen, und einige setzten bereits an, in höchst beredter Weise abzuziehen.

»Behalten wir doch bitte alle einen kühlen Kopf!«, lenkte Mallo sofort ein und hob zum Zeichen seiner Kapitulation sogar beide Hände. »Ich werde das Geld auftreiben und euch allen meine Schulden zurückzahlen.«

»Und wann?«, erkundigte sich Theo.

»Morgen.«

»Nein. Das wirst du noch heute erledigen. Und zwar binnen einer Stunde.«

»Bitte?!«, stieß Mallo fassungslos aus. »Noch heute?!«

»Die Nächte in Varen sind bekanntlich dunkel und gefährlich. Wie können wir da sicher sein, dass du morgen früh nicht längst ausgeraubt bist? Dann würden wir ja nach wie vor mit leeren Händen dastehen ... Deshalb bezahlst du uns in einer Stunde. Inzwischen werden Kyn und seine Jungs darauf achten, dass dir kein Räuber in die Taschen greift.«

Mallo knirschte mit den Zähnen und blickte Theo voller Hass an.

»Gut«, presste er schließlich heraus. »Ihr sollt euer Geld noch heute erhalten.«

»Glaubst du, auf ihn ist Verlass?« Henryn hatte sich in einen dünnen, ausgeblichenen Umhang gehüllt und stand vor ihrem Wagen. Nun, da der Sommer zu Ende ging, hielten im Herzogtum Varen kühle Nächte Einzug. »Denn wenn Mallo etwas noch mehr liebt als seine Monster, dann ist das sein Geld.«

Theo saß auf den Stufen, die zum Wagen hochführten, und beobachtete, wie sich am Firmament ein fahler Stern nach dem nächsten entzündete.

»Du hast recht«, erwiderte er. »Mit Männern wie ihm hatte ich es schon öfter zu tun. Sie wissen ihre Bosheit gut zu verbergen und schlagen nur dann zu, wenn du es nicht erwartest.«

»Wir sollten uns allmählich nach einer anderen Truppe umsehen«, meinte Henryn. »Bevor wir richtige Schwierigkeiten bekommen und am Ende ebenfalls im Schneesturm zurückgelassen werden. Wenn du mich fragst, sollten wir uns sogar auf der Stelle davonmachen.«

»Du neigst doch sonst nicht zu überstürzten Taten.«

»Glaub mir, ich habe mir alles in Ruhe durch den Kopf gehen lassen. Bei Mallo ist Hopfen und Malz verloren. Er ändert sich nicht mehr, eher wird er noch schlimmer. Aber es gibt mehr als nur diesen einen Zirkus. Wir werden mühelos Arbeit finden.«

»Es gibt aber noch etwas«, erwiderte Theo, »das wir in Taver erledigen müssen.«

»Darum habe ich mich gekümmert, als du mit deiner Nummer aufgetreten bist.«

»Du hast einen Käufer gefunden?«, fragte Theo überrascht. »So schnell? Wie viel bietet er uns denn?«

»Zehn Goldstücke.«

»Nicht übel.«

»Nicht übel?! Bei den Erhabenen Sechs! Einen besseren Preis kriegen wir nirgends!«

Theo lächelte nachsichtig, denn natürlich irrte Henryn sich. In Riona hätten Sammler ihnen für dieses alte Artefakt mindestens das Dreifache geboten. Aber sie weilten nun einmal gerade im Herzogtum Varen, nicht in Trettin. Hier oben lebte ein ganz anderer Menschenschlag. Außerdem war längst alles entschieden, was sollte er seinem Freund da die Stimmung verhageln? Und auch er selbst würde deswegen nicht den Kopf hängen lassen. Beim nächsten Verkauf würden sie bestimmt mehr Glück haben ...

Henryn schnippte ihm mit dem Daumen eine Münze zu, die Theo geschickt auffing.

»Das ist ein Vorschuss. Den Rest erhalten wir, wenn wir die Ware abliefern. Wir sollen in einer Stunde in der *Lästigen Bremse* sein.«

»Das schmeckt mir nicht«, erklärte Theo sofort. »Warum bestellt dieser Kunde uns mitten in der Nacht in dieses Drecksloch ein?«

»Seit wann hast du Angst im Dunkeln?«, fragte Henryn grinsend. »Du bist doch kein kleiner Junge mehr, der glaubt, in der Nacht würden Schahuter auf ihn lauern! Im Übrigen lass dir gesagt sein, dass die *Bremse* die beste Schenke der Stadt ist. Artisten wie uns lässt man da sonst gar nicht rein!«

»Ich kann nicht gerade behaupten, dass ich mich darüber beschweren würde«, murmelte Theo, der sich gedankenverloren mit der Faust über die linke Schläfe rieb. Eine Geste, die bei ihm stets höchste Alarmbereitschaft verriet. »Wer ist denn der Käufer? Ein Adliger?«

»Nein, ein Kaufmann und Antiquitätenhändler.«

»Sollte er sich doch als Hehler herausstellen, können wir ja immer noch einen Rückzieher machen ...«

Theo hasste riskante Unternehmungen. Jedenfalls wenn damit ein Verstoß gegen geltendes Recht einherging. Sein Leben setzte er ja tagein, tagaus aufs Spiel. Beispielsweise bei einem Salto auf einem schlecht gespannten Hochseil. Diese Gefahren konnte er jedoch abschätzen, sie gehörten zu seiner Arbeit. Auf einem anderen Blatt standen zwielichtige Gestalten, allen voran Angehörige des Nachtclans. Dieser war einst in Pubyr entstanden, hatte seine Netze aber inzwischen auch in etlichen anderen Herzogtümern gespannt. Der alte Quio, sein erster Lehrer, hatte ihm immer wieder eingeschärft: »Schlepp von mir aus die Astoré in diese Welt oder schließ einen Handel mit dem Gebannten, aber lass dich niemals mit dem Nachtclan ein, mein Junge! Wir sind Zirkusmenschen. Wir sind eine Familie. Aber das ... das sind Ratten, die sogar ihre toten Verwandten verkaufen. Oder bei einer Hungersnot die lebenden verschmausen. Hüte dich vor ihnen! Die töten jeden, der ihnen im Weg steht, ohne auch nur mit der Wimper zu zucken ...«

Henryn riss ihn aus seinen Erinnerungen.

»Wir haben aber schon einen Vorschuss bekommen«, sagte er.

»Den können wir jederzeit zurückgeben.«

»Den Gebannten werden wir! Das ist leicht verdientes Geld! Der Käufer ist ein Antiquitätenhändler mit gutem Ruf und ehrbaren Kunden, der eine Menge von der Zeit des Geeinten Königreichs versteht. Für ihn lege ich meine Hand ins Feuer.«

»Gut, wenn du es sagst«, erwiderte Theo und verschwand im Wagen.

In diesem konnten gut und gern sechs, notfalls aber auch acht Menschen leben. Ein Haus auf Rädern mit – je nach Tageszeit – Schlafstube, Esszimmer, Lager für die Requisiten und Garderobe.

Im Sommer war es darin kochend heiß, im Winter eisig kalt. Ständig roch es nach Schweiß und Schminke sowie nach all den Menschen, die irgendwann in ihm gelebt hatten. Zurzeit waren das Theo, Henryn und vier Schlangenmenschen aus Savjatien, übermütige Hitzköpfe, die oft genug in eine Schlägerei verwickelt waren.

Theo schlief ganz oben, direkt unter der Decke. Diese bestand aus derbem Leinen, das mit dem Saft der Bäume aus dem

Nebelwald getränkt war. In alten Überlieferungen hieß es, in diesem Wald hätten einst die legendären Eywen gelebt. Tagsüber war Theos Bett nach oben geklappt, genau wie die der anderen auch.

Theo entriegelte den Verschluss, sodass die dünne Strohmatratze vorkippte. In der Wand gab es eine schmale Nische, in die mit etwas Mühe sein zusammengefalteter Reisesack hineinpasste. Die Jahre der Wanderschaft und das Zusammenleben mit den unterschiedlichsten Menschen hatten ihn gelehrt, sein Herz nicht an Gegenstände zu hängen. Deshalb häufte er keinen Besitz an – der ja ohnehin rasch in andere Hände wandern konnte – und reiste stets mit leichtem Gepäck.

Auch Henryn nahm seine Tasche an sich. Diese war jedoch deutlich praller als Theos, denn sie enthielt die Requisiten, auf die der Zauberer nicht verzichten konnte: einen Kasten mit doppeltem Boden, einen Umhang aus feuerfestem Stoff, formbare Kugeln, die sich auf seinem Handteller in Luft auflösten, ein Seidentuch, bunte Schnüre, eine Kette aus metallenen Ringen, ein Messer mit einer Klinge, die im Griff verschwand, und vieles andere mehr.

In einmütigem Schweigen verließen sie den Wagen wieder.

Nun ist Kyn mit seinen Ungeheuern doch nicht zu meinem Zuhause geworden, dachte Theo. Im Unterschied zu so vielen anderen Zirkussen, mit denen ich bereits durch die Lande gezogen bin.

Im Grunde hatte er aber von Anfang an gewusst, dass er bei diesem Zirkus nicht lange bleiben würde, denn er wollte nach Süden, um dort einige alte Freunde wiederzutreffen und sich mit ihnen auf die neue Saison vorzubereiten. Vielleicht bestand sogar die Hoffnung, dass der Herzog von Trettin ihm inzwischen nicht mehr grollte und sie zu Beginn des nächsten Sommers doch in Riona auftreten konnten. Vor dem besten und anspruchsvollsten Publikum im ganzen Land ...

Inzwischen war Kyns Frau Suvy zu ihrem Wagen gekommen. Die massige, gedrungene Frau mit den hängenden Schultern und den riesigen Pranken war gewiss keine Schönheit, ganz im

Gegenteil, sie hatte sogar etwas abstoßende Züge. Dafür war sie von Herzen gut. Gerade streichelte sie voller Hingabe einen kleinen rotfelligen Hund in ihrem Arm.

In ihrer Begleitung befand sich ihre ältere Schwester Zay, eine mollige Frau mit ersten grauen Strähnen, die ein wenig an einen Frosch erinnerte. Sie las aus Hand und Karten, ohne indes die seltene Gabe zu besitzen, in die Zukunft der Menschen blicken zu können. Dummköpfe nahm sie gnadenlos aus, gesprächig wurde sie nur, wenn sie am Tisch vor ihrer Kristallkugel saß, ansonsten musste man ihr jedes Wort aus der Nase ziehen. Mitunter schwieg sie sich mehrere Tage lang aus und gab erst wieder einen Ton von sich, wenn sie eine Stadt erreichten, wo sie einfältigen Opfern mit ihrem Geplapper erneut die Kupferlinge aus den Taschen zog.

»Wollet ihr uns etwa verlassen, ohne euch zu verabschieden?«, fragte Suvy und hielt den Blick ihrer dunkelgrauen Augen fest auf die beiden Männer gerichtet.

»Ein tränenreicher Abschied ist nun mal nichts für mich«, erwiderte Henryn lächelnd, während er seinen Reisesack schulterte.

»Als ob euch irgendjemand auch nur eine Träne hinterherheulen würde«, murmelte Suvy und setzte den Hund ab. Voller Freude über die zurückerlangte Freiheit rannte er unter fröhlichem Gekläff um sie herum. »Ich bin bloß gekommen, weil ich euch danken wollte, dass ihr meinen närrischen Ehemann zur Vernunft gebracht habt. Manchmal handelt er, bevor er seinen Kopf einschaltet ... Wohin wollt ihr jetzt?«

»Das haben wir noch nicht entschieden«, sagte Theo und drückte ihr das Goldstück in die Hand. »Kauf deinen Kindern etwas zu essen, falls dieser Gauner das Geld am Ende doch nicht rausrückt!«

»Das kann ich nicht annehmen ...«, widersprach Suvy, der es allerdings nicht gelang, Theo die Münze zurückzugeben. »Das ist doch viel zu viel.«

»Dann reicht es vielleicht noch für ein warmes Tuch. Unsere Zay könnte eines brauchen ...«

»Nun sag auch mal was!«, verlangte Suvy von ihrer wortkargen Schwester. »Warum bist du sonst hier?«

»Fahrt nur!«, sagte Zay schließlich mit piepsiger Stimme. Sie mied jeden Blick auf die zwei. »Beeilt euch und lasst diesen Zirkus möglichst weit hinter euch! Diese Nacht bringt nämlich nichts Gutes!«

Henryn setzte schon zu der Erwiderung an, dass Zays Vorhersagen doch lächerlich seien, murmelte dann aber: »Genau das hatten wir vor.«

»Grüßt die anderen von uns«, bat Theo. »Wir wünschen euch allen viel Glück!«

»Wir sehen uns bestimmt wieder«, versicherte Henryn.

Dann stapften die beiden davon.

Zay schüttelte bloß traurig den Kopf, den Blick fest auf Henryns Rücken geheftet.

»Du musst heute die Spendierhosen anhaben, Theo.«

»Wie kommst du darauf?«

»Ein ganzes Goldstück!«, murmelte Henryn, nur um sogleich in forschem Ton hinzuzufügen: »Natürlich kannst du mit deinem Geld machen, was du für richtig hältst, aber ein ganzes Goldstück...«

»Geld ist zum Ausgeben da, nicht um es in einem Tonkrug zu horten.«

»Das habe ich schon oft gehört. Und ich kenne genug Menschen, die nichts für ihre alten Tage zurücklegen, sondern ihr Geld fröhlich zum Fenster rauswerfen. Denkst du denn nie an die Zukunft? Oder beabsichtigst du insgeheim, zur unbändigen Freude aller Gaffer rechtzeitig vom Hochseil zu stürzen und dich auf dem Pflaster in einen Fladen zu verwandeln?«

»Diese Absicht habe ich bestimmt nicht«, hielt Theo dagegen. »Ist es hier?«

»Ja.«

Die *Lästige Bremse* gefiel Theo wider Erwarten auf Anhieb. Ein dreistöckiges Haus, das in warmes Licht gehüllt war. Eine prächtige Auffahrt, ein gepflegtes Gelände, dazu ein großer Pferdestall und zahllose Bedienstete. In der Nachbarschaft ausschließlich respektable Häuser gut situierter Bürger. Nirgends dunkle Gassen, dreckige Spelunken oder verrottete Schuppen.

Wanzen und Flöhe fange ich mir schon mal nicht ein, frohlockte Theo innerlich. Und niemand setzt mir sauren Wein vor oder das Fleisch eines verreckten Pferdes, geschweige denn das eines Hundes. Keine Schlägerei, kein Stilett in der Leber, denn in diesem Haus geht es tatsächlich anständig und gesittet zu. Hier verkehren Menschen, die Wert auf eine gewisse Bequemlichkeit legen und keinen Geldmangel leiden. Henryn hat recht, das ist eine gute Adresse.

Selbstverständlich hielten zwei Türsteher sie auf, erstaunlich höfliche Männer, vor allem angesichts ihrer eigenen Körpermaße sowie angesichts der Kleidung ihrer beiden Gäste.

»Es ist kein Tisch mehr frei«, teilte einer der beiden ihnen mit. »Wenn ihr etwas Gutes essen und ein kühles Bier wollt, geht die Straße runter zum *Tanzenden Feuer*. Dort empfängt man euch mit offenen Armen. Und die Preise da können sich auch sehen lassen.«

»Diesen Rat würde ich nur zu gern beherzigen, aber wir werden hier erwartet«, antwortete Henryn ebenso höflich. »Herr Taled Gorh hat uns einbestellt.«

»Warum sagt Ihr das nicht gleich, mein Herr?«, erwiderte der Mann. »Begebt Euch bitte die Treppe hinauf. Herr Taled Gorh erwartet Euch im obersten Stock. Er hat bei uns eigens einen Raum für geschäftliche Treffen gemietet. Es ist die Tür mit dem geschnitzten Wildschwein.«

Während sie die breiten Stufen aus Eichenholz hochstiegen, sah Henryn sich aufmerksam um. Auf seinen Lippen lag ein zufriedenes Grinsen. Vor allem die Laternen aus Schmiedeeisen am Geländer begeisterten ihn.

»Irgendwann lebe ich auch in einem solchen Haus«, sagte er. »Mit wunderbarer Kleidung, einer schönen Frau, beflissenen Dienern und einem prallen Beutel voller Goldstücke.«

Im Unterschied zu ihm zeigte sich Theo von all der Pracht, den Teppichen, dem Samt und Kristall um ihn herum nicht beeindruckt. Da er nicht nur auf Marktplätzen auftrat, sondern auch in den Häusern der Reichen – einmal sogar im Palast des Herzogs von Trettin –, hatte er in seinem Leben schon genug Gold und Silber gesehen. Mittlerweile hielt er sogar Pferdeäpfel für wertvoller. Vergoldete Wandleisten und Pokale aus Bergkristall – darin sah er nur noch eine Marotte jener Reichen, die einfach zu viel Reichtum angehäuft hatten, aber niemals auf die Idee kamen, Bedürftigen zu helfen.

Im obersten Stockwerk riss Henryn die Tür mit dem meisterlich ausgeführten, wütenden und Dampf ausstoßenden Keiler auf, ohne vorher anzuklopfen.

»Du bist erstaunlich pünktlich«, bemerkte ein beleibter Mann mit rotem Gesicht und schweißglänzender Stirn.

Er musterte beide aufmerksam, und als er schwer atmend auf sie zukam, setzte er die Füße so, als hegte er Zweifel daran, dass die Eichendielen sein nicht unbeträchtliches Gewicht tragen würden.

»Ich weiß es zu schätzen, wenn man mich nicht warten lässt. Ist das dein Freund?«

»So ist es, Herr Gorh.«

»Sehr schön. Nehmt Platz und bedient euch. Wein, Früchte … es ist alles da.«

Er deutete mit einer Geste auf den Tisch, wo eine Schale mit Obst und einige Flaschen mit Perlwein aus Savjatien standen. Die Etiketten zeigten allesamt einen Löwen, das Wappentier dieses Herzogtums.

»Solltet ihr hungrig sein, kann ich noch etwas Handfesteres bestellen«, versicherte der Antiquitätenhändler, wobei sein gewaltiger Wanst in Bewegung geriet, als könnte er es kaum erwarten, all die Gerichte und Delikatessen aufzunehmen, die der Koch dieses wunderbaren Hauses zuzubereiten verstand.

»Danke vielmals, aber wir wollen keine Umstände machen«, versicherte Theo, der ans Fenster trat und nach draußen spähte.

Henryn schenkte sich dagegen nur zu gern ein Glas Wein ein

und bot auch Theo etwas an. Dieser wusste jedoch, wie schnell der berauschende Beerensaft die Aufmerksamkeit minderte und die Kontrolle über die eigenen Bewegungen schmälerte. Deshalb schüttelte er den Kopf.

»Könnte ich mir euren Fund jetzt einmal ansehen?«, erkundigte sich Gorh und rieb sich in Vorfreude bereits die Hände.

Henryn schob grinsend die schwere Obstschale beiseite und legte mit der ihm eigenen Theatralik, ganz als vollführte er einen seiner Zaubertricks, einen Gegenstand auf den Tisch, der in Tuch eingeschlagen war.

Herr Gorh wischte sich die Hände an seiner Kleidung ab, schlug das Tuch zurück und nahm die Statuette einer Frau an sich, die aus dunklem Metall gefertigt worden war. Ihre Kleidung ließ an Nebelschwaden denken, so schwerelos und luftig wirkte sie. Die Hände waren aneinandergepresst, die Finger formten ein aufwendiges Zeichen. Die rechte Brust war entblößt. Der einzige Makel dieser Figur bestand darin, dass der Kopf abgebrochen war.

Der Antiquitätenhändler schnalzte vernehmlich mit der Zunge. Theo hätte nicht zu sagen vermocht, ob er damit sein Erstaunen oder seine Vorbehalte zum Ausdruck bringen wollte. Behutsam fuhr der Mann mit seinen Wurstfingern über die Figur, von den Beinen bis hoch zum Hals, über die Falten des Gewandes hinweg und den flachen Bauch. Nur auf der Brust hielt er kurz inne. Ohne Frage kostete es Gorh Mühe, seine Finger wieder von diesem Artefakt zu lösen.

Schließlich zog er aus der Innentasche seines Wamses ein Etui, entnahm diesem ein großes, gut geschliffenes und solide eingefasstes Glas, steckte es sich vors Auge und untersuchte die Statuette abermals.

»Du hattest recht, Henryn«, stellte er zufrieden fest, als Theo schon dachte, er sei hinter seinem Glas eingeschlafen. »Das ist eine alte Arbeit. Das genaue Jahr ihrer Anfertigung lässt sich nicht bestimmen, doch möglicherweise stammt dieses Stück noch aus dem ersten Jahrzehnt nach dem Kataklysmus. Es handelt sich um eine gängige Darstellung der Arila, die den Gebannten getäuscht hat und dafür von ihm bestraft worden ist. Ihr kennt diese Legende, oder?«

»Ich konnte die Geschichten über Astoré schon in meiner Kindheit nicht ausstehen«, gab Henryn grinsend zu. »Wahrscheinlich weil ich mir schon immer mehr aus klimpernden Münzen gemacht habe.«

»Natürlich«, sagte der Antiquitätenhändler und wollte Henryn schon den prallen Geldbeutel in die Hand drücken. Offenbar fiel ihm jedoch in letzter Sekunde ein, dass Zauberkünstler in der Regel über allzu flinke Finger verfügen, weshalb er die Münzen vorsichtshalber auf dem Tisch zu einem kleinen Turm aufbaute. »Zwei Goldstücke habt ihr schon erhalten. Fehlen also noch acht. Oder sehe ich das falsch?«

Sobald Theo ihm mit einer Geste bedeutete, dass alles seine Richtigkeit habe, widmete Herr Gorh seine ungeteilte Aufmerksamkeit wieder der Statuette. Er tastete sie ab, als suchte er einen geheimen Mechanismus. Das Ganze wirkte allerdings ungeduldig und sogar leicht fahrig. Henryn nahm unterdessen vier der Münzen an sich, die andere Hälfte schob er Theo mit der Handkante zu. Dieser steckte den Verdienst in eine kleine, unauffällige Tasche an seinem Gürtel.

»Zu bedauerlich, dass die Statuette beschädigt ist«, murmelte Gorh. »Wenn ihr mir noch den Kopf liefern würdet, ginge ich mit dem Preis noch einmal nach oben.«

Theo mochte nun nicht länger zusehen, wie der Mann mit seinen Wurstfingern die Figur betatschte, und drängte Henryn mit einem Nicken zum Aufbruch.

»Wo habt ihr sie ausgegraben?«

»An einem Ort«, antwortete Theo, um dann kurz zu schweigen, »der sehr weit von hier entfernt ist.«

»Ich hatte nicht angenommen, dass das ein Geheimnis ist«, erwiderte Gorh.

Als sich nun auch Henryn erhob, wurde die Tür so heftig aufgerissen, dass sie gegen die Wand knallte. Mehrere Männer stürmten in den Raum. Der erste stürzte sich auf Theo – der ihn jedoch mit einem kräftigen Kinnhaken zu Boden schickte.

Danach war es jedoch mit seinem Glück vorbei. Die Spitze eines vierkantigen Kurzdolchs zielte auf seine Kehle. Theo erstarrte. Würde er jetzt Widerstand leisten, wäre sein Schicksal besiegelt.

»Ich spieße dich auf wie einen Frosch!«, krächzte sein Gegenüber, dessen Stirn und rechte Wange von Pockennarben entstellt wurden.

»Nun mal sachte«, verlangte Theo, der beide Arme hob, um dem Kerl zu bedeuten, dass er bestimmt keine Dummheiten begehen werde. »Wir wollen doch nichts überstürzen ...«

Der Bursche, den er niedergestreckt hatte – den leicht schrägen Augen nach zu urteilen, ein Mann aus Iriasta –, stand schon wieder auf und rammte ihm die Faust in den Magen.

»Da hast du's, du Schwein!«

»Jetzt reicht's aber!«, ließ sich da eine strenge Stimme vernehmen.

Tatsächlich unterblieb danach jeder weitere Angriff der Eindringlinge. Theo spürte wie üblich kaum Schmerzen. Ob er nun übermäßig viel übte, unglücklich stürzte, sich schlug oder verbrannte, er litt selten darunter. Sehr zum Erstaunen sämtlicher seiner Kollegen. Als er jetzt den Rücken durchdrückte, bemerkte er lediglich ein ganz leichtes Ziehen im Bauch und stellte zufrieden fest, dass die Übelkeit sich bereits legte.

Ein kräftiger Kerl presste Henryn mit seiner gewaltigen Pranke erbarmungslos auf die Tischplatte, sodass dessen Gesicht schon krebsrot leuchtete. Zwei weitere Kerle im Wams und mit breitkrempigem Hut standen an der Tür Wache. Derjenige, der den Rohlingen Einhalt geboten hatte, war ein nicht sehr großer Mann mit rotblondem Haar und schwerem Unterkiefer. Die Halbglatze, die tiefen Falten in den Mundwinkeln und der gewaltige Bauch ließen ihn deutlich älter wirken, als er war. Er hielt ein spitzenbesetztes Batisttuch in der Hand und verströmte den starken Geruch von Duftölen.

»Herr Gorh«, wandte er sich nun an ihren Gastgeber. »Ich hoffe, ich komme nicht zu spät.«

»Ihr seid pünktlich auf die Minute, Mylord.«

Dieser bedeutete einem seiner Männer an der Tür, einen prallen Geldbeutel auf den Tisch zu werfen.

»Das ist eine kleine Anerkennung für die Loyalität, die Ihr meiner Familie entgegenbringt, und eine Entschädigung für die Zeit, die Ihr mir geopfert habt.«

Gorh erhob sich ein wenig umständlich, nahm das Geld an sich und warf voller Bedauern einen letzten Blick auf die Statuette, ehe er wortlos den Raum verließ. Einer der Männer Mylords schloss die Tür hinter ihm, ein anderer schob seinem Herrn beflissen einen Stuhl an den Tisch.

Mylord nahm Platz und musterte Theo und Henryn eingehend.

»Nun zu uns!«, sagte er dann und hieß Theo Platz nehmen. »Wir müssen miteinander reden.«

Erst jetzt gab der Kraftbolzen Henryn frei. Diesen packte ein Hustenanfall.

Ach ja, schoss es Theo durch den Kopf, als er auf dem Hocker Platz nahm. Das respektable Haus und seine besonders anständigen Gäste ...

»Ihr wisst, wer ich bin?«, fragte Mylord.

»Tut mir leid, mein Herr, aber nein«, antwortete Henryn – und schrie noch im selben Moment auf, weil ihm sein Aufpasser einen Schlag verpasst hatte.

»Das heißt Mylord«, zischte der Kraftbolzen Henryn zu.

»Ich bin Ian Erbett, der Sohn von Yasev Erbett ...« Sobald ihm klar wurde, dass diese Namen den beiden Männern vom Zirkus nicht das Geringste sagten, seufzte er leidgeprüft. »Es ist doch stets eine Plage, mit Menschen von außerhalb zu verkehren. Stimmt es nicht, Claus?«

»Ja, Mylord«, bestätigte der schwarzhaarige, ein wenig an einen Wolf erinnernde Mann neben ihm, dessen Gesicht von einem hohen, breitkrempigen Hut verschattet wurde.

»Ihr kommt in meine Stadt, wisst aber nicht, was der Anstand gebietet«, fuhr Erbett niedergeschlagen fort. »Ahnt ihr überhaupt, wie sehr mich das ermüdet?«

»Wenn wir den hiesigen Gepflogenheiten zuwidergehandelt

haben, dann bestimmt unwillentlich, Mylord«, versicherte Theo. »Es lag keinesfalls in unserer Absicht, Euch oder Euren ehrwürdigen Vater vor den Kopf zu stoßen.«

»Für einen fahrenden Akrobaten war das gar keine schlechte Rede«, murmelte Erbett. »Aber zu meinem unsagbaren Bedauern entbindet die Unkenntnis der in unserer Stadt geltenden Gesetze einen nicht von der Verantwortung für sein Tun. Von einer Aussetzung der Strafe kann daher keine Rede sein. Schon als kleiner Junge konnte ich es nicht leiden, wenn man mich bestohlen hat.«

»Da müsst Ihr einem Irrtum erliegen, Mylord«, erwiderte Theo gelassen. »Wir sind keine Diebe.«

Daraufhin brach Erbett in schallendes Gelächter aus, in das seine Männer sofort einstimmten.

»Oh, natürlich, ihr seid keine Diebe, sondern lediglich fahrende Narren.« Das Lachen verzog sich von seinen adligen Lippen fast ebenso schnell, wie es dort erschienen war. »Aber dann verrate mir bitte einmal, wie dieses kostbare Stück hierherkommt?«

»Das haben wir gefunden.«

»Wo, wenn ich fragen darf?«

»In einem alten Steinbruch am Stadtrand von Taver.«

»Eben«, stieß Erbett genüsslich aus und ließ sich gegen seine Stuhllehne zurücksacken. »Weshalb habt ihr dort herumgesucht?«

»Regen hatte einen Teil der Sandwand fortgespült und damit eine alte Mauer freigelegt«, erläuterte Theo. »Aus feinen gebrannten Ziegeln. In der Regel entdeckt man an solchen Orten noch mehr …«

»Durchaus pfiffig und auch scharf beobachtet«, meinte Erbett, während er die Statue zu sich heranzog. »Ich vergöttere seltene Stücke aus vergangenen Zeiten. Ebendeshalb bringt mich dieser Diebstahl so auf.«

»Gehört Euch dieses Stück Land denn, Mylord?«, fragte Henryn sofort.

»Der Steinbruch liegt innerhalb der Stadtgrenzen. Mein Vater ist der Herr von Taver, folglich auch ich. Wer in dieser Stadt etwas ohne Erlaubnis an sich nimmt, der stiehlt es uns.«

»In dem Fall«, sagte Henryn, »möchten mein Freund und ich uns aufrichtig für dieses Missverständnis entschuldigen. Wir hatten nie die Absicht, Euch zu bestehlen. Wenn Ihr diese Statuette daher als Geschenk von uns entgegennehmen würdet ...«

»Wie liebenswürdig von dir«, brachte Erbett süffisant hervor. »Mir etwas zu schenken, das mir ohnehin gehört.«

»Was wollt Ihr dann von uns, Mylord?«, fragte Theo. »Eine Entschädigung?«

»Da kommen wir der Sache schon näher!«, stieß Erbett aus. »Du bist wirklich ein kluger Kopf! Eine Entschädigung! Das würde meine Stimmung heben, denn die ist mir verhagelt worden, weil ich euretwegen um ein herrliches Gelage gekommen bin. Deshalb erwarte ich diese Entschädigung ... auf der Stelle.«

Er zeigte auf Henryn.

Was folgte, ging viel zu schnell, als dass Theo es mitbekommen hätte. Doch als heiße Blutstropfen gegen seine Wange spritzten, erfasste ihn eine solche Wut, dass er am liebsten aufgesprungen wäre. Das verhinderten jedoch zwei bärenstarke Burschen, die ihn bei den Schultern packten, auf den Hocker drückten und seine Arme mit eisernem Griff umschlossen.

Theo spannte all seine Muskeln an, vermochte gegen die beiden Kraftbolzen, von denen jeder Einzelne schon schwerer war als er, aber nichts auszurichten. Er knurrte. Wütend und verzweifelt, wie ein Tier, das in die Ecke gedrängt worden ist. Angewidert starrte er in das grinsende Gesicht Mylords.

Der Anblick stachelte ihn so an, dass er sich erneut aufbäumte. Als er nur noch einen roten Schleier vor sich sah, sackte er zusammen. Da endlich gaben die beiden Schwergewichte ihn frei, blieben jedoch dicht hinter ihm stehen, um ihn jederzeit wieder packen zu können, sollte er sich auch nur zu einer einzigen ruckartigen Bewegung hinreißen lassen.

»Möchtest du vielleicht etwas Wein?«, erkundigte sich Erbett. »Du bist etwas blass um die Nase.«

»In dem Fall sage ich nicht Nein«, antwortete Theo krächzend. Er musste unbedingt Zeit gewinnen.

Eine Flasche wurde entkorkt, einer der Burschen schenkte erst Erbett, dann Theo ein. Dieser beobachtete, wie die dunkelrote Flüssigkeit nach und nach den Pokal füllte. Er wollte sie um keinen Preis trinken ...

Sein Blick huschte zu Henryn, der mit zertrümmertem Schädel auf den Tisch gekippt war, um ihn herum bereits eine gewaltige Blutlache, die aber immer noch weiterwuchs und unaufhaltsam auf die Statue zukroch.

Erbett nippte am Wein und tupfte die Mundwinkel mit seinem Tuch ab.

»Wie konnte er nur annehmen, ich würde euch ungeschoren ziehen lassen?«, fragte er Theo mit einem Nicken hinüber zu der Leiche. »War ihm tatsächlich nicht bewusst, dass mir das als Schwäche ausgelegt wird? Dergleichen kann ich mir bei meiner Stellung nicht erlauben. Täte ich das, würde mich bald niemand mehr achten.«

»Warum tötet Ihr dann nicht auch mich?«

»Hast du es so eilig, auf die andere Seite zu gelangen?«, fragte Mylord erstaunt zurück. »Das kann ich mir freilich kaum vorstellen, denn Burschen wie dich kenne ich. Ihr hängt doch alle am Leben.«

Ohne auf das Blut zu achten, langte er nach der Statue. Sobald er die Hand ausstreckte, legte einer seiner Männer ihm ein kleines Päckchen hinein. Mylord entnahm ihm einen kleinen Kopf, der aus dem gleichen Metall gefertigt worden war wie der Fund, den Theo und Henryn gemacht hatten.

»Den habe ich in dem Steinbruch entdeckt, in dem auch ihr fündig geworden seid. Vor mehr als zehn Jahren.« Erbett setzte den Kopf mit der gebührenden Sorgfalt auf den Hals der Figur. Ein dumpfes Klacken ertönte.

»Wirklich erstaunlich«, murmelte Mylord und betrachtete verzückt die Statue. »Nicht einmal ein Riss ist zu erkennen. Der Kopf sitzt so fest, als wäre er zusammen mit dem Rest gegossen worden.«

Als er versuchte, die beiden Teile wieder voneinander zu lösen, wollte ihm das selbst mit einem gewissen Krafteinsatz nicht gelingen.

Das war die erste Arila, der Theo ins Gesicht sehen konnte, war dieses sonst doch unter einer Maske verborgen. Nun aber lächelte die Frau ihn an, als wäre er ein alter Freund.

Ein schöneres Lächeln habe ich noch nie gesehen, dachte Theo unwillkürlich. Für dieses Lächeln stürzt man sich glatt in einen Abgrund, zieht nach Ödien gegen die Schahuter oder fängt einen zweiten Krieg des Zorns an …

»Wunderschön, nicht wahr? Aber eine Kleinigkeit fehlt. Das ist auch der Grund, warum du noch am Leben bist. Und jetzt enttäusche meine Hoffnungen nicht und verrate mir, worauf ich erpicht bin!«

»Die Maske.«

»Ich irre mich wirklich selten in einem Menschen. Der Kanon schreibt vor, dass die Arila mit einer Maske dargestellt wird. Der Gebannte hat einen Umhang zu tragen, unter dem eine abgerissene Kette hervorlugt. Niemand wird sich Thion ohne seinen Fächer vorstellen, Neysi ohne ihr Schwert, Quint ohne Ratte oder Lavenda ohne Spiegel. Die Reihe ließe sich fortsetzen. Alle großen Magier haben ein eigenes Symbol. Und Arilas Wahrzeichen ist nun einmal die Maske. Nie wurde sie ohne diese auf Leinen gemalt, in Metall gegossen oder aus Ton geformt, denn kein Mensch darf ihr Gesicht sehen, weil sie den alten Legenden zufolge allein mit ihrem Lächeln jeden verführen kann. Bei Thion hat sie das einst bewiesen. Wenn du mich fragst, mangelte es dem ersten Bildhauer aber schlicht und ergreifend an Vorstellungskraft. Er wusste nicht, wie er Arilas Gesicht wiedergeben sollte und hat es deshalb hinter einer Maske verborgen. Alle Künstler nach ihm haben ihn in ihrer Einfalt bloß nachgeahmt.«

Obwohl Theo die Ansichten dieses Erbett nicht im Geringsten scherten, nickte er.

»Anhand der Maske lassen sich der Meister und das Jahr der Anfertigung zweifelsfrei bestimmen.«

Das wusste auch Theo.

»Ohne dieses wichtige Detail ist die Arila für mich wertlos. Dein Leben hängt deshalb von deiner Antwort auf eine einfache Frage ab. Wo habt ihr sie versteckt?«

Theo fuhr sich mit der Zunge über seine ausgetrockneten Lippen.

»Wir haben …«, brachte er vorsichtig heraus, denn er wusste, er begab sich nun auf sehr dünnes Eis, »… nur den Körper gefunden, Mylord.«

»Nur den Körper? So, so«, murmelte Erbett mit finsterer Miene. »Wie es scheint, habe ich mich in dir wohl doch getäuscht. Dein Wunsch, am Leben zu bleiben, ist offenbar nicht besonders ausgeprägt. Deshalb wird morgen früh im Abwassergraben nicht eine Leiche liegen, sondern man wird ihrer zwei dort finden.«

»Nein, wartet!«, stieß Theo aus, als er eine Bewegung in seinem Rücken spürte. »Darf ich sie kurz an mich nehmen, Mylord?«

»Weshalb das?«, wollte Erbett wissen, gab seinen Handlangern aber zu verstehen, sie möchten nichts überstürzen.

»Wenn diese Statue eine Maske getragen hat, muss der Meister sie als Einzelstück angefertigt haben, denn an dem Gesicht sind keine Bruchstellen zu erkennen. In dem Fall muss es irgendwelche Befestigungsmöglichkeiten geben. Sollten sie jedoch fehlen, hieltet Ihr vermutlich einen ganz und gar einzigartigen Fund in Händen.«

»Worauf willst du hinaus?«

»Dann wäret Ihr vielleicht im Besitz einer Statuette der Arila, die noch von einem ihrer Zeitgenossen stammt. Von jemandem, der sie mit eigenen Augen gesehen hat.«

»Das ist ein bedenkenswerter Einwand, das will ich gar nicht abstreiten«, gab Erbett zu. »Vor allem wenn man vorübergehend vergisst, dass Arila nur ein Mythos ist. Die Schahuter seien mit dir, du bist wirklich ein kluges Köpfchen! Nimm dir die Figur und sieh sie dir an! Ich bin sogar ein wenig neugierig, mit welchem Kniff du mich für deine Vermutung gewinnen willst.«

Er reichte Theo die Figur. An dem schmalen Sockel schimmerte Blut. Als Theo sie an sich nahm, stellte er verwundert fest, dass das Metall eine sanfte Wärme verströmte. Das war etwas Neues. Für den Bruchteil einer Sekunde wurde ihm zudem schwarz vor Augen, während sich unter seinem Schulterblatt ein dumpfer Schmerz bemerkbar machte. Er riss sich zusammen und richtete seine ungeteilte Aufmerksamkeit auf die Frauenfigur in seinen Händen. Behutsam tastete er mit den Fingerkuppen den Kopf und vor allem das prachtvolle Haar nach einer Ritze ab, in die der Meister die Maske hätte einpassen können. Doch da war nichts.

»Ich verstehe einiges von alten Artefakten, Mylord. Als ich noch ein kleiner Junge war, hat mir ein Mann aus einem Wanderzirkus alles über sie beigebracht. Unzählige Geschichten hat er mir erzählt. Deshalb kann ich versichern, dass ... Beim Gebannten!«

Theo zog seine Hand ruckartig von der Figur fort.

»Was ist?!«

»Ich habe mich verbrannt! Die Figur ist sengend heiß, Mylord!«

»Red keinen Unsinn!«, polterte Erbett wütend, stand auf und wollte die Statue an sich nehmen – als im Innern der Arila etwas klackte. Die metallenen Finger gerieten in Bewegung und legten sich zu einem neuen, noch aufwendigeren Symbol zusammen. Sämtliche Kerzen im Raum erloschen so abrupt, als hätte sie jemand mit einem einzigen kräftigen Atemzug ausgeblasen. Nur in den beiden bronzenen Wandlampen glomm im Glasgehäuse noch Licht. Plötzlich flackerte jedoch auch dieses und fiel in sich zusammen, bloß um anschließend als blaue Flamme hochzuzüngeln.

Der süßliche Rauch, der von den gelöschten Kerzen ausging, kitzelte Theo in der Nase. Benommen sah er sich im Raum um.

»Das ist unmöglich!«, stieß Erbett aus. »Wir sind hier nicht in Lethos! Steckst du dahinter, Akrobat?! Ist das irgendein Zauberkunststück?«

Am liebsten wäre Theo bei dieser törichten Frage in schallendes Gelächter ausgebrochen, am Ende schüttelte er aber nur schweigend den Kopf. Sein Blick hing wie gebannt an der blauen Flamme. Er hatte schon viel von ihr gehört, bis eben jedoch gehofft, er müsse sie nie im Leben mit eigenen Augen sehen.

Mylord fasste Theos Schweigen jedoch auf seine eigene Weise auf.

»Das könnte dir so passen, mir einen derart dummen Streich zu spielen! Lok! Schlitz ihm die Kehle auf!«

Die beiden Schläger packten Theo erneut bei den Schultern und pressten seine Arme auf die Tischplatte. Lok zog seinen Dolch blank und trat dicht an Theo heran.

»Ich frage dich nur noch dieses eine Mal!«, keifte Erbett. »Wie hast du das angestellt?!«

Der Rauch der erloschenen Kerzen hing inzwischen als breiter Streifen in der Luft, der sich immer stärker verdichtete, der zum Tisch waberte und um die Arila wirbelte. Der Rauch wurde zum Haar der Frau, hüllte sie ein wie ein Umhang und formte sich zu einem Schwert in ihren aparten Händen.

Dann warf sich eine Art Netz aus Schatten über Lok. Sein Aufschrei erstarb. Aus der hinteren Zimmerecke schnellte eine dunkle Peitsche hervor, wickelte sich um den Knöchel des einen Kerls, der Theo gepackt hielt, und zog ihn zurück. Der Widerling krachte zu Boden. Ein markerschütternder Schrei erhallte.

Daraufhin ließ der zweite Schläger Theo freiwillig los.

Pechschwarze Finsternis senkte sich herab. Gekeife war zu hören, Gepolter und das Prasseln des Blutes, das in einer Fontäne gegen die Decke knallte.

In dem Tumult ging auch Theo zu Boden. Er sprang jedoch sogleich wieder auf. Danach verließ er sich gänzlich auf seinen Körper. Ein Flickflack, dem sogleich ein zweiter folgte. Anschließend ein freihändig geschlagenes Rad, schnell und geschickt. Mit fließenden Bewegungen brachte sich Theo so weit wie möglich vom Tisch weg.

Seine Flucht wurde jedoch von der schwarzen Peitsche vereitelt. Sie rollte sich vor ihm zusammen wie eine Schlange und versperrte ihm den Weg zur Tür. Theo hechtete nach rechts, entkam gerade noch dem Schwert eines dieser Kraftbolzen, huschte an der Wand entlang und schlug einen Salto rückwärts. Sobald er wieder stand, sprang er, ohne auch nur eine Sekunde darüber nachzudenken, durchs Fenster, die Arme schützend vors Gesicht gerissen.

Er landete auf einem breiten Vorsprung, schraubte sich aber sofort wieder in die Luft, um zum Dach des Seitenflügels hinunterzuspringen.

Dort wirbelte er herum und hielt nach etwaigen Verfolgern Ausschau.

Tatsächlich setzte Mylord Erbett gerade zum Sprung an. Plump, wie er war, schlug er jedoch mit der Brust auf dem Dach auf und rutschte zum Rand. In letzter Sekunde fanden seine Finger Halt an den Ziegeln.

»Hilf mir!«, schrie er zu Theo hinüber. »Hilf mir, und ich vergesse, was du mir angetan hast.«

Innerlich mit sich kämpfend, trat Theo an den Mann heran, um in das vor Angst kreidebleiche Gesicht zu starren. Henryn fiel ihm ein, mit dem er fast zwei Jahre lang durch die Lande gezogen war. Und der jetzt tot war ...

»Burschen wie dich kenne ich. Ihr hängt doch alle am Leben«, wiederholte Theo die Worte, die Erbett ihm vor nicht einmal fünf Minuten an den Kopf geknallt hatte.

Dann trat er mit aller Kraft auf Mylords feiste Finger.

Ein kurzer Aufschrei zerriss die Stille, ihm folgte ein dumpfer Aufprall.

Danach blickte Theo noch einmal zu dem blau erhellten Fenster hinüber. Im fahlen Licht zeichnete sich eine Silhouette ab. Er stürzte davon, so schnell er konnte.

Was hat mir meine Vorstellungskraft da bloß wieder für einen Streich gespielt?, fragte er sich. Diese Figur im Fenster – das kann doch auf gar keinen Fall Henryn gewesen sein ...

**KAPITEL 2**

# Der Nachtclan

*Es heißt, einst habe man in den Tempeln der Erhabenen Sechs zum Schutze der Menschen gegen Melgen, Schahuter und andere Dämonen die Lichtwirker ausgebildet. Einer von ihnen, so heißt es weiter, habe indes sein Wissen dem Nachtclan verkauft, diesem Hilfe angeboten und von ihm Schüler unter seine Fittiche genommen. Wer die Menschen beschützen sollte, wurde zum Mörder an ihnen. Der Nachtclan breitete sich in zahlreichen Herzogtümern aus, die Lichtwirker hingegen zogen nach Osten und ließen sich in Ödien nieder. Sie sollten nie wieder nach Westen vordringen. Im Zeitalter des Vergessens meinte man, ihrer nicht zu bedürfen.*

Aus einer alten Überlieferung

Ein blendender Sonnenstrahl bohrte sich durch das noch grüne Blätterdach, um mit seiner warmen Hand die morgendlichen Nebel zu vertreiben. Theo wachte auf. Würzige Düfte stiegen ihm in die Nase.

Das Vogelgezwitscher, die Tautropfen, die leuchtenden Blumen und die raue Rinde der alten, leise flüsternden Bäume gaben ihm die Freude am Leben zurück.

Wie jeden Morgen dehnte und streckte er seine Muskeln. Seit Jahren schon übte er danach seine Sprungkünste und wiederholte einige akrobatische Figuren. Diese führte sein Körper mühelos und frei aus. Er brauchte längst nicht mehr darüber nachzudenken, wie er sich beugen, abstoßen oder landen musste. Ein karyphischer Kater dachte ja auch nicht nach, wenn er auf Mäusejagd ging.

Danach machte er sich daran, seine Kraft zu verbessern. Dafür wartete zum Abschluss eine Querstange auf ihn, heute in Gestalt eines dicken Astes. Mit jeder einzelnen Übung, mit jedem Hochziehen der Beine spürte er, wie seine Muskeln erwachten, wie ihm der Schweiß ausbrach, das Blut schneller durch seine Adern rauschte und die letzten Überreste jener Benommenheit vertrieben wurden, die der nächtliche Albtraum in ihm hinterlassen hatte.

Ganz am Ende schwang er sich auf den dicken Ast, stellte sich aufrecht hin, zog ein Bein an, breitete die Arme seitlich aus und schloss die Augen, damit sich sein Atem wieder beruhigte. Ein Sprung rückwärts, ein Überschlag in der Luft und eine sanfte Landung.

Eine Verbeugung vor unsichtbaren Zuschauern.

Als Theo die Augen wieder öffnete, blendete ihn die Sonne so stark, dass er blinzeln musste. Er schlenderte zu seiner Schlafstätte zurück. Die Decke lag noch im Gras. Auf ihn warteten Brot, Wasser und einige Äpfel, die er sich gestern Abend besorgt hatte, als er in einem kleinen Dorf an einem Garten vorbeigewandert war. Vor ihm lag ein beschwerlicher Weg, da wollte er noch einmal ordentlich frühstücken.

In fast allen Zirkussen kannte man ihn als Theo den Hochseilartisten. Er war mehr oder weniger unter Artisten aufgewachsen, ohne Erinnerung an seine eigentlichen Eltern oder seinen Geburtsort. Seine Augen deuteten mit dem hellen Haselnussbraun und den goldenen Einsprengseln auf das südliche Herzogtum Solanka hin, der hohe Wuchs und die blasse Haut dagegen auf das weiter im Norden gelegene Alagorien.

Wenn man ihn fragte, wo er zu Hause sei, antwortete er stets mit einem Lachen, auf der Straße. Das war nicht einmal gelogen. In den bisherigen siebenundzwanzig Jahren seines Lebens hatte es Theo schon in die entlegensten Gegenden verschlagen, außerdem liebte er seine Auftritte, die für ihn vertraut und gleichzeitig stets neu waren. Und zu seinem Glück verfügte er über die Eigenschaft, die für ein solches Leben unabdingbar war: Er klagte selten und versuchte stets, das Gute zu sehen.

Als kleiner Junge war er von einer Truppe zur nächsten weitergereicht worden. Die Arbeiten, die man ihm zuwies, hatten ihn in der Regel nicht begeistert. Dann aber fiel er bei einer großen Aufführung in Mereny dem alten Quio auf. Dieser erkannte mit einem Blick, welche Begabung in dem schlaksigen kleinen Kerl steckte. Schon bald sprachen nicht nur die Zuschauer auf den Plätzen von dem Jüngling, der auf dem Seil atemberaubende Kunststücke vollführte, sondern auch die alten Hasen des Schaustellergewerbes. Man prophezeite Theo eine große Zukunft.

Quio brachte seinem Schützling alles bei, was dieser brauchte. Er fand seinen Weg, vor allem aber fand er Freude daran, sich in seiner Kunst unablässig zu vervollkommnen.

Der Zirkus wurde sein Leben, die harte Arbeit, das Hochseil, das Gefühl zu schweben und die Gewissheit, das Schicksal in der eigenen Hand zu haben. Missglückte ihm etwas, spornte ihn das nur an. Nie unterlief ihm ein Fehler zweimal. Eine Besonderheit entging ihm allerdings nicht: Er verspürte kaum Schmerzen.

Die Zuschauer liebten ihn für seine Geschicklichkeit und seine Kühnheit, die anderen Artisten schätzten seine Freundlichkeit, seine Umsicht bei den Kunststücken und seine Zuverlässigkeit. Wer mit ihm zusammenarbeitete, wusste, dass er sich auf ihn verlassen konnte.

Wie alle Artisten war auch Theo fest davon überzeugt, den Beifall verdient zu haben, der jedes Mal losbrandete, wenn er mit verbundenen Augen einen Salto auf dem Hochseil vollführte. Aber der Erfolg berauschte ihn nicht. Er kannte seinen Wert, hielt sich jedoch nicht für etwas Besseres, was die meisten im Zirkus ihm hoch anrechneten.

»Du kannst stolz auf dich sein! Genieße deinen Ruhm, mein Junge!«, hatte Quio oft genug zu ihm gesagt und ihm mit einem Becher herben Weins zugeprostet. »Du bist jetzt ein echter Artist! Die Menschen erkennen deine Meisterschaft an. Zeige ihnen, dass du der Beste bist.«

Er wollte seinem alten Lehrer nicht widersprechen und nicht mit ihm streiten, doch hatte er längst eine schlichte Lektion gelernt: Man muss nicht jedem dahergelaufenen Gaffer beweisen, dass man der Beste ist. Es reicht, wenn man es selbst weiß.

So gewann der junge Hochseilartist die Freiheit zu tun, was ihm gefiel. Langweilte ihn ein Kunststück, ersann er ein neues.

Mit sechzehn Jahren erfüllte er sich einen lang gehegten Traum: Anlässlich der Hochzeit am Hofe des Hügelherzogtums vollbrachte Theo, was eintausend Jahre vor ihm Thion vollbracht hatte: Er balancierte auf einem Seil, das zwischen den beiden Türmen von Burg Kalaf-ym-Tark gespannt war. Direkt über dem Wasserfall Bryllendefossen.

Niemand hatte geglaubt, dass dergleichen möglich war. Die scharfen, unberechenbaren Windböen hatten bisher noch jeden vom Seil in die nebligen Tiefen gerissen, wo die Wassermassen ihn verschlangen. Trotzdem fand sich immer wieder ein Kindskopf, der die Heldentat des legendären Magiers der Vergangenheit nachahmen wollte.

»Das ist nicht dein Ernst!«, hatte Quio entsetzt ausgerufen, nachdem Theo ihn in seinen Plan eingeweiht hatte. »Für solche Dummheiten bist du zu jung!«

»Im Gegenteil«, hatte Theo erwidert. »Dafür habe ich gerade jetzt das richtige Alter.«

»Thion hatte einen magischen Fächer! Was bitte hast du vorzuweisen?!«

»Breit gefächerte Möglichkeiten.«

Er ließ sich von seinem Vorhaben nicht abbringen. Die anderen Artisten aus seiner Truppe hätten ihn am liebsten in Ketten gelegt, damit er sein Leben nicht aufs Spiel setzte. Inzwischen war allerdings der zukünftigen Herzogin, einer dunkelhäutigen, schwarzäugigen Frau aus Karyph, zu Ohren gekommen, was der junge Hochseilartist beabsichtigte. Da sie die alten Legenden liebte, wollte sie um jeden Preis erleben, wie eine davon Wirklichkeit wurde. Möglicherweise liebäugelte sie aber auch mit der Vorstellung, ihre Hochzeit mit einem Menschenopfer zu krönen, wie sie dem Vernehmen nach in Karyph gern dargebracht wurden, wenn am Himmel kein Mond stand und die Erhabenen Sechs schliefen.

So betrat Theo das Hochseil, das zwischen Himmel und Erde gespannt war. Wie einst Thion hielt er einen Fächer in der Hand. Im Unterschied zu dessen mächtigem Artefakt schützte ihn sein Utensil jedoch nicht gegen die dunkle Magie der Schahuter oder gegen sonstige Übel.

Ohne Hast, aber auch ohne Zaudern setzte er einen Fuß vor den anderen. Quios Leute aus dem Zirkus hatten das Seil vorzüglich angebracht. An keiner Stelle hing es durch. Dennoch schwankte es beachtlich, sodass Theo seinen Schwerpunkt immer wieder neu finden musste. Er hörte nichts, weder die Flüche noch das Gejohle oder die Pfiffe, nicht einmal den frenetischen Beifall. Das Fauchen des Windes und das Tosen des Wasserfalls übertönten alle anderen Geräusche.

Irgendwann vermeinte Theo, die Wassermassen schlügen im Gleichklang mit seinem Herzen gegen die Steine.

Er hielt den Blick fest auf den Westturm von Kalaf-ym-Tark gerichtet, in dem der Legende nach Schahuter die beiden Schwestern Arila und Neysi gefangen gehalten hatten. Was Thion wohl damals empfunden hat, fragte sich Theo.

Der erste Schüler des Gebannten war vor gut eintausend Jahren über ein Seil gelaufen, das Arila aus ihrem goldenen Haar geflochten hatte. Dadurch vermochte er sich der tödlichen Magie zu erwehren, die zusammen mit dem Regen auf ihn einprasselte.

Thion vollbrachte das Wunder. Als der Gebannte und Quint eintrafen, hatte er die beiden Schwestern längst befreit. Niemand hatte damals geahnt, dass er damit den Anfang vom Ende des Geeinten Königreichs eingeleitet und den Krieg des Zorns heraufbeschworen hatte …

Als Theo den Weg zur Hälfte hinter sich gebracht hatte, wäre er beinahe von einer hinterhältigen Windbö in die Tiefe gefegt worden. Wie durch ein Wunder schaffte er es aber, sein Gleichgewicht zurückzuerlangen und dem sicheren Tod zu entgehen. Er setzte seinen Weg fort, als wäre nichts geschehen, eine winzige Figur zwischen der Welt der Toten und der Welt der Lebenden.

Sobald er sein Ziel erreicht hatte, brach aus Tausenden von Kehlen begeistertes Johlen aus. Die Menschen schienen wie von Sinnen. Einer von ihnen, ein Junge von sechzehn Jahren, der keine Magie anrufen konnte, hatte das Wunder Thions wiederholt. Die Zuschauer jubelten, als hätte Theo damit ihrer aller Haut gerettet.

»Vielleicht hast du sie wirklich alle gerettet«, hatte Quio an jenem Abend gemurmelt, nachdem er schon ziemlich tief ins Glas geblickt hatte. »Vor der Fadheit und dem Mittelmaß. Beides setzt ihnen tagein, tagaus zu. Genieße also deinen Tag! Die eine Hälfte dieser Menschen würde dich auf Händen tragen, die andere sich dir hingeben, nur um etwas von deinem Erfolg abzubekommen. Ich bin wahrscheinlich heute der größte Glückspilz, denn mit mir sitzt du zusammen. Du atmest meine Schnapsfahne ein, statt mit den anderen zu feiern.«

Ein paar Tage später ließ ihm die frischgebackene Herzogin einen Beutel mit fünfundzwanzig Goldstücken und eine Stahlbrosche in Gestalt eines Greifen zukommen, des Wappentiers des Herzogtums Karyph. Zum Zeichen ihrer Huld.

Danach hagelten Angebote auf ihn ein.

Mehr als ein Zirkus wollte ihn verpflichten, darunter die bekannte Truppe der *Fliegenden Löwen* aus Piena oder die *Goldenen Herzen Meister Farlys*. Sie alle wollten ihn langfristig an sich binden. Zu guten Bedingungen. Einer der Herrscher aus dem Kleinkönigreich schlug ihm vor, bei Hofe aufzutreten, wenn man das nächste Mal den Tag feierte, an dem die Erhabenen Sechs von den Astoré die Magie erhalten hatten. Andere Städte luden ihn ein, seine Kunst beim Fest zum Gedenken an den Sieg über den Dunklen Reiter vorzuführen.

Er lehnte alle Angebote ab und blieb bei Quio. Damals ahnte er nicht, dass das letzte Lebensjahr seines Lehrers angebrochen war. In der nächsten Saison feierten sie noch Erfolge, zogen von Fichzien nach Iriasta, dann aber sollte sich das Blatt wenden. Für Theo begann ein Leben ohne Quio. Seine Kindheit war endgültig vorüber.

Im Alter von neunzehn Jahren begeisterte er die Zuschauer

bei einem Fest in Trettins Hauptstadt Riona derart, dass man ihn bat, der herzoglichen Truppe beizutreten. Sie galt als eine der besten weltweit.

Abermals lehnte er ab.

Als einige seiner Kollegen davon hörten, erklärten sie ihn für verrückt. Sie hielten ihn zwar nicht für einen Gernegroß, aber für einen ausgemachten Narren, denn nur ein Narr zog einem prall gefüllten Münzbeutel, einem sorglosen Leben und der Liebe reicher Gönnerinnen die staubige Straße vor, auf der man jederzeit von Räubern überfallen werden konnte.

Der Herzog fasste Theos Absage als persönliche Beleidigung auf. Seitdem mied Theo Trettin tunlichst. Den Kopf ließ er deswegen jedoch nicht hängen. Dazu war die Welt zu groß ...

Nachdem er sein Frühstück beendet hatte, rollte er seine Decke ein, knüpfte sie an seinen Rucksack und schulterte diesen. Schwer war er nicht. Trotzdem meldete sich sein Rücken. Theo schob es auf den Albtraum, der ihn in der Nacht gequält hatte.

Forschen Schrittes hielt er auf die Straße zu. Um sie zu erreichen, musste er eine Furt durch einen kleinen Fluss mit trägem, öligem Wasser durchqueren. Dabei schreckte er einen Graureiher auf, der dort auf Jagd ging. Anschließend verharrte er noch einige Minuten im Schutze eines Haselstrauchs.

Der Mord an Henryn lag nun eine Woche zurück, inzwischen trennte Theo ein gewaltiger Abstand von Taver. Obwohl er nicht fürchtete, verfolgt zu werden, ließ er es angesichts der Rachsucht einiger Adliger lieber nicht an Vorsicht mangeln. Deshalb wollte er auch als Nächstes in Grenzmark ein Schiff nach Darjen nehmen.

Dort würde er mühelos neue Arbeit finden, denn um diese Zeit, im Monat des Kranichs, trudelten in der dortigen Hauptstadt zahlreiche Zirkustruppen ein. Bei einer von ihnen könnte er mit Sicherheit unterkommen.

Die Küste würde er in etwa einer Woche erreichen, und falls ihn jemand mit dem Wagen mitnehmen oder ihm ein Pferd schenken würde, sogar etwas früher. Aber wahrscheinlich fand er eher einen Schahuter unter seiner Matratze, als dass er eines solchen Wunders teilhaftig würde.

Jäh verzog er das Gesicht. Schahuter. Geister ... Seine Sorglosigkeit war wie weggeblasen. Was in der Nacht von Henryns Tod geschehen war, stellte für ihn noch immer ein Rätsel dar. Einzig und allein in Lethos nahm eine Flamme unvermittelt eine blaue Farbe an, hier auf dem Festland jedoch niemals ...

Doch genau das war geschehen. Theo konnte sich das nur mit der Statue der Arila erklären. Auf sie musste auch diese Schattenpeitsche zurückgehen. Die Erinnerung an diese Geschehnisse setzte Theo nach wie vor zu.

Er riss sich aus seinen Gedanken und trat aus dem Gebüsch heraus. Auf der einen Seite der Straße zog sich unverändert der Wald dahin, auf der anderen lagen nun Felder, auf denen die Bauern die Ernte einholten. Gelegentlich begegneten ihm Menschen, doch sie alle wollten nach Südosten, in die Stadt Vesto. Auf seinem Weg zur Küste war er schon bald ganz allein.

Die Hitze war geradezu mörderisch. Riesige Bremsen schwirrten durch die Luft, auf einen Stich erpicht. Von Westen zog ein Unwetter heran. Wiederholt legte Theo an einem Bach eine Rast ein, um seinen Durst zu löschen. Beim letzten Mal überholte ihn dabei eine Frau, die ihn aber nicht ansprach. Wenige Minuten später eilte Theo ihr nach, voller Freude, wenigstens etwas Gesellschaft zu haben.

Als die Frau das Geräusch von Schritten hörte, fuhr sie herum und maß Theo mit einem misstrauischen Blick. Er setzte sein entwaffnendstes Lächeln auf.

Die Frau war nicht sehr groß, schon älter, sehnig und von Natur aus leicht dunkelhäutig, nun aber noch zusätzlich gebräunt. Sie schien nur aus Ecken und Kanten zu bestehen. Das Haar hatte sie zu einem kurzen Zopf zusammengebunden. Es war bereits reichlich von grauen Strähnen durchzogen. Die schmale Linie der Lippen, scharf hervortretende Wangenbeine, eine gerade Nase mit geblähten Flügeln und ein schmales Kinn fügten sich zu wässrigen, fast farblosen blauen Augen mit kaltem, stechendem Blick.

Ihre Kleidung war bequem und praktisch. Hosen aus derbem Stoff, ausgesprochen solide Stiefel mit hohem Schaft und ein geflicktes Hemd mit weiten Ärmeln, wie es die ärmeren Frauen in Dawor gern tragen. Nur wirkte sie überhaupt nicht wie eine Daworerin. In ihrem Haar schimmerte unverkennbar das einstige Rot durch, das die Frau aus dem Norden verriet.

»Ich bin Theo«, ergriff dieser das Wort.

Die Hand der Frau fuhr sofort in den Leinenbeutel, der über ihrer Schulter hing. Wahrscheinlich steckte dort ihr Geld, das sie gegen jeden Dieb schützen würde.

»Das ist mir einerlei«, brummte sie.

»Ich wollte dich nicht erschrecken«, versicherte Theo mit einem noch strahlenderen Lächeln. »Wir gehen ja offenbar in die gleiche Richtung. Aber wenn meine Gesellschaft nicht erwünscht ist ... Mach es gut!«

Sie sah ihm einige Minuten ungläubig nach, ehe sie tief durchatmete, eine Hand an die Schläfe presste und ungläubig den Kopf schüttelte. Auf ihrem Gesicht lag ein Ausdruck, als kennte sie sich selbst nicht mehr.

Theo war bereits hinter der nächsten Biegung verschwunden, doch sie hatte sich immer noch nicht vom Fleck gerührt. Sie blickte zurück in die Richtung, aus der sie gekommen war. Ein paar Reiter sprengten heran. Hals über Kopf stürzte sie davon.

In den Wald.


Am ersten Fluss hielt sie an, trank gierig wie eine Elchkuh, die nach einer langen Flucht vor einem Wolfsrudel am Ende ihrer Kräfte war. Doch selbst während sie ihren Durst stillte, lauschte sie aufmerksam und blieb auf der Hut. Angespannt. Die Jagd war noch nicht vorbei, das wusste sie. Ihr war lediglich eine kurze Pause vergönnt.

Nach einer Weile wischte sie sich die nassen Lippen mit dem Ärmel ihres braunen Hemdes ab.

»Was bist du nur für eine alte, zerzauste Katze!«, murmelte sie, als sie ihr eigenes Spiegelbild auf der Wasseroberfläche betrachtete. »Und warum verreckst du nicht einfach?«

Seit drei Jahren hatte sie die fünfzig überschritten. In Niedermark galt sie damit bereits als Greisin, denn die Menschen in dem Herzogtum an der Grenze zu Ödien erreichten nur selten ihr sechzigstes Lebensjahr. Aber für eine Greisin war Laviany noch erstaunlich kräftig, wendig und ausdauernd.

Nur hätten die mich mal in meinem zwanzigsten Unwetter kennenlernen sollen!, schoss es ihr durch den Kopf. Gleich darauf schnaubte sie. Die Unwetter ... Wie lange hatte sie schon nicht mehr daran gedacht, wie die Lebensjahre in ihrer Heimat gezählt wurden!

»Hol mich doch der Gebannte! Ich hab Wichtigeres zu tun, als mir den Kopf über mein Alter zu zerbrechen!«, murmelte sie und erhob sich, wirbelte jedoch sogleich herum.

Sie meinte, hinter sich einen Ast knacken gehört zu haben.

Nach kurzem Lauschen begriff sie, dass sie sich das Geräusch bloß eingebildet hatte. Daraufhin öffnete sie die oberen Knöpfe ihres Hemds und zog es sich über den Kopf. Das schmale Band, mit dem sie ihre Brust umwickelt hatte, legte sie zum Waschen aber nicht ab.

Lavianys Oberkörper bestand nur aus spitzen Knochen. Die Schulterblätter zeichneten sich klar unter der Haut ab. Sobald sie sich indes anspannte, wölbten sich ihre Rückenmuskeln. Und das waren keineswegs die einer alten Frau. Eher die einer jungen Läuferin oder einer Lanzenwerferin aus Alagorien, dem Herzogtum, das für seine kämpferischen Frauen berühmt war.

Lavianys Körper war übersät von Narben. Hauptsächlich alten, verblassten, aber auch zwei neueren, die noch rosa schillerten. Eine auf der linken Seite – sie stammte von einem Stilett –, eine an der rechten Schulter, unmittelbar unter der Tätowierung, die zwei leuchtend blaue Schmetterlinge und einen Wasserfall darstellte.

Sobald sie sich abgespült hatte, zog sie ihr Hemd wieder über den nassen Körper, nahm ihre Tasche an sich und eilte tief in den Wald hinein.

Eigentlich mochte sie keine Wälder. Die verstand sie nämlich nicht. Das gedämpfte Licht, das Flüstern in den Baumwipfeln, die Schreie der Vögel, die Spinnennetze über den Pfaden, der schwere Geruch verfaulten Laubs, das eintönige Sirren der Mücken – all das war ihr fremd, denn sie hatte ihr Leben in Städten verbracht.

Dort löste sie sich mühelos in der Masse auf und fand überall eine Schlafstätte, sei es auf Dachböden oder in Kellern, sei es in einem Straßengraben oder in Häusern, Scheunen, Palästen oder Tempeln. Dort wollte sie sterben – und nicht in irgendeinem namenlosen Wald.

Und das würde sie auch nicht. Sie würde ihre Verfolger erledigen und sich anschließend endlich ausschlafen. Bei allen Schahutern, sie brauchte Schlaf! Eine geschlagene Woche war sie jetzt bereits auf der Flucht! Kein Auge hatte sie zugemacht. Gegessen hatte sie auch kaum etwas ...

Doch Schlaf und Essen mussten warten. Vermutlich, bis sie auf einem Schiff war, das sie nach Hause brachte, selbst wenn sie sich an dieses Zuhause kaum noch erinnerte.

Lethos. Das verfluchte Herzogtum, aus dem man sie verschleppt hatte, als sie noch keine sieben Jahre alt gewesen war.

Abermals blieb Laviany stehen und lauschte im Schutze eines Haselstrauchs. Wie ein Tier sog sie die Luft ein. Der Wind trug den schwachen Geruch fremden Schweißes heran. Siegesgewiss grinste sie, wobei ihre ungewöhnlich gleichmäßigen, weißen und für ihr Alter noch erstaunlich vollzähligen Zähne aufblitzten.

Aus der Ferne hörte sie Stimmen.

»Was für Hohlköpfe!«, stieß sie leise aus. »Aber gut, das macht die Sache für mich nur umso einfacher!«

Die Männer liefen offen durch den Wald. Das konnte nur eines bedeuten: Sie gehörten nicht zu Borg, denn dessen Handlanger ließen mittlerweile die nötige Vorsicht walten. Seit Laviany ihnen eine Abreibung verpasst hatte. Nun rührten sie sich nicht mehr vom Fleck, sondern warteten auf Shreff, damit er die Angelegenheit zu Ende brachte. Laviany hoffte allerdings inständig, vorher auf dem Schiff zu sein ...

Wenn das aber nicht Borgs Männer waren, dann hatten sie auch keine klare Vorstellung davon, mit wem sie sich anlegten. Das waren gewöhnliche Kopfgeldjäger, wie es sie zuhauf gab.

»Und ihr wollt es mit mir aufnehmen?«, murmelte sie, während sie sich umsah, um einen Schlachtplan zu entwickeln.

Eine Reihe Sträucher, dahinter eine zweite, dann die Espen – ausreichend Schutz, um bis zu dem Felsen weiter hinten zu gelangen. Der würde ihr gleichsam den Rücken frei halten. Von dort aus könnte sie sich entweder nach links durch die Brennnesseln oder nach rechts zu den nächsten Haselsträuchern schlagen. Sie nahm die Tasche von der Schulter und versteckte sie im Unterholz. Die würde sie nachher holen.

Es waren fünf Männer, zwei davon mit Bogen, in die sie bereits Pfeile eingelegt hatten. Laviany genügte ein Blick, um zu erkennen, von wem die größte Gefahr für sie ausging: Sie sollte sich in erster Linie vor dem hochgewachsenen Mann aus Dagewar hüten, der den Schluss der Truppe bildete. Eine leuchtend blaue Tätowierung zog sich quer über sein flaches Gesicht, von der linken Schläfe zum Auge und weiter über die Wange zum Bart. Ein ehemaliger Sträfling.

»Wir hätten Hunde mitnehmen sollen«, murrte einer der beiden Bogenschützen, während er auf dem Boden nach Spuren Ausschau hielt.

»Und wo hättest du die hernehmen wollen?«, ätzte der Mann links von ihm, ein schon etwas älterer Kerl mit aufwendig gezwirbeltem Schnurrbart. Nun drehte er sich zu dem Dagewarer um. »Weshalb macht ihr um ein altes Weibsbild eigentlich so ein Gewese? Wem ist die in Pubyr denn auf die Füße getreten?«

»Du kriegst dein Geld«, erwiderte der Dagewarer nur, »also arbeite auch dafür!«

Der Kerl mit dem Schnurrbart wollte schon seine Fäuste sprechen lassen, seufzte dann aber bloß schicksalsergeben –

und krümmte sich in der nächsten Sekunde über Lavianys Wurfmesser zusammen, das sich in seinen Bauch gebohrt hatte.

Spinnengleich huschte diese bereits nach rechts weiter und zog die zweite Klinge aus einer schmalen Scheide. Diesmal zielte sie auf den Bogenschützen und brachte sich nach dem Wurf sofort hinter einem kleinen Himbeerstrauch in Sicherheit, ohne sich auch nur zu vergewissern, dass sie getroffen hatte.

Sie wusste, dass das der Fall war.

Tief gebückt erreichte sie den Baum, den sie sich vorhin ausgeguckt hatte, und verbarg sich hinter seinem Stamm. Sie sah sich kurz um, dann setzte sie ihren Weg fort.

Gerade noch rechtzeitig, denn inzwischen hatte der zweite Bogenschütze sie entdeckt und seinen Pfeil abgeschickt. Er streifte nur noch ihr Haar, der Tod musste sich noch einmal gedulden. Laviany durchquerte einen ausgetrockneten Bach. Ihr Vorsprung reichte gerade aus, um gefahrlos das kleine Stück offenen Geländes hinter sich zu bringen, das sie vom nächsten Felsblock trennte. Schon sirrte der nächste Pfeil durch die Luft.

»Beim Gebannten!«, brüllte einer der Kerle, der mit einer Axt bewaffnet war. »Kannst du nicht mal ein altes Weib treffen?«

Unterdessen versuchte der Dagewarer sich von links an Laviany anzupirschen und ihr damit die Möglichkeit zum Rückzug zu nehmen.

Diese lugte kurz aus ihrem Versteck. Sofort gab der Bogenschütze einen weiteren Schuss ab. Wäre sie nur etwas langsamer gewesen, hätte der Pfeil ihr das Auge durchbohrt.

»Sollen dich doch die Schahuter holen, du elendes Weib!«, brüllte der Kerl. »Kannst du nicht wenigstens einmal stillstehen?!«

»Den Gebannten werd' ich«, flüsterte Laviany, denn Tatenlosigkeit hatte noch niemanden gerettet.

Bäuchlings robbte sie auf die nächste Reihe von Haselsträuchern zu, wobei sie sich die Flugbahn des Pfeils vergegenwärtigte und darauf achtete, stets hinter dem Felsblock in Deckung zu bleiben.

»Die schnapp ich mir!«, brüllte der Bogenschütze, der aber noch immer auf die Stelle zielte, wo sie sich bis eben versteckt hatte.

Laviany grinste in sich hinein, erhob sich auf alle viere, kroch noch ein paar Yard weiter und schlüpfte zwischen den Sträuchern hindurch, ohne die Zweige auch nur zum Zittern zu bringen.

»Verflucht! Die hat sich in Luft aufgelöst!«

»Hast du vielleicht angenommen, sie würde darauf warten, sich von dir wie ein Haselhuhn abschießen zu lassen, du Knallkopf?!«

Da Laviany inzwischen rannte, verebbten die Stimmen hinter ihr. In ein paar Minuten würden die Männer die Lichtung nach ihr abgesucht haben und die Jagd erneut aufnehmen.

Blieb die Frage, wer wen zuerst erwischte.

Im Schutz der Sträucher hielt sie wieder auf die Lichtung zu, kam aber fünfzig Yard weiter links von der Stelle heraus, wo die beiden Leichen lagen. Geduckt eilte sie zu ihnen. Zu ihrer unsagbaren Enttäuschung hatten die Männer die Wurfmesser herausgezogen.

So dumm sind die gar nicht!, musste sie sich eingestehen. Schade. Aber mit Sicherheit hat der Dagewarer daran gedacht, die Klingen mitzunehmen und die Sehne des Bogens zu durchtrennen.

Laviany grinste in sich hinein. Sie würde sich durchaus mit dem zu behelfen wissen, was sie bei sich trug. An ihrem Gürtel hing noch eine lange, schmale Klinge. Die meisten Menschen hielten sie für ein schlichtes Werkzeug, hervorragend geeignet, um beispielsweise Wildlachs auszunehmen.

Im Grunde hatten all diese Menschen recht. Im Grunde. Denn Laviany vermochte mit dieser Klinge nicht nur Fische zu filetieren ...

Im Nu zog sie ihre Schuhe und ihr Hemd aus. Der Bogenschütze mochte ein Einfaltspinsel sein, aber mit seinem Augenmaß stimmte alles. Wenn sie nicht umsichtig handelte, würde ihre nächste Begegnung mit einer Pfeilspitze mindestens zwischen ihren Rippen, womöglich sogar in ihren Eingeweiden enden. Das aber kannte sie bereits. Und auf eine Wiederholung des Erlebnisses war sie nicht erpicht.

Weder die pikenden Äste noch die verwelkten Brennnesseln oder die Steine beeinträchtigten Laviany. Selbst barfuß trat sie gleichmäßig und sanft auf, versetzte sie das Gras kaum in Bewegung.

Nach einer Weile stahl sich ein Lächeln auf ihre Lippen. Sie sah die Rücken ihrer Verfolger vor sich.

Der Dagewarer lief nun an der Spitze. Ohne Frage verdross ihn Lavianys Verschwinden ungemein. Noch stärker dürfte er sich aber wohl über seine Gefährten ärgern. Der Bogenschütze schaute sich ja wenigstens noch nach links und rechts um, der Kerl mit der Axt in der Hand wollte jedoch eine weitere Auseinandersetzung allem Anschein vermeiden.

»Beim Gebannten, was haben wir hier eigentlich noch verloren?!«, knurrte er. »Dieses Miststück hat bereits Vito und Ryk umgebracht!«

»Hau halt ab, wenn dir das lieber ist, Dro«, erwiderte der Bogenschütze. »Aber ich bin erst zufrieden, wenn das Luder einen Pfeil in der Leber hat!«

Laviany atmete tief durch. Ihre tätowierten Schmetterlinge zuckten mit den Flügeln, der Wasserfall ergoss sich in die Tiefe. Mit fünf langen Sprüngen war sie bei diesem Dro. Der wollte sich gerade umdrehen und hatte die Axt bereits zum Schlag erhoben. Allerdings bewegte er sich etwa so schnell wie eine Fliege, die in Sirup gefallen war.

Laviany holte entschlossen aus und zeichnete mit ihrer Klinge eine feine purpurrote Linie unter seinem Kinn. Mit diesem einen Streich hatte sie den dritten Halswirbel durchtrennt. Der Kopf saß nur noch dank der kräftigen Muskeln auf den Schultern …

Frisches, schäumendes Blut spritzte auf und regnete auf Lavianys Rücken, als sie an Dro vorbeihuschte, der immer noch auf zwei Beinen stand, obwohl er längst ein toter Mann war.

Der Bogenschütze warnte den Dagewarer mit einem lauten

Schrei und schickte seinen Pfeil auf die Reise, der eine Stelle unter Lavianys Schlüsselbein zum Ziel hatte. Diese blieb ganz ruhig stehen. Mit peinigendem Schmerz verbrannte einer der leuchtend blauen Schmetterlinge auf ihrem rechten Schulterblatt. Der Wasserfall riss die Flügel in die Tiefe.

Laviany wurde durchsichtig wie eine Qualle. Fassungslos starrte der Bogenschütze auf ihre Eingeweide, auf die pumpenden Lungen, das sich zusammenziehende Herz und die prallen Blutgefäße.

Der Pfeil ging durch Lavianys Körper hindurch. Sobald er am Rücken austrat, stand vor dem Bogenschützen wieder eine gewöhnliche Frau. Sofort katapultierte Laviany sich in die Höhe. Ihr Gegner griff nach dem nächsten Pfeil im Köcher.

Sie schoss förmlich auf ihn zu, bohrte ihm die Knie in die Brust und brachte ihn zu Fall. Er landete rücklings auf dem Boden. Ihr Fischermesser verrichtete sein Werk. Mit dem ersten Stich traf sie das Rückenmark und lähmte dadurch den Unterleib des Mannes, mit dem zweiten durchtrennte sie eine Ader im Bauch.

Ihm würde noch ausreichend Zeit bleiben zu bedauern, sie Luder genannt zu haben ...

Der Dagewarer hatte offenbar das Weite gesucht. An jedem anderen Tag hätte Laviany ihn ziehen lassen – aber nicht heute. Solange sie nicht wusste, wo noch Häscher lauerten, durfte sie auf gar keinen Fall das Risiko eingehen, dass dieser Kerl womöglich ein ganzes Rudel Kettenhunde auf sie hetzte.

Am Rand des Waldes bewegte sie sich parallel zu ihm, dabei immer wieder in Deckung gehend und das Messer bereit haltend. Als er sie bemerkte, war es für ihn zu spät. Mit seinem Schwert kappte er nur die Spitze von Lavianys Zopf, während sie ihm das Messer in den Hals bohrte und dabei die Nerven über seinem Schlüsselbein durchtrennte. Damit war sein Arm außer Gefecht gesetzt.

Sie hatte ihr Ziel erreicht.

Denn sie brauchte ihn lebend.

Mit einem weiteren Streich schlitzte sie ihm eine Sehne unter der Ferse auf und trat ihm gegen die Beine. Sobald er am Boden lag, presste sie beide Knie auf seinen noch bewegungsfähigen linken Arm und hielt ihm das Messer ans Auge.

»Was hast du mir zu sagen?«, fragte sie im groben Dialekt der Habenichtse aus Dagewar.

»Dass deine Mutter die Skorpione füttern soll!«, zischte er, verschluckte sich aber an seinem eigenen Schrei, als Laviany ihm die Spitze der Klinge ins Auge bohrte.

»Pst!«, flüsterte sie ihm geradezu sanft ins Ohr und hielt ihm gleichzeitig den Mund zu. »Du glaubst doch nicht wirklich, dass ich dich jetzt töte? Dass du so leicht davonkommst? Nein, mein kleiner Wirrkopf, ich steche dir jetzt erst dein zweites Auge aus und zwinge dich, es runterzuschlucken. Dann schneide ich dir die Zunge ab und alles, was ich in deinen Hosen finde. Aber hoffe nicht darauf, zu verbluten, das werde ich zu verhindern wissen. Glaub mir, darauf verstehe ich mich. Anschließend schleife ich dich zum nächsten Ameisenhaufen und setze all mein Können daran, dass du so lange lebst, bis die Ameisen dein Hirn verschmaust haben. Du weißt ja, wozu Frauen wie ich imstande sind. Du warst überhaupt der Einzige von euch Hohlköpfen, der wusste, wer und was ich bin. Deshalb bist du abgehauen, als du den Brandgeruch bemerkt hast.«

Selbstverständlich log sie. Sie hatte weder den Wunsch noch die Zeit, sich lange mit diesem Stück Fleisch aufzuhalten. Aber das brauchte sie auch nicht.

»Shreff erwischt dich doch«, stöhnte der Dagewarer.

»Vielleicht.« Sie verpasste ihm eine Ohrfeige, als er ohnmächtig zu werden drohte. »Aber du wirst dann schon tot sein und mich auf der anderen Seite erwarten. Bleibt die Frage, wie du dorthin gelangst. Rasch und mit einem einzigen Messerstich oder dank der Kiefer Tausender von Ameisen. Wo ist Shreff?«

Er rang nach Atem und kämpfte gegen den Schmerz, sie drückte mit dem Daumen auf einen Punkt seiner Handfläche, bis er aufjaulte.

»Gestern war er noch in Darjen, aber heute wollte er es verlassen und hierherkommen, weil er dringend auf Nachrichten wartet.«

»Von wem?«

»Keine Ahnung! Von irgendeinem Fettsack und einem Weibsbild!«

»Sind noch mehr hinter mir her?«

»Ja. Ein Trupp von sechs Mann, aber die suchen weiter westlich. Einen Tagesmarsch von hier.«

»Wie viele seid ihr insgesamt?«

»Genug«, stieß er voller Rachsucht aus. »Genug, um dich zu zerquetschen und im Meer zu ersäufen!«

»Ich bin ein kleiner Wal, ich werde nicht untergehen.«

»Hä?«

»Das hat mir meine Mutter immer gesagt«, erklärte Laviany und bohrte ihm das Messer bis zum Heft in den Leib, um ihm einen schnellen Tod zu schenken. »Und sie füttert keine Skorpione! Ganz im Gegensatz zu dir!«

## KAPITEL 3

# Schulden

*Dreimal habe ich Dir Gutes erwiesen, um Dir Deine guten Taten zu entgelten, sind Schulden doch mit der Münze zurückzuzahlen, die Du selbst erhalten hast. Tust Du das nicht, ziehen sie Dich auf die andere Seite. In die Klauen der Schahuter.*

Aus einem Märchen, das im Herzogtum Iriasta erzählt wird

Laviany erreichte das Dorf erst gegen Mittag. Innerlich schimpfte sie auf sich, so viel Zeit verloren zu haben. Doch sie hatte sich noch ihre Wurfmesser von den Leichen holen müssen. Bei der Gelegenheit hatte sie gleich deren Taschen geleert und die paar Silbermünzen von geringem Wert eingesteckt.

Bei dem Dagewarer hatte sie noch einen Brief entdeckt, der zu ihrer großen Enttäuschung jedoch nicht sie betraf, ja, er kam nicht einmal aus Pubyr, dem Hauptsitz des Nachtclans. Erstaunlich, aber selbst ein Widerling wie er besaß irgendwo eine Familie ...

Dann hatte sie Stiefel und Hemd wieder angezogen, ihre Tasche geschultert und sich zur Straße zurückbegeben. Der Kampf gegen ihre fünf Verfolger hatte sie erhebliche Kräfte gekostet. Nun setzte ihr Hunger zu. Shreff hätte vermutlich das Fleisch der von ihm getöteten Menschen verschlungen, sie war da etwas pingeliger.

Laviany hoffte, wenigstens eine Weile ihre Ruhe zu haben, schließlich würden ihre Häscher wohl ein paar Tage brauchen, um dahinterzukommen, dass einer ihrer Suchtrupps verschwunden und Laviany ihnen entwischt war. Sie wollte endlich etwas essen und vor allem endlich ausschlafen.

Im Dorf kaufte sie einer Bäuerin all ihre Hühnereier ab, acht an der Zahl. Vor den Augen der erstaunten Frau schlürfte sie diese aus. Sofort erfüllte sie angenehme Wärme.

»Möchtest du vielleicht Wurst oder Milch?«, erkundigte sich die Bäuerin.

»Nein danke. Aber gegen ein paar weitere Eier hätte ich nichts einzuwenden.«

»Wie viel möchtest du denn noch?«

»Ich nehme alle, die du hast, sofern es nicht mehr als zwanzig sind.«

Als die Bäuerin erkannte, welches Geschäft hier winkte, klapperte sie die Nachbarhäuser ab. Am Ende brachte sie Laviany sechzehn Eier. Zufrieden nahm sie von dieser irren Unbekannten einen ganzen Silberling entgegen, was mindestens zwanzigmal zu viel war. Doch darüber verlor die Frau kein Wort.

Sobald Laviany ihren Weg fortsetzte, verputzte sie ein Ei nach dem nächsten. Bei einigen jungen Feldarbeitern fragte sie nach einer Herberge. Alle Hände deuteten zu einer hohen Mühle, deren Flügel rot leuchteten.

»Da hinten ist die Stadt Orces«, sagte eine junge Frau von etwa fünfzehn Jahren, während sie sich mit dem Handrücken den Schweiß von der Stirn wischte. »Dort gibt es eine große Herberge. Sie heißt *Hopfen und Schwein*.«

»Sie ist groß, sagst du? Dann ist sie bestimmt auch teuer. Gibt es auch eine kleinere? Billigere?«

»Ja, *Arilas Maske*. Die liegt am Stadtrand. Geh am Friedhof und dem Tempel für die Erhabenen Sechs vorbei, bis zum Ende der Straße des Handels.«

Eine Stunde später hatte Laviany ihr Ziel erreicht. *Arilas Maske* gefiel ihr auf Anhieb. Schlicht und mit nur wenigen Gästen. Genau das brauchte sie, um sich in Ruhe auszuschlafen.

Der Wirt war ein wortkarger Mann in mittleren Jahren. Ohne lästige Fragen zu stellen, brachte er sie über eine Außentreppe hinauf zu einer dunklen Dachkammer mit schrägen Wänden, die erstaunlich sauber und aufgeräumt war.

»Das wolltest du doch, oder?«, brummte er. »Das billigste

Zimmer, aber mit eigenem Aufgang. Ich will nur hoffen, dass du nicht die Absicht hast, die Zeche zu prellen und klammheimlich zu verschwinden!«

Da sie getrost darauf verzichten konnte, ständig von diesem Kerl im Auge behalten zu werden, händigte sie ihm das Geld vorab aus. Zufrieden steckte er es in die Tasche seiner Schürze.

»Willst du was essen?«, fragte er. »Wenn nicht, ist der Herd in einer Stunde kalt. Dann gibt es erst wieder am Abend was.«

Eigentlich wollte Laviany nur schlafen, doch der Verstand gebot ihr, unbedingt etwas zu sich zu nehmen.

»Kannst du mir ein Rührei machen? Mit acht Eiern und etwas Fleisch?«

»Speck?«

»Wenn, dann ohne Fett. Und dazu Wasser. Eine ganze Kanne voll.«

»Sind ja ganz neue Sitten! Wasser! Daran verdien ich doch nichts!«

Nachdem der Mann sie allein gelassen hatte, stopfte sie ihre Tasche unter das Bett und ging dann ebenfalls hinunter, um einen Raum zu betreten, in dem es nach Essen roch.

An den Tischen saßen vier Mann, drei zusammen, einer allein. Der Gehilfe des Wirts wischte gerade vergossenen Wein und verspritztes Fett von der Theke.

Die drei Männer in der hinteren Ecke hatten die Köpfe zusammengesteckt und fuhren mit den Fingern über eine Karte. Diese Kerle missfielen ihr auf Anhieb. Wettergegerbte Gesichter, Schwerter und Dolche griffbereit, dazu noch Armbrüste auf dem Fensterbrett, die bestens geeignet waren, einen Schuss vom Pferd abzugeben. Harmlose Reisende waren das gewiss nicht.

Der vierte Mann war derjenige, den sie schon getroffen hatte. Dieser hochgewachsene Bursche. Er saß etwas abseits, die haselnussbraunen Augen zusammengekniffen, und verspachtelte sein Essen. Als er sie entdeckte, lächelte er sie freundlich an, beugte sich dann aber wieder über sein Essen. Laviany wählte den Platz in der dunkelsten Ecke und musste alles daransetzen, ihre Wut auf den Burschen zu bezwingen.

Was ist das bloß?, fragte sie sich. Warum juckt es mich geradezu in den Fingern, den Kerl umzubringen?

Schon bei ihrer ersten Begegnung hatte sie diesen Wunsch verspürt und sogar nach dem Messer in ihrer Tasche gegriffen. Nur seine Freundlichkeit hatte sie abgehalten, dem Wunsch Taten folgen zu lassen. Obendrein war er weitergezogen, bevor sie zu Letzterer hätte schreiten können.

Sie war sich sicher, dass er nicht zu Borgs Männern gehörte. Trotzdem wollte sie diesen Theo unbedingt ausschalten. Noch nie im Leben hatte Laviany etwas Vergleichbares empfunden. Stets hatte sie beherzigt, was man ihr beigebracht hatte: Erledige deine Arbeit ruhig, ohne dich von Gefühlen beeinflussen zu lassen. Deshalb tötete, quälte und verkrüppelte sie kalt und nie aus einer Laune heraus.

Einen Grund, sich auf diesen Mann zu stürzen, gab es aber nicht ...

»Soll dich doch der Gebannte holen, du elender Streifenfisch!«, murmelte sie und stierte auf die Tischplatte, um ja keinen weiteren Blick auf diesen Theo zu werfen. »Warum habe ich mich nicht bloß gleich schlafen gelegt?! Wahrscheinlich habe ich inzwischen wirklich den Verstand verloren!«

Der Gehilfe des Wirts brachte ihr eine Kanne mit Wasser und einen Becher aus hellem Ton. In einem einzigen Zug leerte sie die halbe Kanne. Danach wartete sie mit verschränkten Armen auf ihr Essen. Unwillkürlich glitt ihr Blick wieder zu Theo hinüber.

Im Großen und Ganzen sah er aus wie jemand aus Alagorien, nur die Augen passten nicht ins Bild. Im Sonnenlicht wirkten sie sattgolden wie guter Weinbrand, der lange in einem Weinfass aus Arniya herangereift war.

Ein weiteres Rätsel brachte sein Körperbau mit sich. Der Mann war kräftig und muskulös, gleichzeitig aber auch schlank und geschmeidig. Das hatte Laviany schon bei ihrer ersten Begegnung bemerkt – und ebendas hatte sie misstrauisch werden lassen. Junge Männer, die ihr Schwert zu führen wussten, hielten sich in dieser Weise mit stolz erhobenem Kopf aufrecht.

Nur sie bewegten sich leicht und gleitend wie eine Feder, die vom Wind erfasst worden war.

Die Hände des Mannes waren groß, aber die Finger zu lang und schmal, sodass Laviany annahm, sie habe nicht einen Packarbeiter, sondern eher einen Künstler oder Musikanten vor sich. Dafür jedoch war dieser Theo wiederum zu kräftig ...

Ob er ein Fechter ist?, grübelte sie weiter. Nein, auch unwahrscheinlich. Nicht bei diesem Blick. Außerdem trägt er keine Waffe bei sich.

Abermals setzte ihr ein stechender Schmerz in der Schläfe zu. Wenigstens brachte der Gehilfe des Wirts ihr endlich eine gusseiserne Pfanne mit Essen. Die Eier mit Speck brutzelten noch. Sofort machte sie sich darüber her.

»Schmeckt's?«, wollte der Junge wissen, der sich aber sofort verzog, als er den wütenden Blick aus ihren kalten Augen auffing.

Sie hätte ihm sagen können, dass sie schon seit langen Jahren nur aß, um am Leben zu bleiben, Geschmack war ihr schnurzegal, da hätte sie auch Kuhmist in sich hineinstopfen können. Sollte er also gefälligst Kinder fragen, ob sie etwas lecker fanden.

Wie üblich hüllte Laviany sich jedoch in Schweigen und hoffte nur, dass man sie in Ruhe ließ.


Theo war nicht gerade bester Stimmung. In der Nacht waren die Mücken über ihn hergefallen, sein linkes Schulterblatt juckte selbst jetzt noch. Dann betrat die Frau den Raum, die er unterwegs getroffen hatte. Sie erkannte ihn, tat aber so, als wäre das nicht der Fall. Mit finsterer Miene suchte sie sich ein Plätzchen in der hintersten Ecke.

Er unterließ jeden Versuch, doch noch mit ihr ins Gespräch zu kommen, trank einen Schluck Wasser und sann darüber nach, wie er möglichst schnell an die Küste käme. Eine innere Stimme riet ihm, das Herzogtum Varen rasch hinter sich zu lassen. In der Regel tat er gut daran, auf sie zu hören, denn sie hatte ihm schon mehr als einmal das Leben gerettet.

Warum diese Frau bloß immer zu mir herüberschielt?, fragte er sich, denn dass sie ihn verstohlen beobachtete, entging ihm nicht. Verdächtigt sie mich allen Ernstes, sie bestehlen zu wollen? Ob ich zu ihr hinübergehe und ihr versichere, dass ich weder ein Räuber bin noch sonst eine Gefahr für sie darstelle?

In dem Moment brachte der Junge ihr aber ihr Essen, über das sie sich sofort mit unverändert mürrischer Miene hermachte.

Kurz darauf kam ein Mann in staubüberzogener Reisekleidung herein. Seine Koteletten wuchsen bis hinunter zum Bart, der einen nur schwach ausgeprägten Kiefer bedeckte. Über grünen Augen saßen buschige Brauen. Die Nase wirkte, als hätte jemand die Spitze mit einem Messer gekappt.

Ohne sich umzusehen, warf der Mann den Umhang auf den zweiten Stuhl an Theos Tisch. Bevor dieser sich danach erkundigen konnte, was dem Mann denn an den fünf freien Tischen missfalle, ging der Fremde hinüber zum Tresen und drückte dem Wirt eine Münze in die Hand.

»Ein Bier!«, verlangte er.

Sofort wurde ihm ein großer Krug bis an den Rand gefüllt, darüber türmte sich hellbrauner Schaum auf. Zufrieden kehrte der Mann an Theos Tisch zurück und nahm diesem gegenüber Platz. Sein Blick huschte kurz über den Hochseilartisten hinweg, blieb dann aber an dessen erstaunt hochgezogenen Augenbrauen hängen.

»Das musst du mir schon nachsehen, mein Freund«, beantwortete er die unausgesprochene Frage. »Hier sind zwar genügend freie Plätze, aber ich sitze nun mal gern auf meinem Stammplatz. Ich trink schnell mein Bierchen, dann bin ich wieder weg. Hol mich doch der Gebannte, war das ein Tag! Ich bin übrigens Sym«, stellte sich der Mann vor und streckte Theo die Hand hin. »Sym Zweischnauf.«

Er sprach mit dem leichten, singenden Akzent der Menschen aus dem Kleinkönigreich.

»Theo«, sagte dieser und ergriff widerwillig die Hand.

»Theodor? Das ist ein Name für einen Mann aus Solanka,

aber so kommst du mir gar nicht vor. Und nun lass deine Frage vom Stapel!«

»Bitte?!«

»Du willst doch sicher wissen, was das für ein komischer Name ist. Das wollen alle. Gut, ich verrate es dir. In der Regel gebe ich den Menschen die Möglichkeit, noch zweimal zu schnaufen, bevor ich sie umbringe.«

Diese Auskunft gefiel Theo nicht.

»Und?«, fragte er trotzdem in beiläufigem Ton zurück. »Tötest du oft?«

»Äußerst selten«, antwortete er höchst zufrieden. »Nur Dummköpfe und Sturhälse.«

»Dann verblüfft mich deine Antwort. Ein Freund von mir behauptet nämlich, die Welt bestehe ausschließlich aus ihnen.«

Die Worte ließen Sym in schallendes Gelächter ausbrechen.

»Im Übrigen muss ich leider los«, fuhr Theo fort.

»Nicht so hastig, mein Freund! Könntest du mir nicht einen kleinen Gefallen tun?«

»Welchen?«

Dieser Bursche missfiel Theo mit jeder Sekunde mehr.

Sym löste einen Strick von seinem Gürtel und warf ihn lässig auf den Tisch.

»Sei so gut, knüpfe die Schlinge und leg sie dir um den Hals. Derweil trink ich mein Bierchen aus.«

»Das finde ich nicht sehr spaßig.«

»Kein Wunder, das ist ja auch kein Ulk. Yasev Erbett lässt dich grüßen. Sein Sohn ist gestorben, jetzt würde er von dir gern ein paar Einzelheiten erfahren. Ein paar seiner Männer haben von unten beobachtet, wie ihr zwei über die Dächer gehüpft seid. Für den armen Ian hatte das Gehopse aber keinen sonderlich erfreulichen Ausgang.«

Theo stöhnte innerlich auf. Hatten sie ihn am Ende also doch aufgespürt!

»Aber anscheinend bist du ja ein verständiger Junge. Bevor du jetzt also anfängst, mir deine Zirkusnummern vorzuführen oder mit Bällen zu jonglieren, hör dir besser an, was ich dir vorzuschlagen habe. Du kannst nämlich von Glück sagen, dass ich es war, der dich aufgespürt hat. Die anderen Häscher, die durch die Gegend ziehen, sind längst nicht so freundlich wie ich. Die hätten dich ohne viel Federlesens in einen Sack gestopft, dir ein paar Rippen gebrochen, vielleicht auch noch Arme und Beine als Dreingabe und dich dann an Erbett geschickt. Ich aber bin eine Seele von Mensch. Deshalb auch mein Vorschlag! Du legst dir den Strick um den Hals, und wir beide gehen ganz friedlich zu den Pferden, damit ich dich vor die gütigen Augen des alten Geldsacks bringe. Was er mit dir vorhat, entzieht sich meiner Kenntnis. Was ich dir jedoch versichern kann, ist, dass ich dich unterwegs wie meinen Augapfel hüten werde und du anständiges Essen bekommst. Pass auf, am Ende findest du noch Gefallen an unserer Reise.«

In dieser Sekunde fing Theo den Blick der Unbekannten auf. Sie belauschte sie. Sym machte ihr das im Übrigen sehr leicht, dachte er doch gar nicht daran, seine Stimme zu senken.

»Das Zuckerbrot scheint mir etwas bitter«, sagte Theo nun. »Verrat mir deshalb mal, wie es mit der Peitsche aussieht.«

»Nur zu gern, denn offenbar bist du wirklich ein kluger Kopf«, erwiderte Sym und entbot ihm mit seinem Bierkrug eine Geste der Anerkennung. »Wenn du Sperenzchen machst, zertrümmer ich dir beide Knie. Und wahrscheinlich auch die Ellbogen. Ich soll dich lebend abliefern, aber es war keine Rede davon, dass du auch unbeschädigt sein sollst. Lass dir die Sache in Ruhe durch den Kopf gehen! Es besteht ja durchaus die Möglichkeit, dass du glimpflich davonkommst. Vergieß ein paar Tränen an Erbetts Brust, flehe ihn um Vergebung an, und du verlässt sein Haus auf eigenen Beinen, da bin ich mir ganz sicher. Dergleichen hat es durchaus schon gegeben.«

»Solltest du wirklich annehmen, ich würde mich freiwillig zur Schlachtbank begeben, muss ich dich enttäuschen«, erklärte Theo lachend. »Ich habe nämlich ganz entschieden den Eindruck, dass du bei mir deinem Namen keine Ehre machen wirst.«

»Du siehst in der Tat recht kräftig aus«, erwiderte Sym und

setzte seinen Krug ab. »Aber ob dir das viel nutzt, wenn wir dir zu viert gegenüberstehen ...?«

Theo drehte sich ganz langsam um. Die drei Männer vom Nachbartisch standen bereits. Einer von ihnen hatte sich eine der Armbrüste geschnappt, hielt sie bisher aber noch gesenkt.

In einem ehrlichen Zweikampf hätte Theo diesen Sym mühelos erledigt, da war er sich sicher. Mit diesen drei muskelbepackten Kerlen an seiner Seite sah die Sache allerdings anders aus. Theo seufzte schwer, nahm den Strick an sich und knüpfte eine Schlinge.

»Wusst ich's doch!«, stellte Sym zufrieden fest. »Du bist weder ein Dummkopf noch ein Sturhals. Dich müssen mir die Erhabenen Sechs geschickt haben. Pass auf, wir werden noch die allerbesten Freunde.«

Gut, dachte Theo, mime ich halt für ein paar Minuten den besten Freund. Jedenfalls so lange, bis der Armbrustschütze mir das abkauft. Zum Glück ahnen die meisten Menschen ja nicht einmal, was jemand wie ich alles mit einer harmlosen Schnur anstellen kann.

Doch er sollte keine Gelegenheit haben, es ihnen zu zeigen.

Unvermittelt stand nämlich die Frau hinter Sym und presste ihm ihr langes, spitzes Messer an den Hals. Ein kleiner rubinroter Tropfen trat an der Spitze aus. Seine drei Kumpane konnten ihr nichts anhaben, ohne dass er verletzt würde.

Theo wunderte sich weniger über das Verhalten der Unbekannten als vielmehr über ihre Klinge. Dieses Messer war vor etlichen Jahrhunderten geschmiedet worden.

»Willst du dich nicht endlich danach erkundigen, was ich von dir will?«, fragte die Frau.

»Was willst du?«, brachte Sym brav heraus.

»Verrat mir, was geschieht, wenn ich die Klinge noch etwas tiefer in dich bohre!«

»Dann wandere ich zum Gebannten.«

»Das wird aber ein langer Weg, denn ich werde dir lediglich zwei Adern und einen Nervenstrang durchtrennen. Damit bleibt für dein Gehirn genug Zeit, deine Todeskrämpfe zu genießen, während dein Blut aus dir rausprudelt wie ein guter Perlwein aus Savjatien.«

»Den kann ich nicht ausstehen.«

»Genau das wollte ich hören«, sagte die Frau. »Sorgen wir also dafür, dass es nicht dazu kommt. Dafür sollte dein Handlanger erst einmal seine Armbrust entladen. Sonst zuckt mein Finger womöglich vor Nervosität.«

»Tu, was sie verlangt.«

Syms Mann zog den Bolzen heraus und lockerte die Sehne.

»Und jetzt setzt ihr euch alle wieder zurück an den Tisch und legt die Finger auf eure Karte«, befahl die Frau. »Das macht ihr so hübsch«,

Sobald Sym ihnen schweigend zunickte, setzten sie sich tatsächlich, hielten sich allerdings bereit, jederzeit wieder aufzuspringen.

»Wie geht's jetzt weiter?«, wollte Sym von der Frau wissen.

»Zuckerbrot und Peitsche«, antwortete diese in leicht spöttischem Ton. »Du bist ja anscheinend ein verständiger Junge. Deshalb möchte ich dir gern die Möglichkeit geben, noch ein Weilchen auf dieser Seite zu bleiben. Ihr vier verlasst jetzt in aller Ruhe diese Herberge. Ich habe eh schon eine Stinklaune, und eure Visagen schüren die nur noch. Morgen verschwinde ich, dann könnt ihr tun und lassen, was ihr wollt. Aber heute will ich niemanden von euch in der Nähe sehen. Das war das Zuckerbrot. Nun zur Peitsche. Solltet ihr mir auch nur ein Härchen krümmen, werdet ihr das bedauern. Also, Sym, wie lautet deine Entscheidung?«

»Was willst du von diesem Zirkusmann?«

»Nichts.«

»Warum mischst du dich dann in unsere Angelegenheiten?«

»Weil ich den Zirkus schon als Kind mochte. Einmal ist einer in meine Stadt gekommen, daran denke ich noch heute gern zurück. Ich bezahle meine Schulden immer. Morgen breche ich auf, dann könnt ihr mit ihm machen, was ihr wollt. Was sagst du dazu?«

»Morgen kann dieser Bursche schon über alle Berge sein.«

»Das ist nicht mein Problem. Übrigens ist meine Laune gerade noch weiter in den Keller gesackt«, erklärte sie und presste die Klinge etwas stärker gegen Syms Hals.

»Vor morgen lassen wir uns hier nicht mehr blicken.«

»Bist ein kluger Junge.«

Was soll das denn bitte?, fragte sich Theo. Sobald Sym außer Gefahr ist, reißen seine Männer sie doch in Stücke.

»Dass du mir gut auf ihn achtgibst«, sagte Sym zu der Frau mit einem beredten Blick auf Theo.

»Spar dir deine klugen Ratschläge!«

Sym grinste Theo an. In seinem Blick lag ein Versprechen, das nichts Gutes verhieß. Ganz langsam löste die Frau das Messer von Syms Hals. Sofort drehte er sich zurück, um der Frau seinen Ellbogen ins Gesicht zu rammen, doch da holte Theo bereits mit der Schnur aus.

Was dann geschah, bekam er jedoch nicht einmal mit. Seine Retterin verwandelte sich in einen verschwommenen Fleck, während Sym gegen die Zimmerdecke geschleudert wurde. Als sein Schädel sich in das Holz bohrte, brachen die Halswirbel mit einem widerlichen Knacken.

Dann schoss ein grauer Wirbel um Syms Handlanger und warf sie zu Boden, wie es Kinder mit einem Ball und ihren Kegeln tun.

Im Nu gewann die Frau ihre klaren Umrisse zurück. Mit unerschütterlicher Gelassenheit brachte sie ihren Fuß zwischen sich und ein Messer, das einer der Kerle vom Boden aus nach ihr geworfen hatte.

»Ich würde euch raten, von hier zu verschwinden, bevor ich es mir anders überlege.«

Einem der Männer sickerte Blut aus dem Mund, und er zappelte mit Armen und Beinen wie ein Käfer, der auf den Rücken gefallen war. Seine beiden Kumpane sahen zwar auch reichlich lädiert aus, sie konnten sich aber immerhin noch auf ihren wackligen Beinen zum Ausgang schleppen.

»He!«, schrie die Frau. »Nehmt gefälligst dieses widerliche Dreckstück mit!«

Ohne ein Widerwort führten sie den Befehl aus und schleiften ihren verletzten Gefährten hinaus. Am Boden blieb eine schimmernde Blutspur zurück.

Wütend ging die Frau neben Sym in die Hocke. Theo schien sie völlig vergessen zu haben. Ebenso den Wirt, der gerade aus der Küche zurückkehrte. In aller Ruhe durchsuchte sie Syms Taschen, kundig und erfahren. Ohne Frage tat sie dergleichen nicht zum ersten Mal. Der Erfolg ließ nicht lange auf sich warten. Ein hübscher Geldbeutel wanderte von Sym zu der Unbekannten.

»Beim Gebannten!«, schrie der Wirt. »Was geht hier eigentlich vor?!«

»Ist das so schwer zu begreifen?«, fragte die Frau zurück und erhob sich. »Dieser Bursche wollte dem Zirkusmann zeigen, wie hoch er springen kann, nur hat er sich dabei leider den Kopf an deiner Decke eingeschlagen. Kann einem glatt leidtun, der arme Kerl.«

Theo sah sie bloß an. Glaubte sie etwa, der Wirt würde ihr diese Geschichte abkaufen?

»Genauso war es«, sagte er trotzdem. »Er hat seine Kraft einfach unterschätzt.«

»Von euch zweien lasse ich mir doch keinen Bären aufbinden! Ich hole jetzt erst einmal die Wache!«

»Ach ja?«, stieß die Frau kalt aus. »Das halte ich aber für gar keine gute Idee.«

»Und wie werde ich deiner Ansicht nach den Toten los?«, blaffte der Wirt sie an, wich aber vorsichtshalber einen Schritt zurück. »Unsere Stadtwache sieht so was nämlich nicht gern.«

Die Frau warf ihm etwas zu. Im Sonnenlicht blitzte es kurz gelb auf. Ein Goldstück.

»Du machst mit ihm genau das, was du mit allen Toten machst. Denn das ist doch mit Sicherheit nicht der erste, um den du dich kümmern musst. Wirf ihn in die nächste Schlucht, verwandle ihn in eine Vogelscheuche oder verfütter ihn an die Schweine! Mir ist das schnurzegal. Aber die Wache rufst du nicht.«

Der Wirt schloss seine Faust um die Münze.

»Warum habt Ihr das nicht gleich gesagt, Herrin?«, fragte er mit ausgesuchter Höflichkeit. »Ich werde alles Euren Wünschen entsprechend erledigen.«

Zusammen mit seinem Gehilfen zog er Sym in die Küche, um ihn anschließend in den Hinterhof hinauszutragen.

»Danke«, wandte sich Theo nun an die Unbekannte.

»Jetzt verzieh dich endlich!«, zischte diese nur erbost wie ein Saphirgeier, jener Raubvogel, der in den Bergen an der Grenze zu Ödien lebt.

Theo suchte daraufhin bloß ein Goldstück heraus und legte es auf den Tisch.

»Ich bleibe ungern etwas schuldig.«

Ohne auch nur den Bruchteil einer Sekunde darüber nachzudenken, steckte die Frau die Münze ein.

»Und jetzt erhängst du dich entweder mit diesem Strick oder haust endlich ab! In dieser Herberge will ich dich jedenfalls nicht länger sehen. Meine Geduld ist allmählich erschöpft.«

Als sie nach draußen stapfte, blickte Theo ihr nach. In letzter Zeit zog er das Dunkel förmlich an … Erst brannte vor seinen Augen eine blaue Flamme, und irgendwelche Schatten brachten Menschen um, nun erledigte eine Unbekannte in drei Sekunden vier kräftige Kerle …

Am Ende hat Zay einmal recht behalten, dachte er. Nach dieser letzten Nacht in Taver ist wirklich alles anders.


»Ein elender Streifenfisch, das bist du!«, spie Laviany ihrem eigenen Abbild entgegen, das sie müde aus dem Spiegel anblickte. »Ein törichtes Weibsbild! Was beim Gebannten hast du dir dabei gedacht, dich in Dinge einzumischen, die dich nichts angehen?«

Sie kochte vor Wut auf sich selbst. Hatte sie etwa nicht gewusst, was es sie kosten würde, wenn sie diese Männer erledigte?! Eben! Jetzt hatte auch noch der letzte Schmetterling ihre Haut verlassen. Das war an sich schon schlimm genug, aber angesichts der Tatsache, dass Shreff hinter ihr her war, um sie in Borgs Auftrag zu vernichten, kam es einer Katastrophe gleich.

Jetzt konnte sie ihren Häschern nur ihre eigene Kraft, Entschlossenheit und Wendigkeit entgegensetzen, denn die Schmetterlinge würden sich mit ihrer Rückkehr Zeit lassen.

Und das alles nur wegen eines vermaledeiten Burschen, den sie am liebsten umbringen würde! Was war bloß in sie gefahren? Warum hatte sie diesem Kerl das Leben gerettet? Hatte sie sich nicht selbst das Versprechen gegeben, keine unnötige Aufmerksamkeit auf sich zu lenken?! Jetzt musste sie doppelt und dreifach so vorsichtig sein wie bisher. Beruhigt aufatmen – das durfte sie erst wieder, wenn sie Grenzmark erreicht hatte und in einem Schiff nach Lethos saß.

Dort würde niemand sie suchen, denn die Menschen vom Festland setzten nicht gern zu dem Inselherzogtum über. Sie fürchteten es beinahe so sehr wie Ödien und Südorkanien.

Doch es war ein Wettlauf gegen die Zeit. Der Monat des Kranichs stand vor der Tür, der erste Herbstmonat. Mit ihm würden die Stürme einsetzen. Über das Totenmeer würden dann nur noch die kühnsten Seebären fahren. Nur im Sommer steuerten regelmäßig Schiffe das Inselherzogtum an, um den Taucherinnen ihre Goldperlen abzukaufen, um Buckelwale zu jagen, um Dorsche, Makrelen und Heilbutt zu fangen.

All das wusste Laviany. Ihr war klar, dass sie sofort aufbrechen musste. Das hätte sie auch getan, wäre sie nicht am Ende ihrer Kräfte gewesen. Sie hielt sich ja kaum noch auf den Beinen ...

Deshalb stolperte sie zu ihrem Bett und schlief ein, noch ehe ihr Kopf das Kissen berührt hatte.

Sie träumte von ihrer Heimat. Von dem Lethos, an das sie sich erinnerte. Von der Zeit, ehe ihre Mutter sie an einen hochgewachsenen Mann mit finsterer Miene verkauft hatte, den alle Onkel nannten und der den Geruch von süßlichem Tabak, scharfem Pfeffer und Stahl verströmte. Und der sie nach Pubyr gebracht hatte, fort von der kargen Felslandschaft, die bis dahin ihr Zuhause gewesen war, fort von den Lachsen mit ihren glitzernden Schuppen, den Stangen mit Dorschen daran, die in Wind und kalter Sonne trockneten, fort von blühendem Heidekraut, von Schaffellen, violetten Bergen am Horizont, Nebel über den Meeresarmen und klirrenden Morgen mit eisigem Tau, der die nackten Fußsohlen verbrannte.

Fort vom Meer.

In Lethos verehrte man es stärker als die Erhabenen Sechs, galt es doch als der wahre Gott. Mitunter zeigte es sich den Menschen gegenüber sanft und zärtlich und bedachte sie mit seinen Geschenken, den Goldperlen, dem Walfleisch und den Fischen. Meist jedoch wütete es streng und gnadenlos.

Als sie von zu Hause fortgebracht wurde, war Laviany in dieses Meer gesprungen. Sie wollte unbedingt zu ihrer Familie zurückschwimmen, obwohl diese sie doch gerade verkauft hatte. Doch besagter Onkel hatte sie aus dem Wasser gezogen, als sie den Weg zur anderen Seite schon zur Hälfte hinter sich gebracht hatte ...

Wie viele Jahre seitdem vergangen waren. Dennoch erinnerte sie sich, als wäre all das erst gestern geschehen, an den bitteren Geschmack des Wassers, an das graue Zwielicht um sie herum und an die stählernen Körper der Uynen, die bereits ob ihres heißen Blutes frohlockten.

Damals, als kleines Mädchen, hatte sie verzweifelt unter Wasser zu atmen versucht. Sie hatte einfach nicht begriffen, dass nur Fische und Uynen dazu imstande waren ...

Jetzt fuhr sie hustend und röchelnd aus dem Schlaf. Als sie sich aufsetzen wollte, erhielt sie einen Schlag in die Magengrube. Erneut japste sie, diesmal jedoch vor Schmerzen.

»So schrecklich bist du ja gar nicht«, stellte ein Mann genüsslich fest und schleuderte einen leeren Eimer in die Ecke.

Laviany schüttelte wie ein Hund den Kopf, damit ihr kein Wasser in die Augen lief. Jemand hatte sie nach allen Regeln der Kunst mit soliden Riemen an die Bettpfosten gefesselt.

»Wissen ja alle, dass ihr vom Nachtclan schlaft wie die Toten«, ätzte der Mann weiter. »Dann gibt es nur ein Mittel, um euch zu wecken. Einen Eimer kaltes Wasser über die Visage!«

Der hagere Widerling in seiner Gesellschaft fing bei diesen Worten zu wiehern an. Sein Lachen klang allerdings etwas nervös, denn noch immer traute er seinen Augen nicht ganz: Hatten sie diese Furie wirklich gefesselt? Und hatten sie es sogar geschafft, ihr das Hemd auszuziehen?

»Wo sind denn deine Zauberbildchen abgeblieben?«, fragte der erste Mann grinsend.

Laviany beantwortete ihm seine Frage mit einer Reihe der übelsten Beleidigungen, die sie kannte.

»Du Schlange kannst kein Gift mehr verspritzen.« Lavianys ausführliche Schilderung der Besonderheiten seiner Familie im Allgemeinen und der Vorlieben seiner Mutter im Besonderen rauschte an ihm vorbei. »Deine Schmetterlinge sind davongeflattert, du kannst dich nicht mehr in Luft auflösen oder wie der Blitz bewegen. Jetzt bist du bloß noch eine gefesselte, klatschnasse und ziemlich erbärmlich aussehende alte Vettel.«

»Sobald ich mich befreit habe, bist du als Erstes deinen Kehlkopf los!«

»Diese Riemen reißt nicht mal ein Melg durch. Im Übrigen habe ich dich nur geweckt, um dir mitzuteilen, dass bereits eine Nachricht an Shreff unterwegs ist. In drei Tagen ist er hier. Freu dich schon mal auf euer Wiedersehen! Wir zwei gehen jetzt erst mal frühstücken.«

Sie verließen den Raum. Laviany wölbte sich fluchend und drehte die Handgelenke hin und her, doch es gelang ihr in der Tat nicht, sich aus diesen Fesseln zu winden.

Kurz blieb sie reglos liegen und starrte an die Decke. In ihrem Blick funkelte etwas beinahe Wahnsinniges. Vorerst würde sie sich mit ihrer Lage abfinden müssen. Der erste Schmetterling würde frühestens in einer Woche zu ihr zurückkehren. Shreff würde jedoch schon eher eintreffen. Und er würde sie auf der Stelle töten. Zur unsagbaren Freude Borgs ...

Obendrein war sie immer noch hundemüde.

Deshalb tat sie das Einzige, was ihr übrig blieb: Sie schloss die Augen und schlief erneut ein.

Sie erwachte erst wieder, als es schon dämmerte. In ihrer kleinen Kammer ballten sich Schatten, nur das kleine Quadrat des Fensters hob sich heller gegen den dunkler werdenden Himmel ab. Ein Mann bewachte sie. Während sie die gleichmäßigen Atemzüge einer Schlafenden vortäuschte, bewegte sie behutsam Arme und Beine. Sie waren völlig taub, aber im Gegensatz zu den meisten Menschen machte sie sich deswegen keine Sorgen.

Ihr Aufpasser war auf einem Stuhl eingeschlafen. Zehn Minuten später waren schwere Schritte auf der Treppe zu hören. Sofort zuckte ihr Bewacher zusammen.

»Pennst du hier?«, fragte der Kerl, der sie mit dem Wasser übergossen hatte.

»Und wenn«, brummte der andere. »Du hast doch selbst gesagt, dass sie uns nichts mehr anhaben kann.«

»Was, wenn jemand sie befreien will?«

»Nun mach mal halblang, Urwo. Als ob diese verrückte Hündin auf Hilfe zählen kann! Das ist eine Einzelgängerin, die hat keine Freunde.«

Dieser Urwo trat an Lavianys Bett und beugte sich über sie.

»Alle Achtung, Schneid hat sie«, stellte er fest. »Ich hätte mir vor Angst wahrscheinlich längst in die Hosen gepisst, aber die ratzt in aller Ruhe.«

»Sollen wir sie wecken?«

»Nee, lass sie pennen! Ohne ihre Tätowierungen ist sie eh harmlos. Außerdem hast du sie gut festgezurrt, da brauchen wir nicht ihr Kindermädchen zu spielen. Gehen wir also runter und trinken was!«

Daraufhin verließen die beiden Männer den Raum. Die nächste Stunde versuchte Laviany verzweifelt, sich von den Fesseln zu befreien, schürfte sich dabei aber bloß die Haut blutig.

Derart abgelenkt, fiel ihr zunächst das Rascheln gar nicht auf, das vom Dach herunterdrang. Erst als es sich wiederholte, lauschte sie. Kurz darauf sprang jemand von oben leichtfüßig auf den Sims vorm Fenster, presste sich gegen die Scheibe und lauschte seinerseits. Leise stieß Metall auf Metall. Der Haken, der die beiden Flügel zusammenhielt, hob sich, und der Unbekannte drang ins Zimmer ein, ohne einen einzigen Laut zu verursachen.

Abermals schnürte Hass Laviany die Kehle ab. Damit war klar, wer sie besuchte.

»Was beim Gebannten hast du hier verloren?«, fauchte sie.

»Welch freundliches Willkommen!«

»Was willst du?!«

»Du hast mich einmal rausgeboxt, nun revanchiere ich mich. Ich habe dir doch schon gesagt, dass ich nicht gern was schuldig bleibe.«

Als er an sie herantrat, zügelte sie mit aller Gewalt das wilde Tier in sich, das sich auf Theo stürzen wollte.

»Du brauchst ein Messer«, sagte sie ihm.

»Ich habe aber keines.«

»Wunderbar!«, stieß sie aus. »Warum muss ausgerechnet ich an den einzigen Lebensretter geraten, der nicht mal eine Klinge bei sich trägt? Wie hast du dann den Haken angehoben?«

»Mit einem Nagel.«

»Mit …? Halt! Wo willst du hin?«

»Ich bin gleich wieder da«, antwortete Theo, der bereits wieder auf dem Sims stand.

Er ließ dann doch ein Weilchen auf sich warten. Laviany ging innerlich ihre gesamte reiche Fluchsammlung durch. Immerhin hatte Theo das Fenster geschlossen. Sollte einer ihrer Bewacher zurückkommen, würde ihm nicht gleich auffallen, dass sie inzwischen Besuch gehabt hatte.

Nach einer halben Stunde kündigte eine Welle des Hasses Theos Auftauchen an.

»Beim Gebannten!«, fauchte Laviany. »Gibt es in diesem Haus etwa kein Messer?!«

»Falls dich irgendetwas an meinem Vorgehen stört, kann ich dich auch lassen, wie und wo du bist.«

In dieser Sekunde erblickte Laviany die Klinge in seiner Hand.

»Bei allen gelbflammigen Laternen!«, entfuhr es ihr. »Wo hast du mein Messer her?!«

»Aus deiner Tasche«, antwortete Theo leichthin und setzte die scharfe Schneide am Riemen an. Widerstandslos gab er nach.

Sobald Lavianys rechte Hand frei war, nahm sie Theo ihr Messer ab, atmete tief durch, damit sie die Klinge nicht doch in seine Kehle bohrte, und befreite ihre linke Hand.

»Ich nehme an, meine Tasche schlendert über den Hof dieser verflohten Absteige und bietet sich wie eine abgehalfterte Hafenhure jedem dahergelaufenen Nichtsnutz gegen klingende Münze an?«, höhnte Laviany, während sie die Fußfesseln durchtrennte und sich die verkrampften Muskeln lockerte.

»Du solltest deine Tasche besser kennen. Selbstverständlich lag sie züchtig unter der Bank, auf der deine Freunde sitzen.«

»Und? Hast du diese Kerle höflich gefragt, ob du sie nicht an dich nehmen darfst?«

»Ganz genau.«

»Erzähl das jemand anders!«

»Also ich habe da ... ich hatte mal einen Freund ... einen Zauberer. Er hat mir beigebracht, Dinge ... an mich zu nehmen. Das ist furchtbar einfach. Und die Kerle wollen saufen, da schert es sie einen Dreck, was um sie herum geschieht.«

»Dann sollen sie mal in Ruhe weiterpicheln«, sagte Laviany grinsend und kletterte als Erste aus dem Fenster.

## KAPITEL 4

# Das Mal

*Bei unserer Ankunft in der verheerten Stadt entdeckte meine Einheit ein Wesen, das Hülse genannt wird. Mit bloßen Händen löschte es neununddreißig ruhmreiche Männer aus, ehe wir dieses Untier zu töten vermochten. Als es leblos vor mir lag, bemerkte ich an seinem Unterarm ein Mal. Ihr hattet recht, Euer Gnaden, dieses Wesen war einst ein Mensch.*

Aus einem Schreiben des Kommandanten der Grenzfestung
im Süden Amuts an seinen Hauptmann
Zeitalter des Vergessens, etwa 132 Jahre nach dem Kataklysmus

Als Theo beim Aufwachen seine missgelaunte Gefährtin nirgends entdecken konnte, erstaunte ihn das in keiner Weise. An ihrem Schlafplatz stand das Gras längst wieder aufrecht, sie musste ihn also noch tief in der Nacht verlassen haben.

Sei's drum. Sie hatten sich gegenseitig das Leben gerettet, damit waren sie quitt. Nun hatte die Unbekannte beschlossen, ihres Weges zu gehen, ohne sich von ihm zu verabschieden.

Halb so wild.

Er würde sich so schnell wie möglich nach Grenzmark durchschlagen, dort ein Schiff besteigen und Varen verlassen, bevor diese Kerle ihn erneut aufspürten.

Zum ersten Mal seit Jahren brachten seine morgendlichen Übungen ihm keine Freude. Eine leichte Schwäche setzte ihm zu, und seine Gedanken wanderten in alle möglichen Richtungen davon. Das Schlimmste war jedoch seine linke Hand. Sie war taub. Mit finsterer Miene ballte er sie immer wieder zur Faust, doch das Gefühl sollte sich bis Mittag im kleinen Finger halten. Sein Kopf war schwer, die Mücken, die ihn nun schon seit einer Woche verfolgten, hatten ihm auch in dieser Nacht einen unruhigen Schlaf beschert. Dann sah er im Traum überall blaue Flammen ...

Das kommt bestimmt von dieser Statue der Arila, dachte er. Nun hat auch mir ein Artefakt Unglück gebracht.

Bisher kannte er dergleichen nur vom Hörensagen. Die alten Stücke sollten mit einer Magie aufgeladen sein, die das Böse weckte. Er hatte diese Geschichten genauso wenig geglaubt wie die Märchen von Astoré, die auf Schneelöwen ritten. Dafür waren bereits zu viele Objekte aus der Zeit des Geeinten Königreichs durch seine Hände gewandert. Kein einziges davon hatte ein Unheil heraufbeschworen.

Tonscherben, Kupfer, Bronze, manchmal etwas Silber, Gold nur in seltenen Fällen und, als besonderer Glücksfall, ein Schmuckstein. Die meisten Funde brachten ihm gar nichts oder nur ein paar kleine Münzen ein, aber gelegentlich fand er doch etwas, wofür ihm jemand ein hübsches Sümmchen bot.

Als er noch ein Junge von neun Jahren gewesen war, hatte er rein zufällig herausgefunden, dass Menschen für alte Stücke etwas zu zahlen bereit waren. Damals hatte Quios Zirkus am Ufer der Mondbucht gerastet, kurz vor der Meerenge, die in die Perlsee mündet. Um sie herum ragten die Ruinen einer alten Stadt auf, überlagert von bemoosten Steinen, leuchtend blauen Disteln und blendend weißem Sand. Von der einstigen Stadt zeugten nur noch wenige Bögen und ein Dutzend Säulen, die sich gleich Bäumen hoch zum Himmel streckten.

»Ness Colonez«, hatte Quio ihm gesagt. »So hieß diese Stadt früher, zu Zeiten des Geeinten Königreichs.«

»Warum ist sie zerstört worden?«

»Oh, es ist ja nicht nur diese Stadt zerstört worden, sondern noch Tausende andere. An die meisten erinnern wir uns kaum noch. Die Geschichte war immer dieselbe. Das hat der Gebannte getan. Oder Thion. Oder die Schahuter.«

Obwohl Theo hartnäckig nach Einzelheiten fragte, musste Quio ihm die Antworten diesmal schuldig bleiben.

»Ich habe nur den Namen dieser Stadt aufgeschnappt, als wir vor zehn Jahren schon einmal hier gewesen sind. Es ist ein guter Platz, um die Mittagshitze abzuwarten. Und nun sei so gut und hole mir etwas Wasser.«

Theo trottete zu einem Bach. Dort entdeckte er am Grund zwischen kleinen Steinen etwas Dunkelgrünes. Eine kleine, aber schwere Münze.

Sie hatte eine quadratische Form und ein quadratisches Loch in der Mitte. Die Ränder hatten einst Schriftzeichen gesäumt, doch diese waren längst abgegriffen. Nur ein paar Unebenheiten erinnerten noch an sie. Da ihm die Münze gefiel, steckte er sie in seine Tasche, vergaß sie dann aber. Erst als sie Arniya erreichten, wo sie in den Grenzgarnisonen insgesamt sechs Vorstellungen geben wollten, fiel sie ihm wieder ein.

Als er sie herausholte, bemerkte Lev die Münze, ein guter Freund Quios. Er hatte Theo das Jonglieren beigebracht. Ursprünglich ein reicher Mann, hatte er aus unerfindlichen Gründen mit seinem alten Leben gebrochen, um mit dem Zirkus durch die Lande zu ziehen. Niemand von ihnen in der Truppe konnte so schnell zählen wie er, niemand außer ihm wusste etwas von Alchemie oder von Fechtkunst. Und keiner sonst beherrschte die Sprachen aller Herzogtümer, noch dazu ohne jeden Akzent.

Theo mochte ihn sehr, diesen Mann mit der leisen Stimme. Nachdem Lev sich die Münze näher angesehen hatte, schlug er Theo vor, sie in der Stadt Riniya für ihn zu verkaufen. Sie würde bestimmt drei Goldstücke einbringen.

Auf diese Weise erfuhr Theo, dass einige Dinge aus der Zeit des Geeinten Königreichs bei Sammlern, Händlern und Wissenschaftlern hoch im Kurs standen. Die Suche nach ihnen wurde für ihn zur zweiten Leidenschaft neben seiner Kunst auf dem Hochseil.

Lev gab sein Wissen mit Freuden an Theo weiter. Er erklärte ihm, wie man fand, was man suchte und wie man erkannte, was man gefunden hatte. Viel Zeit verwandte er darauf, Theo in Geschichte zu unterweisen und ihm alte Legenden, Sagen und

Überlieferungen nahezubringen. Diese Erzählungen liebte Theo, der des Lesens jedoch nicht kundig war, weshalb Lev sie ihm vortrug, wann immer seine Zeit es erübrigte.

Nach und nach reifte Theo zu einem Fachmann für Gegenstände der Vergangenheit heran, suchte nach ihnen in den Ruinen alter Städte oder in den Truhen von Altwarenhändlern und in unscheinbaren Trödelläden, wo er jedoch nur fündig wurde, wenn die Händler selbst nicht ahnten, dass sich unter all ihrem Plunder ein echter Schatz verbarg.

Doch auch in den Ruinen war die Suche nach alten Stücken eher ein Glücksspiel, denn Theo fehlte die Zeit, einen Spaten in die Hand zu nehmen und vom frühen Morgen bis zum späten Abend den Boden umzugraben. Den Zirkus aufzugeben – das verbot sich für ihn indes von selbst. Die Artefakte sollten ihm ein Zubrot bringen, mehr nicht.

Deshalb ließ er den Kopf nie hängen, wenn er auf nichts gestoßen war. Er hatte ja noch seine Auftritte ...

Dank seiner Leidenschaft für Objekte der Vergangenheit lernte er auch Henryn kennen. Der Zauberer ging dieser Passion bedeutend ernsthafter nach als er selbst und versuchte Theo mehr als einmal zu überzeugen, sich Gedanken über ein Leben nach dem Zirkus zu machen, schließlich würde er nicht ewig seine Kunststücke auf dem Hochseil vollführen können.

»Ich spare bereits auf einen Laden«, weihte Henryn ihn ein. »Irgendwann werde ich meinen Lebensunterhalt mit dem Verkauf von Stücken der Vergangenheit bestreiten. In dem Gewerbe steht und fällt alles mit dem Ruf. Hast du dir erst einmal einen Namen gemacht, rennen dir die Kunden die Tür ein. Warum steigst du nicht ein? Als gleichberechtigter Teilhaber?«

Doch Theo schüttelte nur lächelnd den Kopf. Er liebte den Zirkus zu sehr, als dass er Händler hätte werden wollen ...


Zwei Tage bewegte sich Theo durch den Wald, immer auf Wegen nach Westen. Nach dem Zusammenstoß mit Sym war er noch vorsichtiger. Auf eine zweite Begegnung mit irgendwelchen gedungenen Meuchelmördern konnte er getrost verzichten, zumal keineswegs feststand, dass erneut wie aus dem Nichts eine Retterin auftauchen würde.

Erst als es im Wald keine Pfade mehr gab, kehrte er notgedrungen zur Straße zurück, hätte er Grenzmark doch sonst nicht vor dem Herbst erreicht.

Irgendwann war ihm das Glück hold, und er traf auf Handelsleute. Nachdem er für sie mit sechs Äpfeln und einem Stein jongliert hatte, erhielt er im Gegenzug einen Platz in einem ihrer Wagen. Sie nahmen ihn bis Yvero mit, einer kleinen Stadt, die nur einen Tagesmarsch von Grenzmark entfernt lag.

Dort begegnete er auch seiner Retterin wieder. Sie trat völlig unvermittelt hinter einem der Wagen hervor, die mit Rüben beladen waren. Auf ihrem Gesicht lag derselbe finstere Ausdruck wie stets.

»Verfolgst du mich etwa?!«, fuhr sie ihn an. »Du sollst mich in Ruhe lassen! Habe ich dir das nicht deutlich genug zu verstehen gegeben?!«

»Es gibt nun mal bloß diese eine Straße«, erwiderte Theo ruhig. »Und offenbar wollen wir beide zum Hafen.«

»Bleib mir vom Leib!«, zischte sie. »Das ist nur zu deinem Besten.«

»Du musst es ja wissen.«

»Das tu ich!«

»Darf ich dennoch beiläufig daran erinnern, dass du mich angesprochen hast? Ich habe dich nicht einmal bemerkt.«

»Dann würde ich mir wünschen, dass das so bleibt. Ich verschwinde jetzt.«

»Ich auch.«

Sofort spannte sich jeder Muskel in der Unbekannten an. Wenn die mal nicht gleich über mich herfällt!, dachte Theo.

Bei jeder anderen Frau ihres Alters hätte er den Gedanken vielleicht sogar komisch gefunden – aber wozu diese vermeintliche Tattergreisin imstande war, das wusste er inzwischen nur zu genau.

»Falsch! Du bleibst schön hier, mein Junge! Ich breche jetzt auf, aber du wartest damit bis morgen!«

»Umgekehrt«, widersprach Theo. »Oder wir brechen gleichzeitig auf. Falls du dich erinnerst, werde ich gesucht. Genau wie du. Eine erstaunliche Gemeinsamkeit übrigens ...«

»Komm mir nicht so!«, giftete sie. »Und wir setzen unseren Weg mit Sicherheit nicht gemeinsam fort! Du hast meinen Hintern gerettet, dafür bin ich dir dankbar, aber das war's dann auch schon. Klar?«

»Klarer geht es gar nicht. Aber mehr als ein paar Minuten Vorsprung kann ich dir leider nicht einräumen, denn ich muss dringend zum Hafen. Wie sieht es aus? Wäre das eine Lösung?«

»Also gut«, gab die Frau nach. »Aber dass du mir ja nicht näher als hundert Schritt kommst! Oder mich ansprichst! Wir haben uns nämlich nichts zu sagen!«

Als ob irgendjemand gern mit dir plaudert, dachte Theo bei sich.

»Verrätst du mir wenigstens deinen Namen?«, fragte er.

»Warum sollte ich?! Ich will schließlich nicht, dass du mich auf offener Straße rufst! Setz ganz ruhig einen Fuß vor den anderen, aber komm mir nicht zu nahe! Klar?«

Theo lächelte sie nur an. Er würde sich ihr bestimmt nicht aufdrängen. Außerdem wurde sein linker Arm schon wieder taub ...


»Bei allen Astoré und ihrer verfluchten Magie!«, stieß Laviany aus, während sie eine Flasche mit Wasser öffnete, die sie am Morgen gekauft hatte. »Was für ein Widerling!«

Sie lief raschen Schrittes die Straße hinunter, die sich zwischen Eichenwäldern dahinschlängelte. Mehr als einmal musste sie einen kleinen Flusslauf mit kaltem, eisigem Wasser durchqueren. Begegnet war ihr bisher niemand. Das erlaubte es ihr, die letzten Tage auf dem Festland zu genießen, bevor sie sich auf den Inseln vergraben würde. Dort wartete schon seit sehr langer Zeit kein Mensch mehr auf sie. Wenn nur nicht dieser Kerl hinter ihr gewesen wäre ...

Denn Laviany ertrug die Gesellschaft anderer grundsätzlich nicht gut. Stets hielt sie sich abseits, niemandem warf sie sich in die Arme, mochten diese auch für sie ausgebreitet sein. Häufig verhielt sie sich absichtlich grob, obendrein war sie aufbrausend und nachtragend. Gegebenenfalls wäre sie die Erste gewesen, die zugegeben hätte, dass sie keine besonders angenehme Frau war.

Was sie in Gegenwart dieses Theo empfand, war jedoch sogar ihr neu.

Es war, als zerfiele sie in zwei Teile. Der eine tobte und raste und flüsterte ihr hartnäckig ins Ohr, sie möge den Zirkusmann umbringen.

Auf der Stelle.

Ohne viel Federlesens.

Dann tastete sie allen Ernstes nach ihrem Messer ...

Der andere Teil aber blieb kalt und berechnend wie eine Wölfin. Und dieser Teil war stärker als der andere.

Noch.

Deshalb würde sie nicht grundlos töten. Theo hatte ihr das Leben gerettet, er hatte ihr kein Leid zugefügt, es bestand also kein Anlass, ihm seine Freundlichkeit mit einem schändlichen Angriff zu vergelten.

Als sie ihn damals verlassen hatte, während er noch schlief, war ihr anschließend sofort leichter zumute gewesen. Das widerliche Geflüster, das sie zum Mord drängte, war verstummt. Doch als sie ihn bei den Kaufleuten ausgemacht hatte, stellte sich das Raunen wieder ein. Hass kochte in ihr hoch. Es fehlte nicht viel, und Laviany hätte zum ersten Mal in ihrem Leben die Kontrolle über sich verloren. Hätte aus einer Laune heraus getötet ...

Immerhin vermochte er sie mit seinem Lächeln zur Besinnung zu bringen. Zu seinem Glück und zum Ruhm der Erhabenen Sechs, an die sie längst nicht mehr glaubte ...

Jetzt lief er in gebührendem Abstand hinter ihr. Gleichwohl spürte sie seinen Blick zwischen ihren Schulterblättern, was erneut ihren Hass schürte. Als sie schneller ging, beschleunigte auch er seinen Schritt. Schließlich blieb sie mitten auf einem schmalen Holzsteg, der über einen kleinen Fluss führte, stehen und starrte ins Wasser.

Es glitzerte in der Sonne gleich den Schuppen eines Fisches. Lange Algen schlingerten hin und her wie die Haare einer Uyne.

Woher kam dieser Hass? Verlor sie allmählich den Verstand? Angeblich widerfuhr dies Menschen vom Nachtclan gelegentlich. Es hieß, auch die Lichtwirker hätten gegen bestimmte Verlockungen ankämpfen müssen, dies aber bewältigt, ohne Schaden zu nehmen, weil sie all ihren Hass in ihre Aufgabe umgelenkt hätten, die Menschen vor Astoré, Melgen und Schahutern zu schützen.

Kaum näherte sich Theo, spannte sie jeden Muskel an. Entschlossen unterdrückte sie den Wunsch, sich auf ihn zu stürzen.

»Du gehst jetzt voran!«, knurrte sie.

»Hast du schon einmal versucht, gegenüber anderen einen etwas freundlicheren Ton anzuschlagen?«, fragte Theo sanft.

»Was stört dich an meinem Ton?«

»Mir fehlen die Worte *bitte* und *danke*. Die soll es sogar in Solanka geben.«

»Ich bin nicht von da.«

»Du hast aber den Akzent einer Frau aus dem Süden. Im Übrigen darf ich dir versichern, dass die Worte *Könntest du nicht vorangehen?* wesentlich freundlicher klingen würden.«

»Du vergeudest unser beider Zeit! Damit spielst du bloß denjenigen in die Hände, die dich verfolgen. Also los!«

Theo schnaubte nur, marschierte aber an ihr vorbei. Laviany sah ihm nach. Je größer der Abstand zwischen ihnen wurde, desto leiser klang die drängende Stimme in ihrem Kopf. Da setzte auch sie ihren Weg fort.

An die Eichenwälder schlossen Felder an, auf denen etliche Heuballen standen.

Da Theo schneller lief als Laviany sonst, passte sie ihren Schritt dem seinen an, was ihr auch mühelos gelang.

Nach einer Weile sprengte von hinten ein Reiter heran. Sofort tauchte Laviany im hohen Gras am Wegrand ab. Hätte ich doch bloß noch meine Wurfmesser aus der Herberge mitgenommen!, schoss es ihr einmal mehr durch den Kopf.

Bei dem Reiter handelte es sich indes lediglich um einen Boten in grauem Umhang mit orangefarbenen Streifen. Sobald der Staub, den sein Pferd aufgewirbelt hatte, zu Boden gesunken war, kroch sie wieder aus ihrem Versteck. Theo ebenso. Sie beide wechselten einen beredten Blick, um ihren Weg hernach schweigend fortzusetzen – bis nach gut einer Stunde Theo unvermittelt die Beine wegknickten. Er sank in den Sand und blieb reglos liegen.

»Was ist das schon wieder für eine Zirkusnummer?«, entfuhr es Laviany.

Als Theo sich nicht wieder erhob, stapfte sie fluchend auf ihn zu.

»Beim Gebannten! Ich werde dir deine Flausen schon noch austreiben! Das schwöre ich beim Meer, beim Wind und bei tausend Walen!«

Doch als sie sich über ihn beugte und sein kreidebleiches Gesicht sowie den Schaum vor seinem Mund sah, löste sich ihre Wut in Luft auf. Das war keine Zirkusnummer. Sie zog sein rechtes Lid hoch. Die Pupille war riesengroß, nur ein schmaler braungoldener Rand umgab sie noch.

»Das sieht nicht gut aus, mein Junge«, murmelte Laviany, eilte dann aber schnurstracks weiter

Nach rund dreißig Schritt blieb sie jedoch stehen, drehte sich um und schaute zu dem nach wie vor bewusstlosen Theo zurück.

»Du elender Streifenfisch aber auch!«, stieß sie aus – und stiefelte zu Theo.

Sie packte ihn unter den Achseln und zog ihn von der Straße. Weit und breit war zum Glück niemand zu sehen. Theo war recht schwer, aber Laviany war in ihrem Leben schon mit kompakteren Kerlen fertig geworden. Zeternd schleifte sie Theo hinter eine Heugarbe. Jetzt, da er bewusstlos war, gab auch ihr unerklärliches Verlangen, ihn zu töten, Ruhe.

»Was hast du dir da bloß eingehandelt?«

Sie schaute sich nun beide Pupillen an und tastete nach seinem Puls. Er war schwach und unregelmäßig. Daraufhin näherte sie ihr Ohr seinen Lippen, um seinen Atemzügen zu lauschen. Anschließend schnupperte sie. Erstaunt schnalzte sie mit der Zunge. Diesen Geruch nahm sie zum ersten Mal wahr. Als sie seine Fingernägel auf Farbe und Glanz untersuchte und mit ihrem rechten Daumen auf einige von ihnen drückte, stieß sie auf nichts, das ihr Aufschluss über die Ursache von Theos Ohnmacht gegeben hätte.

»Irgendein Anfall«, murmelte Laviany und presste Theo ihre Hände gegen die Schläfen. »Aber warum?«

Sie schloss die Augen und sah gleichsam in seinen Kopf.

Das, was sich in diesem eingenistet hatte, gefiel ihr nicht. Geballtes Grau mit vereinzelten goldenen Funken darin, dazu eine schlingernde, leuchtend rote Korallenkette. Laviany meinte, jemand würde eine Fackel vor ihrem Gesicht hin und her schwenken. Hitze drohte sie zu versengen, alles um sie herum verschwamm, und sie verspürte nur einen einzigen Wunsch: sofort den Kopf herumzureißen.

»Ja hol mich doch ...«, stieß sie aus und setzte sich neben ihn. »Ich habe keinen blassen Schimmer, was mit dir los ist!«

Obwohl Laviany ihren Weg eigentlich längst hätte fortsetzen müssen, grübelte sie weiter über mögliche Erklärungen für Theos Zustand nach.

Schließlich überprüfte sie ein drittes Mal die Pupillen, den Atem, den Puls und die Fingernägel. Auf Druck antworteten seine Muskeln überhaupt nicht. Selbst wenn sie ihn verstärkte, zuckten Arme und Beine nicht. Abermals legte sie die Hände an seine Schläfen und versuchte zu verstehen, was sich in seinem Kopf tat. Mit letzter Kraft ertrug sie den Schmerz, den diese Korallenkette ihr verursachte, wollte sie doch unbedingt erfahren, was es mit dieser auf sich hatte. Zoll für Zoll tastete sich Laviany durch Theos Kopf, erkundete sein Gehirn und glitt über jeden einzelnen Halswirbel. Tapfer bekämpfte sie die Qualen in ihrem Innern. Dann erreichte sie Theos Schulterblatt – und musste jäh aufgeben.

»Was ...?«

Kurz entschlossen drehte sie Theo auf die Seite und riss sein Hemd auf. Als sie den Stoff an den Schulterblättern beiseiteschob, meinte sie, jemand würde ihr in den Unterleib treten. Gepeinigt aufschreiend, wich sie zurück. Wie von selbst lag ihr Messer in ihrer Hand. Sie wollte auf der Stelle fliehen – und sich gleichzeitig auf Theo stürzen und ihn töten. Ohne ihre Erfahrung wäre sie verloren gewesen.

Mit aller Willenskraft rammte sie das Messer in den Boden und trat wieder an Theo heran.

Sie ging in die Hocke und betrachtete seinen Rücken. Ihm haftete etwas von einer der gefährlichen Wüstenspinnen aus Karyph an, die mit Gift jeden Feind auslöschen.

Mitten auf dem linken Schulterblatt prangte eine Zeichnung, ein noch unvollendetes, jedoch bereits erkennbares Bild. Jemand, der nichts von der Sache verstand, würde vielleicht behaupten, es handle sich um eine Sonne mit sechs breiten Strahlen, die aus einer Laune heraus als Halbkreis gezeichnet waren.

Aber Laviany wusste es besser.

Vor sich hatte sie einen Strudel.

Eines der ältesten Symbole überhaupt.

Ein Zeichen, das für die andere Seite stand.

Das Mal der Leere.

### KAPITEL 5

# Der Jäger und der Hirsch

*Vor fünfhundert Jahren soll man nah an der Grenze zu Ödien einem absonderlichen Zeitvertreib gefrönt haben. Zur Freude sämtlicher Schaulustiger warf man einen Missetäter in eine Grube, in der ein Schahuter gefangen gehalten wurde. Diesen Brauch gab man erst an dem Tag auf, als während eines solchen Ulks weitere Schahuter über die Menschen herfielen. Im ersten Augenblick begriffen diese nicht einmal, dass aus Spaß blutiger Ernst geworden war. Als sie es aber begriffen, war es bereits zu spät.*

*Aus den Aufzeichnungen eines unbekannten Reisenden, die in einer alten Bibliothek gefunden wurden*

Das Wasser in der Schale war heiß. Nahezu kochend. Yasev Erbett tauchte seine faltigen Hände in sie, schloss die gereizten Augen und genoss den Frieden, der sich in ihm ausbreitete. Reinheit war für ihn von immenser Bedeutung, er betete sie an und achtete stets darauf, dass sich weder an seinen Händen noch unter seinen Fingernägeln Schmutz ansammelte.

Die von einem Knebel gedämpften Schreie Taled Gorhs überhörte er völlig. Kaum dass er die Finger aus dem nun von blutigen Schlieren gemaserten Wasser zog, reichte ihm sein ebenso treuer wie schweigsamer Diener Nevek ein Tuch, das einen frischen Lavendelduft verströmte.

Geradezu andächtig trocknete Erbett seine Hände ab. Nun hatte er seine Reinheit zurückgewonnen.

Anschließend warf er das Tuch auf den dunklen, von Flecken überzogenen Kellerfußboden und ließ seinen Blick lange auf seinen beiden Söhnen ruhen.

Rynster war ein sehniger Mann mit dem leuchtenden Rot im Haar, das bei seinem Vater schon vor Jahren dem Grau gewichen war. Der Junge bemühte sich gar nicht erst, seine Langeweile zu verhehlen. Es missfiel ihm, bei diesem Schauspiel anwesend zu sein, doch sein Vater wünschte es, und er gehorchte ihm stets. Das Wort des Familienoberhaupts war für ihn Gesetz, das er sogar über seine eigenen Wünsche und Belange stellte. Ebendeshalb schätzte Yasev seinen Zweitgeborenen und setzte größte Hoffnungen in ihn. Obendrein war er klüger als Celg und Ian – mögen die Erhabenen Sechs dessen Seele gnädig sein. Daher würde Rynster seine Nachfolge als Herr von Taver antreten.

Celg, sein Ältester, war ein massiger Bursche mit rotem Gesicht, dichter Mähne und vollem Bart. Ständig schnaufte er. Inzwischen kippte er bereits den dritten Krug Bier in sich hinein, wobei seine kleinen Schweinsäuglein die ganze Zeit über den Mann im Blick behielten, der von der Decke baumelte.

»Wo waren wir stehen geblieben?«, fragte Yasev.

»Gorh hat dich gebeten, ihm zu verzeihen«, antwortete Rynster und schaute seinen älteren Bruder tadelnd an, als dieser ohrenbetäubend rülpste.

Sofort legte Celg seine Pranke vor den Mund.

»Tut mir leid«, wandte er sich an seinen Vater.

Dieser presste nur verärgert die Lippen aufeinander. Seine ungeteilte Aufmerksamkeit galt dem nackten Dickwanst, der mit gefesselten Händen von der Decke baumelte. Verachtung und Ekel ihm gegenüber standen Herrn Erbett auf die Stirn geschrieben.

Das schwabbelnde Fett ließ ihn an eine Qualle denken. Der Kerl heulte, außerdem hatte er sein Wasser nicht mehr halten können und den ohnehin dreckigen Fußboden mit seinem Urin zusätzlich beschmutzt. Ein widerlicher Anblick.

»Celg! Der Kerl hat seine Lektion noch nicht gelernt!«

Das brauchte er seinem Sohn nicht zweimal zu sagen. Celg genoss es, anderen Schmerzen zuzufügen. Gelegentlich überspannte er den Bogen, doch wenn er seinen Eifer rechtzeitig zügelte, führte sein Tun in der Regel zum Ziel.

Auf die Worte seines Vaters hin stellte Celg den Bierkrug knallend ab, schnappte sich seine einschneidige Axt und trat grinsend hinter den Antiquitätenhändler. Dieser stieß voller Panik einige unverständliche Laute aus und fing heftig zu zappeln an.

Celg nahm Maß, fletschte die wenigen Zähne und rammte Gorh den Axtstiel in die Niere.

»Hört euch das an!«, wieherte er. »Quiekt wie ein Schwein!«

Als er zum nächsten Stoß ansetzen wollte, gebot ihm sein Vater mit einer Geste Einhalt.

»Nevek!«, knurrte Celg. »Bring mir noch ein Bier!«

Nachdem der wortkarge Diener den Befehl ausgeführt hatte, baute er sich sofort wieder hinter Yasev auf, die Hand fest um den Schwertgriff geschlossen.

»Und jetzt wollen wir uns anhören, was er zu sagen hat«, erklärte Yasev und schnippte mit dem Finger.

Rynster sprang auf und zog den Knebel vom Mund des Herrn Gorh.

»Mylord!«, japste dieser. »Mylord! Mich trifft keine Schuld! Glaubt mir!«

»Das ist nicht das, was ich hören wollte.«

»Es tut mir leid! Aufrichtig! Bitte ...«

Rynster knebelte den Mann wieder.

»Du hörst es doch, Vater«, sagte er. »Er bedauert sein Tun.«

Daraufhin stieß Celg ein belustigtes Schnauben aus.

»Soll ich das Schwein aufschlitzen?«, wollte er von seinem Vater wissen. »Mit einem Streich? Von der Kehle bis zu seinem Gekröse?«

Um seinen Worten die nötige Anschaulichkeit zu verleihen, hielt er die halbmondförmige Schneide seiner Axt gegen den gewaltigen Bauch des Antiquitätenhändlers.

»Untersteh dich!«, fuhr Yasev ihn an, denn Taled Gorh drohte bereits vor Angst ohnmächtig zu werden. »Taled! Ich will jetzt vernünftige Antworten hören. Dafür nimmt Rynster dir noch einmal den Knebel ab. Wenn du wieder nur wimmerst und jaulst, werde ich wütend. Das könnte bedeuten, dass Nevek dir die Zunge abschneidet. Habe ich mich klar und deutlich ausgedrückt?«

Nevek zog sein Schwert blank und trat einen Schritt vor. Taled Gorh, der genau um den Ruf von Mylords Diener wusste, nickte in wilder Verzweiflung.

Rynster löste den Knebel.

»Es tut dir also leid«, stieß Erbett aus. »Von einem anständigen Mann erwarte ich freilich nichts anderes. Du bekennst deinen Fehler?«

»Ja, Mylord.«

»Und worin genau besteht dieser Fehler deiner Ansicht nach?«

»Ich hätte mit dieser Statue niemals zu Mylord Ian gehen dürfen, sondern mich an Euch wenden müssen.«

»Und wenn der nächste Zirkusmann oder Dieb an dich herantritt, was tust du dann? Gehst du dann zu Rynster?«

»Nein, Mylord, bestimmt nicht.«

»Spielst du vielleicht mit dem Gedanken, Celg damit zu behelligen?«

»Auf gar keinen Fall, Mylord. Ich würde sofort bei Euch um Vorsprache bitten.«

»Jetzt hat er seine Lektion gelernt«, hielt Rynster fest.

»Du meinst, wir können ihn filetieren?«, wollte Celg wissen.

Yasev verkniff sich jede Bemerkung. Sein Ältester war einfach unverbesserlich. Schicksalsergeben streckte er die Hand aus, damit Nevek ihm sein Schwert hineinlegte. Der Griff war längst mit einem Stück Stoff umwickelt, das den Duft von Lavendel verströmte.

»Mylord!«, presste Taled Gorh heraus. »Glaubt mir, ich wollte stets nur meine Ergebenheit Eurer Familie gegenüber zum Ausdruck bringen!«

»Schweig!«, zischte Rynster ihm ins Ohr. »Wenn du dich nicht sofort zur anderen Seite begeben willst, dann hältst du jetzt den Mund!«

»Deine Ergebenheit?«, fragte Yasev zurück und erhob sich. »Die hast du durchaus zum Ausdruck gebracht! Meinem Sohn gegenüber. Mit dem Ergebnis, dass er jetzt tot ist, während du lebst. Dieser Umstand betrübt mich. Und du weißt genau, was es bedeutet, wenn ich betrübt bin.«

Warum muss der Kerl so stinken?, stöhnte er innerlich. Celg hat recht. Er ist ein Schwein.

Doch Yasev bezwang seinen Ekel. Er schnitt den Strick durch, an dem der Antiquitätenhändler hing. Wie ein Sack krachte der Mann zu Boden, wollte aber sogleich an Yasev herankriechen und diesem unter jämmerlichem Gewimmer die Stiefelspitzen küssen.

Nevek unterband das, indem er zwischen die beiden Männer trat.

»Du bist nur dank meiner Gnade noch am Leben. Vergiss das niemals, Taled. Ein zweites Mal werde ich dir einen solchen Fehler nicht nachsehen. Dann endest du wirklich wie ein Schwein auf der Schlachtbank. Und jetzt verschwinde!«

Ohne den Schwall an Dankesworten abzuwarten, ging Yasev zur Treppe, die aus diesem Keller hinauf in das Haus führte.

»Gib diesem Jammersack seine Kleider zurück«, sagte er noch zu Nevek. »Und dann schmeiß ihn raus!«

Kurz vor der Treppe holte Rynster seinen Vater ein und bot ihm den Arm, damit dieser sich darauf stützen konnte. Gemeinsam bewältigten sie die Stufen. Jedes Jahr, wenn der Herbst heranrückte, erinnerten Mylords Knie ihn daran, dass er nicht mehr der Jüngste war. Er hasste diese Gebrechen und empfand sie als Folter, die ihm die Erhabenen Sechs aus Gründen auferlegt hatten, die vielleicht nicht einmal sie selbst kannten.

»Den hätten wir abstechen sollen«, maulte Celg, als er den beiden nachstiefelte. »Als abschreckendes Beispiel!«

»Das ist genau der Grund, warum nach meinem Tod Rynster das Sagen in Taver haben wird und nicht du!«

Sobald Rynsters Name fiel, verfinsterte sich Celgs Gesicht. Seufzend fasste Yasev mit beiden Händen nach dem Kopf seines ältesten Sohnes und zog ihn an sich, um ihm die Stirn zu küssen.

»Ich liebe dich von ganzem Herzen, Celg, du bist mein Erstgeborener. Aber leider hast du ausschließlich Kraft und Stärke abbekommen, während Rynster den ...«, das Wort *Verstand* lag ihm schon auf der Zunge, »... während Rynster ein vorsichtiger, vorausschauender Mann ist. Du bist der Schild und die Axt unserer Familie, doch gewährte ich dir freie Hand, würdest du nur blindlings um dich schlagen. Schon bald würdest du einzig über Leichen herrschen. Die zahlen jedoch weder Steuern, noch führen sie deine Befehle aus.«

»Ich habe nicht die Absicht, alle um mich herum zu töten. Ich wollte nur diesen Antiquitätenhändler abschlachten.«

»Wenn du einen Hirsch in meinem Wald erlegst«, fuhr Yasev voller Geduld fort, »wirst du seinen Kadaver dann in das Rudel der anderen Tiere schmeißen?«

»Natürlich nicht, denn dann wissen sie, dass ihnen in diesem Wald Gefahr droht, und lassen sich nicht mehr blicken.«

»Genauso ist es mit den Menschen. Taled ist kein Bettler und auch nicht jener namenlose Wanderer, den du vor sieben Monaten mit deinem Pferd zu Tode gebracht hast. Er ist ein wohlhabender Antiquitätenhändler, der uns letzten Endes die Treue hält. Es gibt keinen Grund, ihn umzubringen.«

»Ian ist tot. Reicht das nicht als Grund?«

»Ian war ein Leichtfuß!«, ereiferte sich Yasev. »Ein ausgemachter Dummkopf! Seine zügellosen Saufgelage und all die Huren hätten ihn früher oder später eh ins Grab gebracht!« Er atmete tief durch, um dann ruhiger fortzufahren: »Dennoch war auch er mein Fleisch und Blut. Er war mein Sohn, genau wie ihr beide, und ich lasse nicht zu, dass meine Kinder ungestraft getötet werden.«

In dem großen Esszimmer nahm Yasev am Tisch Platz, auf dem bereits eine blendend weiße Decke lag. Mit nach wie vor finsterer Miene klatschte er in die Hände. Diener erschienen, die schweigend eine Schale mit heißem Wasser vor ihn stellten. Abermals wusch er sich die Finger. Nachdem er sie abgetrocknet hatte, unterzog er Messer und Glas einer eingehenden Betrachtung. Zu seiner Zufriedenheit entdeckte er keinen einzigen Fleck.

»Für mich nur Obst. Rynster nimmt gar nichts, Celg kriegt Bier. Bringt sofort zwei Krüge, damit ihr nicht ständig hier herumschwirren müsst!« Nach diesen Worten wandte er sich erneut an Celg. »Mit harter Hand durchzugreifen ist eine gute Sache. Aber alles zu seiner Zeit. Nach meinem Tod wird deshalb Rynster darauf achten, wann du Strenge walten lässt. Höre auf ihn, alles andere wäre äußerst dumm von dir. Denn solltet ihr um meine Nachfolge streiten, werdet ihr in Stücke gerissen. Entweder von den Marks oder von den Veonts. Dann würdet ihr alles verlieren. Hast du das begriffen, Celg?«

»Du weißt genau, dass ich nichts gegen deine Entscheidung einzuwenden habe, Vater«, antwortete dieser. »Rynster kann Geld besser zählen als ich.«

»Mehr wollte ich nicht hören! Und noch etwas! Merke dir, dass die Menschen dich zwar fürchten sollen, aber auch sicher sein müssen, dass du niemandem ohne triftigen Grund den Schädel einhaust. Menschen sind wie Wachs. Wenn ihr sie ordentlich durchgeknetet habt, müssen sie zerfließen, zu euren Füßen liegen und euch für den zugefügten Schmerz danken. Damit genug von mir! Nun habt ihr das Wort! Was habt ihr in Erfahrung bringen können?«

Die Brüder wechselten einen beredten Blick.

»Wir haben keine guten Neuigkeiten«, holte Rynster aus. »Dieser Hochseilartist befindet sich noch immer nicht in unserer Gewalt.«

»Was ist mit dem Zirkusdirektor?«

»Celg hat ihn sich nach allen Regeln der Kunst vorgeknöpft. Der Mann hat keine Ahnung, wo dieser Theo steckt. Offenbar hat er sich nach der Mordnacht vom Zirkus abgesetzt. Zuvor hat er die anderen Zirkusleute zu einem Aufstand angestiftet und versucht, die Einnahmen zu stehlen.«

»Dieses ganze Zirkusvolk taugt doch bloß als Wurmfutter«, spie Yasev aus. »Das sind durch die Bank Diebe, Mörder und Gauner! Ihr hättet sie nicht weiterziehen lassen dürfen! Vielleicht weiß doch noch jemand irgendetwas!«

Betretenes Schweigen trat ein.

»Du gibst doch sonst etwas auf mein Wort«, durchbrach Rynster schließlich die peinigende Stille. »Glaub mir, niemand weiß, wo dieser Theo hin ist.«

»Celg steht auf die Stirn geschrieben, dass er da anderer Ansicht ist.«

»Soll ich ihnen ein paar Männer hinterherschicken, die sie wieder zurückbringen?«

»Was beim Gebannten soll ich mit einer Horde Clowns?«, fuhr Yasev ihn an und steckte sich eine Weintraube in den Mund. »Ich brauche den Hochseilartisten.«

»Glaubst du wirklich, dass er Ian umgebracht hat?«

»Nein«, sagte Yasev, nachdem er einen großen Schluck Wasser getrunken und sich die Lippen mit der Serviette abgetupft hatte. »Das glaube ich nicht. Loky ist in dieser Nacht bei Ian gewesen, und er wurde von Nevek ausgebildet. Außerdem hätte dieser Seilhüpfer es niemals mit einer derartigen Überzahl aufnehmen können. Weiter! Ihr habt Ians Leiche gesehen! Da muss noch jemand seine Hand im Spiel gehabt haben. Den will ich. Deshalb brauche ich diesen Theo lebend. Erhöht die Belohnung, die auf seinen Kopf ausgesetzt ist.«

Celg rutschte unzufrieden auf seinem Stuhl hin und her, sagte aber kein Wort.

»Was, wenn er nicht mehr im Herzogtum ist?«, gab Rynster zu bedenken. »Wo sollen wir ihn dann suchen?«

»Es gibt überall Menschen, die nichts gegen eine leicht verdiente Münze einzuwenden haben. Deshalb dürfte es ein Kinderspiel sein, für ein hübsches Sümmchen jemanden zu verpflichten, der sogar in einem Heuhaufen nach einer Nadel sucht. Was gibt es, Davek?«

Mit dieser Frage wandte sich Yasev an den kräftigen Schwertträger, der gerade eingetreten war, den Befehlshaber seiner Leibwache.

»Euer Gnaden«, sagte er. »Ein Mann wünscht Euch zu sprechen. Er behauptet, es geht um den Zirkus.«

»Hat er mir diesen Theo gebracht?«

»Nein. Aber er versichert, Neuigkeiten für Euch zu haben.«

»Dann schick ihn rein. Aber mach ihm vorher noch klar, dass ich die Hunde auf ihn hetzen werde, wenn er mich für dumm verkaufen will.«

Doch Davek zögerte.

»Was gibt es noch?!«

»Das ist ein undurchsichtiger Bursche, Mylord.«

Stille breitete sich aus, denn Davek gehörte nicht zu den Männern, welche die Pferde scheu machten.

»Was genau meinst du damit?«, wollte Erbett schließlich wissen.

»Auf den ersten Blick wirkt er völlig harmlos, Mylord. Er ist ohne Begleitung gekommen und lediglich mit einem Dolch bewaffnet, außerdem höflich und anständig gekleidet, vermutlich ein Adliger. Aber etwas stört mich an ihm. Was genau, weiß ich nicht. Es ist bloß ein Gefühl.«

»Ist er aus Taver?«

»Nein. Dass es sich bei ihm um einen von Marks oder Veonts Männern handelt, können wir mit Sicherheit ausschließen. Meiner Ansicht stammt er aus Savjatien.«

»Für ein bisschen Geld könntest du sogar eine schwarze Haut aus Umm kaufen«, murmelte Yasev. »Postiere zwei deiner Jungs mit Armbrüsten oben auf der Galerie! Und führe unseren Gast persönlich herein!«

Celg griff nach seiner Axt und trat ans Fenster, hielt sich aber bereit, mit einem Satz zurück am Tisch zu sein. Rynster blieb, wo er war.

»Rechnest du mit Unannehmlichkeiten?«, fragte er seinen Vater.

»Nein«, antwortete dieser. »Aber nur Narren verzichten in einem Kampf auf einen Schild.«

Zwei seiner Leibwächter bezogen nun, als Diener gekleidet, auf der Galerie Posten. Ihre Armbrüste hielten sie so, dass sie von unten nicht auszumachen waren.

Kurz darauf trat Davek wieder ein. Ihm folgte der Unbekannte. Yasev musterte ihn eingehend, während er einen weiteren Schluck Wasser trank.

Ein hochgewachsener Mann, sehnig und mit dunklem Teint. Er hätte zu einem der Küstenvölker gehören können, die ihr ganzes Leben auf See verbrachten, wäre da nicht seine Haltung, sein Blick und sein Auftreten gewesen. Nichts davon gehörte zu einem zwielichtigen Seemann.

Der Unbekannte hatte leuchtend blaue Augen, was bei seiner Hautfarbe recht ungewöhnlich war, dazu schwarze Brauen, eine tiefe Falte um die Mundwinkel und eine gerade Nase. Wie es in Savjatien üblich war, hatte er in sein Haar ein schmales weißes Band eingeflochten und es zu einem Zopf gebunden. Obwohl sich an seinen Schläfen bereits das erste Grau zeigte, vermochte Erbett sein Alter nicht einzuschätzen.

Vielleicht war er fünfundzwanzig, vielleicht aber auch vierzig.

Nur eines stand außer Frage. Er sah sich einem Mann gegenüber, der weder ein Wegelagerer noch ein Söldner war. An den Fingern des Unbekannten funkelten kostbare Ringe, seine gesamte Aufmachung sprach in der Tat für einen Adligen.

Ob sich Davek getäuscht hat?, überlegte Yasev. Und ausnahmsweise alle in Aufregung versetzt hat, obwohl kein Grund dafür besteht?

Der Besucher hielt geradenwegs auf Erbett zu, blieb zehn Schritt vorm Tisch stehen und verneigte sich leicht.

Auch diese Geste war äußerst beredt. Höflich, aber nicht unterwürfig. Ein Gruß zwischen zwei ebenbürtigen Männern.

»Mylord Erbett! Vielen Dank, dass Ihr mir etwas von Eurer kostbaren Zeit schenkt.« Eine klare Stimme und der leichte Akzent eines Mannes aus dem Süden. »Mein Name ist Shreff. Gestattet mir, Euch mein tief empfundenes Beileid zum tragischen Tod Eures Sohnes auszusprechen.«

Yasev nickte. Ihm war nicht entgangen, dass sein Gast sich lediglich mit seinem Familiennamen vorgestellt hatte. Einem Adligen würde ein solcher Lapsus nie unterlaufen.

»Du hast gesagt, dass du etwas über diesen Zirkusmann weißt, den ich suche.«

»Ich vertrete einige Geschäftsleute aus dem Süden, Mylord...«

»Geschäftsleute?«, mischte sich Celg ein. »Händler oder was?«

»Händler, völlig richtig«, erwiderte Shreff lächelnd, ohne Celg auch nur eines Blickes zu würdigen. »Vor Kurzem hat einer meiner Laufburschen einen geschätzten Kunden übers Ohr gehauen. Diesen Halunken muss ich unbedingt in die Finger bekommen, denn dann besteht Hoffnung, den Schaden zu begrenzen. Leider habe ich die Spur des Ganoven in Varen verloren. Das Letzte, was ich gehört habe, ist, dass er jenem Akrobaten begegnet ist, den Ihr sucht.«

»Da ist jeder Zweifel ausgeschlossen?«, wollte Rynster wissen.

»O ja. Zu dieser Begegnung ist es in einer kleinen Stadt gekommen, in einer Herberge. Das haben mir die Männer erzählt, die Euer ehrenwerter Vater angeheuert hat. Zu unser aller Bedauern ist dieser Hochseilartist ihnen entwischt.«

»Was hat meine Männer veranlasst, mit dir zu reden?«, fragte Yasev.

In seinem Ton schwang Verachtung mit. Händler konnte er nicht ausstehen. Er hielt sie für käuflich und gierig.

»Das, Mylord, dürfte daran gelegen haben, dass ich ein umgänglicher Mann bin, der mit jedermann eine gemeinsame Sprache findet. Sie waren übrigens sehr freundlich. Und nun zum Grund meines Besuchs. Diese Männer konnten mir wenig über den Akrobaten berichten, aber als wir uns getrennt haben, fiel Euer Name. Ich wäre Euch zutiefst verbunden, Mylord, wenn Ihr mir mehr über den Flüchtigen erzählen könntet, denn ich bin mir sicher, dass dieses Wissen mir in meiner eigenen Sache weiterhelfen würde. Es gäbe mir womöglich einen Hinweis darauf, was ihn mit dem Halunken verbindet, den ich suche. Im Gegenzug verspreche ich Euch, dass ich Euch den Akrobaten schicke, sollte er mir über den Weg laufen. Als Ausdruck meiner tiefen Dankbarkeit und Verbundenheit Euch gegenüber.«

»Die Dankbarkeit eines Händlers ... das übertrifft wirklich meine kühnsten Träume«, ätzte Yasev. »Glaubt mir, meine Familie wird diesen Schurken auch ohne Eure Hilfe schnappen.

Und ich werde meine Zeit bestimmt nicht damit vergeuden, die Geschichte dieses Nichtsnutzes auszubreiten. Da ich Eure Höflichkeit allerdings zu schätzen weiß, wird Davek Euch auf dem Weg zum Ausgang mitteilen, was er weiß.«

»Das ist zu liebenswürdig von Euch, Mylord«, erwiderte Shreff mit strahlendem Lächeln. »Doch eine Bitte habe ich noch.« Erbetts Blick wurde eisig, denn er ertrug es nicht, wenn man ihn um einen Kupferling anging und nach dessen Erhalt um ein Goldstück bat. »Es machen Gerüchte die Runde, dass Euer Sohn von diesem Zirkusmann eine alte Reliquie gekauft hat. Weiter heißt es, dabei sei etwas Merkwürdiges geschehen. Manch einer behauptet sogar, es sei dunkle Magie im Spiel gewesen.« Shreff setzte ein weiteres Lächeln auf. Diesmal sollte es allen Anwesenden zu verstehen geben, was er von solcherart Gerede hielt. »Nun habe ich Kunden, die sich ganz außerordentlich für Stücke der Vergangenheit interessieren. Deshalb würde ich dieses Objekt gern von Euch erwerben.«

Als Celg die steinerne Miene seines Vaters sah, wusste er unzweifelhaft, wie dieses Gespräch enden würde. Innerlich juchzte er bereits in Vorfreude.

»Ihr bietet mir Geld? Davon habe ich selbst mehr als genug. Und wenn Ihr etwas kaufen wollt, empfehle ich Euch, den nächsten Laden aufzusuchen, denn ich treibe keinen Handel.«

Doch auch dieser barsche Ton brachte Shreff nicht aus der Fassung.

»Glaubt mir, Mylord, der Preis, den ich Euch biete, wird Euch zufriedenstellen. Ihr werdet unser kleines Geschäft mit Sicherheit nicht bedauern.«

»Ollen Plunder kann ich genauso gut brauchen wie ein Schahuter Licht! Aber seinetwegen ist mein Sohn gestorben, deshalb ist das fragliche Stück unverkäuflich. Davek, geleite den Mann hinaus!«

»Das tut mir aufrichtig leid, Mylord«, sagte Shreff, der nach wie vor lächelte. »Aber ich habe den Auftrag, nicht ohne dieses Stück von hier fortzugehen. Möglicherweise hat auch jener Ganove, den ich suche, Interesse daran, sodass es vielleicht ein

Köder wäre. Deshalb sehe ich mich gezwungen, darauf zu bestehen, dass Ihr meinen Vorschlag noch einmal überdenkt.«

»Raus mit dir!«, schrie Yasev nun mit feuerrotem Gesicht. »Bevor ich die Hunde auf dich hetze!«

»Das ist geradezu grob unhöflich von Euch, Mylord«, erwiderte Shreff, ohne sich von der Stelle zu rühren. Nicht einmal der auf ihn zukommende Davek konnte ihn dazu bewegen. »Ist ein Gast in diesem Haus etwa nicht heilig? Wollen wir wegen dieses, wie Ihr es zu nennen beliebt, Plunders wirklich unsere aufkeimende Freundschaft aufs Spiel setzen?«

»Freundschaft? Für wen hältst du dich eigentlich? Davek, Nevek! Schafft dieses Aas fort! Und macht ihm klar, wie viele Rippen er im Leib hat, damit er beim nächsten Mal weiß, wie er sich Yasev Erbett gegenüber zu verhalten hat.«

Doch als Davek dem Mann seine Pranke auf die Schulter legte, wirbelte dieser herum und rammte Erbetts Leibwächter zwei Finger in den Bauch. Auf der Stelle brach er zusammen.

Für den Bruchteil einer Sekunde waren alle wie erstarrt.

»Tötet ihn!«, verlangte Erbett und sprang auf. »Tötet diesen Dreckskerl!«

Die beiden Posten auf der Galerie schossen sofort ihre Bolzen ab – nur riss da ein Wirbel Rynster um und schleuderte ihn gegen Celg, sodass beide zu Boden krachten. Gläser und Teller, Messer und die Tischdecke flogen in die Luft. Die beiden Armbrustschützen fielen kopfüber in die Tiefe. Ihr Blut und Hirn spritzte auf die hellgrauen Marmorfliesen des Fußbodens.

Shreff wischte ein Staubkorn vom Ärmel seiner kostbaren Samtjacke und kam langsam die Treppe hinunter.

»Ich verstehe Euch nicht, Mylord. Da begegne ich Euch voller Respekt, und dies sogar obwohl Ihr mich mit einer Miene empfangt, als littet Ihr seit drei Tagen unter Verstopfung, doch Ihr wollt meinen Vorschlag nicht bedenken. Und nun? Seht Euch bloß um! Blut, Leichen und ein ruiniertes Mahl.«

Nach diesen Worten kroch das Lächeln von seinen Lippen.

Als Nevek seine Klinge nach ihm warf, verpasste Shreff ihr bloß einen Fausthieb. Das Metall zersplitterte gleich einem

Eiszapfen. Im selben Atemzug brach er Nevek das Genick. Es knackte widerwärtig.

Nun wollte sich Celg von hinten auf Shreff stürzen, der dies indes für einen besonders gelungenen Ulk zu halten schien und vergnügt um Celg herumtänzelte.

»Dich mache ich kalt!«, brüllte Celg. »Mit einem Streich!«

Geifer spritzte aus seinem Mund, seine Augen waren blutunterlaufen, er kochte vor Wut.

»Woher nur dieser Eifer?«, erwiderte Shreff lachend. »Ich bin doch bloß ein Kaufmann, der mit ehrenwerten Absichten vorgesprochen hat.«

»Du Schwein! Verrecken sollst du!«

Celg unterlegte seine Worte mit dem bedrohlichen Gefuchtel seiner Axt.

Irgendwann reichte es Shreff. Er packte die Waffe, zwang Celg mit einigen geschickten Drehungen des Schaftes in die Knie und riss die Axt dann ruckartig nach vorn. Celg sackte mit seinem gesamten Gewicht auf seine eigene Waffe. Ein gellender Schrei zerriss die Luft, als der Stahl durch seine Rippen, sein Herz und seine Lungen drang.

Wutentbrannt wollte Erbett seinen Dolch blankziehen, ließ die Hand jedoch sofort sinken, als Shreff den noch immer benommenen Rynster vom Boden hochriss und seine schlanken Finger um dessen Hals legte.

»Mylord«, sagte er. »Zwei Söhne habt Ihr schon verloren. Soll dieses Schicksal auch noch Euren dritten Sohn ereilen? Wo ist das Stück, das ich suche?«

»Nebenan. Es ist eine kleine Statue. In einer Kiste«, presste Yasev heraus, ohne seinen Sohn aus den Augen zu lassen. »Ist dieses Ding wirklich so kostbar?«

»Keine Ahnung«, gestand Shreff leichthin. »Aber ich bin von Natur aus neugierig.«

»Neugierig?!«, hauchte Yasev fassungslos und ließ seinen Blick über die Leichen wandern.

»Ja, dieses Lasters muss ich mich wohl schuldig bekennen«, antwortete Shreff und presste seine Finger zusammen.

Erst knackte Rynsters Kehlkopf, dann seine Wirbel.
Ein Schrei entfuhr Yasev Erbett, wie ihn Taver noch nicht gehört hatte.

Shreff beugte sich über den reglos am Boden liegenden Davek und lächelte ihn an wie einen Verwandten, den er lange nicht gesehen hatte.
»Wie schön, dass du noch unter den Lebenden weilst. Dein verschiedener Herr hat mir versprochen, dass du mir alles erzählst, was du über den Zirkusmann weißt.«
Das dauerte nicht lange. Shreff setzte den Schlusspunkt, indem er Davek das Nasenbein brach und ihm die Knochensplitter ins Gehirn trieb. Ungehindert verließ er das Haus. Nicht einmal am Tor standen Posten.
Mit der eingewickelten Statue unter dem Arm schlenderte er durch eine Straße und lächelte jedem zu, der ihm entgegenkam. Für hübsche junge Frauen hatte er ein Zwinkern übrig, älteren Damen überließ er mit einer Verbeugung den Vortritt. An einer Straßenkreuzung kurz vor einem der Tempel für die Erhabenen Sechs schlossen zwei Gestalten zu ihm auf.
Beide kannte Shreff schon seit sehr langer Zeit. Ein massiger Kerl aus Fichzien mit honigfarbenem Haar, grünen Augen und einem geradezu festgezurrten Grinsen auf den vollen Lippen sowie eine schwarzhaarige Frau aus Pubyr, die schlank wie ein Reh war.
»Habt Ihr etwas in Erfahrung bringen können, Lehrer?«, wollte sie sofort wissen.
»Nichts, was wir nicht schon wüssten, Clero. Dieser Akrobat ist ein Niemand. Genau wie ich vermutet habe, müssen sich die beiden rein zufällig begegnet sein. Kümmert euch also nicht weiter um ihn, sondern sucht ausschließlich nach Laviany.«
»Und Ihr?«, wollte der Mann wissen, dessen Blick einem Hauptmann der Stadtwache folgte, der auf einem prachtvollen Pferd an ihnen vorbeiritt.

»Ich habe anderes zu erledigen. Haltet mich auf dem Laufenden und überwacht die Suchtrupps!«

»Ob sie sich in Varen verschanzen will?«

»Gute Frage, Gynt. Sähe Laviany zwar nicht ähnlich, aber ausschließen will ich es nicht. Findet sie um jeden Preis! Treibt sie in die Enge! Habt ihr das geschafft, tötet sie! Da braucht ihr gar nicht erst auf mich zu warten.«

»Ihr könnt auf uns zählen, Lehrer«, versicherte Clero.

Schon in der nächsten Sekunde hatten sich die beiden in der Menge aufgelöst. Shreff lächelte der nächsten jungen Frau zu, die ihm entgegenkam.

Was für ein wundervoller Tag!

KAPITEL 6

# Das Totenmeer

*Nach dem Kataklysmus wüteten die Naturgewalten. Ich wurde noch im vorausgegangenen Zeitalter geboren, allmählich neigen sich die mir von den Erhabenen Sechs zugemessenen Jahre ihrem Ende zu. Meine letzte Stunde werde ich inmitten von blauen Flammen zubringen, die nun so häufig in den Straßen meiner Stadt brennen. Doch nicht die Toten sind es, die ich fürchte, sondern das Meer. Ich erinnere mich noch daran, wie es einst war. Heute indes ist es anders. Es hat sich in ein Untier verwandelt.*

Tenek Sterscha, zweiter Herzog des neuen Lethos
Arant, im Jahre 80 des Zeitalters des Vergessens

»Was beim Gebannten ist bloß in mich gefahren?!«, stieß Laviany aus. »Hab ich jetzt endgültig den Verstand verloren?!«

Die rotfellige, verflohte Hündin, die neben ihr herlief, stellte die Ohren auf und wedelte freundlich mit dem Schwanz.

Es dämmerte bereits. Alle eilten nach Hause oder in die Hafenkneipen, die gerade öffneten. Grenzmark war ein elendes Loch. Mit alten, von Kletterpflanzen überwucherten Häusern, mit Dreck und Dung auf den Straßen. Die Stadt lag in einem Tal zwischen niedrigen, sturmumtosten Hügeln und war ebenso freudlos wie das Frühstück eines Sträflings. Hier hatte niemand etwas verloren, es sei denn, man hegte die wirklich dumme Absicht, zu einer der Inseln von Lethos überzusetzen.

Der Hafen war nicht viel mehr als eine verfaulte Anlegestelle mit ein paar Holzbottichen, die in dieser Gegend seltsamerweise als Schiffe galten, dazu noch ein Dutzend halbwegs passabler Fischerboote.

Von Grenzmark aus stachen einmal in der Woche Schiffe Richtung Süden in See, mit dem Ziel Darjen. Das Herzogtum Lethos steuerten Schiffe aus nahe liegenden Gründen noch seltener an. Kein Wunder, der Aufenthalt auf diesen Inseln bedeutete in der Tat kein Vergnügen. Nicht bei all den Verirrten Seelen, die einen dort jederzeit anfallen konnten.

Hätte Laviany gekonnt, wie sie gewollt hätte, dann hätte sie einen weiten Bogen um Lethos gemacht. Doch leider verbot sich das von selbst.

Als die Dämmerung mehr und mehr nächtlicher Finsternis wich, begab sich Laviany zum Hafen. Ein bitterer unangenehmer Gestank schlug ihr entgegen und ließ sie würgen. In ihn mischte sich der Geruch von verfaulten Austern, vertrockneten Algen und Teer. Auf den wenigen Schiffen hatte man Laternen angezündet. Sie spendeten so viel Licht wie ein versiegter Brunnen Wasser.

An den Lagerhallen, wo die Händler die Felle aufbewahrten, die sie aus Lethos mitgebracht hatten, stand ein Posten mit einer Keule in der Hand Wache. Laviany achtete nicht weiter auf ihn. Niemand würde in einer alten Frau wie ihr eine Gefahr wittern.

Das Handelsschiff mit dem riesigen Bauch lag am ersten Anlegeplatz. Die *Wasserwanze*. Sie würde sie nach Lethos bringen ...

An Deck traf Laviany niemanden an. Erst als sie mit einem Schrei auf sich aufmerksam machte, kam ein Mann in fortgeschrittenen Jahren aus dem Frachtraum herauf. Er trug einen Fischermantel und einen schmutzigen, breitkrempigen Hut.

»Was willst du?«, brummte er.

»Mit dem Kapitän sprechen. Ich möchte nach Lethos.«

»Den Käpt'n findest du im *Dorsch*.«

Nach diesen Worten verschwand der Seemann sofort wieder nach unten. Doch Laviany reichte die Auskunft. Der *Dorsch* befand sich ganz in der Nähe, hinter einer der Lagerhallen, an denen sie vorbeigekommen war. Es war eine heruntergekommene Kaschemme, in der es nach billigem, dunklem Bier sowie dem Heidekraut stank, mit dem der Ofen geheizt wurde. Beim Betreten musste Laviany über einen Saufbold steigen, der auf der Schwelle lag.

»Ich suche den Kapitän der *Wasserwanze*«, sagte sie dem Mann hinter der Theke.

Dieser wies auf einen Tisch.

Der Kapitän sah dem Kerl auf dem Schiff zum Verwechseln ähnlich. Auch er war nicht mehr jung, grauhaarig und trug salzfleckige, leicht schmutzige Kleidung. Das Bier hatte sein Gesicht gerötet, aber noch saß er so aufrecht, als hätte er einen Besenstiel verschluckt.

»Ich will weg aus diesem miesen Kaff«, sprach Laviany ihn an.

»Nicht nur du«, erwiderte er und maß sie mit einem langen Blick aus seinen grauen, etwas trüben Augen. »Allerdings fahre ich zu einem noch viel mieseren Kaff. Versuch dein Glück also lieber woanders.«

»Ich kenne dein Ziel. Das habe ich von den Burschen bei den Lagerhallen gehört. Du willst nach Nimadh, um die letzten Felle vor den großen Stürmen zu holen. Genau da muss ich auch hin.«

Nicht einmal diese Eröffnung lockte den Kapitän aus der Reserve.

»Nach Lethos also ... Geht es nur um dich?«

»Nein, mein Sohn begleitet mich.«

»Auf dem Hinweg ist im Frachtraum Platz genug, deshalb soll's mir recht sein. Für zwei Silberlinge nehme ich euch mit und sorge für Verpflegung. Ihr kriegt, was wir auch essen. Wir brechen morgen beim ersten Sonnenstrahl auf.«

»Mein Sohn ist krank«, schob Laviany nach, als sie aufgestanden war.

»Hat er sich eine Seuche eingefangen?«, wollte der Kapitän wissen, doch seine Stimme klang nach wie vor völlig gelassen. »Dann solltet ihr euch lieber mit dem Gebannten ins Benehmen setzen, denn dann nehme ich euch nicht mit.«

»Nein, er ist bloß von ein paar Dreckskerlen zusammengeschlagen worden und hat seitdem das Bewusstsein nicht zurückerlangt.«

»Warum schleppst du ihn dann nach Lethos?«

»Weil dort unsere Familie lebt.«

Er dachte kurz nach, fand aber offenbar keinen Grund, einen Rückzieher zu machen.

»Mögen die Erhabenen Sechs mit dir sein, Frau«, sagte er daher. »Sei morgen früh pünktlich.«

Laviany verabschiedete sich und trat in die frische Luft hinaus. Dabei wäre sie beinahe zwei Kerlen mit Brustharnischen und Kurzschwertern in die Arme gelaufen. Sobald diese die Bierstube betreten hatten, öffnete Laviany die Tür einen Spalt und spähte hinein.

»Wir suchen einen jungen Mann, groß und mit schwarzem Haar«, donnerte einer der beiden los. »Auf den ersten Blick hält man ihn für einen Alagorier. Er ist Jongleur und Akrobat und allgemein sehr geschickt. Hat ihn jemand von euch gesehen?«

Eisiges Schweigen war die Antwort, die er erhielt.

»Ein Goldstück für denjenigen, der mich zu ihm bringt.«

»Das ist ein nettes Sümmchen, das wir uns alle gern verdienen würden«, brummte der Kapitän schließlich. »Aber diesen Burschen hat niemand von uns gesehen.«

»Bist du sicher, Alter?«

»Wenn jemand vor meinen Augen seine Bällchen durch die Luft hätte fliegen lassen, dann würde ich mich daran erinnern. Und dann wäre meine Tasche jetzt um eine hübsche Münze schwerer.«

Irgendwer lachte laut, irgendwer fluchte. Laviany hatte genug gehört, sie stahl sich davon. Theo wurde gesucht. Natürlich würde man in sämtlichen Herbergen und Kaschemmen nach ihm fragen. Nur gut, dass sie für ihr Nachtlager einen alten Schuppen voller verrotteter Kähne gewählt hatte.

Er lag am äußersten Rand der Stadt, im Grunde schon an der Küste. Bei Lavianys Rückkehr war es um sie herum stockdunkel. Hinter ein paar Felsbrocken geduckt, lauschte sie, ob sich jemand in der Gegend herumtrieb. Doch nichts.

»Was hast du dir da bloß eingebrockt, du elender Streifenfisch?!«, zeterte sie leise mit sich selbst. »Und für wen das alles?«

Sie hätte schon vor zwei Tagen in See stechen können, wenn sie sich nicht mit Theo abgeplagt hätte. Wenn jetzt etwas schiefging, säße sie in Grenzmark fest. Dann müsste sie womöglich bis zur Mitte des nächsten Frühlings auf dem Festland ausharren …

Sie bewegte ein loses Brett zur Seite und schlüpfte in den Schuppen. Mit einem Feuerstein entzündete sie eine Öllampe, die nur ein schwaches Licht spendete.

Theo war noch immer bewusstlos. Nicht einmal gerührt hatte er sich. Im Unterschied zu den letzten Tagen atmete er aber tief und gleichmäßig.

»Seien wir damit zufrieden«, flüsterte sie, als sie Theo auf die Seite drehte.

Das Mal der Leere starrte sie an. Unheilvoll und beängstigend. Genau wie zuvor. Laviany hätte es am liebsten samt Haut herausgeschnitten, doch sie wusste, dass dies nichts ändern würde. Es würde wiederkehren. Theo gehörte nun zu den Menschen, über die man nur im Flüsterton sprach. Von denen man schauerliche Dinge zu berichten wusste.

Selbst wenn das meist blanker Unsinn war, wusste Laviany eines doch mit Sicherheit. Mit diesem Mal lebte man nicht lange. Wer es trug, wurde rasch von seinen lieben Mitmenschen getötet. Damit ein solcherart Gezeichneter sich nicht in ein Untier verwandelte, das niemand mehr aufzuhalten vermochte.

Ihr Verstand riet Laviany, Gnade walten zu lassen und Theo zu töten. Ihn vor einem grauenvollen Schicksal zu bewahren. Und nicht nur ihn, sondern auch alle Menschen in seiner Nähe.

Doch hatte sie ihm das Leben gerettet, nur um ihn jetzt umzubringen? Hatte sie deswegen ihre Zeit mit ihm vergeudet?

Zwischen die Bretter des Schuppens hatte Laviany einen Bund verwelkter Gräser geklemmt. Diese hatte sie gesammelt, nachdem Theo mitten auf der Straße zusammengebrochen war. Es hieß ja, die Mitglieder des Nachtclans würden einzig darin unterwiesen, anderen Schmerzen zuzufügen und den Tod zu bringen, doch das stimmte nicht. Man brachte ihnen auch bei, zu heilen und den Körper eines Menschen zu erspüren. Einst waren die Lichtwirker für ihr Wissen vom Bau des Körpers und von den Organen berühmt gewesen. Einiges davon hatten sie an die Mitglieder des Nachtclans weitergegeben.

Mord und Heilung stellten für Laviany eine Art Kunst dar. Sie ging gern ungewöhnlich vor und scheute auch vor Experimenten nicht zurück. Ihr waren verschiedene Kniffe bekannt, mit denen sie dafür sorgen könnte, dass einige Artefakte, die noch aus der Zeit des Geeinten Königreichs stammten, ihre Kraft einbüßten. Damit gebot sie über klägliche Überreste einer Magie, die nahezu in Vergessenheit geraten war.

Zu ihrem großen Bedauern fehlten Laviany für Theos Heilung einige Kräuter, die nur weit im Süden wuchsen. Hier oben im Norden wollte sie es deshalb mit einigen heimischen versuchen. Sie waren harzig und bitter und nicht ganz so wirkungsvoll.

»Schafsfutter ist auch für Menschen gut«, versicherte sie dem bewusstlosen Theo. »Will ich jedenfalls hoffen.«

Nach einer Weile war der Sud fertig. Nun galt es, den Trank diesem Theo einzuflößen. In den letzten Tagen hatte sie dafür eine recht schlichte Lösung gefunden: Sie hebelte ihm den Mund mit ihrem Messer auf, danach brauchte sie nur noch darauf zu achten, dass er sich nicht verschluckte.

In der Nacht tat sie kein Auge zu. Ihre Gedanken wanderten zu Borg. Hätte sie das Gespräch zwischen ihm und Shreff doch bloß nie belauscht! Dann würden diese beiden ihr jetzt nicht nach dem Leben trachten.

Denn natürlich würde sie nicht vergessen, was sie gehört hatte. Und auch nicht verzeihen ... Deshalb würde sie ihr altes Leben möglichst weit hinter sich lasen. Sie würde sich in Lethos verschanzen. Eine andere Möglichkeit gab es für sie nicht mehr.

In der Nacht versicherte sie sich noch viermal, dass Theo atmete. Inzwischen ahnte sie, warum sie ihn unbedingt töten wollte. Es lag an dem Mal auf seinem Rücken. Wäre sie eine

Lichtwirkerin, würde sie ohne Bedenken nach ihrem Schwert greifen. Dann würde sie unerbittlich gegen ihn vorgehen.

Blieb nur zu hoffen, dass sie ihre Mordgelüste weiterhin zu zügeln vermochte.

Kurz vor Tagesanbruch schleifte sie Theo unter viel Gefluche – vor allem auf sich selbst – hinüber zu dem Karren, den sie bereits gestern Morgen stibitzt hatte. Sie trat die morsche Tür des Schuppens ein und begab sich zur Anlegestelle.

Er ging durch ein samtenes Nichts, durch das gelegentlich blaue Blitze zuckten. Er hörte nichts, nicht einmal mehr seinen eigenen Atem. Wind kam auf und peitschte ihm den Rücken, packte seine linke Hand und riss ihn mit aller Kraft in die Tiefe, dem Straßenpflaster entgegen, auf dem er sich alle Knochen brach. Eine Lache breitete sich um ihn herum aus, die nach Metall roch. Seine Lungen, von seinen eigenen Rippen durchbohrt, füllten sich mit schäumendem Blut.

Schmerz indes empfand er nicht. Er wollte den Gaffern gern versichern, dass sie sich um ihn keine Sorgen zu machen bräuchten, doch es kam kein Wort über seine Lippen. Die Zuschauer beobachteten mit zufriedenem Lächeln, wie das Leben langsam aus ihm wich, wie seine Finger taub wurden, wie Leere sein Herz füllte.

Jeder in der Menge zeigte Henryns Gesicht. Eine ausdruckslose, grausame Miene. Eine tote Miene.

Da endlich riss Theo die Augen auf. Sein Herz hämmerte in wilder Panik. Dumpf und rasch. Wie ein kleiner, gefangener Vogel.

Er fuhr sich mit der Zunge über die trockenen Lippen. Krampfhaft versuchte er sich zu erinnern, was eigentlich geschehen war und wo er sich befand. Das letzte Bild in seinem Gedächtnis war das eines Reiters. Alles Weitere war von einem nie gekannten Schmerz in seinem Rücken ausgelöscht worden.

Über ihm hing nun eine niedrige Decke aus dunklem Holz, von der eine unangezündete Laterne herabbaumelte. Sie schaukelte gleichmäßig. Ununterbrochen knackte und knirschte es. In der Luft hing der Geruch von altem Schweiß und Schafsfellen. Selbst er in seinem benommenen Zustand begriff, dass er sich auf einem Schiff aufhielt.

Aber wie war er an Bord geraten? Da ihm schwindelte, dauerte es eine Weile, bis er sich erheben konnte. Seine Muskeln waren völlig steif ...

»Wie lange habe ich bloß geschlafen?«, murmelte er.

Über eine schmale Treppe gelangte er an Deck. Kalter Wind schlug ihm entgegen und ließ ihn schaudern. Obwohl tief hängende, bleigraue Wolken für einen trüben Tag sorgten, musste er nach dem Halbdunkel im Frachtraum blinzeln.

Das Schiff war nicht sehr groß und schon sehr alt. Ein Mast mit einem grauen, vielfach geflickten Segel, an dem sich zwei ältere Seeleute mit eingespielten Bewegungen zu schaffen machten. Ein dritter Mann stand am Heck und kaute Tabak, die Pinne unter die Achsel geklemmt.

»Ach nee, auch mal wach?«, sprach ihn einer von ihnen an. Ohne ein Grinsen auf den Lippen, aber auch ohne Bosheit in der Stimme. »Du hast geschlafen wie ein Stein. Drei Tage am Stück. 'ne verreckte Makrele ist nichts dagegen. Dich müssen sie ja ordentlich vermöbelt haben.«

»Vermöbelt?«

»Und wie, wenn du dich selbst nich' mal mehr dran erinnerst. Na, deine Mutter wird Augen machen.«

Daraufhin spähte Theo zum Bug. Zu seiner Verwunderung entdeckte er dort seine alte Bekannte. Die Frau schien den eisigen Wind überhaupt nicht zu bemerken. Sie saß auf einem kleinen Fass und spähte zu dem fernen, vom Nebel fast verschluckten Felsufer hinüber.

»Mutter?«, sprach er sie an.

Kalte blaue Augen richteten sich auf ihn und musterten ihn eindringlich. Dann spuckte Laviany einen kleinen Stein ins Wasser, den sie sich aus unerfindlichen Gründen in den Mund gesteckt hatte.

»Stört dich daran irgendwas? Du könntest sehr gut mein

Sohn sein. Wenn ich dich schon bewusstlos an Bord schleppe, musste ich mir ja wohl eine Einklärung einfallen lassen. Ein Verwandter bedeutet wenig Fragen. Gibt's sonst noch was zu meckern, Sohnemann?«

»Wenn ich mit jemandem nicht gerechnet hätte, dann mit dir.«

»Mein Anblick scheint dich ja nicht gerade zu erfreuen.«

»Zumindest würde ich nicht behaupten, dass wir beste Freunde sind. Was ist geschehen? Und verrätst du mir jetzt endlich deinen Namen?«

Sie kramte einen dicken blauen Wollschal aus ihrer Tasche, wickelte ihn sich um den Hals, grübelte, kam zu einem Ergebnis und setzte eine Miene auf, die Theo zu verstehen gab, dass er fortan noch tiefer in ihrer Schuld stehe.

»Laviany«, sagte sie. »Aber besser wäre es, du würdest mich nicht mit meinem Namen ansprechen, schließlich bin ich ja deine Mutter. Weiter! Du hast dir etwas sehr Unangenehmes eingefangen ...«

Als er sich daraufhin auf das Fass daneben setzte, presste sie die Lippen fest aufeinander. Offenbar bereitete ihr seine Nähe Unbehagen. Das überging er allerdings, denn er wollte endlich Antworten hören.

»Könnte ich vielleicht ein paar Einzelheiten erfahren?«

»Du bist mitten auf der Straße zusammengebrochen. Irgendein Anfall, sodass ich dich durch die Gegend schleifen musste, was ich übrigens längst bedauere. Hätte ich dich doch bloß liegen lassen!«

Theo blickte finster drein – bis sein Magen laut knurrte.

»Ich habe einen Bärenhunger«, murmelte er.

»Unten sind unsere Vorräte. Neben deiner Schlafstätte. Greif tüchtig zu!«

Er fand eine Flasche mit Wasser und einige geräucherte Sardinen. Damit kehrte er zu Laviany zurück.

»Warum legst du beim Essen so viel Wert auf meine Gesellschaft?«, fuhr sie ihn an.

»Das spart uns Zeit. Ich esse, du klärst mich auf.«

Theo kaute langsam und sorgfältig, nahm immer wieder einen Schluck aus der Flasche, hatte aber dennoch das Gefühl, der Fisch würde wie ein spitzer Stein durch seine Speiseröhre in den Magen rumpeln. Laviany hüllte sich in Schweigen, beobachtete Theo aber mit unverhohlener Neugier. Obwohl er an Publikum gewöhnt war, fühlte er sich bald unbehaglich.

»Ich bin noch nie krank gewesen ... jedenfalls nicht so. Du hast gesagt, das sei ein Anfall gewesen?«

»Mhm ... Du trägst das Mal der Leere auf deiner linken Schulter.«

Sie teilte ihm das derart beiläufig mit, dass er den Sinn der Worte zunächst gar nicht begriff. Als er ihm dann aufging, erstarrte er im Kauen.

»Bitte?!«

»Das Mal der Leere«, wiederholte Laviany.

»Ich trage das ...?«

»Genau.« Laviany richtete ihren Blick wieder auf das ferne Ufer.

»Das ist ein Scherz?«, flüsterte Theo nach einer Weile.

»Sehe ich so aus, als verdiente ich mein täglich Brot damit, fremde Menschen durch Ulkereien zu unterhalten?«

Nicht einmal sie selbst erwartete darauf eine Antwort.

»Es ist ja nicht so, dass ich nichts für Märchen übrig ...«

»Das ist kein Märchen!«, fiel Laviany ihm ins Wort. »Wenn es auf diesem Kahn einen Spiegel gäbe, würde ich dir deinen Rücken zeigen! Im Übrigen kannst du von Glück sagen, dass von den Seeleuten noch niemand das Ding gesehen hat. Die hätten dich mit Sicherheit an den Anker gebunden und runter zu den Uynen gelassen. Ehrlich gesagt, habe ich nicht die geringste Lust, dir auch noch ein drittes Mal das Leben zu retten.«

»Aber ... wie? Woher?«

»Das würde ich gern von dir erfahren, mein Junge.«

Theo schloss die Augen, um sich in Erinnerung zu rufen, was nach Henryns Tod geschehen war. Da war dieser Schmerz in seinem Rücken gewesen ...

»Das Mal der Leere also«, wandte er sich dann wieder an Laviany. »Was bedeutet das für mich?«

»Deine Schnelligkeit gefällt mir! Eben noch bezichtigst du mich, dir ein Märchen aufzutischen, jetzt nimmst du es schon für bare Münze und willst die Folgen erörtern. Wie wäre es denn zwischendrin mit etwas Angst? Oder ein wenig Gejammer darüber, dass die Erhabenen Sechs dir diese Prüfung auferlegen?«

»Mir jagt nichts so schnell Angst ein. Aber wenn ich Schwierigkeiten habe, löse ich sie gern umgehend.«

»Du bist ein komischer Vogel. Natürlich nicht spaßig genug, um deine Gesellschaft längere Zeit zu ertragen, aber trotzdem.« Dann wurde sie ernst. »Ich habe keine Ahnung, was dieses Mal im Einzelnen für dich bedeutet. Mit ein paar Kräutern ist es mir fürs Erste gelungen, dich vor einer Reise zur anderen Seite zu bewahren. Aber gegen das Mal richten sie letztlich nichts aus. Das wächst übrigens schon.«

»Das heißt?«

»Es nimmt mittlerweile deine gesamte linke Schulter ein. Zumindest war das gestern Abend der Fall. Ob es sich heute noch weiter ausgebreitet hat, kann ich dir nicht sagen. Weißt du, was eine Hülse ist? Im Süden nennt man sie Linkshänder.«

»Ja«, antwortete Theo. »Es ist ein Mensch, den sich die andere Seite geholt hat, um all seine Erinnerungen auszulöschen. Sie frisst ihn von innen auf, bis von ihm nur noch eine Hülse übrig ist. In Solanka heißt es, das Dunkel ströme durch die linke Hand.«

»Genau. Deshalb hätte ein Lichtwirker jemandem wie dir als Erstes den Arm abgeschlagen, lieber noch den Kopf. Eine tote Hülse bereitet allen weniger Kummer.«

»Hört sich wirklich verlockend an.«

»Wäre es dir lieber gewesen, wenn ich dir aus lauter Mitleid vorgeschwindelt hätte, es wäre alles halb so schlimm? Im Übrigen ist es nicht gerade meine Stärke, an fremden Schultern Tränen zu vergießen und über die Ungerechtigkeit des Lebens zu wehklagen.«

»Keine Sorge, auch ich lege keinen Wert auf deine Tränen in meinem Hemd. Außerdem hatte ich wohl verdammtes Glück, dass du keine Lichtwirkerin bist.«

Laviany brach in schallendes Gelächter aus, das diesmal sogar ungezwungen klang.

»Glaub mir, als ich das Mal gesehen habe, wollte ich dir auch als Erstes den Arm abschlagen«, gestand sie, als Theo sie fragend anblickte. »Nun guck nicht so! Meinst du, für mich ist es ein Vergnügen, die Gesellschaft einer Hülse zu genießen?«

»Ich bin keine Hülse.«

»Noch nicht. Jedenfalls wollte auch ich dir im ersten Schreck dein Pfötchen direkt unter der Schulter abhacken. Aber dann habe ich mir dein Geschrei ausgemalt und daraufhin das Messer wieder zur Seite gelegt. Geschrei kann ich nicht ausstehen, danach leide ich den ganzen Tag unter Kopfschmerzen.«

»Mögen deine Kopfschmerzen gepriesen und besungen sein!«, murmelte Theo, der sich gerade ein Leben mit nur einem Arm vorzustellen versuchte. »Kehren wir zu deiner Rettung meines Lebens zurück.«

»Ich verstehe ein wenig vom Heilen«, gab sie ernst zu. »Du warst kurz davor, dich auf die andere Seite zu begeben. Bisher ist es mir gelungen, dich in unserer Welt zu halten. Aber wie lange das noch klappt ...?«

»Danke.«

»Doch nicht dafür!«, winkte sie ab, wirkte aber ausgesprochen zufrieden. »Wäre ich nicht so furchtbar neugierig, würdest du jetzt nicht mehr unter uns weilen. Aber eine Hülse triffst du nun mal nicht alle Tage. Ich wollte einfach wissen, was das Mal für deinen Organismus bedeutet.«

»Ist an dir vielleicht eine Gelehrte verloren gegangen?«

»Wer weiß?«

»Und du kannst bestimmt nichts gegen das Mal ausrichten?«

»Sag mal, drücke ich mich vielleicht in irgendeinem Kauderwelsch aus?«, giftete Laviany, und ihre Augen funkelten wütend. »Ich habe dir eben klipp und klar auseinandergesetzt, dass du dich unweigerlich in eine Hülse verwandelst. Hülsen heilt man nicht, die bringt man um. Außerdem bin ich bloß eine alte Frau, die ein bisschen was von Kräutern versteht, mehr nicht.«

»Und was erwartet mich?«

»Wie oft soll ich das noch wiederholen?!«, stieß Laviany aus. »Entweder du stirbst, oder du wirst zur Hülse!«

»Schöne Aussichten«, murmelte er und fuhr sich über die Wange. Erstaunt stellte er fest, dass ihm ein kratzender Bart gewachsen war. »Dann sollte ich mich wohl vor den Lichtwirkern hüten.«

»Von denen gibt es zu deinem Glück ja nicht mehr viele.«

»Das ist keine allzu große Beruhigung.«

»Mein Mitleid ist dir gewiss.«

»Aber in mir lauert doch nicht das geringste Dunkel ...«

»Woher willst du das wissen? Das Mal gilt auch als Zeichen der Astoré ...«

»Die Astoré sind nach dem Kataklysmus gestorben.«

»Das glauben wir«, erwiderte Laviany mit einem belustigten Funkeln in den Augen. »Aber wer weiß, vielleicht leben sie ja auch unbemerkt mitten unter uns. Wie willst du sie von gewöhnlichen Menschen unterscheiden?« Sie seufzte. »Aber lassen wir die Scherze. Für dich stehen die Dinge gegenwärtig gar nicht schlecht, aber ob es so bleibt, weiß ich nicht. Natürlich kriecht aus dir nicht irgendwann ein Untier heraus, du verwandelst dich wohl auch kaum in einen Riesen mit Froschkopf, der ein ganzes Dorf verschlingt. Das sind Märchen. Alles wird vermutlich viel alltäglicher ablaufen. Ich denke, eines schönen, nicht gerade fernen Tages brichst du schlicht und ergreifend zusammen und stirbst.«

»Ich habe eigentlich nicht die Absicht, mich schon ins Grab zu legen.«

»Deshalb habe ich mir bereits den Kopf darüber zerbrochen, wer dir helfen könnte. Früher haben das die Eywen übernommen ...«

»Ein weiteres Märchen«, fiel ihr Theo lachend ins Wort. »Seit dem Krieg des Zorns hat kein Mensch irgendwelche Eywen gesehen. Sie sind in ihre Wälder abgezogen. Man nimmt sogar an, dass sie ausgelöscht wurden, als Thion seiner Gabe abgeschworen hat, damit die dunkle Seite sich seiner nicht bemächtigen konnte. Mit diesem Magier ist der letzte Rest der guten Magier der Astoré untergegangen. Ohne diese wiederum waren die Eywen zum Tod verdammt. Rätst du mir trotzdem, mich ins Kleinkönigreich zu begeben und im Nebelwald nach ihnen zu suchen?«

»Bei dem Mal, das du auf dem Rücken trägst, würde ich nichts unversucht lassen.«

»Ein guter Einwand«, gab Theo unumwunden zu. »Aber ich bräuchte zwei Monate, um zum Kleinkönigreich zu gelangen. Oder in die Niedermark, wo angeblich auch noch Eywenwälder wachsen. Ob mir diese Zeit noch bleibt? Ganz zu schweigen davon, dass es die Eywen am Ende womöglich gar nicht mehr gibt.«

»Offenbar sehen wir die Dinge mit den gleichen Augen«, erwiderte Laviany. »Dir rennt in der Tat die Zeit davon. Deshalb besteht deine einzige Hoffnung darin, Kämpfern gegen Verirrte Seelen zu begegnen.«

»Nekromanten?«

»Du stehst mit einem Fuß im Grab, mein Junge, da solltest du dir deine Empfindlichkeit lieber sparen. Diese Menschen vermögen die Lebenden vor den Toten zu retten! Ich bin in Lethos geboren und weiß, wovon ich spreche. Die Kämpfer gegen Verirrte Seelen sind die Einzigen, die zwischen dem Leben und einer Nacht voller blauer Flammen stehen. Wenn dir jemand helfen kann, dann sie, denn sie gebieten noch über ein Krümchen jener Magie, die es früher in unserer Welt gegeben hat. Ein lächerliches Krümchen nur, aber immerhin.«

»Ich habe gehört, dass es in den Palästen der Herzöge ...«

»Was es da gibt, sind Scharlatane«, spie Laviany aus, und ihre Gedanken wanderten zu jenem Narren, der einmal versucht hatte, sich ihr in den Weg zu stellen. »Lächerliche Zauberkünstler, mehr nicht! Die sind ebenso nützlich wie die Schoßhündchen der Herzöge. Von Magie wissen diese Kerle so viel wie eine Wahrsagerin bei dir im Zirkus von der Zukunft. Und noch etwas! Glaubst du etwa, einer dieser feinen Pinkel würde dich empfangen? Die sind doch den lieben langen Tag damit beschäftigt, Abführmittel für ihre edlen Herren anzusetzen! Aber einen Kämpfer gegen Verirrte Seelen könnten wir schon bald treffen. Es sind Nachfahren der Nekromanten. Möglicherweise haben sie Antworten auf die Fragen, die uns beschäftigen. Und wenn sie selbst nichts ausrichten können, wissen sie bestimmt, an wen du dich wenden musst.«

Der Vorschlag schmeckte Theo nicht. Er hatte schon einiges über diese Menschen gehört, und in der Regel waren das keine erbaulichen Geschichten. Auf dem Festland nahm man sogar an, die Begegnung mit einem Kämpfer gegen Verirrte Seelen bringe Unglück.

»Du brauchst vor ihnen keine Angst zu haben«, sagte die Laviany, die seinen Gesichtsausdruck völlig richtig gedeutet hatte. »Und sie fügen dir bestimmt keinen größeren Schaden zu als das Mal auf deinem Rücken.«

»Trotzdem ... lieber nicht.«

»Du musst es ja wissen«, giftete sie. »Wenn du unbedingt verrecken möchtest, bitte.«

»Sobald wir in Darjen sind, trennen sich unsere Wege. Dann lass ich mir was einfallen.«

»Wie kommst du auf die Idee, dass wir nach Darjen fahren?«

»Weil das Schiff zu klein ist, um damit Dawor anzusteuern.«

»Nur damit du im Bilde bist«, erwiderte Laviany und zeigte auf eine noch weit entfernte Küste, »... das da vorn ist Lethos.«

»Was beim Gebannten soll ich da?«

»Dich an einen Kämpfer gegen Verirrte Seelen wenden! Hast du mir überhaupt nicht zugehört?! Im Übrigen muss ich mich auch um meine eigenen Angelegenheiten kümmern. In Lethos. Oder hätte ich deinetwegen vielleicht in Grenzmark hocken und auf deine Genesung warten sollen?«, fuhr Laviany ihn an. »Wirfst du mir am Ende sogar noch vor, dass ich dich auf dieses Schiff gebracht und für deine Überfahrt gezahlt habe?! Hätte ich dich vielleicht in diesem vergammelten Bretterschuppen deinem Schicksal überlassen sollen?! Wärst du dann glücklicher?!«

»Tut mir leid«, entschuldigte sich Theo aufrichtig. »Natürlich hast du alles richtig gemacht.«

»Wenigstens das siehst du ein«, ätzte sie. »Sobald wir Nimadh erreicht haben, kannst du im Übrigen jederzeit kehrtmachen.«

»Nimadh? Aber das ist ziemlich weit oben im Norden von Lethos ...«

»Die Stadt liegt auf der größten Insel dieses Herzogtums. In drei Tagen erreichen wir sie.«

»Und vorher legen wir nirgendwo an?«

»Du kannst gern versuchen, den Kapitän von einem Zwischenhalt zu überzeugen. Aber soweit ich weiß, haben die Menschen vom Festland diese Inseln nicht gerade ins Herz geschlossen. Die meisten legen nur an, wenn sie es müssen.«

Nach diesen Worten drehte sie Theo den Rücken zu. Das Gespräch war für sie beendet.

Theo unternahm trotzdem einen Versuch, den Kapitän von einem weiteren Halt zu überzeugen. Selbstverständlich ließ sich dieser nicht darauf ein.

»Arant haben wir bereits hinter uns«, brummte der Mann nur. »In einem anderen Hafen lege ich bestimmt nicht an. Für uns zählt jede Minute. Die Stürme setzen bald ein. Und Lethos ist nicht der gastfreundlichste Ort auf Erden.«

Hat Laviany also recht gehabt, stöhnte Theo innerlich.

Die Frau wirkte nach ihrem Gespräch noch abwesender als bisher. Die ganze Zeit stand sie am Bug des Schiffs und starrte aufs Meer hinaus.

Immerhin wusste Theo jetzt, warum sein Rücken gelegentlich juckte und sein linker Arm taub wurde. Er begab sich unter Deck und holte den kleinen quadratischen Spiegel aus seiner Tasche, den er sonst benutzte, um sich zu schminken. Als zweiter Spiegel diente ihm sein Kochtopf. Der war zwar schon ziemlich zerkratzt, genügte aber, um das Mal zu erkennen.

Selbst bei seinem Anblick verspürte Theo keine Angst. Ein Mensch, der sein Leben tagtäglich aufs Spiel setzt, indem er auf einem Hochseil balanciert, kennt den Gedanken an den eigenen Tod nur zu gut.

Am nächsten Morgen unterhielt er die Seeleute mit seinen Jonglierkünsten. Dafür schnappte er sich fünf recht schwere Schwimmer von den Angeln. Er begann mit einem schlichten Rundlauf, dann warf er die Stücke höher in die Luft, unter dem Ellbogen durch und hinter den Rücken. Dabei steigerte er in einem fort das Tempo. Selbst der Wind und das schwankende Schiff beeinträchtigten sein Tun nicht. Alle genossen die Vorführung, sogar Laviany riss sich vorübergehend vom Anblick des Meeres los.

»Du hast es gerade noch rechtzeitig zu uns an Deck geschafft«, steckte ihm der Kapitän nach der Vorführung. »Dich suchen ein paar finstere Burschen. Die wollten dir sicher noch ein paar Fausthiebe zum Abschied verpassen. Jedenfalls haben die jedem, der sie zu dir führt, ein Goldstück versprochen.«

Theo zuckte nur lächelnd die Achseln und versuchte, das Gespräch in eine andere Richtung zu lenken. Mit Erfolg. Mittags waren die Männer seine besten Freunde und lachten über seine Geschichten, von denen er einen unerschöpflichen Vorrat besaß. Er lachte auch, selbst wenn ihm innerlich schwer zumute war.

Erneut wanderten seine Gedanken zu der Nacht zurück, als Henryn ermordet worden war und die Laterne mit blauer Flamme gebrannt hatte. Was war damals bloß in der Statue der Arila erwacht? Als seine Grübeleien ihn nicht weiterbrachten, sprach er Laviany darauf an.

»Auf den ersten Blick wirkst du eigentlich gar nicht so beschränkt«, bemerkte diese nur.

»Was soll das schon wieder heißen?«

Sie funkelte ihn so wütend an, als wäre er wirklich ein kleiner Junge, der sie mit albernen Fragen um den Verstand brachte.

»Du hast dir diese Geschichte selbst eingebrockt! Warum beim Gebannten musstet ihr unbedingt ausgraben, was man in die Erde gegeben hatte? Keine Ahnung, was ihr damit heraufbeschworen habt oder ob du damit die Astoré in diese Welt gelockt hast, aber für diese Dummheit musst du bezahlen. Und jetzt lass mich endlich in Ruhe! Meine Stimmung ist schon seit Tagesanbruch verhagelt! Warum musstest du diesen Hohlköpfen auch noch zeigen, wie gut du ihre Sachen durch die Luft werfen kannst. Der Kapitän hat seine fünf Sinne bestens beisammen, der weiß jetzt, dass man dich sucht.«

»Du hättest mich ja auch mal warnen können, dass man bereits nach mir gefragt hat.«

»Als ob dir nicht seit dem Tag unserer ersten Begegnung klar wäre, dass man ein hübsches Sümmchen auf deinen Kopf ausgesetzt hat!«, zischte Laviany. »Du kannst dir solche Blödheiten nicht erlauben! Scher dich also davon und komm mir vorerst nicht unter die Augen!«

Am besten, ich mache, was sie will, dachte Theo nur und stiefelte unter Deck, haute sich aufs Ohr und ließ sich vom Geschaukel des Schiffs in den Schlaf wiegen. In der Nacht suchte ihn erneut ein Albtraum heim. Arila streckte flehend die Hände nach ihm aus, während über ihre entblößte Brust Blut aus einer kleinen Wunde unter dem Schlüsselbein troff. Die Kerzen im Raum brannten mit blauer Flamme ...

Am nächsten Morgen fand er Laviany wie üblich am Bug vor. Selbstverständlich starrte sie in den Nebel, der über dem aufgewühlten Wasser hing. Als sie seine Schritte hörte, drehte sie sich um.

»Wie hast du geschlafen?«, brummte sie.

»Habe schon ruhigere Träume gehabt«, gab er zu. »Und du?«

»Darüber brauchst du dir nicht den Kopf zu zerbrechen. Setz dich mal mit dem Rücken zu mir und zieh dein Hemd hoch!«

In ihrer Hand erblickte er jetzt eine kleine Dose mit einer sattgelben Salbe.

»Was hast du damit vor?«

»Stell dich nicht noch blöder, als du bist! Dein reizendes Mal einreiben, natürlich!«

»Und das hilft?«

»Es schadet jedenfalls nicht.«

Obwohl er im kalten Wind fröstelte, zog er sein Hemd über den Kopf.

»Das wird ein Weilchen dauern.«

»Dann will ich nur hoffen, dass ich inzwischen nicht erfriere.«

»Wäre auch eine Lösung.«

»Behandelst du alle Menschen mit derart zuvorkommender Freundlichkeit?«

»Ja«, antwortete Laviany. »Das liegt wahrscheinlich daran, dass sie mir gestohlen bleiben können.«

»Es gibt aber auch ganz passable Zeitgenossen.«

»Die sind mir bisher noch nicht begegnet.«

»Dann solltest du dich mal einem Zirkus anschließen.«

»Kann mir nicht vorstellen, dass mich das von meiner Überzeugung abbringt. Das tut jetzt gleich weh.«

In der Tat bohrte sich eisige Kälte wie ein Stachel in Theos Schulterblatt. Er stieß ein unterdrücktes Zischen aus.

»Stell dich nicht so an und denk am besten gar nicht an den Schmerz!«

»Hast du einen Vorschlag, wie ich das anstellen soll?«

»Erzähl mir eine Geschichte! Gestern hast du diesen Narren doch den lieben langen Tag irgendwelche Märchen vorgesetzt. Nun unterhalte mich! Ich würde gern etwas über das Schicksal der Astoré hören.«

»Die Geschichte dieser Wesen kennt doch jedes Kind! Beim Gebannten aber auch, das brennt!«

»Stell dir vor, ich habe sie noch nie gehört.«

»Ist das dein Ernst?«, fragte Theo und schielte sogar über die Schulter zurück. »Als du ein kleines Mädchen warst, hat dir deine Mutter da nicht …«

»Ich hatte eine etwas merkwürdige Kindheit. Deshalb wurden mir andere Geschichten erzählt. Viel später wollte mir mal jemand die Geschichte der Astoré erzählen, aber da habe ich mich leider selbst um die Gelegenheit gebracht, sie zu hören.«

»Wie das?«

»Indem ich den Mann getötet habe, noch bevor er ein Wort

herausgebracht hatte«, gab Laviany, die in Gedanken bei dem Diener in einem der Tempel der Erhabenen Sechs von Velat weilte, zu ihrer eigenen Überraschung zu.

Am liebsten hätte sie sich sofort auf die Zunge gebissen. Unheilvolle Stille breitete sich aus.

»Ich habe nicht vergessen, wie du mit Sym und seinen Männern fertig geworden bist«, brachte Theo nach einer Weile heraus. »Das war ... ungewöhnlich. Ich habe überhaupt nicht mitbekommen, was du getan hast, so schnell ging das alles. Wer bist du, Laviany?«

»Das geht dich nichts an.«

»Aber wo sich unsere Wege doch ständig ...«

»Lass es mich so ausdrücken: Ich bin eine einsame alte Frau, die in ihre Heimat zurückkehrt. Das muss dir reichen! Was ist jetzt mit der Geschichte von den Astoré?«

»Von mir aus also die Astoré.« Theo seufzte. »Anfangs gab es in unserer Welt Götter. Diejenigen, die das Erste Zeitalter geprägt haben, das wir Zeitalter der Düsternis nennen. Niemand erinnert sich an ihre Namen. Die alten Tempel und Heiligtümer wurden längst zerstört und sind zu Staub zerfallen. Vielleicht leben die Götter heute noch irgendwo und beobachten uns, aber die Diener der Erhabenen Sechs halten diesen Gedanken für Frevel. Für sie ist nichts und niemand größer als eben ihre Sechs.«

»Kein Wunder, die meisten dieser Diener sind kriecherische Hohlköpfe«, ätzte Laviany. »Was ist mit den Erhabenen Sechs? Sind sie die Kinder dieser Götter?«

»Bei allen Schahutern, weißt du das wirklich nicht?!«

»Ich lüge nur, wenn ich muss.« Theo meinte, sie würde in seinem Rücken grinsen. »Also? Waren es die Kinder dieser Götter oder nicht? In der Regel wird Macht schließlich vererbt.«

»Natürlich waren es nicht die Kinder. Als die Götter von uns gegangen sind, haben sie ihre Magie zurückgelassen. Aus ihr sind die Astoré entstanden. Sie ähneln uns Menschen, sind aber doch anders.«

»Worin ähneln sie uns? Und wodurch unterscheiden sie sich von uns?«

»Bei Legenden musst du leider auf gewisse Einzelheiten verzichten. Man glaubt, die ersten Astoré waren noch aus Schatten und Nebel geformt, aus Feuer und Dunkelheit, aber ob das der Wahrheit entspricht, kann ich dir nicht sagen. Arila und Neysi sahen jedenfalls aus wie Menschen.«

»Das sind diese beiden Mädchen, deretwegen der Gebannte sich zu zahllosen Dummheiten hat hinreißen lassen, oder? Am Ende ist es ihretwegen dann zum Krieg des Zorns gekommen ... Halten wir also fest: Erst hauen diese unbekannten Götter ab, dann tauchen die Astoré auf ...«

»Ihre Macht war so groß, dass sie die Erde geschaffen haben, die Berge und das Meer, dazu alle Tiere, Vögel und Fische. Dank all dieser Schöpfungen galten sie vielen Menschen später selbst als Götter. Als gute und gerechte Götter.«

»Ich witterte ein Aber.«

»Richtig. Die Magie der eigentlichen Götter hatte eine Kehrseite. Wenn die Astoré sie einsetzten, entstand wie beim Suppekochen eine Art Schaum. Vielleicht waren es auch Splitter. Jedenfalls waren es dunkle Abfälle. Die Astoré wollten sie gern auf die andere Seite verbannen. Aber das missglückte, denn zu diesem Zeitpunkt waren die Astoré noch unsterblich. Deshalb konnten sie die Tür zur anderen Seite nicht öffnen. Sie mussten sich also etwas einfallen lassen. So schufen sie kluge, aber sterbliche Wesen. Zunächst die Uynen. Diese vermochten jedoch nicht über Magie zu gebieten. Als Nächstes brachten die Astoré die Quinen hervor. Diese waren jedoch böse und lasterhaft, mit schwarzen Herzen und sonderbaren Gedanken. Als die Astoré ihren Fehler erkannten, vernichteten sie ihre eigenen Kinder und schufen die Eywen. Diese waren ihre liebste Schöpfung. Doch obwohl sie auf ihre Zeugung viel Kraft verwandt hatten, enttäuschte sie das Ergebnis, da die Eywen nämlich freiwillig auf Magie verzichteten, um das Dunkel, das nach ihrem Einsatz entstand, nicht noch zu vergrößern. Manche Menschen glauben aber auch, dass die Eywen außerstande waren, die Tür zur anderen Seite zu öffnen, weil ihnen der entsprechende Schlüssel fehlte. Heute nennen wir diesen Schlüssel die Seele.«

»Das ist blanker Unsinn, den sich die Diener der Erhabenen Sechs ausgedacht haben, nur damit wir als auserwählt und alle anderen als Affen dastehen.«

»Offenbar ist dein Verhältnis zum Glauben etwas schwierig.«

»Eher zu den Priestern. Um deine Geschichte abzukürzen: Am Ende haben die Astoré also uns geschaffen?«

»Genau. Das war im Zeitalter der Geburt.«

»Preisen wir also das Wunder unseres Entstehens«, höhnte Laviany. »Vermutlich steckten die großen Schöpfer damals schon bis über beide Ohren in der Scheiße.«

»Gut möglich. Wenn ja, dann änderte sich das mit den Menschen. Die ersten sieben von ihnen waren große Magier. Mylt, Moratan, Malt, Merek, Myeron, Miry und Maly. Vier Brüder und drei Schwestern.«

»Sieben?«, hakte Laviany erstaunt nach. »Nicht sechs?«

»Genau. Um die Tür zur anderen Seite zu öffnen, musste einer von ihnen sterben. Maly, die älteste Schwester, erbot sich, mit ihrem Tod die Welt zu retten. Die anderen sechs sollten die Tür offen halten, bis der magische Abfall vollständig dorthin gebracht war. Dafür reichten die Kräfte dieser sechs jedoch nicht, sodass Überreste dunkler Magie in unserer Welt zurückblieben. Deshalb baten die Menschen die Astoré, ihnen vorübergehend noch mehr von ihrer eigenen Magie zu überlassen.«

»Das riecht mir nach einer Falle. Ein Goldstück darauf, dass diese Geschichte kein gutes Ende nimmt. Wenn doch, behaupte ich nie wieder, etwas von den Menschen zu verstehen.«

»Nun, dank der Magie der Astoré schafften die sechs Geschwister es, die Welt von dem schädlichen Abfall zu befreien. Sie verfrachteten ihn auf die andere Seite. Doch bevor sie die Tür wieder schlossen, jagten sie auch die Astoré dorthin.«

»Wusst ich's doch! Aber das geschieht den Astoré ganz recht! Was für Narren! Wie konnten sie denn den Menschen vertrauen?! Aber es ist ein guter Witz, dass man heute nicht die Ruhmreichen Sieben, sondern die Erhabenen Sechs preist, also ausgerechnet die Widerlinge, die sich nicht selbst geopfert haben, die sich ihre Magie zusammengeklaut haben und die dann ihre eigenen Eltern verjagt haben! Erzähl mir noch mal jemand was von der Freundlichkeit von uns Menschen!«

»Aber die Erhabenen Sechs hatten einen Grund für ihr Verhalten«, hielt Theo dagegen.

»Selbstverständlich hatten sie den! Jeder Dieb kann dir einen guten Grund nennen, warum er deinen Geldbeutel an sich genommen hat! Ohne Grund geschieht nie etwas! Welche Rechtfertigung haben sich diese Glorreichen Sechs denn ausgedacht?«

»Die Astoré haben mit der von den Göttern erhaltenen Magie Schindluder betrieben, sodass sie langsam zur Neige ging. Das haben die Erhabenen Sechs begriffen. Hätten sie den Astoré freie Hand gelassen, wäre die Magie früher oder später ganz versiegt. Außerdem fiel ihnen noch etwas auf. Wenn sie selbst Magie einsetzten, entstanden keine dunklen Abfälle. Die Erhabenen Sechs standen also vor einer schlichten Wahl: Sollten sie die Astoré weiter in unserer Welt dulden, sich mit magischen Krumen begnügen und weiterhin den magischen Müll beiseiteschaffen, oder sollten sie die Astoré vertreiben, um deren Magie schadlos einsetzen zu können?«

»Einfach großartig!« Laviany stand auf und wischte sich die Hände ab. »Du kannst dich wieder anziehen. Das wird jetzt ein paar Stunden brennen.«

»Aber das ist noch nicht das Ende der Geschichte. Die Schahuter und ...«

»Den Rest hebe ich mir für heute Abend auf.«

Doch am Abend war Laviany in noch brummigerer Stimmung als sonst und wollte keine Geschichten hören. Obwohl der Wind aufgefrischt hatte und Wasser auf Deck spritzte, blieb sie zusammengekauert am Bug sitzen. Essen lehnte sie ab, aber gegen etwas Wasser hatte sie nichts einzuwenden. Die Männer hatten für das seltsame Gebaren der Frau bloß ein Schulterzucken übrig.

Der nächste Morgen brachte lediglich eine Veränderung: Es ging nun ein feiner, ekelhafter Regen nieder, der die Sicht noch stärker einschränkte. Der Kapitän schimpfte auf das Wetter und verfluchte die Uynen.

Im Laufe des Tages nahm der Wind immer stärker zu.

»Ist es noch weit bis Nimadh?«, fragte Laviany irgendwann den Kapitän.

»Mit etwas Glück sind wir am Abend da.«

»Es ist bereits Abend, und wir haben kein Glück, denn da zieht ein Sturm auf!« Laviany musste schreien, damit der Mann sie beim Tosen der Wellen überhaupt hörte. »Wir sollten sofort irgendwo anlegen!«

Theo, der an die beiden herangetreten war, hielt das Gleichgewicht wie ein geborener Seemann, obwohl das Schiff ständig von einer Seite auf die andere geworfen wurde.

»Die Schahuter sollen dich holen!«, fuhr der Kapitän Laviany an. »Wir bleiben auf dem Meer! Alles ist besser als eine Nacht auf diesen Inseln!«

»Vergiss deinen Aberglauben! Vor Verirrten Seelen musst du dich weniger fürchten als vor dem Meer! Wir werden an den Felsen vor Nimadh zerschellen!«

»Was glaubst du eigentlich, wen du vor dir hast?! Das ist nicht das erste Unwetter, in das ich gerate! Steh uns also nicht im Weg! Bei den Erhabenen Sechs, ich kenne dieses Meer genauso gut wie meine Frau!«

Am liebsten hätte sie ihn am Kragen gepackt, um ihn noch stärker durchzuschütteln als die See das Schiff. Und noch lieber hätte sie ihn mit einem Tritt über Bord befördert. Doch ihr Verstand obsiegte. Im Unterschied zum Kapitän konnte sie kein Schiff lenken. Daher war sie in dieser Nacht von ihm abhängig.

»Bist du wirklich schon mal in Nimadh gewesen?«, fragte sie ihn. »Kennst du die Felsen? Segel, Bogen, Krabbe, Pilz und wie sie alle heißen?«

Der Mann winkte bloß ab und bat einen seiner Männer, mit ihm zusammen die Pinne zu halten, die ihm immer wieder aus den Händen glitt.

»Wenn wir untergehen«, zischte Laviany daraufhin, »heize ich dir auf der anderen Seite gewaltig ein!«

Kopfschüttelnd bedeutete sie Theo, ihr nach unten zu folgen. Dieser war bereits nass bis auf die Knochen.

»Stecken wir in Schwierigkeiten?«, fragte er leise.

»Noch nicht. Aber das ändert sich bald. Vor Nimadh gibt es etliche Felsklippen. Bei einem Wetter wie diesem können wir leicht unliebsame Bekanntschaft mit ihnen schließen.«

Theo nahm es gelassen auf. Er erinnerte Laviany nicht einmal daran, dass sie ihn auf diesen Kahn geschafft hatte. Was hätte das jetzt geändert?

»Kannst du schwimmen, mein Junge?«

»Ja.«

»Gut?«

»Mhm.«

»Immerhin etwas.«

»Haben wir dieses Wetter eigentlich dem elenden Taloris zu verdanken? Ich habe gehört, dass nach dem Kampf zwischen dem Gebannten und Thion dort starke Magie zurückgeblieben ist und das Meer deswegen oft wütet.«

Er setzte sich hin, lehnte sich mit dem Rücken gegen die Wand und legte die Füße auf eine Kiste, womit er diese gleichzeitig daran hinderte, über den Boden zu rutschen.

»Weißt du übrigens, dass das Totenmeer zur Zeit des Geeinten Königreichs deutlich kleiner war?«, fuhr er fort. »Erst durch den Kataklysmus hat es seine heutige Größe gewonnen.«

Das war Laviany im Grunde schnurzegal, denn sie bemerkte gerade ein Piken unter ihren Fingernägeln. Schon bald würde der erste Schmetterling auf ihren Rücken zurückkehren.

Es wurde höchste Zeit ...

»Früher war Lethos übrigens ein Teil des Festlands«, berichtete Theo weiter. »Aber mit dem Untergang des Gebannten veränderte sich unsere Welt. Im Osten bildeten sich Ödien und Südorkanien. Schwarzland wurde vom Festland abgetrennt, während das Herzogtum Ys von der Mondbucht geflutet wurde. Neue Berge entstanden, alte verwandelten sich in jene Wüste, die heute Karyph, Arniya und Dagewar einnimmt. Und Lethos ... Eine riesige Welle ging darüber hinweg und verleibte sich einen großen Teil des Landes ein. Der Rest wurde zersplittert, sodass es heute etliche Inseln gibt. Das Totenmeer hat seinen Namen nach all den Menschen erhalten, die dabei ums Leben kamen. Es heißt, an seinem Grund lägen ganze Städte und Dörfer, Tempel und wer weiß was sonst noch.«

Lavianys Gedanken wanderten bei diesen Ausführungen zu ihrer Flucht als Mädchen. Zu dem Schiff, von dem sie in die tosende See gesprungen war. Und heute wütete das Meer noch stärker ...

»Ich brenne nicht gerade in dem Wunsch, mir das Königreich der Uynen anzusehen«, brummte sie.

Ein Seemann kam mit schweren Schritten zu ihnen herunter und brachte ihnen Umhänge.

»Wir schließen jetzt die Luke«, teilte er ihnen mit. »Ihr bleibt hier unten!«

»Das könnte dir so passen!«, tobte Laviany und sprang auf. »Ich werde nicht wie eine Ratte verrecken!«

»Wenn du nach oben kommst, reißt dich die nächste Welle ins Wasser.«

»Das lass meine Sorge sein!«, erwiderte sie, während sie bereits die Treppen hinaufstiefelte.

»Sollen dich doch die Uynen holen, du stures Weib!«, knurrte der Seemann, spuckte aus und wandte sich an Theo. »Hättest du deine Mutter nicht aufhalten können?«

Doch dieser nahm ihm nur schweigend einen der Umhänge ab und begab sich ebenfalls nach oben. Auf dem glitschigen Deck wäre er beinahe gestürzt, doch in alter Gewohnheit breitete er die Arme aus und fand sein Gleichgewicht wieder.

Es war fast stockdunkel. An Bug und Heck brannten Laternen, doch sie richteten kaum etwas aus. Bei diesem Unwetter wirkten sie wie blutende Herzen. Das Meer tobte und schickte Wellen gegen sie, die so groß wie das Schiff selbst waren.

Der Seemann verriegelte die Luke nach unten und stopfte Segeltuch in die Ritzen, damit ja kein Wasser in den Frachtraum geriet. Inzwischen mussten sich der Kapitän und sein Gehilfe an der Pinne mit ihrem ganzen Körper gegen diese stemmen, um sie zu halten.

Laviany stand bereits an ihrem Stammplatz an der Spitze des Schiffes, das sich mal scharf ins Wasser bohrte, mal hoch über den schaumbekrönten Wellen aufragte. Sie hatte sich die Kapuze übergestreift und erinnerte nun beinahe an einen Schahuter, denn sie schien einzig aus Schatten zu bestehen. Mit festem Griff hielt sie einen Strick umschlungen, der an die Reling geknüpft war. Als das Schiff erneut vom Kamm einer riesigen Welle in die Tiefe hinunterschoss, wurde sie jäh in die Luft katapultiert.

»Wenigstens hast du keine Angst vor dem Tod!«, schrie sie nach der Landung. »Gut! Denn heute Nacht können wir keine Angst brauchen!«

Theo stellte sich neben sie. Immer wieder breitete er die Arme aus, um sein Gleichgewicht zu wahren. Beide beobachteten die Wellen, die unerbittlich auf das Schiff zurollten.

Eine Windböe riss Theo die Kapuze vom Kopf. Sofort war sein Haar klatschnass. Er wischte sich jedoch nur einmal mit dem Ärmel über das Gesicht und schielte zu Laviany hinüber, die aufmerksam und gefasst auf die See starrte. Ob sie gerade darüber nachgrübelt, was aus uns wird, wenn wir in Lethos sterben?, fragte er sich. Fürchtet sie, dass wir zu Verirrten Seelen werden?

Obwohl Theo vor Kälte bibberte, stellte er zu seiner Überraschung fest, dass er es genoss, sich inmitten dieses Wütens zu befinden.

Es glich einem Tanz auf dem Hochseil, mit dem einzigen Unterschied, dass hier nichts von ihm abhing. Doch durch die tosende See zu pflügen war wie ein Salto, der nie enden wollte.

Mit einem Mal leuchtete in der schwarzen Nacht ein sattes orangefarbenes Licht auf. Als hätte sich ein Stern entzündet.

»Der Leuchtturm von Nimadh!«, stieß Laviany aus. »Bei allen Schahutern, wir haben es fast geschafft!«

Genau in dieser Sekunde sahen sie steuerbord einen gigantischen Felsbrocken aus dem Wasser aufragen. Er hatte die

Form einer Krabbe und schien sie verschlingen zu wollen. Theo erschauderte.

Die nächste Welle erfasste sie und trug sie geradenwegs auf dieses Ungetüm zu.

Die Seeleute warfen sich nun zu dritt gegen die Pinne. Wie durch ein Wunder schoss ihr Schiff knapp an dem Felsen vorbei. Schon beim nächsten Atemzug sahen sie jedoch den zweiten Felsen vor sich, der breit wie ein im Wind geblähtes Segel war.

Diesmal half ihnen die See. Eine Welle brachte die *Wasserwanze* geschickt an dem Hindernis vorbei. Danach schien das Ufer mit dem Leuchtturm zum Greifen nahe.

Trotzdem überzog Laviany alle mit ihren Flüchen. Den Kapitän nannte sie einen feigen Schafskopf, der nicht genug Mumm in den Knochen habe, um an einer der paar kleinen Inseln mit ihren ruhigen Buchten anzulegen, an denen sie eben vorbeigekommen waren. Nein, er musste ja all die Schauermärchen glauben, die man über Lethos erzählte. Der wollte lieber auf See verrecken und den Uynen seinen Schädel überlassen, damit die ihre Goldperlen darin züchten konnten!

Sie kannte diese Inseln doch seit ihrer Kindheit. Um bei einem solchen Unwetter den Hafen von Nimadh zu erreichen, brauchte es mehr als Glück und Meisterschaft an der Pinne. Wenn sie diese Nacht überleben wollten, mussten sie sofort wie ein verzweifelter Wal auf dem Sandstreifen einer der kleinen Inseln stranden.

Allmählich wurden ihre Finger taub, mit denen sie den Strick umklammert hielt. Hinter ihr lachte Theo. Zum ersten Mal freute sie sich über seine Nähe.

»Den Felsen haben wir zwar hinter uns«, schrie sie, »aber wir müssen noch ...«

Der Schlag erfolgte mit solcher Wucht, dass sie hoch in die Luft geschleudert wurde – um dann in weitem Bogen ins Meer zu stürzen.

Die Kälte benahm ihr sofort den Atem.

Dennoch entledigte sie sich im Nu ihres Umhangs. Er schränkte sie viel zu sehr in ihren Bewegungen ein. Mit einigen kräftigen Tritten brachte sie sich zurück an die Oberfläche. Sie atmete tief ein und verschwand wieder unter Wasser, wo sie sich länger aufhalten konnte als die meisten anderen Menschen, ja, sogar länger als die Frauen, die nach den Goldperlen tauchten.

Das Schiff ist verloren, ging es ihr durch den Kopf. Es läuft gleich auf eine Klippe auf.

In Gesellschaft der Fische schwamm sie ungeachtet der Kälte weiter und tauchte nur auf, um Luft in ihre Lungen zu pumpen.

Ihr Blick durchbohrte ihre Umgebung. Den Grund konnte sie nicht ausmachen, er lag zu weit unter ihr. Aus den Augenwinkeln nahm sie jedoch eine Bewegung wahr. Sofort riss sie den Kopf herum, entdeckte allerdings nichts und niemand. Anscheinend hatte sie sich getäuscht.

Vom Ufer trennte sie noch eine lange Strecke ...

Abermals meinte sie, ein Schatten würde vor ihr vorbeihuschen – und diesmal war es kein Irrtum. Eine Frau mit einem Fischschwanz und dunklem, zerzaustem Haar hielt auf sie zu. Da kam auch schon die zweite Meeresbewohnerin ...

Lavianys Herz stockte. Sofort schoss sie an die Wasseroberfläche und atmete tief ein.

Vier Uynen umkreisten Laviany inzwischen. Sie erinnerte sich an diese Gestalten aus ihrer Kindheit und aus ihren Albträumen. In einem glatten, alterslosen Gesicht saßen große, runde Augen, ein kleiner Mund und zwei breite Spalten anstelle der Nasenlöcher.

Bis zum letzten Moment hoffte Laviany, dass diese Geschöpfe sie in Ruhe ließen, aber frisches Menschenblut war allzu verlockend für Uynen. Schon griff die erste Fischfrau an ...

Laviany wand sich im Wasser und trat nach ihrer Gegnerin. Mit Widerstand hatte diese nicht gerechnet. Sie zog sich zurück, doch es war zu spät. Das Fischermesser schlitzte ihr die Kehle auf. Eine Wolke blassen, leicht glitzernden Blutes driftete durch das Wasser.

Daraufhin attackierten sie gleich zwei Uynen. Die beiden Fischfrauen verbissen sich in Lavianys Knöchel und zogen sie in die Tiefe. Laviany rollte sich sogar ein, um ihnen ihre Aufgabe zu erleichtern – bis sie blitzschnell nach dem Haar der einen griff und sie mit einem kräftigen Ruck an sich zog. Völlig überrumpelt, fing sich die Meeresbewohnerin einen Stich unter dem Schulterblatt ein. Die Klinge durchbohrte ihre Fischlunge.

Die zweite Uyne zog daraufhin freiwillig von dannen. Dafür war inzwischen Verstärkung angerückt. Laviany machte acht weitere Fischfrauen aus. Drei von ihnen waren mit scharfkantigen Muscheln bewaffnet, die lang wie ihr Messer waren.

Laviany gab vor, in Panik zu geraten und fliehen zu wollen, dabei aber die Orientierung zu verlieren und nun zu ersticken. Sofort stürzten sich die Uynen auf sie, um ihre kleinen Zähne in ihr Fleisch zu bohren, sie in Stücke zu reißen und ihr warmes Blut zu trinken. Um sich für den Tod ihrer beiden Freundinnen zu rächen.

Da ging Laviany zum Angriff über.

Sengender Schmerz schoss durch ihr rechtes Schulterblatt. Der Schmetterling, der erst vor Kurzem zu ihr zurückgekehrt war, flatterte erneut davon. Um Laviany herum bildete sich eine durchscheinende Kugel voller Tentakel, die nach allen Seiten Schläge austeilten.

Eine der Uynen platzte und sank wie ein schillernder Stern in die Tiefe. Die anderen wanden sich in Krämpfen und trudelten zum Grund. Nur eine dieser Kreaturen hatte bisher keinen Schaden davongetragen, doch sie ergriff nun die Flucht. Laviany setzte ihren Weg grimmig fort.

Sie musste das Ufer erreichen, bevor diese Biester zurückkehrten.

Selbst Theo konnte sich nicht auf den Beinen halten, als das Schiff auf die Klippe auflief. Er fuchtelte noch mit den Armen, als er schon durch die Luft flog. Immerhin landete er relativ sanft auf den Planken. Sofort war ihm klar, dass es Laviany ins Meer gefegt hatte.

Er zögerte nicht, er dachte nicht nach, sondern sprang ins

Wasser, um sie zu suchen. Schon erfasste ihn eine Welle und schleuderte ihn mit solcher Wucht gegen die Schiffswand, dass er sich beinahe den Schädel einschlug.

Dennoch verzagte er nicht. Er war kein schwacher Mann und hatte schon öfter gegen das Wasser gekämpft. Ohne Unterlass rief er Lavianys Namen, erhielt jedoch keine Antwort. Die Männer verließen schreiend das von der Klippe gleitende, versinkende Schiff. Theo versuchte, in ihrer Nähe zu bleiben, doch die Strömung trug ihn davon.

Auf dem Weg zum Ufer ließen ihn seine Kräfte irgendwann im Stich. Das Wasser peitschte auf ihn ein, schlug über ihm zusammen und saugte alle Wärme aus ihm heraus. Seine Muskeln wurden steif, seine Beine bleischwer.

Vor seinen Augen wurde alles trüb. Als er dem Tod keinen Widerstand mehr leistete, packten ihn die Hände einer Frau bei den Schultern und zogen ihn nach oben.

Rettet Laviany mir doch noch einmal das Leben, schoss es ihm noch durch den Kopf.

Ein seltsamer Dämmerzustand bemächtigte sich seiner. Er hörte nur noch das Fauchen des Windes und das Donnern der Wellen. Wie er ans Ufer gelangte, hätte er nicht zu sagen vermocht.

Als er sich dort auf alle viere aufrappelte, brach das Meer als nicht versiegender Fluss aus ihm heraus. Er hatte nicht gewusst, dass er überhaupt so viel Wasser schlucken konnte.

Laviany war nirgends zu sehen. Mit wackligen Knien erhob er sich, fiel aber gleich wieder, als eine weitere gewaltige Welle über das Ufer brandete. Nun machte er seine Retterinnen aus. Es waren drei oder vier Fischfrauen.

Uynen hatten ihn an Land geschafft, warum auch immer.

»Vielen Dank«, sagte er zu ihnen, doch er sprach so leise, dass nicht einmal er selbst seine Stimme hörte.

Mit der nächsten Welle waren die Meeresbewohnerinnen wieder verschwunden. Fröstelnd und bibbernd sah Theo sich um. Am Ufer brannten einige Laternen. Hinter einem Hügel machte er einen gelben Schein aus. Der Leuchtturm.

Er stapfte los. Entkräftet, wie er war, glitt er immer wieder aus, setzte seinen Weg aber stur fort. Was wohl aus den Seeleuten geworden ist?, fragte er sich. Und aus Laviany …

Letzten Endes kannte er die Antwort aber genau. Sie alle dürften mittlerweile die andere Seite erreicht haben. Dann fiel ihm ein, dass er sich in Lethos befand. Erschauernd blickte er zum wütenden Meer zurück, doch er sah nichts außer undurchdringlicher Finsternis.

Nach einer Weile erreichte er die ersten Häuser. Er klopfte zunächst an die Tür, dann hämmerte er mit beiden Fäusten gegen die verrammelten Fenster, bis ihm klar wurde, dass ihm niemand öffnen würde. Mühsam stapfte er weiter.

Plötzlich bog eine Frau in einem knöchellangen, purpurroten Umhang um die Ecke. Da sie nicht damit gerechnet hatte, jemandem zu begegnen, wich sie überrascht zurück und warf einen Blick auf die nächste Laterne, um sich zu überzeugen, dass sie nicht mit blauer Flamme brannte.

Theo rang sich ein Lächeln ab und versuchte, nicht zu zittern wie ein Blatt im Herbstwind. Er ahnte, dass er aussah, als ob er gerade aus dem Reich der Toten zurückgekehrt wäre.

»Ich bin nicht gefährlich, Herrin.«

Als die Frau den fremden Akzent hörte, kam sie auf ihn zu. Sie war sehr klein und zierlich, geradezu winzig, doch sie packte ihn mit festem Griff am Ellbogen.

»Wer bist du?«, wollte sie wissen. »Bei Nacht solltest du hier nicht durch die Straßen streifen!«

»Ich bin mit dem Schiff gekommen. Es ist an der Klippe zerschellt. Aber ich habe es geschafft, ans Ufer zu gelangen.«

»Verflucht!«, stieß sie aus. »Wie viele Menschen waren an Bord …?«

»Außer mir noch vier. Ob sie …?«

»Wenn sich das Meer jemanden geholt hat, gibt es ihn eigentlich nicht wieder her«, beantwortete sie seine Frage, bevor er sie gestellt hatte. »Schon gar nicht in der Nacht. Ich bin Scheron. Gehen wir, du musst dich aufwärmen.«

KAPITEL 7

# Der Leuchtturm

*Eins, zwei, drei – brenn, mein Lämpchen, brenn!*
*Und aller Welt bekenn',*
*Vier, fünf, sechs, Mizlaw in der Nacht*
*Heut' seine Runde macht.*
*Denn er schied aus der Welt*
*Nach dir nun Ausschau hält!*

Abzählvers der Kinder aus dem Herzogtum Lethos

Regen trommelte auf das Dach. Wind pfiff und trachtete, die schweren Fensterläden aus den Angeln zu heben, um unter dem wütenden Geheul des tosenden Meeres in das Haus einzudringen.

Die junge Scheron hielt beim Abtrocknen des gerade abgespülten Tellers inne, neigte den Kopf und lauschte dem Wüten der Naturgewalten. Einmal mehr dankte sie den Erhabenen Sechs dafür, dass die Stadt zwar am Meer, aber nicht unmittelbar am Ufer lag. Vor ihrem inneren Auge sah sie genau, was an einem Abend wie diesem dort vor sich ging.

Wie riesige bleigraue Wellen in hoher Front über die breite Bucht herfielen und gleich einer Herde Schahuter landeinwärts auf die Stadt zuschossen. Diese Wellen gierten nach den in ihren Häusern schlafenden Menschen, um sie mit sich in das eisige Meer zu schleifen. Dort wollten sie die Städter den Kraken weihen, sie den Uynen ebenso wie den ertrunkenen Fischern überlassen, auf dass diese sich an ihnen labten. Einzig jene steinernen Hauer, die in den ersten Jahrhunderten nach dem Kataklysmus errichtet worden waren, vermochten die Wellen zu brechen und die Stadt gegen das irrsinnige Meer zu schützen. Magier der Vergangenheit hatten ihnen jene Steinschöpfungen hinterlassen, die den krachenden Wellen noch heute ihre grausame Kraft nahmen und sie auseinandersprengten wie ein übermächtiger Gegner ein Heer von Soldaten. In ihrer Wut spuckten die Wellen mit Schaum und kalter Gischt um sich, ertränkten sie alles, dessen sie habhaft werden konnten, und zogen sich unter wütendem Heulen zurück, dies freilich nur, um sich neu zu formieren und kurz darauf abermals erbarmungslos anzugreifen.

Allein der Gedanke an das wütende Meer ließ Scheron erschaudern. Sie stellte den Teller in den Schrank, schnappte sich vom Stuhl ein warmes Tuch aus Schafwolle und wickelte es sich um die Schultern. Da aus dem auf dem Herd stehenden Kessel bereits Dampf aufwölkte, nahm Scheron ihn rasch vom Feuer. In einem blechernen Krug warteten schon zerstoßene Alantewurzeln darauf, mit heißem Wasser übergossen zu werden. Im Nu breitete sich im Raum der bittere Geruch des Heiltrunks aus. Die alte Auscha würde das heiße Getränk in einer Nacht wie dieser brauchen.

Der Wind peitschte abermals auf das Haus ein, verzweifelt und wütend wie ein harpunierter Schwertwal. Die Fensterläden erzitterten bei jedem Schlag. Scheron lauschte angespannt auf jedes Geräusch, doch im Zimmer oben blieb alles ruhig. Die kleine Naily weinte nicht.

Daraufhin setzte sich Scheron mit einem Buch an den nicht sonderlich großen Tisch und überließ sich der Lektüre. Sie las für ihr Leben gern, weshalb sie häufig alte Folianten von ihrem Lehrer Joseph entlieh. Das neue Werk erwies sich indes als höchst anspruchsvoll, sodass sie einige Absätze wieder und wieder studieren musste, um die Wortklaubereien des Textes zu verstehen.

Obendrein wollte es ihr an diesem Abend nicht gelingen, sich zu konzentrieren. Immer wieder kehrten ihre Gedanken zu dem Mann zurück, der ans Ufer gespült worden war und nun in Irmas Haus schlief, geborgen unter Wolldecken. Gleichwohl ließ ihn der Schiffbruch nach wie vor zittern. Dabei war er ja eigentlich ein Glückspilz, denn er hatte überlebt, ganz im Unterschied zu Dimiter, den ihr das Meer für immer genommen hatte.

Vor Kurzem war Scheron fünfundzwanzig Jahre alt geworden, doch sah sie noch jünger aus. Möglicherweise lag das an ihrer geringen Größe und ihrer schmalen Figur, möglicherweise aber auch an dem kurz geschnittenen dunkelblonden Haar, das ihr etwas Knabenhaftes verlieh. Die großen hellgrauen Augen, das spitze Kinn und die Stupsnase verstärkten diesen Eindruck noch. Ein Blick auf ihre Lippen genügte indes, um unmissverständlich zu begreifen, dass eine Frau vor einem stand, so prachtvoll und weiblich waren sie.

Der fauchende Wind riss Scheron ein weiteres Mal aus ihrer Lektüre. Damit verlor sie erneut den Faden. Verärgert runzelte sie die Stirn, sodass sich eine steile Falte darauf bildete, blätterte eine Seite zurück und machte sich von Neuem an den letzten Absatz.

Mit einem Mal knarrten die Stufen. Die alte Auscha kam mit schwerem Geschnaufe herunter. Als sie Scherons fragenden Blick auffing, verzog sie ihren zahnlosen Mund zu einem Lächeln.

»Sie schläft, die Erhabenen Sechs seien gepriesen«, flüsterte Auscha. »Ich dachte schon, ich müsste die ganze Nacht mein Wiegenlied summen.«

Scheron nickte ihr dankbar zu, stand auf und reichte der Alten den Krug mit dem Kräuteraufguss. Diese hustete, setzte sich in ihren geliebten Korbsessel und nippte an dem Sud, wobei der bittere Geschmack sie zuweilen das Gesicht verziehen ließ. Auscha hing schweigend ihren Gedanken nach, Scheron nahm ihre Lektüre wieder auf, doch beide lauschten auf den Wind und das Meer, erleichtert darüber, dass solide Wände sie vor dem schrecklichen Unwetter schützten.

»Es geht ihr bereits besser«, brachte Auscha schließlich heraus, nachdem sie den leeren Krug auf den Tisch gestellt hatte. »Einige Kinder sind unausstehlich, wenn sie krank sind. Du gehörtest zum Beispiel auch dazu.«

Scheron lächelte daraufhin nur, ohne den Blick von den Seiten zu lösen.

»Du solltest jetzt besser auch schlafen, mein Mädchen«, ermahnte Auscha sie. »Ich möchte lieber gar nicht erst wissen, wann du das letzte Mal ein Auge zugemacht hast.«

Nach diesen Worten erlitt die Frau einen weiteren Hustenanfall. Ein beängstigendes Röcheln entrang sich ihrer Brust. Scheron legte das Buch sofort zur Seite und eilte auf Auscha zu, doch der Anfall verklang so rasch wieder, wie er die alte Kinderfrau befallen hatte.

»Um mich brauchst du dir nun wahrlich keine Sorgen zu machen«, grummelte Auscha und blickte mit trüben Augen ins Feuer, das im Herd tanzte. Sie wirkte so alt wie die Stadt, in der sie ihr ganzes Leben zugebracht hatte. »Gib mir eine Minute, dann hat sich in meiner Brust wieder alles beruhigt.«

»Dein Husten gefällt mir nicht«, entgegnete Scheron. »Du hättest in der letzten Woche auf gar keinen Fall zum Markt fahren dürfen. Wir hätten mit dem Kauf der Wolle schließlich noch warten können. Damals musst du dir diese Erkältung zugezogen haben.«

Auscha lächelte bloß und hob die Hände, als wollte sie von vornherein die Waffen strecken.

»Wenn du mich nicht mehr brauchst, würde ich gern zu Bett gehen«, sagte die Alte und erhob sich mühevoll. »Ich bin müde.«

Unverzüglich sprang Scheron auf, stützte Auscha am Unterarm und brachte sie zu ihrem Zimmer.

»Möge kein einziges blaues Licht aufflammen, mein Kind.«

»Und du schlafe wohl, Auscha.«

Sobald Auscha ihr Zimmer betreten hatte, verschloss Scheron es mit dem kunstvoll gearbeiteten Schlüssel, legte einen Riegel vor und hing eine Kette mit dem Zeichen der Erhabenen Sechs an die Klinke. Jeden Abend empfand sie deswegen brennende Scham, doch eine andere Möglichkeit gab es nicht. Auscha zählte bereits neunzig Winter, ihr Leben neigte sich seinem Ende zu. Wenn sie jene Schwelle überschritt, von der es kein

Zurück gab, würde Scheron das nie verkraften, sah sie in der alten Kinderfrau doch längst ein Mitglied ihrer Familie.

Sollte Auscha ihren letzten Weg jedoch in einer Nacht wie dieser antreten, sollte sie sich in eine Verirrte Seele verwandeln, dann konnte selbst die gutmütige Alte zu einer Gefahr werden. Und Scheron würde kein Risiko eingehen, nicht jetzt, da Naily im Haus war, schließlich war dieses Mädchen das Einzige, was sie noch an Dimiter erinnerte. Deshalb würde sie Auscha weiter bis zum Morgengrauen einsperren.

Trotz ihrer Müdigkeit sollte Scheron jedoch keinen Schlaf finden, eine Folge ihrer jahrelangen Arbeit als Kämpferin gegen Verirrte Seelen. Viele ihrer Zunft versuchten daher, bei Tage den fehlenden Nachtschlaf nachzuholen.

»Vor mir liegt ja eine ganze Woche«, murmelte Scheron, während sie sich in dem alten Spiegel betrachtete, ein Mitbringsel ihres Vaters von der einzigen Reise seines Lebens, die ihn ins Herzogtum Varen geführt hatte. »Da werde ich sicher noch wie alle Menschen nachts zu meinem Schlaf kommen.«

Vom heutigen Abend an sollten Joseph und Clara eine Woche lang Dienst haben. Scheron beneidete sie nicht darum. Bei diesem Wetter bedeutete es wahrlich keine Freude, das Haus zu verlassen. Sie konnte nur hoffen, dass die Erhabenen Sechs Erbarmen mit ihnen hätten und nirgendwo in der halb verlassenen Stadt ein blaues Licht auflodern würde.

Sie hing noch kurz ihren Gedanken nach, dann widmete sie sich wieder ihrem Buch. Die dicke gelbe Kerze auf dem Tisch brannte langsam herunter, die Fensterläden klapperten, sie blätterte Seite um Seite um. Vertieft, wie sie war, begriff sie nicht gleich, dass es an der Tür klopfte, sondern meinte zunächst, der Wind wolle sie aus dem Haus locken, damit er endlich zu dem Vergnügen kam, ihr Regen ins Gesicht zu spucken. Als der Türklopfer jedoch zehnmal hintereinander betätigt wurde, sprang Scheron auf. Beinah in derselben Sekunde fing auch Naily an zu schreien. Scheron stieß einen unterdrückten Fluch aus, der den Verirrten Seelen dieser Welt ebenso galt wie allen, die bei diesem Wetter nicht zu Hause blieben, und eilte zur Tür.

»Anständige Menschen sitzen bei einem solchen Wetter zu Hause!«, rief sie.

»Scheron!«, vernahm sie daraufhin die Stimme eines Mannes. »Mach auf! Ich bin's. Wozlaw!«

Mit einiger Anstrengung legte sie den schweren Riegel zurück. Der Wind, der das Haus umgehend eroberte, schien ihr bis auf die Knochen zu dringen. In seinem Schlepptau schmuggelte er feuchte Kälte und den bitteren Geruch des Meeres ein. Kaum ins Zimmer eingebrochen, fiel er über die Kerze her, um sie zu löschen, und erschreckte die Flammen im Herd.

Trotz der Kapuzen und der unförmigen feuchten Umhänge erkannte Scheron die drei Männer auf Anhieb. Der Bauer Wozlaw, der Bootsmann Myk und der Fischer Jun. Sie patrouillierten heute Nacht durch die Straßen, um nach Laternen mit einem blauen Licht Ausschau zu halten.

»Ein Unglück ist geschehen, Scheron! Im Haus des Leuchtturmwärters hat es einen Toten gegeben!«, keuchte Jun, der vor der Tür von einem Fuß auf den anderen tippelte und es nicht wagte, das Haus zu betreten.

»Kommt rein! Rasch!« Sie ließ die drei Männer ein und schloss die Tür wieder, dabei mühevoll gegen den Wind ankämpfend. »Wann ist es geschehen?«, fragte sie, während sie sich einige Regentropfen von der Stirn wischte.

»Das wissen wir nicht«, erwiderte Wozlaw, dessen volles Gesicht kreidebleich war. »Wir sind sofort zu dir geeilt, als wir an Uwes Tür die blaue Laterne gesehen haben.«

Scheron presste verärgert die Lippen aufeinander. Die drei hatten das Haus also nicht betreten. Das bedeutete, dass es dort mittlerweile womöglich nicht nur eine, sondern zwei Verirrte Seelen gab, Uwe und seine Frau Nora. Verflucht! Was hatten sie sich bloß dabei gedacht?! Jun vergab sie diese verhängnisvolle Unterlassung noch, denn er lief erst seit Kurzem Patrouille. Aber Myk und Wozlaw waren alte Hasen in diesem Metier.

Gerade kamen ihr jedoch alle drei Männer hilflos und verängstigt vor. Regen tropfte von ihren Segeltuchumhängen und tränkte den fadenscheinigen Teppich.

»Warum seid ihr nicht auf der Stelle zu Joseph oder Clara geeilt?«, fragte sie in barschem Ton. »Sie haben heute Nacht Dienst!«

Oben brach Naily erneut in Gewimmer aus.

Ein Unglück kommt wirklich selten allein!, dachte Scheron. Mögen die Erhabenen Sechs mir beistehen!

»Joseph ist vor einer Stunde ins Dorf Lida gerufen worden, dort ist der Kürschner gestorben. Und Clara ist am anderen Ende der Stadt, weil ein Gefängnisinsasse den Verstand verloren hat und nun droht, sich umzubringen.«

»Was ist mit Kriza?«

»Sie ist beim Bürgermeister, da dieser wieder unter Nierenkoliken leidet.«

»Dann müsst ihr zu Niklas oder Mateusz gehen! Ich habe auf ein kleines Kind aufzupassen und kann nicht mit euch kommen!«

»Scheron, du wohnst näher als alle anderen am Leuchtturm«, sagte Myk. »Wir bräuchten zu lange, um Niklas oder Mateusz aufzusuchen ...«

Obwohl der Bootsmann zwei Köpfe größer als Scheron war, fühlte er sich in Gegenwart der jungen Frau stets verlegen. Allein in seinem Kahn auf das vom Sturm gepeitschte Meer hinauszufahren erschien ihm ungleich einfacher, als ein Gespräch mit Scheron zu führen. Das lag keineswegs an ihrer Gabe, sondern daran, dass er Gefallen an der Frau gefunden hatte, dabei allerdings nie den Mut aufbrachte, ihr das auch zu gestehen.

»Kommst du nun mit?«, fragte er noch einmal, und in seiner Stimme lag ein flehender Unterton. »Gehst du in Uwes Haus?«

Sie bedachte die blassen Gesichter mit einem mürrischen Blick. Eine kleine Rohrkatze vor drei mit dem Salz des Meeres bestäubten Hunden.

»Beim Gebannten, warum musste das ausgerechnet heute Nacht geschehen?!«, stieß sie aus. »Wartet hier!«

Sie eilte nach oben und schloss Auschas Tür auf.

»Was ist, mein Kind?«, fragte die alte Kinderfrau.

»In Uwes Haus hat es ein Unglück gegeben«, teilte Scheron ihr mit. »Ich muss dorthin und mich um eine Verirrte Seele kümmern. Beunruhige dich jedoch nicht, in einer Stunde bin ich wieder da. Und Jun wird hier bei Naily bleiben.«

»Gib mir nur gut auf dich acht, mein Kind.«

Daraufhin schloss Scheron die Alte wieder ein, eilte zu Nailys Zimmer und beugte sich über das Bett des Kindes.

»Weine nicht, Naily«, flüsterte sie. »Ich bin ja da.«

Sobald das Mädchen Scherons Gesicht sah, beruhigte es sich. Scheron stimmte ein Wiegenlied an und verließ den Raum erst, als die Kleine eingeschlafen war. Sie zog sich einen warmen Pullover an, nahm ihre Tasche aus derbem Leder vom Regal, die dort stets gepackt bereitlag, eben für Notfälle dieser Art. Dann kehrte sie nach unten zurück, wo die Männer schon ungeduldig auf sie warteten, und nahm ihren purpurfarbenen Umhang vom Haken.

»Jun«, wandte sie sich an den Fischer. »Du bleibst hier. Auf dem Herd steht heißes Wasser, auf dem Tisch noch etwas Essen. Lass Auscha auf keinen Fall aus ihrem Zimmer. Mach keinen Lärm, denn Naily schläft. Wenn sie zu weinen anfängt, musst du dich um sie kümmern.«

Jun setzte eine mürrische Miene auf, denn er hatte keine Vorstellung davon, wie er mit einem weinenden Kind umgehen sollte, nickte jedoch.

»Warte hier auf meine Rückkehr!«, schärfte Scheron ihm ein.

Erneut nickte Jun.

Nun schob sich Scheron die Kapuze über den Kopf.

»Sperre die Tür ab und öffne sie erst, wenn ich klopfe! Ich verlasse mich auf dich. Mögen die Erhabenen Sechs mir gnädig sein und dafür Sorge tragen, dass ich bald wieder hier bin.« Dann wandte sie sich an die beiden anderen Männer: »Gehen wir!«

Die alte, von allen Göttern vergessene Stadt fristete ein schweres Dasein. Zurzeit herrschten in ihr Wind und Regen, die beiden unangenehmsten Begleiter des Herbstes, die jahrein, jahraus über das Herzogtum Lethos herfielen. Sie dürsteten danach, die Felsen zu verschlingen, die Erde zu schlucken und die Bucht zu fluten, damit selbst die karge Erinnerung an diese Gegend getilgt würde.

Scheron hasste die Nacht, wie nur jemand sie zu hassen vermochte, der all ihre grausamen Geheimnisse kannte. Sobald die Dunkelheit hereinbrach, verließ sie ihr Haus deshalb nur ungern. Tat sie dies dennoch, dann einzig aus jenem Pflichtgefühl, das in ihr noch stärker ausgeprägt war als der Wunsch nach Heimeligkeit. Von ihr und ihrer Arbeit hing das Leben aller Menschen in dieser Stadt ab. Von ihr hingen das Leben und der Tod von ganz Lethos ab, das die anderen Herzogtümer fürchteten und hassten. Ebendeshalb machte sie sich nun auf den Weg, die Stadt zu retten.

Die Fenster der Häuser, an denen Scheron und die beiden Männer vorbeikamen, waren mit schweren Läden verschlossen, die soliden Türen schienen uneinnehmbare Felsen. Einzig die Laternen, die über jeder Tür im Wind schwankten, durchbrachen die tiefschwarze Finsternis mit trübem Licht. Sie glichen gespenstischen Leuchttürmen in diesen vom Regen belagerten Straßen.

Von Scherons Umhang tropfte es unablässig. Der Wind wollte ihr mit aller Kraft die Kapuze vom Kopf zerren. In der Dunkelheit übersah sie eine Pfütze, sodass sich unverzüglich Wasser den Stoff ihres langen schwarzen Rockes hochfraß. Obwohl sie das Kleidungsstück sofort auswrang, klebte es fortan mit beißender Kälte an ihren Fesseln und schränkte jede ihrer Bewegungen ein. Einmal mehr wanderten Scherons Gedanken zu jenem Mann zurück, der heute bei den Haifischzähnen ans Ufer gespült worden war. Wie viel Glück er doch gehabt hatte ...

Unterdessen hatten sie eine Straße erreicht, in der die Hälfte der Häuser seit Jahrzehnten leer stand. Die Menschen verließen Nimadh, zogen nach Süden, nach Arant, in die Hauptstadt von Lethos, sodass hier immer mehr Viertel verlassen zurückblieben.

An der Kreuzung mit der alten Säule – eines jener Zeugnisse, die von Lethos' großer Vergangenheit kündeten – rutschte Scheron aus. Wäre da nicht der starke Arm Myks gewesen, der sie rechtzeitig packte, wäre sie auf dem schlammigen Untergrund, den als Straße zu bezeichnen sich jedermann weigerte, ohne Frage hingefallen. Der unablässige Regen flutete die Straßen, drang in Scherons Halbstiefel und ließ ihre Zehen fast erstarren. Dann strömte das Wasser Richtung Meer, um sich mit ihm zu verbinden.

In der Kälte wich jedes Gefühl aus Scherons Händen. Vor dem Wind, der sie von den Füßen zu reißen drohte, suchte sie hinter dem breiten Rücken Wozlaws Schutz, dem sie dicht auf den Fersen blieb. Myk bildete den Abschluss ihrer kleinen Prozession. Wenn er mitunter besonders eng zu ihr aufschloss, hörte sie seinen schweren Atem.

Sie hielten im Schutz der den Marktplatz umgebenden Mauer inne, um Atem zu schöpfen. Im Sommer wurden hier Schafwolle und Goldperlen an Händler aus Varen verkauft.

Scheron lauschte auf das Tosen des Meeres. Obgleich ihr dieses Heulen von klein auf bekannt war, hatte sie sich bis heute nicht daran gewöhnt. Ihre Bücher wussten von einem Meer im Süden zu berichten, das völlig anders sein sollte, ruhig, glatt, zärtlich, glasklar und unendlich schön. Nur zu gern hätte Scheron an dieses Meer geglaubt oder es einmal mit eigenen Augen gesehen. Nachts träumte sie von diesem azurblauen Meer bei Solanka oder Iriasta. Tages lösten sich all die angenehmen Traumempfindungen im Nu auf, denn am Ufer von Nimadh tobte fast das ganze Jahr hindurch ein wildes Tier.

»Lasst uns weitergehen«, verlangte Scheron und berührte kurz Wozlaws Arm. »Ich bin nicht müde.«

Der Mann nickte mit finsterer Miene, seufzte schwer und trat dem heulenden Wind wieder entgegen.

Die drei durchquerten die nächste Straße. Diese hatte einst zur Allee der Könige gehört, die sich durch das gesamte Geeinte Königreich zog. Im Norden fing sie in Lethos an, um sich dann bis hinunter nach Amut im Süden zu erstrecken, das zu jener Zeit noch Teil des Festlands gewesen war.

Nach zehn Minuten hatten sie die letzten Häuser am Stadtrand hinter sich gelassen. Heidekrautfelder erstreckten sich vor ihnen, dem Wüten des Windes preisgegeben. In dieser Gegend hatte Scheron auch den Schiffbrüchigen entdeckt.

Ein Blitz zuckte durch die Luft und erhellte im regnerischen Dunkel die Mauer des Friedhofs linker Hand. Die Umfriedung bestand aus den Überresten alter Gebäude. Die Skulpturen und Grabplatten mit den kaum noch lesbaren Inschriften waren von grauen Flechten überzogen. In ihrer Kindheit hatte sich Scheron vor diesem Friedhof gefürchtet, doch sobald sie herangereift war, hatte sie begriffen, dass diese Ängste unsinnig waren. Wer bei Tage starb, fand seinen Weg in die andere Welt ohne Mühe und hatte keinen Grund, den Lebenden Böses zu wollen. Es waren einzig die Verirrten Seelen, die ihren Weg in die andere Welt verfehlten und deswegen Menschen töteten, aus Neid, weil diese immer noch atmeten, liebten und lebten.

Zwischen der Stadt und dem Leuchtturm erhob sich ein ebenfalls mit Heidekraut bewachsener Hügel. Ihn mussten sie noch hinter sich bringen, um zum Haus des Leuchtturmwärters zu gelangen. Ein steiniger Pfad zog sich den Hügel hinauf. Zumindest war es vor Beginn des Unwetters so gewesen. Unterdessen wartete jedoch eine schlammige Schneise auf sie, weshalb das Erklimmen des Hügels ebenso schwer war wie die Eroberung einer Burg im Hügelherzogtum.

Irgendwann gab der Wind jedoch seine erbitterten Versuche, Scheron den purpurfarbenen Umhang vom Körper zu reißen, auf und zog sich zurück, freilich nur, um sie sogleich so heftig von hinten zu stoßen, dass sie beinah gestürzt wäre. Dann hätte der Wind sie sicher voller Freude den Hang hinuntergetrieben. Doch obwohl Scheron ins Schwanken geriet, konnte sie sich auf den Beinen halten.

Nach der Hälfte des Weges hob sie den Blick. Die Finsternis durchzog ein bläuliches Licht, das der Leuchtturm aussandte. Sie stieß einen lautlosen Fluch aus. Also nicht nur Uwes Haus, sondern auch noch der Leuchtturm ...

Energisch stapfte sie weiter, sich innerlich dafür scheltend, den Wanderstab nicht mitgenommen zu haben. Jeder in Lethos wusste, dass eine Flamme ihre Farbe veränderte, sobald eine Verirrte Seele in ihrer Nähe auftauchte. Dann wich das warme gelbe Licht kaltem blauem. Dabei spielte es keine Rolle, ob es sich um ein Herdfeuer, eine Laterne oder einen Leuchtturm handelte.

Dieses Mal lag das grauenvolle Licht über dem ganzen Küstenstreifen. Die Wellen, die steinige Landzunge, die Haifischzähne, Uwes Haus, das Heidekraut und ihrer aller Gesichter zeigten einen unwirklichen Farbton. Der Anblick ließ selbst Scheron kurz erstarren. Abermals zuckte ein Blitz. Scheron meinte, in seinem Licht eine Frau zu sehen, die am Ufer entlangging.

Wahrscheinlich habe ich mir das eingebildet, dachte sie. Hier ist doch niemand. Die Menschen haben sich in ihren Häusern verkrochen.

»Bist du in Ordnung?«, wollte Wozlaw wissen.

»Ich habe nicht angenommen, dass uns ein solches Grauen erwartet!«, antwortete Scheron und wandte sich dann an Myk.

»Geh zurück! Suche Mateusz und Niklas! Am besten wäre natürlich Joseph! Ich brauche vermutlich Hilfe!«

In Myks kobaltblauem Gesicht mit den tief liegenden Augen rührte sich nicht ein Muskel. Ohne ein einziges Wort zu sagen, eilte er davon. Das an den Schlund eines Wals gemahnende Dunkel verschluckte ihn im Nu.

Scheron und Wozlaw machten sich an den Abstieg hinunter zum Leuchtturm. Die junge Frau geriet immer wieder ins Schlittern, weshalb sie die Arme ausbreitete, um nicht zu fallen.

Die Natur wütete unermüdlich weiter. Der Wind hämmerte förmlich gegen die Felsen, die Uynen stimmten in sein Geheul ein. Scheron mied jeden Blick auf die tosenden Wellen. Das ergrimmte Meer jagte selbst denjenigen Schrecken ein, die Seite an Seite mit ihm lebten.

Der Leuchtturm stand auf einer Landzunge, die weit ins Meer hineinragte. Gleich daneben lag das Haus, in dem Uwe wohnte. Da Scheron den Blick fest auf den Boden vor sich gerichtet hielt, um auf den glitschigen Steinen nicht auszurutschen, bemerkte sie gar nicht, wie sie ihr Ziel erreichten. Dann jedoch berührte sie voller Erleichterung den rauen, nassen und eisigen Turm.

Obwohl Uwes Haus bereits vor etwa fünfzig Jahren an den Leuchtturm angebaut worden war, hatte Scheron es bisher noch nie betreten, kannte den Grundriss also nicht, was es beträchtlich erschweren würde, die Verirrte Seele aufzuspüren. Das Einzige, was Scheron wusste, war, dass es eine Verbindung zum Leuchtturm gab.

Im Stall blökten in einem fort die Schafe. Diesen Lärm konnte nicht einmal das Gewitter übertönen. Im Unterschied zu Menschen brauchten Tiere keine blaue Flamme, um zu wissen, dass in ihrer Nähe eine Gefahr lauerte.

Die Tür von Uwes Haus war verriegelt, doch der Leuchtturmwärter hatte sich auch heute nicht die Mühe gemacht, die Fensterläden zu schließen, obgleich Joseph ihm immer wieder gesagt hatte, seine Sorglosigkeit könnte ihn eines Tages teuer zu stehen kommen. In diesem Fall war Scheron dem Schicksal für die Nachlässigkeit Uwes jedoch dankbar.

»Wir müssen eine Scheibe einschlagen!«, sagte sie zu Wozlaw.

Daraufhin hielten sie nach einem geeigneten Fenster Ausschau. Sie fanden eines, das in Höhe von Wozlaws Schultern lag. Der Mann zog eine kurze Keule unter seinem Umhang hervor und zerschlug mit einem einzigen kräftigen Hieb das Glas. Anschließend säuberte er den Rahmen von den noch darin steckenden Scherben.

»Im Erdgeschoss liegen fünf Zimmer und der Zugang zum Keller«, teilte er Scheron mit. »Dann sind da noch ein Lager und der Gang zum Leuchtturm. Im ersten Stock gibt es vier Zimmer und den Zugang zum Dachboden.«

»Warte hier«, sagte Scheron, nachdem sie ihm dankbar zugenickt hatte. »Was auch immer geschieht, betritt das Haus auf keinen Fall, solange die Laterne noch blau leuchtet! Wenn ich in einer halben Stunde nicht zurück bin, bring dich auf dem Hügel in Sicherheit! Warte dort auf Myk!«

Obwohl Wozlaw ihr bedeutete, dass er alles verstanden hatte, packte Scheron ihn nun am Arm, um sich seine ungeteilte Aufmerksamkeit zu sichern.

»Wenn du siehst, dass ich aus dem Haus komme, die Laterne aber trotzdem noch blau brennt, lauf weg!«, schärfte sie ihm ein. »Und sieh dich dann auf keinen Fall noch einmal um!«

»Das weiß ich doch. Ich habe ja nicht zum ersten Mal mit einer Verirrten Seele zu tun!«

Wenn ein Mensch bei Nacht starb, war die Verirrte Seele noch an den Ort des Todes gebunden. Schon in der nächsten Nacht durfte sie jedoch frei umherstreifen und Unheil verbreiten. Deshalb zählte jede Minute. Denn zeigte man der Verirrten Seele den Weg zur anderen Seite, verschwand sie sofort aus dieser Welt. Fand sie jedoch ein Opfer und tötete es, verwandelte sich auch dieses in ihresgleichen.

»Viel Glück, Scheron!«, wünschte Wozlaw noch und wischte sich mit der Hand das feuchte, besorgte Gesicht ab.

»Gib auf dich acht!« Scheron bedachte den Mann, der einst mit ihrem Vater befreundet gewesen war, mit einem letzten Lächeln.

Dann packte Wozlaw sie bei der Taille und hob sie so mühelos an, als wöge sie nicht mehr als eine Feder. Scheron, die geschmeidig wie eine Katze war, schlüpfte durchs Fenster ins Haus. Auf dem Fußboden lagen Scherben, die anfangs bei jedem Schritt knirschten. Sie dachte noch einmal an Naily, das Kind, das Dimiter mitgebracht hatte und für das nun sie sorgte, und machte sich an die Arbeit.

Gegen eine Wand geschmiegt, lauschte sie aufmerksam. Das Meer toste jedoch zu laut, als dass sie sich auf ihr Gehör verlassen durfte. Zu ihrem Glück verfügte sie jedoch über die Augen eines Luchses, sodass sie selbst im finsteren Dunkel dieses Raumes die helleren Grautöne des Tischs aus unbehandeltem Holz, des dreifüßigen Hockers und der großen Truhe an einer Wand auszumachen vermochte.

Und sie sah auch, dass niemand im Zimmer war.

Es stank nach abgestandenem Schweiß, bitterem Bier und

verfaulten Zwiebeln. Uwe war nicht gerade für seine Reinlichkeit berühmt. Im Nachbarzimmer brannte eine Kerze und schickte ihr bläuliches Licht durch die Tür, ein untrügliches Zeichen für die Anwesenheit einer Verirrten Seele. Da es der einzige Ausgang aus dem Raum war, behielt Scheron ihn fest im Blick, während sie mit vor Kälte fast tauben Fingern die hölzernen Knöpfe an ihrem purpurroten Umhang öffnete. Dieser war nass – um ihre Füße hatte sich bereits eine Pfütze gebildet – und schwer, sodass er ihre Bewegungen einschränkte. Kurzerhand ließ sie ihn zu Boden fallen. Sie schob den heruntergerutschten Riemen ihrer Tasche wieder ein Stück auf die Schulter hoch, lauschte erneut, spähte um sich und öffnete die wildlederne Tasche, um nach ihren Würfeln zu tasten.

Die beiden kleinen Artefakte glichen schlichtem Spielzeug, waren jedoch aus den Knochen eines Narwals geschnitzt und mit kaum noch erkennbaren aufgemalten Punkten an den Seiten versehen. Scheron ließ sie mit einem leisen Klickern auf die groben Holzdielen fallen und flüsterte dabei die nötigen Worte. Die Würfel würden nun an den Ort rollen, an dem der Tod sich sein Opfer geholt hatte.

Eine vertraute Wärme hüllte die Finger ihrer linken Hand ein und brachte diese fast zum Glühen. Scheron machte den ersten Schritt. Sofort kullerten die Würfel auf die Tür zu. An der Schwelle blieb sie stehen, um in den Raum zu spähen, der in dunkelblaues Licht getaucht dalag.

Neben einem grob gezimmerten Schrank hing an der Wand das Geweih eines Rentiers, das als Kleiderhaken diente. Auch ein Regal war an dieser Wand angebracht, auf dem Tongeschirr stand.

Auf einer Werkbank lagen Tischlerwerkzeuge. Dort brannte in einer flachen Tonschale die Kerze. Außerdem machte Scheron zwei sich gegenüberliegende Türen aus. Die eine führte aus dem Haus, die andere weiter ins Innere. Die Würfel blieben vor der Tür liegen, durch die sie tiefer ins Haus vordringen würde.

Ob die Verirrte Seele meine Ankunft gespürt hat und sich jetzt versteckt?, grübelte Scheron. Will sie mir auflauern?

Scheron konnte nur hoffen, dass sie es lediglich mit einer einzigen dieser Kreaturen zu tun bekommen würde. Bisher wusste sie jedoch nicht einmal, wer überhaupt gestorben war, ob Uwe oder seine Frau. Sollte sich die Verirrte Seele jedoch mittlerweile ihr erstes Opfer geholt haben, stünden Scheron zwei Wiedergänger gegenüber, eine Herausforderung, die sie nicht unterschätzen durfte.

Eine innere Stimme riet ihr, nicht Kopf und Kragen zu riskieren, sondern auf Hilfe zu warten. Andererseits war jede Minute kostbar, und sie war die Beste ihrer Zunft, das gab sogar ihr Lehrer Joseph zu. Sie hatte öfter als alle anderen gegen diese Kreaturen gekämpft und dabei Gefahren gemeistert, denen nicht einmal Clara je ausgesetzt gewesen war. Und Letztere rühmte sich stets ihres Mutes.

Scheron entschied, nicht auf Hilfe zu warten. Krabbengleich, mit seitlichen Schritten und damit den Raum im Auge behaltend, arbeitete sie sich zunächst zur Eingangstür vor. Erst beim dritten Versuch gelang es ihr, den schweren Riegel zurückzuschieben. Sobald sie die Tür aufgestoßen hatte, schien das Krachen der Wellen das ganze Haus auszufüllen. Nun bräuchte niemand mehr durchs Fenster zu klettern, und auch ihr würde im Notfall ein Fluchtweg offen stehen.

Sie entnahm ihrer Tasche ein schmales Stilett, mit dem sie verschiedene Symbole in den Türpfosten einritzte. Als sie ihr Werk begutachtete, hielt es einer Prüfung stand. Sie verstaute die Klinge wieder in der Tasche. Dieser Weg war der Verirrten Seele nunmehr versperrt.

Scheron atmete ein paarmal tief durch und machte sich auf, ins Hausinnere vorzudringen. Konzentration, kühle Berechnung, innere Ruhe, Aufmerksamkeit und Umsicht. Diese fünf Komponenten gewährleisteten den Erfolg ihrer Arbeit, das hatte Joseph ihr bereits eingebläut, als sie noch ein Kind war, kurz nachdem sich ihre Gabe erstmals gezeigt hatte.

Nach wie vor konnte Scheron im Haus kein Geräusch ausmachen. Sie umgab der Geruch von Kerzenwachs, Zwiebeln und nassen Lappen. Inzwischen hatte sie die Treppe erreicht, die in den ersten Stock hinaufführte. Rechter Hand lagen die drei anderen Zimmer des Erdgeschosses, linker Hand der Gang zum Leuchtturm.

Die Würfel rollten zum Gang. Scheron folgte ihnen, riss jedoch nach wenigen Schritten den Kopf hoch, da sie meinte, ein Geräusch gehört zu haben, das weder von der Brandung noch vom Unwetter verursacht worden war. Vielmehr schien im ersten Stock eine Diele geknarzt zu haben.

Ihr Herz schlug wild, setzte aus und hämmerte dann mit doppelter Kraft erneut los. Scheron blieb reglos stehen, den Blick fest auf die Treppe gerichtet. Drei lange, quälende Minuten lauschte sie aufmerksam, doch das vermeintliche Geräusch wiederholte sich nicht, fast als wollte das düstere Haus sich über den ungebetenen Gast lustig machen. Dennoch zweifelte Scheron nicht daran, dass sich im ersten Stock jemand versteckt hielt. Offenbar hatte er jedoch keine Eile, sich zu zeigen.

Sie beschloss, den Würfeln in den Leuchtturm zu folgen, und holte noch einmal das Stilett aus der Tasche, um es in einen Spalt zwischen den Dielen zu rammen. Anschließend schnippte sie mit dem Fingernagel dagegen. Durch das graue Metall schoss ein helles Licht. Schon im nächsten Augenblick leuchtete die Waffe schneeweiß auf. Die Verirrte Seele würde nicht weiter als bis zum Flur kommen. Auch der Weg in die beiden Zimmer, in denen Scheron sich bereits umgesehen hatte, war der Kreatur nun verschlossen.

Im Verbindungsgang zum Leuchtturm wurden Zwiebeln gelagert. Sie hingen in feinmaschigen Fischernetzen unter der Decke und verströmten einen unangenehmen Geruch. Scheron lief so schnell wie möglich durch den Gang. Im Erdgeschoss des Leuchtturms brannte die Laterne mit blauer Flamme und tauchte die Wände, Spaten, Hacken und anderes Gerät, ein umgekipptes Ölfass, die niedrige Decke und die schmale Wendeltreppe nach oben in ihr Licht.

Die Würfel sprangen auf die unterste Treppenstufe. Scheron eilte ihnen unverzüglich nach. Nachdem sie die erste Windung der Treppe hinter sich gebracht hatte, bemerkte sie bereits das fahle blaue Licht, das von oben herunterfiel. Auf halbem Weg schlugen die Würfel gegeneinander. Mit aufeinandergepressten Lippen starrte Scheron auf das braune Rinnsal, das die Treppe hinuntersickerte. Hier hatte jemand den Tod gefunden, das teilten ihr die Würfel unmissverständlich mit. Allerdings fehlte jede Leiche. Die Verirrte Seele musste inzwischen durch das Haus streifen, um nach Beute Ausschau zu halten.

Scheron tauchte einen Finger in die Flüssigkeit und schnupperte daran.

Das war kein Blut, das war Wein.

Von Uwe hieß es, er trinke gern ein Schlückchen. Nun war es wohl eines zu viel gewesen. Wahrscheinlich hatte er in betrunkenem Zustand das Gleichgewicht verloren, war die Treppe hinuntergestürzt und hatte sich das Genick gebrochen. Als sie sich indes nach einer Flasche umsah, konnte sie keine entdecken. Bestimmt war sie runtergekullert.

Scheron steckte die Würfel zurück in die Tasche, denn diese konnten ihr nun nichts mehr verraten, und stieg die drei letzten Windungen der Treppe hinauf, bis sie den mit schmutzigem Glas geschützten Raum erreichte.

Auch hier war niemand.

Nur eine riesige blaue Flamme tanzte in der Laterne und wurde von sich drehenden Spiegeln und einer kristallenen Linse in zahllosen Bildern zurückgeworfen.

Obgleich der Leuchtturm genauso alt war wie das Geeinte Königreich, durfte man sich auf ihn immer noch verlassen. Es genügte, Öl in ein Behältnis zu füllen und einen bronzenen Schlüssel in dem alten, von Magiern geschaffenen Mechanismus herumzudrehen.

Scheron trat an das Fenster und blickte auf das vom blauen Licht beschienene tosende Meer. Aus dieser Höhe nahm es sich endlos aus, eine in Bewegung geratene blaue Decke voller Falten. Das Schiff, das an den Haifischzähnen gekentert war, hatte mittlerweile längst den Weg in die Tiefe angetreten. Scheron erschauderte. Rasch begab sie sich wieder nach unten, um ihre Arbeit zu beenden.

Mit angehaltenem Atem durchquerte sie erneut den Gang mit den Zwiebeln. Wieder im Haus, vernahm sie aus einem der hinteren Zimmer im Erdgeschoss einen unterdrückten Schrei, ausgestoßen von einer Frau. Ihm folgte ein dumpfer Schlag, als ob ein schwerer Gegenstand mit aller Kraft gegen die Wand geschmettert worden wäre.

Scherons linke Hand hüllte bereits wieder weißes Licht ein, das im Takt ihres Herzens pulste. Sie stürzte nicht blindlings auf das Geräusch zu, zögerte jedoch auch nicht, sich ihm zu nähern.

Kaum hatte sie die Tür aufgestoßen, kroch das weiße Licht bis zu ihrer Schulter hinauf. Funken, die wie kleine Sterne aussahen, stiegen zur Decke auf.

Scheron betrat das Zimmer. Es war größer als die beiden anderen, in denen sie schon gewesen war. Im Kamin brannte ein Feuer. Die Verirrte Seele versuchte gerade in eine Kammer einzudringen, in der sich vermutlich die Frau des Leuchtturmwärters verschanzt hatte. Noch hielt die Tür, aber die Bretter zeigten bereits erste Risse. Die Verirrte Seele hieb auf das Holz ein, schlug unermüdlich immer wieder dagegen. Dabei gab sie nicht einen Laut von sich, ächzte und stöhnte nicht einmal. Und an ihre Opfer richteten diese Kreaturen ohnehin nie das Wort.

Scheron bewegte sich lautlos vorwärts, sodass die Verirrte Seele sie nicht hörte. Überdies ging sie ganz in ihrem Bemühen auf, an lebendes Fleisch heranzukommen.

»Lass sofort die Frau zufrieden!«, schrie Scheron.

Die Verirrte Seele wirbelte herum und vergaß ihr Opfer sofort.

Einst war diese Kreatur Uwe gewesen. Noch sah er fast aus wie zu Lebzeiten, ein hagerer, buckliger Mann in dreckiger Kleidung, mit einem unangenehmen Gesicht, das Schnaps gerötet hatte. Wären da nicht die Zähne und die Augen gewesen, hätte er niemandem auch nur den geringsten Schrecken eingejagt.

Die Zähne indes waren nicht länger die eines Menschen, sondern gehörten einem Wolf. Jeder einzelne von ihnen war halb so groß wie Scherons kleiner Finger, gelb und krumm.

Scheron wusste, was solche Zähne anrichten konnten, denn sie hatte oft genug mit ansehen müssen, wie sie einem lebenden Menschen das Fleisch stückweise herausrissen.

Augen besaß die Verirrte Seele gar keine. Die Höhlen waren leer. Ebendies war der Grund, weshalb diese Kreaturen den Weg in die jenseitige Welt nicht zu finden vermochten.

Obwohl der ehemalige Leuchtturmwärter das für ihn so gefährliche Licht, das von Scheron ausging, wahrnahm, siegten sein Hass und sein Blutdurst.

Mit einer Wut, wie die junge Frau sie noch nie erlebt hatte, stürzte sich die Kreatur auf sie. Scheron klaubte etwas Licht von der linken Hand und schleuderte es ihrem Gegner ins Gesicht, woraufhin dieser zu Boden ging, als wäre er gegen eine unsichtbare Mauer geprallt. Er versuchte noch einmal aufzustehen und wandte ihr sein augenloses Gesicht zu, als wollte er sich ihre Züge einprägen. Dann jedoch zerfiel er zu unzähligen weißen Funken und ließ nur die Erinnerung an sich zurück. Kurz darauf erloschen auch diese Funken und verwandelten sich in Nichts. Die Verirrte Seele hatte endlich ihren Weg gefunden.

Scheron trat an die Kammer heran. Ein leises Wimmern war zu hören.

»Nora, ich bin es. Scheron«, sagte sie. »Mach auf!«

Ihr antwortete nur Stille.

»Nora, Uwe ist fort und wird niemandem mehr irgendein Leid zufügen.«

Daraufhin hörte Scheron, wie ein Möbelstück zur Seite geschoben wurde. Die Tür öffnete sich einen Spalt. Schon im nächsten Moment lag die völlig aufgelöste Frau des Leuchtturmwärters Scheron in den Armen. Diese strich ihr beruhigend über den Kopf, als wäre Nora ein kleines Kind und nicht diese widerliche Fuchtel, die einst Scheron und auch andere Kinder mit einem nassen Scheuerlappen verjagt hatte, damit sie nie wieder in der Nähe ihres Hauses spielten.

»Es ist alles gut«, redete Scheron auf Nora ein. »Hörst du, es ist alles in Ordnung. Die Gefahr ist gebannt.«

Doch noch immer ließ Noras Weinkrampf nicht nach. Scheron sprach mit ihr sanft wie mit Naily – bis sie mitten im Satz verstummte.

Sie meinte, alles in ihrem Innern würde sich mit Eis überziehen.

Im Kamin flackerte noch immer eine blaue Flamme.

»Wer außer euch war noch hier im Haus?«, wollte sie in scharfem Ton von Nora wissen, während ihr Blick das Zimmer absuchte, das sich mit einem Mal erneut in einen Ort der Gefahr verwandelt hatte.

Der dunkle Tisch, der Schrank, hinter dem die Dunkelheit besonders geballt wirkte, die offene Tür in die Kammer.

»Was hast du gesagt?«, fragte Nora benommen und hob das verweinte Gesicht.

»Wer war noch im Haus?!«

Nun fiel auch Uwes Frau die Farbe des Feuers auf, und in ihrer Angst brach sie erneut in Winseln aus. Scheron musste ihre Frage noch zweimal mit sehr ruhiger Stimme wiederholen, ehe Nora sie überhaupt verstand.

»Lukas, der Gerber aus Spyn«, flüsterte sie schließlich. »Die beiden haben zusammen getrunken.«

»Geh zurück in die Kammer!«, befahl Scheron ihr daraufhin. »Schließ sie ab und komm nicht heraus, bis ich es dir sage!«

Diese Bitte brauchte Scheron nicht zu wiederholen. Nora huschte in die Kammer und schlug die Tür zu.

Abermals holte Scheron die Würfel heraus. Es galt, den Gerber aufzuspüren. Die Begegnung, die ihr damit bevorstand, erfüllte sie mit Schrecken. Zu Lebzeiten hatte Lukas einem Bären geglichen, so kräftig, zauselig und wild war er gewesen. Sie stellte sich lieber gar nicht erst vor, was für ein Wesen der Tod aus ihm gemacht hatte.

Scheron hatte das Zimmer, in dem sie Nora getroffen hatte, bereits wieder verlassen, sodass sie Lukas gleich sah, als er die Treppe heruntergestürzt kam. Dennoch schrie sie bei dem Anblick überrascht auf und wich zurück.

Als sie das weiße Licht gegen die Verirrte Seele schleuderte, stolperte sie und fiel, wobei sie schmerzhaft mit beiden Ellbogen aufschlug. Das Licht flog über die Schulter des Gerbers hinweg, schlug in die Wand ein und verpuffte dort.

Polternd kam Lukas die letzten Stufen zu ihr herunter. Wolfszähne hatten einen Teil seines Halses zerfleischt, Blut troff auf seine Kleidung. Er blickte Scheron aus leeren Augenhöhlen an. Sie kroch flink zurück und tastete dabei nach dem Stilett, das in der Diele steckte. Sobald sie es spürte, zog sie es heraus, um es wie ein Messer gegen die grauenvolle Kreatur zu werfen.

Dimiter hatte sie in dieser Kunst unterwiesen, als sie beide noch Kinder gewesen waren. Scheron hatte es nie verlernt. Wie eine weiße Lanze bohrte sich das spitze Stilett in die Brust der Verirrten Seele und funkelte grell auf. Nun fand auch Lukas' Seele ihren Weg.

Der Gerber zerfiel zu unzähligen schneeweißen Funken, die für den Bruchteil einer Sekunde die düstere Umgebung erhellten.

Scheron blieb auf dem Fußboden sitzen und lauschte dem Meer, das draußen tobte.

Sie zitterte am ganzen Leib.


»Jetzt muss ich aber wirklich los«, sagte Scheron, nachdem sie den heißen Trank aus wildem Majoran und Walderdbeeren getrunken hatte.

Der metallene Becher spendete ihren Händen eine angenehme Wärme. Wäre Naily nicht gewesen, hätte sie keinen Schritt mehr vor die Tür gesetzt.

»Ich lasse dich ja auch gleich gehen«, versprach Joseph.

»Naily wird ...«

»Um sie brauchst du dir keine Sorgen zu machen. In einer halben Stunde tagt es. Du bist heute Nacht genug durch dunkle Straßen gelaufen. Trink den Tee. Du musst wieder zu Kräften kommen.«

Ihr Lehrer war bereits über siebzig, wirkte jedoch kräftig wie eine Eiche. Nur wer ihn gut kannte, bemerkte, dass er in letzter Zeit abgebaut hatte.

Sein graues Haar erinnerte an Werg. Da er keinen Bart trug, sah jeder, wie entstellt sein Kinn war, eine Erinnerung an die Begegnung mit einer Verirrten Seele vor zwanzig Jahren.

»Du hast hervorragende Arbeit geleistet«, lobte er Scheron, während er den Kessel vom Herd nahm und einen sauberen Becher suchte.

Sie lächelte ihn an. Sogar Clara nickte bei den Worten. In Nimadh war sie die zweitälteste Frau mit Gabe. Sie tadelte Scheron häufig für ihren Leichtsinn, erkannte ihr Talent aber unumwunden an.

In dieser Sekunde trat Yolata ein, Claras Schülerin, die vor Kurzem ihren fünfzehnten Geburtstag gefeiert hatte.

»Wie geht es Nora?«, fragte Joseph sie.

»Sie ist endlich eingeschlafen«, antwortete Yolata. »Sobald es tagt, bitte ich jemanden aus der Stadt, sich zu ihr zu setzen.«

Die drei waren zum Leuchtturm gekommen, als bereits alles vorüber gewesen war. Trotzdem war Scheron ihnen dankbar gewesen.

Noch immer tobte das Unwetter ...

»Wer läuft jetzt eigentlich Patrouille?«, erkundigte sie sich.

»Wir haben Mateusz aus dem Bett geholt«, antwortete Clara. »Er dreht gerade eine letzte Runde. Yolata, gieß mir bitte auch einen Tee ein.« Dann wandte sie sich an Scheron. »Ich habe gehört, dass dir heute Nacht ein Mann begegnet ist, der sich von einem gekenterten Schiff hat retten können.«

»Das stimmt. Das Schiff ist in Grenzmark in See gestochen, um die letzten Felle zu holen. Sie sind in das Unwetter geraten und an den Haifischzähnen zerschellt. Er behauptet, die Uynen haben ihn gerettet.«

»Die Uynen?«, fragte Clara ungläubig zurück. »Die halten uns Menschen doch für Beute, die ihnen rechtmäßig zusteht. Denk an Dimiter! Wieso sollten sie auf diesen Fremden verzichten?«

»Das weiß ich nicht«, erwiderte Scheron bloß und stellte ihren leeren Becher auf den Tisch. »Und nun muss ich wirklich aufbrechen.«

»Gut, mein Kind, geh«, sagte Joseph. »Aufhalten lässt du dich ja ohnehin nicht.«

»Die Kleine beeinträchtigt dich bei deiner Arbeit«, bemerkte Clara.

Diese Worte überhörte Scheron, obwohl sie ihr Herz schmerzlich zusammenkrampfen ließen.

»Lass sie in Frieden«, ermahnte Joseph sie.

»Ich habe die Dinge lediglich beim Namen genannt.«

»Dann solltest du noch hinzufügen, dass eigentlich du heute Nacht zu Uwe gemusst hättest«, warf Scheron ruhig ein. »Sobald ich mich an die Arbeit mache, denke ich nicht mehr an Naily. Du solltest mir also dankbar sein, dass ich dir heute geholfen habe.«

Sie erhob sich und nahm ihren Umhang vom Stuhl.

»Du weißt genau, was ich meine«, beharrte Clara. »Wir müssen uns eines Schülers annehmen, sollten uns aber nicht um fremde Kinder kümmern.«

»Naily gehört zu mir, das hat das Schicksal so gewollt. Mehr gibt es in diesem Zusammenhang nicht zu sagen.«

Scheron knöpfte rasch ihren Umhang zu.

Yolata bedachte sie mit finsterem Blick. Ihr missfiel, wie Scheron mit Clara sprach. Diese bekümmerte das jedoch nicht.

»Wozlaw und Myk werden dich nach Hause begleiten«, erklärte Joseph.

»Gut. Schickt noch jemanden zur Familie von Lukas. Sie müssen wissen, was geschehen ist.«

»Das ist längst erledigt. Erhole dich ein wenig, mein Kind.«

Scheron nickte und verließ ohne ein Wort des Abschieds die Küche.

Wozlaw und Myk warteten bereits auf sie. Nun traten sie alle drei in den heraufziehenden Tag hinaus. Nach wie vor fegte der Wind über das Land, tobte das Meer, hatte der Himmel seine Schleusen geöffnet. Scheron hüllte sich fester in ihren Umhang und stapfte den Pfad zum Hügel entlang.

Irgendwann gab die Nacht den Kampf gegen den Tag verloren. Die Lichter in den Laternen über den Türen verblassten und wirkten nun so trüb, müde und kraftlos, dass die nächste Windböe sie bestimmt ersticken würde.

In den Straßen war noch niemand zu sehen. Die Menschen in Lethos verließen ihr Haus lieber nicht gleich beim ersten Morgengrauen, sondern erst, wenn sich die Sonne über das Meer erhoben hatte.

»Kann ich nach Hause gehen?«, fragte Wozlaw an einer Weggabelung. »Meine Frau wird sich allmählich Sorgen machen. Und der Tag ist ja auch schon angebrochen.«

»Natürlich. Ich habe es ja nicht mehr weit. Danke für deine Hilfe!«

Er nickte nur, verabschiedete sich mit einem Handschlag von Myk und eilte davon.

»Aber ich bringe dich bis vor die Haustür«, erklärte Myk, und Scheron erhob keine Einwände, obwohl sie fürchtete, dann falsche Hoffnungen in ihm zu wecken.

Als sie in ihre Straße einbogen, genügte ihr ein Blick, um zu wissen, dass etwas Entsetzliches geschehen war. Müdigkeit, Regen und Kälte waren vergessen. Sie rannte zu ihrem Haus.

Die Laterne brannte mit einer blauen Flamme.

»Auscha!«, stieß sie gequält aus.

Angst, Unglauben, Verzweiflung, Panik, Schmerz und Hilflosigkeit griffen nach ihr. Das durfte sie nicht zulassen. Wenn es eine Verirrte Seele gab, dann musste sie ihr den Weg zur anderen Seite weisen. Deshalb riss sie sich zusammen, verjagte jeden Zweifel und alle Unentschlossenheit. Naily war im Haus und brauchte ihre Hilfe.

Sie eilte zur Tür und wollte sie aufreißen, doch diese war von innen verriegelt. Sie hämmerte gegen das Holz, wusste aber, dass sie keine Antwort erhalten würde. Da der Tag inzwischen vollständig heraufgezogen war, nahm sich die blaue Flamme besonders schauerlich aus.

»Wir müssen Joseph holen!«, verlangte Myk. »Zusammen...«

»Nein«, fiel Scheron ihm ins Wort. »Das dauert viel zu lange!«

Eine hässliche Stimme in ihrem Kopf zischte ihr zu, dass es ohnehin zu spät sei.

»Wie willst du ins Haus gelangen?«, fragte Myk

»Wie als kleines Mädchen«, antwortete Scheron, die bereits ihren Umhang ablegte. »Als Dimiter und ich ...«

»Das klappt doch nie im ...!«

»Und ob!«

»Was, wenn du bei dem Wind abstürzt?!«

Doch Scheron schob bereits ihre Tasche auf den Rücken und legte die Hände auf die Mauer. Obwohl sie diesen Weg zuletzt vor zwölf Jahren genutzt hatte, wusste sie noch genau, worauf sie achten musste.

Wenn sie sich an der Regenrinne festhielt und die Füße in eine kaum sichtbare Spalte zwischen den Steinen zwängte, reichte sie an einen rostigen Eisenbügel heran, der im ersten Stock aus der Mauer ragte.

Scheron spannte alle Muskeln an und bewegte den Bügel ätzend um zwei Zoll. Nun war im Haus der Riegel an der Hintertür umgelegt.

Als sie sich an den Abstieg machte, wäre sie beinahe von einer Windböe erfasst worden. Bis auf die Knochen nass und mit den Zähnen klappernd brachte sie das letzte Stück hinter sich.

Myk reichte ihr sofort ihren Umhang, den sie jedoch ablehnte. Trotz des langen Rocks sprang sie geschickt über die niedrige Mauer und rannte zum Schuppen mit der alten Eisentür, die durch einen Karren voller Plunder halb verdeckt wurde.

Myk räumte ihn rasch leer und schob ihn weg, damit Scheron die Tür aufreißen konnte. Viele Häuser in Nimadh besaßen einen solchen Hintereingang, eben für den Fall, dass die vordere Tür von innen verriegelt war, sich im Haus aber eine Verirrte Seele befand.

Scheron strich sich die nassen Haare aus der Stirn.

»Bleib ja hier draußen«, schärfte sie Myk ein.

»Aber sie sind zu zweit. Oder sogar ...«, er stockte kurz, »... sogar zu dritt. Du brauchst Hilfe, das weißt du genau.«

Sie wollte ihn trotzdem nicht in ihrer Nähe wissen.

»Da drinnen ist es gefährlich. Möglicherweise kann ich dir dann keinen Schutz geben ...«

Sie würde jetzt nicht mit Myk streiten, am Ende musste er selbst wissen, was er tat.

Der Boden im Schuppen bestand bloß aus festgestampfter Erde, über die Stroh gebreitet war. Es roch nach Schimmel, Feuchtigkeit und Mäusekot.

Auf der anderen Seite führte eine Holztür zur Diele des Hauses.

Mit einem Blick erfasste Scheron, dass die Tür zu Auschas Zimmer offen stand. Die Kette mit dem Zeichen der Erhabenen Sechs war zerrissen, die Perlen über den Boden verstreut. Myk öffnete umgehend die Haustür. Ein weiteres Mal holte Scheron ihre Würfel aus der Tasche.

Sie hatte sie noch nicht geworfen, als eine blinde Alte mit zerkratztem Gesicht und zerzaustem Haar aus der Schlafstube auf sie zugestürzt kam. Scheron stellte sich der Kinderfrau beherzt entgegen, um den vor Panik schlotternden Myk zu schützen, und schlug zu, wie Joseph es ihr beigebracht hatte: ohne Zweifel, ohne Zögern. Diese Verirrte Seele hatte nichts mehr mit der Auscha zu tun, die sie einst geliebt hatte. Jedes Mitgefühl war fehl am Platz.

Weißes Licht hüllte die Alte ein – und erlosch. Schon in der nächsten Sekunde stand Auscha neben Scheron und stieß diese mit unglaublicher Kraft zur Seite. Mit einem Aufschrei knallte Scheron gegen die Wand. Ohne auf ihre Schmerzen zu achten, schickte sie ihr Licht gegen Auscha und Myk, die am Boden miteinander kämpften. Wieder und wieder.

Es würde Myk keinen Schaden zufügen, Auscha aber auf die andere Seite bringen.

Zumindest sollte es das ...

Doch am Ende blieb Myk mit aufgerissener Kehle und unnatürlich verdrehtem Kopf liegen, während Auscha sich erhob. Von ihren bleichen Lippen und ihrem spitzen Kinn troff Blut. Die leeren schwarzen Augenhöhlen wandten sich der in Unglauben erstarrten Scheron zu. Dann aber zerfiel auch Auscha.

Scheron hielt den Blick unverwandt auf den toten Myk gerichtet. Um ihn herum breitete sich Blut aus ...

»Naily!«

Entsetzt rannte Scheron die Treppe hoch.

Juns Leiche lag vor dem Kinderzimmer, der Kopf vom Hals getrennt und einige Yard vom restlichen Körper entfernt. Scheron stieß die Tür auf. Ein verzweifelter Schrei entfuhr ihr.

Das Bett war leer ...

Sie durchsuchte sämtliche Räume. Die Kleine war weg. Spurlos verschwunden aus einem verriegelten Haus.

Und immer noch brannten alle Kerzen mit blauer Flamme.

Als sie in der Wohnstube Schritte hörte, pirschte sie zur Tür. Dort saß ein Mann mit Kapuze.

»Reden wir miteinander«, sagte er.

Doch Scheron antwortete nichts, sondern wich entsetzt zurück.

Unter der Kapuze blickte sie das Dunkel selbst an.

# KAPITEL 8

# Der Schahuter

*Ich gebe meine Angst unumwunden zu. Das Dunkel ist in die Welt gekommen, und die Erde ist voll von Wesen, die blind durch die Gegend irren. Wir sind nur deshalb noch am Leben, weil die Burgmauern uns schützen. Als Kommandant der Festung habe ich alle aufgenommen, die jene erste Nacht des Schreckens überlebt haben. Meine Kerze brennt mit blauer Flamme. Während ich diese Zeilen verfasse, streifen im verheerten Nimadh die grausigen Schatten der Toten umher. Wir wissen nicht, was geschehen ist und ob sich noch andere Städte gehalten haben. Des Nachts rotten sich die Schahuter vor den Burgmauern zusammen. Uns bleibt nichts, als zu den Erhabenen Sechs zu beten und auf ein Wunder zu hoffen.*

Aus dem Tagebuch des Grafen darh Sterscha,<br>
künftiger Herzog von Lethos<br>
Am dritten Tag nach dem Kataklysmus

Theo setzte sich im Bett auf. Auf seiner Haut spürte er noch immer die kalten Finger der Uynen, die ihn aus dem Meer gezogen hatten. Seine Kehle brannte, sodass er der Wirtin dankbar für die Kanne Wasser war, die auf dem Nachttisch auf ihn wartete.

Er leerte sie in einem Zug bis zur Hälfte. Sofort ließ der Schmerz nach.

Er sah sich in dem kleinen Zimmer um. Ihm war schleierhaft, wie lange er geschlafen hatte, aber das bleiche Licht, das durch das Fenster hereinfiel, ließ ihn vermuten, dass es nicht sehr lange gewesen sein konnte. Der Morgen brach ja gerade erst an …

Das Meer toste unverändert. Es hörte sich an wie ein Rammbock, der immer wieder gegen das Tor einer Stadt schlug. Theo fröstelte.

Seine Kleidung konnte er nirgends entdecken. Das Geld, das er in einer geheimen Tasche versteckt hatte, lag nun ordentlich neben ihr. Die Wirtin hatte ihm jedoch frische Sachen hingelegt. Hosen aus derbem Stoff, ein graues Leinenhemd und einen Pullover aus dunkler Schafwolle. Das Hemd passte ganz gut, spannte nur ein wenig in den Schultern. Voller Dankbarkeit zog er sich an, denn in Lethos war es deutlich kälter als auf dem Festland.

Erst als er in die Hosen stieg, fiel ihm auf, dass sich das Brennen in seinem Rücken nicht verzogen hatte. Er stellte sich mit dem Rücken vor den schmalen Spiegel, schob das Hemd hoch und drehte den Kopf zurück, um das Mal der Leere zu mustern.

Es war gewachsen.

Der Strudel hatte weitere Teile seiner Haut erobert.

»Dir bleibt wirklich nicht viel Zeit, mein Alter«, murmelte er seinem Spiegelbild zu.

Laviany hatte recht. Er stand bereits mit einem Bein im Grab. Ob ich doch mit einem der Kämpfer gegen Verirrte Seelen rede?, überlegte er. Falls sich jemand von denen darauf einlässt und mich nicht auf der Stelle tötet, versteht sich.

Theo ließ seine Tasche und das Geld zurück und ging hinunter. In der Stube brannte ein Kamin, davor saß ein grauhaariger Mann, um sich zu wärmen. Über seine Beine hatte er eine dicke Wolldecke mit grünem und blauem Muster gelegt.

»Guten Morgen«, begrüßte Theo ihn.

Doch der Mann wandte nicht einmal den Kopf in seine Richtung.

Aus der Küche trat Irma heraus, die ihn auf Bitte von Scheron, der Frau im roten Umhang, aufgenommen hatte. Sie war nicht mehr ganz jung und recht füllig.

»Guten Morgen«, wünschte sie ihm mit freundlichem Lächeln und wischte sich die Hände an einem bestickten Geschirrtuch ab. »Mein Sohn hört leider nur noch das Fauchen des Sturms und den Gesang der Uynen.«

»Er ist dein Sohn? Aber er sieht viel älter als ...«

»Caley ist Walfänger. Oder war es zumindest. Vor drei Jahren ist er zu den Inseln der Verdammten aufgebrochen und dort an Land gegangen. Allein die Erhabenen Sechs wissen, was er gesehen hat. Danach ist er als Greis zu mir zurückgekehrt. Hast du Hunger?«

Theo nickte. Er schielte noch einmal zu dem Mann hinüber, der nach wie vor auf einen Punkt vor sich stierte.

»Dann setz dich nur«, forderte Irma ihn auf. »Ich bring dir gleich was.«

Kurz darauf stellte sie eine Schüssel mit Fischsuppe vor ihn, in der große Mohrrübenstücke schwammen. Daneben legte sie Brot und Schinken. Sie nahm Theo gegenüber am Tisch Platz und beobachtete, wie er sich über das Essen hermachte.

Es schmeckte wunderbar.

»Ich habe deine Sachen gewaschen.«

»Danke.«

»Du bist der Erste«, fuhr Irma voller Ehrerbietung fort. Als Theo ihre Worte nicht einzuordnen vermochte, ergänzte sie: »Der Erste, den das Meer seit ich weiß nicht wie vielen Jahren während eines Unwetters wieder hergegeben hat.«

»Ich hatte bloß Glück.«

»Wenn du es sagst.«

»Ist bekannt, ob noch jemand überlebt hat?«

»Nein. Allerdings glaube ich das kaum. Das Meer hat sich schon mehr als großzügig erwiesen, indem es dich wieder ausgespuckt hat.«

Auf Theos Miene legte sich ein Schatten. Der Tod Lavianys schmerzte ihn. Selbst wenn sie beide sich nicht sehr lange gekannt hatten und sie eine recht eigenbrötlerische Frau gewesen war, hatte er sie gemocht.

»Gibt es in Nimadh eine Herberge?«

»Ja, aber sie ist um diese Zeit geschlossen. Mit den Stürmen bleiben die Händler aus. Wenn du willst, wohne bei mir.«

»Gern, aber dann werde ich für das Zimmer auch zahlen.«

»Nein«, widersprach sie scharf. »Ich nehme kein Geld von

einem, den das Meer wieder hergegeben hat. Das ist bei uns in Lethos so Brauch.«

Ein Blick in ihr Gesicht genügte Theo, um zu begreifen, dass jeder Widerspruch zwecklos sein würde.

»Die junge Frau, die mich gefunden hat ... Scheron ... Sie hat einen roten Umhang getragen. Ich habe gehört, in Lethos ist dieser den Menschen vorbehalten, die über die Gabe verfügen, Verirrte Seelen zu bezwingen. Stimmt das?«

»Ja.«

»Ob ich Scheron besuchen kann? Ich würde ihr gern für alles danken, was sie für mich getan hat.«

Den wahren Grund für seinen Wunsch nach einem Wiedersehen mit Scheron wollte er Irma lieber nicht verraten.

»Fragst du mich da etwa gerade um Erlaubnis?«

»Natürlich nicht. Aber ich kenne die hiesigen Gepflogenheiten nicht. Vielleicht verkehrt eine Kämpferin gegen Verirrte Seelen ja nicht mit einem einfachen Mann wie mir.«

»Was denkt ihr auf dem Festland euch bloß immer zusammen!«, erwiderte Irma unter schallendem Gelächter. »Scheron und die anderen Menschen mit Gabe sind doch keine Adligen, die sich in Burgen verschanzen. Sie sind wie du und ich und schauen auf niemanden herab. Aber bestimmt hat dir jemand erzählt, dass sie böse sind, weil sie mit bösen Geistern fertig werden. Mit Geschöpfen, aus deren Mündern Feuer quillt ... Das sind Märchen für kleine Kinder. Ein erwachsener Mann sollte aufhören, daran zu glauben. Glaub mir, Scheron wird sich gern mit einem ansehnlichen Burschen wie dir unterhalten.«

»Wo finde ich sie?«

Irmas Blick huschte zum Fenster. Es regnete nicht mehr, auch der Wind hatte sich gelegt.

»Immer die Straße runter, dann an der ersten Gabelung nach rechts«, erläuterte sie. »Du kannst auch querfeldein über die Schafweide, das ist eine Abkürzung. Nur die Hügel mit den Burgruinen meide, dort ist es etwas ... etwas unheimlich.«

»Wieso das?«

»Die Webers wohnen da in der Nähe, und die Söhne des

Alten sind Schweine und Grobiane. Die gehen auf jeden los. Scherons Haus ist das mit dem Pferd auf der Tür ... Halt, nicht so eilig! Am Haken hängt ein Umhang! Nimm dir den!«

»Ist es in der Stadt eigentlich gefährlich?«

»Du meinst, ob hier Verirrte Seelen durch die Straßen streifen? Nicht bei uns in Nimadh. Allerdings solltest du vor Einbruch der Dunkelheit besser zurück sein.«

Als Theo aufbrach, fiel ihm auf den Stufen vor der Tür ein Armreif in Form einer Schlange auf, die sich in den eigenen Schwanz beißt. Verwundert nahm er das Stück an sich. Rost hinterließ Spuren an seinen Fingern. Kundig betrachtete er den Reif von allen Seiten.

»Was ist das?«, wandte er sich noch einmal an Irma.

»Alter Plunder. Mein Sohn hat das Ding ins Haus gebracht, als er noch ein kleiner Junge war. Eigentlich wollte ich es längst wegschmeißen.«

»Und wo hat er es her?«

»Er hat ihn in den Burgruinen gefunden. Warum fragst du?«

»Wirf es nicht weg«, sagte Theo und reichte Irma den Reif. »Das ist ein altes Stück aus der Zeit des Geeinten Königreichs. Auf dem Festland bekommst du dafür drei Goldmünzen.«

»Das ist viel Geld. Allerdings habe ich nicht die Absicht, mich aufs Festland zu begeben«, erwiderte sie, während sie den Reif ungläubig betrachtete. »Und wer gibt ein solches Vermögen für verrostetes Metall aus?«

»Glaub mir, ich erlaube mir keinen Scherz mit dir. Heute Abend erkläre ich dir, an wen du dich wegen des Verkaufs wenden musst.«

Nachdem sie sich voneinander verabschiedet hatten, lief Theo die Straße hinunter. Bei etlichen Häusern waren die Fensterläden geschlossen. Offenbar lebte dort niemand.

Obwohl es nicht mehr regnete, war die Luft klamm und unangenehm. Das Meer toste.

Ein einsamer Mann flickte auf den Stufen vor seiner Haustür ein paar alte Stiefel. Als er Theo ausmachte, hielt er in seinem Tun inne.

»Was hat denn jemand vom Festland in unserem Loch verloren?«, rief er.

»Das weiß ich selbst nicht.«

»Dann will ich nur hoffen«, bemerkte der Mann grinsend, »dass du darüber im Bilde bist, was dir droht, wenn du nicht bald wieder verschwindest.«

»Und was droht mir da?«

»Oh, das will ich dir gern verraten.« Er deutete aufs Wasser. »Das ist noch gar nichts. Damit stimmt sich die See nur ein. Dann sammelt sie noch zwei Wochen lang Kraft, um schließlich so richtig loszulegen. Selbst die Uynen verziehen sich dann in die tiefsten Tiefen. Ich bin übrigens Fory. Irma hat dir Obdach gegeben, oder?«

»Ja. Und wie lange ist die See dann so aufgewühlt?«

»Bis zum Frühling.«

Theo stieß einen Pfiff aus. Er hatte nicht die Absicht, über das Jahr in diesem Kaff festzuhängen.

»Wer nicht hier aufgewachsen ist, für den ist unser Winter hart. Im letzten Jahr haben ein paar Händler aus Varen das zweifelhafte Vergnügen gehabt, die Unwetter bei uns abwarten zu müssen. Es hätte nicht viel gefehlt, und sie wären nach Hause geschwommen.«

»Aber doch wohl weniger wegen der Kälte als vielmehr wegen der Verirrten Seelen ...«

»Fremde sind für die halt ein besonderer Leckerbissen. Nimm also sofort Reißaus, wenn irgendwo eine Laterne mit blauer Flamme brennt.« Er sah Theo verschmitzt an. »Sag mal, bin ich vielleicht der Erste?«

»Bitte?«

»Der Erste, der sich diesen Spaß mit dir erlaubt. Meine Güte, glaub doch nicht all diese Geschichten! Wir in Lethos ehren unsere Toten. Und über das, was in manchen Nächten geschieht, lacht keiner von uns. Aber wenn wir einen Fremden vor uns haben, packen wir ihn gern bei seiner Angst und tischen ihm eines der Schauermärchen auf, die er im Grunde seines Herzens hören will. Erzählt man sich bei euch im Herzogtum etwa nicht, dass hier in Lethos in jeder Schenke ein Tisch für Schahuter gedeckt wird, damit sie fröhlich feiern können?«

»Doch, schon ...«

»Siehst du!«

Damit verabschiedeten sie sich voneinander.

Auf seinem Weg begegnete Theo nur wenigen Menschen, diese allerdings musterten ihn mit unverhohlener Neugier. Einmal hielten ihn sogar zwei Männer an.

»Hast du vielleicht einen Mann mit einem kleinen Kind gesehen?«, wollten sie wissen.

»Nein.«

»Sollte er dir begegnen, sag es einem von uns. Egal, wem. Abgemacht?«

»Ja.«

Als sie weitereilten, sah Theo ihnen kurz nach, bevor er den Weg über die Weide mit dem kurzen, von den Schafen gelichteten Gras einschlug. Der Wind wütete hier ungehindert. Theo schickte Irma innerlich einen weiteren Dank für die warme Kleidung. Nach einer Weile machte er die Ruinen aus.

Theo blieb kurz stehen. Neugier packte ihn. Natürlich kannte er die Geschichte der Festung von Nimadh. Man nannte sie auch Burg des Albatros. Als das Meer einst über die Ufer getreten war, als die Toten auferstanden und über ihre Nachbarn hergefallen waren, da hatte die Burg etlichen Menschen Schutz geboten.

Theo wollte sich die Ruinen unbedingt ansehen. Quint, einer der besten Schüler des Gebannten, hatte die Burg geschaffen. Sie war ebenso legendär wie die Festung Kalaf-ym-Tark, in der Arila und ihre Schwester Neysi von Schahutern gefangen gehalten worden waren.

Ein steiniger Pfad führte zu den Ruinen. Die Festungswände waren uralt und verwittert. Ein grünes Kleid aus Moos hüllte sie fast vollständig ein. Der Graben war längst zugeschüttet, die Zugbrücke machte einen erbärmlichen Eindruck.

Hinter den Ruinen erhob sich ein kahler, trister Wald. Die Vögel waren längst nach Süden abgezogen, um Kälte und Hunger zu entgehen. Die Äste knisterten, als sprächen die Bäume miteinander. Theo lief an den Resten der Festungsmauer entlang. Der alte Wachtturm steckte in der Erde wie ein fauler Zahn. Auf seiner Spitze hatten sich Störche ein Nest gebaut. Dieses wirkte allerdings schon alt und ebenso verlassen wie alles rundum.

Hinter einem Hügel machte Theo aufsteigenden Rauch aus. Dort mussten diese finsteren Burschen leben, die nicht gern Besuch bekamen. Da er aber nicht die Absicht hatte, bei ihnen vorbeizuschauen, sah er in ihnen keine Bedrohung.

Mindestens an zwei Stellen waren wohl auch Schatzsucher am Werke gewesen. Der Boden dort sah aus, als hätte eine Herde Schweine ihn aufgewühlt. Theo fuhr mit dem Finger durch das Erdreich und stieß auf einige kleine Knochen. Sie waren kohlschwarz. Sicher hatte hier ein Feuer gewütet. Theo legte sie zurück und streute Erde auf sie. Wer auch immer diese Toten gewesen sein mochten, kein Teil von ihnen sollte unter freiem Himmel liegen und Wind, Regen oder Schnee ungeschützt preisgegeben sein.

Unmittelbar am Turm entdeckte er ein paar Rippen und Oberschenkelknochen.

Er schüttelte nur den Kopf.

»Bei allen Schahutern, wie geht man denn hier mit den Toten um?«

Als er abermals mit der Hand durch die Erde fuhr, stieß er zunächst auf fein geschliffene Glasstücke, dann auf einen länglichen Lehmklumpen. Diesen nahm er an sich, um ihn behutsam zu untersuchen. Ein gerippter Bronzestab trat zutage. Eingehend betrachtete er seinen Fund. Er war mehr als vier Zoll lang. Theo tauchte ihn in eine Pfütze und trocknete ihn dann an seiner Kleidung ab.

Der Schädel, der auf diesem Stab dargestellt war, mochte klein sein, hatte jedoch etwas ausgesprochen Bösartiges. Dies lauerte nicht bloß in den schmalen Augenhöhlen und in dem zu einem lautlosen Schrei aufgerissenen Mund mit den beeindruckenden Zähnen, sondern vor allem in den Flammen, die den Kopf umzüngelten. In der Vergangenheit war das ein beliebtes Motiv gewesen. Theo hatte bereits davon gehört, es jedoch noch nie gesehen.

Dies war zwar nicht das Mal der Leere, aber kaum besser. Das Zeichen der Nekromanten, diesen Verwandten der Kämpfer gegen Verirrte Seelen.

Diesen Stab vergrub er besser wieder. Er hätte ihm zwar gutes Geld eingebracht, aber Gier hatte seinen Verstand noch nie getrübt. Dies war eines der seltenen Stücke, die Magie gespeichert haben konnten.

Dunkle Magie, um genau zu sein. Davon gab es Geschichten zuhauf. Jemand grub eine alte Laterne aus – und aus ihr kamen Schatten herausgekrochen, die ein ganzes Dorf auslöschten. Oder ein Mann, der eine Flasche Wein entkorkte – und damit das Wintergrimmen freisetzte, eine Seuche, an der vor sechshundert Jahren halb Fichzien gestorben war. Ganz zu schweigen von solchen Kleinigkeiten wie der Schale in einem Antiquitätenladen, die eines nicht sehr schönen Tages zersprang – und deren Scherben sowohl den Händler als auch alle anwesenden Kunden töteten.

All diese Stücke hatten einen solchen Schädel gezeigt.

Mochte ihm der Verkauf des Stabs auch ein hübsches Sümmchen einbringen und ihm ein sorgenfreies Leben bescheren – aber zu den Schahutern damit!

Ein leises Klirren im Turm riss ihn aus seinen Gedanken. Theo runzelte die Stirn. Das habe ich mir sicher nur eingebildet, dachte er. Trotzdem ging er zum Turm hinüber und lauschte noch einmal. Nichts.

Er trat ein.

Da die Decke fehlte, war es im Turm recht hell. Nur unter der Treppe an der Wand ballten sich dichte Schatten. Ein muffiger Geruch hing in der Luft. Und aus irgendeinem Grund fühlte Theo sich beobachtet, weshalb er unwillkürlich einen Schritt zurückwich. Da sprang aus dem Dunkel ein Mensch hervor.

Jeden anderen hätte er mit Sicherheit erwischt, doch nicht Theo. Dieser vollführte einen Salto rückwärts. Auf dem rutschigen Boden landete er etwas unsicher, sodass er einen Überschlag anschließen musste. Immerhin vergrößerte er damit auch den Abstand zwischen sich und dem Mann, den er immer noch nicht hatte richtig erkennen können. Nun folgte er ihm nicht mehr.

Plötzlich hörte er hinter sich ein Geräusch.

Er wirbelte herum – und erstarrte.

Vor ihm stand ein Alter mit einem wilden schwarzen Bart. Um seinen dürren Hals trug er einen Metallring, an dem sich eine dicke Kette befand. Sie war bis aufs Äußerste gespannt. Wahrscheinlich war das andere Ende unter der Treppe befestigt ...

Die Augenhöhlen des Alten waren leer, die Wolfszähne hatte er gefletscht. In einer Mischung aus Mitleid und Abscheu musterte Theo die erste Verirrte Seele, der er in seinem Leben begegnete. Sie sah noch fast wie ein Mensch aus.

Nun lachte jemand in Theos Rücken. Als er herumfuhr, erblickte er drei kräftige Burschen. Sie ähnelten einander so stark, dass sie nur Brüder sein konnten. Zottelige Gesellen, die an Bären erinnerten.

Der Kräftigste der drei trug eine gebrochene Nase zur Schau, und seinen morschen oberen Schneidezahn vermochte nicht einmal der Schnurrbart zu verbergen. Der zweite Bursche war mit einer Armbrust bewaffnet. Sein nasses Haar klebte ihm an der Stirn. Der Dritte war es, der die ganze Zeit wieherte. An seinem rechten Zeigefinger steckte ein Silberring mit einem trüben violetten Stein.

»Nun guckt euch den an!«, stieß er aus. »Schlottert vor unserem Papa!«

»Als ob eine Horde Schahuter vor ihm stünde«, feixte der erste Bruder. »Sag mal, Kumpel, was hast du in unserer Burg verloren?«

»Ich bin rein zufällig vorbeigekommen und wollte sie mir einmal ansehen.«

»Der Gebannte soll dich holen, Fremder! Was willst du überhaupt in dieser Gegend? Jok, erledige ihn!«

Daraufhin richtete der zweite Bruder seine Armbrust auf Theo.

»Nun mal ganz sachte!«, verlangte dieser. »Ich hab euch doch nichts getan!«

»Stimmt«, brummte Bruder Bruchnase. »Noch nicht! Aber nachher erzählst du den Kämpfern gegen Verirrte Seelen von unserem Papa. Das wollen wir nicht. Dann werden wir seinetwegen im Meer ersäuft.«

»Seit hundert Jahren ist niemand in dieser Burg aufgekreuzt«, knurrte Jok und zielte auf Theo. »Hat man dir nicht gesagt, dass du sie meiden sollst?!«

»Spar dir den Bolzen!«, entschied der dritte Bruder und zog ein Messer unter seinem Umhang hervor.

»Aber stich ihn nicht ab!«, warnte ihn Bruder Bruchnase. »Dann können wir ihn noch Papa vorwerfen! Wär mal was anderes als ständig Schaf.«

Noch ehe er seinen Satz beendet hatte, hechtete Theo hinter den Bruder mit dem Messer. Nun konnte Jok mit seiner Armbrust nichts ausrichten.

Der jüngste Bruder wich nach links aus, doch Theo ahmte seine Bewegung nach. Das Spielchen wiederholte sich ein paarmal.

»Ulrich!«, brüllte Jok. »Stich zu oder hau ab!«

Da dieser mittlerweile vor Wut kochte, warf er sich auf Theo. Dieser brachte sich mit einem Salto rückwärts erneut hinter Ulrich in Deckung.

»Verschwinde jetzt endlich!«, brüllte Bruder Bruchnase Ulrich an.

Ihm gehorchte er aufs Wort. Er ging in die Hocke, doch da schlug Theo bereits ein Rad, sodass Joks Bolzen ihn nicht erwischte.

Da aber tauchte wie aus dem Nichts der Mann von vorhin auf. Diesmal erkannte Theo mehr.

Ein ausgemergelter Bursche in dunkler Jacke, der die Kapuze tief in die Stirn gezogen hatte und eine rostige Heugabel in Händen hielt. Er schlich sich an Jok heran, der gerade fluchend seine Waffe nachlud, holte aus und trieb ihm die Forke in den Rücken.

Die drei Zinken durchbohrten das Fleisch und traten mit Blut verschmierten Spitzen an der Brust wieder aus. Unter markerschütterndem Geschrei brach Jok zusammen.

Ulrich stürzte zu seinem älteren Bruder, um ihm gegen den neuen Feind beizustehen.

Theo nutzte die Gelegenheit, sich davonzustehlen.

Hinter den Burgruinen lagen Bauernhöfe. Lang gestreckte Häuser mit dunklen Dächern, große Scheunen und mehr schlecht als recht errichtete Zäune. Auf den Wiesen weideten Schafe.

Theo hatte einen kleinen Bach entdeckt. Das Wasser plätscherte keck und vertrieb damit das seltsame Gefühl lauernder Gefahr.

»Das hast du dir selbst eingebrockt«, murmelte Theo seinem Abbild im Wasser zu. »Du hättest auf Irma hören und geradenwegs zu Scheron gehen sollen!«

Theo schöpfte mit der hohlen Hand etwas Wasser und trank es. Dabei bemerkte er eine Bewegung in seinem Rücken. Eine graue Figur schlich sich an ihn heran und fuchtelte mit einer Heugabel.

Geschmeidig wie eine Katze sprang Theo über den Bach, vollführte einen Handstand mit Überschlag und stürzte davon, ohne sich noch einmal umzusehen. Doch der Mann mit der Kapuze stand wie durch ein Wunder plötzlich wieder vor ihm und riss die Heugabel hoch. Nur mit einer geschickten Bewegung zur Seite konnte Theo sich in Sicherheit bringen, stolperte aber und fiel auf den Rücken. Er rollte einfach rückwärts weiter, spannte die Arme an, katapultierte sich über einen Handstand auf die Beine und stürzte davon.

Einmal mehr dankte er seinem hervorragenden Reaktionsvermögen.

Als dann rechts von ihm erneut die graue Gestalt auftauchte, vollführte er sofort einige Salti vorwärts. Die Forke spießte nur

Luft auf. Doch dann stand sein Feind abermals vor ihm und holte mit aller Wucht aus. Theo sprang über ihn hinweg wie ein Pferd über ein Hindernis, landete auf den Händen, rollte ab, schnellte hoch, bemerkte eine Bewegung von links, schlug ein Rad und verharrte ganz kurz auf den Zehenspitzen.

Die spitzen Zinken verfehlten seinen Hals um Haaresbreite. Als er dann einen Schritt nach hinten trat, stieß er mit dem Rücken gegen Stein. Nun gab es auch für ihn kein Entkommen mehr.

Theo starrte sein Gegenüber an. Unter der Kapuze ballte sich Dunkel, sodass er lediglich die Umrisse des Kinns ausmachte. Eine nie gekannte Furcht erfasste ihn, und sein Herz hämmerte wild. Dennoch löste er den Blick nicht von dem Dunkel unter dem Stoff.

»Ich frage dich gar nicht erst, ob du am Leben hängst«, sprach ihn der Unbekannte mit einer Stimme an, die klang, als kratzte Metall über Glas. »Tätest du das nicht, wärst du in jener Nacht nicht aus dem Fenster gesprungen.«

»Das darf doch nicht ...«

Sein Gegenüber zog mit der freien Hand die Kapuze zurück.

Henryn war kaum wiederzuerkennen. Kreidebleiche Haut und lilafarbene Lippen. Dazu ein eingeschlagener Schädel. Und dann die Augen ... Sie bestanden aus reinem Nichts, ähnelten geschmolzenem Metall. Lebendem Quecksilber. In diesen Augen spiegelte sich Theos Gesicht in völlig verzerrter Weise. Diese Augen saugten das Leben aus ihm heraus, die Freude und Freiheit.

Mit größer Mühe löste Theo den Blick von der Erscheinung, entriss sich der klebrigen, widerwärtigen Umarmung des Grauens.

Vor ihm stand jene Gestalt, mit der man kleine Kinder erschreckte, wenn sie nicht hören wollten. Der man alles Leid der Welt anlastete.

Vor ihm stand ein Schahuter.

Einer der Dämonen, die von den Astoré und den Erhabenen Sechs geschaffen worden waren.

Der Inbegriff des Bösen.

»Was ist, Theo?«, fragte der Schahuter. »Bist du immer noch mein Freund?«

Theo schüttelte den Kopf. Nein. Mit diesem Wesen, das in den Körper seines toten Freundes geschlüpft war, verband ihn nichts.

Der Schahuter warf die Heugabel zur Seite. Theo spannte sich an. Er würde kämpfen, auch wenn er dieser Kreatur nichts entgegenzusetzen hatte.

»Mach ja keine Dummheiten!«, zischte der Schahuter. »Ich zertrümmer dir beide Knie!« Nach diesen Worten grinste er. »Glaub mir, ich hätte unsere Bekanntschaft gern auf andere Weise eingeleitet.«

»Was willst du?«

»Das fragst du mich? Du hast mich freigesetzt, da wirst du ja wohl selbst wissen, weshalb.«

»Ich habe dich bestimmt nicht freigesetzt!«

Der Schahuter rammte Theo seinen Zeigefinger mit unglaublicher Kraft gegen die Stirn.

»Ist in diesem Schädel eigentlich nur Luft?! Nicht?! Falls es da also etwas Hirn gibt, streng es an! Die Statue! Die wirst du doch nicht vergessen haben, oder? Dein Freund ist ihretwegen verreckt. Sein Blut und deine tätige Mithilfe haben mir erlaubt, mich in ihm einzunisten.« Als er diesmal grinste, fielen Theo die schwarzen Zähne auf. »Deshalb folgender Handel! Du erweist mir gewisse Dienste, im Gegenzug verrate ich dir, wie du das Ding auf deinem Rücken loswirst.«

»Und wenn ich das ablehne?«

»Diese Möglichkeit scheidet von vornherein aus«, erklärte der Schahuter unumstößlich. »Du gehst jetzt zu dieser Scheron und begleitest sie nach Taloris. Dort reden wir weiter.«

Als er Theo zum Abschied auf die Schulter klopfte, musste dieser gegen heftigen Würgereiz kämpfen.

»Ich vergesse stets, dass ihr Menschen nicht das Geringste aushaltet«, murmelte der Schahuter und bohrte seine Finger in Theos Fleisch.

Dieser heulte auf, verpasste dem Schahuter den kräftigsten Kinnhaken, zu dem er noch imstande war – und fand sich sogleich auf dem Boden wieder.

Der Dämon hatte ihn mit einem Tritt in den Magen niedergestreckt. Theo brachte sein Frühstück wieder heraus. Vor seinen Augen bewegten sich Schatten, und sein Rücken wurde von einem Feuer versengt.

»Schwaches Fleisch!« Der Schahuter drückte mit der Schuhspitze Theos Kinn in die Höhe, um ihm erneut ins Gesicht zu blicken. »Aber dein Blut erinnert sich, auch wenn du alles vergessen hast.«

Als Theo aufzustehen versuchte, missglückte das. Er begnügte sich damit, sich aufzusetzen.

»Ich habe dich schon in der Nacht in Taver bemerkt«, brachte Theo fast lallend heraus. »Warum hast du dich da nicht gleich an mich gewandt?«

»Hier stelle ich die Fragen!«

Da wich Theos Angst der Wut. Er wollte nur noch eines: dieses Wesen auslöschen. Schon allein deshalb, weil es in Henryns Körper geschlüpft war.

»Er ist tot«, sagte der Schahuter, als hätte er Theos Gedanken gelesen. »Ohne mich wäre er längst verfault.«

»Du hättest dir jemand anders suchen können.«

»Dich zum Beispiel? Oder vielleicht diese wunderbare Frau, die dir heute morgen dein leckeres Frühstück vorgesetzt hat? Würde es dir besser gefallen, wenn ich jetzt in ihrem Körper stecken würde?«

Der Schahuter brach in schallendes Gelächter aus.

»Gib das Scheron!«

Etwas fiel vor Theo auf den Boden.

Schon in der nächsten Sekunde stapfte der Schahuter zweihundert Yard von ihm entfernt über das Feld zur Stadt.

## KAPITEL 9

# Hoffnungen

*Die meisten von uns halten Schahuter für Gestalten aus einem Märchen, denn die Menschen vergessen die Wahrheit nur zu gern. Doch wer an der Grenze zu Ödien lebt, weiß, welcher Preis für dieses Vergessen zu entrichten ist. Die Dämonen des Dunkels haben Melgen in ihrem Gefolge, wollen die Grenze überschreiten und die Burgen ihrer Gegner erobern. Dort, so heißt es, sei Thion gestorben, dort müsse er zu neuem Leben erweckt werden, um den Menschen die Magie zurückzugeben. Oder sie endgültig vernichten.*

Aus den Aufzeichnungen Elwigs des Ruhmreichen,
des letzten Königs im Kleinkönigreich

Warum war sie bloß nach Nimadh zurückgekehrt? Sicher, eigentlich sollte sie froh sein, weil sie den Uynen entkommen war. Doch der Himmel schien seine Schleusen nur geöffnet zu haben, um die letzte Kraft aus ihr herauszusaugen. Sie fühlte sich leer wie eine Flasche Weinbrand, die einer Trinkerin in die Hände gefallen war.

Hustend und zitternd suchte sie unter einem der Boote Schutz, um halbwegs zu sich zu kommen. Der Leuchtturm schickte ein blaues Licht aus, als hätten sich in ihm alle Schahuter dieser Welt zu einem fröhlichen Gelage versammelt. Ob einer der Seeleute sich doch hat retten können?, überlegte sie. Nur um dann in dem Leuchtturm den Tod zu finden? Oder ob der Leuchtturmwächter schlicht und ergreifend seine Seele dem Dunkel überantwortet hat? So oder so, es ist ein böses Vorzeichen. Also nichts wie weg hier!

In der Ferne machte Laviany die Figuren von drei Menschen

aus, die ihr entgegenkamen. Offenbar wollten sie zu dem Leuchtturm. Da Laviany ihnen nicht in die Arme laufen wollte, versteckte sie sich hinter einigen Felsbrocken und wartete innerlich fluchend, bis sie an ihr vorbei waren.

Die Stadt empfing Laviany mit regengefluteten Straßen und etlichen leeren Häusern. Laviany war seit Jahren nicht hier gewesen und versuchte nun verzweifelt, sich an den Weg zu ihrem alten Haus zu erinnern. Kurz bevor sie die Hoffnung aufgeben wollte, entdeckte sie es. Natürlich brannte an seiner Tür keine Laterne. Ihre Familie war längst zur anderen Seite aufgebrochen.

Es stellte ein Kinderspiel für sie dar, ins Haus zu gelangen, obwohl jemand Tür und Fensterläden verrammelt hatte. Sie nahm den Weg über das Dach, dessen Löcher nie geflickt worden waren. Da im Innern des Hauses die Dielen teils völlig morsch waren, bereitete es ihr wesentlich mehr Mühe, hinunter ins Erdgeschoss zu gelangen.

Laviany entledigte sich ihrer klitschnassen Kleidung, verzichtete jedoch darauf, ein Feuer zu entzünden, wollte sie doch keine Aufmerksamkeit erregen. An einem halbwegs sauberen Plätzchen machte sie es sich bequem, schloss die Augen und versuchte sich über ihre Gefühle klar zu werden.

Da war Wut. Was hatte sie sich mit diesem Theo abgeplagt! Fast als wäre er ihr eigen Fleisch und Blut! Und nun war er tot! Genau wie das Haus ihrer Kindheit. Sie hatte die halbe Welt durchquert, um an einen Ort zu fliehen, wo Borg sie nie suchen würde – und nun saß sie in der Falle, gefangen in einem verlassenen Nest, wo es nichts gab außer dem Meer, Schafen und gefährlichen Nächten.

In einem Nest, das nicht mehr ihr Zuhause war.

Der nächste Morgen brachte einen fahlen Tag und suchte offenbar selbst vor dem unablässigen Regen Schutz. Durch das undichte Dach fiel trübes Licht. Noch im Halbschlaf hörte Laviany von draußen Stimmen. Jemand rüttelte an der abgeschlossenen Tür.

»Hier wird er sich bestimmt nicht verstecken«, erklang die Stimme eines Mannes.

»Warum hat er das Kind mitgenommen?«

»Keine Ahnung. Lass uns weitersuchen!«

Laviany wartete, bis die beiden wieder abgezogen waren. Aus ihrem Mund stiegen mit jedem Atemzug Wolken auf.

Was habe ich bloß in diesem Kaff verloren?, dachte sie einmal mehr. Soll ich etwa Fische ausnehmen? Wolle spinnen? Oder nach Goldperlen tauchen?

Das war nicht mehr ihr Leben. Trotzdem war sie an den Ort ihrer Kindheit zurückgekehrt. Vermutlich hatte sie einfach das Haus wiedersehen wollen, das sie schon fast vergessen hatte. Nun machte sich Enttäuschung in ihr breit.

»Sei wenigstens dir selbst gegenüber ehrlich, du elender Streifenfisch«, murmelte sie. »Ein paar dumme Hoffnungen hast du schon gehegt.«

»Tatsächlich? War dir wirklich nicht klar, dass man dich in dieser Stadt nicht vermisst?«

Die unangenehme Stimme ließ Laviany aufspringen. Sie legte einen Überschlag hin, den vielleicht sogar Theo bewundert hätte, schnappte sich ein breites Brett vom Boden und suchte dahinter Deckung.

Doch es folgte kein Schuss aus einer Armbrust. Es warf auch niemand ein Messer nach ihr oder vielleicht sogar eine Stahlrose, wie sie die Meuchelmörder aus Amut liebten.

Nur ein seltsames Lachen erklang. Ein unangenehmes, kaltes Lachen. Ein totes.

»Gar nicht schlecht für so altes Fleisch.«

Laviany wagte einen kurzen Blick hinter ihrem notdürftigen Schild hervor.

Der ungebetene Gast saß auf einem verrußten Deckenbalken, Einzelheiten seiner Gestalt waren kaum zu erkennen.

»Was willst du?«, fragte sie, während ihre Hand bereits zu ihrem Messer wanderte.

»In Ruhe frühstücken«, antwortete er mit vollem Mund. »Und dieses Plätzchen ist wie geschaffen dafür.«

»Such dir trotzdem ein anderes!«

»Da wüsste ich etwas Besseres«, erwiderte er, während er schmatzend einen Knochen abnagte. »Du ziehst um. Ich verrate dir sogar, wohin. Wie gefällt dir Taloris? Mir scheint das ein fabelhaftes Loch für eine alte Ratte wie dich.«

»Verschwinde! Auf der Stelle!«

»Und wenn nicht?«

»Dann komme ich zu dir rauf und schmeiß dich runter!«

Abermals erklang dieses schauerliche Gelächter.

»Warum hängst du bloß so an diesem grausigen Ort? Nimadh selbst kann schließlich getrost auf dich verzichten. Und glaub mir, den Winter überstehst du nicht. Du verreckst vor Langeweile. Eines freilich ist spaßig. Deine eigene Mutter hat dich an einen Unbekannten verkauft, damit der Rest der Familie genug zu futtern hat – und der ist nun abgekratzt, während du dich noch immer deines Lebens erfreust.«

Laviany klaubte einen Stein auf und warf ihn mit aller Wucht nach dem Widerling. Als er ihn traf, klang es, als schlüge er gegen Holz.

Der Kerl stöhnte nicht einmal.

Stattdessen stürzte er sich in die Tiefe, als wollte er sich alle Knochen brechen. Selbst Laviany hätte ohne ihre Schmetterlinge einen solchen Sprung nicht gewagt.

Doch der Bursche landete schadlos. Zwar zersplitterte schon etwas, doch das waren nicht seine Knochen, sondern die Dielen des Fußbodens. Die morschen Bretter barsten unter seinen Stiefeln, Späne flogen durch die Luft.

Er war genauso groß wie sie, recht schmächtig und käseweiß. An seinen Lippen und seinem Kinn schimmerte Blut, die Augen erinnerten an zwei kleine Spiegel.

»Hol mich doch der Gebannte!«, stieß Laviany aus.

»Freut mich, deine Bekanntschaft zu machen!« Der Schahuter winkte ihr mit einem abgerissenen Unterarm zu, an dessen Hand ein Ring mit einem violetten Stein funkelte. Seine Trophäe war bereits weitgehend abgenagt.

Voller Entschlossenheit stürzte sich Laviany auf ihren Gegner, rammte ihm ihre spitze Schulter erst in die Brust, dann unter das Schlüsselbein. Sie bewegte sich unglaublich schnell, ließ Schlag um Schlag auf ihn niederprasseln, brachte Fäuste, Ellbogen und Knie zum Einsatz, zückte ihre Klinge und spürte, wie der Stahl einen Rippenknochen spaltete und über Wirbel kratzte.

Dann aber zielte der Schahuter nach ihrem Gesicht. Laviany wehrte den Angriff ab, fiel jedoch. Das Messer entglitt ihr, Holzsplitter bohrten sich in ihre Handteller. Alles verschwamm vor ihren Augen, weshalb sie sich dazu zwang, den Blick fest auf den Dämon zu richten. Abermals warf sie sich auf ihn, abermals fand sie sich am Boden wieder. Und wieder drosch der Schahuter mit dem halb verzehrten Arm auf sie ein.

Sie heulte vor Wut und Ekel auf, als der Widerling sie mit beiden Händen an den Schultern packte und zu Boden presste. Sie wollte ihn auf der Stelle töten, wollte ihre Zähne in seinen dürren Hals rammen, doch nichts davon war ihr möglich.

»Für eine Frau vom Nachtclan hältst du dich nicht schlecht...«

Kurz darauf schaffte sie es immerhin, sich aus dem Griff seiner stählernen Finger zu winden und ihm den Ellbogen in die Visage zu knallen. Der Schahuter stöhnte nicht einmal, sondern packte sie bei den Haaren und schleifte sie durchs Zimmer. Tränen traten Laviany in die Augen. Doch sollte es noch schlimmer kommen: Er holte aus und schleuderte sie mit voller Wucht gegen die Wand.

Sie spuckte das Blut aus, das ihren Mund füllte.

»Ich bring dich um!«

»Nichts anderes habe ich von dir erwartet!«, versicherte der Schahuter vergnügt. »Doch zuvor solltest du unbedingt tief durchatmen!«

Er selbst machte sich wieder über den erbeuteten Arm her. Allein bei dem Anblick verkrampfte sich Lavianys Magen. Buchstäblich vor ihren Augen schlossen sich die Wunden des Schahuters. Sein Blut, das an Quecksilber denken ließ, tropfte auf den Boden, verwandelte sich in schwarzen Rauch und löste sich in Luft auf.

»Du bist kein gewöhnlicher Schahuter«, stellte Laviany fest. »Hast du schon öfter mit unsereins zu tun gehabt?«

»Einmal hatte ich bereits das Vergnügen. Der Kerl hat unsere Begegnung leider nicht überlebt.«

»Nicht?« Er steckte sein Frühstück hinter seinen Gürtel und stocherte mit dem Fingernagel zwischen seinen Zähnen herum. »Kaum zu glauben. Aber sollte es dir wirklich geglückt sein, ihn zu vernichten, hast du dich wahrscheinlich wie jener legendäre Lichtwirker gefühlt, der den gesamten Westen des Geeinten Königreichs von Dämonen befreit hat, oder? Der Rote Ogglen, so hieß er doch, nicht wahr?«

»Gerade fühle ich mich eher wie ein gut durchgeklopftes Stück Fleisch«, gab sie zu. »Im Gegensatz zu dir war dieser andere Kerl übrigens kein Schwatzkopf.«

Nach diesen Worten war Laviany im Nu auf den Beinen, um dem Schahuter mit einem Brett voller rostiger Nägel den Schädel einzuschlagen. Da aber schoss von der Decke ein Schatten herunter, packte sie am Hals und zog sie zurück.

Als Laviany mit dem Brett auf dieses Gebilde einschlug, glitt das Holz ungehindert durch das Schattengebilde hindurch. Ein zweiter Schatten entriss ihr diese Waffe und wand sich um ihre Handgelenke. Schon in der nächsten Sekunde hing sie kopfüber in der Luft.

Grinsend sah der Schahuter zu ihr hoch. Sie spuckte ihm ihr Blut ins Gesicht, aber das bekümmerte ihn in keiner Weise.

»Ich habe eine Aufgabe für dich. Du erfüllst sie besser, sonst werde ich ernsthaft böse.«

»Verschwinde endlich! Ich lasse mir von einem Schahuter doch nichts befehlen.«

Die Schatten lockerten den Griff, sodass sie ein wenig nach unten rutschte. Sie hing dem Schahuter nun auf Augenhöhe gegenüber. Dieser packte mit den Fingern seiner rechten Hand ihre Wange. Kochender Hass brodelte in Laviany auf.

»Es wäre mir ein Vergnügen, dein Gesicht abzunagen. Eine Lichtwirkerin stand schon lange nicht mehr auf meinem Speiseplan.«

»Ich bin keine Lichtwirkerin!«

Er stieß sie von sich, sodass Laviany hilflos durch die Luft pendelte.

»Du verfügst über bestimmte Fähigkeiten, die mir zupasskommen. Deshalb begibst du dich zu den alten Ruinen. Dort findest du deinen Hochseilartisten. Er bringt dich zu einer Kämpferin gegen Verirrte Seelen. Auf die wirst du aufpassen, bis ich dir den nächsten Befehl erteile.«

»Darauf kannst du lange warten!«

»Dann verreck doch hier vor lauter Langeweile! Solltest du das aber nicht wollen, wäre ich sogar bereit, mich auf einen Handel einzulassen. Tu das, was ich von dir verlange, und ich verrate dir, wo Borg steckt.«

»Ich schließe keinen Handel mit einem Schahuter.«

»Die Entscheidung liegt allein bei dir.«

Nach diesen Worten drehte der Schahuter sich um, trat die Tür ein und verließ das Haus. Kurz darauf gaben die Schatten Laviany frei. Obwohl sie etwas ungeschickt auf dem Fußboden landete, schnappte sie sich sofort ihr Messer und eilte dem Dämon hinterher. Doch dieser war wie vom Erdboden verschluckt.

»Bei allen gestreiften Fischen aber auch!«, stieß sie aus. »Wo bin ich jetzt schon wieder reingeraten?«


Selbst Theos Körper erholte sich nur langsam von den Schmerzen. Nach wie vor plagte ihn Würgereiz. Immer wieder atmete er tief durch, gleichzeitig versuchte er, seine wirren Gedanken zu ordnen.

»Was hat das alles zu bedeuten?«, murmelte er, doch niemand antwortete ihm.

Er hatte keine Wahl, denn mit einem Schahuter erlaubte er sich besser keinen Scherz. Wenn in den alten Legenden auch nur ein Körnchen Wahrheit steckte, könnte das übel für ihn enden.

Blieb die Frage, ob es eigentlich überhaupt noch übler werden konnte.

Er schloss die Augen. Noch immer schwindelte ihm.

»Du siehst aus wie der Tod auf zwei Beinen.«

Laviany hatte sich ihm völlig lautlos genähert.

»Die Erhabenen Sechs vollbringen also nach wie vor ihre Wunder!«, stieß Theo aus. »Du lebst!«

»Mach mir jetzt nicht weis, dass du dich darüber freust.«

Laviany setzte sich neben ihn.

»Was ist mit deinem Gesicht geschehen?«

Sie berührte ihre Schläfe.

»Ich habe mich mit einem Schahuter unterhalten, der sein Anliegen mit einem höchst schlagkräftigen Argument vorgebracht hat. Das aber offenbar nicht von dir stammte, denn an dir ist ja noch alles dran.«

»Bitte?!«, brachte Theo verständnislos hervor. »Und bei dir war auch ein …?«

»Ja! Und das habe ich dir zu verdanken!«

»Nun mach mal halblang! Was habe ich damit zu tun?!«

»Wer von uns beiden lockt denn das Dunkel an?! Das Mal der Leere prangt auf deinem Rücken, nicht auf meinem! Außerdem hat dieser Schahuter von dir gesprochen. Erklär mir also bitte, was nun schon wieder im Busch ist! Was will dieser Widerling von dir?«

»Dass ich jene Kämpferin gegen Verirrte Seelen aufsuche, der ich heute Nacht begegnet bin, und sie nach Taloris bringe.«

»Nach Taloris?«, hakte Laviany in spöttischem Ton nach. »Mehr nicht?«

»Mhm. Und was will er von dir?«

»Ich soll das Kindermädchen für diese Frau spielen. Und deines wohl auch.«

»Darauf kann ich getrost verzichten.«

»Setzt du dann bitte den Schahuter davon in Kenntnis?«

»Im Übrigen begebe ich mich auf gar keinen Fall nach Taloris. Ich stehe zwar mit einem Fuß im Grab, aber das heißt nicht, dass ich mich dem Tod in die Arme werfe. Und nichts anderes erwartet mich in Taloris.«

»Hat der Schahuter dir einen Handel angeboten?«

»Im Grunde ja«, antwortete Theo seufzend. »Er behauptet, dass er mich dann von diesem Mal befreien würde.«

Laviany glaubte zwar nicht, dass der Schahuter dazu imstande wäre, brachte diese Zweifel aber nicht zur Sprache, denn sie wollte Theo nicht die letzte Hoffnung nehmen.

»Was hat er dir denn angeboten?«, fragte dieser.

»Dass er mir verrät, wo mein Feind sich versteckt hält.«

»Du traust ihm nicht, oder? Aber du bist trotzdem hier …«

»Willst du dich ihm denn allen Ernstes widersetzen?«, fragte sie ernst. »Außerdem habe ich jetzt schon so viel Zeit für deine Lebensrettung verschwendet, dass ich tatsächlich ein wenig neugierig bin, wie es mit dir endet. Und in einem Punkt hat dieser Schahuter sogar recht. In Nimadh habe ich nichts verloren.«

## KAPITEL 10

# Der Knochenzermalmer

*Lethos ist wunderschön. Vor allem, wenn der Frühling sich dem Ende zuneigt und das Meer ein tiefes Kobaltblau zeigt. Dann sind die Wale zum Greifen nahe, dann stehen Apfel und Kirsche in weißer Blüte. In der Krone des Geeinten Königreichs findet sich kein Stein, der schöner wäre als diese Perle des Nordens. Zauberische Marmorpaläste erfreuen die Augen, die Menschen sind heiter, anmutig und freundlich. Dieses gebenedeite Land setzte mit seiner Friedfertigkeit bereits unsere Ahnen in Erstaunen, und es wird auch unsere Nachgeborenen noch erstaunen. Selbst die Magier hegen keinen Zweifel, dass die Größe des mächtigen Lethos ewig währen wird.*

Geschichte des Geeinten Königreichs<br>Im Zeitalter der Blüte, 123 Jahre vor dem Kataklysmus

Der Wind strich so flink über das Land wie eine der gelbköpfigen kleinen Schlangen aus Karyph, deren Gift jeden Sommer Dutzenden von Kamelen den Tod brachte. Er kam vom Meer her und fuhr geschickt um die alten Grabhügel herum, die noch aus der Zeit stammten, als die Astoré sich die ersten Grundlagen der Zauberei aneigneten.

Die kalten Böen, die den bitteren Geruch von verfaultem Gras herantrugen, von Erdreich und vom aufgewühlten Meer, waren für Theo inzwischen zu guten Bekannten geworden. Er achtete gar nicht mehr auf sie, vor allem dann nicht, wenn ihr Weg etwas von der Küste wegführte.

Im Schutz der mit Heidekraut bewachsenen flachen Hügel brauchte er den Wind kaum zu fürchten. Der Regen hatte sich in ein feines, für das Auge nicht mehr wahrnehmbares Geniesel verwandelt, das sich auf seinen Lederhosen und dem Umhang niederließ, den Irma ihm zum Abschied geschenkt hatte.

In der feuchten, kalten Luft hing milchiger Nebel, der fast barmherzig die freudlosen Weiten überdeckte. Die verblühten Weiden, Felder und Wiesen wirkten in ihrem rotgrauen Gewand erstarrt und leblos. Der Boden war schlammig, durchsetzt von tiefen Lachen, die sich mit den aus den Bergen kommenden Bächen zu schmutzigem Nass vereinigten.

Laviany stapfte mit undurchdringlichem Gesichtsausdruck voran.

»Heute fängt der Monat des Kranichs an«, sagte Theo, erhielt jedoch nur ein mürrisches Schnauben von ihr zur Antwort.

Seit sie vor einer Stunde das letzte Dorf, drei Tage von Nimadh entfernt, verlassen hatten, war ihnen niemand mehr begegnet.

»Hier wimmelt es nicht gerade von Menschen«, murmelte Theo und zog seine Kapuze tiefer ins Gesicht.

Der Nebel beunruhigte ihn. Die ganze Zeit über meinte er, in ihm würde jemand auf sie lauern. Zudem sah er ständig den grausamen Schahuter vor sich, dieses Geschöpf, das in den meisten Herzogtümern als Märchenfigur galt, obwohl man seinesgleichen in Ödien immer noch begegnen konnte.

»Was erwartest du?«, erwiderte Laviany, die ihrer Tasche ein Ei entnahm, es ausschlürfte und die Schale wegwarf. »In Lethos reist man nicht um des Vergnügens willen.«

Endlich gibt sie mal einen Ton von sich, freute sich Theo innerlich.

Nachdem sie erfahren hatten, dass Scheron völlig überstürzt aus Nimadh aufgebrochen war, hatte Laviany kaum mehr als ein Ja oder ein Nein gebrummt. An den Abenden hatte sie mit einer Geste darum gebeten, ihr seinen Rücken zu zeigen, mit der Zunge geschnalzt und das Mal eingesalbt.

»Das Meer hat sich wieder beruhigt, aber der nächste Sturm wird nicht lange auf sich warten lassen«, fuhr sie fort. »Die Menschen müssen sich auf einen langen Winter vorbereiten.«

Da dürfte es in der Tat einiges zu tun geben, überlegte Theo. Man musste die Vorräte aufstocken, für das Vieh sorgen, gegebenenfalls das Dach flicken, die Ställe winterfest machen, für Brennholz sorgen und die Schiffe an Land bringen. Man musste Männer verpflichten, die den Schnee von den Straßen schippten, damit die Kämpfer gegen die Verirrten Seelen notfalls zügig ausschreiten konnten. Trotzdem war es seltsam, dass ihnen überhaupt niemand begegnete ...

»Sag mal, bist du sicher, dass wir auf der richtigen Straße sind?«

»Ja, allerdings ist es die alte Allee der Könige. Die neue Straße verläuft weiter östlich.«

»Aber dann holen wir Scheron doch nie ein.«

»Keine Sorge, mein Junge, das werden wir.«

»Wieso?«

»Weil du auf diesem Weg zwei Tage sparst. Deshalb werden wir Scheron noch vor Einbruch der Nacht eingeholt haben, wenn wir auf die neue Straße stoßen. Ist deine Neugier damit gestillt?«

Ursprünglich hatten sie Pferde auftreiben wollen, um Scheron nachzujagen, aber diese waren auf den Inseln nicht mit Gold aufzuwiegen. Und an Fremde hätte sie niemand verkauft. Ein Diebstahl verbot sich für Laviany aber von selbst, da sich Gerüchte in Lethos noch schneller verbreiteten, als ein Mensch rennen kann. Wegen ein paar ausgemergelter Schindmähren wollten sie sich lieber keinen Ärger einhandeln.

»Wenn es um dich geht, ist meine Neugier noch nicht ganz gestillt«, erwiderte Theo. »Willst du mir nicht endlich erzählen, was dich hierher verschlagen hat?«

»Bestimmt nicht!«

»Ich weiß doch sowieso schon, dass du aus Nimadh bist und der Schahuter dich irgendwie in diese Geschichte hineingezogen hat. Da kannst du ruhig noch ein bisschen mehr preisgeben ...«

»Beim Gebannten aber auch, du bist wie eine Rübe im Hintern eines Maultiers!«, spie sie aus. »Ich habe einigen gefährlichen Menschen gelegentlich kleine Gefälligkeiten erwiesen, deswegen stecke ich in Schwierigkeiten. Reicht dir das?«

»Weil du jemanden umgebracht hast?«

»Bitte?!«

»Auf dem Schiff hast du gesagt, du hast den Mann getötet, der dir die Geschichte der Astoré erzählen wollte.«

»Das habe ich überhaupt nicht«, log Laviany glatt. »Und jetzt tu mir die Liebe und lass mich in Ruhe, sonst lernst du mich kennen!«

Damit war das Gespräch beendet. Theo rammte seine eisigen Hände in die Taschen. Laviany knurrte leise. Theos Gesellschaft setzte ihr nach wie vor zu.

Trotzdem beobachtete sie ihn jeden Morgen aufmerksam bei seinen Übungen. Er jonglierte mit allen nur erdenklichen Dingen und vollführte die tollsten akrobatischen Kunststücke. In ihm steckte eine unbezähmbare Kraft, die an eine warme Meereswelle denken ließ. Selbst wenn er nur übte, gab er eine Vorstellung.

Laviany war keine anspruchsvolle Zuschauerin, sondern nahm das, was sie sah, mit nahezu kindlicher Begeisterung auf. Die wusste sie indes gut zu verbergen. Sie behielt ihre verschlossene Miene bei, auch wenn sie innerlich Freudensprünge vollführte und sich wieder wie ein kleines Mädchen fühlte. Genau wie damals, als ein Wanderzirkus nach Pubyr gekommen und sie ihren Lehrern davongelaufen war ...

»Hast du noch Schmerzen?«, fragte Laviany, nachdem Theo geschickt über den Bach gesprungen war und ihr nun seine Hilfe anbot.

Selbstverständlich lehnte sie seinen Arm ab und stapfte geradenwegs durch das Wasser.

»Nein. Aber jede Nacht Albträume.«

»Was kommt darin vor?«

»Heute Nacht zum Beispiel Uynen.«

»Das sind kaltblütige Kreaturen«, spie sie aus. »Ich hasse sie.«

»Denen ich aber mein Leben verdanke.«

»Kein Wunder!«

»Ja haben sie dir denn nicht auch geholfen?«

»Diese Kreaturen helfen Menschen niemals! Sie ziehen sie in

die Tiefe! Die betrinken sich an unserem warmen Blut! Hätte ich nicht ein paar von den Biestern ausgelöscht, würde ich jetzt nicht neben dir herstapfen!«

»Aber warum haben sie dann mich ...?«

»Die Uynen wurden von den Astoré geschaffen. Das hast du mir selbst erzählt. Auf deiner Schulter prangt das Mal der Leere, das auch Zeichen der Astoré genannt wird. Das zwingt die Uynen geradezu ...« Sie stockte. »Riechst du das auch? Blut ...«

Doch Theo schüttelte den Kopf.

Kurz darauf gelangten sie zur neuen Straße. Am Wegrand stießen sie auf ein Pferd, dem man die Kehle aufgeschlitzt hatte.

»Das ist eine frische Wunde, das Blut ist ja noch nicht einmal getrocknet«, stellte Theo fest. »Ob das Scherons Pferd ist?«

»Möglich. Im Übrigen würde ich es durchaus begrüßen, wenn du dir endlich eine Klinge besorgen würdest.«

»Ich kann mit einem Schwert aber nicht umgehen«, rief Theo ihr einmal mehr in Erinnerung.

Laviany hatte ihr Messer natürlich längst in Händen.

Sie liefen weiter. Die Straße führte um lichte Tannenwäldchen herum. Der Nebel ballte sich immer stärker zusammen. Laviany lauschte in einem fort, vernahm indes nicht mehr als das Flüstern des Regens.

Mit einem Mal zerriss ein Schrei, der aus dem Wald kam, den Nebel. Sofort stürzten die beiden in diese Richtung, sprangen über die Wurzeln von Tannen, die sich aus dem Boden herausgebohrt hatten, und gelangten zu einer Lichtung mit einigen moosbewachsenen Felsbrocken. An einem von ihnen stand Scheron und wehrte mit einem langen Stock einige wilde Kreaturen ab, in denen Theo Skregen erkannte.

Bei diesen Geschöpfen handelte es sich um wilde Hunde, die vom Dunkel verändert worden waren. Ursprünglich sollten sie aus Ödien stammen.

Diese Kreaturen waren von mittlerer Größe und hatten dunkelbraunes Fell, sehnige Körper und eine längliche Schnauze voller spitzer Zähne.

Eines der Tiere wand sich am Boden und versuchte vergebens an den Dolch zu gelangen, der in seiner Seite steckte. Ein zweiter Skreg lag mit zertrümmertem Schädel reglos da. Drei weitere Tiere bedrängten Scheron aber nach wie vor.

Laviany stieß einen grellen Pfiff aus, der Theo durch Mark und Bein ging. Sofort ließen die Skregen von Scheron ab und stürzten sich auf sie.

»Weg da!«, schrie Laviany noch, doch da hatte Theo sich bereits in die Luft katapultiert.

Während er über einen der Skregen hinwegschoss, packte er mit beiden Händen die Mähne des Tiers und zog es an sich. Nachdem er mit einem Salto gelandet war, schleuderte er das Biest mit aller Kraft in das Geäst einer umgestürzten Tanne. Knackend barsten die Knochen dieser Kreatur.

»Gar nicht übel«, bemerkte Laviany, die gerade den Köter zur Seite trat, den sie mit einem einzigen Stich erledigt hatte. Als daraufhin der dritte Skreg begriff, dass er in der Unterzahl war, suchte er mit eingezogenem Schwanz das Weite. »Alles in Ordnung mit dir, mein Mädchen?«

Scherons Umhang war an verschiedenen Stellen eingerissen, ihr Gesicht kreidebleich, ihr Haar klatschnass.

»Ja, danke«, antwortete sie. »Aber ihr hättet auch nicht eine Minute später eintreffen dürfen.«

»Sehe ich auch so«, erwiderte Laviany. »Die Viecher hätten dich zerfleischt.«

»Theo?«, fragte Scheron da.

Er lächelte und freute sich, dass sie sich noch an ihn erinnerte.

»Das ist Laviany«, stellte er seine Gefährtin vor. »Wir sind zusammen aus Varen nach Lethos gekommen.«

»Du warst ebenfalls auf dem Schiff?«, fragte Scheron erstaunt. »In diesem Jahr ist das Meer großzügig, wenn es gleich zwei Menschen wieder hergibt. Wollt ihr auch zur Fähre nach Hormus?«

»Ja«, sagte Laviany rasch, bevor Theo ihr mit umständlichen Erklärungen zuvorkam.

Er warf ihr einen erstaunten Blick zu.

Warum packte sie die Gelegenheit nicht gleich beim Schopfe und erzählte Scheron, dass sie ihr nachgeeilt waren?

»Dann haben wir ja den gleichen Weg«, hielt Scheron voller Freude fest und warf den Stock zur Seite. »Besser, wir bleiben zusammen, denn die Skregen könnten jederzeit zurückkommen.«

»Was für widerliche Biester«, stieß Theo mit einem Blick auf die Leichen aus.

»Vor drei Jahren hat ein großes Rudel alle in Angst und Schrecken versetzt, aber das ist ausgerottet worden. Deshalb hätte ich nicht damit gerechnet, noch einmal welchen zu begegnen.« Sie hob ihre schmutzige Tasche auf. »Gebt mir bitte noch eine Minute, ich muss rasch meine Klinge holen.«

»Gefällt mir, das Mädchen«, sagte Laviany grinsend. »Im Gegensatz zu dir ziert sich diese Scheron auch nicht, spitzen Stahl in die Hand zu nehmen.«

»Warum wolltest du nicht, dass ich sie in alles einweihe?«

»Du wolltest sie also in alles einweihen? Damit meinst du aber nicht etwa diese reizende Geschichte, dass ein elender Hochseilartist mit einer missratenen Alten im Schlepptau ihr hinterherrennt, weil ein Schahuter die beiden darum gebeten hat, ihr einen herzlichen Gruß auszurichten. Und dass wir auch noch gerne wissen würden, ob sie uns nicht nach Taloris mitnimmt!«, giftete Laviany. »O nein, lassen wir sie sich erst mal an unsere Visagen gewöhnen! Dann sehen wir weiter!«

»Von mir aus kann es losgehen«, erklärte Scheron, die gerade zurückkam, sich die Kapuze über den Kopf zog und ihre Tasche schulterte.

Gelegentlich drang noch ein Röcheln der Skregen zu ihnen herüber, doch die Biester machten keine Anstalten, zu einem erneuten Angriff anzusetzen.

»Du hast einen Akzent, der mir ein Rätsel aufgibt«, wandte sich Scheron an Laviany, als sie den Wald hinter sich gelassen hatten. »Du bist doch hier geboren, oder?«

»Ja, aber ich habe lange im Süden gelebt.«

»Und du, Theo? Wie du den Skregen erledigt hast ... so etwas habe ich noch nie gesehen.«

»Er ist vom Zirkus«, antwortete Laviany an seiner Stelle.

»Wirklich? Du trittst mit deinen Künsten auf?«

»Ja«, sagte Theo lächelnd. »Allerdings bin ich gerade auf der Suche nach einer neuen Truppe.«

»Hier wirst du die bestimmt nicht finden«, meinte Scheron und zog sich die Ärmel weit über ihre fröstelnden Finger. »Nach Lethos trauen sich nur selten Menschen vom Festland. Die meisten haben Angst vor unseren Verirrten Seelen.«

»Wundert dich das?«, hakte Theo nach, während er an den Vater der drei rauflustigen Brüder dachte, der angekettet in den Burgruinen hauste.

»Nein.« Auf ihre Lippen stahl sich ein trauriges Lächeln. »Aber wir sind in diese Welt hineingeboren, deshalb haben wir wohl ein anderes Verhältnis zu den Verirrten Seelen. Vor dem Kataklysmus war es auch bei uns anders. Da gab es sie nicht, da hat sich nachts niemand eingeschlossen, und wir brauchten keine Wache. Aber dann hat sich Lethos verändert, und wir mit ihm. Wir alle haben zu einem neuen Leben gefunden, und wer hier geboren ist, kennt nichts anderes mehr.«

»Bedauerst du das?«

»Nein, denn ich kann mich nicht nach etwas sehnen, das ich nie kennengelernt habe«, erwiderte sie. »Mein Lehrer sagt, dass nach dem Kataklysmus von Lethos nur kümmerliche Überreste geblieben sind, weil Länder und Städte wie Menschen sind. Sie kommen zur Welt, wachsen und gedeihen, und irgendwann sterben sie.«

»Damit triffst du den Nagel auf den Kopf«, bemerkte Laviany. »Weißt du, wie man Lethos bei uns auf dem Festland nennt? Das tote Herzogtum.«

»Ich hätte Lethos gern in seiner Blüte erlebt«, sagte Theo nachdenklich, da er als kleiner Junge zahlreiche Geschichten über das Land der Albatrosse gehört hatte.

»Weine der Vergangenheit nicht nach, sondern genieße, was du heute hast!«, riet ihm Laviany. »Außerdem hat Lethos es gar nicht so schlecht getroffen, denn wer wollte schon ein Dutzend Inseln, von denen die Hälfte völlig unbewohnt ist, vier große Städte und ein paar Küstendörfer erobern?!«

»Das stimmt«, warf Scheron ein. »Wir leben in Frieden, nicht wie die anderen Herzogtümer, die häufig gegeneinander kämpfen. All die Menschen, die dabei sterben ... Bei uns würde ein Krieg zahllose Verirrte Seelen bedeuten. Das will niemand. deshalb lässt man uns in Ruhe. Selbst zu einem Mord kommt es auf unseren Inseln nur sehr selten.«

»Und dir machen diese Kreaturen nichts aus?«, wollte Theo wissen.

»Wenn du mich fragst, gewöhnst du dich niemals an sie. Wir alle wissen ja auch, dass wir sterben müssen, doch am Ende überrascht dich der Tod immer.«

»Dich als Kämpferin gegen Verirrte Seelen auch?«

»Ja«, versicherte Scheron ernst. »Meine Gabe hebt mich in dieser Hinsicht nicht über andere hinaus. Wir sind genau wie alle gewöhnlichen Menschen.«

Laviany stieß ein kurzes Lachen aus.

»Was ist daran so lustig?«, wollte Scheron wissen.

»Ihr seid überhaupt nicht wie wir, denn ihr verfügt über bestimmte Fähigkeiten, beispielsweise über die, in der Dunkelheit sehen zu können.« Dass Laviany das ebenfalls vermochte, ließ sie großzügig unter den Tisch fallen. »So gewöhnlich seid ihr also bestimmt nicht.«

»Wir sind gewöhnliche Menschen, nur mit Gabe. Die macht aus uns aber keine Astoré oder Eywen«, hielt Scheron lächelnd dagegen. »Wir haben bestimmte Fähigkeiten, die Menschen vom Festland gelegentlich dem Dunkel zuschreiben. Aber unsere Gabe hat sich erst nach dem Kataklysmus herausgebildet. Durch sie konnten wir zahlreiche Menschen retten, vor allem diejenigen, die sich in der Burg von Nimadh versteckt hielten. Das behaupten jedenfalls die Legenden.«

»Es gibt aber auch allerlei Gerüchte«, warf Theo ein. »Über Menschen mit deiner Gabe, meine ich, und vor allem darüber, was ihr einst gewesen seid.«

»Du spielt auf die Nekromanten an«, erwiderte Scheron mit einem Lächeln auf den Lippen. »Diese Geschichte ist mir durchaus bekannt. Angeblich haben die Nekromanten den Schahutern gedient. Die letzten von ihnen sollen vom Gebannten selbst gefangen genommen worden sein. Er hat sie in den Kellern seines Palastes in Taloris eingesperrt, doch Thion hat sie befreit. Später ist dann der Krieg ausgebrochen. Nach dem Kataklysmus mussten sich die Nekromanten genau wie gewöhnliche Menschen in einer neuen Welt zurechtfinden. Ob all das stimmt, kann ich dir leider nicht sagen. Doch spielt das eine Rolle? Diese Dinge haben sich vor unzähligen Jahren zugetragen. Sie gehören der Vergangenheit an, Beweise gibt es heute nicht mehr, nur noch Gerüchte.«

»Eine Kämpferin gegen Verirrte Seelen von heute kann man sowieso nicht mit einer Nekromantin von gestern oder vorgestern vergleichen«, bemerkte Laviany. »Über eine wie dich würde sich wahrscheinlich jeder echte Nekromant scheckig lachen.«

»Das glaube ich gern«, räumte Scheron ein. »Ich kann keine Toten aus dem Grab auferstehen lassen oder Menschen mit einem einzigen Blick töten.«

»Vielleicht ja doch.«

»Was soll das heißen?«

»Hast du es denn schon einmal versucht? Eben!« Laviany bedachte sie mit einem Strahlen, das unschuldiger nicht hätte sein können. »Aber lassen wir das! Mit den Magiern der Vergangenheit ist auch ihr Wissen gestorben. Beim Kataklysmus muss es wirklich rundgegangen sein!«

Als Scherons Blick sich mit dem von Theo verhakte, zuckten beide einvernehmlich die Achseln.

Laviany tat so, als hätte sie das gar nicht bemerkt.


Der Regen mischte sich mit Nebel wie die Kräuter im Kessel einer Hexe. Laviany beobachtete es mit zunehmender Sorge. Sie wünschte inständig, sie wären schon am Ziel.

Plötzlich schälte sich aus dem kalten, durchscheinenden Dunst etwas Großes heraus. Sofort eilte Laviany voraus. Doch es waren nur Überreste eines gigantischen Bauwerks.

Eine runde Säule mit beeindruckendem Sockel trug wundersamerweise noch immer einen Teil des alten Dachs. Dahinter erstreckte sich eine sechs Mann hohe Mauer, die aus quadratischen Blöcken errichtet worden war. Nach einer Weile traten Torbögen aus dem Nebel hervor, die ein wenig an die Rippen eines gewaltigen Wals erinnerten.

»Was für ein Anblick!«, stieß Theo begeistert aus.

Ihr Weg führte sie unter diesen rippenartigen Torbögen hindurch. Mit seltsamer Beklommenheit betrachtete Theo den hellen, rosafarbenen Marmor, der mit Figuren von Kriegern aus der Vergangenheit geschmückt war, die Harnische trugen und offene Helme mit Federbusch.

»Ein erhebender, aber auch ein trauriger Anblick«, sagte Scheron. »Wenn ich hier bin, bedrückt mich das stets.«

Linker Hand machten sie im Nebel weitere Gebäude aus, deren Einzelheiten jedoch von der weißen Brühe geschluckt wurden. Gespenster aus der Vergangenheit ...

Inzwischen hatte Theo Laviany überholt und lief voran. Beim letzten Torbogen fuhr er mit dem Finger über den Marmor. Dort waren Buchstaben eingeritzt.

»Du weißt nicht zufällig, was hier steht?«, fragte er Scheron, als diese ihn erreichte.

»Was soll das heißen?«, mischte sich Laviany ein. »Kannst du etwa nicht lesen?«

»Leider nicht.«

»Du bist doch sonst ein so kluger Junge.«

»Aber beim Lesen versage ich. Sosehr ich mich auch bemühe, mir die Buchstaben einzuprägen, es will mir einfach nicht gelingen.«

»Die Stadt Lazoriz, erhalten dank der Gnade der Albatrosse«, las sie vor. »Das steht da.«

»Für die meisten Menschen sind das nur namenlose Ruinen«, bemerkte Scheron.

»Und was ist das da?«, fragte Theo und zeigte auf einen Punkt im Nebel.

»Das ist ein Säulengang, der einst zu einem Tempel der Erhabenen Sechs gehört hat«, antwortete Scheron. »Die Mosaiken dort sind einfach wunderbar. Dahinter stand früher Lavendas Turm.«

»*Die* Lavenda? Die Schülerin und Geliebte des Gebannten? Die große Magierin?«

»Genau«, bestätigte Scheron und fasste Theo bei der Hand, um ihn davon abzuhalten, dorthin zu stürmen. »Lass das besser.«

»Warum?«

»Hast du deine Lektion immer noch nicht gelernt?«, kam Laviany Scheron mit einer Antwort zuvor. »Juckt dein Rücken noch nicht genug?«

»Es ist schon spät«, sagte Scheron nur, die Lavianys Anspielung nicht verstand. »Wir müssen Hormus noch erreichen. Und bei diesem Nebel kann man sich in den Ruinen rund um den Turm leicht verlaufen. Außerdem ist nachts mit den Skregen wirklich nicht zu spaßen.«

Theo nickte zögernd. Er hätte sich diesen von Legenden umwehten Ort nur zu gern angesehen.

Schon kurz darauf erreichten sie eine Basaltstele. Hier und da ließ sich noch der blaue Marmor erkennen, mit dem sie einst verkleidet gewesen war. Auf ihrer Spitze saß ein bereits verwitterter Albatros, der die mächtigen Flügel gespreizt hatte. Theo legte den Kopf in den Nacken, um den von Nebel umwaberten Vogel näher zu betrachten. Das Wahrzeichen eines Zeitalters, errichtet noch vor dem Kataklysmus, der Lethos in viele Einzelinseln zerrissen hatte ...

»Wir riesig er ist ...«

»Große Magier haben diese Albatrosse geschaffen, damit sie uns gegen alle Kreaturen beschützen, die über dunkle Kraft verfügen. Aber nachdem Thion den Krieg gewonnen hatte, waren diese Vögel nicht mehr dazu imstande und verkamen zu reinen Statuen.«

Sie setzten ihren Weg fort, vermochten von der Stadt aber nichts mehr zu erkennen, da diese nun völlig von dem milchigen Schleier verborgen wurde.

Gut eine halbe Stunde später sog Laviany tief die Luft ein und stutzte.

»Riecht ihr das auch?«, fragte sie die beiden anderen.

»Nein«, antwortete Scheron. »Was soll denn sein?«

»Das werden wir gleich genauer wissen.«

Laviany verließ die Straße und schlug sich in den Wald.

»Aber was …?«, setzte Scheron an, doch in diesem Moment drehte der Wind.

Sie erlitt einen Hustenanfall.

»Hol mich doch der Gebannte!«, stieß Theo aus und bedeckte die Nase mit seinem Handrücken.

Sofort eilte Scheron Laviany nach und schob sie entschlossen zur Seite, ohne sich dabei um ihre wütende Miene zu scheren. Raschen Schrittes hielt sie über nasse Tannennadeln auf einige Bäume zu. Dort lag der Körper eines jungen Mannes.

Die Leiche verströmte einen derartigen Gestank, dass allen die Augen tränten. Scheron gewann jedoch rasch die Kontrolle über sich zurück und musterte den Toten aufmerksam. So hatte Joseph es ihr beigebracht.

»Den hat es übel erwischt«, hielt Laviany fest. »Der Schädel ist ja noch halbwegs unversehrt – aber was ist mit seinen Knochen geschehen? Einen solchen Splitterberg habe ich noch nie gesehen!«

Scheron starrte nur weiter schweigend auf den Mann.

»Wenigstens ist er nicht zu einer Verirrten Seele geworden.«

»Geht voraus nach Hormus«, sagte Scheron. »Das Dorf ist jetzt nicht mehr weit.«

»Ich lasse mir nichts befehlen, mein Mädchen. Und von einer, die nur halb so alt ist wie ich, schon gar nicht!«

Scheron musste sich in Erinnerung rufen, dass Laviany zwar in Lethos geboren worden war, aber kaum im Inselherzogtum gelebt hatte. Sie würde einer Kämpferin gegen Verirrte Seelen daher nicht so widerspruchslos gehorchen wie die Menschen hier.

»Ich versuche gerade herauszufinden, was hier geschehen ist«, erklärte sie freundlich. »Möglicherweise sind wir in Gefahr. Sollte etwas geschehen, könnte ich euch vermutlich nicht beschützen.«

»Uns? Als ob du dann nicht auch in Gefahr wärst! Die Nacht bricht bald herein. Wenn sich in der Nähe irgendeine miese Kreatur herumtreibt, dann dürfte sie selbst dir Schwierigkeiten bereiten.«

Diese Worte ließ sich Scheron in aller Ruhe durch den Kopf gehen. Ihr Blick suchte den von Theo, der offenbar auf ihre Entscheidung wartete. Sie wollte auf gar keinen Fall das Leben dieser beiden Menschen in Gefahr bringen ...

»Einverstanden, wir setzen unseren Weg gemeinsam fort. Morgen früh kehre ich aber hierher zurück.«

Sie entnahm ihrer Tasche zwei Würfel, blies sanft auf sie und warf sie vor sich. Sie kullerten voraus, als wären sie lebendig.

Laviany beäugte die Dinger argwöhnisch.

»Das ist der beste Zaubertrick, den ich je gesehen habe«, stieß Theo aus. »Schaffst du das durch deine Gabe?«

»Ja. Lasst sie nicht aus den Augen.«

Sie liefen die Straße hinunter, stets den Würfeln hinterher.

»Begegnest du häufig Verirrten Seelen, Scheron?«, fragte Theo.

»Viel häufiger, als es mir lieb ist.«

Einige Menschen mit ihrer Gabe hatten es sich angewöhnt, diese Begegnungen zu zählen, doch sie hatte das nie getan, denn sie sah in Verirrten Seelen keine Trophäen, sondern Landsleute, Nachbarn und Freunde, die das Pech gehabt hatten, des Nachts zu sterben. Dieses Schicksal indes konnte jeden ereilen. Ihre Aufgabe war es, diese Geschöpfe auf die andere Seite zu geleiten, was weder ein Vergnügen noch eine Heldentat war.

»Ich habe auch schon eine gesehen«, gestand Theo. »Früher war das ein Mann.«

»Du warst doch vorher noch nie in Lethos«, warf Laviany erstaunt ein.

»Aber ich musste nicht lange auf die erste Begegnung warten«, erklärte Theo grinsend. Doch seine haselnussbraunen Augen verfinsterten sich sogleich. »In den Ruinen von Burg Nimadh. Die war jedoch angekettet.«

»Was? Das kann nicht sein!« In ihrer Entrüstung blieb Scheron sogar stehen. »Hat der Mann dich angegriffen?«

»Natürlich. Aber ich bewege mich schneller als jeder Tote«, sagte er. »Du brauchst dir seinetwegen keine Gedanken zu machen, denn selbstverständlich habe ich diese Verirrte Seele gemeldet.«

Trotzdem nagte sofort das schlechte Gewissen an Scheron, Nimadh verlassen zu haben, selbst wenn Joseph in die Reise eingewilligt hatte.

Dann aber wanderten ihre Gedanken zu dem Schahuter, der sie an der Kehle gepackt hatte und ihr das Leben Nailys im Gegenzug für die Erfüllung seines Befehls angeboten hatte. Verzweifelt, wie sie gewesen war, hatte sie nicht einmal von ihrer Gabe Gebrauch gemacht. Dafür schalt sie sich nun selbst. Jede Minute.

Tief in ihrem Innern wusste sie andererseits auch, dass sie gegen einen solchen Dämon nichts hätte ausrichten können ...

Endlich zeichnete sich Hormus vor ihnen ab. Das Dorf lag am Ufer eines schmalen Meeresarms, sie brauchten bloß dem Abhang zu folgen. Die schwarzgrauen Häuser schimmerten regenfeucht. Den Erhabenen Sechs war ein jämmerlicher Tempel gewidmet, überall lagen an Land gezogene Fischerboote, und natürlich schaukelte die Fähre mit den großen Schaufelrädern im Wasser.

Über jedem Haus brannte wie ein kleiner Leuchtturm eine Laterne mit gelber Flamme.

»Wurde aber auch Zeit«, brummte Laviany.

Der Hang hatte sich in eine glitschige Schlammbahn verwandelt. Inzwischen senkte sich schwarze Nacht herab.

Die Dorfstraße kam ihnen wie ein Grab vor, verlassen und kalt.

»Hier ist eine Herberge«, sagte Theo und rüttelte an der Tür. »Aber schon abgeschlossen.«

Laviany musterte misstrauisch die umliegenden Häuser und Scheunen, begriff aber rasch, dass es keinen Grund zum Argwohn gab. Nirgends loderte eine blaue Flamme. Trotzdem spürte sie, dass irgendetwas nicht stimmte.

Scheron steckte ihre heranspringenden Würfel in ihre Tasche und klopfte entschlossen an die Tür der Herberge.

Über eine Minute lang antwortete ihr nur unheilschwangere Stille.

»Wer ist da?!«, erklang es dann endlich von drinnen.

»Reisende«, antwortete Scheron. »Öffne die Tür!«

Der Riegel wurde quietschend zur Seite geschoben, der Schlüssel herumgedreht und die Tür gerade so weit geöffnet, dass ein Mann Scheron packen und ins Haus ziehen konnte, noch ehe diese wusste, wie ihr geschah. Anschließend huschten Theo und Laviany durch den Spalt, danach legte der Mann den Riegel sofort wieder vor und schloss ab.

Das ganze Dorf schien in dieser Herberge zusammengekommen zu sein, so dicht gedrängt saßen und standen die Menschen. Verängstigte Frauen mit Kindern, Fischer mit verschlossenen Mienen, die sich an einem Krug mit bitterem Starkbier festhielten. Und Hunde unter den Tischen.

»Bei den Erhabenen Sechs, habt ihr völlig den Verstand verloren?!«, giftete der Mann, der sie hereingelassen hatte. »Wie könnt ihr zu dieser Zeit noch unterwegs sein?!«

Es war ein vierschrötiger Kerl mit fliehender Stirn, Schweinsäuglein und einem dichten grauen Bart. Als sein Blick noch einmal über Scheron glitt, fiel ihm endlich ihr roter Umhang auf.

Nach und nach wandten sich auch alle anderen im Raum den Neuankömmlingen zu. Auf ihre sorgendurchfurchten, verängstigten Gesichter schlich sich Erleichterung. Hier und da waren sogar freudige Ausrufe zu hören, auch Dankesgebete an die Erhabenen Sechs. Eine junge Frau schlug die Hände vors Gesicht und fing zu weinen an. Mittlerweile hatten auch die Letzten den purpurroten Umhang und den roten Armreif an Scherons linker Hand zur Kenntnis genommen.

»Verzeiht mir, Herrin, dass ich grob zu Euch gewesen bin«, entschuldigte sich der Mann, offenbar der Wirt. »Ich habe nicht auf Anhieb erkannt, wer Ihr seid. Gepriesen seien die Erhabenen Sechs! Wurdet Ihr aufgehalten?«

»Bitte?«

»Ja seid Ihr denn nicht aus Rhynt?«, fragte ein Mann, der mit weiteren Fischern an einem Tisch saß. »Wir haben bereits vor einer Woche um Hilfe gebeten!«

Rhynt war eine kleine Stadt an der Westküste der Insel, die näher an Hormus lag als Nimadh.

»Nein, ich bin nicht aus Rhynt«, sagte Scheron. »Meine Freunde und ich sind aus Nimadh und wollen hier bei euch die Fähre nehmen. Weshalb braucht ihr Hilfe?«

»Setzt Euch doch erst einmal«, bat der Wirt. »Dann erzähle ich Euch alles.«

Sofort sprangen ein paar Fischer auf und gesellten sich mit ihren Bierkrügen an den Nachbartisch, damit die drei Platz nehmen konnten. Sämtliche Blicke ruhten auf Scheron, die Gesichter strahlten vor Glück. Viel fehlte wohl nicht, und im Raum wäre Jubel ausgebrochen.

»Ich bin Janusz, der Dorfvorstand. Seid ihr hungrig?«

Laviany schüttelte den Kopf. Einmal mehr konnte sich Theo nur wundern, woher diese eigentlich ihre Kraft nahm. In der Zeit, in der sie nun schon gemeinsam unterwegs waren, hatte sie lediglich ein paar Hühnereier gegessen, zudem ohne jeden Appetit.

»Das Essen kann noch warten«, sagte Scheron. »Erst würde ich gern hören, was hier vorgefallen ist.«

»Eine Verirrte Seele streift frei herum.«

»Wie lange schon?«

»Seit einem Monat. Kaum dass der Mann mitten in der Nacht gestorben war, haben wir sämtliche Türen und Fenster seines Hauses mit Brettern verrammelt, damit er nicht entwischen kann, aber in der fünften Nacht hat er einfach einen Gang gegraben und ist abgehauen.«

»Warum habt ihr nicht gleich jemanden von uns zu Hilfe

gerufen?«, fragte Scheron, die alles daransetzte, ihre Bestürzung zu verheimlichen.

Einen Monat war diese Verirrte Seele nun schon auf freiem Fuß! In Nimadh war dergleichen seit neunzig Jahren nicht vorgekommen.

»Aber das haben wir doch getan!«, ereiferte sich Janusz. »Sofort! Aber als der Kämpfer gegen die Verirrten Seelen aus Rhynt eintraf, war diese Schreckensgestalt längst verschwunden. Der Mann hat die Suche zwar aufgenommen, aber ohne Erfolg! Deshalb hat er gemeint, dass unser Toter sich irgendwo an einem unbewohnten Fleckchen ein neues Zuhause geschaffen hat.«

Scheron presste wütend die Zähne aufeinander. Das musste ein Anfänger gewesen sein, sonst wäre ihm ein solcher Fehler niemals unterlaufen! Alle wussten, dass Verirrte Seelen die Nähe von Menschen suchten. Wenn sie unter ihnen wüteten, stillte das ihren Schmerz, wenn auch nur vorübergehend. Keine einzige von ihnen würde sich daher in verlassene Gegenden zurückziehen.

»Ist der Mann noch bei euch?«

»Nein, er hat uns wieder verlassen, uns aber eingeschärft, noch einmal nach Hilfe zu schicken, wenn uns etwas sonderbar vorkommt. Der Mann ist allein für sechs Dörfer im Umkreis zuständig, und die liegen weit auseinander. Neun Tage, wenn er reitet.«

»Diese Kreatur streift also schon gut einen Monat durch die Gegend ...« Scheron klopfte nachdenklich mit dem Finger gegen ihre Lippen. »Und nun habt ihr sie wiedergesehen.«

»Das war vor acht Tagen. Wir haben sofort nach dem Kämpfer gegen Verirrte Seelen geschickt.«

»In dem Fall fürchte ich, euch eine traurige Nachricht mitteilen zu müssen«, mischte sich Theo ein. »Wahrscheinlich sind wir auf die Leiche des Mannes gestoßen ...«

»Es war noch ein ganz junger Bursche«, ergänzte Scheron. »Wenn ich mich recht erinnere, trug er einen dunkelgrünen Umhang und Stiefel mit roten Schmuckelementen.«

»Das war unser Bote. Lazek.« Janusz ließ sich gegen die Stuhllehne zurücksacken. »Er hat mein Pferd genommen. Beim Gebannten aber auch! Das Pferd ist mir schnurzegal, aber der Junge ...! Ich habe noch gesagt, dass wir besser nicht ihn schicken ... Das verkraftet seine Tante niemals! Warum musste sich diese Kreatur ausgerechnet den Jungen schnappen?!«

»Wie viele Menschen hat die Verirrte Seele bisher getötet?«

»Zwei. Lazek und noch eine Frau. Gleich am ersten Tag. Danach waren wir alle auf der Hut. Und ... einen Verletzten haben wir auch noch. Was für ein Glück, dass Ihr gekommen seid! Vor allem weil wir bisher nicht einmal geahnt haben, dass man in Rhynt noch gar nichts von unserem Unglück weiß ...«

Innerlich kochte Scheron vor Wut auf ihren Kollegen. Er hatte seine Pflichten vernachlässigt, hatte sich in sein lauschiges Heim in Rhynt zurückgezogen und die Menschen hier in Hormus ihrem Schicksal überlassen. Scheron hatte keine Ahnung, um welchen Kämpfer gegen Verirrte Seelen es sich handelte, aber sie konnte sich gut vorstellen, was geschehen würde, trüge sich dergleichen in Nimadh zu. Joseph würde jedem Einzelnen von ihnen die Haut gerben.

»Ist euer Toter in eines der Häuser eingedrungen? Oder hat er sich einmal bei Tage gezeigt?«

»Wir haben diese Herberge kaum verlassen, und bisher haben die Erhabenen Sechs uns das entgolten, Herrin. Deshalb können wir nicht viel sagen. Aber diese Verirrte Seele unterscheidet sich von allen anderen. Nicht dass ich viel Erfahrung mit ihnen hätte. Doch sie ist sonderbar ... größer ... mit langen Armen und Beinen ...«

»Das ist eine Umwandlung.«

Davon hatte auch Theo schon gehört. Wenn Verirrte Seelen nicht rechtzeitig zur anderen Seite geleitet wurden, konnte dergleichen geschehen. Dann schuf das Dunkel aus ihnen ein neues, noch schrecklicheres und gefährlicheres Wesen. Gerüchten zufolge waren diese Kreaturen riesig und spuckten unablässig Feuer.

»Was genau das ist«, brummte der Wirt, »will ich gar nicht wissen.«

Voller Entschlossenheit erhob sich Scheron.

»Ich brauche eine Laterne.«

Der Regen drosch auf die davonkriechende, schutzlose Erde ein und schien alle davon überzeugen zu wollen, dass er nie wieder enden würde. Er brachte Kälte und Feuchte mit, Nebel und Gepladder.

Das Wasser sprudelte über die Straße, schäumte in Pfützen, schoss von Dächern, Bäumen und gelbem Laub, lief über die umgedrehten Fischerboote, füllte das Meer und tränkte Scherons purpurroten Umhang.

Sie stand reglos da und atmete die salzige Luft ein. In dieser Sekunde empfand sie weder Unruhe noch Angst, weder Hunger noch Müdigkeit. Sie hatte Naily ebenso vergessen wie die Toten in Nimadh und Joseph. Sie kannte nun keine Gefühle mehr und keine Zweifel, keine Angst, keinen Hass und keine Liebe.

Denn sie musste ihre Arbeit erledigen.

Irgendwo im Regen lauerte ein Knochenzermalmer. Scheron war sich sicher, dass die Verirrte Seele in diese Kreatur verwandelt worden war und nun mit gewaltigen Pranken aus Knochen Staub machte. Von diesen Geschöpfen hatte sie bislang nur in Josephs Büchern gelesen. Es waren enorm starke und wendige Wesen, die ihre Opfer gern auf der Straße abpassten. Im Unterschied zu gewöhnlichen Verirrten Seelen waren sie nämlich imstande, ihre Gier zu zügeln und in einem Hinterhalt auf ihr Opfer zu warten.

Scheron schnappte sich die Laterne, die auf den Stufen vor dem Haus stand. Die Flamme flackerte, brannte aber mit einem satten Orange. Ohne Eile lief sie die Straße zum Ufer hinunter. Der Knochenzermalmer würde sie spüren – und sich dann auf sie stürzen.

Die Laternen auf den Dächern der Häuser zu beiden Seiten der Straße schimmerten gelb in der diesigen Nacht. Noch drohte Scheron keine Gefahr. Dennoch war sie auf der Hut. Sie lauschte. Ihr durfte kein Geräusch entgehen, das nicht vom Regen verursacht wurde.

Eine Umwandlung ...

Nach dem Kataklysmus war das eine alltägliche Erscheinung gewesen, heute dagegen eine seltene Ausnahme, denn selbst wenn eine Verirrte Seele die erste Nacht überstand, brauchte sie sich nicht in eine neue Kreatur zu verwandeln. Dafür mussten vielmehr bestimmte Bedingungen gegeben sein. Die Todesursache spielte eine Rolle, der Mondzyklus, die Jahreszeit, aber auch das Alter des Menschen. Durch eine solche Umwandlung konnte dann ein Knochenzermalmer entstehen, ein Schlagetot oder ein Bluxer, ein sagenumwobenes Geschöpf, von dem man gar nicht mehr wusste, wie es überhaupt aussah.

Das Flackern einer Laterne riss Scheron aus ihren Gedanken. Sofort blieb sie stehen. Das Licht war tatsächlich erloschen. Ungläubig kniff sie die Augen zusammen. Wie konnte in einer solchen Nacht jemand nicht ausreichend Öl in das Gefäß geben?

Sie hob ihre eigene Lichtquelle höher. Fahle Schatten tanzten um sie herum und blieben plötzlich zitternd in der Luft hängen. Scheron drehte sich langsam einmal um sich selbst und spähte dabei in alle dunklen Ecken. Da ...

Jemand schien vom anderen Ende der Straße mit unglaublicher Kraft zu pusten. Wind fegte durch das Dorf. Sämtliche Laternen erloschen, auch die in Scherons Hand. Finsterste Dunkelheit senkte sich über das Dorf herab.

Fluchend stellte Scheron die Laterne ab, um geschwind ihre Würfel herauszuholen und sie auf den Boden zu werfen.

Ein weißes Licht entzündete sich an den Fingerspitzen ihrer linken Hand und zitterte wie eine junge gefangene Dohle. Scherons Herz hämmerte wild. Dennoch empfand sie keine Angst. Sie wusste, wer ihr gegenüberstand und warum sämtliche Lichter erloschen waren.

Aus einem Haus huschte ein Schatten heraus. Ein völlig verängstigter Hund, der sich nun winselnd an ihre Beine schmiegte. Er zitterte heftig. Wie alle in diesem Dorf wollte er am liebsten weit fort sein.

Scheron nahm sich trotz der lauernden Gefahr die Zeit, ihm den Kopf zu kraulen.

»Keine Angst«, redete sie sanft auf ihn ein. »Alles wird gut.«

Offenbar glaubte der Hund ihr nicht, denn er sah sie mit einem Blick an, in dem die stumme Bitte lag, auf der Stelle mit ihm fortzugehen.

»Alles wird gut«, wiederholte Scheron, die nun aus den Augenwinkeln heraus eine Bewegung wahrnahm.

Einmal mehr war sie froh über ihre Fähigkeiten. Für einen gewöhnlichen Menschen wäre die Nacht reines Schwarz gewesen, ihr aber bot sie sich als ein Geflecht aus verschiedenen Grautönen dar.

Scheron war weder blind noch hilflos.

Der Hund stellte knurrend sein Fell auf und presste sich fest auf den Boden, ein Ausdruck äußerster Verzweiflung.

»Geh weg«, riet Scheron ihm, während sie unverändert in die Nacht spähte. »Geh weg, bevor es zu spät ist.«

Der Hund nahm indes an, in der Nähe eines Menschen sei es für ihn sicherer, und blieb, wo er war. Nach wie vor knurrte er.

Mit einem Mal sprangen Scherons Würfel in die Luft, stießen gegeneinander, fielen wieder zu Boden und wirbelten so schnell umeinander, dass im Schlamm ein leuchtender Kreis entstand. Er würde Scheron und den Hund beschützen.

Der Knochenzermalmer stand nun unmittelbar vor ihr. Ein ungeschlachtes Wesen mit langen Armen, schaufelartigen Pranken und dicken Fingern. Scheron schleuderte eine Lichtkugel auf ihren Feind, doch dieser tauchte mit der Geschicklichkeit eines Wiesels darunter hinweg, glitt wie eine Schlange vorwärts und sprang im Zickzack, nach links und nach rechts, was einen zweiten Angriff Scherons vereitelte. Allerdings konnte auch er sich nicht auf Scheron stürzen, das verhinderte der leuchtende Kreis der Würfel.

Scheron wich etwas zurück, holte weit mit der rechten Hand

aus, in der sie ihr Stilett hielt, und konnte dadurch eine aus Dunkel geformte Schlinge auf den flinken Widerling werfen.

Diese legte sich jedoch nicht um den Hals des Knochenzermalmers, sondern lediglich um sein Handgelenk.

Sofort zerrte der Kerl daran, sodass Scheron das Seil beinahe aus der Hand geglitten wäre. Sie knurrte nun genauso laut wie der Hund neben ihr, ging leicht in die Knie und rammte das Stilett mit aller Wucht in den Boden.

Dem Knochenzermalmer schien jemand die Beine weggezogen zu haben. Wortlos krachte er zusammen. Als er versuchte, aufzustehen und Scheron anzugreifen, schleuderte sie lediglich eine weitere Kugel weißen Lichtes gegen ihn.

Ihr folgte eine zweite und eine dritte. Dennoch griff er mit seinen schrecklichen Pranken nach wie vor nach ihr. Vergebens.

Und irgendwann fand die Verirrte Seele ihren Weg aus dem Körper. Die Kreatur gab Ruhe, schrumpfte und trocknete aus. Zurück blieb nur ein Häuflein Asche, die sich im Nu mit dem Schlamm und dem Regen vermengte.

Der Hund bellte erleichtert auf und stürzte davon in die Dunkelheit, die nun keine Gefahr mehr barg. Scheron schnippte mit den Fingern. Sofort verblasste der weiße Kreis am Boden. Sie nahm ihre Würfel auf, die eine unglaubliche Wärme verströmten, und presste zum Dank sanft ihre Lippen auf sie.


Laviany saß reglos da und bemerkte gar nicht, wie der Regen über ihr Haar rann und es an ihre Wangen klebte. Nicht einmal die Kälte, die sich in ihre Haut fraß, spürte sie. In der verlassenen Straße brannte keine einzige Laterne mehr. Grau und schwarz lag sie da, sodass sie selbst jetzt, da Scheron den Knochenzermalmer ausgeschaltet hatte, noch feindselig wirkte.

Vom Dach der Herberge aus hatte sie den Kampf beobachtet. Ein aufschlussreiches Schauspiel.

Was nicht alles in diesem ruhigen Mädchen steckt!, hielt Laviany bei sich fest. Bei allen elenden Streifenfischen, aber das ist keine gewöhnliche Kämpferin gegen Verirrte Seelen! Deshalb braucht dieser Schahuter ausgerechnet sie. Und für uns besteht mit ihr vielleicht tatsächlich die Aussicht, diese Reise nach Taloris zu überleben, selbst wenn in dieser verfluchten Stadt schon der Gebannte sein Ende gefunden hat.

Scheron hatte Laviany zutiefst beeindruckt. Ihre neue Gefährtin besaß ohne Frage Mut. Nicht ein einziges Mal hatte sie gezittert, nicht ein einziges Mal war sie ängstlich zurückgewichen. Kalt und überlegt hatte sie den Kampf gegen den Knochenzermalmer aufgenommen. Höchst überlegen.

Mit ihr hatten sie in der Tat einen Trumpf im Ärmel. In dieser Sekunde hatte selbst Laviany nicht das Geringste gegen ihre Anwesenheit einzuwenden.

## KAPITEL 11
# Der Weg nach Arant

*Sie flogen auf weißen Löwen. Etwas Schöneres hatte ich nie zuvor gesehen. Blühende Geschöpfe, jung und voller Leben. Magie war ihr Blut, und nichts würde sie je in die Tiefe reißen. Das dachten wir alle, die wir die großen Magier nicht minder verehrten als die Erhabenen Sechs. Dann jedoch brach der Krieg des Zorns aus, und wir fingen an, sie für den Schmerz und den Tod zu hassen, den sie in unsere Welt gebracht hatten. Inzwischen gibt es sie längst nicht mehr, während ich mich noch immer meines Lebens erfreue. Und ich erinnere mich noch genau. Sie flogen auf weißen Löwen. Das war wunderschön ...*

Aus dem Bericht eines Mannes, der den Kataklysmus überlebte

Der Fußboden im Gang knarrte. Behutsam tastete Theo sich in der Dunkelheit voran. Es war kalt, wie immer in Lethos, vor seinem Mund hing eine Dampfwolke.

Janusz hatte ihnen zwar hervorragende Zimmer gegeben, dennoch hatte Theo keinen Schlaf gefunden. Sobald er eingeschlummert war, hatte er den Schahuter mit den seltsamen Spiegelaugen vor sich gesehen, der Henryn bei lebendigem Leibe die Haut abzog. Dann war er mit stechenden Schmerzen im Bett aufgefahren. Der Widerling musste ihm einen stählernen Keil unter das Schulterblatt getrieben haben ...

Deshalb hatte Theo beschlossen, etwas zu unternehmen. Und zwar auf der Stelle.

Er klopfte an die hölzerne Tür und wartete fast darauf, dass seine Haut unter dem Mal wieder zu brennen anfing. Im Zimmer bewegten sich derweil nackte Füße über die kalten Dielen.

»Wer ist da?«, fragte Scheron.
»Ich bin's. Theo.«
»Ich mach gleich auf«, sagte sie nach kurzem Zögern.
Als sie ihm öffnete, hatte sie sich einen Schal um die Schultern geschlungen. Auf dem Tisch brannte mit ruhiger Flamme eine Kerze.
»Was ist geschehen?«
»Wir müssen miteinander reden.«
Sie zeigte auf den einzigen Stuhl und machte es sich selbst im Schneidersitz auf dem Bett bequem.
»Ich hab dir noch gar nicht dafür gedankt, dass du dich in Nimadh um mich gekümmert hast.«
»Das ist nicht der Rede wert«, versicherte Scheron. »Wir in Lethos lassen niemanden im Stich.«
»Und dann ... Wahrscheinlich wirst du glauben, ich hätte den Verstand verloren, wenn du meine Geschichte hörst. Aber ... Also, um die Karten endlich auf den Tisch zu legen! Laviany und ich, wir haben dich gesucht. Wir sind uns gestern daher nicht zufällig begegnet.«
»Und was wollt ihr von mir?«
»Lach mich jetzt bitte nicht aus, aber ... aber ich bin mit einem Schahuter zusammengestoßen.« Theo beobachtete, wie ihr die Augen fast aus den Höhlen traten. »Er hat mich vor eine schlichte Wahl gestellt. Entweder ich tu, was er verlangt, oder ich sterbe.«
»Bei dir war er also auch ...« Erstaunt vernahm er ihre Worte. »Was wollte er von dir?«
»Dass Laviany und ich dich suchen.«
»Bist du da ganz sicher?«
»Gibt es in Nimadh denn noch eine Kämpferin gegen Verirrte Seelen namens Scheron?«
»Weißt du, wohin ich unterwegs bin?«
»Nach Taloris.«
Ganz kurz presste sie die Lippen fest aufeinander.
»Der Schahuter hat mir etwas für dich dagelassen«, sagte Theo. »Frag mich nicht, was es damit auf sich hat. Er hat mir nur gesagt, ich soll es dir geben.«

Er holte ein beinernes Medaillon aus seiner Tasche und reichte es Scheron.

Es war die kleine Figur eines Delfins. Dimiter hatte sie vor vielen Jahren aus Varen mitgebracht. Ein Amulett, das gegen das Böse feien sollte. Nachdem er im Meer umgekommen war, hatte Scheron es an Nailys Bettpfosten gehängt.

»Glaub mir, ich habe nicht die geringste Ahnung, was das zu bedeuten hat«, gestand Theo. »Der Schahuter hat sich in einem toten Freund von mir eingenistet. Bei Laviany ist er auch gewesen, um sie ebenfalls unter Druck zu setzen. Deshalb müssen wir dich begleiten, das ist für uns sehr wichtig. Vor allem für mich.«

»Wieso gerade für dich?«, wollte Scheron wissen, während sie den Delfin in ihrer Reisetasche verstaute.

»Das zeige ich dir am besten«, antwortete er und machte sich daran, seinen Oberkörper zu entblößen.

»Theo, wirklich …«, wollte Scheron ihm Einhalt gebieten.

Doch da hatte er ihr bereits den Rücken zugekehrt.

»Mögen die Erhabenen Sechs mit uns sein!«, stieß sie aus.

Das Mal auf Theos linker Schulter verströmte etwas Unheilvolles. An einigen Stellen war die Haut durchscheinend geworden, dort waren Adern, Muskeln und Sehnen klar zu erkennen.

»Ist das etwa das Mal der Leere?!«

»Ja.«

»Ich habe noch nie einen Gebrandmarkten gesehen«, fuhr sie fort.

»Bitte?«

»Einen Gebrandmarkten. So heißen Hülsen bei uns.«

»Kannst du etwas gegen dieses Mal unternehmen?«

»Ich?!«

»Du bist doch eine Kämpferin gegen …«

»Aber keine der Erhabenen Sechs! Und auch keine Magierin! Überhaupt hatte ich bisher angenommen, Hülsen seien lediglich eine Legende.«

»Dann hast du nun also eine leibhaftige Legende vor dir …«

»Dieser Strudel … das ist Magie der Astoré. Dunkle Kraft, die der Dunkle Reiter in unsere Welt gebracht hat. Kann ich mir das vielleicht mal näher anschauen?«

»Nur zu.«

»Tut das weh?«, fragte Scheron, als sie sanft mit ihren warmen Fingerkuppen über Theos entstellte Haut fuhr.

»Ein bisschen«, gab Theo widerwillig zu. »Laviany hat die Ausbreitung vorübergehend aufhalten können, aber sie hat gesagt, eine Kämpferin gegen Verirrte Seelen käme mit der Aufgabe deutlich besser zurecht als sie. Das war einer der Gründe, warum ich nach Lethos gekommen bin.«

Scherons linke Hand verströmte jetzt ein weißes Licht. Sie berührte jeden Zoll der Zeichnung.

»Und was ist Laviany für eine, wenn sie von diesen Dingen etwas versteht?«

»Keine Ahnung. Sie trägt ihr Herz nicht unbedingt auf der Zunge.«

Daraufhin schloss Scheron die Augen, um sich Theo gleichsam von innen anzuschauen. Prompt wurde sie von einer unsichtbaren Kraft zu Boden geschleudert. Benommen schüttelte sie den Kopf. Theo sah sie besorgt an.

»Ist alles in Ordnung?«

»Gib mir eine Minute.«

Sie setzte alles daran, damit er nicht bemerkte, wie stark ihre Finger zitterten, während sie ihrer Tasche ein flaches Kästchen aus Zedernholz entnahm. In ihm befanden sich vier lange, schmale Nadeln.

»Du weißt, dass bereits Magie in dir steckt?«

»Ich weiß, dass mich Schmerzen und Albträume plagen«, erwiderte Theo und beäugte misstrauisch die Nadeln in Scherons Hand. »Was hast du mit diesen Folterwerkzeugen vor?«

»Ich kann das Mal auf deinem Rücken nicht tilgen, aber ich kann deine Schmerzen lindern. Wo hast du dir das Ding eingefangen?«

»Das ist eine lange Geschichte ... Verflucht! Der Gebannte soll dich holen!«

Er zuckte zusammen, und in seinen Ohren klirrte es, als

Scheron die erste Nadel in den Strudel steckte. Sie sah ihn missbilligend an, sagte aber keinen Ton, sondern setzte die nächste Nadel, etwas unterhalb der ersten. Diesmal verspürte Theo keinen Schmerz.

»Das sollte dir helfen«, versicherte sie.

»Was wollte dieser Schahuter denn von dir? Und warum begibst du dich nach Taloris?«

»Er hat mir etwas gestohlen. Ein Kind. Ein Mädchen.«

»Und wie alt ist deine Tochter?«

»Wir Kämpferinnen gegen Verirrte Seelen können keine eigenen Kinder zur Welt bringen. So gesehen ist sie nicht meine Tochter. Mein Mann hat sie von einem Bauernhof im Norden mitgebracht. Sie war die Einzige, die dort das Fieber im Winter überlebt hat. In dem Jahr sind viele Menschen von einer Krankheit dahingerafft worden.«

»Trotzdem tut es mir wegen der Kleinen leid.«

»Mir auch, glaub mir.«


Noch vor Tagesanbruch legte die Fähre in Hormus ab.

Mit großen Rädern durchpflügte sie das Wasser, umfuhr Untiefen und Felsen, die unvermittelt aus dem Wasser aufragten. Die Räder wurden von Grunzlingen angetrieben. Sie verübelten es allen, vor Tau und Tag geweckt und aus ihrem warmen Koben hinaus in die Kälte gescheucht worden zu sein, weshalb sie nun im Laufrad ihre Pfoten nur widerwillig voreinandersetzten. Hin und wieder fiepte eines der Tiere schwer, fast wie ein vom Leben erschöpfter Mensch, doch damit fing es sich nur das Geschimpfe der Fährfrau ein.

Endlich schlief Theo ein. Er wachte erst früh am nächsten Morgen wieder auf. Scherons Nadeln hatten ihm gute Dienste geleistet und jeden Albtraum von ihm ferngehalten.

Nun beobachtete er die gerade aufgehende, noch bleiche und kalte Sonne. Laviany saß wie schon bei der Überfahrt nach Lethos am Bug. Sie verströmte eine düstere Schwermut. Scheron schlief noch, eingehüllt in ihren roten Umhang, die Wange auf ihre Hand gebettet. Behutsam breitete Theo eine Decke über ihr aus.

Skella, die blutjunge Fährfrau mit den kurzen Zöpfen und dem dreieckigen Gesicht, in dem große hellgraue Augen leuchteten, stand am Steuerrad und erteilte zwei Seemännern Befehle. Diese waren für die Grunzlinge verantwortlich.

Ein kalter, nebliger Morgen war heraufgezogen. Über das erstaunlich ruhige Wasser kroch eine graue Brühe an sie heran, die sich dann jäh wie ein wildes Steppenpferd aus dem Kleinkönigreich aufbäumte.

Sobald die Grunzlinge das entsprechende Kommando erhielten, drosselten sie ihr Getrippel im Laufrad. Sofort fuhr die Fähre langsamer. Einer der zwei Helfer Skellas begab sich zum Bug und ließ einen Albatros in die Luft aufsteigen. Der rauchgraue Vogel spannte seine gewaltigen Flügel und schoss in den Nebel davon. Eine Minute später ertönte von Steuerbord ein Schrei. Skella riss das Ruder herum.

Der Vogel lotste sie sicher an sämtlichen Klippen und Untiefen vorbei.

Eine Stunde später wachte Scheron auf. Fröstelnd lächelte sie Theo zu.

»Hier, Herrin!«, sagte Skella. »Trinkt etwas Warmes!«

Dankbar nahm Scheron einen Becher mit heißem Wasser entgegen, gab einige getrocknete Himbeeren und etwas Honig hinein, legte die klammen Finger um das Tongefäß und nippte voller Wonne an dem Aufguss. Auch Theo kam in den Genuss, während Laviany dankend ablehnte.

Nach wie vor hüllte sie sich meist in Schweigen und antwortete auf Scherons Fragen nur einsilbig. Diese erkundigte sich vor allem nach dem Schahuter. Irgendwann platzte Laviany der Kragen, und sie erklärte barsch, sie lasse sich von Scheron nicht ins Verhör nehmen und diese solle doch gefälligst Theo mit ihrer Neugier die Nerven rauben.

Allmählich lichtete sich auch der Nebel, allerdings nur, um sich rasch in tief hängende Wolken zu verwandeln. Ein grauer und trüber Tag, nicht anders als all seine herbstlichen Brüder.

»Woran denkst du?«, wollte Theo von Scheron wissen, die an der Reling stand und ins Wasser starrte.

»An das südliche Festland. Reist du viel?«

»Das bleibt nicht aus. Zirkus bedeutet nun einmal ein Wanderleben.«

»Als ich noch ein kleines Mädchen gewesen bin, habe ich immer davon geträumt, mir die Welt anzusehen. In den Büchern meines Vaters hatte ich viel über die Farbenpracht und Wunder in den einzelnen Herzogtümern gelesen. Damals habe ich mir das Versprechen gegeben, eine lange Reise zu machen, wenn ich erst einmal groß bin.«

Er sah sie aufmerksam an. Am Himmel kreischten Möwen.

»Was hat dich dann aufgehalten?«

»Meine Gabe. Als ich neun Jahre alt gewesen bin, hat sie sich gezeigt. Damit musste ich mir alle Reisen aus dem Kopf schlagen.«

»Dann ist deine Gabe also auch eine Fessel.«

»Darüber beklage ich mich aber nicht«, erwiderte Scheron mit einem Lächeln. »Sie ist meine Bestimmung. Aber meine kindlichen Träume habe ich mir bewahrt …«

»Und dein Mann …?«

»… ist tot.«

»Das tut mir leid.«

Ihr Gespräch verstummte von selbst.

Die Schaufelräder der Fähre pflügten durchs Wasser. Links und rechts neben ihnen lagen zahllose felsige Inseln. Sie erinnerten ein wenig an Buchweizenkörner. Einige waren kleiner, andere größer, manche mit Wald bewachsen, manche nur mit Moos. Sanfte Buchten wechselten sich mit den Überresten alter Städte ab. Diese Inseln tauchten auf, zogen an ihnen vorbei und verschwanden hinter dem Heck.

Sie waren den ganzen Tag unterwegs. Dreimal legten sie an, um die erschöpften Grunzlinge gegen frische auszutauschen. Bevor sie zur Nacht festmachten, mussten sie bereits durch finsterste Dunkelheit fahren. Ohne den Albatros hätten sie dieses letzte Stück des Weges nicht unbeschadet hinter sich gebracht.

»Darf ich mich zu dir gesellen?«, wollte Scheron von Laviany wissen.

Diese zuckte nur mürrisch mit der Schulter.

»Wie weit ist es noch bis Arant?«, fragte Laviany nach einer Weile.

»Vier Tage, wenn das Meer so ruhig bleibt wie bisher.«

»Nach Taloris ... Gibt es da nur den Weg durch die Hauptstadt?«

»Ja.«

»Wie geht es von dort aus weiter? Wer bringt uns nach Taloris?«

»Das lass meine Sorge sein. Ich kann mit einem Boot oder Kutter umgehen.«

Das konnte sie in der Tat. Dimiter hatte es ihr beigebracht.

»Ist wahrscheinlich ein Kinderspiel, in Arant einen Kahn aufzutreiben ...«

»Einer Kämpferin gegen Verirrte Seelen wird man die Bitte nicht abschlagen. Selbst wenn wir damit nach Taloris wollen.«

Mit einem Nicken gab ihr Laviany zu verstehen, dass sie in dem Fall keine weiteren Fragen habe. Ihr Blick wanderte zu Theo, der etwas abseits von ihnen stand.

»Wieso nimmst du das Mal auf dem Rücken unseres Freundes eigentlich so gelassen hin?«, wandte sie sich dann aber doch noch einmal an Scheron. »Und wieso hast du sofort eingewilligt, dass wir dich nach Taloris begleiten? Ich hatte angenommen, wir müssten uns da erst den Mund fusselig reden.«

»Drei Menschen überleben vielleicht, wo einer allein stirbt. Warum sollte ich also etwas gegen eure Gesellschaft einzuwenden haben?«

»Du bist wirklich sonderbar. Dass du dein Leben für ein fremdes Kind aufs Spiel setzt.«

»Hast du Kinder?«

Laviany ließ sich lange Zeit, ehe sie antwortete. Schweigend lauschte sie dem Plätschern, das die Schaufelräder verursachten.

»Ich hatte einen Sohn«, sagte sie dann zu ihrer eigenen Überraschung. »Aber er ist schon lange tot.«

»Das tut mir leid.«

»Für unsere Aufgabe hat das keine Bedeutung«, erwiderte Laviany nur. »Vergessen wir es also.«

»Aber du wirst in dem Fall sicher verstehen, warum ich nach Taloris aufgebrochen bin.«

»Nein, das tue ich keineswegs. Wenn es dein eigenes Kind wäre, sähe die Sache anders aus.«

»Wir beide leben offenbar in völlig unterschiedlichen Welten.«

»Im Grunde ja. In meiner Welt rettet niemand das Leben fremder Kinder. Häufig genug rettet man da noch nicht mal das Leben der eigenen. Aber lassen wir das. Du hast dich zu dieser Reise durchgerungen, allein das zählt.«

»Warum hast du dich denn auf dieses Unternehmen eingelassen?«, erkundigte sich Scheron in einem etwas schärferen Ton, als sie es beabsichtigt hatte. »Theo hofft dadurch, das Mal der Leere loszuwerden, das weiß ich. Aber du? Was hat der Schahuter dir angeboten?«

»Das ist nicht die Nacht der Offenbarungen! Ich habe dir schon mehr erzählt als vielen anderen. Wenn wir all das hinter uns haben ...«

Völlig unvermittelt warf Scheron ihr da ihr Stilett zu, das Laviany geschickt auffing.

»Du siehst in der Dunkelheit genauso gut wie ich«, stellte Scheron fest. »Aber du bist keine Kämpferin gegen Verirrte Seelen. Wer also bist du? Ich verfüge über meine Gabe, Theo trägt das Mal der Leere. Der Schahuter hat für diese Reise keine gewöhnlichen Menschen ausgesucht.«

In Lavianys Finger lag nun eine Waffe, die sie ohne Weiteres einsetzen konnte ...

»Ich bin ich. Und du bist du. Sogar unser Zirkusmann ist lediglich ein Zirkusmann. Ein bunt zusammengewürfelter Haufen, das sind wir. Was wir ganz bestimmt nicht sind, das sind Freunde, die sich gegenseitig ihre Geheimnisse anvertrauen. Wenn wir unsere Aufgabe erfüllen, trennen wir uns wieder. Mehr brauchst du nicht zu wissen.« Sie gab Scheron das Stilett zurück. »Was weißt du über Taloris?«

»Die Fischer meiden die Insel, auf der die Stadt liegt«, antwortete sie, während sie dem Plätschern des Wassers lauschte. »Sie gilt als verflucht. Vor dem Kataklysmus war Taloris die größte Stadt im Norden, die Hauptstadt von Lethos und die schönste Perle des Geeinten Königreichs. Dort hatte man den Palast für die großen Magier und ihre Schule erbaut. Auch die Lichtwirker hatten eine Bastion in Taloris, die Mondfestung. Es gab nichts, was es in dieser Stadt nicht gab. Als aber der Krieg des Zorns ausbrach und Thion mit seinen Mannen gegen den Gebannten zog, büßte Taloris seine einstige Größe ein. Es folgte der Kataklysmus. Seitdem gilt die Stadt als verflucht. Wer auch immer sich danach zu ihr aufgemacht hat, ist nicht zurückgekehrt. In früheren Jahrhunderten waberte in den langen Winternächten noch das Böse von Taloris zu den anderen Inseln hinüber. Menschen wie ich haben sein Vordringen verhindert. Heute scheint die Insel jedoch in einer Art Winterschlaf versunken zu sein. Für den Rest von Lethos geht von ihr keine Gefahr mehr aus.«

»Aber auf der Insel selbst sieht die Sache nach wie vor anders aus, oder?«

»Ja. Als mein Lehrer noch ein junger Mann war, sind einige Kämpfer gegen Verirrte Seelen nach Taloris aufgebrochen. Von ihnen hat man nie wieder gehört.«

»Und zu diesem lieblichen Ort sind wir jetzt unterwegs.« Laviany spuckte über die Reling ins Wasser. »Auf Einladung eines Schahuters.«

»So ist es«, sagte Scheron nur.

Daraufhin spuckte Laviany nur noch einmal ins Wasser.

Endlich ließen sie die Meeresarme hinter sich und gelangten hinaus auf die offene See, die nach wie vor erstaunlich glatt dalag.

Theo beugte sich über die Reling und betrachtete sein Spiegelbild. Am Himmel stand keine einzige Wolke, nur eine fahle Sonne, die sich ebenfalls im Wasser spiegelte.

»Und?«, fragte Scheron, als sie sich zu ihm stellte. »Hast du schon etwas entdeckt?«

»Nein«, antwortete er ihr mit einem strahlenden Lächeln. »Deshalb kann ich einfach nicht glauben, dass wir gerade über die untergegangenen Teile von Lethos hinwegfahren ...«

»Dann hast du wohl überhaupt keine Vorstellung davon, wie Lethos einst aussah?«

»Nicht die geringste«, gab Theo lachend zu. »Von der Vergangenheit zeugen oft ja leider nur Trümmer.«

»Du hast recht. Wir müssen uns mit Bruchstücken begnügen, doch selbst für sie bin ich dem Schicksal dankbar. Sie beweisen, dass man sogar den Kataklysmus überstehen kann. Selbst die Ruinen sind noch schön, einst aber müssen es unvorstellbar prachtvolle Bauten gewesen sein.« Sie sah Theo an. »Wie fühlst du dich heute?«

»Deine Nadeln helfen«, versicherte Theo. »Endlich habe ich ruhig geschlafen. Glaub mir, es gibt angenehmere Dinge im Leben als einen Schahuter, der dich in deinen Träumen heimsucht. Kann ein gewöhnlicher Mensch eine solche Gestalt eigentlich töten?«

»Kennst du denn nicht den alten Kinderreim?«

»Welchen?«

»Der Spiegel entzwei und Zinn fließt frei, dazu noch Ziegenblut und Eichenspan, und schon ist dem Dämon ein Leid getan!«

»Damit erledigst du diese Biester bestimmt nicht«, mischte sich nun Laviany ein. »Da hab ich so meine Erfahrungen!«

»Ach ja?«, hakte Theo belustigt nach. Als er jedoch ihren Gesichtsausdruck wahrnahm, begriff er, dass sie nicht scherzte. »Und ... und das hast du überlebt?!«

»Davon könnte man bei meinem Anblick glatt ausgehen.«

»Einzelheiten verrätst du wohl nicht?«, fragte Scheron. »Sie könnten für uns ganz hilfreich sein ...«

»Du willst Einzelheiten? Bitte! Am besten meidest du diese Viecher! Geht das nicht, dann tu, was so ein Widerling verlangt! Ziegenblut kannst du vergessen! Als ich noch jung war, da habe ich in Niedermark bei ... bei einem Freund gelebt, aber zum Glück nicht unmittelbar an der Grenze zu Ödien. Trotzdem ist mir eines Tages einer dieser kreuzdämlichen Schahuter über den Weg gelaufen. Belassen wir es dabei, dass es nicht zu meinen schönsten Erinnerungen gehört. Der Bursche hatte sich in meinem Freund eingenistet. Das Ergebnis war nicht gerade einnehmend. Ein Mann mit seltsamen Spiegelaugen. Sein Blut erinnerte an Quecksilber und löste sich dann in dunklen Rauch auf. Genau wie bei unserem besonderen Freund.«

»Halt!«, unterbrach Theo sie. »Woher weißt du, was unser besonderer Freund für Blut hat? Hast du ihn etwa verletzt?«

»Ich habe ihn ein klein wenig gekratzt, und das kommt schon einem Wunder gleich! Doch zurück zu jenem ersten Schahuter! Eichenholz und Ziegenblut spielte dabei keine Rolle, aber immerhin ein Spiegel. Es ist mir gelungen, dem Widerling eine entsprechende Scherbe in den Hals zu treiben. Ist ja nicht so, dass ich die ganzen dummen Märchen nicht kenne. Aber dafür, dass ein Schahuter schon sterben soll, wenn man ihn nur mit einem Spiegel berührt, hat er dann noch ziemlich gewütet!«

Sie grinste bei der Erinnerung an die Panik, die sie empfunden hatte, als der Widerling mühelos ihren Partner vom Nachtclan ermordet hatte und sich anschließend auf sie stürzen wollte.

»Und wie ist es dir geglückt zu überleben?«

Laviany behielt lieber für sich, dass sie dafür ihre vier Schmetterlinge hatte opfern und ihre ganze Entschlossenheit, Kühnheit und Verzweiflung in die Waagschale hatte werfen müssen. Damals gab es für sie jedoch einen zwingenden Grund für ihr Tun. Ihren Sohn.

»Wie überleben denn die Soldaten, die an der Grenze nach Ödien stehen?«, fragte sie nach einer Weile bloß.

»Eben! Wenn es zu einem Zusammenstoß mit den Schahutern kommt, überlebt das ja eigentlich niemand.«

»Eines kann ich euch jedenfalls sagen: Ich habe damals geschlagen, gestochen und gehackt, was das Zeug hielt. Am Ende habe ich alles verbrannt, was noch von diesem Widerling zeugte. Diese Wesen sollen Feuer ja angeblich nicht mögen.«

Nach dieser Auseinandersetzung hatte sie fast zwei Monate lang unter Fieber gelitten. Kaum ein Heiler hatte geglaubt, dass sie je wieder genesen würde. Doch allen Erwartungen zum Trotz hatte sie auch das geschafft.

»Willst du nicht endlich deine Geschichte weitererzählen«, wandte sie sich dann an Theo, eindeutig in der Absicht, das Thema zu wechseln. »Wo waren wir eigentlich stehen geblieben?«

»Welche Geschichte?«, hakte Scheron sofort nach.

»Ich habe Laviany etwas von den Astoré und dem Verlust der Magie erzählt.«

»Aber das wissen doch alle«, entfuhr es Scheron.

»Alle außer mir«, knurrte Laviany.

»Wenn ich mich nicht irre, sind wir bis zu der Stelle gekommen, als die Erhabenen Sechs sich durch Lug und Trug die Magie der Astoré angeeignet und diese selbst zur anderen Seite gejagt haben.«

»Ach ja, jetzt fällt mir alles wieder ein.«

»Ihr schändliches Verhalten sollte schlimme Folgen nach sich ziehen«, fuhr Theo daraufhin fort. »Die Erhabenen Sechs hatten nicht bedacht, was die Magie der anderen Seite mit den Astoré machen würde. Diese verwandelten sich nämlich fast alle und wurden zu wahren Dämonen des Dunkels. Zu den Schahutern. Von Hass geleitet, waren diese ausschließlich darauf erpicht, Tod zu bringen.«

»Damit haben wir diese reizende Reise nach Taloris also den Erhabenen Sechs zu verdanken«, ätzte Laviany. »Diese hohlhirnigen Drecksstücke! Schade, dass die mir nicht mehr über den Weg laufen können! Die Astoré in einem Haus einzusperren, in dem ein Feuer wütet und dann den Schlüssel zu verschlucken. Allerdings haben diese Kreaturen auch einen beachtlichen Weg zurückgelegt! Von Göttern zu Untieren!«

»Nicht alle Astoré wurden zu Schahutern«, betonte Scheron noch einmal.

»Völlig richtig«, bestätigte Theo. »Es gab immer noch einige Astoré, die den Kräften der anderen Seite zu widerstehen vermochten und sie selbst blieben. Sie kämpften gleichsam von einer Insel des Lichts aus gegen die Schahuter und setzten alles daran, die Erhabenen Sechs wissen zu lassen, welche Gefahr den Menschen drohte. Verzweifelt versuchten sie, von der anderen Seite zu uns zu gelangen. Was sie fanden, war jedoch nur der Tod. Kurz bevor es zu spät war, gelang es einem Astoré aber doch noch, zu uns vorzustoßen. Zusammen mit einigen Freunden brachte er sämtliche Schichten des Dunkels hinter sich, musste dafür allerdings einen hohen Preis zahlen. Diese tapferen Astoré wurden allesamt zu Menschen.«

»Ein guter Witz«, stieß Laviany aus und rang sich sogar ein Lachen ab. »Tiefer konnten sie nun wahrlich nicht mehr fallen.«

»Das stimmt nicht ganz, Theo«, sagte Scheron. »Diese Astoré ähnelten den Menschen nur äußerlich, durch ihre Adern floss aber noch das alte Blut. Das Blut derjenigen, die einst über Magie geboten und uns geschaffen haben. Im Laufe der Zeit haben die Astoré dann aber selbst vergessen, wer sie eigentlich sind. Das änderte sich erst mit dem Auftauchen Wyrons.«

»Du meinst den Dunklen Reiter?«, erwiderte Theo. »Ihm stand die Magie, die seinem Volk von den Erhabenen Sechs gestohlen worden war, zwar nicht mehr zur Verfügung, aber er vermochte zur anderen Seite vorzudringen, um sich dort eine neue Magie anzueignen. Die der Schahuter. Mit ihr kehrte er dann zu uns zurück.«

»Du willst mir aber nicht weismachen, diese Biester hätten ihre Magie selbstlos mit ihm geteilt?«

»Natürlich nicht. Ihnen war auf Anhieb klar, was für ein Geschenk des Schicksals dieser Astoré für sie bedeutete. Endlich konnten sie das Böse zu den Menschen tragen. Deshalb teilten sie ihr Wissen mit Wyron. Nach und nach nistete sich in diesem das Dunkel ein. Lange hat er die Gefahr, die ihm drohte, gar nicht erkannt, und als es ihm aufging, war es bereits zu spät. Das Böse hatte ihn in seinen Klauen. So öffnete der Dunkle Reiter den Schahutern die Tür in unsere Welt. Kaum hier, töteten sie, verbreiteten Seuchen, brannten Städte nieder und vergifteten das Wasser. Dann erzählten sie dem Dunklen Reiter, was die Erhabenen Sechs den Astoré angetan hatten. Daraufhin dürstete er nach Rache. Die Schahuter schmiedeten ihm eine schwarze Rüstung. Mit ihr konnte er Legionen aus dem Dunkel rufen. So ausgerüstet, zog der Dunkle Reiter in den Krieg. Ihm folgten Astoré, aber auch Menschen. Es kam zur Schlacht der Schatten. In den lichtlosen Niederungen von Daul, der Wiege der Menschheit, die heute am Grund der Perlsee liegt. Wyron und seine Mitstreiter waren so stark, dass sie Malt töten und Moratan verwunden konnten. Am Ende bezwangen ihn die verbliebenen Erhabenen Vier aber doch.«

»Ein bitterer Sieg«, bemerkte Scheron. In ihren grauen Augen spiegelte sich Schmerz wider. »In dieser Schlacht starben auf beiden Seiten zahllose Menschen. Die Welt verödete. Der Dunkle Reiter fiel und mit ihm fast alle Astoré. Von ihnen überlebten nur zwei Familien. Die zerschlagenen Armeen der Schahuter wurden zur anderen Seite zurückgetrieben. Moratan erlag seinen Wunden. Damit endete das Zeitalter des Lichts.«

»Ich dachte immer, Götter können nicht sterben«, höhnte Laviany.

»Obwohl die Erhabenen Sechs wie Götter verehrt wurden, waren sie nie welche«, sagte Scheron. »Wir sehen sie nur gern als solche, weil sie die Welt vor den Schahutern gerettet haben.«

»Vorübergehend, wie ich einwerfen möchte. Schließlich haben wir es gerade einem dieser Biester zu verdanken, dass wir nach Taloris unterwegs sind.«

»Immerhin haben die Erhabenen Sechs ihren Fehler eingesehen und alles darangesetzt, ihn wettzumachen.«

Laviany hatte für Scherons Bemerkung nur ein Schnauben übrig.

»Um Wyron zu besiegen, mussten die Erhabenen Sechs ihn mit seinen eigenen Waffen schlagen. Deshalb bedienten auch sie sich dunkler Magie«, fuhr Theo fort. »Da ihnen klar war, dass die andere Seite sie sich früher oder später einverleiben würde, genau wie das schon mit Wyron geschehen war, beschlossen sie nach ihrem Sieg unsere Welt freiwillig zu verlassen, um diese nicht zu gefährden. Wyron hat es am Ende aber dennoch nicht geschafft, den Astoré das zurückzugeben, was ihnen gestohlen worden war.«

»War der Gebannte ein Schüler der Erhabenen Sechs?«

»Nein. Bis zum Erscheinen des Gebannten mussten erst noch zweitausend Jahre vergehen«, antwortete Scheron. »Er gebot nur noch über einen Brosamen der Stärke, die einst die Erhabenen Sechs auszeichnete.«

»Es reichte aber noch, um uns den Kataklysmus zu bescheren, an dessen Folgen wir immer noch knabbern.«

»Das stimmt«, pflichtete Theo Laviany bei. »Allerdings kannst du dir jetzt auch ausmalen, wozu die Erhabenen Sechs und Wyron imstande waren.«

»Vorhin habt ihr doch gesagt, einige Astoré hätten überlebt…«

»Ja. Und sie begriffen, dass man den Schahutern nicht trauen darf und sie die eigentlichen Feinde dieser Welt sind. Daraufhin wollten sie mit den Menschen ein Bündnis gegen diese Kreaturen des Dunkels schließen. Doch nach der Schlacht der Schatten misstrauten diese den Astoré. Die großen Magier von damals spürten sie auf und vernichteten sie, denn sie fürchteten, ein neuer Dunkler Reiter würde in ihren Reihen erscheinen und die nächste Schlacht anzetteln.«

»Wenn ich eure Geschichte glaube, dann waren die Nachfahren der Astoré uns Menschen tatsächlich so ähnlich, dass sie gleich auch noch unsere Dummheit übernommen haben«, hielt Laviany fest. »Aber wen würde das erstaunen.«


Die niedrigen Wolken wanderten endlich weiter und gaben den Blick auf die Gipfel der unwirtlichen Inseln ringsum frei. Am Ufer des größten Eilands ließen sich inmitten gewaltiger Findlinge die schwarz-grünen Dächer eines kleinen Dorfs ausmachen. Skella lenkte die Fähre dorthin und rief den erschöpften Grunzlingen etwas zu. Sofort drosselten die Tiere ihre Bewegungen und stellten sie schließlich ganz ein.

Die Fähre überwand die letzten Yards und rückte an die Anlegestelle heran. Skellas Helfer warfen den Hafenarbeitern dicke Taue zu, die im Laufe der Jahre schon fast schwarz geworden waren. Quietschend wurden die Schaufelräder aus dem Wasser gezogen.

»Will jemand mit?«, rief Skella.

»Nein, wir haben nur Fracht.«

»Dann rauf damit. Befestigt sie aber gut, gegen Abend rechne ich mit einer aufgewühlten See.«

Die nächste halbe Stunde wurden Kisten und Fässer auf die Fähre gebracht und mit Schnüren an Haken verzurrt.

Scheron ging kurz an Land.

»Ist bei euch im Dorf alles ruhig?«, fragte sie einen der Männer am Ufer.

»Ja, Herrin. Wir haben in diesem Monat weder Kranke noch Tote zu beklagen. Hoffen wir, dass es so bleibt.«

Nachdem die Ladung aufgenommen war, konnten sie die Fahrt jedoch nicht gleich fortsetzen, da die frischen Grunzlinge sich weigerten, ihren warmen Koben zu verlassen und die Arbeit aufzunehmen. Sie quiekten laut und drohten jeden zu bespucken, der sich ihnen näherte. Erst als eine Peitsche knallte, bequemten sie sich, in ihr Laufrad zu eilen. Die Fähre kroch vom Ufer weg und wurde dann schneller und schneller.

Die Sonne brachte der Welt einige Farben zurück. Es war, als hätte ein unsichtbarer Maler endlich seine Faulheit überwunden und zum Pinsel gegriffen. Im Wasser tanzten dunkelblaue Flecken, das Ufer leuchtete orangegolden, der Glimmer in den purpurroten Felsen loderte. Sogar die Bäume verloren etwas von ihrer bedrückenden Ausstrahlung und strahlten im Gelb des Herbstlaubs.

Nach einer Weile schoben sich die Wolken jedoch wieder zusammen, kappten die Sonnenstrahlen geradezu und ließen erneut fahles Licht triumphieren.

»Bei allen elenden Streifenfischen!«, brummte Laviany. »Das Wetter schlägt um. Macht euch auf eine kleine Hopserei gefasst.«

Theos Gedanken wanderten zurück zu dem letzten Sturm. Damals hatte er nur dank der Uynen überlebt. Er spähte über das Wasser. Da ragte zwischen zwei Inseln etwas aus dem Wasser …

»Das glaub ich nicht …«, hauchte er, als sie sich dem Ungetüm näherten.

Eine Marmorhand, riesig wie ein Haus. Der Zeigefinger wies hinauf zum feindlichen Himmel. Skella riss das Ruder herum und fuhr links an dem Hindernis vorbei.

»Was ist das?«, wollte Theo von Scheron wissen.

Und welche Ausmaße muss die Statue eigentlich haben, wenn schon die Hand ein solches Unding ist?!, fragte er sich.

»Das ist ein Denkmal für die Lichtwirker«, antwortete Scheron. »Früher gab es etliche davon. Sie hat man bereits zu Zeiten des Geeinten Königreichs errichtet. Ich frage mich immer, wie wohl das Gesicht aussieht, gebe mir darauf aber jedes Mal eine andere Antwort. Eine Statue hat den Kataklysmus übrigens völlig unbeschadet überdauert. Sie steht an der Grenze zu Ödien. Angeblich kann man sie aus den Burgen des Weißen Feuers sehen, den Festungen der Lichtwirker.«

»All das sind bloß völlig nutzlose Steinhaufen«, mischte sich Laviany ein, während sie ihr Messer mit einem Wetzstein schärfte, den sie von einem der Fährleute erbeten hatte. »Ich habe mal die Reste von so einem Ding in Solanka gesehen. Erkennen ließen sich eigentlich nur noch die Finger und ein paar Teile der Sandalen. Aus dem Rest hat man Häuser gebaut. Da vorn wartet übrigens schon das nächste Hindernis auf uns. Wahrscheinlich fahren wir gerade über eine versunkene Stadt.«

Trotz dieser Ankündigung machte Theo erst im letzten Augenblick sechs riesige pechschwarze Säulen aus, die eine gewaltige Kuppel trugen. Die Vergoldung fehlte längst, das Himmelblau der Bemalung war verblasst, nur am Rand ließen sich noch Flecken erkennen. Die in den Stein gehauenen Sterne hatten dagegen einen schwarzen Ton angenommen. Sie zogen sich in einer Spirale zur Spitze der Kuppel, die einst vielleicht mit einem Symbol geschmückt gewesen war. Jetzt lag sie indes blank wie die Glatze eines Riesen da.

»Bei den Erhabenen Sechs!«, stieß Theo aus. »Was gäbe ich dafür, einmal durch diese Stadt zu wandeln!«

»Dafür brauchst du bloß ins Wasser zu springen«, schnaufte Laviany. »Die Uynen werden frohlocken. So, wie die dich vergöttern, zeigen sie dir nur zu gern ihr trautes Heim.«

»Darüber solltest du nicht scherzen«, mischte sich Scheron ein.

»Warum das nicht?«

Doch Scheron antwortete nicht, sondern wandte sich brüsk ab. Achselzuckend nahm Laviany es hin.

Die Kuppel rückte unaufhaltsam näher. Theo musterte die Darstellungen von Menschen. Tapfere Krieger, betörende Schönheiten, große Könige und legendäre Helden. Dazu Ereignisse aus der Vergangenheit, die heute als reine Märchen galten oder gänzlich in Vergessenheit geraten waren.

Wie viel wir verloren haben, dachte Theo. Menschen und Erfahrungen. All die Geschichten derjenigen, die hier gelebt, geliebt und gekämpft haben, denen man einst nachgeeifert hat und deren Knochen nun schon so lange am Meeresgrund ruhen.

Skella lenkte die Fähre geradenwegs zwischen den Säulen hindurch, wobei sie die Grunzlinge anwies, die Geschwindigkeit zu drosseln. Das Bauwerk aus der Zeit des Geeinten Königreichs warf einen kalten Schatten auf sie.

»Kühnes Mädchen«, bemerkte Laviany grinsend, um dann zu schreien: »Nach rechts!«

»Keine Sorgen, Herrin«, erwiderte Skella, denn auch sie hatte gesehen, dass eines der Schaufelräder beinahe gegen eine Säule geschrammt wäre, und drehte das Ruder bereits herum. »Ich fahre hier nicht zum ersten Mal lang.«

Das Meer setzte den Säulen unbarmherzig zu, die graugrünen Wellen schlugen in einem fort gegen den Stein, das Wasser brodelte und schäumte, fauchte wütend und nagte mit unsichtbaren Zähnen an diesem Feind.

Irgendwann, dachte Theo betrübt, werden die Säulen dem Druck nicht mehr standhalten und einstürzen. Dann sinkt auch diese Kuppel hinunter zu den Uynen.

Er legte den Kopf in den Nacken. Die dunkle Kuppel wölbte sich weit über ihm. Durch schmale Fenster fiel ein wenig Licht, sodass Theo die Fresken bewundern konnte. Sie zeigten geflügelte Schneelöwen, auf deren Rücken junge Reiter in weiten schwarzen Umhängen saßen. Zur Mähne ihrer Tiere vorgebeugt, preschten sie durch einen Feuerregen auf ein Ziel zu, das nur sie kannten, zerhackten mit leuchtenden Schwertern Schatten, die sich ihnen in den Weg stellten, und schützten sich mit goldenen Rundschilden gegen purpurrote Blitze, die sie von ihren Löwen holen wollten.

»Beim Gebannten!«, stieß er aus. »Das sind doch …«

»… die Schüler ebendes Gebannten.« Scheron schaute in die gleiche Richtung wie er. »Thion, Arila, Neysi, Quint, Lavenda, Cam, Maryd, Neko und Voyez, um nur die bekanntesten von ihnen zu nennen. Ein wundervolles Fresko, wirklich. In all den Jahren dürften seine Farben zwar deutlich verblasst sein, doch vermag es dich bis heute zu erschüttern. Ich habe es schon dreimal gesehen, und jedes Mal konnte ich die Meisterschaft des Malers kaum fassen.« Dann wandte sie sich an Laviany. »Willst du es dir nicht auch ansehen?«

»Für Tote habe ich nichts übrig«, brummte diese und drehte kurz den Kopf zu Scheron. »Und für Künstler auch nicht. Geschweige denn für die Fratzen derjenigen, die hier hingeschmiert worden sind. Die haben sich doch alle längst in Asche verwandelt.«

»Vielleicht sind diese Menschen zu Asche geworden, doch ihre Werke sind es nicht.«

»Das ist nur eine Frage der Zeit. Irgendwann geht alles unter …« Laviany spähte schon wieder auf die See. »Ich sehe diese Fresken heute zum ersten und zum letzten Mal. Und eines kann ich dir schon jetzt versprechen. Heute Abend habe ich diese Klecksereien längst vergessen!«

Scheron sah Theo fragend an. Dieser hob bloß beide Arme …

»Wie heißt dieser Ort?«, wollte er von Scheron wissen, nachdem sie die Kuppel hinter sich gelassen hatten.

»Heroen.«

»Ein seltsamer Name.«

»Wieso das? Es sind doch Helden. Die letzten, die wir haben.«

»Stimmt, aber auf jeden Einzelnen fällt ein dunkler Schatten.«

»Du bist ein unverbesserlicher Romantiker, mein Junge«, mischte sich Laviany ein. »Man wird nicht zum Helden, indem man mit dem Schwert Butterblumen auf dem Feld köpft. In der Regel haben diejenigen, die irgendwann zu Legenden werden, Berge von Leichen aufgetürmt, Meere von Blut freigesetzt und einen bunten Strauß aus Verrat, Betrug und Gewalt zusammengepflückt.«

»Einer von uns dreien muss ja den Romantiker geben«, erwiderte Theo lächelnd. »Außerdem erachte ich es für meine Pflicht, deine düstere Sicht auf die Welt etwas aufzuhellen.«

»Werd erst einmal so alt wie ich, dann sprechen wir uns wieder. Und solange es uns noch vergönnt ist, genieße von mir aus die Aussicht.«

Laviany vollführte eine Geste, als wollte sie Theo das Meer zum Geschenk machen.

Vor ihnen ragten nun Turmspitzen aus dem Wasser, die ein wenig an die Scheren eines Krebses denken ließen. Dahinter folgte eine zinnenbewehrte, halb eingerissene Mauer, die mit einem Wachturm endete. Auf dessen Spitze wuchs ein knorriger Baum, der sein Laub bereits abgeworfen hatte. Rechts davon ragte ein weiterer Bau aus dem Wasser. In ihm hatten sich zahllose Vögel ihr Nest gebaut.

Die Fähre umrundete sämtliche Hindernisse. Schon bald fielen die herbstlichen Nebel wieder über sie her. Das Wetter wurde immer schlechter. Heftiger Wind kam auf.

Ein wilder Ritt über die Wellen begann. Sie wurden hoch in die Luft geschleudert, nur um anschließend rasant in die Tiefe zu stürzen. Die Räder drehten sich wie irrsinnig, die Grunzlinge schnauften und gaben ihr Letztes. Der Albatros lotste sie aus der Luft. Einer der beiden Männer löste Skella am Ruder ab, bis sie die zahllosen Hindernisse hinter sich gelassen hatten.

Als die Sonne hoch oben am Himmel stand, kam endlich eine kleine Stadt in Sicht. Häuser aus leuchtend weißem Stein kletterten die Felsen am Ufer hinauf. Dahinter ließen sich die Ruinen eines gewaltigen runden Turms erkennen. Selbst mit all den Schäden, die er genommen hatte, überragte er die Stadt weit.

Zum Hafen gehörte eine Brücke, die jedoch mitten über dem Wasser endete. Sie war so alt und verwittert, dass man meinte, sie würde zu Staub zerfallen, würde man nur einen Fuß auf sie setzen.

Des ungeachtet ließ am äußersten Rand ein Mann die Beine über dem Meer baumeln und schickte sorglos aus Papier gefaltete Möwen auf eine kleine Reise. Die Vögel wurden vom Wind erfasst und hielten sich lange in der Luft. Stets hofften sie, das andere Ufer zu erreichen, doch am Ende landete ein jeder von ihnen im Wasser.

Als der Mann die Fähre bemerkte, ließ er seine letzte Möwe aufsteigen, griff nach seinem schmalen Schwert und eilte über die Brücke zurück zur Anlegestelle.

Sobald die Fähre vertäut war, holten die Seeleute die erschöpften Grunzlinge aus ihrem Laufrad, legten ihnen Halsbänder an und führten sie von Bord. Die Tiere folgten willig, denn sie witterten Essen und Erholung.

Packer rollten die Fässer von Deck und trugen die grob gezimmerten Kisten an Land. Der hiesige Händler wollte mit Skella um jeden Kupferling feilschen, diese blieb jedoch hart, sodass er sich am Ende fügen musste. Fluchend und zeternd zählte er ihr die Münzen ab.

»Ist es noch weit bis Arant?«, wollte Theo von Scheron wissen.

»Etwas mehr als eine Stunde.«

Die Männer kamen mit frischen Grunzlingen zurück. Gut genährte Tiere mit glänzendem lilafarbenen Fell, die freudig ins Laufrad kletterten. Sie streckten ihre langen Schnauzen durch die Stäbe und bettelten um einen Apfel oder eine andere Leckerei.

Es wollten auch noch einige Menschen mit. Eine angejahrte Frau mit einem etwa fünfjährigen Jungen, zwei breitschultrige Männer mit ledernen Jacken und Fischerumhängen, ein Händler, eine junge Adlige samt Dienerschaft und ebenjener Mann mit den Papiervögeln.

In alter Gewohnheit besah sich Laviany jeden Einzelnen von ihnen genau. Nur der Bursche von der Brücke erweckte ihre Neugier. Er war genauso alt wie Theo, ein schlanker, kräftiger Kerl voller Selbstvertrauen. Ein ebenmäßiges Gesicht mit einem männlichen Kinn, hohen Wangenknochen und einer geradezu aristokratischen Nase. Sein lockiges Haar hatte er mit einem schwarzen Atlasband zu einem Zopf zusammengebunden. Es war genau wie die Brauen und die Wimpern erstaunlich hell. Ohne die goldfarbene Haut hätte Laviany ihn für einen Mann aus Darjen gehalten.

Er trug ein hellblaues Leinenhemd, eine kurze lederne Jacke von rötlicher Farbe, mit stählernen Nieten und mit zwei Reihen großer Kupferknöpfe. Die Hosen steckten in Stiefeln mit engem Schaft, die mit ihrem Schmutz von beschwerlichen Wegen zeugten. Die Hose war geflickt, der linke Jackenärmel eingerissen und ungeschickt zusammengenäht worden, überhaupt hatten ihr Wind und Wetter, Staub und Sonne bereits derart zugesetzt, dass ein Austausch notgetan hätte.

Dann musterte sie eingehend seine Hände. Kräftige Finger. Dazu die aufrechte Haltung und die leichtfüßigen Schritte ... Sofort schnellte ihr Blick zu dem Schwert. Ein schmales Stück mit schlichter breiter Parierstange. Der Griff deutlich länger als bei anderen Schwertern. Eine solche Klinge wurde in den südlichen Schulen bevorzugt, in Trettin oder Solanka.

Die Scheide wies etliche Kratzer auf und machte insgesamt einen recht ungepflegten Eindruck, doch Laviany hätte schwören können, dass die darin verborgene Klinge bestens geschärft war.

Der Mann lächelte Skella freundlich zu, drückte ihr eine

Münze in die Hand, ohne vorher um den Preis zu feilschen. Seine Tasche stellte er am Bug ab, ganz in der Nähe von Laviany.

Als er ihren Blick auf sich spürte, sah er sie fragend an. Er hatte leuchtend grüne Augen, die höchst flink waren.

Sofort wandte sich Laviany ab.

»Mein Schwert scheint es dir angetan zu haben?«, begann er trotzdem ein Gespräch.

Er hatte einen leichten Akzent und einen singenden Tonfall. Ein Mann aus Trettin? Oder doch aus Iriasta?

»Da irrst du dich«, brummte Laviany, ohne sich zu ihm umzudrehen. »Im Übrigen würde ich es vorziehen, wenn du mich zufriedenlässt.«

»Ich bin noch nie einer Frau begegnet«, fuhr er völlig ungerührt fort, »die mit derartiger Kennermiene mein Schwert beäugt hat.«

»Ich hab mich bloß gefragt, wie verrostet das Ding ist.«

»Du hast wirklich Luchsaugen, denn mein *Fenico* ist in der Tat nicht neu.«

»*Fenico*? Das ist doch ein altes Wort aus Solanka, oder? Es bedeutet ›mit roten Flügeln‹?«, erwiderte sie. »Ist das Schwert ein Flamingo, oder was?«

»Die Syora ist in Sprachen bewandert.«

»Die Syora fragt sich bloß, welcher Hohlkopf seiner Klinge einen Namen gibt?«

»Der, der gerade vor dir steht.«

»Ich habe ja schon eine Menge ausgemachter Narren getroffen, die ihrer Klinge ebenfalls einen Namen gegeben haben. Die hießen dann *Donnerschleuder*, *Rächer*, *Zerstörer* oder *Wirbelwind*. Aber *Fenico*? Nach einem Piepmatz?!« Sie schüttelte den Kopf. »Damit übertriffst du sie alle!«

»Aus dem Mund einer derart kundigen Syora gewinnt das Kompliment nur noch.«

Laviany schnaubte vernehmlich.

»Bist du nach Arant unterwegs?«, fragte der Mann.

»Pass mal auf, mein Junge, ich ziehe die Einsamkeit der Gesellschaft unbedingt vor. Hast du immer noch nicht verstanden?«

Ihre Grobheit verletzte ihn nicht. Nachdem er ihr noch einen guten Tag gewünscht hatte, zog er sich ein paar Yard zurück und setzte sich auf die Planken. Das Schwert legte er sich quer über die Knie.

Die Fähre fuhr an. Wind pfiff. Eisige Wasserspritzer klatschten immer wieder auf Deck. Gelegentlich krängte das Boot derart stark, dass die Schaufelräder nicht mehr das Wasser, sondern nur noch die Luft pflügten.

Skella blieb dennoch ruhig. Nach wie vor stand sie zusammen mit einem ihrer Helfer am Ruder. Sie hielten den Kurs, indem sie Hinweisen folgten, die außer ihnen niemand kannte, obendrein lotste sie der Albatros.

»Das dürfte wohl unsere letzte Fahrt gewesen sein«, rief Skella. »Die Stürme brechen bald los.«

»Das scheint sie nicht gerade zu bedrücken«, bemerkte Theo.

»Kein Wunder«, sagte Scheron. »Dann verbringt sie den Winter in Arant. Das gefällt ihr bestimmt besser, als in Hormus auf den Frühling zu warten. Uns kämen die Stürme jedoch äußerst ungelegen. Zumindest ich möchte nämlich noch zurück nach Nimadh.«

»Meinst du, dass wir das schaffen könnten?«

»Wir müssen fest daran glauben«, erwiderte sie und sah Theo ernst an. »Wenn wir zweifeln, haben wir von vornherein verloren. Mein Lehrer sagt immer, dass Verzweiflung und Angst wie steinerne Schuhe sind, die uns zur anderen Seite ziehen. Und dort warten nur Schahuter.«

»Dein Lehrer hat recht, denn unser Weg führt uns alle irgendwann zur anderen Seite. Weshalb aber sollten wir fürchten, was doch unvermeidlich ist?«

»Du bist wirklich ein außergewöhnlicher Mensch«, sagte sie lächelnd. »Müsste die Unvermeidlichkeit uns nicht genauso schrecken wie die Unsicherheit? Außerdem ... Der Tod setzt unserem Leben zwar ein Ende, aber über die Dauer des Lebens sagt er nichts aus. Wir alle sterben, aber das kann morgen geschehen oder erst in einhundert Jahren.«

»Die Unsicherheit hat auch ihre Vorteile«, erwiderte Theo.

»Vor allem den der Hoffnung. An sie müssen wir uns klammern. Lass uns daher ein wenig rechnen. Wie lange brauchen wir von Arant nach Taloris?«

»Mit Sicherheit kann ich das nicht sagen«, räumte sie ein. »Bis zur Nordküste der Insel, auf der Arant liegt, sind es drei Tagesmärsche, vielleicht vier. Von dort aus geht es weiter durch die Straße der Verdammten. Für diese Strecke müssen wir wohl zwölf Stunden ansetzen. Bei gutem Wetter.«

Theo rieb sich mit der Faust über die Schläfe. Am Rande seines Bewusstseins bemerkte er, dass unter seinem linken Schulterblatt erneut der Schmerz erwachte und seine Haut mit einem Jucken peinigte.

»Sind die Stürme wirklich so schlimm?«, wollte er wissen.

»Gegenwärtig toben sie noch im Reich des ewigen Schnees, wo selbst eintausend Jahre nach dem Kataklysmus noch alte Magie in der Luft hängt. Schon bald aber werden sie eine unsichtbare Grenze überschreiten und zu uns vordringen. Dann pressen sie alle Schiffe in die Tiefe, die nicht rechtzeitig in einen Hafen gekrochen sind.«

Theo ließ seinen Blick über das Meer schweifen. Aus den Augenwinkeln heraus nahm er dabei wahr, dass der hellschopfige Schwertträger sie beobachtete. Nun trat er an sie heran.

»Verzeiht, dass ich Euer Gespräch unterbreche. Mein Name ist Milvio de Roveri«, stellte er sich vor und brachte dann die Formel hervor, derer die Adligen aus dem Süden sich stets bedienten. »Meine Hand, mein Herz und mein Schwert stehen zu Euren Diensten.«

»Ich bin Scheron, eine Kämpferin gegen Verirrte Seelen aus Nimadh, und das ist Theo.«

»Theo der Hochseilartist?«, hakte Milvio sofort nach. »Der Zirkusmann?«

Diese Worte wiederum führten dazu, dass alles in Laviany sich anspannte und ihre Finger sich derart um die Brüstung klammerten, dass die Knöchel weiß hervortraten.

Sollte das einer von Erbetts Männern sein?, fragte sich auch Theo.

»Ich habe dich sofort erkannt. Du bist als junger Mann über das Seil in Bryllendefossen balanciert! Du hast das Wunder von Thion wiederholt! Ich erinnere mich noch, wie die Menschen in den Türmen von Kalaf-ym-Tark gejohlt haben! Lass mich dir einmal die Hand drücken! Du siehst einen verzückten Mann vor dir!«

Er hatte einen kräftigen Handschlag, seine Finger schienen aus Stahl geschmiedet.

»Das Wunder Thions?«, wandte sich Scheron an Theo.

»Habt Ihr noch nie davon gehört, Syora? Vor zehn Jahren hat das gesamte Festland von nichts anderem gesprochen als von Theo, der aus Anlass der Hochzeit des Herrschers im Hügelherzogtum über das Hochseil balanciert ist.«

»Solche Neuigkeiten gelangen kaum nach Lethos.«

»Ich habe dieses Wunder mit eigenen Augen gesehen. Es war ein beglückender Anblick. Wo ist dein Zirkus?«

»Wir haben uns vorübergehend getrennt.«

»Verstehe«, erwiderte Milvio und schnalzte mit der Zunge. »Und Ihr, Syora? Ich hätte niemals vermutet, dass jemand mit Eurer Profession so jung und so schön ist. Auf dem Festland werden die Menschen mit Eurer Gabe meist als Untiere dargestellt. Darf ich Euch eine Apfelsine anbieten?«

Seine Frage überrumpelte Scheron geradezu. Doch Milvio fasste ihre ausbleibende Antwort auf seine Art auf.

»Das ist eine wohlschmeckende Frucht, die es in Lethos freilich nicht gibt. Aber in meiner Tasche finden sich rein zufällig einige. Wollt Ihr sie vielleicht einmal kosten?«

Selbstverständlich wusste Scheron genau, was es mit Apfelsinen auf sich hatte. Ihr Vater hatte ihr, als sie noch ein kleines Mädchen war, einmal aus dem Herzogtum Varen eine solche blassorangefarbene Kugel mitgebracht. Sie hatte herrlich gerochen und recht gut geschmeckt. Ein wenig bitter vielleicht.

»Warum nicht?«, willigte sie daher ein.

Milvio löste die Holzknöpfe seiner Tasche, knotete die Lederriemen auf und holte zwei Apfelsinen heraus. Sie waren dreimal so groß wie die, die ihr Vater ihr einst geschenkt hatte. Sie loderten förmlich in ihrem Orange, und die reliefhafte Schale schien geradezu die Wärme der Sonne auszustrahlen. Milvio zog sein Schwert aus der Scheide, um die erste Frucht in zwei ungleiche Teile zu schneiden. Das größere Stück erhielt Scheron, das kleinere Theo.

»Möge sie Euch munden!«

Der Geruch des aufspritzenden Saftes stieg Theo in die Nase. Sein Magen zog sich zusammen, und es würgte ihn. Milvio beobachtete dies voller Entsetzen.

»Was ist?«, fragte er schließlich. »Ist dir nicht gut?«

»Nein, es ist alles in Ordnung«, schwindelte Theo. »Offenbar ein leichter Anfall von Seekrankheit. Das ist gleich vorüber.«

Theo sonderte sich ein wenig von den beiden ab. Es ärgerte ihn, dass ein vertrauter Geruch ihm einen solchen Würgereiz beschert hatte.

Im kalten Wind atmete er tief durch. Über seinen Rücken rann eisiger Schweiß, seine Finger zitterten.

»Wenn du jetzt deinen Magen entleeren willst«, brummte Laviany, »dann bitte nicht in meiner Nähe.«

»Irgendetwas stimmt mit mir nicht.«

»Du trägst das Mal der Leere auf deinem Rücken, und ein Schahuter hat dich an der Angel. Das ist schon ein klein wenig außergewöhnlich.«

»Diese Apfelsine ... Mir ist so schlecht wie nie zuvor in meinem Leben. Allein von dem Geruch bin ich fast ohnmächtig geworden.«

»Das ist ein Witz!«

»Über den ich selbst nicht lachen kann. Kommt das von dem Zeichen der Astoré?«

»Das weiß ich nicht. Aber warum sollte es sich wegen einer Apfelsine in dieser Weise bemerkbar machen? Und wenn schon der Geruch dich würgen lässt, was geschieht dann, wenn du mal in eine reinbeißt?«

Sofort würgte es Theo wieder.

»Daran will ich lieber gar nicht denken.«

»Dann sei froh, dass du noch einmal glimpflich davongekommen bist und nicht in das Ding gebissen hast. Außerdem ist es viel einfacher, auf Apfelsinen zu verzichten als auf Fleisch oder Wasser. Wenn das alles ist, was das Mal für dich bedeutet, solltest du wahrscheinlich ein kleines Freudentänzchen aufführen.«

»Und?«, fragte Milvio. »Wie schmeckt Euch die Frucht?«
»Ich denke … hervorragend.«
Milvio brach in schallendes Gelächter aus, in dem jedoch keine Bosheit mitschwang.
»Das freut mich. Diese Orange kommt aus Trettin und hat jetzt eine Reise um die halbe Welt hinter sich, nur damit Ihr den Geschmack kennenlernen konntet.«
»Ihr reist viel?«
»O ja. Ich sehe mir die Welt gern mit eigenen Augen an, Syora. Hier und da kämpfe ich, zuweilen schreibe ich Gedichte, und häufig plaudere ich mit ganz bemerkenswerten Menschen. So wie jetzt mit Euch zum Beispiel.«
»Ihr müsst ein ausgefülltes Leben führen, Herr de Roveri.«
»Nennt mich doch bitte Milvio. Die förmliche Anrede mag unseren Feinden und ausgemachten Dummköpfen vorbehalten bleiben. Und wenn Ihr mich fragt, ist Euer Leben nicht weniger ausgefüllt als meines, Syora Scheron. Ich bin mir sicher, dass eine Kämpferin gegen Verirrte Seelen viele faszinierende Geschichten zu erzählen weiß.«
»Vielleicht mag das den Bewohnern des Festlands so scheinen«, erwiderte sie seufzend. »Aber für uns bedeutet diese Fähigkeit lediglich ein Werkzeug unserer Arbeit und eine Waffe im Kampf ums Überleben.«
»Aber etliche Menschen würden viel für Eure Gabe geben«, bekannte Milvio, und seine grünen Augen blitzten auf.
»Tatsächlich?«
»Aber gewiss! In unserer Welt gibt es eigentlich keine Magie mehr. Von der einstigen Kraft sind uns nur Krümel geblieben. Die Astoré sind ausgelöscht, die Eywen in ihre Wälder verschwunden, die Schahuter und Melgen bleiben zu unser aller

Glück meist in Ödien. Aber große Magier gibt es keine mehr. Die Welt von heute ist eine völlig andere als die von einst. Viele Geschichtsschreiber halten sie übrigens für zu profan und eintönig. Menschen mit Eurer Gabe gehören zu den wenigen Erscheinungen, in denen noch alte Magie zu spüren ist.«

»Diese Magie geht aber mit der blauen Flamme einher ... Deshalb sollten diese Geschichtsschreiber einmal darüber nachdenken, was für eine lange Kette von Ereignissen zu der Welt von heute geführt hat. Der Kataklysmus ist durch Magie ausgelöst worden. Seine Folgen prägen noch heute unser Leben. Die Geschichtsschreiber irren, wenn sie Magie in einem allzu strahlenden Licht darstellen.«

»Sie?«

»Die großen Magier. Den Gebannten. Thion. Alle anderen.«

»Der Kampf um Magie hatte allerdings lange vor Thion und dem Gebannten angefangen. Schon mit den Erhabenen Sechs«, erwiderte Milvio, der nun auch sehr ernst geworden war. »Ihr habt völlig recht, aber leider ist es wohl nicht an uns, etwas zu ändern. Das ist unsere Vergangenheit.«

»Das stimmt«, murmelte sie. »Trotzdem würde ich mit Freuden meine Gabe gegen ein ruhiges Leben in Lethos eintauschen. Damit sich bei Einbruch der Dunkelheit niemand mehr im Haus verschanzen muss. Damit man auch nachts in Frieden sterben kann und nicht zur Verirrten Seele wird. Damit niemand mehr den Anblick der blauen Flamme ertragen muss ... Was ist mit Euch? Gehört Ihr auch zu denen, die alles für meine Fähigkeiten geben würden?«

Abermals brach Milvio in schallendes Gelächter aus. Abermals gefiel es ihr.

»Ich, Syora? O nein. Ich gehöre zu denjenigen, die niemals Magier werden wollten. Magie verkörpert selbstverständlich nicht nur das Böse. Menschen mit Eurer Gabe sind der beste Beweis dafür, aber ... Wenn Ihr mich fragt, können wir uns alle glücklich schätzen, dass in unserer Welt von der alten Magie kaum etwas übrig geblieben ist.«

Dem konnte Scheron nur beipflichten.

## KAPITEL 12

# Die Gesetze von Lethos

*Lethos erinnert an einen Teller aus feinem Porzellan, der aus großer Höhe auf dreckiges Straßenpflaster geworfen wurde, sodass die Scherben in alle Himmelsrichtungen gestoben sind. Das Herzogtum, einst groß und prachtvoll, verteilt sich heute auf Hunderte kleinerer und größerer Inseln. Fremden erscheint es öd und der Welt entrissen, doch wer genau hinsieht, wird erkennen, wie strikt die Menschen dieser Inseln die Gesetze achten. Sie tun dies, um zu verhindern, dass ihr Land in Finsternis und Schrecken abgleitet. In Lethos ist Gesetzestreue eine Frage von Leben und Tod.*

»Das Leben auf Lethos. Buch der Seefahrt und des Handels.«
Vorgelegt von Erad al Damini aus Cadyr im Jahr 886
nach dem Kataklysmus

Das Meer sah aus wie aus Blei gegossen. Allein bei seinem Anblick verspürte Theo im Mund einen metallenen Geschmack.

Wenn ich jetzt über Bord springe, überlegte er, schlage ich bestimmt auf hartem Grund auf.

Die Fähre fuhr durch einen engen, von Basaltfelsen bedrängten Meeresarm. Graue Wasserfälle rauschten in die Tiefe. Kalte Spritzer prasselten auf die Fähre. Der Wind heulte fürchterlich über ihnen. Es hörte sich an, als stünden Hunderte von Schahutern auf den Gipfeln. Laviany runzelte bei dem Geräusch die Stirn. Immer wieder legte sie den Kopf in den Nacken. Als hielte sie nach den Wesen mit den Spiegelaugen Ausschau ...

Ein fast senkrechter Knick brachte sie nach Westen. Die Grunzlinge stöhnten vor Ungeduld, denn sie spürten das nahende Ziel.

Aus dem Wasser ragte weit eine hölzerne Stele, auf der ein steinerner Vogel saß. Der größte, der in Lethos noch erhalten geblieben war.

»Ein Albatros des Gebannten«, sagte Milvio da, der lautlos an Theo herangetreten war. »Selbst nach Jahrhunderten noch ein beeindruckender Anblick. Diese Vögel haben von Thions Blut getrunken und auch das seiner Gefährten nicht verschmäht. Wolltest du gegen sie ziehen, könntest du auch versuchen, eine solide Burg zu stürmen. Auf seinem Weg nach Taloris musste Thion sämtliche dieser magischen Vögel vernichten.«

»Wieso steht der hier dann noch?«

»Weil Thion lediglich die Magie ausgelöscht hat, die im Stein gespeichert war«, fuhr Milvio fort. »Im Übrigen ist es fast ein Frevel, von den Albatrossen des Gebannten zu sprechen. Selbstverständlich gehen die Vögel auf Schüler der Erhabenen Sechs zurück.«

Der Albatros schien mit seinem Rücken die Wolken zu streifen. Theo wollte lieber gar nicht erst wissen, wie viel dieser steinerne Vogel, der fast doppelt so groß war wie ihr Schiff, wohl wiegen mochte.

»Was würde denn geschehen«, fragte er, »wenn heute hier Astoré auftauchen würden?«

»Überhaupt nichts! Der Vogel ist leer. Wenn hier Astoré auftauchen würden, könnten sie tun und lassen, was sie wollten. Sie könnten ihre Lieder singen, Wein trinken und sich ihres Lebens erfreuen. In der Vergangenheit hätte der Albatros ihnen Einhalt geboten, aber heute …? Sieh mal da! Arant! Endlich!«

Der Hafen in der Form eines Eichenblattes wirkte verlassen und unwirtlich. Die heutige Hauptstadt von Lethos lag unmittelbar an der Küste. Zu ihren Seiten ragten hohe bläuliche Felsen auf, deren Gipfel eine Schneekappe trugen. Die untergehende Sonne tauchte sie an diesem wolkenreichen Tag in ein nur fahles gelbes Licht. Der Wind fegte über das Meer wie ein glückstrunkener Hund.

Die grauen Steinhäuser mit den schwarzen Dächern besaßen allesamt massive Türen und solide Fensterläden. Vom Hafen aus führten die Straßen hoch zu der über eintausendfünfhundert Jahre alten Burg, ein erstaunlich anmutiger Bau von dunkelvioletter Farbe, mit hohen, zinnenbewehrten Mauern und vier schlanken Ecktürmen. Ein fünfter Turm war so hoch, dass sich seine Spitze in den Wolken verlor. Er zeigte eine Spiralform und schien aus reinem Eis geschnitzt.

»Die Menschen hier behaupten, dass im Sommer, wenn die Sonne im Grunde kaum untergeht, der Turm Wärme und Licht aufnimmt«, sagte Milvio, der genau wie Theo dieses Wunder bestaunte. »Während der langen Nächte im Winter leuchtet er dann wie ein Edelstein und spendet der Stadt Sonnenlicht. Von dort oben muss man eine herrliche Sicht haben. Aber Taloris wird man doch wohl nicht sehen können, oder?«

»Nein, zum Glück nicht«, antwortete Scheron an Theos Stelle. »Taloris liegt zu weit entfernt.«

»Dann haben die Menschen in der Burg vermutlich Glück, Syora. Ich jedenfalls würde lieber irgendwo hausen, wo es zieht wie Hechtsuppe, als ständig dieses verfluchte Land vor Augen zu haben.«

»Diesen Turm hat Voyez gebaut, der jüngste Schüler des Gebannten. Er hat Arant sehr geliebt. Vor dem Kataklysmus war es noch eine kleine Stadt an der Königsstraße. In alten Büchern heißt es, es habe hier wunderbare Kirschgärten gegeben. Magie hat die Bäume sechsmal im Jahr blühen lassen. Später ist dann die Burg um den Turm herum entstanden.«

»Dass der Turm das Werk eines Magiers sein muss, erkennt man mit einem Blick«, sagte Theo. »Selbst Vögel bewegen sich kaum in solchen Höhen …«

»Und ich bin mir sicher, dass du sofort dein Seil spannen würdest, wenn es noch einen zweiten Turm in der Nähe gäbe«, erwiderte Milvio mit sanftem Lächeln. »Ansonsten solltest du dich freilich fragen, ob du wirklich jeden Tag all die Stufen zu deinem Heim würdest nehmen wollen. Ich ziehe es jedenfalls vor, in weniger hohen Gefilden zu leben.«

Kurz darauf legte das Schiff an. Theo holte seinen Reisesack, den er bei Laviany zurückgelassen hatte.

»Ein seltsamer Vogel ist das«, bemerkte diese. Da Theo sie nur fragend ansah, fügte sie hinzu. »Unser neuer Freund.«

»Was gefällt dir nicht an ihm?«

»Dass er lügt. Oder kaufst du ihm etwa die Geschichte ab, dass er sich einfach mal Lethos ansehen wollte?«

»Wir sind doch auch freiwillig hergekommen ...«

»Stell dich nicht dümmer, als du bist. Ich bin bestimmt nicht einige Tage in diesem elenden Kübel über das Meer gezuckelt, um die herrliche Aussicht zu genießen! Wer vom Festland aus nach Lethos übersetzt, hat immer einen triftigen Grund dafür. Das sind Händler, die auf einen hübschen Gewinn hoffen. Aber er ... Dieser Milvio sieht mir nicht aus wie ein Händler. Er ist ein Mörder. Das wittere ich.«

»Glaubst du, er mordet für Geld?«

»Nein. Doch wird er einen Menschen ganz hervorragend auf die andere Seite schicken können. Seinen Lebensunterhalt dürfte er damit aber nicht bestreiten. Glaub mir, so einer fuchtelt mit seiner Klinge nur um der Gerechtigkeit und um ähnlichen Schmus willen herum!«

»Solange er nicht unseretwegen auf der Fähre ist ...«

»Trotzdem gefällt der mir nicht.«

Endlich legten sie an. Die Pfähle der Anlegestelle wurden eifrig vom Meereswasser beleckt. Skella verabschiedete sich warmherzig von Scheron und gab Theo mit flammend rotem Kopf einen Kuss auf die Wange. Laviany hatte dafür nur ein säuerliches Grinsen übrig und stapfte als Erste von Deck.

»Wir könnten in der Burg Quartier nehmen«, schlug Scheron vor. »Wir sind hier in Lethos. Da ist eine Kämpferin gegen Verirrte Seelen überall willkommen, sogar am Tisch des Herzogs. Und das gilt auch für ihre Begleitung.«

»Besser nicht, mein Mädchen. Ich würde eine schlichte Herberge vorziehen. Da kommen wir leicht rein und ebenso leicht wieder raus. Auch die herrschaftlichen Federbetten sind nicht ganz nach meinem Geschmack. Weißt du, wo wir hier etwas für die Nacht finden?«

»Es gibt vier Herbergen, die beste ist der *Heringskönig*.«

»Wunderbar! Dann treffen wir uns nachher dort!«

Ohne sich von den beiden zu verabschieden, verschwand Laviany in der Menge.

»Achte nicht weiter auf sie«, sagte Theo zu Scheron. »Du kennst sie doch.«

Die beiden machten sich daran, zur Herberge zu schlendern. Nach einer Weile holte Milvio sie ein.

»Wenn Ihr eine Bleibe für die Nacht sucht, dann begleite ich Euch. Falls Euch das recht ist, versteht sich.«

Theo zuckte bloß wortlos die Achseln.

»Bleibt Ihr lange in Arant?«, erkundigte sich Scheron mit einem Lächeln.

»Das nächste Schiff nach Varen geht leider erst übermorgen. Deshalb muss ich mir notgedrungen hier die Zeit vertreiben.«

Er bot Scheron seinen Arm an, und nach kurzem Zögern hakte diese sich bei ihm unter. Schon bald erreichten sie einen Platz, der von zweistöckigen Häusern gesäumt wurde. Die halbe Stadt schien sich hier versammelt zu haben. Aus der Menge ragte ein frisch gezimmertes Schafott heraus, doch weder der Verurteilte noch der Urteilsverkünder oder der Henker waren zu sehen. Selbst die Stadtwache entdeckten sie nicht.

»Soll jemand hingerichtet werden?«, fragte Theo.

»Ja, aber nicht hier«, antwortete Scheron. »Hier wird nur das Urteil verkündet.«

»In diesem Herzogtum ertränkt man die Verurteilten«, erklärte Milvio. »Wusstest du das nicht? Und was das Meer einmal erhalten hat, das gibt es nicht wieder her. In Lethos denkt man bei Toten zuerst an die eigene Sicherheit.«

»Allen Ernstes?! Die Menschen werden ertränkt?!«

»Ja«, antwortete Milvio und blieb stehen, um sich an Scheron zu wenden. »Wie geht das genau vor, Syora?«

»Ihnen werden Steine an die Beine gebunden, damit wirft man sie fernab vom Ufer ins Meer. Dadurch verhindert man übrigens nicht nur, dass eine Verirrte Seele auftaucht, sondern hofft auch, das Wohlwollen der Uynen zu gewinnen.«

»Ziemlich grausam.«

»So verlangen es unsere Gesetze«, sagte Scheron. »Wenn sich jemand etwas hat zuschulden kommen lassen und anschließend Reue zeigt, wird er aus Gnade ohne Bewusstsein ins Meer geworfen. Das ist ein hartes Vorgehen, das streite ich gar nicht ab. Aber wir handhaben es nicht ohne guten Grund in dieser Weise.«

»Und wofür wird man mit dem Tod bestraft?«, wollte Theo wissen. »Für einen Mord?«

»Heute trifft es keinen Mörder«, antwortete Scheron, die neben dem Schafott zwei Männer in jenen purpurroten Umhängen bemerkt hatte, wie auch sie einen trug. »Sondern jemanden, der sich einer weitaus schwerwiegenderen Tat schuldig gemacht hat.«

»Was kann denn noch schlimmer sein?«

»Wenn man eine Verirrte Seele versteckt.«

»Ihr scherzt, Syora?«, fragte Milvio. »Wer würde denn bitte eine solche Kreatur verstecken?«

Theos Gedanken wanderten sofort zu den drei Brüdern, die ihn vermutlich getötet hätten, wäre nicht in letzter Sekunde der Schahuter aufgetaucht.

»Dergleichen geschieht immer wieder«, sagte Scheron. Sie hielt es für ihre Pflicht, die Menschen vom Festland über die hiesigen Gepflogenheiten aufzuklären. Vielleicht würde das die unsinnigen Gerüchte, die über Lethos umgingen, endlich zum Verstummen bringen. »Die Menschen sind ja nicht frei von Gefühlen. Stirbt jemand, der ihnen nahegestanden hat, wollen sie ihn manchmal lieber als Verirrte Seele bei sich behalten, als sich für immer von ihm zu trennen.«

Sofort sah Theo die Wolfszähne des schrecklichen Alten vor sich.

»Und sind schon häufig trauernde Verwandte durch die Hände ebendieser Verirrten Seelen gestorben?«

»Mehr, als Ihr es Euch womöglich vorstellt. Die Verirrten Seelen mögen blind sein, doch sind sie stark und gefährlich.«

»Aber wie schaffen die Menschen das? Die blaue Flamme verrät sie doch!«

»Wenn in der ersten Nacht niemand bemerkt, was geschehen ist, bringen sie die Verirrte Seele an einen völlig verlassenen Ort. Früher oder später kommt man ihnen allerdings meist auf die Schliche. Oder die Verirrte Seele flieht und tötet ein Dutzend Menschen.«

»Wie oft geschieht dergleichen denn?«

»Das versucht immer mal wieder jemand«, antwortete Scheron. »Deshalb ist eine harte Strafe nötig. Damit nicht auch andere auf diesen dummen Gedanken kommen. Müssen wir der Urteilsverkündung unbedingt beiwohnen?«

»Nein«, sagte Theo.

»Wenn Ihr gestattet, Syora, werde ich noch bleiben«, verkündete Milvio. »Ich stoße dann später wieder zu Euch.«

Bei diesen Worten blickten seine Augen plötzlich kalt und ernst drein.


Laviany vergaß selbst hier in Lethos keine Sekunde, dass Shreff hinter ihr her war. Dieser sture Hurensohn! Er würde die Suche nach ihr nur in einem einzigen Fall beenden: wenn sie tot war.

Deshalb würde sie zunächst mit der gebotenen Vorsicht die vier städtischen Herbergen überprüfen und durch die Straßen streifen. Erst wenn sie wusste, dass hier in Arant niemand im Hinterhalt lauerte, würde sie ruhig schlafen können.

In der Menge der Schaulustigen, die unbedingt die Urteilsverkündung hören wollten, löste sie sich mühelos auf. Sie hatte sich ein Kopftuch umgebunden und ihren üblichen federnden Gang gegen einen schlurfenden eingetauscht. Dazu noch eine gekrümmte Haltung – und schon kauften ihr alle die Tattergreisin ab. Auf dem Platz waren etliche Menschen zusammengekommen. Sie arbeitete sich bis kurz vor das Schafott vor. Der Geruch der frischen Eichenbalken stieg ihr angenehm in die Nase.

Während alle anderen auf das Erscheinen des Verurteilten warteten, sah sie sich verstohlen um. Rasch machte sie anhand der Kleidung und der Gesichtszüge sechs Männer vom Festland aus. Fünf von ihnen stammten offenbar aus Varen, einer aus Tarasch, entweder Händler oder Seeleute.

»Bleib trotzdem auf der Hut!«, schärfte sie sich halblaut ein. Es könnten schließlich auch noch andere Gäste in der Stadt weilen ...

»Wo finde ich die nächste Herberge, mein Freund?«, fragte sie einen ausgezehrten Mann mit eingefallenen Wangen, der herzhaft neben ihr gähnte.

Sofort hielt er sich die Hand vor den Mund.

»Das ist das *Hundebein*«, antwortete er. »Liegt gleich hinter dem Haus da.«

Mit einem Mal erstarb das Gejohle. Vier Männer in abgeriebenen Jacken, auf die der herzogliche Albatros gestickt war, brachten den Angeklagten auf den Platz.

Es war kein junger Mann mehr, sein Haar hatte längst einen Grauton angenommen, auf seinem von Falten durchfurchten Gesicht lag ein müder Ausdruck. Er hielt sich aufrecht, mied aber die Blicke der Zuschauer. Seine Hände waren vor seinem Bauch gefesselt, Anstalten zu fliehen machte er keine.

Was dann geschah, erstaunte Laviany. In jedem anderen Herzogtum hätte die Menge nun losgegrölt und den Mann mit verfaultem Obst oder Kuhmist beworfen. Doch hier in Arant schlug ihm Grabesschweigen entgegen. Wortlos beobachteten die Zuschauer das Geschehen. Ohne Bosheit, ohne Hass. Aber freilich auch ohne Mitleid.

Einer der Kämpfer gegen Verirrte Seelen bestieg das Schafott. Zwei Männer der Stadtwache stießen den Gefangenen daraufhin ebenfalls auf die grausige Holzbühne.

Hier habe ich gesehen, was ich sehen wollte, dachte Laviany und zog sich zurück. Dabei nahm sie aus den Augenwinkeln heraus noch Milvio wahr. Er stand mit vor der Brust verschränkten Armen da und verfolgte mit tadelndem Gesichtsausdruck, was sich vor ihm abspielte. Mit einem Mal sah er glatt fünfzehn Jahre älter aus, als er eigentlich war.

Rasch drehte sie sich um und stiefelte davon.

Die halb verlassenen Straßen mit den geschlossenen Läden

kamen ihr nach der peinigenden Stille rund um das Schafott geradezu lärmend vor.

Im *Hundebein* erkundigte sie sich beim Wirt nach ihren lieben Freunden, die sie vom Festland erwarten würde, doch außer den vier Seeleuten war in dieser Herberge niemand abgestiegen. Daraufhin machte sie sich auf den Weg zum *Heringskönig*.

Sie trottete nun einen Berg hinauf. Schon bald lagen der Hafen und die Dächer der angrenzenden Häuser unter ihr. Sie hatte eine herrliche Aussicht auf die stahlgraue See und die Stele mit dem Albatros.

Bis zum Einbruch der Nacht blieb noch über eine Stunde, doch die Patrouillen entzündeten bereits die Laternen an den Häusern und an allen Kreuzungen. Sie versicherten sich, dass ausreichend Öl im Behältnis war, und gossen notfalls etwas nach.

Genau wie in Nimadh gab es auch in Arant zahlreiche aufgegebene Gebäude und verlassene Viertel. Obwohl ihr keine Gefahr drohte, brachte Laviany diese lieber schnell hinter sich. Die oberen Teile der Stadt prägten verwilderte Gärten und Brachland. Die Burg ragte inzwischen in gewaltigen Ausmaßen vor ihr auf. Aus der Nähe wirkte der Eisturm überhaupt nicht mehr luftig und zart. Sein dunkler Schatten tauchte die umliegenden Viertel in Finsternis, als wäre der Turm ein Berg, hinter dem sich die Sonne versteckt hätte.

Die beiden Fremden bemerkte Laviany bereits von Weitem. Sofort zügelte sie ihren Schritt. Es waren zwei kräftige Burschen. Mit Waffen. Einer bohrte mit dem Finger in der Nase, der andere feilschte mit einem Händler. Er hatte sich in ein Skregenfell verguckt. Auf dem Festland bekam man sie noch seltener zu sehen als einen Kater aus Karyph.

Laviany besaß ein hervorragendes Gedächtnis, nicht nur für Gesichter, sondern auch für Gesten. Und für Stimmen. Deshalb erkannte sie den Mann, der unbedingt einen niedrigen Preis für das Fell herausschlagen wollte, sofort wieder. Er hatte sich damals in Grenzmark nach Theo erkundigt.

»Bei allen elenden Streifenfischen! Die haben uns gerade noch gefehlt«, murmelte Laviany. »Aber anscheinend soll ich bis ans Ende meiner Tage für andere den Dreck wegschaufeln!«

Da die beiden offenbar auch im *Heringskönig* abgestiegen waren, konnte sie von Glück sagen, dass sie Theo noch nicht über den Weg gelaufen waren. In spätestens einer Stunde dürfte sich das aber geändert haben. Zur Freude dieser zwei und zum Kummer des Hochseilartisten. Laviany sollte die Gelegenheit also beim Schopfe packen.

»He!«, rief sie. »Wartet mal!«

»Wir haben für Bettlerinnen nichts übrig«, knurrte der Feilscher. »Sieh zu, dass du verschwindest!«

»Ich habe gehört, dass ihr jemanden sucht.«

»Und von wem willst du das gehört haben?«

»Das ist dem Wirt der Herberge herausgerutscht.« Laviany setzte damit alles auf eine Karte. Doch die Männer wären dumm, hätten sie im *Heringskönig* nicht gleich nach Theo gefragt. »Es geht da doch um einen Zirkusmann, oder?«

»Hast du ihn gesehen?«, fragte der Feilscher.

Laviany nickte eifrig.

»Woher weißt du, dass es unser Mann ist?«

Sie fuhr sich nervös mit der Zunge über die Lippen.

»Also ... ich habe halt angenommen, dass er es ist«, stammelte sie. »Er ist groß und hat schwarzes Haar. Und auf gar keinen Fall ist er von hier. Dann habe ich noch gesehen, wie er jede Menge Steine gleichzeitig in die Luft warf und sie alle wieder auffing.«

»Könnte unser Mann sein«, meinte der Kerl, der vorhin in der Nase gebohrt hatte.

»Schadet ja nichts, wenn wir ihn uns mal ansehen«, erwiderte sein Gefährte. »Wo ist er jetzt?«

»Ich habe da etwas von einer Belohnung gehört«, nuschelte Laviany und streckte die schmale Hand vor. »Sogar von einem ganzen Goldstück war die Rede ...«

»Du sollst dein Geld kriegen, Frau. Aber erst wollen wir uns den Vogel einmal ansehen«.

»Dann müsst ihr ihn selbst suchen«, brummte Laviany und wollte sich umdrehen.

Sofort legte sich eine schwere Pranke auf ihre Schulter.

»Du kriegst dein Geld, das verspreche ich dir«, behauptete der Feilscher. »Aber vorher will ich mir sicher sein, dass du uns kein Märchen aufgetischt hast. Bring uns also zu ihm!«

»Solltest du uns aber über den Löffel barbieren wollen, setzt's was«, erklärte der Popler.

»Ich will doch keine Unannehmlichkeiten«, versicherte Laviany in nahezu flehendem Ton.

»Dann tust du am besten, was wir sagen. Wo ist er?«

»In einem verlassenen Haus.«

»Und das weißt du, weil ...«

»... weil ich ihm Essen bringe.«

»Noch was!«, sagte der Feilscher nun und drehte Laviany zu sich um. »Wenn du Mätzchen machst und ihn warnst, war's das mit deinem Goldstück!«

»Weiß ich doch«, presste Laviany heraus. »Kommt! Da lang!«

Sie führte die beiden Burschen in eines der verlassenen Viertel, möglichst weit weg von etwaigen Zeugen. Sie lief so schnell, wie man es einer alten Frau abnehmen würde. Tote bei Nacht – das bedeutete Verirrte Seelen. Sie wollte aber um keinen Preis mit einer blauen Flamme auf sich aufmerksam machen.

Das Grundstück mit dem Loch im Bretterzaun hatte sie schon zuvor entdeckt. Dort lebte niemand mehr. Der Kirschgarten war verwildert, die Fenster hatte jemand verrammelt. Im Hof ballten sich bereits dunkle Schatten. Mit jeder Minute wurden sie dichter.

»Hier! Hier ist es! Und jetzt will ich mein Geld!«

»Nicht so hastig!«, verlangte der Feilscher. »Dekar, sieh dich da drinnen mal um!«

Sofort zog dieser einen langen Dolch aus der Scheide und pirschte sich vorsichtig an das Haus heran. Noch ehe er die Tür erreicht hatte, drehte er sich um.

»Die Alte hat uns angelogen!«, sagte er. »Hier ist seit Ewigkeiten niemand mehr gewesen.«

»Doch, links in dem Schuppen«, widersprach Laviany. »Warum sollte ich euch anlügen? Ich brauch das Geld!«

Als daraufhin auch der Feilscher seinen Dolch blankzog und sie bei der Schulter packte, jammerte Laviany los.

»Spar dir dein Geheule!«, zischte er ihr ins Ohr, um sich dann an Dekar zu wenden. »Gibt es an diesem Schuppen Spuren?«

»Die lügt doch das Blaue vom Himmel runter!«

»Guck trotzdem nach! Ich will mir sicher sein. Für Gerüchte zahlt Erbett nämlich nicht.«

Kaum war der Name gefallen, befreite sich Laviany von ihrem Bewacher und rammte ihm vier Finger unter das Brustbein. Er verdrehte die Augen, seinem Mund entfuhr nur noch ein lautloser Schrei. Laviany stürzte sich auf Dekar.

Dieser wollte sie mit seinem Dolch angreifen, doch da trieb ihm Laviany bereits ihr bis dahin verstecktes Messer in den Hals, um ihm Schlagader und Hirnnerv zu durchtrennen. Vermutlich hätten sie um ihr Können sogar jene Männer beneidet, die in Trettin gegen Stiere antraten und berühmt dafür waren, diese wilden Tiere mit einem einzigen Stich zu töten.

Dekar fiel bäuchlings zu Boden. Um ihn herum breitete sich eine Blutlache aus. Lavianys Blick schoss hoch zum Himmel. Offenbar hatte sie ihr Werk gerade noch rechtzeitig verrichtet.

In Dekars Taschen fand sie nichts. Rasch wischte sie das Messer an der Kleidung des Toten ab.

»Und jetzt nichts wie weg hier!«, murmelte sie.

Sie trat noch einmal an den Feilscher heran. Sein Gesicht war in einem ungläubigen Ausdruck erstarrt. Ein wenig erinnerte seine Miene an die eines Jungen, dem die Mutter das liebste Spielzeug weggenommen hatte.

Als sie seine Taschen untersuchte, fand sie zwei Silberlinge und ein paar Münzen von noch geringerem Wert.

»Wusst ich's doch! Nicht ein Goldstück! Man kann doch wirklich niemandem mehr trauen! Nur bin ich heute die bessere Lügnerin gewesen!«

Scheron dachte an Naily. Und an den Schahuter. An all die Fragen, die sie nicht beantworten konnte. Wenn ihr Lehrer Joseph gewusst hätte, auf was für eine Geschichte sie sich eingelassen hatte, dann hätte er ihr nie im Leben die Erlaubnis erteilt, die Stadt zu verlassen.

Taloris. Von dort kehrte niemand zurück. Trotzdem näherte sie sich diesem Ort mit einer Sturheit, die an Wahnsinn grenzte.

Als Laviany endlich den Schankraum des *Heringskönigs* betrat, atmete Scheron erleichtert auf.

»Ich dachte schon, dir wäre etwas zugestoßen«, gestand sie. »Es ist schon dunkel.«

»Ich habe mir noch ein wenig die Füße vertreten«, antwortete sie munter, doch ihre Miene verfinsterte sich sogleich, als sie den gerade eintretenden Milvio sah. »Wo ist Theo?«

»Auf seinem Zimmer.«

Laviany eilte nach oben.

»Darf ich mich setzen?«, fragte Milvio, sobald Laviany verschwunden war.

Scheron nickte.

»Offenbar hat Eure Gefährtin etwas gegen mich.«

»Sie ist einfach keine gesellige Frau.«

»Was verbindet Euch dann mit ihr, Syora?«

»Das ist eine lange Geschichte.«

»Verstehe«, erwiderte Milvio. »Ich wollte Euch nicht bedrängen, aber Ihr habt so niedergeschlagen ausgesehen …«

»Es ist nichts, was ich nicht allein bewältigen würde«, sagte sie mit einem freundlichen Lächeln, denn sie wollte ihre Last nicht auf fremden Schultern abladen. »Ihr habt Euch die Urteilsverkündung angesehen?«

»Ich will ja gar nicht abstreiten, dass Menschen unklug handeln, wenn sie einer Verirrten Seele Obdach gewähren«, erwiderte er. »Doch sind es Schmerz und Verzweiflung, die sie zu ihrem Tun veranlassen. Sie haben einen Menschen verloren, der ihnen teuer war. Ich vermag gar nicht zu sagen, wie ich mich verhielte, wäre ich an ihrer Stelle. Der arme Kerl, den man heute ins Meer geworfen hat, tut mir leid. Lethos ist gnadenlos.«

»Darüber zu urteilen steht mir nicht zu«, bemerkte Scheron leise. »Ihr müsst wissen, Milvio, dass ich noch nie auf dem Festland gewesen bin. Angeblich sollen dort noch viel mehr Menschen zum Tode verurteilt werden als bei uns. Manche Strafen sind derart grauenvoll, dass mich allein ihre Schilderung quält.«

»Das stimmt«, räumte Milvio ein. »Aber die Menschen haben auch andere Verbrechen begangen. Verzeiht, Scheron, ich habe nie in Lethos gelebt, und inzwischen ist mir auch klar, wie wichtig dieses Vorgehen für Euch ist. Trotzdem kann ich die Strafe nicht billigen. Hätte ich gekonnt, wie ich gewollt hätte, dann hätte ich ihm einen leichten Tod gewährt.«

»Tatsächlich?«

»Erstaunt Euch das?«

»Es ist schwer, die beiden Bilder von Euch zu einem einzigen zusammenzufügen. Einerseits seid ihr ein unbeschwerter Zeitgenosse, der kleine Papiervögel in die Luft aufsteigen lässt, andererseits wollt ihr den Tod bringen.«

»Aber doch nur als Akt der Gnade.«

»Und warum habt Ihr es dann nicht getan?«

»Ich habe dieses Gefühl unterdrückt, weil es sinnvoller ist, sich von seinem Verstand leiten zu lassen. Die Menschen, die den Mann im Meer untergehen sehen wollten, hätten mich bestimmt nicht verstanden. Ihr tut es ja auch nicht.«

»Doch, ich verstehe Euch.«

Sie sahen sich sehr lange an, bevor Milvio ihr ein strahlendes Lächeln schenkte.

»Ihr seid ein guter Mensch, Scheron.«

»Ihr kennt mich doch gar nicht …«

»Ich verstehe viel von Menschen und irre mich selten in meinem Urteil. Ihr seid eine Kämpferin gegen Verirrte Seelen. Deshalb versucht Ihr, beherrscht und kaltherzig aufzutreten. Aber eigentlich seid Ihr das gar nicht. Es freut mich wirklich, Eure Bekanntschaft gemacht zu haben.«

»Mich auch.«

»Aber jetzt muss ich los. Ich bin nur hergekommen, um mich

von Euch zu verabschieden. Das Schiff sticht nicht übermorgen, sondern in einer Stunde in See.«

»Aber die Nacht ist doch schon angebrochen.«

»Der Händler, der mit ihm gekommen ist, hat wohl genug von Arant. Ich habe ihn rein zufällig getroffen und überzeugen können, mich an Bord zu nehmen. Lasst mich Euch zum Abschied noch Glück wünschen.«

»Das kann ich gut brauchen«, erwiderte sie. »Habt Dank!«

»Übermittelt Theo bitte meine Verehrung. Auch er ist ein außergewöhnlicher Mensch.«

»Wohin wollt Ihr als Nächstes?«

Milvio fuhr sich nachdenklich über sein helles Haar. Gedankenverloren blickte er ins Nichts.

»Die Welt ist groß«, antwortete er dann. »Zunächst geht es nach Varen, dann wohl weiter nach Osten, Richtung Ödien. Ich wollte schon immer einmal eine Burg des Weißen Feuers sehen. Von dort begebe ich mich wohl nach Alagorien. Das ist ein fabelhaftes Land. Vielleicht streife ich auch durch die Wälder der Eywen. Die solltet Ihr Euch auch unbedingt einmal ansehen.«

»Ich hoffe, das wird eines Tages geschehen.«

Damit belog sie sich und ihn.

Das wussten sie beide.


Theo fuhr mit dem Löffel durch die Suppe und schielte immer wieder zu Scheron hin, die ihm gegenüber am Tisch saß. Laviany hatte das Essen erneut abgelehnt und sich im Hof auf eine von Kletterpflanzen eroberte Steinmauer gesetzt, um ihr Gesicht in die kalte Sonne zu recken.

Arant hatten sie hinter sich gelassen. Nun hielten sie auf die Nordküste der Insel zu.

In der Nacht waren Theos Albträume zurückgekehrt. Er hatte sich in Schmerzen gewälzt und war morgens mit tränenfeuchten Wangen aufgewacht.

»Hast du schlecht geschlafen?«, erkundigte sich Scheron, als hätte sie seine Gedanken gelesen. »Helfen dir die Nadeln nicht mehr?«

»So ist es«, sagte er. »Ich würde viel dafür geben, wenn ich sehr weit weg von hier wäre, am liebsten in irgendeinem schaukelnden Zirkuswagen, zusammen mit zwei betrunkenen Clowns, mit denen ich mich dann um ein paar Kupferlinge prügeln würde, die ich beim Würfeln verloren hätte.«

»Ich wünschte auch, ich wäre niemals in diese Geschichte hineingeraten«, gestand Scheron. »Aber nicht immer haben wir das eigene Schicksal in der Hand. Laviany behauptet übrigens, wir seien auf bestem Wege, die größte Dummheit unseres Lebens zu begehen. Dümmer wäre es wohl nur noch, Ödien einen Besuch abzustatten oder im Herbst nach Südorkanien zu reisen«

»Mir bleibt aber keine andere Wahl, als diese Dummheit zu begehen.«

»Das stimmt, das Mal würde dich sonst umbringen«, erwiderte sie und legte ihre Hand auf seine. »Aber wir meistern unsere Aufgabe. Du darfst den Kopf nicht hängen lassen, Theo.«

Als er sie anlächelte, gelang ihm nur ein schaler Abklatsch seines früheren Lächelns.

»Du hast recht, wir dürfen nicht verzagen. Danke.«


Bis zum Mittag hatten sie das letzte Stück des Weges hinter sich gebracht. Das Pferd, das Scheron in Arant besorgt hatte, trug ohne Mühe zwei Reiter. Laviany begnügte sich mit dem Maultier und war höchst erfreut, es mit niemandem teilen zu müssen.

Sie ritten durch ein enges Tal. Zu beiden Seiten ragten hohe Felsen auf. Die Bäume waren hinter einem dichten Rauchvorhang verborgen. In der Luft hing der Geruch von Lagerfeuern und verwelktem Laub. Sobald das Pferd das Meer witterte, hob es den Kopf und schnaubte. Theo richtete sich in den Steigbügeln auf und spähte zum Horizont.

»Du kannst es wohl kaum noch abwarten, nach Taloris zu

gelangen«, stichelte Laviany. »Aber offenbar lieben wir drei es ja, unser Leben aufs Spiel zu setzen.«

Mit der zufriedensten Miene der Welt vertilgte sie gerade ein paar Eier: Auf ihrem Rücken flatterten wieder Schmetterlinge. Alle. Unbeschädigt. Vor Kraft berstend. Vier Schmetterlinge, die über einem Wasserfall schwebten. War ein schönerer Tag denkbar?

»Ich setze mein Leben bestimmt nicht leichtsinnig aufs Spiel«, entgegnete Theo.

»Und was bitte tust du bei jedem Auftritt auf dem Hochseil? Oder nimm Scheron! Jedes Mal wenn sie ein Haus betritt, über dessen Tür eine Laterne mit blauer Flamme brennt, dann ...«

»Was ist mit dir?«, unterbrach Scheron sie.

»Mit mir?«, wiederholte Laviany. »Ich setze mein Leben aufs Spiel, indem ich euch beiden wie eine alte Tattergreisin hinterherschlurfe.«

»Das reicht nicht aus, um uns in einen Topf zu werfen«, erwiderte Theo lächelnd.

»Wieso das nicht?«

»Weil Scheron und ich dann ja ständig unser Leben aufs Spiel setzen, du aber nur jetzt. Von Lieben kann da keine Rede sein.«

»Hör mal, mein Junge ...«

»Außerdem setzt niemand von uns leichtfertig sein Leben aufs Spiel«, ereiferte sich Scheron. »Und notfalls helfen wir uns gegenseitig.«

»Helfen?!«, knurrte Laviany. »Das Einzige, was ich hoffe, ist, dass ihr zwei Kleinen nicht an meinem Rockzipfel hängt, wenn es brenzlig wird. Am Ende muss doch jeder für sich selbst einstehen.«

»Es wäre viel besser, wenn wir auch füreinander einstehen würden«, hielt Scheron dagegen.

»Dafür müsste ich euch aber vertrauen. Wissen, dass ihr mir Rückendeckung gebt. Aber bisher habe ich euch immer nur aus den Gruben gezogen, in die ihr gefallen seid.«

»Das stimmt«, gab Theo zu. »Du hast damals in der Schenke

meinen Hals gerettet. Dann hast du mich ohnmächtig auf der Straße aufgelesen. Und du hast Scheron gegen die Skregen geholfen. Aber du musst auch zugeben, dass du Gefallen an unserer Gesellschaft gefunden hast.«

»Wie bitte kommst du darauf?«

»Weil du sonst fünfhundert Schritt vor uns hergehen würdest. Wie früher.«

Für diese Erklärung hatte Laviany nur ein Grinsen übrig.

Inzwischen wurde der Meeresgeruch mit jeder Minute stärker. Scheron atmete tief ein.

»Habt ihr eigentlich gewusst«, sagte sie, »dass Taloris nach dem Kataklysmus eine ganze Weile unter Wasser lag?«

»Da hätte es ruhig bleiben sollen!«, ätzte Laviany. »Was ist, Theo? Erzählst du die Geschichte vom Dunklen Reiter weiter?«

»Das mache ich heute Abend«, versprach er. »Jetzt würde ich lieber erst Scherons Geschichte hören. Taloris hat sich also am Grund des Meeres befunden?«

»So behaupten es die Chroniken. Alle dachten, das Meer hätte sich die Stadt einverleibt, nachdem der Gebannte gegen Thion eine Niederlage hatte hinnehmen müssen. Doch einige Jahrhunderte später bemerkten die Küstenbewohner Land am Horizont. Taloris war wieder aus der Tiefe aufgetaucht.«

»Natürlich sind sie dann gleich dorthin gestürmt?«, höhnte Laviany, die misstrauisch eine aus Balken zusammengezimmerte Brücke beäugte. Da diese ihr kein Vertrauen einflößte, stieg sie ab und führte ihr Maultier am Zügel darüber. »Ist doch immer das Gleiche. Ich kannte mal einen Jungen, der hat seine Nase in die Wälder von Amut gesteckt. Was hat er immer getönt! Wunderbarer Ort! Eine alte Arena noch aus der Zeit des Geeinten Königreichs! Ein Besuch, und man hat prompt die Taschen voller Goldstücke! Der wollte mich glatt mitschleifen! Na, dem hab ich den Marsch geblasen! Am Ende hat er aber doch einen Dummkopf gefunden, der ihn begleitete. Von der Reise ist er natürlich nie zurückgekehrt! Aber die Menschen rennen nun mal gern mit offenen Augen in ihr eigenes Unglück!«

»Denkst du dabei an uns drei?«, stichelte Theo.

»Freiwillig würde ich mich bestimmt nicht nach Taloris begeben.«

»Wie halten die Menschen die Nähe dieses verfluchten Ortes überhaupt aus?«, wandte sich Theo nun an Scheron.

»Wir haben uns daran gewöhnt.«

Sie erreichten das steinige Ufer, auf dem überall Berberitze wuchs. Kalter Wind pfiff. Tief unter ihnen donnerte das Meer und warf riesige, schaumbekrönte Wellen auf. Sie zerschellten an den Felsen und überzogen die Sträucher und das Gras am Ufer mit feinen Spritzern, die in der Sonne funkelten wie Diamanten.

Der Abstieg war nicht ungefährlich. Schweigend kraxelten sie hinunter, die Tiere hinter sich herführend. Immer wieder rutschten lose Steine unter ihren Füßen weg. Am Ende erreichten sie jedoch wohlbehalten die Straße, die unmittelbar an der Küste entlangführte.

Schon machten sie die ersten Häuser aus. Die Steinmauern waren von Moos überzogen, über den schwarzen Dächern stieg Rauch auf. Am Meeresufer ragte ein Leuchtturm auf, der wie ein riesiger Zuckerkegel aussah, über den man heißes Wasser gegossen hatte. Schreiende Möwen umkreisten ihn.

Das Tor zu diesem Dorf stand weit offen. Ein paar Hunde kamen herausgeschossen und empfingen die drei mit eifrigem Gebell. Zwei Frauen sortierten Garn, Kinder liefen juchzend zwischen Hühnern umher und versuchten, einen Drachen aus blassem Papier steigen zu lassen.

Bei ihrem Anblick musste Scheron sofort an Milvio denken. Unwillkürlich verzogen sich ihre Lippen zu einem Lächeln.

»Wartet hier«, bat sie ihre beiden Gefährten.

Laviany brummte, dass Scheron ihr nicht schon wieder einen Befehl erteilen solle, setzte sich neben einen Holzstapel auf den Boden und legte ihre Tasche auf den Kiel eines eingezogenen, umgedrehten Boots. Von neugierigen Blicken begleitet, ging Scheron auf einen Mann zu, der mit verschlossener Miene Holz hackte. Auf ihre Bitte hin legte er das Beil zur Seite und zog sich mit ihr in sein Haus zurück.

Die beiden Frauen mit dem Garn wechselten einen beredten Blick, dann lief die eine von ihnen dem Holzfäller und Scheron mit raschen Schritten hinterher.

Theo klaubte sechs Steine auf und begann zu jonglieren.

Taloris, dachte er. Laviany hat ja recht. Bin ich auf dem Hochseil, ist der Tod stets unter den Zuschauern. Aber in Taloris wird er sich vermutlich nicht damit begnügen, nur zuzusehen. Da wird er mit Sicherheit das Seil durchschneiden wollen ...

»Kannst du das auch mit einer Hand?«, fragte Laviany plötzlich.

Er nickte und ließ die Steine immer höher steigen. Gleichzeitig steigerte er die Geschwindigkeit, sodass sie fast zu einem Oval verschmolzen.

»Du bist wirklich flink und geschickt.«

»Das klingt ja fast wie ein Lob.«

»Das ist ein Lob«, erwiderte Laviany grinsend. »Du hättest aus deinem Leben auch etwas anderes machen können und nicht unbedingt der Spaßvogel für die Menge werden müssen.«

»Was denn zum Beispiel?«

»Als ob du das nicht selbst wüsstest!«

Ihre Gedanken kehrten zu einigen Männern zurück, mit denen sie schon zu tun gehabt hatte. Rein äußerlich mochten sie sich von Theo unterscheiden, doch die Sprache ihres Körpers war die gleiche. Sie allesamt waren Mörder. Gute Mörder, die ihr immer viel Ärger gemacht hatten. Es stirbt zwar niemand gern, aber diese Burschen hatten geradezu am Leben geklebt.

Im Übrigen verfolgte nicht nur Laviany, wie Theo die Steine in der Luft kreisen ließ, sondern auch die Kinder. Lächelnd bot er ein neues Kunststück dar, bei dem die Steine zu zwei verschlungenen Kreisen verschmolzen. Anschließend warf er sie hoch über die linke Schulter, fing sie aber nicht wieder auf, sondern sprang auf eine Mauer. Für die meisten Menschen wäre sie sicher zu schmal gewesen, um darauf entlangzuspazieren, doch Theo kam sie im Vergleich zu seinem Hochseil wie eine breite Straße vor. Einige Salti brachten die Kinder dazu, mit offenem Mund zu staunen. Wäre Thion auf einem Schneelöwen zu ihnen geflogen gekommen, sie hätten nicht beeindruckter sein können.

Dann aber wurde die Tür zu jenem Haus weit aufgerissen, in das der Holzfäller verschwunden war. Der Mann trat mit mürrischem Blick heraus. Hinter ihm erschien Scheron, die kreidebleich war. Als Letztes zeigte sich die in Tränen aufgelöste Frau. Alle drei stiefelten schnurstracks hinter das Haus.

Was ist denn da los?, fragte sich Theo und sprang von der Mauer. Er schnappte sich seine Tasche und folgte der kleinen Gruppe. Laviany schloss sich ihm an.

»Niemals!« Die Frau des Holzfällers baute sich vor einem Koben mit einem fröhlich quiekenden Grunzling darin auf. »Den geben wir nicht her! Was Ihr vorhabt, kostet Euch das Leben und ihn auch! Wie sollen wir dann im Frühling auf Fischzug gehen?!«

»Ich werde zurückkehren«, versicherte Scheron. »Und ich werde auch den Grunzling zurückbringen.«

»Ihr wollt nach Taloris und sprecht von Rückkehr?!«, keifte die Frau. »Von dort ist niemand je zurückgekommen! Dort wartet nur der Tod!«

»Lass gut sein, Cloya«, sagte der Mann. »Du kennst das Gesetz von Lethos. Wir müssen den Kämpfern gegen Verirrte Seelen helfen, sofern es in unseren Kräften steht.«

»Und wobei helfen wir ihr in diesem Fall?! Dabei zu sterben?!«, stieß Cloya mit bitterem Lachen aus. »Eine schöne Hilfe ist das!«

»Dann nehmt das«, sagte Scheron und zog den purpurroten Armreif von ihrer linken Hand, um ihn Cloya hinzuhalten. »Wenn wir in einer Woche nicht zurück sind, wendet Euch an den Herzog in Arant. Zeigt ihm dieses Stück und erzählt ihm, was Ihr mir gegeben habt. Er wird für Euren Schaden aufkommen. Großzügig. Ihr kennt das Gesetz.«

Zögerlich nahm Cloya den Armreif an sich.

»Sieben Tage warten wir«, stellte sie in hartem Ton klar. »Aber Ihr werdet tot sein, noch ehe sie vergangen sind!«

# KAPITEL 13

# Zu spät

*Es heißt, Thion habe sich nie verziehen, an jenem Tag nicht bei Arila gewesen zu sein. Als er eintraf, war es schon zu spät. Quint war ohne ihn auf dem letzten Löwen davongeflogen. Die Menschen im Süden erzählen sich noch heute, das Gespenst Thions, dieses großen Magiers, irre durch die Welt und wehklage, den Mord nicht verhindert zu haben. Somit ist er auf ewig verdammt, denn er weiß nicht, dass er längst gestorben ist. Noch immer will er Arila retten. Doch das vermag er nicht. Denn die Vergangenheit kehrt nie zurück.*

Eine alte Legende

Sie schob die kratzende Decke zur Seite und stand auf. Kalte Morgenluft umfing sie. Gynt stemmte sich auf einen Ellbogen hoch und packte ihre Hand.

Der Griff schmerzte.

Clero gönnte sich das rachsüchtige Vergnügen einer geschickten Drehung des Handgelenks, die Gynt aufschreien ließ. Sofort gab er sie frei.

»Komm doch wieder ins Bett«, bat er.

Clero schnaubte bloß. Daraufhin zerrte Gynt sie zurück wie ein verwöhntes Kind, das nach seinem Spielzeug grapscht. Mit einem Brummen ließ sie sich wieder auf das Bett fallen.

Grinsend schob er sich auf sie – was ihm glatt einen Hieb eintrug, der so schnell erfolgte wie der Flügelschlag einer Libelle. Schmerz explodierte in seinem Kopf. Wie ein Aal glitt Clero unter ihm weg und entkam auf diese Weise Gynts Angriff: Er hatte ihr die Nase mit seiner Stirn einschlagen wollen. Gynt bedachte sie mit einem lodernden Blick. Sofort presste Clero ihren Daumen in die Mulde unter seinem Kehlkopf. Keuchend rang er nach Luft.

Grinsend stand Clero auf, während Gynt nach wie vor röchelte. Doch das reichte ihr noch nicht. Sie trat ihm ins Gesicht, womit sie ihm zwar weder die Zähne einschlug noch die Halswirbel brach, sich aber Genugtuung verschaffte.

»Und? Hast du dich ausgetobt?« Er spuckte Blut und lächelte, sodass seine erstaunlich schönen Schneidezähne zutage traten. »Dann komm noch einmal zu mir ins Bett.«

»Nein!«

»Du Miststück!«, zischte er genussvoll.

Er leckte über seine salzigen Lippen und beobachtete aufmerksam, wie sie ihre auf dem Boden verstreute Kleidung einsammelte.

Cleros schwarzes Haar fiel über ihre milchweiße Haut. Es reichte hinunter bis zur Taille, sodass sie an eine Weinende Ann erinnerte, jenes blutdürstige Gespenst, an das man in Fichzien glaubte, Gynts Heimat.

Die Tätowierung auf ihrem Rücken zeigte zwei grau-schwarze Fliegen mit rosafarbenen Flügeln und grünen Augen. Bei ihrem Anblick musste Gynt grinsen: Seinen eigenen Rücken zierte eine Spinne.

»Nur gut, dass eine Spinne mühelos jede Fliege fängt«, säuselte er.

»Hör auf damit!«

»Und wenn nicht? Bist du dann böse mit mir?«

»Wir haben keine Zeit für diese Spielchen«, entgegnete sie, während sie in die ledernen Schnürhosen stieg, die ihre schlanken Schenkel fest umspannten. »Die Spur ist schon fast kalt. Bis Nimadh steht uns noch ein weiter Weg bevor, und ich habe nicht die Absicht, den Winter in diesem Loch zu verbringen.«

»Ich ebenfalls nicht.«

»Dann schieb deinen Wanst unter der Decke hervor und zieh dich an!«

»Vielleicht ein ganz klein wenig später ...«

Gynt rekelte sich wohlig.

»Shreff hofft fest auf uns!«

»Was glaubst du?«, fragte Gynt. »Ob er kommt?«

»Hierher? Nach Arant? Nach Lethos? Mit Sicherheit nicht! Er will, dass wir uns um diese Verräterin kümmern. Deshalb sollten wir ihn nicht enttäuschen.«

Gynts grüne Augen verengten sich zu Schlitzen.

»Höre ich aus der Stimme meiner kleinen Brummfliege etwa Zweifel heraus?«, fragte er.

»Deine kleine Brummfliege hat im Gegensatz zu einer gewissen Fettspinne ihren Verstand noch beisammen. Laviany ist keine ausgemergelte Bäuerin.«

»Du hast doch noch nie Angst vor ihr gehabt.«

»Ich bin auch noch nie auf sie angesetzt worden. Falls du es vergessen haben solltest, sie war immer eine von uns. Vom Nachtclan. Da gab es keinen Grund, sie zu fürchten.«

»Laviany ist bloß eine alte Tattergreisin.«

»Nur dass diese Tattergreisin Erfahrung und Cleverness besitzt und entsprechend gefährlich ist.«

»Dafür bist du jung und stark. Außerdem sind wir zu zweit.«

»Erinnerst du sie bitte daran, wenn sie deine Eingeweide an den nächsten Pfosten nagelt?«

»Wenn Shreff sich nicht sicher wäre, dass wir mit ihr fertig werden, hätte er uns nicht für diese Aufgabe bestimmt. Glaub mir, wir töten sie! Dann packen wir ihren grauhaarigen Kopf in eine Kiste, streuen ordentlich Salz drauf und bringen ihn Borg.«

»Ich wäre glücklicher, wenn das schon erledigt wäre. Wo ist mein Hemd?«

Gynt wedelte mit einem Stück Stoff.

»Du musst wohl doch noch einmal zu mir ins Bett kommen«, bemerkte er grinsend.

»Treib mich nicht zur Weißglut!«

Sie ging auf ihn zu, blieb dann aber unvermittelt stehen, um zu lauschen.

Als Gynt erneut drängelte, sie möge zu ihm kommen, gebot sie ihm mit einer unwirschen Geste Schweigen. Katzengleich pirschte sie zur Tür und schob den Riegel zurück, ohne ein einziges Geräusch zu verursachen. Inzwischen hatte sich auch Gynt erhoben und das unter seinem Kopfkissen liegende Messer an sich genommen.

Clero riss die Tür auf. Ein junger Mann hatte sein Ohr an das Holz gepresst. Nun stolperte er geradenwegs in Clero hinein, die ihm sofort ihr Knie in die Brust bohrte. Ein gellender Schrei entfuhr ihm.

»Schließ die Tür, es zieht«, bat Gynt, der wieder auf dem Bett Platz nahm und seine Klinge wegsteckte. »Außerdem muss uns ja niemand sehen.«

Sofort riegelte Clero wieder ab.

»Wen haben wir denn hier?«, flötete sie.

»Einen Diener, würd ich meinen«, antwortete Gynt. »Den Burschen habe ich schon gestern Abend gesehen.«

Der junge Mann rang noch immer nach Luft.

»Du hättest ihn töten können.«

»Selbst wenn«, erwiderte Clero sorglos. »Die Nacht ist vorbei, er wäre nie im Leben zu einer Verirrten Seele geworden.« Dann wandte sie sich an den Jungen. »Was hast du an unserer Tür gewollt?«

»Nichts, Herrin«, brachte er verängstigt heraus, wobei er jeden Blick auf Cleros nackten Oberkörper mied. »Als ich durch den Gang gegangen bin, meinte ich, hier drinnen Lärm gehört ...«

»Lärm?«, unterbrach ihn Clero mit trügerisch sanfter Stimme. »Haben wir Lärm gemacht, Gynt?«

»Wenn, dann dürfte er draußen kaum zu horen gewesen sein.«

»Verzeiht bitte«, presste der Diener heraus. »Es lag wirklich nicht in meiner Absicht, Euch zu nahe zu treten.«

»Er wollte uns also nicht zu nahe treten«, murmelte Clero und drehte sich Gynt zu.

»Dann sollten wir diesen ärgerlichen Zwischenfall wohl vergessen.«

»Wie heißt du?«

»Phelay, Herrin. Sagt dem Wirt bitte nicht, dass ich ...«

»... dass du gelauscht hast?«, beendete sie seinen Satz, nachdem er bereits eine Weile geschwiegen hatte. »Mach dir deswegen keine Sorgen. Es braucht wirklich niemand von diesem kleinen Missverständnis zu erfahren.«

Sie nahm einen wundervollen silbernen Kamm vom Tisch, der mit grünen Schmucksteinen verziert war, und fuhr sich damit durchs Haar. »Aber bevor du uns verlässt, musst du uns noch verraten, wie scharf dein Ohr ist. Mein Freund hier würde nicht nachhaken, aber das ist leider nur zu verständlich, denn in seinem Kopf findet sich am Morgen kein Hirn, sondern bloß zerkochter Kohl. Aber ich hätte gern Gewissheit.«

»Ich habe überhaupt nichts gehört, Herrin!«

»Schwörst du das?«,

»Ja!«

»Dann wäre das geklärt«, sagte sie und legte dem Jungen die Hand auf die Schulter, um ihn zur Tür zu schieben. »Verzeih mir, dass ich dich getreten habe. Aber ich habe einen furchtbaren Schreck bekommen ... und natürlich vermutet, du wärst ein Dieb, wenn nicht sogar ein Mörder.«

»Ich bitte Euch, Herrin, bei uns in Lethos mordet niemand.«

»Das glaubst du.«

Ihre schmale Hand fuhr zu seinem Nacken und riss seinen Kopf herum. Der silberne Kamm blitzte auf. Phelay hatte noch nicht begriffen, was geschah, da sprudelte sein Blut bereits über sein Gesicht, sein Haar, seine Schultern, seine Brust und seinen Bauch.

»Hab keine Angst, mein Junge«, sagte Clero sanft, als dem Jungen die Beine wegzuknicken drohten. »Schließ einfach die Augen.«

Sie hielt ihn, bis er seinen letzten Atemzug tat, dann bettete sie ihn behutsam auf den Boden, zog den Kamm aus der Wunde und küsste den Jungen auf die Stirn.

»Wäre es nicht klüger gewesen, ihn davonkommen zu lassen?«, fragte Gynt, dessen Nasenflügel zitterten.

Der Geruch des Blutes erregte ihn.

»Nicht unbedingt«, antwortete sie, leckte das Blut des Jungen an ihrer Hand ab und trat mit wiegenden Hüften an Gynt heran.

»Außerdem scheint es mir jetzt auch gar kein kluger Gedanke mehr, schon aufzustehen. Ich denke, für ein halbes Stündchen werde ich wohl noch zu dir ins Bett schlüpfen.«

Mit einem halben Stündchen war es am Ende nicht getan. Anschließend schliefen sie ein. Clero wachte erst wieder auf, als sich das Licht im Zimmer änderte. Sie rüttelte Gynt an der Schulter.

»Wir haben verschlafen«, flüsterte sie.

Gynt fluchte leise, stand auf und zog sich rasch an. Auf Gejammer und gegenseitige Vorwürfe verzichteten sie, denn sie trugen beide die Schuld an diesem Fehler.

Als Clero sich die Reste des eingetrockneten Bluts abwusch, brannten ihre Finger in der Schüssel förmlich, so eisig war das Wasser. Gynt packte die bereits steif gewordene Leiche bei den Achseln und schob sie unter das Bett.

»Wenn es wirklich noch eine Fähre nach Nimadh gab«, sagte Gynt, als sie das Zimmer verließen, »dann haben wir sie jetzt verpasst.«

»Es wird uns schon etwas einfallen.«

»Willst du irgendeinen ollen Kahn klauen?«

»Mir würde eher vorschweben, jemanden zu veranlassen, uns an unser Ziel zu bringen. Ich habe nämlich noch nie im Leben ein Ruder in der Hand gehabt. Bezahlst du das Zimmer?«

Sie trat schon vor die Herberge. Gynt verhandelte mit dem Wirt. Dieser schimpfte jedoch in einem fort über seinen faulen Diener, der wie vom Erdboden verschluckt sei. Daraufhin beschloss Gynt, noch für eine weitere Nacht zu zahlen und den Wirt zu bitten, dass niemand einen Fuß in ihr Zimmer setzte.

Sobald alles geregelt war, begaben sich die beiden zum Hafen. Unterwegs kaufte Clero noch ein Brot und brach die Hälfte für Gynt ab.

»Das kannst du allein essen«, stieß er angewidert hervor.

»Ich bevorzuge handfestere Kost.«

»Daran solltest du dich schon mal gewöhnen. Wenn wir in

diesem Herzogtum der Ödnis ein Weilchen feststecken, kriegen wir den ganzen Winter über bloß Hering. Und Hammel an hohen Feiertagen.«

»Wenn wir wirklich hier hängen bleiben, dann sollte mir Laviany besser nicht über den Weg laufen. In dem Fall würde ich sie nämlich mit bloßen Händen in Stücke reißen.« Daraufhin bedachte Clero ihn mit einem abschätzigen Blick. »Was ist? Traust du mir das nicht zu?«

»Wenn es sein muss, sind deine Finger wie aus Stahl, das will ich gar nicht bestreiten. Trotzdem würdest du gegen Laviany vermutlich den Kürzeren ziehen.«

»Schon wieder die alte Leier. Du scheinst diese Greisin ja förmlich zu vergöttern!«

»Was sitzt da auf deinem Hals? Ein Kopf oder ein Kohl? Es ist ein Riesenfehler, sie zu unterschätzen! Wie oft soll ich dir das eigentlich noch sagen?!«

»Auch durch ihre Adern fließt nur Blut.«

»Genau wie bei dir. Und Laviany weiß bestens, wie man jemandem die Adern durchtrennt. Shreff …«

»… ist weit weg!«, fiel er ihr ins Wort. »Vermutlich ist er längst in Pubyr, während wir hier in diesem vermaledeiten Herzogtum versauern werden! Wenn Laviany wirklich so gefährlich wäre, wie du immer behauptest, dann hätte sie sich vor uns wohl kaum in einem Drecknest wie Nimadh verkrochen. Die Natter hat ihr Gift verspritzt! Die ist nur noch ein harmloser Aal!«

»Hat dein leeres Hirn vielleicht schon vergessen, was sie vor ihrer Flucht in Pubyr angerichtet hat?!«, fuhr sie ihn an. »Borg hat zwei Tage lang vor Schmerzen gewimmert! Ganz zu schweigen von all den Leichen, die wir in die Kanäle werfen durften!«

»Seien wir doch wenigstens uns gegenüber ehrlich«, erwiderte Gynt grinsend. »Wenn man einen treuen Hund nur lange genug mit dem Stock schlägt, fällt er irgendwann sogar über seinen Herrn her. Borg und Shreff haben sich das alles selbst zuzuschreiben.«

»Du bist anmaßend!«

»Bin ich nicht! Borg hat einen Fehler gemacht, für den muss er jetzt bezahlen. Teuer bezahlen. Deshalb will er, dass wir ihm diese tollwütige Hündin vom Hals schaffen.«

»Pass nur auf, dass ihm das nicht zu Ohren kommt!«

»Das wird es nicht, wenn du es ihm nicht erzählst!«

»Dein Vertrauen ehrt mich, eines aber solltest du dir trotzdem mal durch den Kopf gehen lassen! Was auch immer Borg getan haben mag, Laviany hätte sich niemals in dieser Weise gegen ihn stellen dürfen.«

»Was hättest denn du an ihrer Stelle ...?«

»Ich bin nicht an ihrer Stelle, und ich war es auch nie! Aber ließe Borg sie ungeschoren davonkommen, würde sich das früher oder später rächen.«

»Wie du ihn anhimmelst! Seit vierzig Jahren herrscht er über den Nachtclan, dieser König der dunklen Gassen! Dabei ist auch er nur ein Mensch aus Fleisch und Blut.«

»Damit meinst du ...?«

»Natürlich ist er uns beiden überlegen. Aber warum ist Shreff ihm so treu ergeben? Er könnte Borg jederzeit den Hals umdrehen und seinen Platz einnehmen!«

Clero sah sich um. Auf der Straße war niemand. Mit einer einzigen Bewegung presste sie Gynt gegen eine Hauswand. Ihr Ellbogen drückte fest gegen seine Kehle.

»Auch wir beide haben Borg gewählt«, zischte sie. »Er nimmt also genau den Platz ein, der ihm zusteht!«

»Lass mich los!«

Clero zögerte gerade lang genug, um ihm zu verstehen zu geben, dass sie keine Angst vor ihm hatte. Dann trat sie einen Schritt zur Seite.

»Shreff hätte dich für diese Worte umgebracht«, zischte sie.

»Dann hatte ich ja Glück, dass nicht er, sondern du sie gehört hast.«

»Das kannst du laut sagen«, erwiderte sie kalt. »Aber solltest du dich noch einmal in dieser Weise äußern, bringe ich dich auf der Stelle um.«

»Ich werd es mir merken.«

»Das wäre nur zu deinem Besten. Im Übrigen werde ich in diesem Drecksloch langsam gefühlsduselig. Da tut mir ein wenig Gesellschaft gut. Zwinge mich also nicht dazu, auf die deinige zu verzichten, nur weil du deine Zunge nicht im Zaum halten kannst. Der Nachtclan ist unsere Familie. Wenn wir sie verlieren, dann verlieren wir alles. Dann bleibt uns am Ende nur die Flucht. Genau wie Laviany.«

Gynt hüllte sich in Schweigen.

»Enttäusche Shreff daher besser nicht. Du weißt, wie das enden könnte.«

Das wusste er in der Tat.

Schweigend setzten sie ihren Weg fort. Nach einer Weile gelangten sie zum Friedhof. Von dort rief sie mit einem Mal ein Mann, der Tabak kaute.

»Habt ihr vielleicht zwei Freunde verloren?«, fragte der Aranter.

»Bitte?«, brummte Gynt.

»Eine Patrouille von uns hat zwei Leichen entdeckt. Dem einen hat man die Kehle aufgeschlitzt, der andere ist offenbar buchstäblich vor Angst verreckt. Die waren beide vom Festland. Genau wie ihr.«

»Ja und?«

»Wenn Fremde zu uns kommen, dann in der Regel nicht allein. Daher dachte ich, ihr kennt sie. Wäre ja unschön, wenn wir sie ohne Namen begraben müssten.«

»Das Festland ist nicht Lethos«, erklärte ihm Clero. »Dort gibt es zahllose Herzogtümer und noch mehr Menschen. Da kann man nicht jeden Einzelnen kennen.«

»Allerdings suchen wir tatsächlich jemanden«, schlug Gynt nun einen freundlichen Ton an. »Könnten wir uns die Toten vielleicht kurz ansehen?«

»Klar.«

Der Friedhof war sehr groß und sehr alt. Seit vielen Jahrhunderten fanden hier die Toten ihre Ruhe. Ein Teil der Gräber war inzwischen sogar von der Erde geschluckt worden. An diesen Stellen wuchsen nun trockenes Gras und wilde Rosen.

Neben der Grube lagen unter einer hellgrauen Decke die beiden Leichen. Der Friedhofswächter saß etwas abseits. Den Spaten hatte er nach getaner Arbeit zur Seite gelegt, seine ungeteilte Aufmerksamkeit galt nun der bereits halb geleerten Flasche in seinen Händen.

»Ob eine Frau sich das ansehen sollte?«, fragte der Aranter, der sie hergebracht hatte.

»Tote jagen mir keine Angst ein«, versicherte Clero.

»Na dann ...«

Er zog die Decke über dem ersten Toten ein Stück zurück. Selbstverständlich kannten sie ihn nicht. Die Wunde an seinem Hals fiel ihnen indes sofort auf. Gynt lüftete die Decke über dem zweiten Toten.

»Die Armen«, stieß er aus. »Was müssen sie durchgemacht haben!«

»Das waren mit Sicherheit Räuber. Ist das erste Mal, dass wir so was erleben. Die Wache des Herzogs hat schon die ganze Stadt durchkämmt, aber bisher ohne Erfolg.«

»Wir kennen die beiden übrigens wirklich nicht.«

»Dann erhalten sie ein namenloses Grab. Schade ... Verdient hätten sie was Besseres.«

Daraufhin verabschiedeten sich Clero und Gynt von dem Mann und verließen den Friedhof. Die nächsten Minuten liefen sie nebeneinanderher, ohne ein Wort zu wechseln.

»Was sind wir bloß für hirnlose Nichtsnutze«, stieß Clero irgendwann aus.

Ihre Stimme zitterte vor Wut.

Wut auf sich selbst.

»Vielleicht sind wir Nichtsnutze ohne Hirn, dafür aber mit einer gehörigen Portion Glück«, entgegnete Gynt. »Bisher wussten wir nur, dass Laviany mit dem Schiff nach Nimadh unterwegs war. Dort hätten wir sie jetzt ewig suchen können, denn anscheinend ist sie weiter nach Arant. Bleibt die Frage, was sie hier verloren hat.«

»Womöglich triffst du sie ja in Plauderlaune an, und sie verrät es dir.«

»Jedenfalls sind wir ihr jetzt dicht auf den Fersen.«

»Falls sie nicht auch Arant schon wieder verlassen hat«, gab Clero zu bedenken. »Wir müssen uns in den Herbergen umhören. Daran hatten wir bisher nicht einmal gedacht, weil wir angenommen haben, sie hockt in Nimadh. Fangen wir gleich bei unserer an. Erkundigen wir uns beim Wirt, ob er sie gesehen hat. Das wäre wirklich ein Witz, wenn sie die ganze Zeit über im Nachbarzimmer gesessen hätte.«

»Glaubst du etwa, sie lässt sich da eine in Limonen gebackene Ente schmecken und trinkt einen guten Wein dazu?«, ätzte er. »Die wird sich in irgendeinem verlassenen Haus verkrochen haben!«

»Fragen kostet ja nichts. Deshalb werden wir das in allen Herbergen machen. Und auch im Hafen. Reden wir mit den Fährleuten! Irgendwer muss sie doch gesehen haben!«

»Wenn, dann hat er nicht auf sie geachtet. Vergiss nicht, dass sie aus Lethos ist, da fällt sie nicht auf.«

»Gut, dann besorg ein paar Stühle, damit wir hier auf sie warten können! Irgendwann taucht sie bestimmt auf.«

»Also von mir aus ... Einverstanden, gehen wir zurück in die Herberge. Obwohl ich wegen der Leiche des ...«

»Offiziell sind wir nicht ausgezogen«, rief ihm Clero in Erinnerung. »Und du hast darum gebeten, dass niemand unser Zimmer betritt, als du dem Wirt das Geld gegeben hast. Doch selbst wenn sie die Leiche finden ... Das wird uns ganz bestimmt nicht daran hindern, in Erfahrung zu bringen, was wir wissen wollen.«

Dem konnte Gynt in der Tat nur mit einem Grinsen zustimmen.


Skella hasste es, Morwen um etwas zu bitten, denn er ließ sie stets zappeln wie einen Fisch an der Angel.

Am liebsten hätte sie ihm bei diesen Gelegenheiten tüchtig den Marsch geblasen, doch Morwen besaß mit dem *Heringskönig* nicht nur die beste Herberge in ganz Arant, sondern auch eine vorzügliche Anlegestelle im westlichen Teil des Hafens.

Dort besserten Händler von außerhalb, aber auch die Fischer aus Arant gern ihre Boote aus. Und dort konnte man auch die Stürme hervorragend abwarten.

Genau das war Skellas Absicht.

Sie wollte den Winter hier in Arant verbringen, nicht im tristen Hormus. Die Zeit wollte sie nutzen, um die Fähre zu überholen. Deshalb brauchte sie einen warmen Stall für ihre Grunzlinge. Morwen konnte ihr all das bieten. Gegen einen anständigen Preis. Den zu zahlen sie bereit war. Dennoch hatte die Sache einen Haken. Morwen ließ sich nur zu gern von ihr bitten – und noch lieber hätte er sie geheiratet.

Trotzdem war sie entschlossen, mit ihm zu sprechen und sämtliche Anzüglichkeiten zu überhören. Wie stets würde sie Ruhe bewahren, ihm nicht mit einem Messer sein freches Grinsen aus dem Gesicht schneiden, sondern sich in Erinnerung rufen, dass sie als Kapitänin die Verantwortung für ihre Männer und ihre Fähre trug ...

Die Nacht brach bereits herein, als Skella sich in den *Heringskönig* begab. Zu ihrer Überraschung stand die Tür der Herberge weit offen. Als sie eintrat, staunte sie nicht schlecht.

Außer Morwen und seinen beiden verweinten Mägden waren Soldaten des Herzogs anwesend. Sechs Mann mit einem jungen, blassen Kommandanten.

Auf einem Tisch lag eine Leiche.

Sofort huschte Skellas Blick zu den Kerzen. Erleichtert atmete sie durch. Bei dem Toten handelte es sich um den Diener Morwens, einen furchtbar neugierigen Jungen, der aber anscheinend noch vor Einbruch der Nacht gestorben war. Dem Blut auf seiner Kleidung nach zu urteilen, jedoch keines natürlichen Todes.

Bei Skellas Eintreten hatten sich alle zu ihr umgedreht.

»Hier ist geschlossen!«, erklärte der Kommandant mit überraschend fiepsiger Stimme. »Komm später wieder!«

Morwen sah sie verärgert an, wandte sich dann aber wieder dem Kommandanten zu.

»Woher soll ich wissen, wer die waren?!«, empörte er sich.

Gut, dachte Skella, versuche ich also morgen mein Glück.

Gerade als sie den Rückzug antreten wollte, kam jedoch jemand durch die offene Tür hereingestapft und klatschte ihr dreist auf den Hintern. Skella fuhr herum und wollte dem Kerl schon die Hand abhacken, erstarrte aber mitten in der Bewegung.

Der Grobian war eine Frau. Ganz offenbar stammte sie nicht aus Lethos. Sie hatte dunkelbraune Augen und ein schiefes Grinsen auf den Lippen und war bestimmt fünf Jahre älter als Skella.

»Tut mir leid, Kleine, aber deine Kehrseite war so verlockend. Und du weißt ja, wie wir aus dem Süden sind.«

Das widerwärtige Lächeln kroch von den Lippen der Unbekannten, als sie die Soldaten und die Leiche auf dem Tisch sah. Ihr Begleiter, ein Fettsack mit honigblondem Haar, schnalzte bei dem Anblick vernehmlich mit der Zunge.

»Hab ich's dir nicht gesagt«, stieß er aus.

»Diese elende Neugier«, erwiderte die Frau. »Dass manche Menschen ihre Nase aber auch immer in die Angelegenheiten anderer stecken müssen!«

Als die beiden eingetreten war, hatte Morwen im ersten Schreck seinen Augen nicht trauen wollen.

»Das sind sie!«, keifte er nun. »Bei den Erhabenen Sechs, das sind sie!«

»Dann wollen wir den Karren mal wieder aus dem Dreck ziehen!«, brummte der Dicke und stieß Skella mit der Schulter aus dem Weg.

»Bitte?«, brachte der Kommandant nur verständnislos heraus.

»Das sind die beiden, in deren Zimmer die Leiche gefunden wurde«, flüsterte ihm einer seiner Soldaten zu, um sich dann an die beiden Neuankömmlinge zu wenden: »Was ist? Hat euch das Gewissen geplagt, dass ihr noch einmal hergekommen seid?«

»Wir sind hier, weil wir das Zimmer noch für eine Nacht gemietet haben«, erklärte die Frau kalt. »Was ist daran bitte so verwunderlich?«

»Nicht nur gemietet, sondern auch schon bezahlt«, fügte der Fettwanst hinzu. »Glaubt wirklich irgendjemand hier im Raum, wir würden einen Mord begehen und dann seelenruhig zum

Ort des Geschehens zurückkehren? Wahrscheinlich steckt der Wirt hinter allem und will uns die Tat jetzt in die Schuhe schieben!«

»Ich?!«, japste Morwen, und Skella beobachtete voller Genugtuung, wie ihm die Gesichtszüge entglitten. »Das stimmt nicht! Das ist gelogen!«

»Wer hier lügt und wer nicht, wird das Gericht des Herzogs entscheiden«, erklärte der Kommandant. »Kommt mit! Alle drei!«

»Und wohin?«, wollte der Fettwanst wissen.

»Ins städtische Gefängnis. Die heutige Nacht werdet ihr dort verbringen.«

»Dafür haben wir keine Zeit.«

»Besser, ihr leistet keinen Widerstand!«

»Weil sonst was geschieht?«, erkundigte sich die Frau und legte den Kopf auf die Seite, um die Soldaten spöttisch anzusehen, die bereits die Hand auf den Schwertgriff gelegt hatten. »Wollt ihr uns dann vielleicht in Stücke hacken? In dem Fall empfehle ich euch, vorher einen Blick nach draußen zu werfen. Habt ihr allen Ernstes die Absicht, bei Nacht einen Mord zu begehen?«

Daraufhin warfen sich die Soldaten ratlose Blicke zu.

»Hier wird niemand ermordet!«, erklärte ihr Kommandant. »Aber wenn ihr euch stur stellt, wenden wir Gewalt an!«

»Gewalt also«, murmelte der Fettwanst und drehte sich dem Soldaten zu, der seinem Kommandanten eben auf die Sprünge geholfen hatte. »Hör mal, mein Freund, du scheinst mir der hellste Kopf eurer Truppe zu sein. Reden wir zwei also offen miteinander! Wir alle können auf Schwierigkeiten ebenso verzichten wie auf Gewalt. Ist es nicht so?«

»Nehmt den Kerl sofort fest!«, zischte der Kommandant nun.

»Warum wird einem ein Friedensangebot bloß immer als Schwäche ausgelegt?«, fragte die Frau mit einem schweren Seufzer, trat an die Soldaten heran und zertrümmerte einem von ihnen mit der Faust den Kehlkopf.

Skella presste die Hand auf den Mund, um ihren eigenen

Schrei zu unterdrücken, als sie sah, wie die Kerzen die Farbe wechselten und mit blauer Flamme weiterbrannten. Schon in der nächsten Sekunde stürzte sie davon.

Seit die Spinne auf seinem Rücken verschwunden war, brannte dieser. Da das Tier in den nächsten ein, zwei Tagen nicht zu ihm zurückkehren würde, kochte Gynt vor Wut.

Er hatte Clero doch gewarnt! Aber sie hatte es ja mal wieder besser gewusst!

Dafür durfte sie sich jetzt mit dem Wirt abplagen, der offenbar kurz davor war, den Verstand zu verlieren. Kein Wunder, bei all den Verirrten Seelen in seiner Herberge ...

»Reiß dich zusammen!«, zischte Clero und verpasste dem Kerl einen Schlag mit dem Handrücken, bei dem ihm der Ring an ihrem Finger die Stirn aufschlitzte. »Oder soll ich dich den Verirrten Seelen vorwerfen? Ich will eine Antwort auf meine Frage! Hast du diese Frau gesehen oder nicht?!« Dann drehte sie sich Gynt zu. »Kümmere dich um diese Kleine, bevor sie sämtliche Soldaten aus der Burg alarmiert hat!«

Gynt musste zugeben, die junge Frau völlig vergessen zu haben. Und diesmal hatte Clero recht. Sie durften sie nicht entwischen lassen.

»Sieh zu, dass du mir schnellstens nachkommst!«, sagte Gynt noch.

Gynt zweifelte nicht daran, dass Clero aus dem Wirt herausbringen würde, was sie wissen mussten. Sofern es da etwas herauszubringen gab. Was danach mit dem Mann geschehen würde, stand für ihn ebenfalls außer Zweifel. Clero genoss die Angst anderer. Auf den Besitzer des *Heringskönigs* dürfte daher ein kleines Stelldichein mit den Verirrten Seelen warten.

Trotz seiner Fettleibigkeit bewegte sich Gynt mit enormer Schnelligkeit vorwärts. Er atmete ruhig und gleichmäßig und sah sich aufmerksam um.

Die Frau hatte einen Vorsprung von nur wenigen Minuten, musste allerdings sehr flink sein. Mit ihm konnte sie sich jedoch nicht messen, das verrieten ihm ihre Fußabdrücke: Ihre Schritte wurden kürzer, irgendwann war sie sogar stehen geblieben. Vermutlich um durchzuatmen.

Mit Sicherheit hatte sie in ihrer Angst völlig den Kopf verloren, sonst wäre sie ja wohl nicht zum Hafen hinuntergerannt, sondern geradenwegs zur Burg oder zu einem der hell erleuchteten Häuser, um dort um Hilfe zu bitten. Doch sie hatte die entgegengesetzte Richtung eingeschlagen.

Gynt würde leichtes Spiel haben.

Als er sie einholte, hatte sie den westlichen Teil des Hafens fast erreicht. Dort reihten sich Stangen zum Trocknen der Fische aneinander, an denen Dorsche, Steinbutte und Seelachse hingen. Gynt verzog das Gesicht, als ihm der Geruch von den getrockneten Meerestieren in die Nase stieg. Selbst Tote rochen seiner Meinung nach besser.

Die schwer atmende Frau hielt inzwischen ein Messer in der Hand. Ihre Augen funkelten ihn im Mondlicht an. Clero hatte mal Geschmack bewiesen, als sie der Kleinen einen Klaps verpasst hatte. Zu schade, dass er sie schleunigst zur anderen Seite befördern musste. Unter anderen Umständen hätte er sich gern noch eine Weile mit ihr vergnügt.

Wer weiß, vielleicht hätte ihr das ja sogar gefallen.

»Hab keine Angst«, sagte er zu ihr. »Ich werde dir nicht wehtun. Du wirst überhaupt nichts spüren, sondern einfach einschlafen.«

»Weshalb? Was habe ich dir getan?«

»Nichts«, gab Gynt unumwunden zu. »Aber du bist zur falschen Zeit am falschen Ort gewesen und könntest uns daher Schwierigkeiten bereiten.«

Sie riss die Hand mit dem Messer hoch und wich etwas zurück, stieß aber schon bald gegen eine der Stangen.

»Glaub mir, diese Klinge hält mich nicht auf.«

In dieser Sekunde hörten sie ein leises, fröhliches Pfeifen. Beide fuhren sie herum, Skella voller Hoffnung, Gynt mit unverhohlener Wut.

Ein Mann kam aus dem Dunkel auf sie zugeschlendert. Er

war jünger als Gynt, hochgewachsen und breitschultrig. Sein helles Haar schimmerte im Mondlicht silbern und war zu einem Pferdeschwanz zusammengebunden. Über seiner rechten Schulter ragte der schwarze Griff eines langen Schwerts auf.

Ein Blick genügte ihm, um sein Pfeifen einzustellen.

»Braucht die Syora womöglich Hilfe?«

»Keineswegs«, versicherte Gynt. »Wir tragen lediglich einen kleinen Familienstreit aus, der Eurer Aufmerksamkeit gar nicht wert ist.«

»Er will mich umbringen!«, platzte es aus Skella heraus. »Aber das lasst Ihr doch nicht zu, oder? Erkennt Ihr mich wieder? Ihr seid mit meiner Fähre hierhergekommen! Bitte, helft mir!«

Gynt presste die Zähne aufeinander. Jetzt durfte er also gleich zwei Menschen erledigen. Dabei hätte er den Burschen mit dem Leben davonkommen lassen, wenn diese Närrin den Mund gehalten hätte.

»Umbringen?« Der Mann ließ sich das Wort förmlich auf der Zunge zergehen. Dann schüttelte er den Kopf. »Das, Syora, wird bestimmt nicht geschehen, denn der geschätzte Syor wird uns nun verlassen.«

»Du siehst mir nicht wie ein Händler aus«, sagte Gynt.

»Ich bin ein Reisender, Syor.«

Das konnte durchaus stimmen. Vielleicht stand aber auch einer der Meuchelmörder vor ihm, die Erbett angeheuert hatte. Dann wusste der Bursche womöglich noch nicht, dass sein Auftraggeber überraschend verschieden war und ihm kein Silberling mehr winkte – was freilich auch nichts an seinem eigenen baldigen Tod ändern würde.

Gynt zog sein Schwert blank. Es war deutlich kürzer als die Klinge dieses Fremden. Aber Gynt hatte schon Duelle ausgefochten, in denen die Gegner noch längere Schwerter geführt hatten.

»Dann zück mal deine Messerchen, mein Junge«, sagte er.

Allmählich fand er Gefallen an der neuen Wendung. In den letzten vier Jahren hatte es niemand darauf angelegt, sich mit ihm zu schlagen. Noch dazu wegen einer Frau. Was im Grunde bedauerlich war ...

Der Bursche knöpfte den Riemen auf und nahm die Scheide ab. Als er die Klinge blankzog, kündete ein unverwechselbares Zischen von vorzüglichem Stahl. Bestimmt war die Waffe in Amut geschmiedet worden. Bessere Schwerter gab es heutzutage nicht.

Achtlos warf der Mann die Scheide zur Seite. Die Klinge hielt er noch gesenkt.

»Der Syor will die Frage also nicht friedlich klären?«, erkundigte er sich mit der gebotenen Höflichkeit.

»Der Syor wünscht, dich eine Weile vor sich herzujagen und dir dann beide Beine abzuhacken, damit du mit eigenen Augen ansiehst, wie ich dieser hübschen Kleinen den Hals umdrehe. Ist sie dann erst mal eine Verirrte Seele, wird sie dich mit Freuden verschmausen.«

Der Mann antwortete nicht. Nur seine Hände bewegten sich, um das Schwert anders zu fassen. Die Klinge selbst rührte sich dabei keinen Deut.

»Im Übrigen hoffe ich, dass du dich wenigstens ein Minütchen gegen mich hältst«, fuhr Gynt fort, während er seine Klinge auf die ungeschützte Kehle des Mannes richtete. »Sonst macht das Ganze ja überhaupt keinen Spaß.«

Da endlich stieß Stahl gegen Stahl.

Gynt wollte sich zunächst einen Eindruck von der Schnelligkeit und der Kraft seines Gegners verschaffen, weshalb er den Mann eine grobe Attacke ausführen ließ. Ihre Abwehr bereitete ihm nicht die geringsten Schwierigkeiten. Natürlich nicht. Er drehte sich schlicht in letzter Sekunde herum und überrumpelte seinen Gegner damit derart, dass dieser die Deckung seiner linken Seite aufgab.

Der Unbekannte machte seinen Fehler umgehend mit einer weiteren Drehung wieder wett.

Mit seinem nächsten Angriff hätte der Mann vermutlich jedem anderen die Kehle aufgeschlitzt, nicht jedoch Gynt, der geschickt auswich.

»Angesichts deines Wanstes bewegst du dich erstaunlich schnell«, stellte der Fremde fest.

Gynt nahm das Lob mit der Gelassenheit eines erprobten Kämpfers hin. Viele Gegner unterschätzten ihn und hielten ihn für einen lahmen Fettsack. Sie alle erwartete am Ende eine Überraschung. Die letzte in ihrem Leben.

Nun ging er schweigend zum Angriff über. Sämtliche Ausfälle des Unbekannten wehrte er mühelos ab. Die beiden hackten mit raschen, harten Schlägen aufeinander ein.

Doch obwohl sein Gegner kaum Schwachstellen besaß, ging Gynt nur mit halber Kraft vor. Ihm reichte das, die meisten anderen Menschen dürften gegen diesen Mann allerdings das Nachsehen haben. Der Bursche pflegte einen schnörkellosen, klaren Stil, kämpfte letzten Endes aber ohne Würze. Wahrscheinlich hielt er sich für einen überragenden Schwertkämpfer, würdig, die Grenze nach Ödien zu verteidigen – aber gegen einen Angehörigen des Nachtclans war nun einmal mehr vonnöten.

Nach einer halben Minute langweilte der Mann Gynt. Ihr Kampf war fad wie salzlose Hühnerbrühe.

»Dann wollen wir mal zum Schluss kommen«, kündigte er an. »Möge dein Tod dir in unvergesslicher Erinnerung bleiben.«

Gynt hatte sich sein Vorgehen bereits zurechtgelegt. Er würde den Unbekannten dazu verleiten, den rechten Arm hochzureißen, um einen Angriff auf sein Gesicht zu parieren. Daraufhin würde Gynt sich ducken und seinem Gegenüber das linke Knie zertrümmern. Sobald der Kerl am Boden läge, wäre die Vorstellung vorbei.

Zu Gynts maßloser Verwunderung scheiterte sein Plan jedoch. Der Mann schien ihn durchschaut zu haben, denn mit einem raffinierten Wechsel der Stellung zwang er Gynt, seinerseits zur Verteidigung überzugehen.

Fluchend griff dieser im Anschluss mit ungehemmter Kraft an, musste jedoch mit immer größerem Erstaunen feststellen, dass er seinen Gegner damit keineswegs beeindruckte. Im

Gegenteil, dieser stellte sich nämlich als durchaus würdig heraus.

Als ebenbürtig!

Das Langschwert schien in der Hand des Mannes zu tanzen, zu funkelnden Kreisen oder Ovalen zu verschmelzen. Der Bursche griff nun mit doppelter Kraft und Schnelligkeit an.

Offenbar hatte nicht nur Gynt sich nicht in die Karten schauen lassen. Dieser verfluchte blonde Widerling hatte ihn vorgeführt wie einen kleinen Jungen.

Gerade legte er einen vollendeten Ausfall hin, sein Schwert löste sich förmlich in einem einzigen Gleißen auf. Sechs rasch aufeinanderfolgende Angriffe, zwei davon im Sprung ausgeführt, alle mit voller Wucht.

Selbstverständlich wehrte Gynt sie ab. Es bedurfte dafür freilich seiner ganzen Erfahrung und Kraft. Um die Klinge des Gegners bei dessen letztem Angriff zur Seite zu drücken, musste er seine Muskeln derart anspannen, dass ihm fast die Sehnen gerissen wären.

Danach wich er erst einmal zurück und atmete kurz durch. Aufmerksam betrachtete er das ruhige, offene Gesicht des Unbekannten. Plötzlich spürte er in seinem rechten Ohr einen stechenden Schmerz. Blut rann ihm über Kinn und Hals. Er stieß einen derben Fluch aus. Hatte dieser Widerling ihn doch getroffen!

»Es ist lange her, dass ich einem Mann wie dir gegenübergestanden habe«, brachte der Kerl voller Anerkennung heraus.

»Einem wie mir hast du noch nie gegenübergestanden!«

Aber gut, jetzt würde Gynt die Sache zu Ende bringen.

Mit verzweifelter Entschlossenheit stürzte er sich auf seinen Widersacher. Ein Schlag gegen das Kinn, der nächste Ausfall pariert, ein Angriff auf die Brust, das Manöver, um den Schwertknauf auszuweichen, der ihm die Nase brechen sollte, der Versuch, dem anderen den Oberarm aufzuschlitzen ...

Nach wie vor legte sein Gegner eine unglaubliche Schnelligkeit an den Tag. Dennoch gelang Gynt schließlich der Angriff, den der Kerl nicht mehr abzuwehren vermochte. Gynt bohrte seinem Gegenüber die Klinge mit einem triumphierenden Schrei in die Brust – nur um entsetzt festzustellen, dass dieser Nichtsnutz unter seiner Jacke ein Kettenhemd trug.

Zähneknirschend griff Gynt erneut an. Den Augenblick, als seine Attacke dann in Abwehr überging, hätte er nicht einmal selbst zu bestimmen vermocht. So unfassbar es anmutete, aber er lief Gefahr, gegen einen gewöhnlichen Mann zu verlieren.

Ungeduldig rückte dieser Widerling gegen ihn vor. Ein funkelnder Halbkreis, das Aufeinandertreffen der Klingen, eine Attacke pariert, ein Stich, ein Hieb, die Klinge des Gegners erneut abgefangen, dann ein geschickter Hebel – und Gynts Schwert verwandelte sich in einen Vogel, der hoch zum Nachthimmel aufstieg.

Völlig überrumpelt sah er seiner Klinge nach.

Dann spürte er einen seltsamen Schmerz in seinem Unterleib. Als hätte jemand seinen Magen mit glühenden Kohlen gefüllt. Ein widerwärtiges Schmatzen brachte unversehens Linderung. Im gleichen Atemzug krachte Gynt zu Boden. Er landete auf seinen eigenen Eingeweiden, die gerade aus seinem aufgeschlitzten Bauch herausgequollen waren.

In seinem Schmerz wollte Gynt sich einrollen wie ein Kind im Mutterleib, doch nicht einmal das brachte er noch zustande.

Das ist doch alles nur ein Traum, schoss es ihm durch den Kopf. Aber Clero kann sich auf was gefasst machen! Warum musste sie unbedingt noch einmal in die Herberge?! Und warum musste sie mich diesem Mädchen hinterherschicken?!


Skella hatte wie angewurzelt dagestanden und beobachtet, wie dieser groß gewachsene, freundliche Mann sich ihretwegen duellierte.

Vom Schwertkampf verstand sie nichts – aber das, was sie eben mit eigenen Augen gesehen hatte, ließ sich ihrer Meinung nach auch gar nicht als Kampf bezeichnen. Es war ein Tanz gewesen. Die Klingen flochten Muster, klirrten und funkelten. Trotzdem war sie froh, als alles vorbei war.

Milvio fasste sie bei der Schulter und zog sie mit sich fort. Bei einer verlassenen Lagerhalle blieben sie im dichten Schatten stehen und spähten zu dem Toten zurück.

Der blieb freilich nicht lange tot: Erst hob er den Kopf, dann stand er langsam auf. Skella begriff zunächst gar nicht, was hier vor sich ging, denn in der Nähe gab es keine Laterne. Bevor sie jedoch aufschreien konnte, verschloss ihr Milvio mit seiner Hand den Mund.

»Keinen Ton!«, flüsterte er ihr ins Ohr.

Sie nickte.

Daraufhin löste er die Hand von ihren Lippen. Schweigend beobachteten sie, wie die Verirrte Seele nach ihnen Ausschau hielt, ohne sie jedoch zu entdecken. Der Fettwanst sog die Luft ein, doch der Geruch seines eigenen Blutes musste alle anderen überdecken. Voller Panik malte sich Skella aus, was diese Kreatur anrichten könnte, wenn sie frei durch die Stadt streifen würde.

Mit einem Mal tropfte etwas Heißes auf ihren Handrücken. Blut. Besorgt schoss ihr Blick zu Milvio hoch. Dieser bedeutete ihr mit einem Kopfschütteln nur, dass sie sich keine Sorgen zu machen brauche, die Verletzung sei bloß halb so schlimm.

Gleichwohl glitt ihr Blick über ihn. Kaum bemerkte sie die Wunde an der Brust, wickelte sie ihren Schal ab und drückte ihn gegen die zerrissenen Glieder des Kettenhemdes. Milvio zitterte am ganzen Körper, gab aber keinen Ton von sich.

Während Skella versuchte, die Blutung zu stillen, behielt Milvio sein Schwert gepackt und ließ die Verirrte Seele nicht aus den Augen. Diese riss jedoch nur in einem fort den Kopf herum.

Plötzlich tauchte dann die Frau aus der Herberge auf. In der Hand hielt sie ein Schwert. Milvio wollte sie schon warnen, doch das verhinderte Skella.

»Die gehören zusammen«, flüsterte sie.

Obwohl Milvio diese Worte kaum glauben konnte, senkte er sein Schwert.

Da rief die Frau den Fettwanst auch schon. Dieser wirbelte herum. Als er sich auf sie stürzen wollte, verhedderte er sich in seinen Gedärmen. Mit einem ekelhaften Schmatzen krachte er wieder zu Boden.

Die Frau stieß einen Fluch aus.

Was dann geschah, ließ für Skella nur einen Schluss zu: Es mussten abermals große Magier unter ihnen weilen.

Der Fettwanst setzte zu einem Angriff an. Diesmal mit mehr Erfolg. Daraufhin verwandelte sich die Frau in einen wahren Wirbelwind. In Eis. In ein Gespenst. Sie griff von allen Seiten an, war bald hier, bald da. Die Klinge in ihrer Hand fuhr so schnell durch die Luft, dass sie überhaupt nicht mehr auszumachen war. Der Fettwanst büßte nacheinander Arme, Beine und Kopf ein.

Als er sich nicht mehr rührte, starrte die Frau kurz auf die leeren Augenhöhen und die Wolfshauer, ehe sie fluchend davonstürzte.

Skella und ihr Retter warteten noch ein paar Minuten.

»Ich glaube nicht, dass sie noch einmal zurückkehrt, Syora.«

»Bei den Erhabenen Sechs!«, stieß Skella aus. »Was war das?«

»Spielt die Antwort auf diese Frage wirklich eine Rolle? Kommt den Überresten dieses Mannes aber besser nicht zu nahe, sie bleiben gefährlich, solange dieser Verirrten Seele nicht der Weg zur anderen Seite gewiesen wurde.«

»Ich habe Euch vor ein paar Tagen im Hafen gesehen. Warum seid Ihr nicht mit der *Seepferdchen* nach Varen gefahren, wie Ihr es beabsichtigt habt?«

Der Mann säuberte mit einigen schnellen Bewegungen sein Schwert und steckte es zurück in die Scheide.

»Die habe ich leider verpasst. Der Abschied von Scheron hat wohl zu lange gedauert, deshalb bin ich zu spät gekommen.«

»Ich werde den Erhabenen Sechs bis ans Ende meiner Tage für Eure Verspätung dankbar sein. Ihr habt mir das Leben gerettet.«

»Das war mir eine Freude, Syora.«

»Eure Wunde«, fiel es Skella wieder ein. »Ihr braucht einen Heiler.«

»Erst müssen wir die Kämpfer gegen Verirrte Seelen davon in Kenntnis setzen, was hier geschehen ist.«

»O nein!«, widersprach Skella. »Ihr habt mir gerade das Leben gerettet, da werde ich jetzt nicht zulassen, dass Ihr Eures wegen des Blutverlustes verliert.«

»Wenn Ihr es sagt, Syora.«

So gingen sie davon.

Zurück blieb Gynts zerstückelter Körper. Der Kopf lag etwas abseits. Sein Mund öffnete und schloss sich immer wieder.

**KAPITEL 14**

# Die Nacht der Offenbarungen

*»Vergnügen wir uns mit einem heiteren Spiel«, schlug der Schahuter vor, als der Mond hinter den Wolken verschwand. »Rate mal, wer ich bin!«*

Die wahrhafte Geschichte des ruhmreichen Lichtwirkers Eogen, strahlender Ritter und Schrecken aller Astoré

Das kleine Fischerboot wurde von einer hohen Welle erfasst und bohrte sich anschließend mit dem Bug ins Wasser, um dort von einer Seite auf die andere zu krängen.

Trotz ihres warmen Umhangs war Laviany bereits bis auf die Knochen nass und zitterte vor Kälte. In einem fort schöpfte sie das Wasser aus dem Kahn, das über die Seiten ins Innere geschwappt war. Scheron kümmerte sich um den Grunzling, der unentwegt in seinem Laufrad trippelte. Sie redete aufmunternd auf das schnaufende Tier ein, dieses dankte es ihr mit einem freundlichen Kehllaut. Immer wieder wanderte ihr Blick zu dem verlassenen Eiland, auf das sie zuhielten. Ihnen stand noch ein sehr langer Weg bevor.

Theo saß auf der Bank im Heck und hielt die Pinne fest umklammert. Er meinte, aus einem Albtraum hochgeschreckt zu sein. Keinen klaren Gedanken konnte er mehr fassen, denn sein Kopf drohte zu platzen. Und sobald er eine ruckartige Bewegung ausführte, sah er alles doppelt.

»Du bist kreidebleich«, sagte Laviany. »Außerdem ist deine Atmung flach, während deine Pupillen ganz klein sind. Und deine Stirn schwimmt förmlich in Schweiß. Du hast dich vermutlich schon besser gefühlt, oder?«

»Wenn ich es zugebe ... Könntest du irgendwas für mich tun?«

Laviany legte die Schöpfkelle beiseite und stieg über die Kisten mit dem Futter für den Grunzling, um vor Theo in die Hocke zu gehen und seine linke Hand zu ergreifen. Mit den Fingerspitzen tastete sie nach seinem Puls, anschließend presste sie einen Punkt an seinem Handgelenk.

Theo schrie auf und ließ sogar den Ruderstock los. Sofort kippte ihr Boot zur Seite. Der Grunzling jaulte und geriet völlig aus dem Takt.

»Und? Klart sich dein Blick auf?«, fragte Laviany, während sie mit ihren Fingern vor Theos Augen herumfuhr, um seine Reaktion zu überprüfen. »Das schützt dich zwar nicht gegen das Mal der Leere, aber wenigstens glotzt du nicht mehr wie einer, der zu viel berauschende Blütenblätter in sich hineingestopft hat. Hast du dir eingeprägt, welchen Punkt ich gedrückt habe, oder soll ich ihn dir noch einmal zeigen?«

»Nein danke, das ist nicht nötig, ich habe es mir gemerkt.«

»Bestens.«

Nach einer Weile hatten sich alle wieder beruhigt, jedenfalls so weit, wie es bei diesem Wetter möglich war.

»Ohne euch wäre ich bei der aufgewühlten See mit dem Boot niemals fertig geworden«, gestand Scheron. »Rudern, Wasser schöpfen und den Grunzling beaufsichtigen, das hätte ich allein nicht bewältigt. Den Erhabenen Sechs sei also Dank für eure Hilfe!«

»Falls du es vergessen haben solltest, das waren keineswegs diese elenden Sechs, die uns zusammengeführt haben, sondern ein einziger mistiger Schahuter!«, giftete Laviany. »Diesem Widerling brauchst du aber nicht zu danken, den kannst du getrost dem Gebannten in den Hintern schieben!«

Einmal mehr kehrten ihre Gedanken nach Nimadh zurück, zu dem Leben, das sie verloren hatte, zu dem Schahuter, schließlich sogar zu Borg ...

»Worüber grübelst du nach?«, wollte Theo wissen.

»Darüber, ob ich euch begrabe oder nicht, wenn ich als Einzige dieses Abenteuer hier überlebe.«

»Mir ist das völlig einerlei«, erwiderte Theo. »Und wer weiß, was von mir noch übrig ist, wenn ich unterwegs einen Abstecher auf die andere Seite mache ... Was ist mit dir, Scheron? Gibt es etwas, auf das du Wert legst?«

»Ich habe noch nie darüber nachgedacht, was nach meinem Tod mit mir geschehen soll.«

»Ja willst du denn keine Lobpreisung und keine Gebete an die Erhabenen Sechs, keine Totenfeier und all den Kram?«

»Wir sind hier nicht auf dem Festland. Bei uns auf den Inseln geht es schlichter zu. Die Menschen sterben und werden begraben. Ohne all die Rituale und Feierlichkeiten, die auf dem Festland üblich sind. Bei uns ist der Tod Teil des Lebens, und von Bedeutung ist nur, dass du nicht nachts stirbst.«

Mit einem Mal schoben sich steuerbords hellgrüne Hände mit langen knotigen Fingern, bläulichen Fingernägeln und Schwimmhäuten über den Rand des Bootes. Fluchend griff Laviany nach ihrem Messer.

»Das ist nicht nötig!«, sagte Scheron sofort.

Daraufhin tauchte auch der Kopf der Uyne aus dem Wasser auf. Das klatschnasse Haar klebte ihr an den eingefallenen Wangen und der niedrigen Stirn. Ihre Fischaugen richteten sich neugierig auf Theo. Als das Geschöpf jedoch Scheron bemerkte, verzog es seine lilafarbenen Lippen zu einem dümmlichen Grinsen.

»Eine Witwe!«, zischelte die Uyne. »Das erkenne ich doch!«

Scheron wurde bleich, ließ sich aber sonst nichts anmerken.

»Ziehe weiter!«, verlangte sie in scharfem Ton.

Doch die Kreatur kicherte nur und stimmte ein Spottlied an:

*Ach, Witwe, kleine Witwe, mit dem dummen Köpfchen!*
*Wink deinem Mann doch nicht mit dem Zöpfchen!*
*Unter Wasser, in meinem Bettchen, da will er sein,*
*Da schläft er sich aus und ist für immer mein!*

Laviany riss nun doch der Geduldsfaden. Sie ließ ihr Messer auf die Finger am Bootsrand niedergehen. Platschend landeten sie auf dem Boden des Kahns. Scheron schrie auf, als wäre sie selbst verstümmelt worden, die Uyne verschwand unter Wasser.

»Warum hast du das getan?!«

»Weil ich diese Biester schon als kleines Mädchen nicht ausstehen konnte!«, spie Laviany wütend aus und wischte angewidert das Uynenblut von ihrer Klinge. »Zu den Quinen will ich mich nicht äußern, aber bei den Uynen ist den Astoré ohne Zweifel ein Fehler unterlaufen.«

Der Kopf der Meeresbewohnerin tauchte in gebührendem Abstand wieder aus den Wellen auf.

»Du bist schon bald tot!«, schrie die Uyne. »Genau wie alle anderen, die nach Taloris gegangen sind! Dann schnappe ich mir deinen Schädel und bringe ihn in meine Perlmuttmuschel, damit Fische durch deine Augenhöhlen huschen!«

»Du Viech, hau bloß ab!«, schrie Laviany und warf einen Finger nach dem nächsten ins Wasser. »Ersticken sollst du in deiner Plörre!«

»Ist dir eigentlich klar, was du da angerichtet hast?«, fragte Scheron, deren Wangen vor Wut rot loderten.

»Ob mir das klar ist? Aber sicher! Ich habe dieses Miststück vertrieben! Doch auf ein Dankeschön brauche ich von dir natürlich nicht zu hoffen!«

»Was, wenn sie mit ihren Gefährtinnen zurückkommt? Wenn sie uns angreifen?! Gemeinsam kippen sie das Boot mühelos um und ...«

»Nun mal sachte! Die Uynen machen bloß während eines Unwetters Jagd auf Menschen.«

»Oder wenn man sie verspottet!«

»Keine von diesen nassen Hennen wird uns auch nur ein Härchen krümmen, solange Theo in unserer Nähe ist.«

»Was habe ich damit zu tun?«

»Du trägst auf deinem Rücken ein gewisses Mal. Das spüren sie. Deswegen haben sie dich damals aus dem Wasser gezogen, deswegen werden sie uns jetzt nicht angreifen.« Dann wandte sie sich wieder Scheron zu. »Und dein Mann ist diesen raffgierigen Miststücken in die Klauen gefallen?«

»Darüber möchte ich lieber nicht reden.«

»Geschweige denn, dass du dich rächen möchtest«, ließ Laviany nicht locker. »Aber gut, du musst selbst wissen, was du tust.«

Freilich entging ihr, was Theo sah: Über Scherons Wange rann eine einzelne Träne. Verstohlen wischte sie diese ab.

Vom Wasser aus machte das Ufer einen freundlichen Eindruck. Ein breiter, dunkelgrauer Sandstreifen, dahinter flache Hügel und später graue Felsen mit roten Einschlüssen im Gestein, bestanden von schiefen Kiefern.

Eine erstaunlich hohe, wie durch ein Wunder erhaltene weiße Mauer mit unzähligen Schießscharten zog sich vor den Klippen entlang. Über dem Wehrturm kreisten Scharen von Möwen.

»Das ist doch die Mondfestung, oder?«, fragte Theo. »Die Burg der Lichtwirker. In ihr wurde Neysi ermordet, oder?«

Da Laviany keinen blassen Schimmer hatte, wovon er überhaupt sprach, zuckte sie nur mit den Achseln. Was scherten sie irgendwelche Menschen, die vor über eintausend Jahren zu Tode gekommen waren? Wichtiger war es, jetzt nach Gefahren Ausschau zu halten! Bisher gab es immerhin nichts, was sie beunruhigte. Ein Ort wie alle anderen auch. Offenbar hegte kein Untier die Absicht, sich die ungebetenen Gäste einzuverleiben.

»Das könnte schon die Festung sein«, antwortete Scheron. »Wenn der Turm von Voyez in Arant noch steht, warum sollte dann nicht auch die Mondfestung den Kampf überdauert haben? Hier ist übrigens Golib der Verräter seines Geschlechts umgekommen.«

»Was ist das für ein kreuzdämlicher Name?«, wollte Laviany sofort wissen. »Weiter rechts, mein Junge! Da ist ein hervorragender Landeplatz.«

Den hatte Theo jedoch bereits entdeckt und die Pinne entsprechend gedreht.

»Jetzt ganz langsam«, bat Scheron den erschöpften Grunzling. »Gleich hast du es geschafft.«

Sie brachten die letzten Wellen hinter sich und stießen mit dem Bug in den Sand.

Laviany sprang sofort hinaus und spähte die Umgebung ab, Scheron und Theo holten gemeinsam den Grunzling aus seinem Laufrad, legten ihm ein Geschirr an und banden ihn an einem Haken im Boot fest. Mit vereinten Kräften zogen die drei dann den Kahn an Land.

»Ich sehe mich hier mal um«, erklärte Laviany.

»Bleib aber in Sichtweite«, sagte Scheron. »Das ist kein Befehl und kein Wunsch, sondern eine Bitte. Ich kann dir nur helfen, wenn du in der Nähe bist und ich mitbekomme, dass du in Gefahr schwebst.«

Laviany nickte nur.

Sie lief auf die Burg zu. Der erste Eindruck war leicht trügerisch gewesen, denn an ihren Mauern hatte der Zahn der Zeit doch recht tüchtig genagt. Der Stein war verwittert, Kletterpflanzen hatten sich unerbittlich durch das Mauerwerk gebohrt.

Die Dunkelheit senkte sich rasch herab. Laviany hielt ein letztes Mal in alle Richtungen Ausschau und eilte zurück zu den beiden anderen. Die ganze Zeit sah sie sich um.

Theo und Scheron hatten den Grunzling inzwischen gefüttert. Dieser grub sich nun schnaufend und quiekend, mit seinem Leben aber hochzufrieden, ein Nachtlager.

Schmunzelnd beobachtete Theo das Tier. Auf dem Festland hatte er ein solches Geschöpf noch nie gesehen.

»Und er läuft wirklich nicht weg?«, fragte er Scheron.

»Nein. Solange er von uns sein Futter kriegt, bleibt er bei uns. Würde er keines mehr kriegen, würde er vielleicht nach Hause schwimmen. Aber selbst das würde er spielend schaffen.« Scheron richtete den Blick von dem Grunzling auf Theo. »Du zitterst ja.«

»Ich habe vielleicht etwas viel Wasser abbekommen«, antwortete Theo und deutete auf seine klatschnassen Stiefel.

»Die Burg ist schon alt, wird uns aber noch alle überstehen«, platzte da Laviany in ihr Gespräch. »Den Eingang habe ich noch nicht entdeckt, bis zum Turm bin ich auch nicht vorgedrungen, schließlich sollte ich ja in der Nähe bleiben. Aber eigentlich würde ich dort nicht so gern die Nacht verbringen. Der Gebannte allein weiß, was da im Dunkeln lauert.«

»Aber wir müssen einen Unterschlupf finden. In den Felsen gibt es vermutlich genügend Spalten, in denen man uns nicht sieht«, meinte Scheron und marschierte los. »Außerdem sollten wir schnellstens ein Feuer entzünden.«

»Dann könnte uns der Rauch verraten«, gab Theo zu bedenken.

»Es wird keinen Rauch geben«, versicherte Scheron. »Aber wir brauchen die Flamme, damit wir wissen, ob Verirrte Seelen in der Nähe sind.«

Sie trotteten auf die Felsen zu. In ihrer Nähe war der kalte Wind kaum noch zu spüren. Als Theo ein paar Zweige sammeln wollte, gebot Scheron ihm Einhalt.

»Darauf können wir verzichten.«

Sie entnahm ihrer Tasche zwei flache, stahlgraue Steine, warf sie auf den Boden und ratterte einen Spruch herunter. Sofort züngelte eine grelle Flamme hoch. Im ersten Schreck wich Theo sogar zurück und riss die Hände vors Gesicht.

»Bei allen Schahutern!«, knurrte Laviany. »Da soll doch noch jemand behaupten, Thion habe die Magie ausgerottet.«

»Wärmt euch nur schon auf«, sagte Scheron. »Ich hab zunächst noch einiges zu erledigen.«

Das musste sie Theo nicht zweimal sagen. Er streckte die Hände dem weißen Feuer entgegen, das eine starke Wärme spendete.

»Was braucht man mehr, um glücklich zu sein?«, murmelte er.

Zum Beispiel, dass Shreff mich ein für alle Mal vergisst, antwortete Laviany ihm innerlich, während sie beobachtete, wie Scheron mit ihrem Stilett seltsame Zeichen in den Boden ritzte.

»Versprichst du dir davon wirklich was?«

»Ja«, stieß Scheron aus, ohne aufzusehen oder ihr Werk zu

unterbrechen. »An diesen Zeichen kommt keine Verirrte Seele vorbei.«

»Was ist mit den anderen Biestern?«, wollte Theo wissen, der sich gerade die nassen Stiefel auszog.

»Die werden davon vermutlich nicht abgeschreckt. Aber lasst mich das bitte noch in Ruhe zu Ende bringen. Es darf mir kein Fehler unterlaufen, und ich muss fertig sein, bevor sich die Nacht vollends herabgesenkt hat.«

Der Himmel war schon beinahe schwarz, nur am Horizont schimmerte noch ein schmaler heller Streifen. In wenigen Minuten würde auch das letzte Tageslicht geschluckt sein ...

Doch da hatte Scheron den letzten Strich getan. Sie reckte sich und nahm am Feuer Platz.

»Hast du dich aufgewärmt?«, fragte sie Theo.

»Ja, danke. Das ist ein merkwürdiges Feuer.«

»Es wärmt, aber es verbrennt uns Menschen nicht. Ungemein praktisch, würde ich meinen.«

Daraufhin wollte Laviany ihre Hand in das Feuer halten, um Scherons Worte auf ihren Wahrheitsgehalt hin zu überprüfen. Jählings färbten sich die Flammen purpurrot. Scheron packte Lavianys Arm und zog ihn zurück. Sofort wurde das Feuer wieder weiß.

»Was ist das für ein Mistfeuer?!«

»Ich habe dir gerade das Leben gerettet.«

»Aber du hast doch gesagt ...«

»Ich kann mich nicht dafür verbürgen, dass auch dir dieses Feuer nichts antut. Denn jetzt weiß ich, was es mit dir auf sich hat!«

»Ach ja?«

»Du bist eine Lichtwirkerin.«

Lavianys Lachen klang, als schlügen Knochen gegeneinander.

»Da muss ich dich leider enttäuschen. Ich bin keine Lichtwirkerin, schon allein deshalb nicht, weil man diese Menschen seit dem Krieg des Zorns und dem Kataklysmus kaum noch zu Gesicht bekommt. Wenn ich dich erinnern darf: Der Gebannte hat diejenigen abgeschlachtet, die auf Thions Seite gekämpft haben, Thion alle, die den Gebannten unterstützt haben.«

»Dann weißt du also doch etwas von unserer Geschichte.«

»Nur dieses Bruchstück.«

»Kennst du vielleicht aus deiner Kindheit den alten Abzählvers?«

*Mit vier Farben das Feuer brennt,*
*Und Gelb es für die Menschen kennt.*
*Die blaue Flamme dir verrät,*
*Dass in der Nacht der Tod umgeht.*
*Weiß es hält bereit,*
*Wenn der Nekromant ist nicht weit.*
*Und Rot ist ihm wert*
*Der Lichtwirker Schwert.*

»Den Schmus habe ich noch nie gehört«, erklärte Laviany. »Aber Kindern kannst du ja alles vorträllern.«

»Ich habe dich in den letzten Tagen beobachtet«, fuhr Scheron fort, die Theo mit einem dankbaren Nicken etwas Fleisch und Brot abnahm. »Du verzichtest weitgehend auf Essen. Genau wie die Lichtwirker. Sie haben immer befürchtet, durch die Nahrungsaufnahme würden ihre Fähigkeiten und ihre Magie geschwächt. Deshalb haben sie nur dann etwas zu sich genommen, wenn keine akute Gefahr bestand. Eine Speise gibt es allerdings, die ihnen angeblich nicht die Kraft raubt: Hühnereier!«

»Vielleicht schmecken mir die einfach.«

»Vielleicht. Nur heißt es, Lichtwirker würden sowieso nichts schmecken. Wie ist das bei dir?«

»Lass mich erst meinen funkelnden Harnisch anlegen und mein treues Schwert zücken, damit ich besser darüber nachsinnen kann, ob ich Geheimnisse dieser Art mit dir teilen soll.«

»Lichtwirker schlafen auch wenig«, fuhr Scheron ungerührt fort. »Sie können darauf verzichten. Genau wie du.«

»Das Alter bringt Schlaflosigkeit mit sich. Hab du erst einmal all meine Jahre auf dem Buckel, dann weißt du, wovon ich spreche.«

»Du bist flink und schmerzunempfindlich. Das passt ganz und gar nicht zu deinem Alter.«

»Durch meine Adern fließt gutes Blut«, behauptete Laviany. »Was sich übrigens auch von etlichen meiner Vorfahren sagen lässt.«

»Du siehst in der Dunkelheit genauso gut wie ich, wenn nicht besser.«

»Das macht mich natürlich unbedingt zu einer Lichtwirkerin.«

»Du verstehst etwas vom Heilen«, fuhr Scheron fort. »Theos Zustand hast du schnell erkannt, seine Schmerzen geschickt gelindert. Du sammelst ständig Kräuter. Das Wissen der Lichtwirker in diesem Bereich ist legendär.«

»Vielleicht verstehen Lichtwirker etwas von Heilung. Aber du triffst sie heute nun einmal so selten an, dass sie kaum etwas davon verraten können. Nicht einmal mir.«

»Trotzdem ergeben all diese Einzelheiten ein recht aufschlussreiches Bild.«

»Trotzdem hast du nichts in der Hand, um irgendwas zu beweisen.«

»Bisher hatte ich das nicht. Seit eben aber schon. Dieses Lagerfeuer lügt nicht.«

»Komm mir nicht schon wieder mit diesem kreuzdämlichen Feuer!«

»Du bist in Lethos geboren, du weißt, was die Farben der Flammen bedeuten.«

»Wenn Feuer blau brennt, musst du mit einem Unglück rechnen«, murmelte Laviany. »Aber weiß und rot ... davon höre ich heute zum ersten Mal.«

»Ein rotes Feuer habe ich bisher auch noch nie gesehen«, ergriff Theo nun das Wort. »Auch diesen Vers kenne ich nicht. Erzähle uns mehr davon, Scheron! Warum brennen diese Flammen jetzt in diesem grellen Weiß?«

»Das liegt an meiner Gabe.«

»Ah, verstehe!«, rief Theo aus. »Weiß ist die Farbe des Todes und damit auch die der Nekromanten«, kramte Theo sein Wissen zusammen. »Da ihr Kämpfer gegen Verirrte Seelen in gewisser Weise die Nachfahren der Nekromanten seid, könnt ihr also ein Feuer mit weißer Flamme entzünden.«

»Richtig«, sagte Scheron. »Kommen wir also zum roten Licht. Es heißt, wenn ein Lichtwirker die Hand nach einem unserer Feuer ausstreckt, dann wird es plötzlich purpurrot. Genau das haben wir gerade miterlebt.«

Theo sah die beiden Frauen an. Er versuchte sich auszumalen, wie ein Lichtwirker in funkelndem Harnisch gegen eine grausige Nekromantin zu Felde zog.

Nein, dachte er, das ist Unsinn. Laviany ist keine Lichtwirkerin, Scheron keine Nekromantin.

Niemals.

»Wenn du mich für eine dieser legendären Gestalten halten willst, dann bitte, ich bin die Letzte, die dich daran hindert, mein Mädchen.«

»Du bist wirklich keine Lichtwirkerin«, sagte Theo. »Aber dank Scheron ist es mir plötzlich wie Schuppen von den Augen gefallen. Ich habe nicht vergessen, wie du damals in der Herberge diesen Sym Zweischnauf ausgeschaltet hast. Dabei hast du dich schneller bewegt als viele Meister aus dem Zirkus. Dafür gibt es nur eine Erklärung. Du gehörst dem Nachtclan an. Hab ich recht?«

»Ich habe es ja immer gesagt«, knurrte sie zu ihrer eigenen Überraschung, »du bist ein helles Köpfchen.«

»Aber das ist ...« Theo stockte und starrte Laviany an, als sähe er sie zum ersten Mal. »Ich dachte immer, den Nachtclan gäbe es gar nicht.«

»Wie kann ich dich von meiner Echtheit überzeugen?«, fragte Laviany. »Mit einer Ohrfeige vielleicht? Diesen Gefallen würde ich dir jederzeit mit Freuden erweisen.«

»Das ist nicht nötig, danke.«

»Von diesem Nachtclan habe ich noch nie gehört ...«, gestand Scheron.

Doch Laviany hatte nicht die Absicht, ihr zu erklären, was es damit auf sich hatte.

»Ich seh mich mal ein wenig um«, sagte sie und erhob sich.

»Außerhalb des Kreises ...«

»Keine Sorgen, das Feuer brennt nicht mit blauer Flamme, und ich gehe so schnell nicht verloren. Ich will nur mal sehen, was unser Grunzling macht.«

Sie verschwand in der Dunkelheit.

»Was ist das für ein Nachtclan?«, wandte sich Scheron an Theo.

»Das ist ein wenig wie mit den Eywen. Alle glauben, dass es sie gibt, aber getroffen hat sie noch niemand. So machen auch über den Nachtclan allerlei Gerüchte die Runde. Weißt du, wie die Lichtwirker entstanden sind?«

»Das war nach der Schlacht der Schatten, oder? Einer der großen Magier, der Rote Ogglen, gründete damals den Orden der Lichtwirker.«

»Richtig. Auch sie geboten über Magie. Sie wollten alle noch lebenden Astoré aufspüren und sie vernichten. Später verfuhren sie mit den Schahutern, den Melgen und den Nekromanten genauso. Niemand, der mit der Kraft der anderen Seite in Verbindung gebracht wurde, durfte auf ihre Gnade hoffen. Angeblich konnten diese Lichtwirker unter Wasser atmen, außerdem wird behauptet, Pfeile und Lanzen wären durch ihren Körper hindurchgeschossen, ohne ihnen einen Schaden zuzufügen. Sie waren der Inbegriff von Mut und Tapferkeit, ihr Ruf war tadellos. Ihre Klingen schmiedeten sie in purpurroten Flammen. Wegen ihrer Heilfähigkeiten galten sie beinahe als Götter. Nur einige der großen Magier standen noch über ihnen, denn diese sollen angeblich sogar Tote ins Leben zurückgeholt haben. Die Menschen sahen in den Lichtwirkern auf alle Fälle ihr Schild und Schwert gegen das Dunkel. Mit dem Krieg des Zorns neigte sich jedoch auch die Zeit der Lichtwirker dem Ende zu. Selbst von ihnen fanden damals etliche den Tod.«

Theo verstummte kurz und blickte in die grellweißen Flammen.

»Nachdem Thion seiner Gabe abgeschworen hatte«, fuhr er dann fort, »verschwand die Magie allmählich aus der Welt. Sie versickerte im Nichts wie Wasser im Boden. Die Lichtwirker büßten ihre Fähigkeiten weitgehend ein. In ihrer Verzweiflung gingen einige sogar nach Ödien und schlossen ein Bündnis mit den Schahutern, ließen sich also auf einen Pakt mit ihren Erzfeinden ein. So erhielten sie immerhin wieder magische Kraft, wenn auch dunkle. Die Magie der anderen Seite veränderte sie mit der Zeit. Die Lichtwirker wurden zwar nicht zu Hülsen, verwandelten sich aber in gefährliche, unbarmherzige Kreaturen, die unter den Menschen wahre Gemetzel anrichteten.«

»Von diesen abtrünnigen Lichtwirkern habe ich schon gehört. Wir nennen sie Dunkelweber. Aber wenn ich mich nicht irre, fielen nicht alle Lichtwirker dem Bösen anheim ...«

»Richtig. Einige von ihnen zogen gen Ödien, um einen letzten Kampf gegen die Schahuter auszufechten, bevor sie ihre Fähigkeiten womöglich vollends verloren. Sie alle fanden den Tod. Einen gab es jedoch, der sich diesem Kampf nicht anschloss. Sein Schild trug einen Nachtvogel im Wappen. Eine Eule.«

Scheron hörte aufmerksam zu. In ihrer Kindheit hatte sie Geschichten über Lichtwirker geliebt. Über Vilo Silberzorn, der den Herrscher der Schahuter niedergestreckt hatte. Über Catrin Goldfunke, die nicht nur eine Stadt der Astoré aufgespürt, sondern auch deren König getötet hatte. Und natürlich über Jeff Flammenwort, den lustigsten aller Lichtwirker, der ungezählte Heldentaten vollbracht hatte und sogar auf der anderen Seite gewesen war.

»Dieser eine Lichtwirker hat stattdessen sein Wissen an Menschen mit einer besonderen Gabe weitergegeben. Ihm zu Ehren nannten sie sich Nachtclan. Es heißt, in jeder Generation gebe es höchstens ein Dutzend Menschen mit der entsprechenden Gabe. In gewisser Weise haben sie also das Erbe der Lichtwirker angetreten.«

»Und nun haben wir eine Frau in unserer Mitte, die etwas von den Fähigkeiten der Lichtwirker geerbt hat!«

»Eine Angehörige des Nachtclans ist keine Lichtwirkerin!«, erwiderte Theo scharf. »Der Nachtclan ist in Pubyr entstanden. Sagt dir dieser Ort etwas?«

»Das ist die Hauptstadt der Verbrecher!«

»Genau.«

»Aber ...« Scheron konnte es einfach nicht fassen. »Aber wie konnte dieser Lichtwirker derart vom Wege abkommen?! Er hat doch einen Eid geleistet, alles Dunkle zu vertreiben!«

»Bedenke die Lage des Mannes«, entgegnete Theo. »Nach dem Kataklysmus gab es nur noch eine verschwindend geringe Zahl von Lichtwirkern. Dann das Bündnis mit den Schahutern ... Wahrscheinlich wollte er einfach seinen eigenen Weg gehen. Wie auch immer, am Ende ist dann der Nachtclan gegründet worden. Seine Angehörigen sind im Grunde Gespenster, denn wer sie trifft, ist danach kaum in der Lage, seinem Nachbarn von der Begegnung zu berichten.«

Da Laviany nun zurückkehrte, verstummte er.

»Da hinten ist irgendwas«, teilte sie ihren beiden Gefährten mit. »In der Festung. Ich habe einen Schatten auf den oberen Mauern gesehen.«

»Aber das Feuer hat seine Farbe nicht gewechselt.«

»Gut.«

Schweigend lauschten sie dem Donnern des Meeres. Finstere Wolken zogen sich am Himmel zusammen und schoben sich vor Mond und Sterne.

»Du tötest also Menschen«, wandte sich Scheron nach einer Weile an Laviany. »Für Geld?«

»Du willst mit mir darüber reden?«, fragte Laviany zurück. »Soll mir recht sein, aber dann heißt es Offenheit gegen Offenheit, Antwort gegen Antwort.«

Nach kurzem Zögern nickte Scheron.

»Ja, es stimmt, ich töte Menschen«, gab Laviany daraufhin zu. »Aber wesentlich seltener, als du vermutlich annimmst. Deutlich seltener als eine Bande von Dieben, die nachts in den schummrigen Gassen von Turez und Riona auf späte Heimkehrer lauert. Und ich erhalte kein Geld dafür. Man kann mich weder kaufen noch mieten. Es wird viel Unsinn über den Nachtclan erzählt, aber er ist bestimmt kein Haufen von Meuchelmördern. Wir sind eine Art Familie, die sich gegen alle Anfechtungen ihrer Mitmenschen zu schützen versucht.« Prompt musste Theo grinsen. »Ja, das klingt hochtrabend, aber in den letzten tausend Jahren mussten wir alle einen rasanten Niedergang der Werte beobachten.«

»Und deshalb beschützt der Nachtclan jetzt alle Diebe und Mörder?«

»Das ist schon die nächste Frage, mein Mädchen, trotzdem will ich auch sie beantworten. Du bist dein ganzes Leben auf diesen miesen Inseln gefangen gewesen. Mit lauter Menschen, die vor deiner Gabe in die Knie gehen. Du beschützt sie genau wie ich die Menschen in Pubyr. Lethos ist eine Welt für sich, mit all den Verirrten Seelen. Noch dazu seid ihr alle auf diesen Inseln zusammengepfercht. Deshalb seid ihr gütiger und ehrlicher als die Menschen auf dem Festland. Aber glaub mir, Scheron, du ahnst nicht einmal, was Grausamkeit ist. Grundlose, idiotische Grausamkeit. Die nur um ihrer selbst willen verübt wird. Wenn jemand mordet, weil er Vergnügen daran findet. Das kennt ihr hier nicht. Der Nachtclan ist groß und hat sich längst in nahezu allen Herzogtümern ausgebreitet. Ihm gehören ganz unterschiedliche Menschen an, darunter auch einige, die in der Tat blutdürstig und dumm sind, das streite ich gar nicht ab.«

»Natürlich sind sie blutdürstig, schließlich sprechen wir hier von Verbrechern!«

»Der Clan ist genauso alt wie einige Herzogtümer. Er hat sich längst in einen eigenen Staat verwandelt. In erster Linie möchte er Geld verdienen. Deshalb will er keine unnötige Aufmerksamkeit auf sich lenken. Und deshalb duldet das Oberhaupt des Nachtclans es auch nicht, dass es in seinen Reihen Hohlköpfe gibt, die ohne erkennbaren Grund das Blut einflussreicher Menschen fließen lassen, statt unter die Tafel des Herzogs zu krauchen und ihm klammheimlich die Stiefel von den Füßen zu ziehen. Das Oberhaupt des Nachtclans sorgt dafür, dass selbst die Welt von Dieben und Mördern nicht aus den Fugen gerät. Du ahnst nicht einmal, was geschehen würde, gäbe es niemanden mehr, der auf Ordnung achten würde.« Sie verstummte. »Im Grunde verhindert der Nachtclan also, dass der Sud im Topf überschäumt. Wer seiner Gier oder Grausamkeit die Zügel schießen lässt, weiß, dass er nicht ungestraft davonkommt. Letzten Endes achte ich also bloß darauf, dass die Tiere im Wald sich an die Regeln halten.«

»Letzten Endes zähmst du Wölfe«, sagte Scheron leise. »Gefällt dir das?«

»Ob es mir gefällt? Etwas anderes kenne ich nicht. Man hat mich von zu Hause weggeholt, als ich sechs, vielleicht sogar nur fünf Jahre alt gewesen bin. Ich wurde lange ausgebildet, und man hat mir immer eingeschärft, dass Pubyr meine Welt ist und der Nachtclan meine Familie.«

»Und ...?«

»Schluss jetzt, nun bin ich dran! Dieses Uynengeschmeiß hat dich Witwe genannt. Erzähl mir von deinem Mann! Was ist mit ihm geschehen?«

»Findest du nicht, dass diese Frage etwas zu persönlich ist?«, mischte sich Theo ein, da Scheron wie unter einem Peitschenhieb zusammengezuckt war.

»Mimst du ihren Beschützer, oder was soll das hier werden?! Aber so war es abgemacht! Antwort gegen Antwort. Und ich möchte gern wissen, mit wem ich es zu tun habe. Die Vergangenheit hilft uns, die Gegenwart zu begreifen und die Zukunft zu erahnen.«

»Die Uynen sind zuweilen äußerst grausam«, sagte Scheron leise. »Die Astoré haben ihnen die Fähigkeit gegeben, die Schicksalsfäden des Menschen zu erkennen, den sie vor sich haben. Leider genießen sie es, sich an unserem Schmerz zu weiden und alte Wunden aufzureißen.«

Was haben die Uynen dann bei mir entdeckt?, überlegte Theo. Quios Tod? Argentos Sturz vom Hochseil vor fünf Jahren? Die Trennung von der wunderbaren Monica, die den Zirkuswagen gegen den goldenen Käfig des Herzogs von Trettin eingetauscht hat? Den Tod Ian Erbetts in Taver? Oder doch dass ein Schahuter in Henryns Körper geschlüpft ist?

»Etwas Besonderes habe ich nicht zu erzählen. Dimiter hat im Nachbarhaus gelebt, wir sind zusammen aufgewachsen, allerdings verfügte er nicht über die Gabe. Da wir keine eigenen Kinder haben konnten, hat er eines Tages Naily mitgebracht, das einzige Mädchen, das er nach einem langen Winter auf einem Bauernhof noch lebend vorgefunden hat. Er ist erst in diesem Frühjahr gestorben, beim Fischfang, weit draußen auf dem Meer.«

»Und seinetwegen begibst du dich jetzt nach Taloris? Weil er die Kleine mitgebracht hat. Um der Erinnerung an ihn willen setzt du dein Leben aufs Spiel? Aber selbst wenn du Naily rettest, bringt dir das deinen Mann nicht wieder, denn die Toten kehren niemals von der anderen Seite zu uns zurück.«

»Es wird mir meinen ruhigen Schlaf zurückgeben. Und das Bewusstsein, richtig gehandelt zu haben.«

»O nein«, rief Theo und sprang auf.

Die Flammen änderten ihre Farbe.

Erst zeigten nur die Spitzen einen Rand von dunklem Blau, dann fraß sich die Farbe rasch nach unten vor. Schon in der nächsten Sekunde lag ihr Rastplatz in schreckliches Blau getaucht da. Fluchend zog Laviany ihr Fischermesser.

»Ganz ruhig!«, verlangte Scheron und trat an die Zeichen heran, die sie in den Boden geritzt hatte. Sie leuchteten weiß. Über ihnen tanzten in einem triumphalen Reigen weiße Feuerflocken.

»Sind hier Verirrte Seelen?«, fragte Theo, der zwar ins Dunkel spähte, aber viel weniger sah als die beiden Frauen.

»Am Ufer ist niemand«, sagte Scheron. »Aber in der Nähe muss jemand lauern, sonst hätte das Feuer nicht die Farbe gewechselt. Bleibt bitte in meiner Nähe! Lauft auf gar keinen Fall davon, auch wenn euch etwas erschreckt. Mit mir seid ihr sicherer als ohne mich.«

»Ich laufe bestimmt nicht weg«, versprach Theo, doch sein Lächeln fiel diesmal recht schief aus.

Das hat der Schmied damals auch behauptet, dachte Scheron.

Dann aber hatte sich dieser breitschultrige Kerl, der die ganze Zeit mit seinen Heldentaten geprahlt hatte, plötzlich einer Verirrten Seele gegenübergesehen. Vor Angst wimmernd war dieser Gernegroß davongestürzt, hatte sich quer durch die Brombeersträucher am Rand der einsamen Landstraße geschlagen und die schmale, damals siebzehnjährige Scheron ihrem Schicksal überlassen.

Zum Glück sind die beiden aber wohl wirklich aus anderem Holz geschnitzt, hielt Scheron erleichtert für sich fest.

Über eine Stunde blieben die drei auf der Hut. Bis auf das Tosen des Meeres nahmen sie jedoch kein verdächtiges Geräusch wahr. Das Feuer brannte allerdings unverändert mit blauer Flamme.

»Warum greifen sie nicht an?«, wollte Laviany wissen, die keine Anstalten machte, ihr Messer zurückzustecken, selbst wenn ihr klar war, dass die Klinge wenig gegen diese Kreaturen ausrichten würde.

»Ich weiß es nicht. Aber ich kann nicht gerade sagen, dass ich es bedauere.«

»Hauptsache, die vergreifen sich nicht an dem Grunzling«, murmelte Theo.

»Hoffen wir das Beste«, erwiderte Scheron.

An jedem anderen Ort hätte sie die Umgebung erkundet, um zu wissen, wo die Verirrten Seelen steckten – aber nicht hier, nicht auf dieser Insel mit Taloris ganz in der Nähe.

Die Nacht zog sich. Kälte biss sie.

Dennoch spähten sie in die Dunkelheit, bis ihnen die Augen brannten.

»Ihr müsst schlafen«, sagte Scheron schließlich.

»Wie sollen wir denn schlafen, wenn hier irgendwo Verirrte Seelen umherstreifen?!«, eiferte sich Theo. »He! Was tust du da?«

»Morgen steht uns ein schwerer Tag bevor«, antwortete Laviany, während sie ihre alte Decke ausbreitete. »Da will ich bei Kräften sein. Deshalb beherzige ich Scherons Rat. Die blaue

Flamme beunruhigt mich weniger als unser baldiges Wiedersehen mit dem Schahuter.«

Dem musste Theo zustimmen, und er streckte sich ebenfalls aus. Nur Scheron blieb sitzen, um für den Rest der Nacht Wache zu halten.

## KAPITEL 15

# Der schwarze Handschuh

*Nur der wahrhaft Dumme nimmt an, die Geschenke, welche die Schahuter den Menschen machen, würden keine Gefahr bergen. Mögen sie auch Jahre, wenn nicht gar Jahrhunderte friedlich in einem Haus ruhen, eines Tages – zu einem Zeitpunkt, da niemand mehr dies erwartet – bringen sie unweigerlich Unheil. Dann breitet sich das Böse aus wie ein Kreis im Wasser. Es verleibt sich mehr und mehr Menschen ein und sät einzig Tod. Denn eines darf man niemals vergessen: Ein Schahuter macht keine Geschenke, ein Schahuter sucht einen Weg, uns Menschen Schaden zuzufügen.*

Vortrag Derek Einarms, Lichtwirker
und Kommandant der Mondfestung
71 Jahre vor dem Kataklysmus

Erschaudernd fuhr Theo aus dem Schlaf. Als er sich die geröteten Lider rieb, verspürte er ein unangenehmes Brennen. Wenn er es nicht besser gewusst hätte, dann hätte er gemeint, jemand habe ihm zerstoßenes Glas unter die geschlossenen Lider geschoben. Tränen rannen über seine Wangen, seine linke Schulter schmerzte unsagbar, seine Kehle war wie zugeschnürt. Trotzdem wanderte sein Blick als Erstes zum Lagerfeuer hinüber. Es brannte mit reiner weißer Flamme.

Laviany schlief zu seinem Erstaunen noch, den Kopf unter dem Umhang verborgen.

»Du hast dich die ganze Nacht von einer Seite auf die andere geworfen«, sagte Scheron zu ihm.

Sie wirkte sehr müde. Unter ihren Augen lagen dunkle Ringe, die Wangenknochen traten scharf hervor.

»Ich hatte schon wieder Albträume. Wenn mein Dasein als Hülse so aussehen sollte, braucht mich niemand darum zu beneiden.«

»Kann ich mir deinen Rücken mal anschauen?«

»Da wirst du nichts entdecken, was uns Grund zur Freude gibt.«

»Natürlich nicht«, murmelte Laviany, offenbar gerade erwacht. »Was sollte an einem Mal der Leere schon erfreulich sein? Hab noch etwas Geduld, wir sind fast am Ziel.« Dann wandte sie sich an Scheron. »Hast du wenigstens etwas geschlafen?«

Sie schüttelte bloß den Kopf.

»Bleibt also zu hoffen, dass du das nicht unterwegs nachholst.«

»Keine Sorge, das wird nicht geschehen«, versicherte Scheron.

Als sie Laviany etwas Dörrfleisch reichte, verzog diese bloß das Gesicht. Wortlos schob sich Scheron selbst ein Stück in den Mund, das sie dann freilich ohne jeden Appetit kaute.

Es war ein kalter, diesiger Morgen. Eisiger Tau schimmerte an den Felshängen und den wenigen Grashalmen. Das ganze Ufer schien wie tot.

»Wir haben noch nicht besprochen, wie es nun weitergeht«, brummte Laviany. »Die Insel haben wir ja erreicht, nur habe ich unseren guten Freund, den Schahuter, nicht in der Menge ausmachen können, die zu unserer Begrüßung herbeigeeilt ist.«

»Von mir aus braucht sich der Bursche überhaupt nicht blicken zu lassen«, murmelte Theo.

»Die Frage ist doch, ob wir gleich nach Taloris aufbrechen oder erst noch etwas zu Kräften kommen«, sagte Scheron und griff ohne jede Furcht in die Flammen, um ihre beiden Steine an sich zu nehmen. Sofort erlosch das Feuer. »Die Stadt liegt auf der anderen Seite der Insel. Das dürfte anstrengend werden. Also, was tun?«

»Wir brechen auf«, entschied Theo.

»Nicht so hastig! Erst will ich mich noch mit einem Gebet

an die Erhabenen Sechs wenden.« Als Laviany die erstaunten Blicke der beiden anderen auffing, fing sie schallend an zu lachen.

»Ein guter Witz«, schnaufte Theo.

»Ohne Frage! Ihr hättet mal eure Gesichter sehen sollen, einfach herrlich!«

Daraufhin erhob sich Laviany und stapfte los. Als Scheron sie zurückhalten wollte, schüttelte Theo kaum merklich den Kopf.

»Unser Theo, wie immer schnell von Begriff«, stieß Laviany grinsend aus. »Lass mich ruhig vorgehen, Scheron! Wenn ich dann angegriffen werde, bleibt dir ausreichend Zeit für deine Vorbereitungen. Aber wenn sie dich als Erste erwischen, sieht die Sache für uns schon schlechter aus. Theo kann mit deinen Würfeln nämlich nichts anfangen.«

Noch einmal gingen sie hinunter zu ihrem Boot, um sich von dem Grunzling zu verabschieden. Sie hofften inständig darauf, dass er ihre Rückkehr abwarten würde.

Nach zweihundert Yard entdeckten sie in dem Felsmassiv einen recht ordentlichen Pfad die Steinwand hinauf. Schon kurz darauf fanden sie sich in einem Kiefernwald wieder. Um sie herum war alles still. Die nächsten Stunden marschierten sie fast wortlos weiter. Obwohl um sie herum nichts ihren Verdacht erregte, lauerte Laviany mit finsterer Miene auf Unannehmlichkeiten – und die schickte ihnen dann der Himmel. Die tief hängenden Wolken entluden sich in herbstlichem Nieselregen, als sie gerade eine Art Straße erreichten, deren Ränder bemooste Steine säumten.

»Wie viele Tätowierungen hast du eigentlich?«, fragte Theo.

»Allmählich treibst du mich mit deiner Gelehrtheit und deiner Neugier zur Weißglut!«

»Von diesen Tätowierungen habe ich aber auch schon gehört«, warf Scheron ein. »In den Legenden über die Lichtwirker heißt es, bei einigen von ihnen sei der gesamte Körper mit Darstellungen überzogen gewesen. Je stärker ihre Gabe ausgeprägt war, desto mehr Bilder schmückten ihre Haut. Deshalb sollen einige sogar wie die Bewohner von Ödien oder Schwarzland ausgesehen haben. Wenn die Lichtwirker ihre Magie einsetzten, büßten sie vorübergehend eine Tätowierung ein. Auf diese Weise haben die großen Magier der Vergangenheit die Macht dieser besonderen Menschen eingeschränkt. Deshalb würde ich auch gern wissen, wie viele Zeichnungen du am Körper trägst.«

»Ändert es irgendwas, wenn ich diese Frage beantworte?«

»Ja«, sagte Theo. »Meine Vorstellung vom Wesen der Magie.«

Was Laviany daraufhin erwiderte, verstanden die beiden nicht, doch Theo vermutete, dass es sich um einen besonders derben Fluch aus Karyph handelte.

»Also?«, ließ Theo nicht locker, was ihm aber nur einen verächtlichen Wortschwall eintrug. »Nun stell dich nicht so an«, verlangte er. »Was ist denn schon dabei, wenn wir das wissen?«

»Dabei ist, dass euch das nichts angeht!«

»Von diesem Wissen kann unser Leben abhängen«, widersprach Scheron. »Wie viele Tätowierungen sind es also?«

»Vier«, zischte Laviany.

»Vier?«, fragte Theo zurück. »Bloß vier?«

»*Bloß vier*?!«, echote Laviany giftig. »Fordere dein Schicksal nicht heraus, indem du mich vollends wütend machst! Wir reden hier von der Gegenwart, nicht von der Vergangenheit! Diese elenden Lichtwirker von einst mögen vielleicht achthundert Tätowierungen gehabt haben, darunter auch ein paar auf ihrem Hintern. Aber in unserem magielosen Zeitalter sind vier Tätowierungen ein Traum! Im Nachtclan gibt es Menschen, die nur eine vorweisen können. Und ich kenne nur zwei Menschen, die mehr haben als ich.«

»Nimm mir meine Worte nicht übel«, entschuldigte sich Theo.

Laviany versengte ihn mit ihrem Blick, stiefelte dann aber wieder voraus.

»Und was bringst du zustande? Welche Fähigkeiten …«

»Treib es nicht auf die Spitze, mein Junge!«, zischte Laviany bloß.

Scheron berührte sanft Theos Schulter und schüttelte den

Kopf, um ihm zu bedeuten, er solle den Bogen besser nicht überspannen.

Er war so klug, ihrem Rat zu folgen.

Der Regen nahm noch zu. Weißer Dunst waberte durch die Luft, der häufigste Begleiter eines jeden Reisenden in Lethos. Ein immer strengerer Geruch von Tod und Fäulnis schlug ihnen entgegen. Die Erde schien die kümmerlichen Bäume regelrecht mit Fäulnis zu tränken.

»Was für ein reizender Ort«, stieß Laviany aus. »Wahrscheinlich kehrt aus Taloris niemand zurück, weil hier alle selbst Hand an sich anlegen.«

Das trifft es, dachte Scheron.

»Kann es sein, dass wir im Kreis gehen?«, fragte sie nach einer Weile, denn der Wald war so eintönig, dass sie bereits jede Orientierung verloren hatte.

»Nein«, versicherte Laviany. »Guck mal auf den Boden, da siehst du unsere Spuren, aber nur hinter uns. Allerdings kann in diesem Nebel sonst was lauern. Würd mich nicht wundern, wenn uns gleich ein paar von deinen Verirrten Seelen anfallen.«

»Tagsüber greifen Verirrte Seelen in der Regel nie an«, erwiderte Scheron. »Aber wer weiß, vielleicht sind die in Taloris etwas anders als die in Nimadh.«

»Mhm«, brummte Laviany, um dann zu ihrer aller Überraschung auszurufen: »Ein Rastplatz wäre nicht schlecht.«

»Bitte?«

»Du solltest dich mal sehen. Du hältst dich kaum noch auf den Beinen. Mit viel Glück kannst du dich noch selbst gegen diese Verirrten Biester schützen. Aber was wird dann aus mir? Wenn es hart auf hart kommt, müssen wir auf dich zählen können.«

Dem hatte Scheron nichts entgegenzusetzen. Nach der durchwachten Nacht war sie in der Tat müde und erschöpft.

»Einverstanden«, sagte sie. »Ich muss wirklich neue Kraft schöpfen, sonst falle ich um.«

»Eine kluge Entscheidung«, erwiderte Laviany.

»Aber versprich mir, dass du mich in einer Stunde weckst.«

»Du kannst dich auf mich verlassen«, erklärte Laviany. »Theo! Was hältst du von diesem Plätzchen hier? Wäre das geeignet?«

Theo besah sich einen großen, moosbewachsenen Felsblock, der auf der einen Seite sogar als eine Art Unterstand dienen konnte.

»Bestens, hier sind wir sogar gegen Regen geschützt.«

Bevor Scheron sich ausstreckte, entzündete sie mit ihren beiden Steinen ein weißes Feuer und rammte ihr Stilett in den Boden. Erst als diese Vorkehrungen getroffen waren, hüllte sie sich in ihren Umhang. Sie schlief sofort ein.

»Wir zwei sollten die Zeit auch nutzen«, sagte Laviany, sobald Scheron gleichmäßig und tief atmete. »Erzähl mir mal, was nach dem Sieg über den Dunklen Reiter geschehen ist.«

»Ich habe angenommen, du hättest diese Geschichte längst vergessen.«

»Ich eigne mir Wissen gern in kleinen Happen an. Dann kann ich besser über das nachdenken, was ich gehört habe. Und wer weiß, vielleicht hilft uns die Kenntnis dieses Märchens in Taloris. Was ist also nach diesem Krieg mit den Astoré geschehen?«

»Unter ihnen herrschte keine Einigkeit. Einige vertraten die Ansicht, sie müssten die Sache des Dunklen Reiters zu Ende bringen, die meisten waren jedoch der Kämpfe müde. Außerdem sahen sie ihre wahren Feinde nicht in den Menschen, sondern in den Schahutern. Wyrons Verbündete aber wurden allesamt von Lichtwirkern und Magiern aufgespürt und erbarmungslos vernichtet.«

»Auch die Frauen und Kinder dieser Astoré?«

»Ja.«

»Die Lichtwirker sind also nicht ganz die edlen Ritter, als die sie gern dargestellt werden. Aber gut, lassen wir das! Was ist aus den Astoré geworden, die nicht gegen die Magier in den Kampf ziehen wollten?«

»Wenn die Lichtwirker sie gefunden haben, dann haben sie trotzdem nicht viel Federlesens mit ihnen gemacht.«

»Kein Wunder«, erwiderte Laviany. »Wenn dich eine Schlange beißt und du das überlebst, wirst du bei der nächsten nicht erst nachsehen, ob sie giftige Zähne hat.«

»Die Astoré haben sich an die Menschen gewandt und ihnen ein Bündnis gegen die Kräfte der anderen Seite angeboten. Sie wurden jedoch nicht angehört. Nach der Schlacht der Schatten, in der einige von ihnen Wyron unterstützt hatten, traute ihnen niemand mehr über den Weg, zumal da ja auch noch sein Erbe war.«

»Das Erbe des Dunklen Reiters?«, hakte Laviany nach.

»Habe ich das noch nicht erzählt?«, fragte Theo erstaunt zurück. »Dann wollen wir das mal nachholen. Wyron hat doch von den Schahutern eine Rüstung erhalten. Diese erlaubte es ihm, die Kräfte der anderen Seite herbeizurufen. Fast die gesamte Rüstung ist zusammen mit Wyrons Leiche von der Perlsee fortgespült worden, nur ein Handschuh überstand das Wüten der Naturgewalten und gelangte zu den großen Magiern.«

»Und selbst wenn man nur ihn besaß, konnte man damit noch Schahuter herbeirufen?«

»Ja und nein. Die Magier konnten es nicht, die Astoré schon.«

»Das reicht«, entschied Laviany. »Das ist zwar alles sehr abwechslungsreich, hat mit Taloris aber nicht viel zu tun. Kommen wir gleich zum Zeitalter der Blüte. Zum Gebannten, Thion und dem Kataklysmus. Was ist damals geschehen?«

»Der Gebannte war ein sehr starker Magier«, ging Theo auf ihren Wunsch ein. »Vermutlich der stärkste seiner Zeit. Von klein auf hat er gegen die Astoré gekämpft, die er erbittert hasste. Irgendwann hörte er von der Prophezeiung des Dunklen Reiters. Bevor dieser seinen letzten Atemzug getan hatte, da hatte er von einem Magier gesprochen, der den Astoré eines Tages die Magie zurückgeben werde. Das aber würde die Welt in einen Abgrund stoßen. Aus irgendeinem Grund hat der Gebannte angenommen, damit sei er gemeint.«

»Völlig falsch lag er damit ja nicht.«

»Seine Angst wurde immer größer. Wenn er schlief, plagten ihn Albträume, in denen die Astoré, die den Lichtwirkern entkommen waren, den Menschen die Magie entreißen wollten.«

»Aber genau das ist dann doch auch geschehen, oder?«

»Ja«, räumte Theo ein. »Die Astoré brauchten dringend Magie, um gegen die Schahuter zu kämpfen. Diese hatten bereits die Melgen geschaffen, entstellte Nachahmungen von uns Menschen. Obwohl die Zahl der Astoré mittlerweile verschwindend gering war, wollten sie den Kampf gegen die Schahuter austragen. Ohne Magie hätten sie gegen diesen Gegner jedoch nichts ausgerichtet. Der Gebannte hatte allerdings nicht die Absicht, sie mit entsprechenden Kräften auszustatten, im Gegenteil, er war bereit, alles zu unternehmen, um ihnen die Magie vorzuenthalten, denn er hielt die Astoré für Untiere.«

Laviany hatte für diese Ausführungen bloß ein spöttisches Grinsen übrig.

»Der Gebannte hatte viele Schüler«, fuhr Theo fort. »Der beste von ihnen war Thion.«

»Von dem habe ich auch schon gehört, es gibt ja genug Geschichten über ihn. Thion, der Freund der Eywen und Schrecken alle Schahuter. Im Süden erstarrt man immer noch in Ehrfurcht vor seinen Bildern und Statuen. Dabei haben die, wenn du mich fragst, nicht das Geringste mit der Wirklichkeit zu tun. So hat Thion bestimmt nicht ausgesehen!«

»Dann begegnete Thion zwei Frauen mit Gabe, Arila und Neysi. Sie wurden später von den Schahutern gefangen genommen, doch er schaffte es, sie zu befreien.«

»Das hätte er mal lieber nicht getan«, brummte Laviany. »Dann wäre den Menschen vermutlich der Kataklysmus erspart geblieben.«

»Diesen Teil der Geschichte kennst du?«

»Den kennt selbst der größte Hohlkopf. Der Gebannte hat Neysi und Arila ausgebildet. Thion war von Arilas Schönheit überwältigt, und es dauerte nicht lange, da waren die beiden ein Paar«, leierte Laviany los. »Sie haben Seite an Seite in der Schlacht am Nassstein gekämpft. Viele ihrer Freunde sind im

Kampf gegen die Schahuter gefallen. Die beiden gaben ein wunderbares Paar ab, zwei Magier, verbunden in Liebe. Diesen Schmus hören nicht nur junge Frauen gern, sondern auch vierschrötige Sträflinge in Pubyr. Dann der große Höhepunkt: Eines Tages sieht Arila im Palast des Gebannten einen Handschuh ... Bei allen elenden Streifenfischen! Das war der des Dunklen Reiters!«

»Ganz genau.«

»Und da Arila eine Astoré war, hat der Handschuh gemacht, was sie wollte!«

»Er hätte gemacht, was sie wollte, aber Arila wusste gar nichts von ihren Möglichkeiten.«

»Wie kannst du dir da sicher sein?«

»Weil sie das Artefakt sonst bestimmt nicht angerührt hätte. Aber nach langen Jahren, die sie Seite an Seite mit den Menschen gelebt hatten, wussten die Astoré selbst nicht mehr, wer sie eigentlich waren. Deshalb war es für Arila eine ebenso große Überraschung wie für alle anderen, dass sie eine Astoré war. Plötzlich verblasste das Sonnenlicht, das in den Saal fiel, und Schatten erwachten zum Leben. Für den Bruchteil einer Sekunde nahmen sie Gestalt an! Sie wurden zu Schahutern, herbeigerufen von Arila. Als der Gebannte begriffen hat, dass Arila eine Astoré ist, hat er vor Wut getobt. Er wähnte sich hintergangen und hat ihr unterstellt, sie wolle ihm sein magisches Wissen stehlen. Damit hatte sich die Prophezeiung des Dunklen Reiters bewahrheitet.«

»Und der Gebannte hat bis zu dem Zeitpunkt wirklich nicht geahnt, dass es sich bei diesen beiden Frauen um Astoré handelt?«

»Nein. Woher auch? Die Astoré und die Menschen unterscheiden sich ja im Grunde kaum voneinander.«

»Nach allem, was ich weiß, tun sie das doch. Nur so konnten die Lichtwirker sie aufspüren.«

»Aber wodurch?«

»Die Astoré können nicht lesen. Das haben sie den Erhabenen Sechs zu verdanken. Die wollten auf diese Weise verhindern, dass sich die Astoré Wissen über Magie aus Büchern zusammenklauben.«

»Ich kann auch nicht lesen, das habe ich aber mit mindestens tausend anderen Menschen gemein.«

»Es gibt noch mehr Besonderheiten, aber lassen wir das«, erwiderte Laviany. »Der Gebannte hat in seiner Angst vor den Astoré also Arila getötet, und daraufhin ging der Schlamassel erst richtig los, denn diesen Mord hat Thion seinem Lehrer nie verziehen. Wie lange hat der Krieg des Zorns gedauert?«

»Vierzig Jahre.«

»Nicht übel.« Laviany schnalzte mit der Zunge. »Mit dem Ergebnis, dass am Ende von all den Magiern nur die beiden größten Dickköpfe übrig geblieben sind.«

»Vor allem aber mit dem Ergebnis, dass viel Blut und Tränen geflossen sind und sich Berge von Asche und Leichen aufgetürmt haben.«

»Du solltest Dichter werden«, brachte Laviany lachend hervor. »Tränen! Solche Menschen weinen nicht! Glaub mir, die sind aufeinander losgestürmt wie abgerichtete Hunde, geifernd vor Hass. Die haben mit ihrer Magie das Geeinte Königreich in Brand gesteckt! An allen Ecken und Enden!«

»Das stimmt«, sagte Theo. »Und Thion ist mit jedem Jahr näher an Taloris herangerückt. Der Gebannte vermutete, die Astoré hätten seinen Schüler gegen ihn aufgehetzt. Doch hätte er nicht Arila getötet, wäre es nie zum Krieg gekommen. Und am Ende hat er in seiner Angst vor den Astoré sogar die Schahuter um Hilfe gebeten.«

»Warum diese Nichtsnutze bloß immer noch als große Magier verehrt werden?!«, warf Laviany ein. »Die sind doch genauso dämlich wie die meisten Menschen, die ich kenne. Dumme Ochsen, die nicht über ihren Futtertrog hinaus denken können.«

»Du hast nicht gerade eine vorteilhafte Meinung von uns Menschen.«

»Weshalb sollte ich sie in mein Herz geschlossen haben?«, erwiderte Laviany. »Vielleicht ist um dich herum stets nur

Freude und Tanz, ich aber habe in meinem Leben schon zu viel Blut und Leichen gesehen.«

»Wobei du mit eigenen Händen für eine gewisse Zahl dieser Leichen gesorgt hast.«

»Das streite ich gar nicht ab. Aber glaube mir, ich bin nur ein kleiner Fisch im Vergleich zu gewissen Haien, die man fälschlich als Gründlinge und Kaulquappen bezeichnet. Bei ihnen musst du auf der Hut sein. Bei den Fischen mit den spitzen Zähnen ist die Sache ja klar, die wollen töten und ihr Revier verteidigen. Wesentlich gefährlicher sind aber die Gründlinge und Kaulquappen, denn in ihrer Unscheinbarkeit und Dummheit, aber auch in ihrem Hass auf sich selbst richten sie die schlimmsten Dinge an. Diese Kreaturen finden immer etwas, was sie an dir auszusetzen haben. Allein der Umstand, dass es dich gibt, bringt sie zur Weißglut. Deshalb rammen sie dir ein Messer in den Rücken, sobald du ihnen deine Kehrseite zudrehst. Oder sie ziehen dich hinunter in ihren Schlamm, wo Würmer über dich herfallen und deine alten Knochen abnagen.«

»Da hatte ich bisher mehr Glück als du«, erwiderte Theo. »Natürlich sind auch mir Schurken über den Weg gelaufen, aber bisher machen sie die Minderheit aus.«

»Das ändert sich schon noch«, versicherte Laviany, die ihn mit einem Blick bedachte, als hätte sie einen Verrückten vor sich, der nicht begriff, dass er krank war. »Spätestens in zwanzig Jahren siehst du die Welt mit den gleichen Augen wie ich. Wenn wir das hier überleben, versteht sich. Aber zurück zu unserer Geschichte! Der Gebannte hat sich also auf ein Bündnis mit den Schahutern eingelassen?«

»Dank des Handschuhs war ihm das möglich. Deshalb ermordete er Neysi nicht, sondern hielt sie in der Mondfestung gefangen. Als ihm schwante, dass er den Krieg verlieren würde, zwang er sie, die Schahuter herbeizurufen. Genau wie es viele Jahrhunderte vor ihm der Dunkle Reiter getan hatte. Aber selbst der Gebannte war zu schwach, sich der Kraft der anderen Seite zu widersetzen. Ihn ereilte das gleiche Schicksal wie den Dunklen Reiter.«

»Und am Ende hat er auch noch den Krieg verloren ...«

»Richtig. Zunächst sah es aus, als könnte er das Blatt wenden. Durch einen Überraschungsangriff der Schahuter lichteten sich die Reihen von Thions Armee. Da aber boten die Astoré ihm ihre Hilfe an.«

»Klare Sache! Wenn der Lehrer sich auf das Dunkel einlässt, warum dann nicht auch der Schüler?«

»Die Astoré stehen nicht für das Dunkel! Außerdem haben sie keine Gegenleistung gefordert. Sie wollten lediglich diese rasenden Schahuter aufhalten. Und sie haben Thion sogar darüber aufgeklärt, wie gefährlich ihre Magie für ihn und für die Menschen im Allgemeinen sein kann.«

»Das erfährst du ja gerade am eigenen Leib. Das Zeichen der Astoré bringt dich langsam, aber sicher um.«

»Im Unterschied zu Thion hat mich aber niemand vorher darüber aufgeklärt, geschweige denn, dass mich irgendwer gefragt hätte, ob ich dieses Mal gern tragen möchte! Jedenfalls hat sich Thion trotz aller Nachteile auf die Hilfe der Astoré eingelassen und ist mit Feuer und Schwert gen Taloris gezogen. Seine Gefährten fanden allesamt den Tod, doch auch die Verbündeten des Gebannten starben. Neysi wurde in der Mondfestung ermordet, bevor Thion sie retten konnte. Die letzte Schlacht zwischen ihm und dem Gebannten hat angeblich mehrere Wochen gedauert. Sie setzten beide Magie von derartiger Wucht ein, dass der Himmel brannte und es selbst nachts taghell war.«

»Aber der Lehrer hat am Ende das Nachsehen gegenüber seinem Schüler gehabt.«

»Wie hätte es anders sein sollen? Thion hatte die Astoré an seiner Seite, die den Gebannten zutiefst hassten, weil er sie fürchtete, obwohl sie ihm nie Schaden hatten zufügen wollen. Nun aber holten sie zum Schlag aus. Er büßte seine magische Gabe ein und wurde zum Gefangenen in seinem eigenen Palast, geschmiedet an seinen Thron. So wurde er zum Gebannten. Thion hat seinen Rachedurst gestillt, indem er alles vernichtet hat, was seinem Lehrer einst teuer gewesen war. In der Welt gab es nun keine Magie mehr. Der Krieg der Magier hatte den Kataklysmus heraufbeschworen. Er führte zum Untergang des Geeinten Königreichs. Damit ging das Zeitalter der Blüte zu Ende.«

»Zwei sture Bauern hätten es nicht anders gemacht als Thion und der Gebannte«, bemerkte Laviany voller Verachtung. »Die hätten im Streit auch nach der Axt gegriffen. Und dann nicht nur sich, sondern gleich das ganze Dorf ausgelöscht.«

»Aber Thion hat überlebt und sich dann von seiner Gabe losgesagt. Er ist zu einem gewöhnlichen Menschen geworden.«

»Trotzdem durften wir uns seinetwegen erst mal mit dem Kataklysmus rumschlagen! Glaube mir, diese Magier kannst du samt und sonders vergessen.«

»In gewisser Weise bist du auch eine Magierin.«

»Erzähl nicht solchen Unsinn!«, erwiderte Laviany finster. »Meine Fähigkeiten sind ganz anderer Natur. Zum Glück! Im Übrigen hoffe ich, dass Thion wenigstens den Schneid hatte, sich in irgendeiner Scheune aufzuhängen, und jetzt in einem namenlosen Grab vor sich hinfault.«

»Die anderen Magier tragen am Kataklysmus genauso viel Schuld wie er. Und immerhin sind die Schahuter vertrieben worden.«

Laviany stieß ein leises Lachen aus.

»Was ist daran so komisch?«

»Du! Du bist komisch. Denn der Witz an der Sache ist doch der, dass wir zwei uns gerade wegen eines elenden Schahuters miteinander unterhalten.«


»Bei allen elenden Streifenfrischen aber auch!«, stieß Laviany mit einem Blick auf die blaue Flamme aus.

Dieses Licht beunruhigte sie. Ihr Messer hielt sie längst in der Hand, auch wenn sie keine Ahnung hatte, was sie mit einer schlichten Waffe aus Stahl gegen ein Dutzend Verirrte Seelen hätte ausrichten wollen.

Es war tief in der Nacht. Eisiger Herbstregen ging nieder. Theo schlief, stöhnte aber immer wieder. Am liebsten hätte

Laviany ihn wach gerüttelt, doch das wollte sie nicht einmal sich selbst eingestehen. Es war in ihren Augen ein Zeichen von Schwäche.

Natürlich hatten weder sie noch Theo daran gedacht, Scheron zu wecken. Nun schlief sie schon seit Stunden, tief in Träumen versunken.

Sie waren im Schutz des Felsbrockens geblieben. Irgendwann war auch Theo eingenickt. Diesmal hielt Laviany Wache. Selbst als die Flamme gegen Abend ihre Farbe veränderte, hatte sie Scheron weiterschlafen lassen, weil sie zunächst abwarten wollte.

Nichts war geschehen.

Die Stunden vergingen, doch keine Verirrte Seele näherte sich ihnen.

Fast zufrieden überließ sich Laviany der Stille und der Einsamkeit. Sogar die Gegenwart ihre beiden Gefährten war ihr letzten Endes zu viel. Das galt vor allem für Theo mit seinen ständigen Fragen. Und mit seinem Mal der Leere auf dem Rücken.

Als Theo erneut stöhnte, hielt Laviany es nicht mehr aus. Sie stand leise auf und legte ihm ihre Hand auf die Stirn. Dadurch vermochte sie ihn auf eine Weise zu beruhigen, die nur Angehörigen des Nachtclans gegeben ist. Theo ging es schlecht, das nahm Laviany deutlich wahr. Er wurde bereits innerlich ausgehöhlt, dagegen konnte nicht einmal sie etwas ausrichten. Dem Jungen blieben bestenfalls noch ein paar Monate.

Sie setzte sich wieder und hing ihren Gedanken nach, ohne bei einem länger zu verweilen. Nur gelegentlich linste sie in die Flammen. Als der Regen aufhörte und die Sonne allmählich aufging, nahmen sie wieder eine weiße Farbe an.

Auf Scherons Gesicht fiel ein erster, noch kalter Lichtstrahl. Sofort öffnete sie die Augen, stemmte sich auf den Ellbogen hoch und warf Laviany einen wütenden Blick zu.

»Meinetwegen haben wir einen ganzen Tag verloren«, sagte sie.

Das stimmte.

Auch Theo wachte nun auf, setzte sich hoch und lehnte sich gegen den Felsbrocken. Die nächsten zehn Minuten brauchte er, um zu sich zu kommen. Er hatte von dem Schahuter mit Henryns Gesicht geträumt, der ihm allerlei Kunststücke zeigte und unter seinem Zauberumhang erst die blutigen Köpfe von Laviany und Scheron hervorzog, dann auch Theos eigenen, der wie ein Fisch den Mund öffnete, ohne dass ein einziger Laut herauskam, während seine Augen nun an einen Spiegel erinnerten, der einzig Schwärze zurückwarf. Alles war furchtbar wirklichkeitsgetreu gewesen. Als der Schahuter dann Theos Schädel verschmauste ...

»Was will dieser Schahuter von uns?«, brachte er leise heraus. »Warum hat er ausgerechnet uns drei ausgesucht?«

»Wen hätte er denn wählen sollen, wenn nicht eine Kämpferin gegen Verirrte Seelen, mich, die ich auch ... gewisse Fähigkeiten besitze, und dich, der du ... der du über das Hochseil balancieren kannst.«

»Meine Frage war ernst gemeint.«

»Ich weiß«, erwiderte Laviany, die beobachtete, wie Scheron das Feuer löschte. »Aber was erwartest du für eine Antwort? Er hat uns auf diese Reise schicken wollen und uns bestimmte Versprechungen gemacht, damit wir sie antreten. Wir hatten alle unsere Gründe, uns auf diese Geschichte einzulassen.«

»Als ob wir eine Wahl gehabt hätten!«, entgegnete Theo und stand auf, um seine täglichen Übungen durchzuführen.

Die drei ließen sich Zeit, ihren Weg fortzusetzen, und als sie es taten, waren sie nicht gerade in bester Stimmung. Der Aufenthalt auf dieser Insel setzte ihnen allen stündlich mehr zu.

An einem tosenden Bach, dessen dunkelbraunes Wasser unzählige Kiefernnadeln mit sich führte, blieben sie kurz stehen.

»Und jetzt?«, fragte Laviany. »Stromaufwärts?«

»Ich weiß es nicht«, antwortete Scheron. »Vermutlich haben wir uns doch verlaufen.«

»Nicht vermutlich, sondern ganz bestimmt. Da sich Taloris aber ganz gewiss nicht hierherbequemt, müssen wir wohl doch eine Entscheidung treffen.«

Daraufhin holte Scheron ihre Würfel aus der Tasche und warf sie auf das weiche Moos.

»Im Unterschied zu uns unterläuft ihnen nie ein Fehler.«

»Warum hast du die dann nicht gleich eingesetzt?«, fragte Laviany verärgert.

»Weil mich das Kraft kostet. Gestern war ich zu erschöpft dazu.«

Die Würfel zuckten, als würden sie darum bitten, ihnen jetzt zu folgen.

Wenige Stunden später erblickten sie in der Ferne einen schroffen schwarzen Felsen.

»Offenbar müssen wir auf diesen Klotz rauf«, murmelte Laviany. »Da oben, das sind doch …?«

»Ruinen«, stieß Theo aus. »Ob das Taloris ist?«

Er verengte die Augen zu Schlitzen, um Einzelheiten zu erkennen.

»Möglich wäre es«, sagte Scheron. »Aber das können wir erst mit Sicherheit feststellen, wenn wir näher dran sind.«

»Was soll das denn sonst sein, wenn nicht Taloris!«, platzte es aus Laviany heraus. »Oder glaubt ihr vielleicht, es gäbe hier noch mehr aufgegebene Städte?«

Sie mussten abermals ein Waldstück durchqueren, ein kleineres, mit Kiefern, deren alte rote Nadeln den Boden übersäten. Schon bald traten sie aber auf eine steinige, dem Wind preisgegebene Lichtung hinaus.

Laviany verharrte mitten in der Bewegung.

»Halt!«, schrie sie. »Hier riecht es nach Rauch!«

Theo atmete tief ein.

»Stimmt«, bestätigte er. »Aber … woher sollten hier Menschen kommen?«

»Wer spricht von Menschen?«, erwiderte Laviany und wandte sich an Scheron. »Verirrte Seelen entzünden doch kein Feuer, oder?«

»Sie brauchen weder Wärme noch Licht«, antwortete Scheron. »Und seit dem Kataklysmus gibt es auf dieser Insel keine Menschen mehr …«

»Wenn die Feuer machen, sind das bestimmt keine Kreaturen der anderen Seite. Wartet also hier, ich sehe mich mal um!«

»Auf gar keinen Fall!«, stieß Scheron aus. »Wir drei bleiben zusammen. Wie oft soll ich dir noch sagen, dass wir uns nicht trennen dürfen?!«

»Nun pluster dich mal nicht so auf, mein Mädchen! Wir machen es ja so, wie du es verlangst. Aber um eines möchte ich dich bitten. Wenn da Menschen sind, dann erkundige dich nicht gleich nach ihrem werten Wohlbefinden.«

»Für wie dumm hältst du mich eigentlich?«

»Du bist eine erfahrene Kämpferin gegen Verirrte Seelen«, erwiderte Laviany sanft. »Du fürchtest die Kreaturen der anderen Seite nicht. Aber du bist einfältig genug, jedem Fremden zu vertrauen.«

»Du warst bis vor Kurzem für mich auch noch eine Fremde.«

»Deshalb weiß ich, wovon ich rede«, sagte Laviany grinsend.

»Wir machen keinen Lärm! Wir zeigen uns nicht! Theo, warum hast du immer noch keine Klinge?! Willst du deinen Gegner mit deinem Lachen ausschalten, wenn er sich mit einer Steinaxt auf dich stürzt?!«

Als sie weitergingen, rechneten sie jeden Moment mit einem Angriff.

»Da drüben«, sagte Laviany und deutete auf eine Rauchwolke. »Aber das ist noch ein Stückchen.«

Kurz darauf erspähten sie die Überreste alter Säulen und Bauten. Sogar aus der Entfernung ließ sich erkennen, dass es ein wahres Labyrinth war. Ohne Scherons Würfel wären sie verloren gewesen. Diese kullerten vor ihnen her und bogen immer wieder scharf ab, um einer anderen Straße in diesem Geflecht zu folgen. Schließlich erreichten sie einen Platz vor einem steilen Abhang. An dessen Grund toste ein Meeresarm. Dieser schnitt das Eiland von dem Felsen ab, auf dessen Spitze Taloris lag.

»In den Fluten möchte ich nur ungern landen«, bemerkte Laviany mit einem Blick in die Tiefe.

Gewaltige Wellen donnerten durch das schmale Bett und jagten einander.

»Ein Fleischwolf ist nichts dagegen!«

»Diese Wellen sind doch noch harmlos«, widersprach Scheron. »Seht mal da drüben! Da ist eine Brücke!«

In der Tat führte dort etwas über die Schlucht, was genau, ließ sich aus der Entfernung aber nicht sagen.

Wie sich dann herausstellte, handelte es sich um einen Wehrturm, der quer über die Schlucht gestürzt war. Die gewölbte Seite war an etlichen Stellen zerstört. Unmittelbar vor dem Turm hatte jemand drei graue, aus Tierhäuten gefertigte Zelte aufgeschlagen. Dort loderte auch das Lagerfeuer. An ihm saßen sonderbare Gestalten.

Sie erinnerten durchaus an Menschen, doch ihre Haut war fahl wie die eines Wurms, der noch nie das Sonnenlicht gesehen hatte. Die riesigen runden Augen glichen Steinen, die das Meer angespült hatte. Die schweren Kiefer ragten weit vor, die flachen Nasen zeigten geblähte Flügel. Das, was Theo anfangs für Fleischwunden gehalten hatte, erwies sich bei näherem Hinsehen als Tätowierung. Bei einigen dieser Wesen war der gesamte Körper mit Zeichnungen überzogen. Die großen Ohren ließen an Tiere denken, so spitz waren sie. Hier und da fehlte auch eines. Und die Haare hätte man für lange schwarz-weiße Nadeln halten können ...

»Was sind das denn für Burschen?«, flüsterte Theo.

»Jetzt enttäuschst du mich aber!«, stichelte Laviany. »Wer von uns ist denn hier der Kenner von alten Geschichten? Das sind natürlich Melgen.«

»Pst!«, zischte Scheron. »Die haben wahre Luchsohren!«

Theo betrachtete die Melgen noch einmal. Schahuter hatten sie mit ihrer dunklen Magie aus Menschen geschaffen. Häufig wurden sie wie reine Tiere dargestellt, nun fand sich Theo eines Besseren belehrt.

Die Melgen waren die Streitmacht der Schahuter gewesen, die man nach dem Tod Wyrons gegen friedliche Städte gehetzt hatte. Die Lichtwirker und Thion hatten alles darangesetzt, diese Kreaturen des Dunkels zu vernichten, doch vergeblich. Theo hätte allerdings niemals damit gerechnet, sie nun hier, an der Grenze der belebten Welt, anzutreffen.

Er zählte sieben Melgen. Wie viele sich in den Zelten aufhielten, konnte er aber nicht feststellen.

Der Wind trug einzelne Gesprächsfetzen zu ihnen heran, doch die kehligen Laute fügten sich für sie nicht zu Wörtern.

Sie trugen Westen und Hosen aus dunklem, schlecht verarbeitetem Leder. Neben jedem lag eine Lanze oder ein Schwert. Letzteres ähnelte jenen langen, einschneidigen Klingen, die man in Arniya an die Fußsoldaten ausgab.

»Bei allen elenden Streifenfischen!«

»Bist du solchen Kreaturen schon einmal über den Weg gelaufen?«

»O ja, mehrmals sogar. Das war aber weit im Osten. Wenn ich die Biester erblickt habe, habe ich stets das Weite gesucht. Die sind nämlich deutlich stärker als wir Menschen. Ein Angehöriger des Nachtclans hat es immerhin mal geschafft, eines der Viecher zu verletzen. Dabei hat sich herausgestellt, dass ihr Blut rot und heiß wie unseres ist und sie genauso hübsch krepieren wie wir.«

»Hier haben wir es leider nicht nur mit einem Melgen zu tun«, brachte Theo hervor. »Über die Brücke kommen wir also mit Sicherheit nicht, solange die da rumsitzen.«

»Eben«, erwiderte Laviany. »Deshalb bleibt ihr hier, während ich mich runterpirsche. Vielleicht gibt es eine andere Möglichkeit, über die Schlucht zu gelangen. Verhaltet euch ja ruhig! Ich will bei meiner Rückkehr nicht ein paar Melgen vorfinden, die eure Knochen abnagen. Selbst die Löwen in Dagewar sind nicht so erpicht auf Menschenfleisch wie diese Kreaturen.«

Kurz darauf war sie verschwunden.

Scheron sah Theo an.

»Ich habe keine Angst«, sagte sie. »Und gerade das beunruhigt mich. Als ich klein war, hatte ich vor Melgen viel mehr Angst als vor Schahutern. Deshalb konnte mein Kindermädchen Auscha spielend dafür sorgen, dass ich brav war. Sie brauchte bloß zu behaupten, die Melgen würden sonst kommen und aus mir Suppe für ihre Kinder kochen.«

»Es sind Soldaten des Dunkels, die ihre Kommandanten vor langer Zeit verloren haben. Angeblich sind sie klug und sehr grausam.«

Erst nach einer guten Stunde kehrte Laviany zurück. Mit äußerst finsterer Miene.

»Das sieht nicht gut aus«, teilte sie ihnen mit. »Die Brücke ist der einzige Weg nach Taloris. Wir müssen also irgendwie an den Melgen vorbei.«

»Das ist nicht ganz ungefährlich«, erwiderte Theo. »Wenn die uns erwischen, landen wir heute Abend in ihrem Bauch.«

»Eine andere Möglichkeit sehe ich nicht. Allerdings stimme ich dir zu, es ist gut möglich, dass die uns entdecken. Allein würde ich mit Sicherheit an denen vorbeikommen, zusammen mit euch dürfte das aber schwieriger werden. Verzeiht mir die offenen Worte, doch so sieht die Sache nun einmal aus.«

»Könntest du die erledigen?«, fragte Theo.

»Es schmeichelt mir ja, was du mir alles zutraust, aber ich bin nur eine alte Frau. Und das sind zwölf Widerlinge. Ein paar haben nämlich noch in den Zelten geschlafen. Selbst wenn es mir gelingen sollte, ein paar von denen auszuschalten, würden immer noch genügend übrig bleiben, um mich in Stücke zu reißen. Bögen habe ich zwar keine gesehen, aber dafür genug Lanzen. Wenn ich mich mit allen gleichzeitig anlegen würde, könnte ich also geradenwegs zur anderen Seite aufbrechen.«

»Dann schleichen wir uns nachts an ihnen vorbei«, schlug Scheron vor.

»Nachts stellen die mit Sicherheit Patrouillen auf.«

»Das werden aber weniger sein als jetzt.«

»Was meinst du, Theo?«

»Klingt doch eigentlich ganz vernünftig.«

»Vernünftig ...«, wiederholte Laviany. »Sollen euch doch die Schahuter holen und der Gebannte obendrein! Gut, warten wir auf die Nacht.«

»Der Gedanke war ja nicht schlecht«, murmelte Laviany, die auf dem Rücken über die Steine kroch und kurz die Hand vor den Mund legte, um leise zu husten. »Zu schade, dass die Melgen nicht wussten, dass sie ratzen sollen. Was jetzt?«

Theo spähte zum Lager der Melgen hinüber. Dort dachte man gar nicht an Schlaf.

Sehr zu ihrem Verdruss.

Zunächst hatte es sich gar nicht schlecht angelassen. Mit Einbruch der Dunkelheit hatten sich die meisten Melgen schlafen gelegt. Nur vier dieser Wüstlinge blieben am Lagerfeuer sitzen. Da nahmen die Flammen plötzlich eine blaue Farbe an. Sofort wurde Alarm geschlagen. Die Melgen stellten sich mit dem Rücken zum Feuer im Kreis auf und hielten dem Dunkel ihre Lanzen entgegen. Bis zum frühen Morgen waren sie auf der Hut.

Anscheinend hatten selbst diese Kreaturen vor etwas Angst. Bei Tagesanbruch stieg vom Wasser weißer Nebel auf. Abermals setzte Regen ein. Weitere vier Melgen stießen zum Lager. Sie kamen aus Südosten und brachten einen schwer verwundeten Kameraden mit.

»Wenn es hier auch noch Wesen gibt, die auf die Melgen Jagd machen«, sagte Laviany, »ist diese Insel wirklich noch liebreizender, als ich bisher gedacht habe. Der Bursche wurde tüchtig vermöbelt. Seine Beine bestehen nur noch aus Hautlappen. Komisch, dass er nicht längst am Blutverlust krepiert ist.«

Die Melgen umringten die Neuankömmlinge und stritten in ihrer seltsamen Sprache lauthals über etwas, doch es kehrte sofort Ruhe ein, als der stärkste Melg geifernd einen der Kerle zu Boden stieß. Der Anführer nahm die Axt des anderen Melgen vom Boden auf und sah schweigend in die Runde. Wahrscheinlich suchte er in den tätowierten Gesichtern nach einem Anzeichen von Unmut.

Scheron wandte sich in dem Augenblick ab, als er dem Verletzten den Schädel spaltete.

Daraufhin machten sich sämtliche Melgen über die Leiche her. Adern und Sehnen rissen. Die Geräusche, die dabei entstanden, waren widerwärtig.

»Keine Sorge«, sagte Laviany zu Scheron, die kreidebleich geworden war. »Wir wollen nicht mit denen frühstücken.«

Scheron warf ihr einen finsteren Blick zu, den Laviany jedoch ungerührt zur Kenntnis nahm. Sie hatte jetzt nur noch Augen und Ohren für die Melgen.

»Obwohl das kein festes Lager ist, machen die keine Anstalten weiterzuziehen«, fuhr Laviany fort. »Früher oder später werden sie uns daher mit Sicherheit bemerken.«

»Was schlägst du denn vor?«, fragte Scheron.

»Ich habe eine Idee«, platzte Theo heraus. »Wir locken sie von den Zelten weg. Dann ist der Weg zur Brücke frei.«

»Genial!«, ätzte Laviany. »Lass mich raten! Du marschierst zu denen rüber, um dieses dankbare Publikum mit einem Salto rückwärts zu entzücken!« Dann fing sie seinen Blick auf. »Das ist nicht dein Ernst?! Das sind nicht die harmlosen Meuchelmörder eines gewissen Erbett, denen du im Übrigen auch schon nichts entgegenzusetzen hattest. Das sind Melgen! Die mögen Menschen nur in einer Form! Tot!«

»Deshalb werde ich sie ja von der Brücke weglocken.«

»Das ist doch Wahnsinn«, mischte sich nun auch Scheron ein. »Überlegen wir besser gemeinsam, was wir tun können!«

»Nein«, widersprach Theo. »Wenn sie uns bemerken, sind wir alle drei tot, da hat Laviany völlig recht. Ich stehe aber sowieso schon mit einem Bein im Grab. Und ich würde meine Hand nicht dafür ins Feuer legen, dass der Schahuter wirklich etwas gegen das Mal auf meinem Rücken unternimmt. Lass es mich also versuchen. Wenn es klappt, habt wenigstens ihr die Möglichkeit, nach Taloris zu gelangen.«

»Das kommt überhaupt nicht infrage!«

»O doch. Ich bin schneller als ihr beide«, erklärte er, worauf Laviany allerdings spöttisch eine Augenbraue hochzog. »Laviany aber kann dich besser beschützen als ich. Vom Wasser steigt Nebel auf, was in diesem Fall sogar ein Vorteil ist. Pass auf, ich hab sie im Nu von der Brücke weggelockt und bin noch schneller wieder bei euch.«

»Du bist sicher, dass da nicht längst die Hülse aus dir

spricht?«, fragte Laviany ruhig. »Ein Wettrennen gegen Melgen gewinnst nicht mal du. Das ist dein sicherer Tod.«

»Ich sterbe eh«, hielt Theo mit einem Lächeln dagegen. »Morgens könnte ich vor Schmerzen heulen. Und bevor ich endgültig zur Hülse werden würde, solltest du mich aufhalten. Beides will ich nicht. Dieses Wettrennen kann mich den Kopf kosten, das streite ich gar nicht ab. Aber auch bei einem Salto kann ich mir das Genick brechen. Vertraut mir! Leichtsinn war noch nie meine hervorstechende Eigenschaft.«

»Das ist dir offenbar nicht mehr auszureden«, stellte Laviany fest, nachdem sie ihn einen ausgedehnten Moment lang gemustert hatte. »Du wirst es mit sechzehn Melgen zu tun bekommen, die können dich leicht in die Zange nehmen. Und sie haben Lanzen.«

»Aber keine Bögen.«

»Aber vielleicht Schleudern. Ein Steinchen gegen die Schläfe kann deinen Schädel genauso gut zum Bersten bringen wie eine Axt.«

»Halt!«, ging Scheron dazwischen. »Ihr zieht diesen Unsinn doch nicht ernsthaft in Betracht?«

»Willst du Theo vielleicht begleiten? Davon würde ich abraten, denn der Schahuter erwartet dich. Theo und ich sind doch nur deine Begleitung. Soll ich da runtergehen? Das wäre eine Möglichkeit. Aber wenn euch auch nur einer von diesen Widerlingen anfällt, bin ich mir nicht sicher, dass Theo es mit ihm aufnehmen kann. Deshalb ziehe ich Theos Unsinn durchaus ernsthaft in Erwägung. Und meine Entscheidung ist gefallen. Was ist mit dir?«

## KAPITEL 16

# Gestalten des Dunkels

*Die Melgen sind schauerliche Kreaturen. Groß wie Stiere, mit Hörnern und gepanzerter Haut. Aus ihren Mäulern quillt Feuer, und sie verschlingen mühelos ein ganzes Pferd. Sie stoßen aus Ödien in die angrenzenden Gebiete vor und fallen über die Menschen dort her. Ganze Dörfer tilgen sie aus. Ein Reisender berichtete mir einmal, ihm sei ein Melg, gewaltig wie ein Berg, begegnet. Indes, ich vermute, er verwechselte diese Ausgeburt der anderen Seite mit einem Riesen, welche bekanntlich nur die Hand auszustrecken brauchen, um die Wolken zu berühren, und die mit ihrem Schwanz den Mond vom Himmel herunterwedeln können.*

Aus dem Bestiarium des ehrwürdigen Meisters Olev, eines Einsiedlers, der sein Haus nicht ein einziges Mal verließ und seine Bücher nach Erzählungen verfasste, die Reisende ihm vortrugen

Theo verspürte weder Angst noch Aufregung, als er sich an die Melgen anschlich. Vielmehr breitete sich ein vertrautes Gefühl in seinem Innern aus: vollendete Ruhe, gewürzt mit einer Prise Übermut.

Er dachte nicht an das Morgen. Nicht einmal an die nächsten Stunden. All seine Aufmerksamkeit galt den Kreaturen, die er vor sich sah. Er prägte sich Besonderheiten ihrer Bewegungen ein und verschaffte sich einen Eindruck von ihrer Stärke. Schon bald war er bereit für seinen Auftritt.

Der Dolch hing schwer an seinem Gürtel. Trotz seiner Einwände hatte Scheron darauf bestanden, ihm die Waffe zu geben.

»He!«, schrie er, als er erfahren hatte, was er hatte erfahren wollen.

Zunächst schnellte nur ein Kopf herum, dann folgten rasch alle anderen. Schwarze, pupillenlose Augen starrten Theo an. Auf die groben Gesichter legte sich ein Ausdruck von Unglauben, wenn nicht gar Fassungslosigkeit.

»Ich habe mich verlaufen. Könntet ihr mir vielleicht verraten, wie ich in die nächste Herberge komme?«

Ob die mich überhaupt verstehen, fragte sich Theo, der die Melgen aber nach wie vor freundlich anlächelte.

Eine dieser Kreaturen katapultierte sich nun hoch, legte den Kopf auf die Seite und musterte den Menschen, der wie aus heiterem Himmel in ihrem Lager aufgetaucht war. Die anderen erhoben sich nach kurzem Zögern ebenfalls. Auf ihren Mienen lag längst pure Feindseligkeit. Der Anführer dieser Widerlinge winkte Theo herbei, doch der rührte sich nicht vom Fleck. Daraufhin griffen sämtliche Melgen nach ihren Waffen. Theo behielt sie so aufmerksam im Auge wie ein Jäger den Hirsch, den er erlegen wollte.

Sobald der erste Bursche seine Lanze nach ihm warf, schoss er los und schlug seine Haken.

Hinter ihm erklangen scharfe Befehle, die er nicht verstand.

Scheron bemerkte nicht einmal, wie sie sich die Unterlippe blutig biss. Erst als sie den süßlichen Geschmack wahrnahm, wurde sie dessen gewahr. Doch schon in der nächsten Sekunde waren all ihre Sinne wieder bei Theo und den Melgen.

Bis eben hatten die Ausgeburten des Dunkels sie noch an Menschen erinnert, jetzt aber waren es ohne Frage Wölfe, die gleich ein wehrloses Schaf reißen würden.

Scherons Blick huschte zu Laviany. Ihr Gesicht war starr wie das einer Toten. Ihrem Blick freilich entging nichts. Sie wusste genau, was die Melgen beabsichtigten: Sie würden Theo umzingeln und zum Abhang treiben. Entweder er sprang dann freiwillig in die mörderischen Wellen, oder er beendete sein Leben als Abendmahl für eines dieser Biester. Und sie – sie konnte weder das eine noch das andere verhindern.

Zu ihrer Überraschung gelang es Theo jedoch bisher, die Melgen auf Abstand zu halten, ohne sich von ihnen zur Schlucht treiben zu lassen.

»Nicht schlecht«, murmelte Laviany. Als sie Scherons fragenden Blick auffing, fügte sie hinzu: »Er hat Nerven wie Drahtseile.«

»Ich an seiner Stelle hätte Angst«, gab Scheron zu, die einmal mehr bedauerte, dass es sich bei Melgen nicht um Verirrte Seelen handelte.

Denen hätte sie etwas entgegenzusetzen gehabt.

Und mochten es noch so viele sein.

Nun stürzten sich die Melgen geschlossen auf Theo. Dieser wirbelte herum und gab Fersengeld. Mühelos sprang er über einige hohe Sträucher. Eine Lanze flog an ihm vorbei und bohrte sich in den Boden, traf ihn aber nicht. Die Melgen nahmen die Verfolgung auf. Lediglich zwei der Biester blieben zurück, um das Lager zu bewachen.

»Wie ich es vermutet habe«, sagte Laviany. »Es gelingt ihm nicht, alle von hier wegzulocken.«

»Und jetzt?«

»Erledigen wir die. Oder nein. Du bleibst hier. Das sind keine Geschöpfe der anderen Seite, bei denen richtest du mit deiner Gabe nichts aus.«

»Es sind aber zwei.«

»Es sind bloß zwei! Mit denen wird ein elender Streifenfisch wie ich doch spielend fertig.« Sie legte ihren Umhang ab, nahm ihr Messer in die rechte Hand, schloss die Augen, zählte bis zehn und eilte geduckt zum Lager. Scheron hielt sie zum Glück nicht auf. Hinter jedem Felsbrocken Schutz suchend, spähte Laviany immer wieder zu den beiden Melgen hinüber.

Die zwei hatten jedoch nur Augen für die Verfolgungsjagd. Es waren kräftige Kerle, einen Kopf größer als Laviany, mit breiten Schultern, Stiernacken und riesigen Pranken. Der Wind trug ihren Duft zu Laviany. Sie rochen nach Moschus, nassem Fell und Blut.

Die letzten vierzig Schritt brachte Laviany mit einem entschlossenen Lauf hinter sich. Ohne ihre Geschwindigkeit zu drosseln, hob sie mit der linken Hand einen kleinen Faustschild vom Boden auf.

Leider bemerkte der eine Melg sie. Sofort schleuderte er seine Lanze gegen sie. Laviany duckte sich, der Tod flog über ihre rechte Schulter hinweg.

Daraufhin zogen die beiden Melgen ihre Schwerter blank. Laviany fing den ersten Angriff mit dem Schild ab. Die Wucht des Aufpralls trieb sie allerdings vor die Klinge ihres zweiten Gegners.

Da sie sich ihre Schmetterlinge für Taloris aufsparen wollte, setzte sie vorerst auf ihre eigenen Kräfte.

Ihr unterlief kein weiterer Fehler. Beim nächsten Angriff verzichtete sie auf den Einsatz ihres Schildes und wich schlicht aus. Die Melgen schlugen mit ihren Klingen auf sie ein, umkreisten sie wild, gaben jedoch nicht einen einzigen Ton von sich.

Immerhin keuchten auch diese beiden Kerle schon. Irgendwann sahen sie sich ratlos an.

»Gar nicht schlecht für Widerlinge wie euch«, spie Laviany aus.

»Gar nicht schlecht für ein Weibsbild wie dich«, entgegnete einer der beiden und ging wieder zum Angriff über.

Er ließ sein Schwert über dem Kopf kreisen. Laviany katapultierte sich in die Luft, um dem Burschen ihr Fischermesser in den ungeschützten Hals zu rammen, musste aber fluchend hinnehmen, dass der Melg den tödlichen Stich in letzter Sekunde mit dem linken Arm parierte. So schlitzte sie ihm das Fleisch fast bis auf den Knochen auf, war dann aber gezwungen, sofort zurückweichen, um ihrerseits dem nächsten Schwerthieb zu entkommen.

Den erbittert ausgefochtenen Kampf nutzte nun Scheron, um sich unbemerkt an die drei anzuschleichen. Ohne zu zögern hob sie eine Lanze vom Boden auf, packte sie mit beiden Händen und bohrte sie mit aller Kraft in den Schenkel eines der Melgen.

Als dieser versuchte, sie mit seinem Schwert anzugreifen,

wich sie geschickt zurück. Sein Kumpan mit dem aufgeschlitzten Arm zog ihm die Lanze aus dem Körper und schleuderte sie gegen Laviany, die gefährlichere der beiden Frauen – aber die Waffe glitt durch sie hindurch, ohne ihr irgendeinen Schaden zuzufügen. Laviany hatte doch auf Magie zurückgegriffen.

»Verschwinde!«, verlangte sie von Scheron.

Doch diese dachte gar nicht daran, sondern zielte mit ihrem Stilett nach dem Auge des Melgen. Erst dann rannte sie davon, brachte sich aber nicht etwa in Sicherheit, sondern eilte zum Lagerfeuer, um sich eine der Äxte zu schnappen.

»Der Gebannte soll dich holen!«, fluchte Laviany.

Sie umrundete den Melgen mit dem verletzten Schenkel, bis es ihr endlich gelang, die beiden tödlichen Schläge auszuführen.

Selbst da wollte er sie noch packen, dann aber hauchte er sein Leben endlich aus.

Der zweite Melg fuchtelte wild mit seiner Klinge, zerschnitt aber nur Luft. Laviany knallte ihm ihren Schild ins Gesicht, sodass er zu Boden ging. Scheron warf ihr die Axt zu, und Laviany spaltete dem Melgen mit sichtlichem Vergnügen den Schädel.

»Diese verfluchten Hurensöhne! Was die uns für Zeit gekostet haben! Bist du in Ordnung, mein Mädchen?«

»Zumindest geht es mir deutlich besser als denen da.«

Laviany grinste nur.

Um die beiden Leichen breitete sich bereits rotes Blut aus.


Endlich!, dachte Theo nur, als der Schmerz in seiner Schulter nachließ. Nun beeinträchtigte ihn nichts mehr.

Gleichmäßig atmend rannte er durch den Nebel, schlug seine Haken und lockte die Melgen von der Brücke weg. Diese verloren im Nu seine Spur. Theo hatte das Labyrinth aus alten Gassen längst erreicht, huschte durch die Ruinen, sprang über Steine und entfernte sich immer weiter von der Brücke.

Ihm folgten nur wenige Melgen, die anderen lauerten irgendwo und hofften, ihm den Weg abschneiden zu können.

Nach einer Weile meinte er, nicht mehr verfolgt zu werden. Er blieb stehen und lauschte.

Da schoss wie ein Hai aus der Tiefe eine Lanze aus dem Nebel heraus. Zum Glück verfehlte sie ihn und bohrte sich in den Boden, wo sie zitternd stecken blieb. Theo zog sie heraus und lief weiter, nach links, nach rechts, ohne auch nur einmal stehen zu bleiben.

Als er aus den Augenwinkeln heraus eine Bewegung wahrnahm, schlüpfte er in ein zerstörtes Gebäude. Mindestens vier Melgen waren hinter ihm her.

Er rannte weiter. Plötzlich tauchte eine graue Mauer vor ihm auf. Jeden anderen hätte sie aufgehalten, doch Theo setzte bloß die Lanzenspitze auf den Boden, katapultierte sich in die Höhe und landete mit einem Salto vorwärts auf dem steinernen Hindernis. Die Lanze wie eine Stange auf dem Hochseil haltend, lief er die schmale Mauer entlang, unerreichbar für alle Melgen. Diese ließen sich indes nicht entmutigen. Eines dieser Biester baute sich so an der Mauer auf, dass ihm einer seiner Kumpane auf die Schultern klettern konnte. Der nächste stellte sich wiederum auf diesen. Theo wartete nicht ab, bis sie ihr Werk vollendet hatten, sondern sprang auf der anderen Seite hinunter und raste weiter.

Irgendwo blies jemand ein Horn.

Theo hatte inzwischen jedes Zeitgefühl verloren. Einerseits meinte er, es wäre höchstens eine Minute vergangen, andererseits verrieten ihm sein Schweiß und seine Muskeln, dass er schon mindestens eine halbe Stunde in Bewegung sein musste. Eine Stunde würde er das bestimmt noch durchhalten. Das dürfte Scheron und Laviany die Zeit geben, die sie brauchten.

Misstrauisch beäugte Laviany den umgestürzten Turm, der über die tosenden Fluten hinwegführte.

»Dieser Ort will mir partout nicht gefallen«, sagte sie. »Es sieht fast so aus, als hätte sich die Erde aufgetan, damit das Meer in diesen Spalt schießt.«

»Vielleicht war es ja wirklich so«, erwiderte Scheron. »Hier wurde starke Magie eingesetzt.«

»Jedenfalls haben wir da drüben eine Stadt! Taloris, würde ich meinen!«

Auf der anderen Seite der Schlucht zogen sich Festungsmauern, Häuser, Tempel und Säulen hoch zum Palast auf der Felsspitze.

Scherons Blick wanderte vorerst jedoch nicht zum Ziel ihrer Reise, sondern zu einem riesigen Ungetüm. Es lag am Boden und war bisher von den Zelten verdeckt gewesen. Scheron riss die Augen auf. Das war ein Mensch! Oder vielmehr ein metallenes, kohlschwarzes Skelett, das alles Licht schluckte und den düsteren Ort mit Grauen schwängerte. Nun bemerkte auch Laviany das Gebilde. Sie stieß einen leisen Fluch aus.

»Was ist ... Was war das?«

»Das ist Golib der Verräter seines Geschlechts«, antwortete Scheron mit trockener Kehle.

»Diesen kreuzdämlichen Namen hast du schon einmal erwähnt«, sagte Laviany. »Aber ich kann nicht jeden Menschen kennen, der in den letzten tausend Jahren gelebt hat. Würdest du mir also bitte erklären, was es mit ihm auf sich hat!«

»Er stammt aus einem Geschlecht von Riesen. Vor vielen Jahrhunderten haben sie gegen die Eywen gekämpft und dem Dunklen Reiter gedient. Die Riesen stellten die entscheidende Streitkraft im Kampf gegen die Lichtwirker dar, denn sie allein vermochten ihnen Widerstand zu leisten. Golib war einer der letzten Giganten unserer Welt. Da er Neysi vergöttert hat, wollte er sie aus der Gefangenschaft des Gebannten befreien und hat sich deshalb als Einziger seines Stamms auf Thions Seite gestellt. Das hat ihm seinen Beinamen eingetragen.«

»Aber am Ende konnte er Arilas Schwester nicht retten?«

»Richtig. Neysi wurde in der Mondfestung gefangen gehalten. Als Thion endlich nach Taloris vordrang, hat Golib den Angriff befehligt. Da wusste er allerdings nicht, dass der Gebannte Neysi inzwischen getötet hatte.«

»Eine traurige Geschichte.«

»Die Riesen galten schon immer als wilde Krieger.«

»Wundert mich nicht«, sagte Laviany und trat ein paar Schritte vor. »Aber das hier sind doch keine Knochen, sondern irgendwelche Stahlgebilde!«

»Das ist Silber«, sagte Scheron leise. »Nachdem der Sturm auf die Mondfestung begonnen hatte, zerstörte Lavenda Golibs Schiff, und als dieser an Land schwimmen wollte, verwandelte sie seine Knochen in Silber, sodass er unterging.«

»Die Magier damals waren ja echte Spaßvögel«, erklärte Laviany lachend. »Silber! In Solanka wäre von diesem Riesen längst nichts mehr übrig, da hätte man ihn zu Münzen verarbeitet. Aber hier, wo es keine einzige Menschenseele gibt ...«

»Was ich nicht verstehe, ist, warum Golib hier liegt, nicht am Ufer vor der Mondfestung.«

»Vielleicht hat ihn die Schlucht angelockt, und er ist einfach herspaziert.«

»Das ist nicht witzig!«, fuhr Scheron sie an, um dann sanfter hinzuzufügen: »Bei uns macht man darüber keine Witze.«

Laviany wollte schon erwidern, dass ein kleiner Scherz ja wohl nie schade, blickte dann aber noch einmal auf die Überreste des Riesen und das Dunkel in seinen Augenhöhlen – und verkniff sich jede Bemerkung.


Sie nahmen ihn in die Zange.

Theo setzte über das erste Schwert, dann über das zweite, sprang auf die Schultern eines Melgen und vollführte einen Salto, um sich dann mit einer Rolle vorwärts außer Reichweite zu bringen. Seine Verfolger wollten ihn mit einem Netz gefangen nehmen, verfehlten ihn aber. Irgendwo in der Ferne erklangen noch traurig die Hörner der Melgen, doch durch den Nebel wurde ihr Ton gleichsam unwirklich.

Abermals hatte Theo seine Verfolger abgehängt. Falschen Hoffnungen gab er sich indes nicht hin. Ihm war eine kleine Verschnaufpause vergönnt, mehr nicht. Die Melgen würden ihn sich niemals entgehen lassen, schon gar nicht auf dieser verlassenen Insel, wo sie mit Sicherheit nur selten Menschenfleisch zwischen die Zähne bekamen.

Theo irrte durch den Nebel und presste immer wieder sein Ohr an den Boden. Nur das Rauschen des Meeres bewahrte ihn davor, sich in diesem Labyrinth zu verirren.

Unmittelbar am Abhang lichtete sich der Nebel plötzlich, sodass Theo den umgekippten Turm wieder sah, der heute als Brücke diente.

Im Lager der Melgen loderte noch immer das Feuer. Daneben lagen zwei Leichen, von denen ein furchtbarer Gestank ausging. Erstaunt musste Theo feststellen, dass diese Kreaturen schon halb verwest waren.

Das ist mit Sicherheit Lavianys Werk, dachte er. Dann haben die zwei es also geschafft! Mein Plan ist aufgegangen! Wenigstens etwas.

Mit einem Mal hörte er hinter sich ein Rascheln. Er fuhr herum. Ein Melg. Noch ehe Theo irgendetwas unternehmen konnte, setzte dieser Widerling sein Horn an die Lippen. Der Ton zerriss Theo beinahe das Trommelfell.

Nachdem Laviany die Behelfsbrücke betreten hatte, machte Scheron keine Anstalten, ihr zu folgen.

»Worauf wartest du noch? Hast du etwa Höhenangst?«

»Nein.«

»Dann hat es dir also dieser Golib angetan, und du kannst dich von seinem Anblick nicht losreißen?«

»Mit ihm stimmt etwas nicht.«

»Mit ihm stimmt nicht, dass er tot ist und dass seine Knochen aus Silber bestehen.«

Daraufhin zuckte Scheron nur mit der Achsel – und kehrte zu Golib zurück.

»Wir müssen über die Brücke!«, schrie Laviany ihr zu. »Also lass das!«

Doch Scheron hielt weiter auf den Riesen zu. Kurz vor ihm blieb sie stehen, um ihn eingehend zu mustern.

Im Nebel erklang nun auch noch ein Horn. Laviany eilte zu Scheron, um diese notfalls mit Gewalt über die Brücke zu zerren.

»Mach nicht kaputt, was Theo für uns getan hat!«, fuhr sie Scheron an. »Wir dürfen hier nicht herumtrödeln! Nicht, wenn Melgen in der Nähe sind!«

»Bleib, wo du bist!«

Erstaunlicherweise befolgte Laviany den Befehl widerspruchslos. Scherons linke Hand hüllte bereits ein weißes Feuer ein.

Unverwandt starrte sie in die Augenhöhlen des Riesen. Dort war etwas aufgeflackert, da war sie sich völlig sicher. Ihre Fingerspitzen zitterten, derart angespannt war sie.

Tief in ihrem Innern regte sich Angst. Vor sich hatte sie eine Legende der Vergangenheit, die vom Atem der anderen Seite gestreift worden war: Golib war eine Verirrte Seele, allerdings eine sonderbare. Er war in tiefen Schlaf gefallen, konnte aber jederzeit aufwachen. Falls das geschehen sollte, würde sie es mit einem kraftstrotzenden Wesen zu tun haben, gegen das sich selbst der Knochenzermalmer harmlos ausnehmen würde. Mit dieser Kreatur würde sie kaum fertig werden.

In ihrer Hand lag mit einem Mal das Stilett. Ohne den Blick von dem Riesen zu lösen, wich sie zurück. Laviany ahmte jede ihrer Bewegungen nach. Die Anspannung Scherons hatte sich nun auch auf sie übertragen.

Da klappte der silberne Unterkiefer Golibs herunter.

Fluchend packte Laviany Scheron bei der Taille, zog sie an sich und stieß sie auf die Brücke.

»Nichts wie weg hier!«, schrie sie. »Beim Gebannten aber auch!«

Der Schädel drehte sich knirschend. Laviany jaulte auf. Sie meinte, die unsichtbaren Krallen eines Raubvogels würden ihr die Eingeweide herausreißen.

Scheron biss sich auf die Unterlippe – und verpasste Laviany mit aller Kraft eine Ohrfeige.

Die wirkte.

Durch den Schlag löste Lavianys Blick sich von Golibs Augenhöhlen.

»Du darfst ihm nicht in die Augen sehen!«

Lavianys rechte Wange loderte förmlich. Benommen nickte sie und spähte vorsichtig zu dem Riesen hinüber. Der kam langsam zu sich.

Scheron schleuderte eine Kugel aus weißem Licht gegen seine Brust, doch diese ließ lediglich den schwarzen Belag von seinen Knochen bröckeln. Das Silber trat nun frei zutage.

Golib erhob sich und trat auf Scheron zu. Um ihre Hände sprühten Funken. Sie holte zum nächsten Schlag aus, ohne selbst daran zu glauben, dass er größeren Erfolg bringen würde. Trotzdem würde sie niemals aufgeben.

»Lass uns sofort über die Brücke laufen«, verlangte Laviany. »Dem sind wir doch hilflos ausgeliefert!«

Da stürzte Theo aus dem Nebel und hielt leichtfüßig auf sie zu.

»Vorsicht!«, schrie Scheron, aber die Hörner der Melgen übertönten ihren Schrei.

Theo kam Golib immer näher.

Scheron fuchtelte wild mit den Armen, um Theos Aufmerksamkeit zu erheischen, doch da zog Laviany sie bereits weiter, denn Golib hatte die Brücke nun fast erreicht.

»Bei allen elenden Streifenfischen aber auch! Komm jetzt, Mädchen, oder bist du deines Lebens schon überdrüssig?!«

Zu allem Überfluss tauchten nun auch noch hinter Theo sechs Melgen auf.

»Schneller, mein Junge!«

Endlich erkannte auch Theo, dass er zwischen Hammer und Amboss geraten war. Trotzdem raste er geradenwegs weiter auf Golib zu. Der Riese holte bereits zum Schlag aus.

Scheron zuckte jäh mit der Schulter, um sich aus Lavianys Umklammerung zu befreien!

»Bei den Erhabenen Sechs!«, zischte sie. »Lass mich los!«

Hier ging es um eine Verirrte Seele, da wusste sie, was zu tun war. Sie schleuderte erneut eine Kugel aus weißem Licht auf Golib, traf ihn an der Schulter. Er geriet ins Schwanken, und seine silberne Faust verfehlte Theo knapp. Mit einem Radschlag brachte dieser sich dann vor dem riesigen Fuß in Sicherheit, der ihm ohne Zweifel mit einem einzigen Tritt jeden Knochen im Leib gebrochen hätte.

In der nächsten Sekunde hatte er die beiden Frauen erreicht. Dabei atmete er so ruhig und gleichmäßig, als läge nicht gerade ein wildes Wettrennen hinter ihm.

»Wo habt ihr dieses Unikum denn her?«, fragte er.

»Hab ein bisschen Geduld, dann erzählen wir dir die Geschichte! Jetzt beweg erst einmal deine Hufe!«

»Es freut mich auch, dich gesund und munter wiederzusehen, liebe Laviany«, erwiderte er lächelnd. »Und im Gegensatz zu dir gebe ich das sogar zu.«

Alle drei eilten über die Brücke davon. Sollte sich Golib doch mit den Melgen herumschlagen!

Laviany hatte bereits die Hälfte der Strecke hinter sich gebracht, als sie sich umdrehte. Golib wütete vor der Brücke, vernichtete einen Melg nach dem nächsten. Die Biester wollten doch allen Ernstes trotz dieses Kolosses weiter Jagd auf sie machen!

Als Scheron auf der gewölbten Turmfläche ausrutschte, packte Theo sofort ihren Arm und verflocht anschließend seine Finger mit ihren.

»Schau nicht nach unten! Wenn dir schwindlig wird, sag es mir!«

Laviany verdrehte bloß die Augen.

»Ich will eure Turteleien ja nicht unterbinden«, ätzte sie dann, »aber dieser Golib ist ein flinker Bursche. Sobald er die Melgen erledigt hat, knöpft er sich uns vor. Wäret ihr daher vielleicht so freundlich, nicht herumzutrödeln?!«

Scheron strich sich mit der freien Hand eine Strähne aus dem Gesicht, die der Regen an ihre Wange geklebt hatte. So schnell wie möglich bewegten sich beide auf Laviany zu, die inzwischen einen ordentlichen Vorsprung herausgearbeitet hatte und sich furchtbar über die zwei Lahmen in ihrer Begleitung ärgerte.

»Aber gut, du bist ja nicht für die beiden verantwortlich«, brummte sie. »Sollen sie sich ihre Rotznasen doch allein abwischen.«

Ihr Blick war fest auf das Ufer am anderen Ende der Brücke gerichtet.

Mit einem Mal erzitterte der Turm.

Golib.

»Warum willst du einfach keine Ruhe geben?!«, fauchte sie, machte aber doch kehrt. »Warum verschwinden diese elenden Legendengestalten nicht endlich im Hintern des nächsten Maultiers?! Hier haben die nichts mehr zu suchen, die sind schließlich reine Vergangenheit!«

Doch die Melgen hatten Golibs Kampfeslust erst so richtig angestachelt.

»Können wir auf dich zählen, mein Mädchen?«

»Ich bin mir nicht sicher«, gestand Scheron. »Du hast ja gesehen, was bisher geschehen ist.«

»Wir müssen dieses wandelnde Schmuckstück aber irgendwie loswerden. Und freiwillig zieht der Bursche mit Sicherheit nicht ab.«

»Aber ich schaffe es einfach nicht, ihn auszuschalten!«

»Das sollst du ja auch gar nicht. Wir schmeißen den Kerl von der Brücke. Ab in die Tiefe mit dem!«

»Nur ist Golib keine Ameise, die wir mit einem Fingerschnipsen in die Wellen da unten befördern können«, entgegnete Theo.

»Du hältst dich da am besten raus.« Sie drehte sich wieder Scheron zu. »Hier bist du gefragt. Schleuder ihm dein Feuer nicht gegen die Brust, sondern gegen das Knie. Den Rest übernehme ich.«

Golib rückte unerbittlich näher.

»Das linke Knie! Verstanden? Kann's losgehen?«

Scheron nickte.

»Das ist nicht euer Ernst?! Ihr wollt gegen jemanden antreten, den selbst der Gebannte gefürchtet hat?! Die engsten Verbündeten Thions?«

»Halt jetzt einfach den Mund«, verlangte Laviany, die auf ihre Hände spuckte und ihren Faustschild hob. »So weit kommt es noch, dass ich vor einem Toten davonrenne!« Dann drehte sie sich Scheron zu. »Bist du bereit?«

»Ja.«

»Dann los!«

Laviany spürte die Kälte auf ihrer Haut, als einer ihrer Schmetterlinge verschwand. Jemand schien sie an den Haaren nach hinten zu ziehen und zahllose Nadeln in ihre Fingerkuppen zu bohren.

Für Laviany lief nun alles um sie herum verlangsamt ab. Golib watete geradezu durch Melasse ...

Laviany blickte zu Theo. Ein versteinertes Gesicht, aufeinandergepresste Lippen, ein vorgerecktes Kinn. Scheron dagegen hatte die Augen zu Schlitzen verengt und erinnerte an eine Katze, die sich gleich auf eine Maus stürzen würde und selbst vor dem wütendsten Hund keine Angst kannte. Von ihrer linken Hand löste sich eine weiße Kugel, die zielsicher auf Golibs Knie zuschoss.

Laviany stürzte in geduckter Haltung vor. Sie war genauso schnell wie Scherons Lichtkugel, die über ihrem Kopf durch die Luft flog.

Sie hatte alles makellos berechnet.

Gerade als Golib zum nächsten Schritt ansetzte und dafür das rechte Bein hochzog, schraubte sich Laviany in die Luft, fuchtelte mit ihrem Schild und schlug zusammen mit Scherons Lichtkugel auf den Riesen ein. Die Wucht des Angriffs wurde durch ihre Magie verstärkt.

Golib schwankte.

Sofort verpasste Laviany ihm zwei weitere Schläge. Natürlich würde sie die dicken silbernen Knochen nicht zertrümmern – aber sie konnte verhindern, dass Golib das Gleichgewicht zurückerlangte.

Unvermittelt wie stets verpuffte der magische Antrieb ihres Körpers. Die Welt stellte sich wieder als die vertraute dar. Laviany sprang zurück.

Golib hielt sich noch den Bruchteil einer Sekunde auf dem Turm, dann stürzte er in die Tiefe.

Hinein in die weit unten tosenden, ewig hungrigen Wellen.

## KAPITEL 17

# Taloris

*Meine Augen füllten sich mit Tränen. Ich hatte die Stadt gesehen. Taloris. Die legendäre weiße Stadt meines Großvaters. Einst erzählte er mir von den Felsen, den Palästen und den Albatrossen. Hier herrschte vormals meine Familie. Welch Jammer, dass wir die Stadt verloren haben! Welch Jammer, dass ich nicht in ihr bleiben konnte!*

Alvio yn Tarre, sechster Herzog von Iriasta
270 Jahre vor dem Kataklysmus

Durch das Heulen des Windes vernahm er Stimmen. Sie klangen verzerrt, waren bis zur Unkenntlichkeit entstellt, sodass die Worte ihren Sinn einbüßten. Diese unverständlichen Laute peinigten ihn.

Voller Mühe hob Theo die Lider. Ein Riese mit einer Axt stand neben ihm. Sein gewaltiger grauer Marmorkörper wies etliche Risse auf. Die Statue drohte, jederzeit auf Theo zu krachen.

»Herzlich willkommen in der Welt der Lebenden!«, begrüßte ihn Laviany mit einer Stimme, die nicht unbedingt freundlich klang.

In ihrem Blick lag etwas Angespanntes und sogar eine Art Furcht.

»Was ist geschehen?«, wollte Theo wissen, als er versuchte, sich aufzusetzen. »Und was ist mit deinem Gesicht?«

»Immerhin erkennst du, was du angerichtet hast, das ist ja schon mal ein gutes Zeichen!«

»Er hat das nicht mit Absicht getan«, sagte Scheron, die völlig entkräftet klang.

»Natürlich hat er das nicht! Wäre das der Fall gewesen, hätte ich ihm auf der Stelle den Hals umgedreht.« Dann sah sie wieder Theo an und deutete auf ihr geschwollenes Wangenbein, wo schon bald ein gewaltiger blauer Fleck prangen dürfte. »Die kleine Veränderung in meinem Gesicht ist dein Werk! Kaum hatten wir die Brücke überquert, hast du getobt wie ein Irrer. Das liegt wahrscheinlich am Mal der Leere. Jedenfalls mussten wir dich erst mal ruhigstellen, damit du keine weiteren Dummheiten verzapfst.«

»Das tut mir leid, das wollte ich nicht. Aber jetzt bin ich ja wieder ganz der Alte und habe bestimmt nicht vor, ...«

»Ich bin mir sicher, dass du auch vorhin nichts vorhattest. Du bist nur von einer Sekunde auf die nächste nicht mehr du selbst gewesen. Es war selbst für mich nicht gerade ein Kinderspiel, dich zu schnappen und kaltzustellen.«

»Bin ich etwa vor dir geflohen?«

»So habe ich deine Affensprünge gedeutet.«

Ein merkwürdiges Gefühl ließ Theo seinen Nacken abtasten. Er stieß auf eine Beule.

»Und um mich kaltzustellen, hast du dann einen Stein zum Einsatz gebracht?«

»Wenn du dir das noch zusammenreimen kannst, scheint mir mit deinem Kopf alles in Ordnung zu sein! Scheron hätte mir deswegen fast die Eingeweide rausgerissen ... Und jetzt würde ich gern mal auf meine Weise einen Blick auf dich werfen!«

Sie legte die Handfläche gegen seine Schläfen und schloss die Augen.

»Alles in Ordnung. Dein Schädel ist hart, innere Blutungen sind auch nicht aufgetreten. Ist dir schwindlig?«

»Nein.«

»Nicht? Das erstaunt mich. Aber beklagen wollen wir uns deswegen nicht.« Dann wandte sie sich an Scheron. »Du hättest dir also überhaupt keine Sorgen um ihn machen müssen.«

»Und wenn du ihn umgebracht hättest?«, hielt diese dagegen.

»Und wenn er uns umgebracht hätte?«, erwiderte Laviany

ruhig. »Ihr zwei seid noch Kinder, deshalb seid ihr auch einfältig bis zum Dorthinaus. Aber das darf sich in diesem Fall niemand erlauben.« Sie drehte sich Theo zu. »Du trägst das Mal der Leere auf deinem Rücken. Es wird vermutlich nicht mehr lange dauern, dann bist du eine Hülse. Ich male mir lieber nicht aus, was du dann alles anstellst. Wir drei sitzen ja sozusagen auf offener See in einem Boot, sodass ich leider nicht abhauen kann. Deshalb muss ich mich mit dir abfinden. Aber ich werde nicht eine Sekunde lang vergessen, dass du jederzeit den Verstand verlieren und dich in ein Untier verwandeln kannst. Das mag grausam klingen, aber das ist mir schnurzegal, denn es ist die reine Wahrheit. Da du aber kein schlechter Mensch bist, musst du uns helfen, uns vor dir zu schützen. Wenn dir nur irgendetwas Merkwürdiges an dir auffällt, ein Stimmungsumschwung oder der unerklärliche Wunsch, mir an die Kehle zu gehen … Dann verhalte dich bitte nicht wie ein elender Streifenfisch, sondern teile uns das rechtzeitig mit. Ich würde deine Mätzchen vermutlich überleben, aber bei Scheron wäre ich mir nicht sicher. Wenn sich plötzlich eine Hülse auf eine Kämpferin gegen Verirrte Seelen stürzt … wer weiß, wie das ausgeht.«

Scheron sah sie mit gerunzelter Stirn an.

»Ja, ja, ich weiß, du bist ein tapferes Mädchen, aber unser Theo ist nun mal keine Verirrte Seele. Außerdem ist er kräftiger als du, zweimal schwerer und deutlich größer. Wie willst du da gegen ihn ankommen?«

»Ich habe übrigens nicht die geringste Absicht, irgendjemanden anzugreifen«, empörte sich Theo.

»Natürlich nicht. Aber wie steht es mit der Hülse, zu der du erst immer öfter und am Ende ganz werden wirst?«

»Dann glaubst du, dass sich das wiederholt?«

»Du bist krank, Theo. Wenn man eine Krankheit nicht ausheilt, verschwindet sie nicht, sondern wird am Ende nur noch schlimmer. Sie frisst deinen Körper, vernichtet dein Gehirn und rafft dich weg. Anfälle wie eben werden wieder und wieder auftreten, es sei denn …«

»Es sei denn?«

»Es sei denn, wir finden eine Medizin.«

Es sei denn, der Schahuter hilft dir wirklich, dachte Laviany, doch diese Worte wollten ihr nicht über die Lippen kommen.

Scheron sah Theo noch immer besorgt an.

»Hat dieser Anfall eigentlich lange gedauert?«, wollte dieser wissen.

»Eine halbe Stunde, vielleicht etwas länger. Und mit dir ist wirklich alles in Ordnung?«

»Ich habe Hunger«, antwortete Theo. »Aber das ist wohl nebensächlich. Meine linke Schulter juckt. Und dank Laviany brummt mir der Schädel. Vor mir aus können wir unseren Weg also fortsetzen.«

»Umso besser für uns alle«, sagte Laviany ruhig. »Ein Teil der Melgen drückt sich immer noch auf der anderen Seite der Brücke herum, aber offenbar trauen sich die Biester nicht über die Brücke. Trotzdem würde ich gern weiter in die Stadt vordringen, bevor es sich diese Widerlinge anders überlegen.«

Theo ließ seinen Blick durch die leeren, verlassenen Straßen mit den weißen Steinbauten schweifen. Er erinnerte sich nicht einmal mehr daran, sie schon gesehen zu haben.

»Wie bin ich eigentlich hierhergekommen?«

»Ganz einfach«, knurrte Laviany, »du bist unserem lieblichen Gesang gefolgt.«

Nach wie vor trug sie den eingedellten Faustschild bei sich, hatte ihn nun aber an ihrem Gürtel befestigt.

Die Straßen waren mit breiten Marmorplatten gepflastert, die vom Regen schimmerten. Etliche von ihnen waren bereits unter Gras begraben, andere geborsten, sodass in ihnen breite Ritzen klafften.

Trotz der Wolken, des Nebels und des trüben Lichts kam ihnen der alte Marmor blendend weiß vor, fast wie frisch gefallener Schnee.

Zu seiner eigenen Überraschung stellte Theo fest, dass er sich freute, diese vermaledeite Stadt erreicht zu haben. Wer weiß, dachte er, vielleicht werde ich den brennenden Schmerz in meinem Rücken ja doch noch los.

»Übrigens habe ich dich unterschätzt«, gestand ihm Laviany da. »Du läufst wirklich schneller als ein Melg. Darauf darfst du dir was einbilden. Wie viele von diesen Mistviechern hast du erledigt?«

»Kein einziges.«

»Damit wiederum habe ich leider gerechnet. Im Unterschied zu dir hat Scheron aber gezeigt, was sie auf dem Kasten hat.«

»Es ist sehr gut, dass Theo niemanden getötet hat«, sagte diese. »Ich habe einmal gehört, dass die andere Seite sich einen Menschen schneller einverleibt, wenn er tötet. Wir wollen die Verwandlung in eine Hülse aber nicht beschleunigen.«

Theos Gedanken wanderten zu Ian Erbett zurück, den er damals in Taver letztens Endes vom Dach gestoßen hatte. Die Geschichte erwähnte er jedoch lieber nicht.

»Hülse hin oder her«, brummte Laviany. »Wir sollten uns jetzt Taloris zuwenden! Streifen hier Verirrte Seelen oder andere liebreizende Geschöpfe durch die Gegend? Spürst du irgendeine Gefahr?«

»Ich habe meine Fähigkeiten verloren«, gestand Scheron leise.

Laviany maß sie mit einem Blick, als hätte sie ihre Erzfeindin vor sich.

»Du hast …?« Sie stockte, denn sie fragte sich, ob sie sich nicht verhört hatte. »Du hast was?«

»Meine Gabe schweigt. Auch die Würfel stehen mir nicht mehr zu Diensten.«

»Wunderbar! Und wann hattest du die Absicht, uns davon ins Bild zu setzen? Wenn sich die erste Verirrte Seele über mich hermacht? Wolltest du mir dann sagen: Tut mir leid, Laviany, aber heute ist nicht mein Tag?!«

»Mir ist das selbst erst vor ein paar Minuten klar geworden«, entgegnete Scheron beleidigt. »Seit wir auf dieser Seite der Brücke sind, bringe ich nichts mehr zustande. Taloris hat mich meiner Kräfte beraubt.«

»Wunderbar! Wenn hier Geschöpfe der anderen Seite rumschwirren, stehen wir also sozusagen nackt da. Aber gut, hat ja niemand behauptet, das hier würde ein Spaziergang!«

»Wir haben es hier mit Magie der Vergangenheit zu tun. Deshalb habe ich vermutlich meine Gabe verloren. Die Nekromanten wurden ja sicher mit gutem Grund erst nach Taloris gebracht, bevor man sie mit dem Tode bestrafte.«

»Vielleicht wollte dich der Schahuter deswegen hier haben«, bemerkte Theo. »In dieser Stadt braucht er dich nicht zu fürchten.«

»Als ob ich ihm irgendwo anders Schaden hätte zufügen können.«

»Hast du es denn überhaupt versucht? Als er damals in Nimadh mit dir geredet hat, meine ich.«

»Nein«, sagte sie und sah die beiden anderen fest an. »Ich war so überrumpelt und verängstigt. Aber das wird sich nicht wiederholen.«

»Deine Ehrlichkeit hat so etwas ... Anrührendes«, bemerkte Laviany grinsend. »Mir geht glatt das Herz auf.«

»Würde ich lügen, würde das niemandem nutzen«, hielt Scheron dagegen. »Immerhin weiß ich, wohin wir gehen müssen. Der Schahuter hockt dort.«

Sie zeigte auf vier schwarze Türme, die hinter den Häusern aufragten.

»Und woher bitte weißt du das?«

»Ich spüre es einfach.«

»Du spürst es – aber deine Gabe ist verschwunden?! Wie soll ich das nun wieder verstehen?!«

»Ich weiß es nicht. Aber ich habe mir das nicht aus den Fingern gesaugt.«

»Glaub mir, niemand kommt auf die Idee, dich einer Lüge zu bezichtigen. Wir sind hier in einer verfluchten Stadt. Da müssen wir uns wohl oder übel mit solchen Sonderbarkeiten abfinden. Bei der Gelegenheit sollten wir gleich folgende Regel festhalten: Ich gehe voran! Wir haben keine Ahnung, ob hier nicht irgendein ekelhaftes Geschöpf seit dem Kataklysmus friedlich vor sich hin ratzt und nun durch uns aus dem Schlaf gerissen wird. Blöd, wie so ein Biest ist, kommt es am Ende dann womöglich auf die Idee, über uns herzufallen!«

Weder Theo noch Scheron erhoben Widerspruch. Mit Laviany an der Spitze drangen sie tiefer in die Stadt ein. Unablässig schauten sie sich um ...

»Hier ist niemand«, flüsterte Scheron.

Das Geräusch ihrer Schritte wurde beinahe von der Stille um sie herum geschluckt. Straße um Straße brachten sie hinter sich. Einige Fassaden zeigten sogar noch Reliefs. Ritter in Harnischen, die gegen mit Hämmern bewaffnete Schahuter und Riesen kämpften.

An einem gewaltigen Steinhaufen bot Theo Scheron seine Hand an. Als er es bei Laviany ebenso machen wollte, lehnte diese seine Hilfe selbstverständlich ab.

»Über ein paar Steinbrocken schaffe ich es gerade noch allein«, knurrte sie. »Ist euch eigentlich aufgefallen, dass es hier nirgends Knochen gibt? Dabei war Taloris doch eine recht große Stadt, in der zahllose Menschen gelebt haben.«

»Aber das ist tausend Jahre her«, sagte Scheron. »Außerdem hat die Stadt lange unter Wasser gelegen.«

Laviany spähte schon wieder misstrauisch in eine schmale Gasse und sog die Luft ein. Eben! Sie hatte sich nicht getäuscht! Moschus!

»Weg hier!«, schrie sie. »Sofort!«

Die beiden gehorchten ihr widerspruchslos. In den Ruinen eines Hauses suchten sie Schutz.

»An die Wand! Und keinen Mucks!«

Drei Melgen tauchten auf. Laviany beäugte sie aus dem Schatten heraus. Sie liefen an ihrem Unterschlupf vorbei. Kurz darauf kam ein weiterer Widerling angeschlendert, der allerdings in der Nähe ihres Verstecks stehen blieb und aufmerksam schnupperte. Seine Ohren stellten sich auf wie die eines Hundes.

Laviany warf sich auf ihn, noch ehe er überhaupt begriffen hatte, dass ihm der Geruch von Menschen in die Nase gestiegen war. Mit einem einzigen Streich schlitzte sie ihm die Kehle auf. Rotes Blut spritzte heraus.

»Ob die uns gesucht haben?«, fragte Theo, der Laviany sofort nachgeeilt war.

»Glaub ich nicht. Wenn du mich fragst, war das eine Patrouille, aber offenbar von einem anderen Clan.«

Sie deutete auf die Tätowierung, die das bleiche Gesicht bedeckte. Anschließend säbelte sie die nadelartigen Haare des Melgen ab.

»Warum tust du das?«, fragte Theo.

»Das hätte ich schon bei denen auf der anderen Seite der Brücke tun sollen. Das ist ein gutes Gift. Und wenn du was von der Sache verstehst, auch ein gutes Heilmittel.«

Sie nahm zehn dieser Zöpfe an sich. Diese waren an der Wurzel schwarz, an der Spitze fast weiß. Aus der Weste des Toten schnitt sie ein passendes Stück Leder heraus, in das sie ihre Beute einwickelte. Zufrieden schleifte sie die Leiche ins Haus.

»Du hättest ihn nicht töten dürfen«, murmelte Theo. »Die Melgen werden merken, dass einer ihrer Kumpane fehlt.«

»Natürlich werden sie das. Aber wenn ich den Kerl nicht umgebracht hätte, dann hätten wir schon jetzt die ganze Meute an der Backe.«

So streiften sie weiter, ohne auf jemanden zu stoßen, sehr zu Lavianys Genugtuung.

»Aber wenn die Melgen Patrouille laufen und Wachen aufstellen, dann muss selbst in dieser verlassenen Gegend eine Gefahr für sie lauern«, brachte Theo irgendwann nachdenklich hervor. »Und damit meine ich keine Menschen …«

»Ich vermute, es sind andere Melgenclans«, erwiderte Laviany.

»Aber nicht nur«, ergänzte Scheron. »Sonst hätte das Lagerfeuer nicht mit blauer Flamme gebrannt.«

»Was bitte sollen das für schüchterne Verirrte Seelen sein, die sich überhaupt nicht zeigen?!«, entgegnete Laviany, die an einer Ecke stehen blieb, um vorsichtig in die Querstraße zu spähen. »Und uns nicht angreifen?!«

»Vielleicht beschützen sie uns ja vor den Melgen …«

»Dann müsste der Schahuter dahinterstecken. Doch warum sollte der sich in dieser Weise um unser Wohlbefinden sorgen?«

Da packte Theo Laviany am Ärmel.

»Auf dem Dach ist ein Melg«, flüsterte er.

Der Bursche war mit einem Bogen bewaffnet und hielt nach Feinden Ausschau.

»An dem kommen wir nicht vorbei«, erwiderte Laviany. »Besser, wir nehmen einen anderen Weg.«

Durch verschiedene kleine Gassen gelangten sie in ein Viertel, das deutlich besser erhalten war. Herrlicher blauer Marmor als Schmuck der Fassaden, prachtvolle Springbrunnen mit nur wenigen Rissen …

Scheron war wie verzaubert von der Schönheit des Ortes. Dergleichen hatte sie in Nimadh noch nie gesehen. Auch in keiner anderen Stadt in Lethos. Taloris ließ die Vergangenheit lebendig werden. Ihre Vergangenheit. Die ihres Volkes. Jene Vergangenheit, die der Kataklysmus ihnen geraubt hatte.

Zu gern wäre ich einmal durch die Stadt geschlendert, als hier noch große Magier verkehrten, dachte sie. Als der Hafen im ersten Sonnenlicht funkelte und die Stadt der Inbegriff von Größe und Pracht war. Warum musste all das untergehen? Warum müssen wir uns mit den Ruinen begnügen?

»Das ist doch grausam«, entfuhr es ihr.

»Bitte?«, fragte Theo, der gerade einen mit Perlmutt verkleideten Springbrunnen betrachtete.

»Es ist grausam, dass wir in beständiger Angst um uns und um andere leben müssen. Dass wir die Nacht fürchten müssen. Dass wir in eine Welt hineingeboren werden, in der das Beste die Vergangenheit ist. Früher gab es ein großes Königreich und beeindruckende Menschen, aber heute ist all das verloren. Um uns herum gibt es nur noch Tod, Grausamkeit und Finsternis.«

»Bedanke dich dafür bei den Magiern«, sagte Laviany. »Bei diesem ganzen Haufen aus Astoré, Erhabenen Sechs, dem Gebannten und Thion. Die haben nicht nur Lethos zugrunde gerichtet, sondern die ganze Welt. Überall raffen Seuchen die Menschen dahin. Iriasta und Ödien leiden unter Feuerwürmern, Solanka ächzt unter Vulkanen. Von den schrecklichen Geschöpfen in den Eywenwäldern, vor allem im Nebelwald, ganz zu schweigen. Der Kataklysmus hat uns allen ein schreckliches Erbe hinterlassen. Damit müssen wir uns wohl abfinden.« Laviany blieb kurz stehen. »Was ist das für ein Ding?«

Als sie näher kamen, erkannten sie, dass es sich um ein goldenes Grabmal handelte, über das immer wieder türkisfarbene Blitze hinwegzuckten. Theo starrte auf die Buchstaben am Sockel.

»Wem gehört dieses Grab?«, wollte er wissen.

»Hier steht nur ein Wort«, antwortete Scheron. »Lavenda.«

Sie schob die Kapuze ihres Umhangs zurück und legte den Kopf auf die Seite, ohne auf den Regen zu achten.

»Sie hat den Gebannten unterstützt und war bei ihm, als er das Bündnis mit den Schahutern geschlossen hat. Ein Jahr vor dem Kataklysmus ist sie gestorben. Voyez, ein Gefährte Thions, hat sie umgebracht. Der Gebannte selbst hat sie zu Grabe getragen.«

»Diese Hexe ist tot, aber wir leben. Stehen wir uns hier also nicht die Beine in den Bauch!«

Als sie ihren Weg fortsetzten, riss Theo unablässig den Kopf von einer Seite auf die andere. Niemals hätte er gedacht, diese Bruchstücke der Vergangenheit zu Gesicht zu bekommen. Golib, Lavenda ...

Die Straße endete an einer Treppe, die steil nach oben führte. Links und rechts von ihr wachten steinerne geflügelte Löwen, die auf den Hinterpfoten standen.

In weiter Ferne tönte ein Horn. Es wurde noch ein paarmal geblasen, dann brach es so jäh ab, als wäre dem Hornisten die Kehle durchgeschnitten worden.

»Jetzt wissen die Melgen, dass wir hier sind«, sagte Laviany. »Ich würde wetten, dass sie gerade ihren toten Kumpan entdeckt haben.«

»Haben die eigentlich Fährtenleser?«, fragte Theo.

»Davon sollten wir ausgehen. Trotzdem werden sie ein Weilchen brauchen, um uns zu finden.«

Die Stufen wollten kein Ende nehmen. Endlich oben angelangt, blieb Scheron vor einer Stele aus blauem Marmor stehen, die in mehrere große Brocken zerfallen war. Daneben lag der gewaltige Albatros, der einst auf der Spitze dieser Säule gesessen hatte. Seine Flügel und sein Kopf hatten den Sturz nicht überstanden. Scheron blickte den geschundenen Vogel voller Mitleid an.

Hinter einem Springbrunnen, in dem auf Marmordelfinen barbusige junge Frauen ritten, verlief ein kaum noch erkennbarer Weg, der zu einem prachtvollen Bau führte.

»Legen wir besser einen Zahn zu«, sagte Theo. »Die Melgen…«

»… sind noch weit weg«, fiel Laviany ihm ins Wort. »Wir werden hier nicht Hals über Kopf irgendwo reinrennen. Besser, wir bleiben auf der Hut!«

Sie gelangten zu einem Säulengang, den Kletterpflanzen erobert hatten. Als sie ihn betraten, umfing sie Halbdunkel. Nach einem Blick auf den Boden blieb Theo jählings stehen. Scheron folgte seinem Beispiel. Da Laviany wie üblich weit vorauslief, fiel ihr zunächst gar nicht auf, dass die beiden zurückblieben. Nach einer Weile drehte sie sich dann aber wütend um.

»He!«, rief sie. »Wollt ihr schon wieder Wurzeln schlagen?«

»Das musst du dir ansehen!«, erwiderte Theo.

»Bei allen elenden Streifenfischen! Wieder ein Toter? Oder was hält euch diesmal auf?!«

»Ein Schatz. Sieh mal nach unten!«

Laviany leistete der Aufforderung Folge. Auf dem Boden lange zahllose Schmuckstücke.

Scheron hob eine Brosche auf, eine wunderbare Arbeit, geschmückt mit dunkelblauen Edelsteinen.

»Diese Brosche wurde noch vor dem Kataklysmus angefertigt«, erklärte Theo. »Das Stück steht in der Tradition des Nordens, auch wenn die Steine aus dem Süden stammen. Wahrscheinlich haben hier Goldschmiede ihre Läden gehabt. Da drüben türmen sich ja Berge…«

Er zeigte auf einen Punkt hinter einer Säule.

»Wenn du auf den Plunder Wert legst, stopf dir die Taschen halt voll damit«, brummte Laviany. »Hauptsache, es geht schnell, und wir können weiter!«

»Das werde ich tunlichst bleiben lassen«, erwiderte Theo, dessen Gedanken zu der Statue der Arila wanderten. »In dieser verfluchten Stadt klaube ich nicht mal ein Sandkorn auf.«

Sofort ließ Scheron die Brosche fallen und wischte sich die Hände an ihrem Umhang ab.

»Freut mich, dass du endlich etwas begriffen hast«, brummte Laviany. »Vielleicht ist das alles bloß Gold und Silber, vielleicht aber auch nicht ...«

Theo warf einen letzten, leicht wehmütigen Blick auf die Stücke. Bisher war die Suche nach ihnen ein Teil seines Lebens gewesen. Und das, was er hier vor sich sah, hätte keinen einzigen Antiquitätenhändler oder Sammler gleichgültig gelassen.

»Wir haben jetzt etwas anderes zu tun«, sagte Scheron sanft zu ihm.

»Ich weiß. Dennoch wundere ich mich über mich selbst. Mein altes Ich hätte sich die Taschen vollgestopft, mein neues aber verzichtet freiwillig darauf ...«

Obwohl ihnen auch weiterhin niemand begegnete, sollte ihr Weg bald zu Ende sein. Ein umgestürzter Turm verhinderte, dass sie der Straße zum Palast weiter folgen konnten.

»Ohne Seile kommen wir da nicht hinauf«, meinte Scheron. »Wir müssen einen anderen Weg finden.«

»Soll mir nur recht sein«, sagte Laviany. »Ich geb dem Hintereingang eh den Vorzug.«

»Da kämen wir durch«, rief Theo aus und zeigte auf einen schmalen Pfad. »Wir müssen dann zwar wieder etwas runter, aber im Grunde sollte es klappen, da der Weg abbiegt.«

Sie mussten dann aber doch einen beachtlichen Umweg in Kauf nehmen, der sie durch völlig verheerte Viertel weit nach unten führte. Schließlich fanden sie sich im Hafen wieder, wo ein furchtbarer Wind auf sie einpeitschte.

»Endlich mal wieder Wasser«, ätzte Laviany, die ihre Kapuze mit beiden Händen festhielt.

»So aufgewühlt habe ich die See noch nie gesehen«, murmelte Theo.

Selbst als die *Wasserwanze* gekentert war, hatte nicht ein solches Unwetter getobt. Das Meer schien nur noch aus wahnsinnig gewordenen Bergen zu bestehen, die immer wieder auf Taloris zuhielten. Krachend schlugen sie gegen die Felsen. Die ungestümsten Wellen eroberten sogar Teile der Stadt.

»Was hast du vor?«, wollte Laviany von Scheron wissen, die in einem fort die Lippen bewegte.

»Ich zähle die Wellen. Nur jede vierundzwanzigste erreicht die Stadt.« Dann zeigte sie auf eine Treppe. »Da kommen wir wieder hoch zum Palast.«

»Das ist nicht gerade ein Katzensprung. Selbst wenn wir rennen, werden uns die Wellen einholen und wegfegen. In einem Anlauf schaffen wir das nicht«, urteilte Theo. »Aber wenn wir den Weg in drei Etappen hinter uns bringen, könnte es klappen. Zunächst bis zu dem Haus dort drüben. Der erste Stock ist noch in Ordnung, in dem könnten wir die vierundzwanzigste Welle abwarten. Dann weiter bis zu dieser Säule da.« Er zeigte etwas nach links. »Danach zur Treppe.«

»Der Vorschlag könnte glatt von mir stammen«, bemerkte Laviany. »Sollte euch die Welle trotzdem erwischen, haltet euch an allem fest, was euch unter die Finger kommt!« Sie drehte sich Scheron zu. »Du gibst das Kommando!«

»Jetzt!«, rief diese nach einer Weile.

Sie stürzten auf ihr erstes Ziel zu, Scheron voran. Sie huschte in das Haus und raste die Treppe hoch. Schon im nächsten Augenblick rollten die Wassermassen die Straße hinunter. Mit einem Grinsen brachte sich Laviany als Letzte auf den Stufen in Sicherheit. Zu ihren Füßen schäumte nun das gierige Wasser.

»Das hätten wir schon mal geschafft«, stieß sie aus. »Jetzt einmal tief durchgeatmet, dann geht es weiter!«

»Ich habe die Säule jetzt besser gesehen«, sagte Scheron. »Sie hat keinen geeigneten Sockel, um sie zu erklimmen. Da komme ich bestimmt nicht rauf.«

»Mach dir darüber keine Gedanken!«, beruhigte Theo sie. »Ich werde dir helfen.«

Scheron nickte dankbar.

Auf ihr Kommando hin rannten sie weiter. Sie hatten die Säule noch nicht ganz erreicht, als die nächste Welle heranrollte. Theo erklomm das steinerne Monument mühelos. Dann schlang er beide Beine um die Säule, ließ sich nach hinten fallen und streckte Scheron beide Arme entgegen, um sie mit einem einzigen Ruck nach oben zu ziehen. Selbst Laviany lehnte es ausnahmsweise nicht ab, sich von ihm in dieser Weise helfen zu lassen.

Da krachte auch schon das Wasser gegen den Stein.

»Der letzte Abschnitt ist der längste.«

Erneut nahmen sie ihn auf Scherons Kommando hin in Angriff. Kurz bevor diese jedoch die Treppe erreicht hatte, peitschte eisiges Wasser auf ihre Knöchel ein. Mit aller Kraft brachte sie sich durch einige Schwimmzüge zu dem Sockel einer Säule, der noch vor der Treppe lag. Ihre Finger klammerten sich an den rauen Stein. Theo stürzte zu ihr zurück. In letzter Sekunde. Das Meer drohte bereits Scheron fortzureißen. Er fasste nach ihrem schmalen Handgelenk und zog sie zur Treppe.

»Bei allen elenden Streifenfischen! Seid ihr in Ordnung?«

Scheron klapperte zwar mit den Zähnen, ihre nasse Kleidung klebte an ihr und saugte die letzte Wärme aus ihrem Körper, aber dennoch nickte sie.

»In dem Fall sollten wir jetzt schnellstens diese Treppe rauf!«, verlangte Laviany. »Da oben entzünden wir sofort ein Feuer!«

Wilde Brombeersträucher hatten den Platz erobert, zu dem die Stufen die drei führten. Scheron hatte noch immer den Geschmack des salzigen Wassers im Mund. Zitternd atmete sie tief durch und versuchte, mit ihren Steinen ein weißes Feuer zu entzünden. Das immerhin klappte, auch wenn sie nicht wusste, ob ihre Gabe vollständig zu ihr zurückgekehrt war. Theo und sie nahmen am Feuer Platz, um ihre Kleidung wenigsten etwas zu trocknen. Laviany stand an der obersten Stufe der Treppe und spähte in die Tiefe.

Dort unten wütete nach wie vor das Meer.

## KAPITEL 18

# Die Stimme aus der Vergangenheit

*»Du darfst niemals mit ihnen sprechen, mein Kind«, sagte die Mutter ihrer Tochter zum Abschied. »Tust du das, verwirren die Schahuter deinen Verstand. Dann verliere ich dich.«*

*Das war der jungen Kämpferin gegen Verirrte Seelen klar, und sie schwor, nicht mit den Dämonen zu sprechen. Doch schon in der ersten Nacht vergaß sie ihren Eid.*

Ein altes Märchen aus dem Herzogtum Lethos

Inmitten von kahlen Bäumen schimmerten gleich Knochen die Statuen von Menschen, deren Namen niemand mehr kannte. Dahinter lag unmittelbar am Hang der schneeweiße Palast. Der größere Teil bestand nur noch aus Ruinen oder drohte gar in die Tiefe zu stürzen. Der linke Flügel indes, versehen mit spitzen, schwarzen Türmen, stand unversehrt da.

»Ist es hier?«, wollte Laviany trotzdem von Scheron wissen.

Diese lauschte in sich hinein.

»Möglich«, brachte sie nach einer Weile heraus. »Die Würfel schweigen zwar, aber ich glaube schon, dass wir unser Ziel erreicht haben.«

Laviany presste mürrisch die Lippen aufeinander, verkniff sich aber jede Erwiderung. Ob sie es hier oder woanders versuchten – was spielte das für eine Rolle?

Um die Bäume herum wuchsen kleine Blumen mit zarten rosafarbenen Blütenblättern und kohlschwarzen Staubgefäßen, an denen aber keine Pollen zu erkennen waren. Theo ging in die Hocke und schnupperte, nahm jedoch keinen Duft wahr.

»Solche Blumen habe ich noch nie gesehen«, murmelte er.

»Ich auch nicht«, meinte Scheron.

»Ich schon«, sagte Laviany. »Und zwar an der Grenze zwischen dem Kleinkönigreich und Ödien. Bisher dachte ich allerdings, sie würden nur dort vorkommen.«

Inzwischen konnten sie auch einen Blick durch die leeren, dräuend schwarzen Fenster werfen.

»Der Palast hat etwas von einem verlassenen Friedhof,« flüsterte Theo.

»Was hast du anderes erwartet?«, fragte Laviany. »Im Übrigen sollten wir froh sein, dass bisher keine Toten aus ihren Gräbern kriechen.«

Scheron ging mit dem Stilett in der Hand als Erste durch das große Tor. Sie fand sich in einem riesigen Saal wieder. Die gegenüberliegende Wand war im Halbdunkel überhaupt nicht zu erkennen. Nur ein paar Säulen machte sie aus.

»Hier haben die Magier aber tüchtig zugehauen«, spie Laviany aus.

Das stimmte. Dieser Ort hatte mit Sicherheit schon bessere Tage gesehen. Die bronzenen Deckenlampen lagen auf den zerschlagenen Marmorplatten und ragten wie Inseln in einem See glitzernder Kristallsplitter auf. Die Treppe hinauf zu den oberen Stockwerken hatte sich in einen Trümmerhaufen verwandelt.

»Ich seh mich da hinten mal um«, erklärte Laviany. »Vielleicht gibt es ja noch irgendwo eine Tür. Ihr beide erkundet den Teil hinter den Säulen.«

»Das wäre dumm«, widersprach Theo, den bereits wieder ein derart unerträglicher Schmerz quälte, dass er kreidebleich geworden war. »Wir sollten uns nicht trennen.«

»Meine Güte, ich bin vielleicht zwei Schritte von euch beiden entfernt, da wird schon niemandem was geschehen. Sollte mir doch irgendein Untier über den Weg laufen, komme ich sofort zu euch zurück, damit ihr mich retten könnt.«

Nach diesen Worten drehte sich Laviany um und durchquerte mit raschen Schritten den Saal. Als Scheron ihr nacheilen wollte, legte Theo ihr die Hand auf die Schulter.

»Lass sie«, sagte er. »Gegen ihren Sturkopf kommen wir nicht an. Sehen wir uns also bei den Säulen um und folgen ihr dann.«

Grinsend nahm Laviany die Worte zur Kenntnis. Sie musste wenigstens ganz kurz allein sein. Theos Anwesenheit setzte ihr zu. Nach wie vor wollte sie ihn am liebsten töten. Er sollte nicht mehr atmen, nicht mehr neben ihr sein, ja, er sollte überhaupt nicht mehr in dieser Welt weilen.

Als Theo sie nach ihrer Ankunft in Taloris angegriffen hatte, da hätte sie ihrer Wut beinahe die Zügel schießen lassen. Da hätte sie ihn fast getötet. Erst in letzter Sekunde hatte sie die Hand so gedreht, dass Theo nur eine Beule davongetragen hatte.

Am anderen Ende des Saals gab es keine Tür, nur ein paar breite Risse und sogar ein regelrechtes Loch in der Wand. Laviany schaute sich um. Nirgends lauerte eine Gefahr. Vorsichtig schlüpfte sie durch das Loch. Hinter der Wand verlief ein Gang, in dem es zahllose Türen gab. Am Boden wuchsen auch hier jene blassrosafarbenen Blumen, die sie bereits vor dem Palast gesehen hatten.

Da Laviany einen zweiten Weg gefunden hatte, wollte sie schon zu den beiden anderen zurückkehren, als ihr Blick an einem Spiegel zwischen zwei glaslosen Fenstern hängen blieb.

Er war außergewöhnlich groß, der Bronzerahmen bereits dunkelgrün angelaufen. Das Stück musste schwer wie zwei Ochsen sein. Das Glas selbst war im Laufe der Jahre dunkel geworden und fraß das Licht förmlich. Um den Spiegel herum ballten sich dichte Schatten ...

Und dann war da noch etwas, das Lavianys Aufmerksamkeit fesselte: ihr eigenes Spiegelbild. Vor sich sah sie eine grauhaarige, aufgeschwemmte Alte mit roten Augen und zitternden Händen.

Wütend knurrte sie ihr Abbild an und nahm ein Stück rosafarbenen Marmors mit dunkelroter Maserung auf, die an feine Äderchen erinnerten, sollte es aber nicht mehr werfen.

»Es wäre reichlich dumm, auf einen Spiegel einzuschlagen«, bemerkte der Schahuter, der mit einem Mal hinter ihr stand und ihr den Rückweg durch das Loch versperrte.

Wo kommt der denn her?, fragte sich Laviany. Eben war da doch niemand.

Sie blickte dem Schahuter fest in die schrecklichen Augen. Obwohl alles in ihr danach schrie, griff sie nicht nach ihrem Messer.

»Ich habe meinen Teil unseres Handels erledigt und Scheron hergebracht«, sagte sie stattdessen. »Jetzt ist die Reihe an dir!«

»So war es ausgemacht«, erwiderte der Schahuter unter schallendem Gelächter. »Nur bin ich und bleibe ich ein unübertroffener Lügenbold.«

»In dem Fall werde ich aus dir herausprügeln, wo Borg steckt.«

Beim nächsten Wimpernschlag stand er neben ihr.

»Zorn«, stieß er aus, nachdem er die Luft um sie herum gierig in sich eingezogen hatte. »Er lodert in dir. Das spüre ich genauso wie das Zittern, das über deinen mageren Rücken läuft. Denn du fürchtest mich. Weil ich das Dunkel bin, du aber ... du bist bloß ein Mensch, selbst wenn du versuchst, das Böse zu verkörpern.«

»Spar dir dein widerliches Gerede! Ich will wissen, wo Borg ist!«

»Wie dumm du bist! Ich bin ein Schahuter, kein Prophet. Deshalb kann ich deine Gedanken lesen und weiß alles über deine Vergangenheit, aber ich habe nicht die geringste Ahnung, wo sich ein Mensch aufhält, dem ich noch nie begegnet bin.« Er legte den Kopf auf die Seite, um in spöttischem Ton fortzufahren. »Hast du allen Ernstes geglaubt, ich würde dir helfen?«

»Nein.«

»Wusst ich's doch, dass es dir alter Lichtwirkerin in Nimadh einfach zu langweilig war. Sogar das verfluchte Taloris hatte für dich mehr Reiz als dieses Drecknest. Aber alles geht irgendwann zu Ende, ist es nicht so?«

Ein Aufblitzen in seinen grauenvollen Augen verriet ihn.

Laviany sprang nach hinten, um seiner Hand auszuweichen. Die aus Schatten gewirkte Klinge durchschnitt nur noch Luft.

»Ich bringe dich um«, zischte Laviany. »Entweder bringe ich dich um, oder ich sterbe selbst!«

»Da würde ich ganz entschieden die zweite Möglichkeit vorziehen.«

Die blauen Lippen des Schahuters kräuselten sich zu einem Grinsen, das seine schwarzen Zähne entblößte. Schatten schlangen sich um Lavianys Hals, rissen sie hoch und stießen sie mit aller Wucht gegen den Spiegel.


Theo fuhr herum, runzelte die Stirn und lauschte.

»Hast du das auch gehört?«, fragte er dann Scheron. »Als ob Glas zersplittert wäre …«

»Nein. Aber wenn da was war, dann war das bestimmt Laviany …«

»Mhm«, brummte Theo bloß. »Suchen wir sie besser, wir haben sowieso keinen anderen Weg entdeckt.«

Sie liefen zu der gegenüberliegenden Wand. Seufzend hockte Theo sich vor das Loch.

»Warum kann sie sich nicht einmal an eine Abmachung halten?«, murmelte er.

»Sie kann ja nur hier durch sein«, sagte Scheron. »Da werden wir sie schon finden!«

Sie schlüpfte durch das Loch und sah sich rasch um. »Hier sind etliche Türen. Aber gut, sehen wir hinter jeder einzelnen nach!«

»Wer weiß, ob es nicht noch andere Gänge gibt. Wenn ja, können wir uns leicht verfehlen.«

»Das ist mir klar. Sollten wir sie tatsächlich nicht finden, müssen wir unseren Weg wohl oder übel allein fortsetzen.«

»Sieh mal«, forderte er Scheron nach einer Weile auf.

Er zeigte auf einen Spiegel mit etlichen Rissen …

Scheron fuhr mit dem Finger über das Stück.

»Der ist sehr alt«, stellte sie fest.

»Ob wir das eben gehört haben? Ob Laviany den Spiegel zerschlagen hat?«

»Warum hätte sie das tun sollen?«, fragte Scheron zurück.

»Aber was hat sie in diesen Gang getrieben? Wir haben ihr doch gesagt, dass sie in der Nähe bleiben soll!«

»Vielleicht ist sie ja dem Schahuter begegnet ...«

»Das wäre in der Tat eine Erklärung. Allerdings eine, die mir ganz und gar nicht behagen würde.«

Sie schauten in jeden Saal hinein, doch in ihnen warteten nur Leere und Zwielicht. Immer wieder spähte Theo durch ein Fenster nach draußen und hielt nach Melgen Ausschau, doch auch diese Kreaturen ließen sich nicht blicken.

»Wir vergeuden hier doch bloß unsere Zeit«, bemerkte Scheron. »Ohne meine Würfel fühle ich mich, als wären mir beide Hände abgeschlagen worden.«

»Sieh mal!« Theo wies auf eine Ecke. Dort hing der zerschlagene Spiegel mit dem bronzenen Rahmen. »Hat der nicht eben noch ...?«

Scheron musterte ihn genau.

»Ja.«

»Wie kann das sein?«

»Wir sind in Taloris. In dieser Stadt geschehen nun einmal merkwürdige Dinge. Besser, wir kommen diesem Spiegel nicht zu nahe.«

»Da ist aber was«, hielt Theo dagegen und reckte den Hals. »Mitten im Spiegel.«

Er trat einen Schritt vor.

»Halt!«, verlangte Scheron und griff nach seiner Hand. »Hast du nicht gehört, was ich gesagt habe?!«

Da nahm Theo eine Bewegung über seinem Kopf wahr. Mit beiden Händen stieß er Scheron von sich, um anschließend einen Salto rückwärts zu vollführen.

Henryn stürzte sich mit käseweißem Gesicht und spiegelnden Augen von der Decke hinunter auf die beiden. Der Boden erzitterte. Glas splitterte. Als Scheron wieder aufsprang, erstarrte sie.

Weder Theo noch der Schahuter oder der Spiegel befanden sich noch in diesem Gang.

Aus dem Dunkel starrte sie bloß das Nichts an.

Wind fegte durch den leeren Palast wie eine Horde Verirrter Seelen. Das schauerliche Heulen schwoll immer stärker an und schien selbst die Mauern des Gebäudes zum Zittern zu bringen. Dann wieder wurde es ganz leise, verebbte nahezu, nur um kurz darauf erneut wie ein weidwunder Wolf aufzuheulen. In diesem Stöhnen lag derart viel Schmerz und Verzweiflung, dass Scheron jedes Mal erschauderte und sich ängstlich umdrehte. Die ganze Zeit meinte sie, der Schahuter würde sie beobachten.

Nur mit äußerster Willenskraft brachte sie es fertig, ihren Weg fortzusetzen. Sie hoffte inständig, dass ihre beiden Gefährten noch am Leben waren. Auf alle Fälle aber würde sie erst von hier weggehen, wenn sie die zwei gefunden hatte.

Da hörte sie auch schon leise Schritte, Geflüster und Gekicher. Als sie aber lauschte, vernahm sie nur den donnernden Schlag ihres eigenen Herzens. Unverdrossen linste sie danach weiter in jede Ecke, beäugte jeden Schatten, schaute in jeden Saal dieses seit Langem verlassenen Palasts, in dem einst große Magier gelebt hatten, darunter der Gebannte selbst.

Dennoch verzauberte sie dieser Ort nicht länger, im Gegenteil, er erinnerte sie an einen alten kranken Hund, den selbst das Meer wieder ausgespuckt hatte.

Und wie viel doch auf den Kampf deutete, der hier stattgefunden hatte! Geborstene Balken, eingekrachte Mauern, Risse im Fußboden, umgekippte Statuen, verrußte Decken …

In einem der Säle waren die Wände verzogen und gewölbt, obendrein fehlte dort die Decke. Scheron legte den Kopf in den Nacken. Auch in allen Räumen darüber gab es keine Decke mehr, sodass sie einen hellgrauen Fleck des Himmels zu erkennen vermochte. Regen fiel herein. Das Wasser sammelte sich zu Scherons Füßen, ehe es über den unebenen Boden abfloss.

Ein leises Wimmern ließ sie zusammenzucken. Irgendwo in der Ferne weinte ein Kind. Scheron wusste sofort, wer das war. Naily.

Unsagbare Freude erfasste sie. Freude, dass ihre Kleine noch lebte. Am liebsten wäre sie Hals über Kopf zu ihr gestürzt. Dann aber obsiegte ihr Verstand. Zunächst musste sie herausfinden, woher das Weinen kam.

Das war nicht einfach, denn immer wieder verstummte es, bis es schließlich ganz ausblieb.

Scheron gelangte zu einer Treppe, die nach unten führte. Ständig rutschte sie auf den Stufen aus. Ihre bleichen Finger umklammerten das Stilett. Sie fand sich in einem Saal mit abschüssigem Fußboden wieder. Ein Teil des Raums stand unter Wasser. Die Säulen darin waren einst mit einer türkisfarbenen Glasur überzogen gewesen, die nun aber das Wasser gefärbt hatte. Scheron meinte, durch Tinte zu waten.

Durch ein Fenster fiel ausreichend Licht herein, um die Gebeine von Menschen auszumachen. An den vergilbten Knochen hingen schrumpelige Fleischbrocken und Haare. Die Schädel waren in längst verwitterte dunkelbraune Tücher gehüllt. Scheron hätte in diesen Fetzen niemals die Überreste jener purpurroten Umhänge erkannt, wie auch sie einen trug. Doch bei einem Toten umspannte das linke Handgelenk noch ein purpurroter Armreif.

»Kämpfer gegen Verirrte Seelen«, murmelte sie. »Was hat euch bloß umgebracht?«

»Eitelkeit«, erklang da von oben eine Stimme. »Das allzu große Vertrauen in sich selbst. Ein unangemeldeter Besuch. Such dir einen Grund aus!«

Der Schahuter saß auf der Brüstung einer Galerie, umhüllt von Schatten. Er musste sie schon eine ganze Weile beobachtet haben.

»Wo sind meine Freunde?«, fragte Scheron in scharfem Ton.

»Deine Freunde?«, wiederholte der Schahuter in ätzendem Ton. »Dafür hältst du sie also, ja? Aber eine Lichtwirkerin hat keine Freunde! Und dieser Zirkusmann ... Halte dich besser fern von ihm! Die andere Seite verwandelt ihn in eine Hülse.«

»Ich kann bestens allein entscheiden, von wem ich mich fernhalte und von wem nicht!«

»Diese Einfalt. Immer wieder begegne ich ihr ...« Der Schahuter stieß einen schweren Seufzer aus. »Städte zerfallen zu Staub, große Helden geraten in Vergessenheit, aber diese Einfalt, die ändert sich nie. Sie ist dem Menschen eingeboren. Warum die Astoré ein derart lächerliches Abbild von sich selbst geschaffen haben, wird mir ewig ein Rätsel bleiben.«

»Wo sind meine Freunde?! Raus mit der Sprache!«

»Und wenn ich dir das nicht sage? Was tust du dann? Hier in Taloris ist noch nicht einmal auf deine kümmerliche Gabe Verlass. Die großen Magier mögen ausgemachte Narren gewesen sein, aber in den Kellern dieses Palastes haben sie Kreaturen wie dich mühelos gefangen gehalten. Nekromanten. Denen hat ihre Magie hier unten nicht das Geringste genutzt.« Der Schahuter brach in schallendes Gelächter aus. »Du kannst mich zu nichts zwingen, du Nichts! Und nun sei so gut und folge mir!«

»Ich rühre mich so lange nicht vom Fleck, bis du mir sagst, wo Laviany und Theo sind.«

»Dann bleib halt hier sitzen, bis du dich in Staub verwandelt hast«, stieß er aus, sprang zu ihr herunter, wies beredt auf die Gebeine – und stiefelte davon.

Scheron zögerte kurz, folgte dem Schahuter dann aber. Sein Rücken schimmerte fünfzehn Schritt vor ihr. Er bewegte sich nun gleitend und mied jeden Lichtfleck.

»Wenn Naily irgendetwas zugestoßen ist ...«

Sie ließ ihren Satz unvollendet, denn schon stand der Schahuter wieder vor ihr und hielt ihr den Mund zu. Scheron packte solcher Ekel, dass sie sich in einem Krampf wand. Daraufhin drückte ihr der Schahuter mit der anderen Hand die Kehle zu.

Der kann mir jederzeit das Genick brechen!, schoss es Scheron durch den Kopf. Mit bloßen Händen.

»Du hast es geschafft, Taloris zu erreichen, was beweist, dass ich mich in dir nicht getäuscht habe. Aber wenn du mir noch weiter mit leeren Drohungen kommst, werde ich wütend. Deshalb halt den Mund und folge mir. Irgendwann wirst du schon Antworten auf deine Fragen erhalten.«

In der nächsten Sekunde befand er sich wieder zehn Schritt vor ihr.

Scheron drohte an ihrem Hass zu ersticken. Bis eben hätte sie nicht gedacht, dass sie imstande wäre, irgendjemandem den Tod zu wünschen.

Sie atmete tief durch.

Der Schahuter führte sie Treppe um Treppe hinauf. Schließlich erreichten sie einen Saal, der schon allein durch seine Größe beeindruckte. In ihm herrschte Nachtschwärze, obwohl er zahllose Fenster hatte und es draußen heller Tag war.

Nur durch ein Loch in einer Wand fiel ein klingenschmaler Lichtstrahl. In diesem kreisten langsam Schneeflocken, die aus dem Nichts kamen und wieder im Nichts verschwanden.

Erst nach einer Weile fiel Scheron der gewaltige Thron aus Kristall auf. Ein sonderbares Ornament schmückte ihn. Auf dem Thron saß ein Toter, der Scheron anzusehen schien. Seine linke Hand war in das Kristall eingeschmolzen.

Daran gebannt.

Unwillkürlich trat Scheron einen Schritt zurück, wagte es aber nicht, den Blick von dem Dunkel zu lösen, das sich in den Augenhöhlen des Mannes eingenistet hatte, der den Krieg des Zorns heraufbeschworen hatte.

»Hier hat alles angefangen. Und auch alles geendet.« Der Schahuter trat an den Thron und nahm zu Füßen des Toten Platz.

»Und hier wird es erneut beginnen«, erklang von überallher eine Stimme.

Scheron wirbelte herum, um denjenigen zu sehen, der da sprach, sehr zum Vergnügen des Schahuters, der in schallendes Gelächter ausbrach.

»Da bist du also«, fistelte die Stimme vergnügt. »Verrat mir einmal, was dir diese Kleine bedeutet!«

»Mehr, als du dir vorstellen kannst!«

»Ein offenes Wort!«, erfolgte nach kurzem Schweigen die Antwort, und Scheron meinte, im Dunkel bewegte sich etwas. »Dann lass uns miteinander reden!«

»Wer bist du?«

»Spielt das eine Rolle? Namen sind doch bloß Schall und Rauch ...«

Diesmal war Scheron sich ganz sicher, dass sich in der Nähe des Kristallthrons etwas gerührt hatte.

»Bist du ... der Gebannte?«

Ein spinnwebzartes Gelächter antwortete ihr.

»Diesen Namen haben sich Menschen ausgedacht. Freilich ist er auch nicht besser oder schlechter als andere. Nenn mich also, wie du willst.«

Zum ersten Mal in diesem Palast empfand sie Angst. Echte Angst.

Wie sollte sie dem Gebannten etwas entgegensetzen? Dem Herrscher in diesem Palast?

»Du hast die Reise zu mir nicht umsonst angetreten«, erklang es aus dem Dunkel. »Dein Kind ist hier.«

Der Schahuter vollführte eine Verbeugung und geleitete sie zu dem Loch in der Wand, durch welches das Licht hereinfiel.

Dort schwamm in endloser Finsternis eine Kugel warmen Lichts, in der ein kleines Mädchen schlief.

»Naily«, rief Scheron aus, um sich dann zurück zu dem Thron zu drehen. »Lass sie sofort frei! Hörst du?!«

Der Schahuter brach abermals in Gelächter aus. Dieses löste einen Sturm unter Scherons Rippen aus. Ihre Wirbel wurden schier zermalmt und zerfielen zu Tausenden von Sandkörnern. Ein Feuer ergoss sich über ihren Kopf, Zangen rissen ihre Haare aus.

Von ihren Händen löste sich ein weißes Licht, das für den Bruchteil einer Sekunde den Saal erhellte.

Scheron hatte unwillkürlich auf ihre Gabe zurückgegriffen. Erst jetzt, im Nachhinein, wunderte sie sich, dass sie ihr geantwortet hatte. Ihr Angriff hatte der Brust des Schahuters gegolten. Der Widerling wurde gegen die Wand hinter ihm geschleudert, glitt an ihr hinunter und blieb als rauchender Haufen am Boden liegen. Der Gestank verwesten Fleisches schwängerte die Luft. Eine Lache aus Quecksilber breitete sich darunter aus.

Danach versagte ihre Gabe Scheron erneut den Dienst. Sie war von ihrer Kraft getrennt. Ermattet ließ sie sich auf den Fußboden sinken. Tränen der Verzweiflung und des Schmerzes rannen über ihre Wangen. Ihre Nase blutete, und über ihre Lippen und ihr Kinn sickerte Blut, das salzig und fremd schmeckte.

»Ich habe mich wirklich nicht in dir getäuscht«, erklang die Stimme, diesmal unmittelbar in ihrem Rücken.

Trotz ihrer Angst drehte Scheron den Kopf um.

»Die toten Nekromanten unten im Keller wären stolz auf dich gewesen, denn du hast meinen Diener ausgeschaltet. Das soll dir erst einmal jemand nachmachen!«

»Lass Naily frei!«, flüsterte Scheron. »Wozu brauchst du sie überhaupt?«

»Dieses Kind ist meine Zukunft, deshalb wird der Kleinen nichts geschehen, vorausgesetzt, du hörst mit diesen Dummheiten auf. Können wir jetzt also endlich vernünftig miteinander reden?«

Der Gestank von verwestem Fleisch und der Rauch über dem Haufen aus Stofffetzen ließen Scheron würgen. Obendrein war sie nach diesem Einsatz ihrer Gabe am Ende ihrer Kräfte.

»Gut, unterhalten wir uns«, sagte sie trotzdem und legte den Kopf in den Nacken, um das Nasenbluten zu stillen.

»Ich will einen Handel mit dir schließen. Wenn du deine Aufgabe erfüllst, erhältst du die Kleine zurück.«

»Ich traue dir nicht, denn das hat mir der Schahuter auch schon versprochen.«

»Du hast mein Wort.« Nun entfernte sich der Gebannte, und damit wich auch die Angst von Scheron. »Wenn du tust, was ich verlange, gebe ich dir das Kind zurück, und ihr seid frei, Taloris zu verlassen.«

»Und worin bestünde meine Aufgabe?«

»Du sollst einen großen Magier für mich finden und ihn zu mir bringen.«

»Wahrscheinlich bist du schon etwas zu lange hier, und dein Verstand hat ebenso gelitten wie deine Erinnerung«, brachte Scheron unter höhnischem Gelächter heraus. »Alle Magier und Magierinnen sind längst tot.«

»Falsch! Einer hat sämtliche Unbill überlebt. Sogar den Kataklysmus.«

»Und wer bitte soll das sein?«

»Thion ...«

»Selbst wenn er euren Krieg überlebt hat, dann ist er inzwischen bestimmt gestorben, denn seitdem sind über eintausend Jahre vergangen!«

»Noch einmal falsch! Die Astoré haben ihm ein langes Leben geschenkt. Zum Dank für alles, was er für sie getan hat. Ich bin an diesen Ort gebannt und deshalb auf deine Beine angewiesen. Finde ihn! Bring ihn her!«

Thion, der Held der Vergangenheit, der den Mord an Arila gerächt hatte, der die Welt zerstört hatte, um sie auf diese Weise zu retten. Diese legendäre Gestalt sollte tatsächlich noch leben? Es klang völlig albern – doch Scheron blieb das Lachen im Hals stecken.

»Und wo soll ich ihn suchen?«

»Überall.«

»Dafür ist die Welt zu groß.«

»Dir wird schon etwas einfallen. Wende dich von mir aus mit einem Gebet an die Erhabenen Sechs! Befrage deine Gabe. Lass dich von deiner Kraft zu ihm führen! Tu, was du willst, aber bring ihn her!«

Scheron erhob sich von dem eisigen Boden.

Neben dem Thron machte sie im geballten Schwarz einen noch schwärzeren Fleck aus.

»Diese Suche kann Monate dauern, wenn nicht Jahre! Lass Naily frei, und ich schwöre dir, dass ich nichts unversucht sein lasse, um Thion aufzuspüren.«

»Das glaube ich dir unbesehen. Aber wenn ich die Kleine nicht freilasse, wirst du deine Anstrengungen verdreifachen. Das Mädchen weilt im Reich der Träume. Selbst wenn du als

Greisin zu mir zurückkommst, wirst du sie unverändert vorfinden.«

»Und was, wenn Thion mich nicht nach Taloris begleiten möchte?«

»Dann überzeuge ihn von der Notwendigkeit dieses Schritts!«, sagte die Stimme im Dunkel. »Täusche ihn! Schlage ihm einen Handel vor! Gewinne sein Herz! Erzähl ihm von deiner Kleinen! Mir ist völlig einerlei, wie du es anstellst, Hauptsache, du bringst ihn her!«

»Diese Aufgabe ist nicht zu bewältigen …«

»Das Leben ist hart, gefährlich und ungerecht. Aber eine Aussicht auf Erfolg besteht selbst in diesem Fall. Und sogar für eine Nekromantin wie dich.«

»Warum hast du ausgerechnet mich ausgesucht?«

»Weil du ein kleines Mädchen retten möchtest. Und weil Thion sich deine Geschichte anhören wird. Und jetzt geh!«

»Was ist mit Laviany und Theo? Sie sind mit mir hierhergekommen, und ohne sie werde ich Taloris nicht wieder verlassen!«

»Diese beiden haben ihre Aufgabe erfüllt und sind daher nicht mehr nötig.«

»Falsch!«, schrie Scheron nun. »Ich brauche sie! Ich kenne nur Lethos und weiß nichts vom Rest der Welt! Deshalb brauche ich Hilfe!«

»Und wenn sie dir gar nicht helfen wollen?«, fragte die Stimme.

»Das glaube ich nicht. Aber wenn, dann lasse ich mir etwas anderes einfallen.«

»Gut, dann soll dich die Frau begleiten.«

»Ich verlasse Taloris nur mit diesen beiden zusammen!«

»Feilsche nicht mit mir!«

»Wir sind zu dritt nach Taloris gekommen, wir werden die Stadt auch zu dritt wieder verlassen! Wenn du dich sträubst, musst du uns wohl alle umbringen! Ich bin keine Marionette, an deren Fäden du ziehen kannst! Und ich lasse Theo nicht im Stich! Hast du das jetzt endlich verstanden?!«

Sie schrie derart, dass ihr die Kehle schmerzte. Die Antwort, die sie erhielt, bestand aus Stille. Schwer atmend, verflocht Scheron ihre Finger, damit ihr Zittern sie nicht verriet. Ihre Angst nicht offenbar wurde.

»Die andere Seite hat ihn berührt. Bittest du ernsthaft um die Gesellschaft eines Menschen, der schon bald eine Hülse sein wird? Soll dich ein Mann begleiten, der eine Gefahr für dich darstellt?«

»Zeige mir, wie ich ihn von dem Mal befreien kann, dann stellt er auch keine Gefahr mehr da!«

»Das ist unmöglich.«

»Selbst für einen großen Magier?«

»Wie einfältig du bist«, stieß die Stimme unter schallendem Gelächter aus. »Aber gut, du sollst deinen Willen haben! Schließlich ist es dein Leben, das du aufs Spiel setzt. Die Blumen, die ihr gesehen habt, bringen Linderung, wenn du einen Aufguss daraus zubereitest. Und jetzt ... jetzt suche deine Freunde!«

Die Lichtlanze erlosch.

Noch im selben Augenblick wusste Scheron mit unumstößlicher Sicherheit, dass sie sich allein in dem riesigen Saal befand.

## KAPITEL 19

# Spiegelbilder

*Einst gab es in der Stadt Riona einen großen Spiegel. Von ihm hieß es, Maryd habe ihn geschaffen, einer der Schüler des Gebannten. Viele Jahre lang zeigte er dem Herzog die Wahrheit, irgendwann aber fing er an, ihn zu belügen. Zunächst nur bei Kleinigkeiten. Mit der Zeit brachte er damit großes Leid über die Familie, und das Geschlecht der Tarvys ging unter. Der neue Herzog zerschlug diesen Spiegel noch am ersten Tag seiner Herrschaft. Mit seinem eigenen Schwert, denn er war frei von allem Aberglauben. Sein künftiges Schicksal gab ihm recht. Der zerschlagene Spiegel brachte ihm kein Unglück. Doch ob sich dies auch von diesem Mann behaupten ließe, wäre der Spiegel unversehrt geblieben?*

Eine alte Sage aus Riona

Laviany presste die Stirn gegen die kalte Oberfläche. Wut und Hilflosigkeit hielten sie gepackt, Gefühle, die sie hasste wie keine anderen. Bislang hatte sie diese nur selten erlebt. Das letzte Mal, als sie ihren Sohn verloren hatte.

Seufzend trat sie einen Schritt zurück. Sie schaffte es einfach nicht, diese schimmernde Fläche zu zerschlagen. Dabei war sie sich sicher, dass es lediglich die Rückseite des Spiegels war. Doch sie war solider als manche Steinwand.

Nachdem der Schahuter sie durch den Spiegel gestoßen hatte, war sie schmerzhaft auf einem schwarzen Fußboden gelandet, in einem Gang mit hohem Deckengewölbe und seltsamen grauen Wänden. Sobald sie diese berührte, quoll unter ihren Fingern schwarzer Rauch auf.

Entmutigt setzte sich Laviany auf den Boden, streckte die

Beine aus und starrte durch den Spiegel in den Gang dahinter. Dort hatte sie sich eben noch selbst befunden ...

Dann tauchten Scheron und Theo vor dem Spiegel auf. Geräusche drangen keine in ihr Gefängnis, trotzdem war klar, worüber die zwei redeten: Sie suchten nach ihr. Selbstverständlich fielen ihnen die Risse auf, doch dann zogen sie weiter, ohne dass Laviany etwas dagegen hätte tun können. Selbst wenn sie mit den Fäusten gegen die Spiegelrückseite gehämmert oder geschrien hätte, die beiden hätten sie nicht bemerkt.

»In was für einen Schlamassel bist du jetzt wieder reingeraten, du elender Streifenfisch!«, brummte sie. »Bin gespannt, wie du da wieder rauskommst!«

Irgendwo in der Nähe lauerte noch immer der Schahuter. Wenn sie bloß wüsste, was er eigentlich von ihnen wollte. Aber gut, sie würde es schon herausfinden.

Laviany flocht ihr Haar zu einem kurzen Zopf, erhob sich, nahm ihr Messer und lief diesen seltsamen Gang hinter dem Spiegel hinunter. Er führte in finsterstes Dunkel. Laviany hätte ihn zu gern gemieden. Nicht wegen der Schwärze, denn die stellte für sie kaum eine Einschränkung dar. Aber ihr Weg bohrte sich als Spirale immer weiter in die Tiefe ...

Schließlich erreichte sie einen rechteckigen Saal ohne jedes Fenster, mit nackten Wänden, einem spiegelnden Boden – und mit Toten.

Drei Leichen, alle in schweren Rüstungen, mit den Waffen neben sich.

Laviany beugte sich über einen der Toten und schob das Visier hoch. Am Schädel hingen hier und da noch Fetzen verkohlter Haut.

»Was hast du denn erwartet?«, fragte sie sich selbst. »Einen herzoglichen Schönling?«

Die Brustplatte des Harnischs wies eine längliche Ritze auf. Ein einziger Stich hatte zum Tod des Mannes geführt.

»Weißt du, was du da vor dir hast?«, erklang mit einem Mal hinter ihr die Stimme des Schahuters.

Obwohl sie sofort herumwirbelte, sah sie ihn nicht.

»O ja! Deine Zukunft!«, zischte Laviany. »Wenn ich dich erwische, siehst du genauso aus!«

Ihr antwortete schallendes Gelächter.

»Die Drohungen von euch Lichtwirkern erheitern mich stets. Ich habe euch alle überlebt. Die drei da vor dir sind Narren aus der Leibgarde Thions, verreckt auf der Höhe ihres Ruhms. In diesem Saal hinter dem Spiegel standen sie ihrem nackten Abbild gegenüber, sahen all das Blut an ihren Händen. Darüber haben sie natürlich den Verstand verloren. Das steht dir vermutlich auch bevor.«

»Wenn du Mumm in den Knochen hast, dann zeigst du dich jetzt!«

Doch der Schahuter tat nichts dergleichen.

Fluchend trat Laviany an die zweite Leiche heran, würdigte diese aber nur eines kurzen Blickes, um gleich zum dritten Mann weiterzugehen. Dessen Helm war durch einen Axthieb gespalten worden. Lavianys Aufmerksamkeit galt indes seiner Waffe. Ein Stück aus der Vergangenheit …

Ein weißer Schaft aus rauem, ihr völlig unbekanntem Material, eine schmale, beidseitige Schneide mit zugeschliffener Spitze, die ein wenig an einen Stachel erinnerte. Eine Mischung aus Lanze und Schwert. Diese Klinge dürfte nur wenig im Kampf gegen einen Krieger in Rüstung ausrichten, ansonsten aber äußerst wirkungsvoll sein.

Sie besaß ein Messer und den Faustschild, aber damit würde sie gegen den Schahuter nicht weit kommen. Irgendwann pfiff sie auf alle Vorsicht und nahm die seltsame Waffe des Leibgardisten an sich. Der Schaft war wie für sie gemacht. Laviany führte die Klinge ein paarmal wie ein Schwert durch die Luft.

Sie war zufrieden.

Mit einem Mal glitten ihre Finger über eine schmale Rille im Griff. Sie umfasste ihn mit beiden Händen und versuchte, ihn aufzuschrauben. Das gelang zwar nicht, doch etwas klackte – und die Klinge verwandelte sich in eine Art Dreizack.

»Bei allen elenden Streifenfischen!«, entfuhr es Laviany. »Nicht übel!«

Nach einem weiteren Klacken hielt sie wieder dieses Lanzenschwert in der Hand.

Nachdem sie bereits weitergegangen war, fiel ihr etwas ein, und sie kehrte noch einmal zu dem Toten zurück. Da! Eine Holzscheide für ihre neue Waffe. Zufrieden nahm sie das Stück an sich und setzte ihren Weg fort, diesmal endgültig.

Immer wieder begegneten ihr Spiegel, die genauso aussahen wie der, der ihr zur Falle geworden war. Jeden einzelnen versuchte sie zu zerschlagen, doch stets vergebens.

Sie meinte, schon Tage durch diese dunklen Gänge und endlosen Säle zu streifen. Mittlerweile hatte sie sich in diesem Labyrinth völlig verlaufen. Trotzdem ließ sie den Mut nicht sinken. Einige Male hielt sie inne, um sich auf den Boden zu setzen und die Augen zu schließen. Das Lanzenschwert legte sie sich während dieser kurzen Rast stets quer über die Schenkel. Wenn sie sich dann wieder erhob, war auch ihre sture Gewissheit zurückgekehrt, irgendwann auf einen Ausgang zu stoßen.

Und dann sah sie plötzlich Licht. Ein runder, wie von einem Wurm geschaffener Gang führte darauf zu. Laviany betrat einen herzförmigen Raum – und der Boden unter ihren Füßen krachte ein. Sie landete im Wasser und trudelte zum Grund.

Weiches blaues Dämmerlicht umhüllte sie. Weit über ihr glitzerte es, tief unter ihr bewegten sich schattenhafte Gestalten mit offenem Haar. Als sie Laviany erblickten, näherten sie sich ihr mit entschlossenen Bewegungen. Die Schuppen ihrer Fischschwänze schillerten. Uynen. Sie gierten nach Lavianys heißem Blut und nach ihrem Schädel, in dem sie Goldperlen züchten wollten.

Laviany geriet in Panik. Sie schluckte Wasser, das wie Schmirgel durch ihre Kehle rann. Verängstigt, wie sie war, wollte sie nur noch nach Hause zurückkehren. Da umklammerten sie stahlharte Finger und zogen sie aus dem Wasser, zurück in den Herbstabend.

Sobald sie wieder an der Luft war, japste sie. Dieser erste

Atemzug hörte sich an wie der Schrei einer sterbenden Möwe. Eine starke Hand hievte sie an Bord eines Fischerkahns. Als sie auf den Holzplanken landete, schlug sie schmerzhaft mit den Knien auf. Im eisigen Wind klapperte sie mit den Zähnen.

Ihr Retter folgte ihr. Aus seiner Kleidung, seinen Haaren und seinem Bart troff Wasser. Er warf ihr einen finsteren Blick zu, schnappte sich eine kleine Armbrust und richtete sie aufs Meer.

Kaum tauchte aus den Wellen der Kopf einer Uyne auf, schoss er seinen Bolzen ab. Er trat in die Stirn der Meeresbewohnerin ein und in ihrem Nacken wieder aus.

»Soll euch Aasweiber doch der nächste Schahuter holen!«, schrie er mit einem Akzent, den Laviany noch nie gehört hatte, während er die Armbrust nachlud. Doch es tauchte keine zweite Uyne auf. Dann wandte er sich an Laviany. »Du wärst beinahe untergegangen. Tu das nie wieder!«

»Ich will nach Hause!«, wimmerte sie. »Bitte!«

»Ich bin jetzt dein Zuhause«, sagte der Mann ruhig, obwohl sich Ärger in seinem runden Gesicht widerspiegelte. »Dein Zuhause und deine Familie.«

Sie stand am Bug und weinte, das Gesicht in den Händen verborgen. Warum war sie bloß so klein und schwach? Warum durfte dieser widerliche Kerl sie einfach mitnehmen?

Als sie das nächste Mal die Augen aufschlug, fand sie sich in einem Zimmer wieder, das von Kerzen erhellt wurde, vor sich im Bett ein abgezehrter Mann, der ins Nichts starrte.

»Wie außerordentlich spaßig«, bemerkte der Schahuter da hinter ihr. »Du wirst ihn doch nicht etwa geliebt haben? Wie kann ein solcher Wildfang denn seinen Herrn lieben? Oder sind das bloß Schuldgefühle? Dabei war er nicht einmal der Erste, den du getötet hast. Doch kaum kommt die Sprache darauf, zittern dir schon wieder die Hände.«

»Halt die Schnauze!«, knurrte Laviany.

»Du weißt, dass du nun alles anders machen kannst«, fuhr

der Schahuter lachend fort. »Das Spinnengift hat sein Gehirn in Brei verwandelt. Belass es dabei! Damit vermag er weiterzuleben! Unter Qualen zwar, aber immerhin! Du brauchst ihn nicht zu töten.«

»Aber ich habe es ihm versprochen!«

Das stimmte. Sie beide waren in einen gemeinen Hinterhalt geraten. Der vergiftete Pfeil hatte ihr gegolten, aber ihn getroffen. Was ihn erwartete, war klar. Deshalb hatte er sie um diesen Gefallen gebeten, falls selbst ihre Möglichkeiten nicht ausreichen sollten, ihn zu heilen.

Sie sollten nicht ausreichen ...

Das gegebene Versprechen lastete schwer auf ihr ...

Und nun gaukelte der Schahuter ihr vor, sie könnte noch einmal wählen. Bräuchte den Abzug an der Armbrust nicht zu betätigen. Müsste das Klacken nicht hören, den Bolzen nicht sehen, der tadellos sein Ziel fand.

Wie oft hatte sie an diesen Tag zurückgedacht? Wie oft sich gefragt, ob sie noch einmal so handeln würde?

Nun kannte sie die Antwort.

Die Kerzen erloschen, das Zimmer verschwand.

Laviany machte zwei Schritt – und steckte in einer Schneewehe fest. Eisiger Wind trieb den Neuschnee der letzten Nacht durch die leere Straße. Ein riesiges graues Haus, dessen schneeverwehtes Dach eine fahle Morgensonne rosa färbte. In den schwarzen Löchern der Fenster kein einziges Licht. Über dem Schornstein kein Rauch. Eine halb offen stehende Tür.

Dieses Haus kannte Laviany. Es war ihr Elternhaus. So, wie sie es damals als kleines Mädchen verlassen hatte.

»In diesem Jahr hat der Winter bis zur Mitte des Sommers gewütet«, fistelte der Schahuter. »Die Straßen lagen unter Schnee begraben. Die Fischer konnten nicht ausfahren. Es gab kein Essen, nur eisige Kälte. Dorf um Dorf wurde dahingerafft. Ob deine Mutter ihre Brut über diesen Winter gebracht hat? Wann sind deine Brüder und Schwestern wohl gestorben?«

»Halt die Schnauze!«, zischte Laviany erneut.

»Für dich hat deine Mutter viel Geld bekommen. Gold. Ein

Kind musste sie hergeben, damit sie die anderen durchfüttern konnte. Wer wollte ihr das vorwerfen? Aber was bedeutet schon Geld, wenn du kein Essen dafür kaufen kannst?« Der Schahuter kicherte. »Oder wusste deine Mutter womöglich, was Nimadh erwartete? Wollte sie dich auf diese Weise vielleicht sogar retten? Damit wenigstens ein Kind überlebte und sich ein besseres Leben aufbauen konnte ... Und? Was meinst du? Ist dein Leben besser als ihr Tod?«

»Komm her, dann verrate ich es dir!«

Abermals erhielt sie nur schallendes Gelächter zur Antwort.

»Hast du dich schon einmal gefragt, wie sie gestorben sind? Wer zuerst? Ob deine Mutter noch versucht hat, deine Brüder und Schwestern zu retten? Ob sie den Kleinsten getötet hat und mit seinem Fleisch die anderen gefüttert hat? Oder hat sie die Brut mit ihrem eigenen Blut gestillt, bevor sie alle verreckt sind? Soll ich es dir verraten?«

Vor der Haustür hatte sich Schnee angesammelt. Als sie jäh aufsprang, flog die weiße Masse gegen Laviany. Sie keuchte auf. Schneidende Eissplitter schlitzten ihr die Wangen auf. Unwillkürlich trat sie einen Schritt zurück, stieß dabei aber gegen eine Schneewehe, verlor das Gleichgewicht und fiel rücklings zu Boden, landete in einem Sarg aus Eis. Als sie aufstehen wollte, um diesen Ort zu verlassen, missglückte ihr das. Sie war gefangen in einem weißen Moor und konnte nur gelegentlich nach Luft schnappen.

Dann aber löste eine sanfte Sonne den Winter ab. Die Luft roch nach Minze, Weinreben und Salbei. Allein der Duft machte Laviany trunken. Die Turmspitzen in Riona leuchteten in Fuchsschwanzrot, Azur und Veilchenlila. Es fehlte nicht viel, und sie würden die Wolken berühren.

Lavianys Hände wiesen weder Falten noch Narben auf. Bestimmt durchzog ihr Haar noch keine einzige graue Strähne. Nach einer Weile entdeckte sie die Staffelei. Entsetzt starrte sie zu ihr. Den Mann dahinter konnte sie nicht erkennen, aber sie wusste genau, was er malte.

Ihr Porträt.

Sie wich zurück und hoffte inständig, er würde sie nicht bemerken.

Erst jetzt fiel ihr auf, dass sie barfüßig war. Genau wie an jenem Abend.

Deshalb linste der Maler auch genau wie damals hinter der Leinwand hervor ...

»Das ist ja eine Überraschung!«

Man kann nicht in die Vergangenheit zurückkehren!, rief sich Laviany in Erinnerung. All das sind nur Trugbilder des Schahuters!

Trotzdem konnte sie den Blick nicht von dem Maler abwenden.

Seine Augen waren von leuchtendem Blau.

Genau wie später die ihres Sohnes.

»Was willst du mit dieser Waffe?«, fragte der Maler.

»Ich ...«

Wenn er sie jetzt bitten würde zu bleiben, dann würde sie ihm den Wunsch erfüllen. Dann würde sie jeden Widerstand aufgeben und sich für ein Leben in Wahnsinn entscheiden.

Dann würde sie dem Schahuter den Sieg überlassen.

Nein! Laviany rannte davon, stürzte durch leere, in orangefarbenes Licht getauchte Säle, ohne sich auch nur einmal umzuschauen. Durch ein vielfaches Echo verstärkt, peitschte ihr das Gelächter des Schahuters über den Rücken.

»Eine Lichtwirkerin und ein Maler!«, höhnte er. »Zum Kaputtlachen ist das! Der jüngste Spross einer Adelsfamilie aus Trettin und ein stinkendes Aas! Was hättet ihr für ein einmaliges Paar abgegeben! Zu schade, dass nichts daraus geworden ist! Was war doch noch gleich geschehen? Ach ja! Gift auch bei ihm ... Unpassend, wirklich ganz und gar unpassend! Angeblich hat er sich die Lungen nach und nach durch die eigene Nase ausgerottet und lag wochenlang im Sterben! Warum warst du in dieser schweren Zeit eigentlich nicht an seiner Seite?«

Laviany flog geradezu in das nächste Zimmer hinein. Auf dem glatten Fußboden rutschte sie sofort aus. Statt der Sonne gab es Kohlebecken, die in den Ecken brannten. Die Decke darüber war völlig verrußt. Auf einem massiven Tisch lag die Leiche eines jungen Mannes.

Er ähnelte dem Maler, war aber deutlich jünger.

Blondes Haar mit einem Stich ins Rötliche, die Haut überblass.

Eine stählerne Hand schnürte Laviany die Kehle zu. Sie schluchzte.

»Dieser Tod war zu viel für dich! Du wolltest deinem Leben ein Ende setzen, hier, an der Seite deines Wechselbalgs!«

Das Gerede des Schahuters drang gar nicht zu ihr vor, denn sie hatte nur Augen für ihren Sohn, den zu vergessen sie sich gezwungen hatte.

»Aber natürlich hast du dir nichts angetan. Letzten Endes bist du keinen Deut besser als ich. Du genießt den Tod. Du sorgst mit Vergnügen dafür, dass die Würmer etwas zu futtern erhalten. Seit dem Tod deines Jungen erst recht.«

Laviany atmete tief durch. Ihre Augen brannten. Sie hatte zu lange nicht mehr geweint ...

»Ich bring dich um!«, zischte sie dann. »Ich schicke dich so weit auf die andere Seite, dass dich nicht einmal die Astoré finden!«

Daraufhin flogen die Kohlebecken in die Luft. Wellen glühender Luft trugen Laviany fort und spuckten sie in einer schmalen Hafengasse in einem der übelsten Viertel von Pubyr wieder aus.

»Tu das nicht! Ich flehe dich an!« Der Mann schämte sich nicht einmal seiner Tränen. »Bitte, tu es nicht!«

Selbst nach all den Jahren erinnerte sich Laviany noch an dieses Gesicht. Sie hatte diesen Mann aufgespürt. Er hatte ein paar kräftige Burschen gedungen, damit sie ihn beschützten. Am Ende hatte er trotzdem allein vor ihr gestanden, war auf den Knien an sie herangekrochen und hatte ihre Hand küssen wollen. Gewinselt hatte er, sie möge doch Gnade walten lassen ...

Sie war damals gerade dreizehn Jahre alt geworden. Indem sie diesen Mann tötete, allein, ohne Hilfe, sollte sie beweisen, dass sie des Nachtclans würdig war. Er war ihre Aufnahmeprüfung.

»Du hast den Weg des Todes eingeschlagen«, zischelte der Schahuter. »Als du ihn umgebracht hast, da warst du kein kleines Mädchen mehr, das ins Meer springt, um nach Hause zurückzuschwimmen. Wie viele Leichen folgten dieser ersten? Wie viele Menschen hast du auf die andere Seite geschickt? Sie alle sind nun hier zusammengekommen, um ihre Mörderin zu begrüßen, die keinen einzigen von ihnen erhört, die kein Mitgefühl gezeigt, keine Gnade gekannt hat. Ich werde dich jetzt mit ihnen allein lassen.«

Die Straße verschwand. Abermals umgab sie Dunkelheit. Sie war wieder in dem Gang hinter dem Spiegel. Aus diesem krochen zahllose Schatten, die vage an Menschen erinnerten, allerdings mit blauen Flammen anstelle der Augen. Diese Schimären bewegten sich langsam und fließend auf sie zu. Laviany wich einen Schritt zurück, behielt die seltsamen Gestalten aber fest im Blick. An die meisten von ihnen erinnerte sie sich nicht mehr, aber einige würde sie wohl nie vergessen. Vor sich sah sie all die Menschen, die sie auf die andere Seite geschickt hatte.

»Keine schlechte Ausbeute für einen elenden Streifenfisch wie mich«, bemerkte sie grinsend, spuckte in die Hände und riss ihr Lanzenschwert hoch.

Sie wartete nicht, bis diese Wesen an sie herangerückt waren, sondern trat ihnen beherzt entgegen. Voller Genugtuung stellte sie fest, dass ihre Waffe die gespenstischen Gestalten mühelos zerschnitt. Schon bald wurde ihr jedoch klar, dass sie sich zu früh gefreut hatte. Diese Kreaturen tauchten schlicht und ergreifend abermals aus dem Spiegel auf, schlossen sich den anderen an und wollten das Leben aus ihr heraussaugen, um sie mit sich auf die andere Seite zu nehmen.

Da endlich begriff Laviany, was sie tun musste. Sie drehte die Waffe um und drosch mit dem Schaft eine Bresche in die Menge, um dann auf den Spiegel einzuhauen. Dieser barst und zerfetzte ihre Gegner. Ja!, frohlockte Laviany – nur um noch in derselben Sekunde loszufluchen. Auf der gegenüberliegenden

Wand erschien ein neuer Spiegel, der Schatten um Schatten ausspuckte ...

Ihr war schleierhaft, wie lange sie schon in diesem Gang kämpfte. Seit einer Stunde? Seit einem Tag? Ebenso wenig hätte sie zu sagen gewusst, wie viele Spiegel sie inzwischen zerschlagen hatte, ob Hunderte oder Tausende. Nur dass sie irgendwann ihre Arme kaum noch zu heben vermochte, das war ihr leider nur allzu klar. Keuchend stand sie vor der Wand. Ihre Minuten waren gezählt. Längst griff sie nicht mehr an, sondern vernichtete nur noch die Kreaturen, die sich ihr näherten.

Plötzlich blendete sie ein weißes Licht. Sie kniff die Augen zusammen, fuchtelte aber blindlings weiter mit dem Lanzenschwert herum und hoffte inständig, wenigstens ein paar dieser Gestalten zu erwischen.

»Ganz ruhig«, erklang da Scherons vertraute Stimme. »Es ist alles vorbei.«

Überrascht öffnete Laviany die Augen. Weiße Punkte drifteten durch die Luft und verhinderten, dass sie ihre Umgebung klar erkannte.

»Der Gebannte soll dich holen, mein Mädchen!« Sie rutschte an der Wand entlang zu Boden. »Du hättest keine Minute später kommen dürfen!«

»Ich brauchte anderthalb Tage, um dich zu finden.«

»Sind diese Biester verschwunden?«

»Was für Biester? Außer dir und mir ist hier niemand. Dafür hast du allerdings mit diesem Ding in deiner Hand rumgefuchtelt wie eine Wahnsinnige.«

»Ja soll mich doch der ...!«

Allmählich schälte sich der Gang wieder scharf aus der milchigen Brühe heraus. Durch ein Fenster fiel fahles Morgenlicht herein. Irgendwo in der Ferne krachten die Wellen.

»Hast du etwas Wasser?«

Scheron entnahm ihrer Tasche eine halb leere Flasche. Gierig stürzte sich Laviany darauf. Während sie durch die Welt gestreift war, die der Schahuter ihr vorgegaukelt hatte, war ihr gar nicht aufgefallen, wie durstig sie war.

Viel hätte nicht gefehlt, und sie hätte die Flasche geleert.

Von dem Spiegel zeugten jetzt nur der Rahmen und ein rauchendes Loch.

»Ist das dein Werk?«

Scheron nickte.

»Der Schahuter hat mich hinter diesen Spiegel getrieben. Wahrscheinlich schäumt er vor Wut, dass du mich befreit hast.«

»Keine Sorge, den habe ich getötet.«

Laviany schnaubte und rieb sich das Kinn, während sie Scheron eingehend musterte.

Dem Mädchen hat er also seinen eigenen Tod vorgegaukelt, dachte sie. Was für ein ausgekochtes Biest.

»Endlich mal eine gute Neuigkeit«, sagte sie lediglich zu Scheron. »Wo ist Theo?«

»Ihn müssen wir noch finden.«

»Dann mal los«, erwiderte Laviany und stand auf. Sie hoffte inständig, dass Theo nicht in eine ähnliche Lage geraten war wie sie, denn das könnte ihm bei dem Mal auf seinem Rücken das Leben kosten. »Hast du den Schahuter eigentlich noch gefragt, warum er dich unbedingt sehen wollte, bevor du ihn getötet hast?«

»Das ist eine lange Geschichte. Am besten erzähle ich sie dir, während wir Theo suchen. Denn ohne ihn werde ich Taloris nicht verlassen.«


Das Hochseil schimmerte golden. Obwohl Theo nun schon eine ganze Weile darüber balancierte, wollte es kein Ende nehmen. Obendrein war es schlecht gespannt, sodass es ihn erhebliche Mühe kostete, das Gleichgewicht zu halten.

Bei jedem Schritt musste er darauf achten, den mittleren Teil des Fußes auf das Seil zu setzen. Den Rücken hielt er gerade, aber nicht verkrampft. Seine rechte Hand umklammerte einen breiten Fächer, in dem rosafarbener Glimmer schimmerte.

Immer wieder zuckten Blitze über das Stück hinweg, und mit leisem Knistern stoben Funken in die Luft auf.

Unter Theo toste der Bryllendefossen. Unablässig krachten seine gewaltigen Wassermassen in die Tiefe. Spritzer hatten Theos Kleidung und sein Haar längst durchnässt.

Er hielt auf den Turm der Festung Kalaf-ym-Tark zu, der sich am anderen Ufer befand. Weit oben leuchtete ein einsames Fenster, sein eigentliches Ziel. Zu ihm musste er schnellstens gelangen, denn fünf Yard hinter ihm endete das Seil. Und mit jedem Schritt, den er tat, fraß es sich weiter an ihn heran ...

Plötzlich ließ ein entsetzlicher Schmerz in seiner Schulter ihn beinahe stürzen. Ohne den Fächer wäre er wohl verloren gewesen. Irgendwo im Verborgenen stieß der Schahuter ein spöttisches Lachen aus.

Theo biss die Zähne zusammen und setzte seinen Weg fort. Wenn er das tat, dann würde er auch leben, das wusste er.

Als ihn nur noch rund einhundert Schritte vom Fenster in dem Turm trennten, kam ein unbarmherziger Wind. Mit dem Fächer schützte sich Theo gegen die grausamen Böen.

In der Sekunde, als das Seil unter seinen Füßen in Flammen aufging, hechtete er durch das Fenster in den Turm. Er landete, rollte ab, sprang auf – und fand sich in einer breiten Straße wieder.

»Das kann doch gar nicht sein!«, stieß er aus.

Ein heller Sommertag ohne jeden Schatten. Weiße herrschaftliche Bauten, umwunden von Weinranken. Am Himmel Vögel, zusammengeballt in einer einzigen riesigen Wolke.

Abermals ließ Schmerz ihn aufstöhnen. Die Qual wurde geradezu lebendig und schlug ihn in den Nacken, sodass er bäuchlings zu Boden fiel und sich beinahe den Kiefer zertrümmerte. Am Rande seines Bewusstseins nahm er wahr, dass das Straßenpflaster nach Pferdeäpfeln stank.

Tränen strömten über seine Wangen. Jemand musste ihm mit einer glühenden Eisenstange jeden einzelnen Knochen im Leib zertrümmert haben. Die Pflastersteine unter seiner Wange bebten. Einmal. Noch einmal. Schließlich ein drittes Mal.

Konnte das sein? Konnte die Straße auf seinen Herzschlag antworten?

Benommen sah Theo sich um.

Eine riesige stählerne Schildkröte kroch auf ihn zu, ein Gebilde aus Menschen, bewehrt mit rechteckigen Schilden, in denen sich die grelle Sonne spiegelte. Gesenkte Lanzen, geschlossene Helme, in deren Sehschlitzen von Angst gepeinigte Augen zu erkennen waren.

»Du weißt, wen sie in dir sehen, nicht wahr?«, fragte der Schahuter, der auf dem Fenstersims eines Hauses saß und sorglos die Beine baumeln ließ. »Wenn nicht, verrate ich es dir gern. Sie wissen, dass du eine Hülse bist. Ein Untier. Ein Wesen, das man fürchten muss.«

Die Schildkröte kam näher. Tausende von Beinen. Hunderte von Köpfen. Eine Welle nackter Angst.

»Ich an deiner Stelle würde mir schnellstens etwas einfallen lassen«, höhnte der Schahuter. »Sonst überlebst du das nicht.«

Doch Theo wimmerte nur, betäubt von einem Schmerz, wie er ihn bisher noch nie empfunden hatte.

»Am besten wird wohl sein, ich helfe dir«, bot sich der Schahuter an und stand im nächsten Augenblick schon neben Theo. »Das ist ganz einfach ... So!«

Theo schrie auf, als der Schahuter ihm das Schulterblatt nach oben riss. Niemals hätte sich Theo derartige Qualen vorstellen können. Sie verschlangen sein Bewusstsein und fraßen seinen Verstand, sie schwollen immer noch an, vervielfältigten sich und stießen ihn gegen eine unsichtbare Mauer.

Bis diese irgendwann einkrachte.

Das Blut in seinem linken Arm kochte, die Adern blähten sich, die Haut platzte. Purpurrotes Blut spritzte auf, schwarze Muskeln und silberne Nerven traten zutage. Ein Blitz durchbohrte Theos Ellbogen, schlug in sein Handgelenk ein, zerstörte seine Fingerknochen und verschmolz die Splitter miteinander. Alles an ihm wurde verbogen und verdreht – doch irgendwann wich der Schmerz der Erleichterung.

Eine unsichtbare Kraft, frisch wie eine Waldquelle, wogte

durch Theos linken Arm und schlug in die stählerne Schildkröte ein. Heißes Blut rann über Theos Wange.

»Hast du gesehen, wie einfach das Töten ist?«

Der Schahuter hauchte ihm einen Kuss auf die Stirn. Theo stieg ein derart ekelhafter Gestank von Verwesung in die Nase, dass er sich übergab.

Er wäre an dem Erbrochenen erstickt, hätte der Schahuter ihn nicht bei den Haaren gepackt und seinen Kopf hochgerissen.

»Aber wenn ich mich nicht irre, hast du diese Erfahrung ja auch schon einmal gemacht.«

Theo stöhnte entsetzt auf, den Blick starr auf die verkohlten Schilde und die in ihren Harnischen verbrannten Leichen gerichtet. Die Männer waren gegen Fassaden geklatscht und hoch auf die Dächer geschleudert worden. Nur wenige hatten dieses Gemetzel überlebt. Sie aber hatten in grenzenlosem Grauen ihre Waffen fallen lassen, um blindlings davonzustürzen.

Jemand bohrte Theo die Spitze eines Lederstiefels in den Bauch. Zwei Männer packten ihn unter den Achseln und schleiften ihn durch das von Fackeln erhellte Verlies. Die Kette zwischen seinen Füßen klirrte.

Eine stählerne Tür wurde geöffnet. Sie führte zu einem kleinen Innenhof dieses Kerkers hinaus. Es musste geregnet haben, denn der Boden war matschig. Theos Blick blieb an einem grob zusammengezimmerten Galgen hängen.

Der Schahuter untersuchte grinsend die Schlinge, um sich zu vergewissern, dass der Knoten tadellos geknüpft war.

»Wer keine Hülse will sein«, bemerkte er und zwinkerte Theo zu, »schlüpfe klaglos hier hinein!«

Theo wollte widersprechen, brachte aber kein Wort über die Lippen. Erst als der Schahuter ihm die Schlinge um den Hals legte, begriff er, dass man ihm die Zunge abgeschnitten hatte.

Schon verschwand der Boden unter Theos Füßen, er fiel, seine Halswirbel brachen mit dem gleichen Geräusch, das auch entstand, wenn Laviany Eierschalen in der Hand zerdrückte. Trotzdem zappelte Theo noch – und nur diese Zuckungen verhinderten, dass der metallene Pfeil sich in seine Stirn bohrte.

Benommen drehte Theo den Kopf. Er befand sich jetzt in einer gewaltigen Ebene. Am Horizont zeichneten sich purpurrote Felsen ab. Neben ihm kauerte Scheron, etwas abseits saß Laviany in einem Versteck, die fluchte wie ein Schuster und etwas zu erspähen versuchte.

»Du hast noch eine Minute, vielleicht zwei«, flüsterte ihm der Schahuter zu. »Du brauchst bloß die Kräfte der anderen Seite anzunehmen. Werde ganz zur Hülse!«

»Nein«, sagte Theo. »Es muss noch eine andere Möglichkeit geben!«

»Selbstverständlich gibt es die. Sie besteht darin, zu verrecken. Aber dieses Mädchen hat viel für dich getan. Hilf ihr! Gib allen Widerstand auf und werde zu dem, der du bist!«

Theo schaute in Scherons graue Augen. In ihnen lag keine Angst, obwohl sie ohne Frage wusste, dass sie alle sterben würden.

»Es muss eine andere Möglichkeit geben«, flüsterte Theo noch einmal.

In seiner Schulter regte sich erneut Schmerz.

»Ich verstehe alles«, behauptete Scheron.

Wie sie Arila ähnelt, ging es Theo durch den Kopf. Die gleichen Lippen, das Kinn, die Wangenknochen und ... und der Blick. Nur das Haar ist anders, kurz, nicht lang ...

Mit einem Mal warf sich Laviany von hinten auf ihn.

»Haltet ihn, ihr elenden Streifenfische!«

Jemand krachte auf seine Beine, jemand packte seine Arme.

»Lass mich das machen!«, wandte sich Milvio an Laviany.

Doch da verbeugte sich der Schahuter bereits vor Laviany und reichte ihr eine schreckliche Axt.

»Nein!«, schrie Theo. »Bitte nicht!«

»Du hast versprochen, dass es nie wieder vorkommt!« Tränen standen in Lavianys Augen, was Theo derart überraschte, dass er sogar seinen Widerstand aufgab. »Du hast es versprochen, aber du hast dein Wort nicht gehalten. Wir dürfen unser Leben nicht aufs Spiel setzen, mein Junge. Deshalb bleibt nur dieser Ausweg.«

Die Axt glitt durch die Luft und hackte Theo den linken Arm ab.

Er spürte keinen Schmerz, nur blanke Erleichterung.

Der Schahuter nahm den Arm an sich, schnupperte daran wie ein hungriger Wolf und grub seine Zähne in das Fleisch.

Jemand verpasste ihm etliche nicht gerade sanfte Ohrfeigen. Etwas berührte seine Lippen, ein süßer Trank fand den Weg in seinen Mund. Unwillkürlich schluckte Theo.

»Und das soll ihm helfen?«

Lavianys Stimme klang nur gedämpft an Theos Ohr.

»Das behauptet jedenfalls der Gebannte«, sagte Scheron. »Das ist ein Aufguss aus diesen Blumen.«

»Der Gebannte«, murmelte Laviany. »Bist du sicher, dass der Schahuter den dir nicht bloß vorgegaukelt hat?«

»Lassen wir das, jedenfalls vorerst. Jetzt, wo wir Theo endlich gefunden haben, sollten wir ...«

»Vor dem Palast lauern Melgen. Sie trauen sich nicht rein, aber es sind enorm viele. Wenn wir Theo tragen müssen, kommen wir nie an denen vorbei.«

»Deshalb muss er ja unbedingt das Bewusstsein zurückerlangen.«

»Das habe ich«, brachte Theo voller Mühe heraus. »Nur meine Lider sind schwer wie Blei, sodass ich die Augen nicht öffnen kann.«

»Gepriesen seien die Erhabenen Sechs«, stieß Scheron aus. »Ich war kurz davor, die Hoffnung aufzugeben.«

»Glaub mir, der Junge ist zäh. Nur dieses elende Mal ...«

»Nicht jetzt«, fuhr Scheron sie heftig an.

»Von mir aus.«

»Ich hatte einen Albtraum. Was ist geschehen? Der Überfall des Schahuters hat meine Erinnerung geradezu ausgelöscht«, sagte Theo. »Könnte ich vielleicht noch etwas trinken? Du machst dir keine Vorstellung davon, wie gut das tut.«

Scheron legte die Flasche in seine Hand, damit er trinken konnte, so viel er wollte. Obwohl er die beiden Frauen nicht sah, wusste er, dass sie lächelten.

»Und jetzt, mein Junge, sieh zu, dass du die Lider hochkriegst! Wir müssen schnellstens von hier verschwinden.«

Das entsprach durch und durch seinen eigenen Wünschen.

## KAPITEL 20

# Aufbruch

*Nichts ist schwerer als der erste Schritt. Denn nichts ist furchteinflößender als das Unbekannte, das Dich auf Deinem Weg erwartet. Hast Du den ersten Schritt gewagt, gibt es kein Zurück mehr, dann musst Du an Dein Ziel gelangen. Doch nicht viele Menschen wagen ihn. Nicht jedem liegt es im Blut, beherzt durch das Leben oder über ein Hochseil zu schreiten.*

Aus einem Brief des Meister Trecatto,<br>Direktor des Zirkus »Himmelgleiter«

»Glaubst du wirklich, das hilft mir?«, fragte Theo, während er eine der blassrosafarbenen Blumen zwischen seinen Fingern drehte.

»Könntest du dich sehen, würdest du diese Frage gar nicht erst stellen.« Laviany legte sich das Lanzenschwert bequem in die Hand. Mochte diese Waffe Scheron auch missfallen, sie würde sich so schnell nicht wieder von ihr trennen. »Seit Wochen sind deine Wangen mal wieder frisch und rot. Sogar deine Augen funkeln. In den letzten Tagen hast du dagegen ausgesehen, als wolltest du dir gleich dein Grab schaufeln. Was ist mit deinen Albträumen? Plagen die dich noch?«

»Nein«, gab Theo zu. »Seit zwei Nächten schlafe ich ruhig und friedlich wie ein kleines Kind.«

»Dann hilft der Aufguss also«, hielt Scheron fest, während sie den Grunzling im Nacken kraulte. »Und Laviany hat recht, du siehst in der Tat viel besser aus.«

»Aber mein Mal wächst. Selbst ohne Spiegel kann ich jetzt schon ein paar Linien erkennen.«

»Ich will dich nicht anlügen, Theo«, sagte Scheron und sah ihm fest in die Augen. »Der Aufguss unterdrückt deine Beschwerden, aber er tilgt das Mal nicht. Er verschafft dir lediglich Zeit.«

»Mehr verlange ich ja gar nicht.«

»Deine Zuversicht ist wirklich unerschütterlich«, mischte sich Laviany ein, während sie die Pinne etwas drehte, um der Gischt zu entkommen.

»Gejammer würde uns nicht helfen. Wir alle wissen, dass wir früher oder später sterben, denken nur nicht besonders häufig daran. Das Mal der Leere hat mich daran erinnert, dass irgendwann die andere Seite auf mich wartet. Deshalb genieße ich jeden Tag, der mir vergönnt ist, und helfe Scheron, solange es meine Kräfte erlauben. Bisher habe ich im Grunde nur für mich gelebt. Ohne Familie, ohne Kinder, ohne Geliebte. Sehr zu meinem Vergnügen bin auf dem Hochseil herumgehüpft und habe damit sogar die Zuschauer unterhalten. Höchste Zeit also, einmal etwas Anständiges zu tun.«

Laviany musterte ihn so forschend, als sähe sie ihn zum ersten Mal, verkniff sich aber jede Bemerkung.

Damit verstummte ihr Gespräch von selbst.

Bis zum Ufer blieben nicht mehr als dreihundert Yard. Taloris hatten sie längst hinter sich gelassen. Zufrieden atmete Theo die salzige Meeresluft ein. Sie hatten das Unmögliche vollbracht! Sie waren lebend aus der verfluchten Stadt zurückgekehrt!

Leicht war es nicht gewesen. Sobald sie den Palast verlassen hatten, waren die Melgen hinter ihnen her gewesen. Nur dank Lavianys Gehör und ihrem Geruchssinn hatten sie es zu dem umgestürzten Turm geschafft, der über die Schlucht führte.

Das Lager der Melgen auf dieser Seite war zum Glück verlassen gewesen. Auf dem Weg zum Ufer hatten sie kein einziges Wort gesprochen, sich aber alle bang gefragt, ob jemand ihr Boot entdeckt hatte oder ob der Grunzling zurückgeschwommen war. Doch beides hatten sie wohlbehalten vorgefunden. Der Grunzling war natürlich nur widerwillig aus seinem Sandbau herausgekrochen und hatte unablässig gequiekt, weil er um keinen Preis wieder in das Laufrad wollte.

»Was wirst du jetzt tun?«, wollte Theo von Laviany wissen.

»Wir haben das Ufer fast erreicht, mein Junge. Reden wir besser darüber, wenn wir festen Boden unter den Füßen haben.«

Bei dem starken Wellengang war es kein Leichtes, ihr Ziel zu erreichen. Als sie dann im Dorf auftauchten, wurden sie empfangen, als wären sie gerade von den Toten auferstanden.

»Wir dürften wohl zur neuen Legende bei den hiesigen Dörflern werden«, bemerkte Theo.

»Sämtliche Legenden können mir gestohlen bleiben«, knurrte Laviany, die verärgert zu Cloya hinüberschielte, denn diese hatte offenbar geglaubt, ihr Tier nie wiederzusehen. »Hühnereier, die könnte ich jetzt brauchen!«

Sie erhielt sie umgehend. Auf Scherons Bitte hin besorgte Cloya ein ganzes Dutzend. Mit dieser Ausbeute nahm Laviany auf einer niedrigen Mauer Platz, schlürfte genüsslich ein Ei nach dem anderen aus und warf die Schalen achtlos über die Schulter.

Theo schleppte derweil die Tasche und Säcke herbei. Sie hatten sie mit den blassrosafarbenen Blumen vollgestopft, die rund um den Palast von Taloris wuchsen. Der Aufguss daraus dürfte Monate reichen.

Die Dörfler bedrängten sie und wollten unbedingt ihre Geschichten hören.

»Bleiben wir doch!«, schlug Laviany vor, und Scheron wollte ihren Ohren kaum trauen. »Lasst uns wenigstens eine Nacht ordentlich ausschlafen. Arant läuft uns nicht weg.«

Begeistert bot man ihnen eine Unterkunft an.

Am Abend unterhielt Theo die Kinder und alle anderen mit einer kleinen Vorstellung. Scheron berichtete von Taloris, wobei sie freilich einige geringfügige Kleinigkeiten ausließ. Laviany saß abseits in einer Ecke und gab allen durch ihre Miene zu verstehen, dass sie mit niemandem zu sprechen wünsche. Irgendwann streckte sie sich aus, schlief aber nicht, sondern lauschte den Gesprächen und hing ihren Gedanken nach.

Theo hatte sie gefragt, was sie nun unternehmen wolle. Das hatte sie noch nicht entschieden. Natürlich hatte der Schahuter sie übers Ohr gehauen. Wenn sie nach Pubyr zurückkehren würde, ohne zu wissen, wo Borg eigentlich steckte, könnte sie sich gleich selbst den Kopf abhacken. Auch Shreff durfte sie nicht vergessen ... Aber Lethos war leider auch keine dauerhafte Lösung, da hatte der Schahuter schon recht. Ob sie nach Süden gehen sollte? Nach Dagewar zum Beispiel? Dort könnte sie mühelos in den Städten untertauchen und ein neues Leben beginnen. Oder vielmehr: ihr altes in Ruhe beenden. Ohne Langeweile und ohne Schmerz.

Das Bellen eines Hundes riss sie aus ihren Gedanken. Nachdem sie gelauscht hatte, nahm sie ihr Lanzenschwert an sich. Gerade kroch ein fahler Mond den Himmel hoch.

Laviany sah zu dem zotteligen Hund hinüber, der angekettet neben seiner Hütte saß. Sie marschierte geradenwegs hinunter zum Meer. Nach wie vor toste es. Sie lief das Ufer entlang, immer weiter weg vom Dorf.

Sobald es hinter ihr raschelte, fuhr sie herum.

»Es ist eine kluge Entscheidung, alles noch vor Einbruch der Nacht zu beenden«, bemerkte sie. »Diese Verirrten Seelen sind doch wirklich eine Plage.«

»Eben«, erwiderte Clero, die ein Schwert in Händen hielt und dicht vor Laviany stand. »Woher hast du gewusst, dass ich hier bin?«

»Hunde konnten dich noch nie leiden«, log sie. »Wo hast du denn deinen treuen Gynt gelassen?«

»Keine Sorge, er stößt gleich zu uns.«

Auch das war gelogen, das wusste Laviany genau. Alle Angehörigen des Nachtclans besaßen eine besondere Fähigkeit. So fand Gynt selbst da Spuren, wo andere rein gar nichts sahen. Clero vermochte gebrochene Knochen durch eine einzige Berührung wieder zusammenwachsen zu lassen. Shreff ... Was ihn auszeichnete, wusste Laviany nicht. Ihre eigene Begabung wiederum war es, unfehlbar Angehörige des Nachtclans in der Nähe zu erspüren, selbst wenn sie diese nicht sah. Gynt drückte sich hier nirgends herum, da konnte Clero behaupten, was sie wollte.

»Dann wollen wir nur hoffen, dass sich der gute Gynt nicht verläuft«, höhnte Laviany. »Dieser Nichtsnutz ist schließlich unfähig, den eigenen Hintern zu finden. Wenn du ihn nicht ständig wie einen kleinen Jungen an die Hand nehmen würdest, wäre er aufgeschmissen.«

»Gynt kommt bestens ohne mich zurecht. Aber du solltest dir einmal überlegen, was es bedeutet, dass wir dich gefunden haben!«

»Ich nehme an, ihr wollt Shreff eine Freude bereiten. Wahrscheinlich kann er es schon gar nicht mehr abwarten, mich zu sehen! Will er mich denn im Ganzen, oder reicht ihm der Kopf?«

»Der Kopf reicht völlig.«

»Das wird für dich allerdings nicht ganz einfach werden, denn mein Kopf ist keineswegs darauf erpicht, sich von meinem Hals zu trennen.«

»Damit wird er sich abfinden müssen.«

»Du hättest mich besser mit einer Armbrust erledigt, statt hier mit mir zu plaudern.«

»Leider hatte ich gerade keine zur Hand«, gab Clero zu. »Außerdem gefällt es mir zu beobachten, wie jemand zur anderen Seite aufbricht.«

»Wenn du mich überzeugen willst, diesen Weg anzutreten, hättest du doch Gynt mitbringen sollen. So aber weiß ich wirklich nicht, wessen Kopf Shreff am Ende in der Kiste mit dem Salz vorfindet.«

»Du bist alt, Laviany. Älter als meine Mutter. Und du bist längst nicht mehr die, die du einst warst. Sonst wärst du nicht vor uns um die halbe Welt geflohen. Im Grunde habe ich nichts gegen dich. Aber der Nachtclan sieht dich nun einmal lieber tot. Deshalb muss ich meine Pflicht erfüllen.«

»Ist mir doch klar, dass du aus reinem Pflichtbewusstsein handelst«, erwiderte Laviany lächelnd. »Aber du überschätzt dich. Doch da wir uns nie feind gewesen sind, gebe ich dir die einmalige Möglichkeit, auf der Stelle von hier zu verschwinden. Kehre nach Pubyr zurück! Sag allen, du hättest mich nicht aufgespürt. Das ist keine Schande.«

»Das würde mir Shreff nie verzeihen. Und ich mir selbst auch nicht. Außerdem kennst du meine Leidenschaft für Morde, und du bist ein ganz besonderer Leckerbissen. Wenn ich nur daran denke, wie Borg geheult hat, nachdem du mit ihm fertig gewesen bist ...«

»Dann bedauere ich nur«, sagte Laviany, der Cleros Worte wie Öl runtergingen, »dass ich sein Gejaule nicht mit eigenen Ohren gehört habe.«

»Das hättest du niemals tun dürfen!«

»Wie es in den Wald hineinruft, so schallt es heraus«, erwiderte Laviany und hob ihren Faustschild etwas. »Du willst also wirklich nicht gehen? Noch einmal gebe ich dir diese Gelegenheit nicht.«

Nach den Kämpfen in Taloris war Laviany nur ein Schmetterling geblieben. Clero hatte demnach doppelt so viele Tätowierungen wie sie. Sie konnte also froh sein, dass ihr nicht auch noch Gynt gegenüberstand. Wäre das der Fall gewesen, hätte sie wohl tatsächlich gleich ihr eigenes Grab ausheben können. Wer weiß, vielleicht würden die beiden es sogar zuschaufeln ...

Clero verwandelte sich in einen Wirbelwind und griff an. Ein gewöhnlicher Mensch hätte sie gar nicht mehr wahrgenommen, aber Laviany beeindruckte sie damit nicht. Sie ging zum Gegenangriff über und riss ihr Lanzenschwert hoch. Clero katapultierte sich in die Höhe, um nicht aufgespießt zu werden, Laviany brachte sich mit einer Rolle rückwärts vor Cleros Schwert in Sicherheit.

Sofort setzte diese nach, doch Lavianys Erfahrung rettete sie auch vor dieser Attacke. Sie riss ihren Schild hoch, fing die Klinge ab und holte mit dem runden Metallstück nach Clero aus, traf diese aber nicht. Die ganze Zeit über blieb sie in Bewegung, um ihrer Gegnerin eine möglichst geringe Angriffsfläche zu bieten.

Irgendwann musste Clero zu ihrer gewöhnlichen Gestalt und Schnelligkeit zurückkehren.

»Etwas mehr hätte ich schon erwartet«, urteilte Laviany und ging sofort zum Angriff über.

Sie zielte auf Cleros Gesicht, ihre Brust, die Schenkel und die rechte Schulter. Diese Ausfälle blieben jedoch allesamt erfolglos, denn Clero hatte kräftige Arme, mit denen sie das Lanzenschwert stets zur Seite drückte. Andererseits vermochte auch sie Laviany nicht auszuschalten.

Über zwei Minuten umkreisten die beiden Frauen einander. Zwischen ihren Schlägen schielten sie immer wieder zum bleichen Mond hoch, der sich langsam über den schwarz werdenden Himmel schob. War die Nacht schon völlig hereingebrochen? »Für eine alte Tattergreisin hältst du dich recht wacker«, stieß Clero aus, nachdem sie grinsend das Blut von ihrer linken Hand abgeleckt hatte. »Aber mehr als diesen kleinen Kratzer gestehe ich dir nicht zu.«

Laviany spuckte nur verächtlich aus. Trotz ihrer Jugend zeichnete sich Clero bereits durch ihre Fechtkünste aus. Obendrein griff sie jetzt zu einem üblen Trick.

Der Verdreifachung.

Laviany musste sich nun gegen drei schnelle, erfahrene Gegnerinnen behaupten, von denen zwei freilich Trugbilder waren. Hier unten am Strand fand sie überdies nirgends Schutz, sodass die drei sie sofort in die Zange nahmen.

Laviany bewegte sich unglaublich schnell. Schild, Waffe, Schild, Waffe, das Gesicht geschützt, ein Angriff auf Cleros Beine, ein Schritt zurück, das eigene Knie verteidigt, einmal um die Achse gedreht und den Angriff auf den Hals abgefangen …

Endlich gelang es ihr, mit ihrem Schild einer der drei Gegnerinnen die Nase zu zertrümmern, die Überraschung auszunutzen und der Frau mit dem Lanzenschwert den Schädel zu spalten.

Leider kreisten danach immer noch zwei Gegnerinnen um sie, die nun sogar noch grimmiger waren. Eine der beiden schraubte sich in die Höhe, rammte beide Füße gegen Lavianys

Schild und stieß sie zu Boden. Danach brachte sie sich jedoch nicht rechtzeitig in Sicherheit, sodass Laviany sie mit ihrem Lanzenschwert regelrecht aufspießen konnte.

Doch auch diesmal hatte sie nur ein Trugbild erwischt.

»Hast du noch einen Trumpf, den du aus dem Ärmel ziehen kannst«, ätzte sie. »Oder war das schon alles?«

»Ohne deinen Schild wärst du längst verreckt!«

»Und mit einer Armbrust in meiner Hand würdest du längst nicht mehr um mich rumschwirren wie eine Schmeißfliege«, erwiderte Laviany grinsend. »Das war ein Fehler von dir, Gynt nicht mitzubringen. Allein kommst du niemals gegen mich an!«

»Das wird sich noch zeigen!«, zischte Clero und legte sich das Schwert in die linke Hand.

Der Kampf ging weiter. Clero setzte nun alles daran, Laviany zum Meer zu treiben. Diese leistete jedoch verzweifelt Widerstand. Clero musste eine weitere Wunde hinnehmen, diesmal an der Schulter.

Plötzlich aber loderte in Lavianys Kopf gleichsam ein winziger Lichtpunkt auf, der sich auswuchs und von innen gegen den Schädel hämmerte, bis er sich in einer lautlosen Explosion entlud.

Benommen, halb taub, mit Tränen in den Augen riss Laviany ihren Faustschild hoch, gerade noch rechtzeitig, denn der nächste Schwerthieb hinterließ eine gewaltige Delle in ihm. Erneut umkreisten die beiden Frauen einander. Keine von ihnen konnte zum tödlichen Schlag ausholen. Dann aber stolperte Laviany, sodass Clero sie mit einem geschickten Hebel zu Fall bringen und ihr den Schild aus der Hand schlagen konnte. Danach hätte sie ihr mit Sicherheit den Schädel gespalten, hätte Laviany nicht beide Arme hochgerissen und den Hieb abgefangen.

Als sie beide am Boden weiterkämpften, bohrte sich mit einem Mal ein stechender Schmerz in Lavianys Arm. Clero hatte ihr die gesamte rechte Körperhälfte gelähmt!

Aber selbst das bedeutete noch nicht das Ende ...

Als Clero das Schwert auf Laviany niedersausen lassen wollte, hielt diese der Klinge ihre nackte Hand entgegen und verbrannte ihren letzten Schmetterling. Ihre Haut verwandelte sich in eine stählerne Rüstung. Laviany schloss die Finger um die Klinge, entriss sie Clero und warf sie zur Seite.

Clero hechtete ihrem Schwert hinterher, doch Laviany konnte sie beim Knöchel packen, um ihre Finger an einem bestimmten Punkt ins Fleisch ihrer Gegnerin zu bohren. Nun war auch Cleros Bein betäubt.

Mit der linken Hand zog Laviany ein schmales Lederpäckchen aus ihrer Hosentasche und schüttelte den Inhalt heraus. Obwohl sie nichts sah, wusste sie, was sie zu tun hatte.

Schon in der nächsten Sekunde war alles vorbei.

Cleros Wade war zu nahe gewesen, diese Gelegenheit hatte sie sich nicht entgehen lassen dürfen.

Laviany blieb reglos liegen. Clero rang wimmernd nach Luft. Sie würde Lavianys Kopf bestimmt niemandem mehr bringen. Laviany grinste.

Sie war ausgesprochen zufrieden mit sich.


Ihr Lanzenschwert las sie in einiger Entfernung auf. Den Faustschild befestigte sie wieder an ihrem Gürtel. Er zeigte einige frische Beulen. Das Lederstück fand sie nicht so leicht. Im Kampf hatten Clero und sie sich ziemlich weit am Ufer entlangbewegt. Fluchend suchte Laviany weiter. Es wurde immer dunkler.

»Suchst du vielleicht das?«, fragte Theo da.

Sie riss den Kopf herum. Theo war zum Wasser gekommen und hielt den Beutel vor sich.

»Kann sein«, brummte sie und nahm ihm den Fund ab. Dieser Kampf musste sie stärker erschöpft haben, als sie es sich zugestehen wollte. Wenn sie nicht einmal mehr Theo hörte ...

»Was hast du hier eigentlich verloren?«

»Du bist plötzlich weg gewesen«, antwortete er nur lächelnd. »Es gehört ja zu deinen Vorlieben, klammheimlich zu verschwinden, aber diesmal würde ich mich schon gern von dir verabschieden.«

»Ich hatte nicht die Absicht zu verschwinden.«

»Das ist mir dann auch rasch klar geworden«, erwiderte er. »Die Frau gehört auch zum Nachtclan, oder?«

»Warum musst du mich ständig mit Fragen löchern, deren Antwort du schon kennst?«

»Weil du mir immer noch nicht erzählt hast, warum du auf der Flucht bist und warum der Nachtclan hinter dir her ist.«

Sie starrte ihn an, bis es abermals leise hinter ihr knirschte.

»Bei allen Schahutern, findet ihr das witzig?!«

»Ich muss doch auf dich aufpassen«, sagte Scheron, als sie aus dem Schatten heraustrat. »Die Nacht ist angebrochen. Wenn einer von euch plötzlich zur Verirrten Seele werden sollte, muss ich ja wohl in der Nähe sein und ...«

»Hör auf«, fiel Laviany ihr unwirsch ins Wort. »Mit euch habe ich mir wirklich was eingehandelt.«

Theo trat zu Clero, die ihr Leben inzwischen ausgehaucht hatte.

»Was für eine schöne Frau«, sagte er.

»Sie hätte dir, ohne mit der Wimper zu zucken, den Kopf abgehackt und ihn ins Meer geworfen.«

Laviany hatte für die Tote keinen Blick mehr übrig. Schon gar nicht, da diese Leiche friedlich am Boden liegen blieb und keine Anstalten machten, sie anzufallen. Sorgfältig sammelte sie alle Melgenzöpfe ein und wickelte sie in das Leder.

»Ist das Gift?«, fragte Scheron.

»O ja. Ein ganz hervorragendes.«

»Das kann ich mir kaum vorstellen.«

»Möglicherweise rettet dieses Gift irgendwann nicht nur mein, sondern auch dein Leben. Schließlich willst du dich auf eine gewagte Reise begeben.«

»Bei der ich aber ganz bestimmt niemanden töten werde.«

»Selbst dann nicht, wenn er dich töten will?«

Daraufhin hüllte sich Scheron in Schweigen.

»Manchmal bist du wirklich noch wie ein kleines dummes Mädchen«, stellte Laviany grinsend fest. »Wahrscheinlich sollte ich dich wirklich nicht allein lassen.«

Scheron sah sie mit großen Augen an.

»Was guckst du so? Ich habe gehört, worüber du heute Morgen mit Theo gesprochen hast. Ihr wollt zusammen aufbrechen. Stimmt's?«

»Ja«, sagte Theo. »Große Magier wie ...«

»Du glaubst doch nicht allen Ernstes, dass dieser Thion noch lebt. Der Krieg des Zorns ist über tausend Jahre her!«

»Der Gebannte lebt schließlich auch noch.«

»Das behauptet Scheron, die ja der felsenfesten Überzeugung ist, mit ihm gesprochen zu haben. Aber wenn du mich fragst, hat ihr dieser elende Schahuter da bloß etwas vorgegaukelt. Der hat mit uns allen seine Spielchen gespielt. Aber lassen wir das, gehen wir einmal davon aus, dass Thion tatsächlich noch lebt. Wenn ihr ihn finden wollt, könnt ihr meine Hilfe ganz gut brauchen.«

»Ich habe nicht das Geringste dagegen, wenn ...«

»Das wäre ja noch schöner, dass du Einwände erheben würdest!«

»Ich wollte ja nur sagen, dass du eigentlich keine Gesellschaft erträgst«, erwiderte Theo ungerührt.

»Stimmt. Aber ich habe meine Gründe, mich euch anzuschließen. Lethos hat mich enttäuscht.«

»Ich würde mich freuen, wenn du uns begleitest«, versicherte Scheron.

»Dann wäre das ja geklärt«, sagte Laviany. »Und nun verratet mir bitte mal, wo ihr Thion eigentlich suchen wollt.«

»Wir sollten an dem Ort beginnen, an dem er das letzte Mal gesehen wurde.«

»Vor eintausend Jahren? Und wo soll das gewesen sein? In Solanka? Oder in Karyph?«

»An der Grenze zu Ödien«, antwortete Theo leise.

»Warum wundert mich das jetzt nicht?! Einmal quer über das Festland, hin zu einem besonders lieblichen Ort! Aber nach Taloris ist das für uns natürlich nur ein unbeschwerter Spaziergang!«

Sie lächelte die beiden an, auch wenn alles in ihr aufschrie.

Diese Reise nimmt niemals ein glückliches Ende, stöhnte sie. Diesen Thion finden wir doch nie, selbst dann nicht, wenn er tatsächlich noch lebt.

Endlich waren sie alle fort.

Der Mond leuchtete hell, sein silbernes Licht gebar unzählige Schatten. Wie Lebewesen huschten sie über Lethos hinweg, tummelten sich in den Felsen, besuchten das Gras, die Bäume und die Leiche. Ein Stein geriet ins Rollen, stieß einen anderen an ...

Der Wind spielte mit dem dunklen Haar der toten Clero. Die langen Locken schienen ein ganz eigenes Leben zu führen. Ein weiterer Schatten huschte über den Himmel, eine Eule, die aber plötzlich scheute und abdrehte, als hätte ihr, die des Nachts hier herrschte, etwas Angst eingejagt.

Cleros Hände spannten sich an. Sie setzte sich auf und sah hoch zum gelben Mond. Dieser erwiderte ihren Blick. Erstaunt zwar, doch gab es niemanden, dem er hätte anvertrauen können, dass die Augen dieser Frau nur an eines denken ließen: an geschmolzenes Quecksilber.

# Sie nahmen ihr die Magie.
# Nun sinnt sie auf Rache!

Sam Sykes

**Sieben schwarze Klingen**

Roman

Aus dem Amerikanischen von
Wolfgang Thon
Piper, 688 Seiten
€ 18,00 [D], € 18,50 [A]*
ISBN 978-3-492-70571-4

Das wüste Land Scar, gelegen inmitten verfeindeter Reiche, ist die Heimat von Vagabunden, Magiern und Verbrechern. Der perfekte Ort für einen Rachefeldzug. Bewaffnet mit einer magischen Pistole und einer Flasche Whiskey zieht die Söldnerin Sal durchs Land, auf der Suche nach den Männern, die ihr alles genommen haben: Ihre Magie, ihren Namen und fast auch ihr Leben. Bald gerät sie mitten in einen tödlichen Kampf gegen schwarze Magie, Monster und einen Mann mit sieben schwarzen Klingen ...

Leseproben, E-Books und mehr unter www.piper.de

# Der Fantasy-Klassiker in neuer Ausstattung!

Robert Jordan
**Das Rad der Zeit 1**
Die Suche nach dem Auge der Welt

Aus dem Amerikanischen von
Uwe Luserke
Piper, 896 Seiten
€ 20,00 [D], € 20,60 [A]*
ISBN 978-3-492-70711-4

In dem abgeschiedenen Dorf Emondsfelde erzählt man sich noch immer die alten Geschichten um den Dunklen König und die Magierinnen der Aes Sedai, die das Rad der Zeit drehen. Niemand ahnt, wie viel Wahrheit in diesen Legenden steckt – auch der junge Bauernsohn Rand al'Thor nicht. Dann jedoch überfallen blutrünstige Trollocs, die Häscher des Dunklen Königs, das Dorf und brennen den Bauernhof von Rands Familie nieder. Die Magierin Moiraine verhilft dem Jungen in letzter Minute zur Flucht ...

**PIPER**

Leseproben, E-Books und mehr unter www.piper.de

# Ein tödliches Geflecht aus Lügen und Intrigen

Michael Peinkofer

**Ork City**

Roman

Piper, 368 Seiten
€ 17,00 [D], € 17,50 [A]*
ISBN 978-3-492-70554-7

Die Stadt Tirgaslan versinkt im Verbrechen, Orkgangs treiben in den von Neonlicht beleuchteten Gassen ihr Unwesen. Als Privatdetektiv hält sich Corwyn Rash mit Mühe über Wasser, doch als die betörende Nachtclub-Sängerin Kity sein heruntergekommenes Büro betritt, ändert sich alles. Ihr Mann ist spurlos verschwunden. Von der Schönheit der Halborkin und der Aussicht auf eine satte Belohnung geblendet, beginnt Rash zu ermitteln – und muss feststellen, dass Kity nicht mit offenen Karten spielt …

Leseproben, E-Books und mehr unter www.piper.de

# ENTDECKE NEUE WELTEN
## MIT PIPER FANTASY

Mach mit und gestalte deine eigene Welt!

**PIPER**

www.piper-fantasy.de